D1704125

BASTEI LÜBBE

BASTEI LÜBBE CHINA MIÉVILE IM
TASCHENBUCH-PROGRAMM:

PERDIDO STREET STATION
23 245 Band 1   Die Falter
24 298 Band 2   Der Weber

24 310 König Ratte

China Miéville

Die Narbe

Roman

Ins Deutsche übertragen von
Eva Bauche-Eppers

BASTEI LÜBBE TASCHENBUCH
Band 24 320

1. Auflage: Februar 2004

Vollständige Taschenbuchausgabe

Bastei Lübbe Taschenbücher
ist ein Imprint der Verlagsgruppe Lübbe

Deutsche Erstveröffentlichung
Titel der englischen Originalausgabe:
The Scar, Part 1 (Kapitel 1–20)
© 2002 by China Miéville
© für die deutschsprachige Ausgabe 2004 by
Verlagsgruppe Lübbe GmbH & Co. KG, Bergisch Gladbach
Lektorat: Alexander Lohmann/Stefan Bauer
Titelillustration: Arndt Drechsler
Umschlaggestaltung: i–d werk, Elke Viehbeck
Satz: Heinrich Fanslau, Communication/EDV, Düsseldorf
Druck und Verarbeitung:
Maury Imprimeur, Frankreich
Printed in France
ISBN 3–404–24320–X

Sie finden uns im Internet unter
www.luebbe.de
www.bastei.de

Der Preis dieses Bandes versteht sich einschließlich
der gesetzlichen Mehrwertsteuer.

Für Claudia, meine Mutter

Widmungen

Emma Bircham in tiefer Liebe und Dankbarkeit, jetzt und immer.

Ein tausendfaches Dankeschön an alle bei Macmillan und Del Rey, besonders an meine Lektoren Peter Lavery und Chris Schluep. Und wie immer, größeren Dank als ich in Worte fassen kann, an Mic Cheetham.

Dank schulde ich jedem, der Entwürfe gelesen und mir mit Rat zur Seite gestanden hat: meiner Mutter Claudia Lightfoot, meiner Schwetser Jemima Miéville, Max Schaefer, Farah Mendelsohn, Mark Bould, Oliver Cheetham, Andrews Butler, Mary Sandys, Nicholas Blake, Jonathan Strahan, Colleen Lindsay, Kathleen O'Shea und Simon Kavanagh. Dies wäre ein viel ärmeres Buch ohne sie.

Jedoch die Erinnerung wollte nicht versinken in der sinkenden Sonne, diesem grünen und glasigen Blick auf das weite blaue Meer, wo gebrochene Herzen über ihre Wunden hinaus zuschanden werden. Ein blinder Himmel bleichte weiß den Intellekt menschlichen Gebeins, zehrte die Gefühle von der Bruchstelle, um den Schaden darunter zu zeigen. Und der Spiegel zeigt mich, das nackte, verwundbare *Ich* bin.

Dambudzo Marechera, *Black Insider*

Eine Meile unterhalb der tiefhängendsten Wolke mit ihren geblähten Schlechtwetterbäuchen, stürzt Fels lotrecht in Wasser und der Ozean beginnt.

Man nennt ihn mit vielen Namen. Jede Bucht, jeden Inlandfinger, jede Mündung von Strom, Fluss, Rinnsal hat man getauft und eingeordnet wie etwas Eigenes. Doch er ist eine Gesamtheit, die Vorstellung von Grenzen absurd. Er dringt in die Räume zwischen Steinen und Sand, schmiegt sich um Küsten und füllt die Gräben zwischen den Kontinenten.

An den Rändern der Welt ist das Meerwasser so kalt, dass es brennt. Zyklopische Schollen gefrorenen Ozeans täuschen Land vor, und bersten und kollidieren und formen sich neu, kreuz und quer durchrissen von Spalten – Heimat von Frostkrebsen, Philosophen in Panzern aus lebendem Eis. In den südlichen Seichten wiegen sich Wälder aus Röhrenwürmern und Tang und räuberischen Korallen. Seesterne ambulieren mit geistloser Anmut. Trilobiten machen sich Nester in Knochen und korrodierendem Eisen.

Der Ozean ist voller Leben.

Da sind die frei schwebenden Bewohner der oberen Schichten, die in der Brandung leben und vergehen, ohne je Grund gesehen zu haben. Komplexere Ökosysteme gedeihen in neritischen Tümpeln und Untiefen, schlürfen auf organischem Schutt zu Riffkanten und sinken in Bereiche unterhalb des Lichts.

Da sind Schluchten. Lebewesen irgendwo zwischen

Mollusken und Göttern harren geduldig unter acht Meilen Wasser. In der lichtlosen Kälte regiert das brutale Gesetz der Evolution. Primitive Kreaturen, umhüllt von Schleim und Phosphoreszenz, schwimmen mit dem Flimmern unausgeformter Glieder. Die Logik ihrer Gestalt entstammt Albträumen.

Da sind bodenlose, wassergefüllte Schächte. Da sind Plätze, wo der Meeresboden, Granit und Sediment, in senkrechte Tunnel stürzt, in abyssische Regionen, wo unter dem ungeheuren Druck das Wasser gallertig fließt. Zäh quillt es durch die Poren der Realität, schwappt zurück in schweren Wellen, hinterlässt feine Risse, durch welche losgespülte Kräfte Auslass finden.

In den kalten mittleren Tiefen durchbrechen hydrothermische Schlote das Gestein und speien höllenheiße Wasserwolken. Komplexe Kreaturen tummeln sich ihr ganzes kurzes Dasein in diesem Siedebad, verirren sich nie aus dem begrenzten Bereich heißen, mineralreichen Gesprudels in eine Kälte, die für sie tödlich wäre.

Die unterseeische Landschaft besteht aus Gebirgszügen und Schluchten und Wäldern, Wanderdünen, Eisgrotten und Friedhöfen. Das Wasser ist gesättigt mit Materie. Inseln flottieren wundersam in den Tiefen, Gefangene isolierter Strömungen. Manche haben die Größe von Särgen, bloße Splitter aus Granit und Feuerstein, die nicht sinken wollen. Andere sind schrundige Gesteinsbrocken, eine halbe Meile lang, die in ewiger Dunkelheit in trägen, arkanen Flüssen treiben. Auch besiedelt sind diese unsinkbaren Kontinente: Sie tragen verborgene Königreiche.

Heldentum gibt es auf dem Meeresgrund, blutige Kriege, unbemerkt von den Landbewohnern, und Götter und Katastrophen.

*

Schiffe ziehen als Eindringlinge zwischen dem Meer und dem Himmel. Ihr Schatten fleckt den Grund, wo er hoch genug steigt, dass das Licht ihn erreicht. Kauffahrer und Koggen und Walfänger. Seemannsleichen düngen das Wasser. Fische nähren sich von Augen und Lidern. Scharten in der Korallenarchitektur lassen erkennen, wo man Masten und Anker geborgen hat. Gesunkene Schiffe werden betrauert oder vergessen, die einen wie die anderen nimmt der lebende Boden des Meeres in seine Obhut und verbirgt sie unter Muschelbewuchs, gibt sie den Muränen und Rattenfischen zur Wohnung, ausgestoßenen Cray und anderen, wilderen Geschöpfen.

In den tiefsten Tiefen, wo physikalische Normen unter den erdrückenden Wassermassen zusammenbrechen, sinken Tote noch Tage, nachdem ihre Schiffe gescheitert sind, lautlos durch die Finsternis, und nichts wird den schwarzen Sand am Grund der Welt erreichen, als entfleischte, von Algen überzogene Knochen.

*

Am Rand der Felsplatten, wo kaltes, helles Wasser einer schleichenden Dunkelheit weicht, ist ein Cray auf der Jagd. Er entdeckt ein Wild, und unter kehligem Schnalzen und Schnattern nimmt er seinem Jagdkalmar die Kappe ab und lässt ihn schwimmen.

Der Kalmar schießt davon, hin zu der Schule fetter Makrelen, die als Wolke sechs Meter über ihnen wogt und wallt. Seine fußlangen Greifarme öffnen sich und schnappen wieder zusammen. Eine sterbende Makrele im Schlepp, kehrt der Kalmar zu seinem Herrn zurück, hinter ihm schließt sich die Lücke im aufgestörten Schwarm.

Der Cray überlässt seinem Kalmar Kopf und Schwanz der Makrele, den blutenden Rumpf lässt er in einen Netzbeutel an seinem Gürtel gleiten.

Der Oberkörper des Cray, der humanoide, ungepanzerte Teil, reagiert empfindlich auf subtilste Veränderungen von Tide und Temperatur. Jetzt spürt er ein Prickeln auf der bleichen Haut, als komplexe Strömungen ihn umspülen und ineinander fließen. Mit einem scharfen Ruck ballt sich die Makrelenwolke zusammen und blitzt über das krustige Riff hinweg.

Der Cray hebt den Arm und winkt den Kalmar heran, beruhigt ihn sanft. Er befühlt seine Harpune.

Er steht auf einer felsigen Halde, wo Seegras und Farne sich wiegen, seinen langen Unterbauch streicheln. Rechter Hand wachsen Massen porösen Gesteins in die Höhe, linker Hand stürzt der Hang jäh in disphotische Wasser. Er fühlt die von unten emporgespülte Kälte. Dem Auge bietet sich ein dramatisches Farbenspiel in Blau. Über ihm das Wasser durchschleiert von Sonnenlicht, unter ihm die Strahlen bald von Schwärze verschlungen. Sein Standort befindet sich nur ein kleines Stück oberhalb der Grenze zu ewiger Finsternis.

Er bewegt sich mit Vorsicht hier, an der Kante des Plateaus. Es ist eines seiner liebsten Jagdreviere, das Wild, entfernt vom helleren, wärmeren Flachwasser, weniger der Gefahr gewärtig. Manchmal steigt großes Wildbret, von Neugier getrieben, aus dem Abgrund, nichts ahnend von seinen jagdlichen Listen und widerbehakten Speeren.

Von der Strömung gewiegt, starrt der Cray wachsam in die Tiefe. Manchmal sind es nicht Beutetiere, sondern Räuber, die aus der Zwielichtzone heraufkommen.

In Abständen wirbeln Kältewogen an ihm empor. Kieselsteine lösen sich und springen in langsamen Bögen Prall um Prall in die Unsichtbarkeit. Der Cray sucht festen Stand auf den schlüpfrigen Steinplatten.

Irgendwo unter ihm ein gedämpftes Kollern wie von einem Felsrutsch. Ein Frieren, das nicht von einer kalten Strömung stammt, kriecht über seine Haut. Gestein, gelockert, ordnet sich um und ein Schwall thaumaturgischer Melange quillt durch neue Ritzen.

Etwas Böses sickert in das kalte Wasser am Rand der Finsternis.

Des Jägers Kalmar lässt große Angst erkennen, und als er ihn loslässt, schießt er augenblicklich nach oben, dem Licht entgegen. Sein Herr richtet den Blick in das trübe Dunkel und späht nach dem Ursprung des Geräuschs.

Ein Unheil verkündendes Beben. Während er sich bemüht, mit den Augen das von aufgewirbeltem Sediment und Plankton getrübte Wasser zu durchdringen, entdeckt er eine Bewegung: Ein Steinpfropf, größer als ein Mensch, beginnt zu wackeln. Der Cray beißt sich auf die Lippen und beobachtet, wie der gewaltige Klotz sich aus seiner Lage schaukelt und malmend abwärts rollt.

Das Rumpeln seiner Reise ins Unbekannte hallt herauf, noch lange, nachdem er nicht mehr zu sehen ist.

In dem Hang hinterlässt er eine Grube, die das Meer mit Schwärze füllt. Eine Weile bleibt alles still, nichts regt sich, und der Cray befingert unruhig seinen Speer, hält ihn umklammert, wiegt ihn, und spürt, wie ein Zittern von seinem Körper Besitz ergreift.

Und dann, lautlos, schlüpft etwas Farbloses und Kaltes aus dem Loch.

Es verwirrt das Auge mit einer grotesken organischen Raschheit, die vegetativ scheint, wie Eiter, der aus einer Schwäre wölkt. Der Cray verharrt regungslos. Seine Furcht lähmt ihn.

Eine weitere Gestalt kommt zum Vorschein. Auch diesmal vermag er sie nicht zu deuten. Sie verweigert sich ihm, ist wie eine Erinnerung, eine Vision, die sich nicht fassen lässt. Was immer es sein mag, es ist schnell und körperlich und lässt das Blut erstarren.

Noch eins kommt und noch eins, bis ein unaufhörlicher quirliger Strom aus der Schwärze rieselt. Geahnte, huschende Sichtbarkeit, Masse ballt sich, zerfließt, individuelle Bewegung nicht zu unterscheiden.

Der Cray bleibt still. Er hört fremdartige, geraunte Verständigung in den Strömungen.

Grauen weitet seine Augen, als er große, hakenförmige Zähne erkennt, runzelhöckrige Leiber. Geschmeidige, muskulöse Körper flattern im eisigen Wasser.

Der Cray, in Todesangst, schiebt sich zurück, seine Chitinkrallen scharren auf felsiger Schräge, er ringt um Beherrschung seiner namenlosen Furcht, jedoch zu spät: Leise wimmernde Laute entfliehen ihm, lassen sich nicht zurückhalten.

Ein raubtierhaftes Aufmerken läuft als Wellenschlag durch den Schwarm der dunklen Wesen unter ihm. Der Cray sieht das Schwarze von einem Dutzend Augen und weiß, man hat ihn erblickt.

Und dann, in einer gemeinsamen Pirouette von monströser Eleganz, steigen sie empor, und er ist verloren.

Erster Teil

Kanäle

1

Bereits zehn Meilen außerhalb der Stadt verliert der Fluss seinen Vorwärtsdrang und räkelt sich träge zur Küste hin, wo sich in einer weiten, seichten Mündung sein Wasser mit den salzigen Fluten der Eisenbucht vermischt.

Schiffe, die von New Crobuzon aus ihre Fahrt nach Osten antreten, durchqueren auf dem Weg zum Meer eine große Tiefebene. Am Südufer sieht man Hütten und morsche kleine Stege, von denen aus Landarbeiter ihre Angel auswerfen, um mit Flussfischen Abwechslung in das Einerlei der täglichen Mahlzeiten zu bringen. Ihre Kinder winken den Reisenden zu, schüchtern, vorsichtig. Gelegentlich unterbrechen hier ein felsiger Buckel oder da eine Gruppe Schwarzholzbäume die brettebene Fläche und bezeichnen Stellen, die der Urbarmachung trotzen, aber insgesamt ist der Boden nicht steinig.

Von Deck aus sieht man hinter dem Schirm aus Hecken und Bäumen und Dornengestrüpp einen breiten Streifen Ackerland. Hier ist das stumpfe Ende der Kornspirale, die den Stadtmoloch ernährt. Je nach Jahreszeit kann man Männer und Frauen bei der Ernte beobachten, oder wie sie den Pflug durch die schwarze Erde schieben oder die Stoppeln abflämmen. Befremdlich ziehen Kähne zwischen Feldern dahin, auf von Böschungen und Pflanzenwuchs verborgenen Kanälen. Sie pendeln unablässig zwischen der Metropole und den Domänen hin und her, transportieren Chymikalien und Brennstoff, Ziegel sowie Zement in die ländliche Region und kehren an vielen Hektar kultivierten Bodens, an Weilern, Gutshöfen und Mühlen vorbei, schwer beladen mit Korn und Fleisch in die Stadt zurück.

Der Frachtverkehr kennt keine Pause. New Crobuzon ist unersättlich.

*

Das Nordufer des Gross Tar ist ursprünglicher. Eine Wildnis aus Buschwerk und Sümpfen kann sich mehr als 80 Meilen weit ausbreiten, bis die von Westen vorrückenden erst flachen, dann gebirgig ansteigenden Hügel Einhalt gebieten. Umschlossen vom Fluss, den Bergen und dem Meer, liegt diese Einöde verlassen da. Falls es noch andere Bewohner gibt als die Vögel, halten sie sich verborgen.

Bellis Schneewein nahm im letzten Viertel des Jahres Passage auf einem nach Osten bestimmten Schiff, in einer Zeit unaufhörlichen Regens. Die Felder, die sie vorüberziehen sah, waren kalter Morast. Die fast kahlen Bäume trieften. Ihre Silhouetten sahen aus wie mit Wasserfarbe auf die Wolkenbäuche gemalt.

Wenn sie später an diese trostlose Zeit zurückdachte, staunte Bellis, wie deutlich ihr Gedächtnis manche Einzelheiten bewahrte. Sie erinnerte sich an die Keilform eines Gänseschwarms, der rufend über das Schiff flog, an den schweren Geruch nach Pflanzen und nasser Erde, an das Schiefergrau des Himmels. Sie erinnerte sich, wie sie mit Blicken die Rainhecken absuchte, aber keinen Menschen sah. Nur die Rauchfäden von Holzfeuern in der nässegesättigten Luft und geduckte, gegen die Wetterunbilden verrammelte Katen.

Die verhaltene Bewegung von Blatt und Halm im Wind.

Sie hatte, den Schal um die Schultern, auf Deck gestanden, hatte Ausschau gehalten und gelauscht, nach spielenden Kindern oder Anglern oder jemandem, der sich in einem der vom Regen niedergeschlagenen Küchengärten zu schaffen machte. Doch sie hörte nur melancholische Vogelstimmen. Die einzigen menschenähnlichen Gestalten, die ihr vor Augen kamen, waren Vogelscheuchen mit ihren ausdruckslosen, Punkt-Punkt-Komma-Strich-Gesichtern.

Es war keine lange Fahrt, aber die Erinnerung daran haftete wie eine hartnäckige Infektion. Sie hatte sich durch ein Band aus Zeit an die hinter ihr zurückbleibende Stadt gefesselt gefühlt, sodass die Minuten sich dehnten, während sie fortging, und immer zäher dahinflossen, je größer der Abstand wurde, weshalb ihre kurze Reise eine Ewigkeit zu dauern schien.

Dann war die Fessel zerrissen und sie fand sich an diesen Ort katapultiert, wo sie sich jetzt befand, weit weg von zu Hause und allein.

Viel später, Meilen entfernt von allem, was sie als Heimat kannte, erwachte Bellis manchmal und wunderte sich, dass es nicht die Stadt war, ihr Zuhause mehr als 40 Jahre lang, von der sie träumte, sondern dieser kleine Flussabschnitt, dieser verregnete Streifen herbstlicher Ackerflur, der sie weniger als einen halben Tag begleitet hatte.

*

In einem Fleck ruhigen Wassers, wenige Meter vor dem felsigen Ufer der Eisenbucht, lagen drei heruntergekommene Schiffe. Die Anker waren zur Gänze im

Schlick versunken, die Ketten überzogen von einem in Jahren gewachsenen Muschelpanzer.

Längst waren sie nicht mehr seetüchtig, schwarz geteert, mit an Heck und Bug prekär aufgesetzten Bauten. Die Masten waren Stümpfe, die Schornsteine kalt unter einer Kruste aus Vogelkot.

Die drei alten Seelenverkäufer lagen längsseits dicht an dicht, umfriedet über und unter Wasser von mit Stachelketten verbundenen Bojen, in ihrer eigenen Enklave des Ozeans, unbewegt von jeglicher Strömung.

Sie zogen die Blicke auf sich. Sie wurden beobachtet.

An Bord der *Terpsichoria* trat Bellis an ihr Fenster und spähte zu ihnen hinüber, wie schon mehrmals im Lauf der vergangenen Stunden. Die unter den Brüsten verschränkten Arme fest an den Leib gedrückt, beugte sie sich vor, bis ihr Gesicht fast das Glas berührte. Der Kabinenboden unter ihren Füßen bewegte sich kaum, in der schwachen Dünung saß das Schiff nahezu bewegungslos auf dem Anker.

Der Himmel war ein wässrig zerlaufenes Grau. Die Küste und die kahlen Berge rings um die Eisenbucht wirkten schroff und sehr kalt; vereinzelte graugrüne Flecken aus Kriechgras und bleichen Salzfarnen verstärkten den Eindruck von Trostlosigkeit.

Die zusammengelaschten hölzernen Holke auf dem Wasser dem Wasserwaren weit und breit das Schwärzeste in Sicht.

Bellis setzte sich langsam wieder auf ihre Koje und nahm ihren Brief zur Hand. Er war geschrieben wie ein Tagebuch: Absätze oder manchmal nur einzelne Zeilen unterbrochen von Datumsangaben. Während sie das zuletzt Geschriebene überflog, öffnete sie eine Blechdose mit vorgerollten Zigarillos und Streichhölzern. Sie zündete sich einen an und inhalierte tief, zog einen Füllfederhalter aus der Tasche und fügte in einer eckigen Schrift einige Worte hinzu, bevor sie den Rauch ausstieß.

Schädeltag, den 26. Rinden 1779. An Bord der *Terpsichoria*.

Fast eine Woche ist es her, dass wir von Tarmuth ausgelaufen sind, und ich war froh, den Staub dieses Ortes von den Füßen zu schütteln. Es ist ein hässliches, brutales Kaff.

Nachts blieb ich in meinem Quartier, wie man mir geraten hat, doch tagsüber konnte ich mich frei bewegen. Ich habe mir angesehen, was es in Tarmuth zu sehen gab. Der Ort ist weiter nichts als ein schmales Band, ein Streifen Industriegebiet, der sich zu beiden Seiten der Flussmündung etwa eine Meile nach Süden beziehungsweise Norden erstreckt. Alltäglich wächst die Einwohnerzahl von wenigen Tausend um die Scharen, die früh morgens zur Arbeit aus New Crobuzon herbeiströmen, in übervollen Booten und Diligencen. Nachts drängen Seeleute aller Nationalitäten in die Schenken und Freudenhäuser.

Die Schiffe renommierter Reedereien, wurde mir gesagt, lassen sich die zusätzlichen Meilen flussaufwärts nach New Crobuzon schleppen und löschen ihre Fracht in Kelltree. Die Docks von Tarmuth sind seit zweihundert Jahren höchstens zur Hälfte ausgelastet. Nur Trampschiffe und Freibeuter werden dort entladen – auch ihre Fracht gelangt zu guter Letzt in die Stadt, aber sie haben weder die Zeit noch das Geld für die zusätzliche Strecke und die amtlichen Zölle.

Schiffe kommen immer. Die Eisenbucht ist ein günstiger Zwischenhalt auf langen Fahrten und Zufluchtsort vor

Stürmen. Kauffahrer aus Gnurr Kett und Kadoh und Shankell, auf dem Weg nach oder zurück von New Crobuzon, ankern so dicht vor Tarmuth, dass ihre Mannschaften sich auf Landurlaub amüsieren können. Manchmal, weit draußen in der Mitte der Bucht, konnte ich Seewyrmen beobachten, die, vom Geschirr der Jochschiffe befreit, spielten und jagten.

*

Prostitution und Piraterie sind nicht Tarmuths einzige ökonomische Grundlage, der Ort lebt seit Jahrhunderten vom Schiffsbau. Entlang der Küste liegt Werft an Werft, Hellinge wachsen auf wie dürre Wälder aus senkrechten Stecken. In einer Art Webstuhl gespenstische, halb fertige Rümpfe. Arbeit rund um die Uhr, laut und schmutzig.

Schmalspurige, private Bahngleise schneiden die Straßen kreuz und quer, darauf rollen Waggons mit Holz, mit Brennstoff oder sonstigen Gütern von einem Ende der Stadt zum anderen. Jede einzelne Compagnie hat ihre eigene Strecke gebaut, zur Verbindung ihrer diversen Lokationen. Die Stadt ist ein hanebüchenes Gewirr von Eisenbahnen, die alle die gleichen Fahrten unternehmen.

Ich weiß nicht, ob du das weißt. Ich weiß nicht, ob du je in Tarmuth gewesen bist.

Die Menschen hier haben ein zwiespältiges Verhältnis zu New Crobuzon. Tarmuth könnte nicht einen einzigen Tag ohne das Patronat New Crobuzons existieren. Man ist sich dessen bewusst – zähneknirschend. Die schnodderige Unabhängigkeit, die man zur Schau trägt, ist Fassade.

*

Fast drei Wochen musste ich dort ausharren. Der Kapitän der *Terpsichoria* war nicht begeistert, von mir zu hören, dass ich erst in Tarmuth an Bord käme, statt von New Crobuzon aus mit ihm zu segeln. Aber ich ließ mich nicht umstimmen, konnte mich nicht umstimmen lassen. Man hat mich unter der Bedingung für diese Fahrt angeheuert, dass ich Salkrikaltor-Cray beherrsche, wie von mir fälschlich behauptet. Mir blieb weniger als ein Monat, um vor der Abreise aus der Lüge Wahrheit zu machen.

Ich leitete alles in die Wege und verbrachte meine Tage in Tarmuth in der Gesellschaft eines gewissen Marikkatch, ein älterer Cray, der sich bereit erklärt hatte, mich zu unterrichten. Jeden Morgen nahm ich den Weg zu den Brackwasserkanälen im Viertel der Cray. Ich saß auf der Galerie, die in geringer Höhe seine Wohnung umlief, er platzierte seinen gepanzerten Hinterleib auf irgendein unter Wasser verborgenes Möbel und kratzte seine zuckende, magere Menschenbrust, während er dozierte.

Es war schwer. Er hält keine Vorlesungen. Er ist kein ausgebildeter Lehrer. Er hat nur deshalb seinen Wohnsitz in der Stadt genommen, weil er verstümmelt ist, durch einen Unfall – oder ein Raubtier – aller Beine an der linken Seite verlustig gegangen, bis auf eins, sodass er nicht einmal mehr die behäbigen Fische der Eisenbucht jagen kann. Die Geschichte wäre hübscher, wenn ich erzählen könnte, dass er ein liebenswerter, kauziger alter Herr ist und ich ihn mochte; aber er ist ein Arsch und ein Schwätzer. Nun, ich durfte mich nicht beschweren. Mir blieb keine Wahl: Ich musste mich konzentrieren, ein paar Fokuskadabras fabrizieren, mich in die Linguatrance versetzen (und oh!, wie schwer das war! Ich habe diese Praxis so lange vernachlässigt, dass mein Verstand fett und abscheulich träge geworden ist!) und jede Vokabel aufsaugen, die er mir hinwarf.

Das ganze Unterfangen war eine überhastete, chaotische Schinderei, ein Kuddelmuddel, ein verdammter Kuddelmuddel, aber als schließlich die *Terpsichoria* im Hafen den Anker fallen ließ, gebot ich über eine rudimentäre Kenntnis seines schnalzenden Idioms.

Ich ließ den verbitterten alten Griesgram in seinem schalen Tümpel hocken, kündigte mein Quartier und zog um an Bord, in diese Kabine, aus der ich dir nun schreibe.

*

Am Staubtag, morgens, lichteten wir Anker und hielten in langsamer Fahrt auf die unbewohnte Südküste der Eisenbucht zu, zwanzig Meilen weit von Tarmuth. Klug postiert an strategisch günstigen Punkten, in verborgenen Einschnitten bei schroffen Klippen und Kiefernwäldern, erspähte ich lauernde Schiffe. Keiner verliert ein Wort darüber. Ich weiß, es sind die Schiffe des Parlaments von New Crobuzon. Piraten mit Kaperbrief.

*

Heute ist Schädeltag.

Am Kettentag erlaubte mir der Kapitän – nach einiger Überredung – von Bord zu gehen, und ich vertrieb mir die Stunden des Vormittags am Ufer. Die Eisenbucht ist landschaftlich trostlos, aber alles ist besser, als auf dem verdammten Schiff herumzulungern. Ich bezweifle langsam, dass es gegenüber Tarmuth eine Verbesserung darstellt. Das unaufhörliche, stupide Klatschen der Wellen gegen den Rumpf treibt mich zum Wahnsinn.

Zwei wortkarge Teerjacken ruderten mich ans Ufer und beobachteten tatenlos, mit steinerner Miene, wie ich über den Rand des kleinen Bootes stieg und das letzte Stück durch eiskalte Gischt watete. Meine Stiefel sind immer noch steif und salzfleckig.

Ich saß auf den Steinen und schnippte Kiesel ins Wasser. Ich las ein paar Seiten in dem dicken, banalen Schmöker, den ich an Bord gefunden habe. Ich schaute mir die *Terpsichoria* an, die dicht bei den Gefängnisschiffen liegt, damit unser Kapitän ohne große Umstände die Leutnants und Aufseher herüberbitten kann, um sich mit ihnen zu besprechen. Ich betrachtete die Holke. Nichts regte sich auf den Decks, auch hinter den Bullaugen keine Bewegung.

Ich schwöre, ich weiß nicht, ob ich ertrage, was ich mir auferlegt habe. Ich vermisse dich und New Crobuzon.

*

Ich erinnere mich an meine Reise.

Schwer zu glauben, dass es nur zehn Meilen sind von unserer Stadt zu dem allegötterverdammten Ozean.

*

Es klopfte an die Tür der winzigen Kabine. Bellis schürzte die Lippen und schwenkte die Blätter, bis die Tinte trocken war, faltete das Papier und verstaute es wieder in der Truhe mit ihren Habseligkeiten. Mit angezogenen Knien, den Füller zwischen den Fingern drehend, beobachtete sie, wie die Tür sich langsam öffnete.

Auf der Schwelle stand eine Nonne, sie hielt sich mit beiden Händen links und rechts am Türpfosten fest.

»Werte Schneewein«, lispelte sie schüchtern, »darf ich hereinkommen?«

»Dies ist auch Ihre Kabine, Schwester«, antwortete Bellis unverbindlich. Der Füller kreiste über und um ihren Daumen – ein kleiner neurotischer Trick, während ihrer Studienzeit perfektioniert.

Schwester Meriope tat ein paar trippelnde Schritte und setzte sich auf den einzigen Stuhl. Sie strich ihren dunkelroten Habit glatt, zupfte an ihrer Haube.

»Seit mehreren Tagen sind wir nun Kabinengenossinnen, werte Schneewein«, begann sie endlich, »und ich habe nicht das Gefühl, Sie auch nur ein wenig zu kennen. Diese Fremdheit zwischen uns empfinde ich als betrüblich. In Anbetracht der Tatsache, dass wir viele Wochen zusammen reisen und leben werden, könnte ein gewisses Maß an Offenheit, an gegenseitiger Sympathie dazu beitragen, diese Zeit angenehmer zu machen...« Sie brach ab und verschränkte krampfhaft die Hände im Schoß.

Bellis saß vollkommen still und musterte sie. Trotz allem empfand sie ein kurzes Aufflackern geringschätzigen Mitleids. Sie konnte sich vorstellen, wie sie Schwester Meriope erscheinen musste. Eckig, harsch, dünn. Blass. Lippen und Haare in kaltem Purpur gefärbt, wie die Male von Faustschlägen. Groß, abweisend.

Du hast dieses Gefühl von Fremdheit, Schwester, weil ich in einer Woche keine zwanzig Worte mit dir gewechselt habe und ich dich nicht ansehe, außer du sprichst mit mir, und dann bin ich gemein genug, dich niederzustarren. Sie seufzte. Meriope war durch ihre Berufung kein würdiger Gegner. Bellis stellte sich vor, wie sie in ihr Tagebuch schrieb: »Werte Schneewein ist schweigsam, doch ich weiß, mit der Zeit werde ich sie lieben wie eine Schwester.« *Ich werde mich nicht auf dich einlassen,* dachte Bellis. *Ich werde nicht dein Schalldeckel sein. Ich werde dich nicht absolvieren von der banalen Tragödie, welcher Art auch immer, die dich veranlasst hat, diese weite Reise zu unternehmen.*

Bellis schaute Schwester Meriope an und schwieg.

Als sie sich bei ihrer ersten Begegnung vorstellte, hatte Schwester Meriope behauptet, sie sei auf dem Weg in die Kolonien, um in der Diaspora zu wirken, um zu missionieren, zum Ruhme von Darioch und Jabber. Sie erzählte es schnüffelnd, mit halb abgewandtem Blick – eine miserable Lügnerin. Bellis hatte keine Ahnung, aus welchem Grund man Schwester Meriope nach Nova Esperium sandte, aber es roch nach einem Fehltritt, einem Verstoß gegen irgendein idiotisches Pfaffengelübde.

Sie richtete den Blick auf Meriopes Bauch, suchte nach einer Wölbung unter dem kaschierenden Nonnengewand. Das wäre die nächstliegende Erklärung. Von den Töchtern Dariochs wurde erwartet, dass sie sich sinnlicher Genüsse enthielten.

Ich denke nicht daran, dir als Beichtmutter zu dienen, dachte Bellis. *Ich bin selbst im Exil und muss sehen, wie ich damit zurechtkomme.*

»Schwester«, sagte sie, »ich fürchte, Sie stören mich bei der Arbeit. Momentan habe ich keine Zeit für Geplauder, tut mir Leid. Vielleicht ein andermal.« Sogleich ärgerte sie sich über dieses letzte kleine Zugeständnis, aber es machte ohnehin die Sache nicht besser. Meriope war am Boden zerstört.

»Der Kapitän möchte Sie sprechen«, hauchte sie verschüchtert. »In seiner Kajüte, um sechs Uhr.« Sie schlich aus der Tür wie ein geprügelter Hund.

Bellis seufzte und formulierte einige stumme Flüche, während sie sich einen weiteren Zigarillo anzündete und mit wenigen Zügen aufrauchte, dabei kniff sie mit zwei Fingern die Haut über der Nase zusammen. Dann kramte sie den angefangenen Brief wieder hervor.

»Ich drehe noch durch«, kritzelte sie fahrig, »wenn diese verdammte Nonne nicht aufhört, mir ihre von Nächstenliebe feuchte Hand aufzudrängen, und mich endlich in Ruhe lässt. Die Götter mögen mich bewahren. Oder diesen elenden Kahn versenken!«

*

Es dunkelte, als Bellis der Aufforderung des Kapitäns Folge leistete.

Seine Kajüte fungierte auch als Arbeitszimmer, ein kleiner Raum, aber mit dunklem Holz und Messing wohnlich ausgestattet. An den Wänden hingen einige Bilder und Drucke; Bellis betrachtete sie und wusste, sie waren nicht Eigentum des Kapitäns, sie gehörten zum Inventar.

Kapitän Myzovic lud sie mit einer Handbewegung ein, Platz zu nehmen. »Werte Schneewein«, begann er, sobald sie saß, »ich hoffe, Sie sind mit Ihrem Quartier zufrieden? Das Essen? Die Mannschaft? Gut, gut.« Er senkte kurz den Blick auf die Papiere, die vor ihm lagen. »Ich hätte ein, zwei Dinge mit Ihnen zu klären«, sagte er und lehnte sich zurück.

Sie schaute ihn abwartend an. Myzovic war ein ansehnlicher Mann in den Fünfzigern. Harte, markante Züge. Die Uniform sauber und geplättet, worauf bei weitem nicht alle Schiffsführer in seinem Rang Wert legten. Bellis konnte nicht einschätzen, ob es klüger war, gelassen seinem Blick standzuhalten oder bescheiden die Augen niederzuschlagen.

»Wir haben noch keine Gelegenheit gehabt, uns über Ihre Pflichten auf dieser Reise zu unterhalten«, fuhr er fort. »Selbstverständlich werden Sie wie eine Dame behandelt werden. Ich will nicht verhehlen, dass ich es nicht gewöhnt bin, Angehörige Ihres Geschlechts in der Mannschaft zu haben, und wären die Autoritäten von Esperium nicht derart beeindruckt gewesen von ihrem Lebenslauf und Ihren Referenzen, kann ich Ihnen versichern ...« Er ließ den Satz unvollendet.

»Es liegt nicht in meiner Absicht, ihnen den Aufenthalt unangenehm zu machen. Sie wohnen auf dem Passagierdeck, Ihre Mahlzeiten nehmen Sie im Speiseraum der Passagiere ein. Andererseits sind Sie, wie wir beide wissen, kein zahlender Passagier. Sie sind von den Agenten der Kolonie Nova Esperium angeheuert worden, und für die Dauer der Reise fungiere ich als deren Repräsentant. Während das für Schwester Meriope und Dr. Feinfliege und die anderen kaum von Belang ist, bedeutet es für Sie, ich bin Ihr Arbeitgeber.

Natürlich sind Sie kein Mitglied der eigentlichen Besatzung.« Er atmete tief ein. »Ich werde Ihnen keine Befehle geben, sondern Sie in Form einer Bitte ersuchen, dass Sie tätig werden. Allerdings muss ich darauf bestehen, dass diese Bitten befolgt werden!«

Sie musterten sich gegenseitig.

»Nun ...« Als er weitersprach, klang sein Ton verbindlicher: »Ich sehe keine unbilligen Forderungen auf Sie zukommen. Die Besatzungsmitglieder stammen in der Mehrzahl aus New Crobuzon oder der Kornspirale, und die Auswärtigen sprechen ein annehmbares Ragamoll. Erst in Salkrikaltor werde ich Ihrer bedürfen, und dort sind wir frühestens in einer Woche – reichlich Zeit, um sich auszuruhen und mit den anderen Passagieren bekannt zu machen. Morgen lichten wir bei Tagesanbruch den Anker. Wenn Sie aufwachen, schwimmen wir, möchte ich annehmen, bereits auf dem offenen Meer.«

»Morgen?«, fragte Bellis. Es war das erste Wort, das sie seit ihrem Eintritt äußerte.

Der Kapitän warf ihr einen scharfen Blick zu. »Allerdings. Gibt es ein Problem?«

»Ursprünglich«, sagte sie wie nur beiläufig interessiert, »hieß es, dass wir am Staubtag auslaufen.«

»Richtig, werte Schneewein, aber ich habe meine Meinung geändert. Ich bin schneller als erwartet mit meinem Papierkram fertig geworden, und meine Kameraden Offiziere haben Vorkehrungen getroffen, das Kontingent ihrer Insassen heute Abend an Bord zu schaffen. Wir segeln morgen.«

»Ich hatte gehofft, noch einmal an Land gehen zu können, um einen Brief aufzugeben.« Bellis lauschte ihrer eigenen Stimme und hoffte, dass man nicht hörte, wie wichtig es ihr war. »Einen wichtigen Brief an einen Freund in New Crobuzon.«

»Unmöglich.« Myzovic schüttelte entschieden den Kopf. »Das müssen Sie vergessen. Ich werde hier keine weitere Zeit vergeuden.«

Bellis saß ganz still. Sie fühlte sich nicht eingeschüchtert von diesem Mann, aber sie hatte keine Macht über ihn, nicht die geringste. Sie überlegte, womit es ihr am wahrscheinlichsten gelingen könnte, seine Sympathie zu wecken, ihn zum Nachgeben zu bewegen.

»Werte Schneewein«, sagte er plötzlich und zu ihrem Erstaunen in beinahe sanftem Ton, »ich fürchte, der Gang der Dinge lässt sich nicht mehr aufhalten. Es besteht die Möglichkeit, Kerkerleutnant Catarrs Ihren Brief anzuvertrauen, aber ich kann diese Beförderungsart nicht guten Gewissens als zuverlässig empfehlen. In Salkrikaltor werden Sie Gelegenheit haben, Ihren Brief aufzugeben. Selbst wenn dort keine Schiffe aus New Crobuzon vor Anker liegen sollten, gibt es ein Depot, zu dem all unsere Kapitäne einen Schlüssel haben und damit Zugang zu Informationen, Extrafracht und Post. Hinterlegen Sie dort Ihren Brief. Das nächste Schiff auf Heimatkurs nimmt ihn mit. Er wird kaum später eintreffen als auf dem normalen Weg.

Sie können aus dieser Sache lernen, werte Schneewein«, schloss er. »Auf See darf man keine Zeit verschwenden. Merken Sie sich: Ebbe und Flut warten auf niemanden.«

Bellis blieb noch einen Moment sitzen, doch es gab nichts mehr zu sagen oder zu tun, also presste sie die Lippen zusammen und ging.

*

An Deck blieb sie eine Zeit lang stehen, unter dem kalten Himmel der Eisenbucht. Die Sterne waren unsichtbar, die Mondin und ihre zwei Töchter trugen Schleier aus feinem Dunst. Schließlich ging Bellis weiter, die Schultern hochgezogen, in Abwehr und gegen die Kälte, und stieg die kurze Leiter zum Vorderdeck hinauf, ihr Ziel war der Bugspriet.

Dort hielt sie sich an der eisernen Reling fest, stellte sich auf die Zehenspitzen und schaute über das nächtliche Meer.

Hinter ihr erstarb nach und nach das Rumoren der Besatzung. In einiger Entfernung sah man zwei Lichtpunkte: eine Fackel auf der Brücke eines der Kerkerschiffe und ihr Spiegelbild im schwarzen Wasser.

Im Krähennest oder irgendwo in den Wanten, an einem unbestimmten Punkt an die dreißig Meter über ihr, hörte Bellis jemanden singen. Mundmusik, ganz anders als die vulgären Shanties, die sie in Tarmuth gehört hatte, elegisch und komplex.

Du wirst auf deinen Brief warten müssen, sagte Bellis stumm über das Wasser. *Es wird dauern, bis du Nachricht bekommst. Du wirst dich ein kleines Weilchen länger gedulden müssen, bis Salkrikaltor.*

Sie beobachtete, wie die Nacht die letzten Scheidelinien zwischen Küste, Meer und Himmel auslöschte, dann, umschmeichelt von Dunkelheit, wanderte sie langsam nach achtern, zu den Luken und steilen Niedergängen, Türen und Fluren, in deren Gewinkel sich auch ihre Kabine befand – ein bisschen Raum wie ein Lapsus im Bauplan des Schiffes.

(Später rollte das Schiff unruhig, in der kältesten Stunde der Nacht, und sie zog die Decke bis zum Kinn und registrierte, irgendwo unterhalb ihrer Träume, dass die lebende Fracht an Bord kam.)

*

Ich bin müde hier in der Stockfinsternis und voll Eiter.

Zum Platzen voll, wovon die Haut so stramm ist, dass sie runzelt; auch kann man nicht hinfassen, ohne dass es dammich wehtut. Überall tut es weh, wenn ich hinfasse, aber ich fasse hin, weil ich sie merken will, die Schmerzen, merken will, dass ich noch fühle.

Aber dennoch, dank wem immer, habe ich Blut in mir. Ich kratze den Schorf von den Schwären, und sie laufen über, ich laufe über davon. Und das ist ein kleiner Trost, da mache ich mir nichts aus den Schmerzen.

*

Sie kommen uns zu holen, als die Luft still und schwarz ist und nicht ein Seevogel schreit. Sie öffnen unsere Türen und bringen Licht, das uns entblößt. Fast schäme ich mich zu sehen, wie wir uns ergeben haben, dem Dreck ergeben.

Ich sehe nichts hinter ihren Lampen.

Wo wir zusammen liegen, prügeln sie uns auseinander, und als sie uns nach draußen treiben, schlinge ich die Arme um das spastische Fleisch, welches an meinem Bauch zuckt, als sie anfangen.

Wir schlurfen durch teerige Gänge und Maschinenräume, und mir ist kalt, wenn ich daran denke, was man mit uns vorhat. Und ich bin lebendiger, ich bin schneller als einige von den Alten, die gebeugt sind und husten und ausspucken und Angst haben, die morschen Knochen zu rühren.

Und dann kommt ein Sog, und ich bin verschlungen von der Kälte und aufgeschluckt von der Dunkelheit, und fick mich, Jabber, wir sind draußen.

*

Draußen.

Ich bin stumm davon. Stumm und dumm vor Staunen.

Es ist lange her.

Wir drängen uns zusammen, jeder an seinen Nächsten, wie Höhlenmenschen, wie kurzsichtige Trolle. Sie sind erschlagen davon, die Alten, vom Mangel an Mauern und Winkeln und dass die Kälte sich bewegt, von Wasser und Luft.

Ich könnte weinen, Jabber verhüt's, bin nahe dran.

Alles Schwarz in Schwarz, aber trotzdem sehe ich Berge und Wasser, und ich sehe Wolken. Ich sehe die schwimmenden Kerker leicht auf- und niederwippen wie Anglerstege. Jabber erhalte uns, ich kann Wolken sehen.

Verdammt, ich höre mich summen, als wollte ich ein Wickel-

kind beruhigen. Das gilt mir selbst, das Säuseln und Brummen.

Und dann treiben sie uns weiter wie Vieh, und wir schlurfen, kettenrasselnd, tropfend, furzend, baff brabbelnd über das Deck zu einer schwankenden Seilbrücke. Und man scheucht uns hinüber, alle mitsammen, und jeder von uns verharrt einen Augenblick, in der Mitte der tief hängenden Verbindung zwischen den Schiffen, was er denkt sichtbar und grell wie eine chymische Explosion.

Jeder denkt daran zu springen.

In das Wasser der Bucht.

Aber das Seilgestrick um die Brücke ist hoch, und Stacheldraht schließt uns ein, und unsere armen Leiber sind wund und schwach, und jeder Mann lässt die Schultern sinken und geht weiter und über den Streifen offenen Wassers hinüber auf ein neues Schiff.

Auch ich bleibe stehen. Auch ich habe zu viel Angst.

*

Und dann ein neues Deck unter den Füßen, geschrubbtes Eisen, blank und sauber und durchbebt von stampfenden Maschinen und mehr Korridore und klappernde Schlüssel und nach allem ein weiterer langer Raum ohne Licht, wo wir niedersinken, erschöpft und durcheinander gewürfelt und uns langsam aufraffen, um zu sehen, wer unsere neuen Nachbarn sind. Ringsumher beginnen die gezischten Wortwechsel und Streitereien und Kämpfe und Verführungen und Vergewaltigungen, aus denen unsere Politik besteht. Neue Bündnisse werden gebildet, neue Hierarchien entstehen.

Ich sitze eine Weile abseits, im Schatten.

Ich bin noch gefangen von dem Augenblick, als ich die Nacht betrat. Er ist wie Bernstein, dieser Moment. Ich bin die Fliege im

Bernstein. Er umfängt mich unentrinnbar, aber Jabber!, er macht mich schön, wunderschön.

Ich habe jetzt ein neues Heim. Ich will in diesem Augenblick leben, so lange ich kann. Bis die Erinnerung zerfällt, und dann werde ich hervorkommen. Ich werde hervorkommen und an diesem neuen Ort sein, wo wir sitzen.

Irgendwo dröhnen Rohre wie schwere Hämmer.

2

Draußen, vor der Eisenbucht, war die See kabbelig. Bellis erwachte von den klatschenden Attacken. Sie ging aus der Kabine, vorbei an Schwester Meriope, die sich mit Hingabe erbrach und nicht nur, glaubte Bellis, weil die Nausea marina ihr die Gedärme umstülpte.

Bellis wurde empfangen von heftigem Wind und lautem Knallen der Segel, die wie Tiere an ihren Fesseln zerrten. Der gewaltige Schornstein blies ein wenig Ruß aus, und das Schiff summte von der Kraft der Dampfmaschinen tief in seinem Bauch.

Sie setzte sich auf eine Kiste. *Wir sind tatsächlich unterwegs*, dachte sie nervös. *Kurs auf das offene Meer. Wir sind unterwegs.*

Auf der *Terpsichoria* hatte, während sie vor Anker lag, eine unermüdliche Emsigkeit geherrscht: Immer war jemand damit beschäftigt gewesen, etwas zu scheuern oder zu reparieren oder lief von achtern nach vorn und umgekehrt. Jetzt aber hatte sich dieser Eindruck von Betriebsamkeit um ein Vielfaches multipliziert.

Bellis beobachtete aus zusammengekniffenen Augen das Tun auf dem Hauptdeck. Noch war sie nicht bereit, sich dem Anblick der grenzenlosen Weite des Ozeans zu stellen.

Die Takelage wimmelte ameisenhaft. In der Mehrheit waren die Seeleute Menschen, hier und dort aber balancierte ein stachliger Hotchi auf den Fußpferden entlang oder enterte zur Mars hinauf, zum Ausguck. Auf den Decks schleppten Männer riesige Kisten, drehten gewaltige Kurbeln, brüllten Anweisungen in unverständlichen Kürzeln, fädelten Ketten auf stierkopfgroße Taljen. Da waren baumhohe Kaktusleute, zu schwer und ungeschlacht, um in die Wanten zu steigen; das aber machten sie unten mit ihrer Körperkraft wett: Vegetabiler Bizeps ballte sich titanenhaft, während sie hievten und vertäuten.

Offiziere in blauer Uniform stolzierten zwischen ihnen umher.

Der Wind blies über das Schiff, die periskopischen Schornsteinhauben tuteten wie klagende Hörner.

Bellis nahm einen letzten Zug von ihrem Zigarillo. Sie erhob sich langsam und ging, den Kopf gesenkt, die wenigen Schritte bis zur Reling, dann hob sie den Blick und schaute und sah das Meer.

Überall Meer und nirgends Land.

Götter, seht euch das an, dachte sie erschüttert.

Zum ersten Mal in ihrem Leben sah Bellis bis zum Horizont nichts als Wasser.

Allein unter einem kolossal sich emporwölbenden Himmel, quoll Angst in ihr auf wie Galle. Sie wünschte sich zurück in die Gassen ihrer Stadt.

Gischtfelder schäumten um das Schiff auseinander, verliefen sich und entstanden neu in unablässiger, rhythmischer Folge. Das Wasser quirlte in marmorierten Arabesken. Es fügte sich dem Schiff, wie auch einem Wal oder einem Kanu oder einem herbstlichen Blatt, eine dumpfe Zuvorkommenheit, die mit jeder plötzlichen Woge zunichte werden konnte.

Es glich einem gigantischen, einfältigen Kind. Stark und dumm und launenhaft.

Bellis ließ den Blick unruhig hierhin und dorthin fliegen, spähte nach einer Insel, irgendeinem Festlandsporn, doch nichts dergleichen war zu entdecken.

Ein Wolke aus Seevögeln folgte ihnen, stürzte sich auf die leichte Beute im Kielwasser des Schiffes, bekleckerte das Deck und die Gischt mit Guano.

*

Zwei Tage segelten sie ohne Aufenthalt.

Bellis fühlte sich betäubt von der Erkenntnis, dass ihre Reise nun wirklich und unwiderruflich begonnen hatte. Ruhelos patrouillierte sie Flure und Decks, schloss sich in der Kabine ein. Sie beobachtete teilnahmslos, wie ferne Klippen und winzige Eilande hinter der *Terpsichoria* zurückblieben, von grauem Tageslicht umflossen oder von Mondschein.

Die Besatzung suchte den Horizont ab, ölte die großmäuligen Kanonen. Der Basilisk Channel mit seinen Hunderten von unzulänglich kartierten Inselchen und Handelsniederlassungen, befahren von Schiffen in unübersehbarer Zahl, die der nimmersatten Megalopole New Crobuzon an einem Ende zustrebten, war ein Tummelplatz für Piraten.

Bellis wusste, dass ein Schiff dieser Größe, mit eisernem Schanzkleid und der Fahne New Crobuzons am Mast, aller Wahrscheinlichkeit nach nichts zu befürchten hatte. Die Wachsamkeit der Crew verursachte ihr nur ein leichtes Kribbeln im Magen.

Die *Terpsichoria* war ein Handelsschiff, daher ohne spezielle Einrichtungen für Passagiere. Es gab keine Bibliothek, keinen Salon, kein Spielzimmer. Die Messe war ein halbherziger Versuch in Richtung Komfort, die Wände kahl bis auf ein paar billige Lithographien.

Bellis nahm dort ihre Mahlzeiten ein, an einem Tisch für sich. Jedem Versuch, eine Unterhaltung anzuknüpfen, schob sie mit einsilbigen Antworten einen Riegel vor. Ihre Mitreisenden fanden sich an der Fensterseite zu Grüppchen zusammen und spielten Karten, von Bellis verstohlen, aber scharf beobachtet.

In die Kabine zurückgekehrt, überprüfte Bellis wieder und wieder die einzelnen Teile ihrer bescheidenen Habe.

Sie hatte die Stadt überstürzt verlassen, mit leichtem Gepäck: einige wenige Kleidungsstücke in dem asketischen Stil, den sie favorisierte, streng und schwarz und anthrazit; sieben Bücher, im Einzelnen zwei Bände theoretischer Linguistik, Salkrikaltor-Cray für Anfänger, eine Anthologie Kurzgeschichten in verschiedenen Sprachen, ein dickes, noch leeres Notizbuch sowie je ein Exemplar der von ihr selbst verfassten *Grammatologie des Hoch-Kettai* und *Wormseye Scrub Syntagmata*; ein paar Schmuckstücke – Gagat und Granat und Platin –; ein Necessaire, Tinte und Füllfederhalter.

Sie vertrieb sich die Zeit damit, an ihrem Brief weiterzuschreiben. Sie schilderte die Trostlosigkeit der offenen See, die schroffen Klippen, die emporstachen wie die Zähne aufgesperrter Schlagfallen. Sie zeichnete mit Worten Karikaturen der Offiziere und Passagiere. Schwester Meriope, Bertol Amausis, der Kaufmann, der ausgemergelte Chirurg Dr. Adoucier, Witwe Cardomium mit Töchterlein. Letztere zwei stille Frauen, von Bellis' spitzer Feder verwandelt in raffinierte Verschwörerinnen auf der Jagd nach Heiratskandidaten. Johannes Feinfliege mutierte zum zerstreuten Professor aus dem Boulevardtheater. Für alle erfand sie Motivationen, spekulierte über die Gründe, die jeden veranlasst hatten, sich auf diese halbe Weltreise zu begeben.

*

Am zweiten Tag, am Heck stehend, wo Möwen und Fischadler sich um die Schiffsabfälle zankten, schaute Bellis nach Inseln aus, sah aber nur Wasser und Wellen.

Die Weite machte sie schwindelig. Dann, während ihr Auge noch den Horizont nach einem Halt absuchte, hörte sie Schritte.

Ein Stück neben ihr stand der Naturforscher Dr. Feinfliege und beobachtete die Vögel. Bellis' Züge versteinerten. Sie war bereit zu gehen, sollte er das Wort an sie richten.

Als er den Blick von den Vögeln abwandte und merkte, dass sie ihn musterte, schenkte er ihr ein abwesendes Lächeln und zog ein Notizbuch heraus. Schon hatte er sie vergessen. Sie schaute zu, wie er die Möwen skizzierte, ohne sich von ihrer Gegenwart stören zu lassen.

Sie schätzte ihn auf Ende fünfzig. Er trug eine Tweedweste, das schütter werdende Haar war straff zurückgekämmt und auf der Nase saß eine schmale, rechteckige Brille. Trotz des akademischen Aufzugs machte er nicht den Eindruck eines blässlichen Stubenhockers. Er war groß und hielt sich sehr gerade.

Mit schnellen, präzisen Strichen skizzierte er die gebogene Vogelkralle, die unbarmherzige Kampfeslust des Möwenauges. Er wurde Bellis ein klein wenig sympathischer. Nach einer Weile war sie es, die ein Gespräch begann.

Doch, es machte das Reisen angenehmer, sie gestand es sich ein. Johannes Feinfliege war charmant. Bellis vermutete, dass er gegenüber jedermann an Bord die gleiche Liebenswürdigkeit an den Tag legte.

Sie aßen zusammen Mittag, und Bellis hatte keine Mühe, ihn von den anderen Passagieren zu isolieren, die die neue Zweisamkeit gespannt beobachteten. Falls ihm der Gedanke kam, dass seine Vertrautheit mit der ungeselligen, wortkargen Bellis Schneewein zu Gerede Anlass geben könnte, kümmerte es ihn nicht.

Feinfliege war hoch beglückt, über seine Arbeit reden zu können. Er schwärmte von der unerforschten Fauna Nova Esperiums. Er erzählte Bellis von seinen Plänen für eine neue Monographie, wenn er schließlich nach New Crobuzon zurückkehrte. Schon jetzt stellte er Zeichnungen zu dem Thema zusammen, Heliotypien und Beobachtungen.

Bellis beschrieb ihm eine schwarze, bergige Insel, die sie in der vergangenen Nacht, kurz vor Morgengrauen, Richtung Nord gesehen hatte.

»Das war Nordmorin«, antwortete er. »Dann liegt Cancir höchstwahrscheinlich momentan nordwestlich von uns. Am späten Abend werden wir bei der Tanzvogelinsel vor Anker gehen.«

Die Position und das Etmal des Schiffes waren Hauptgesprächsthema unter den Passagieren, und Feinfliege schien verblüfft über Bellis' Unwissenheit. Ihr war es gleich. Für sie zählte nur der Ort, von dem sie floh, nicht, wo sie war oder wohin die Reise ging.

*

Wie vorhergesagt, schob sich bei Sonnenuntergang die Tanzvogelinsel über die Kimm. Der vulkanische Fels der Insel war ziegelrot und zu kleinen Kuppen aufgeworfen – das Panorama erinnerte an einen Menschen mit hochgezogenen Achseln. Qé Banssa kroch an den Hängen der Bucht hinauf. Es war arm, ein hässlicher, kleiner Fischereihafen. Die Aussicht, den Fuß in eine weitere missgünstige, von maritimer Ökonomie geknebelte Stadt zu setzen, legte sich Bellis düster aufs Gemüt.

Die Besatzungsmitglieder, die an Bord bleiben mussten, schauten neidisch zu, wie ihre glücklicheren Kameraden und die Passagiere die Gangway hinuntergingen. Außer der *Terpsichoria* lagen keine Schiffe aus New Crobuzon am Pier: keine Möglichkeit für Bellis, ihren Brief zur Weiterbeförderung aufzugeben. Sie fragte sich, weshalb Myzovic diesen unbedeutenden Hafen angelaufen hatte.

Abgesehen von einer Jahre zurückliegenden, anstrengenden Exkursion in den Wormseye Scrub zum Zweck der Recherche für ihre *Syntagmata*, war Bellis noch nie so weit von New Crobuzon weg gewesen wie jetzt. Sie musterte die kleine Schar Neugieriger am Kai. Die meisten sahen alt und alert aus. Der Wind trug eine Melange von Dialekten an ihr Ohr. Am häufigsten hörte man Salt, den Jargon der Seeleute, Kind vieler Väter, zusammengerührt aus den tausend regionalen Idiomen des Basilisk Channel, Ragamoll und Perrickish, den Argots der Piraten- und Jheshull-Inseln. Bellis sah Kapitän Myzovic durch die steilen Gassen zu New Crobuzons zinnengekrönter Botschaft hinaufgehen.

»Weshalb sind Sie an Bord geblieben?«, erkundigte sich Johannes.

»Ich verspüre kein großes Bedürfnis nach fettigem Essen oder billigem Tand«, antwortete sie. »Diese Inseln deprimieren mich.« Johannes lächelte still, als fände ihre Einstellung seinen Beifall.

Er zuckte die Schultern und richtete den Blick zum Himmel. »Es wird regnen«, meinte er, als hätte sie ihn nach seinen Gründen gefragt, keinen Landgang zu unternehmen, »und ich habe zu arbeiten.«

»Weshalb legen wir überhaupt hier an?«

»Ich vermute, es handelt sich um eine Regierungsangelegenheit«, sagte Johannes zurückhaltend. »Dies ist unser letzter ernst zu nehmender Außenposten. Dahinter wird New Crobuzons Einfluss rapide geringer. Wahrscheinlich gibt es alle möglichen Formalitäten, die erledigt werden müssen.«

»Glücklicherweise«, fügte er nach einer kurzen Pause hinzu, »brauchen wir uns darum nicht zu kümmern.«

Bellis schaute auf den sich verdunkelnden Ozean.

»Haben Sie welche von den Gefangenen zu Gesicht bekommen?«, brach Johannes unvermittelt das Schweigen.

Bellis sah ihn überrascht an. »Nein? Und Sie?« Ihr war nicht wohl. Das Wissen um die empfindungsfähige Fracht der *Terpsichoria* verursachte ihr Unbehagen.

Als Bellis endlich begriffen hatte, dass sie New Crobuzon verlassen musste, drängte bereits die Zeit und die Angst saß ihr im Nacken. Sie plante ihre Flucht in einem Zustand mühsam im Zaum gehaltener Panik. Nur weg, so weit und so schnell wie möglich. Cobsea und Myrshock erschienen ihr zu nah, und sie hatte fieberhaft Alternativen erwogen. Shankell? Yoraketche? Neovaden? Tesh? Doch sie waren alle zu fern oder zu gefährlich oder zu anders oder zu schwer erreichbar oder zu Furcht einflößend. Keinem der Orte war etwas zu Eigen, das ihr Heimat werden konnte. Bellis musste sich eingestehen, entgeistert, dass sie nicht loslassen konnte, dass sie sich an New Crobuzon klammerte als den Ort, der ihr sagte, wer sie war.

Dann hatte sich Nova Esperium in ihr Blickfeld gedrängt. Warb um Kolonisten, stellte keine Fragen. Fast am anderen Ende der Welt, ein kleiner Pickel der Zivilisation in einem Gebiet, das ansonsten ein weißer Fleck auf der Landkarte war. Eine Heimat fern der Heimat, New Crobuzons Kolonie. Urwüchsiger und rauer, bestimmt, und weniger weich gepolstert – Nova Esperium war zu jung für gefällige Verbrämungen –, aber doch eine Kultur nach dem Vorbild ihrer Stadt.

Bellis überlegte, dass mit diesem Bestimmungsort New Crobuzon ihr die Reise finanzieren würde, die Flucht ins Exil. Und eine Möglichkeit der Kommunikation blieb erhalten, durch die Schiffe von daheim. Sie würde erfahren, wann es sicher war, zurückzukehren.

Ein Aber gab es. Die Schiffe, die die lange, gefährliche Fahrt von Eisenbucht über das Vielwassermeer unternahmen, transportierten Nova Esperiums Arbeitskräfte, was unbeschönigt hieß, ihr Laderaum war voll mit Gefangenen: Tagelöhnern, Handwerkern, Remade.

Bei dem Gedanken an die im Schiffsbauch ohne Luft und Licht eingepferchten Männer und Frauen drehte sich Bellis der Magen um, deshalb verdrängte sie das Bild. Freiwillig hätte sie unter keinen Umständen eine solche Reise unternommen, und erst recht nicht auf so etwas wie einem Sklavenschiff.

Sie schaute in Johannes' Gesicht und versuchte, darin zu lesen.

»Ich muss gestehen«, sagte er zögernd, »dass ich überrascht bin, überhaupt nichts von ihnen zu hören, nicht einen Ton. Ich hatte angenommen, man würde sie häufiger nach oben lassen.«

Bellis verzichtete auf einen Kommentar. Sie hoffte, Johannes würde das Thema wechseln, damit sie weiter versuchen konnte zu vergessen, was sich unter ihnen befand.

Das fröhliche Spektakel aus Qé Banssas Hafenkneipen tönte zu ihnen herüber. Es schien sie zu rufen.

*

Unter Teer und Eisen, in den dumpfen Gelassen im Schiffsbauch. Essen, hinuntergeschlungen und wütend umkämpft. Scheiße, Rotz und Blut zu einer Jauche vermischt. Gekreisch und Raufereien. Und Ketten wie aus Stein und rundherum Flüstern, Geraune.

»Das ist ein übles Malheur, Kleiner.« Die Stimme klang rau vor Übermüdung, aber das Mitgefühl war aufrichtig. »Höchstwahrscheinlich kriegst du dafür was mit der Katze über'n Buckel.«

Vor den Gitterstäben des zum Gefängnis umgebauten Laderaums stand der Schiffsjunge und schaute betrübt auf das Gemenge aus irdenen Scherben und dicker Suppe vor seinen Füßen. Er hatte das Essen ausgegeben und ein voller Kump war ihm aus der Hand gerutscht.

»Dieses Steingut scheint hart zu sein wie Eisen, bis man es fallen lässt.« Der Mann hinter den Stäben sah ebenso verdreckt und mager aus wie all die anderen Elendsgestalten. Aus seiner Brust blubberte, sichtbar unter einem löchrigen Hemd, eine große fleischige Geschwulst, der zwei lange, übel riechende Tentakel entwuchsen. Sie hingen leblos herab, nutzloser, gummiweicher Ballast. Wie die Mehrzahl der Gefangenen war der Mann ein Remade, sein Fleisch von Wissenschaft und Thaumaturgie zu neuer Gestalt geformt, als Bestrafung für irgendein Vergehen.

»Erinnert mich daran, wie Krebsfuß in den Krieg zog«, sagte der Mann. »Kennst du die Geschichte?«

Der Schiffsjunge sammelte fettige Fleischbrocken und Möhrenstücke vom Boden auf und warf sie in einen Kübel. Aus seiner gebückten Haltung hob er den Blick zu dem Sprecher.

Der Gefangene trat schlurfend ein paar Schritte zurück und lehnte sich an das Querschott.

»Also, eines Tages, die Welt war noch jung, schaut Darioch aus seinem Baumhaus und sieht eine Armee auf den Wald zumarschieren, und verdammich, wenn das nicht die Flederfellsippe ist, die kommt, um sich ihre Reiserbesen wiederzuholen. Du weißt, wie Krebsfuß ihnen die Besen stibitzt hat, nicht wahr?«

Der Junge sah aus wie 15, er war alt für einen Schiffsjungen. Was er anhatte, war nicht viel sauberer als die Lumpen der Gefangenen. Er schaute dem Mann frei ins Gesicht und grinste, *ja, ich kenne die Geschichte*, und die Veränderung an ihm war dermaßen drastisch und ungewöhnlich, dass man glauben konnte, er hätte *Hokuspokus* einen neuen Körper bekommen. Einen Augenblick lang sah er stark und dreist aus, und auch nachdem das Lächeln erloschen war und er sich wieder nach dem eklen Klecks aus Tonscherben und Eintopf bückte, blieb etwas von dieser plötzlichen Breitschultrigkeit erhalten.

»Gut dann«, nahm der Remade den Faden wieder auf, »Darioch ruft also Krebsfuß zu sich und zeigt ihm die Flederfelle, die angewalzt kommen, und er sagt zu ihm: ›Das hast du verbockt, Krebsfuß. Du hast sie bestohlen. Dummerweise ist Salzer am Rand der Welt unterwegs, daher musst du das Kämpfen übernehmen.‹

Und Krebsfuß windet sich und mault und lamentiert...« Der Mann ließ Finger und Daumen gehen wie einen plappernden Mund.

Als er fortfahren wollte, kam der Junge ihm zuvor. »Kenn ich«, sagte er, als wäre ihm plötzlich ein Licht aufgegangen. »Hab ich schon mal gehört.«

Stille.

»Na ja«, sagte der Mann, erstaunt über seine eigene Enttäuschung, »na ja, ich will dir was sagen, Sohn. Bei mir ist es schon eine Weile her, dass ich sie gehört hab, und deshalb werde ich mir selbst eine Freude machen und einfach zu Ende erzählen.«

Der Junge musterte ihn forschend, er war sich nicht im Klaren darüber, ob der Mann es ernst meinte oder ihn auf den Arm nehmen wollte. »Mir egal«, behauptete er. »Mach, was du willst, mich juckt's nicht.«

Der Gefangene fuhr fort mit der Geschichte. Er sprach mit ruhiger Stimme, unterbrochen von Husten und schnaufenden Atemzügen. Der Schiffsjunge kam und ging in der Dunkelheit hinter den Stäben, wischte das Verschüttete weg, teilte weiter Rationen aus. Er war da, als am Ende der Geschichte Krebsfußens Schamott- und Porzellantellerrüstung zerbrach, in tausend Stücke, und ihn schlimmer zurichtete, als wenn er ungepanzert in den Kampf gezogen wäre.

Der Junge sah den erschöpften Mann an, der nun schwieg, und grinste wieder.

»Und die Moral? Lässt du die weg?«

Der Mann lächelte matt. »Ich wette, du kennst sie längst.«

Der Junge nickte und hob den Blick zur Balkendecke, als stünde sie dort geschrieben. »Wenn nicht das Echte und Rechte, dann lieber keins, als zum Behelf das Schlechte«, rezitierte er. »Mir gefallen die Geschichten besser ohne die Moral«, fügte er hinzu. Er ging vor dem Gitter in die Hocke.

»Schiet, aber da bin ich ganz deiner Meinung, Söhnchen«, sagte der Mann. Nach einer Pause streckte er die Hand zwischen den Stäben hindurch. »Ich bin Gerber Walk.«

Der Schiffsjunge zögerte kurz: nicht ängstlich, sondern um Möglichkeiten und Vorteile abzuwägen. Er ergriff Gerbers Hand.

»Danke für die Geschichte. Ich bin Schekel.«

3

Bellis wachte auf, als die Segel gesetzt wurden, obwohl Himmel und Wasser noch schwarz waren. Die *Terpsichoria* bebte und schauderte wie ein fröstelndes Tier, und Bellis wälzte sich zum Bullauge herum und schaute zu, wie die wenigen Lichter von Qé Banssa sich entfernten.

An diesem Morgen erlaubte man ihr nicht, an Deck zu gehen.

»Bedaure, Madam«, sagte ein Matrose. Er war jung und fühlte sich sichtlich unbehaglich dabei, ihr den Weg zu verstellen. »Befehl vom Kapitän: Keine Passagiere auf dem Hauptdeck bis 10 Uhr.«

»Weshalb?«

Er schaute, als hätte sie ihn geschlagen. »Die Gefangenen«, erklärte er, »haben Ausgang.« Bellis Augen weiteten sich für einen Sekundenbruchteil. »Der Käpten lässt sie nach oben, damit sie frische Luft schnappen, und anschließend müssen wir das Deck schwabbern – sie sind ein ziemlich dreckiger Haufen. Weshalb frühstücken Sie nicht in aller Ruhe, Madam. Dann ist es zehn, bevor Sie's merken.«

Wo der Matrose sie nicht mehr sehen konnte, blieb sie stehen und überlegte. Diese Zufälligkeit gefiel ihr nicht, so bald nach ihrer Unterhaltung mit Johannes.

Bellis wollte die Männer und Frauen sehen, die man im Schiffsbauch als lebende Fracht mitführte. Sie wusste selbst nicht recht, ob sie von Sensationsgier getrieben war oder von einem edleren Gefühl.

Statt nach achtern zu gehen, zur Messe, tastete sie sich durch schmale, unbeleuchtete Gänge, vorbei an winzigen Türen. Bassschwingungen drangen durch die Wände: Menschliche Stimmen klangen wie Hundegebell. Wo der Korridor endete, öffnete sie die letzte Tür und blickte in eine mit Regalen ausgestattete Last, gerade groß genug, um einem Menschen Platz zu bieten. Mit einem raschen Blick über die Schulter vergewisserte sie sich, dass niemand sie beobachtete, trat nach einem letzten Zug den Zigarillo aus und zwängte sich in die stickige Kammer.

Drinnen schob sie leere, staubige Flaschen auseinander und entdeckte ein von den Regalen zugestelltes Fenster. Sie wischte ohne viel Erfolg an den schmierigen Scheiben herum und zuckte unwillkürlich zurück, als dahinter jemand vorbeiging, in weniger als einem Meter Abstand. Dann beugte sie sich vor und spähte durch die Schmutzschicht auf dem Glas nach draußen.

Vor ihr ragte der mächtige Besan auf, dahinter sah sie als hohe Schatten den Groß- und Fockmast. Unter ihr lag das Hauptdeck.

Die Seeleute vollführten rennend, kletternd, scheuernd und kurbelnd ihre Rituale.

Als Fremdkörper eine Masse anderer Gestalten, zu Klumpen geballt, die in zäher Langsamkeit vorwärts schlurften. Bellis verzog den Mund. Es waren hauptsächlich Menschen und hauptsächlich Männer, abgesehen davon widersetzten sie sich der Verallgemeinerung. Sie sah einen Mann mit einem fast ellenlangen Schlangenhals, eine Frau mit einer Vielzahl gestikulierender Arme, eine groteske Figur mit Raupenketten anstelle der unteren Extremitäten, einen anderen Unglücklichen, aus dessen Knochen Drahtgebilde ragten. Das Einzige, was sie alle gemeinsam hatten, waren die schmutzig grauen Lumpen.

Noch nie hatte Bellis so viele Remade auf einem Fleck gesehen, so viele, die in den Straffabriken verstümmelt worden waren. Einige hatte man zu Arbeitskräften für spezielle Aufgaben umgebildet, bei anderen schien der Spaß am Absurden im Vordergrund gestanden zu haben, jedenfalls zeugten dafür ihre entstellten Münder und Augen und mochten die Götter wissen was noch.

Dazwischen sah sie ein paar Kaktusleute und auch Angehörige anderer Rassen: einen Hotchi mit gebrochenen Stacheln, ein Trüppchen Khepri, deren Kopfkäfer im wässrigen Sonnenschein nickten und schillerten. Vodyanoi waren nicht dabei, natürlich nicht. Auf einer Seereise war Frischwasser ein zu wertvolles Gut, um damit ein Bad zu füllen.

Sie hörte die barschen Rufe der Wärter. Menschen und Kakti stolzierten unter den Remade umher und ließen die Peitsche knallen. In Gruppen zu zweien, zu dreien, zu zehnt, setzten die Gefangenen sich in Bewegung und schlurften in beliebigen Kreisen über das Deck.

Manche lagen still und wurden gezüchtigt.

*

Bellis richtete sich auf.

Das also waren ihre bis dato unsichtbar gebliebenen Reisegefährten.

Es hatte nicht den Anschein gehabt, dass die frische Seeluft belebend auf sie wirkte. Auch die Bewegung schienen sie nicht genossen zu haben.

*

Gerber Walk legte eben so viel Munterkeit an den Tag, dass er nicht geschlagen wurde. Er bewegte seine Augen in einem bestimmten Rhythmus: nach unten für drei lange Schritte, um keine Aufmerksamkeit zu erregen, dann für einen Schritt den Blick heben, um den Himmel anzusehen und das Meer.

Das Schiff bebte leicht vom Stampfen der Maschinen unten, als zusätzlichen Antrieb hatte man die Segel gehisst. Die Küstenfelsen der Tanzvogelinsel zogen schnell an ihnen vorüber. Unauffällig schob Gerber Walk sich zur Backbordseite hinüber.

Er war umgeben von den Männern aus seiner Abteilung des Laderaums. Die weiblichen Gefangenen standen als eigene Gruppe ein Stück abseits. Bei allen sah er die gleichen schmutzigen Gesichter und kalten Blicke, die er auch bei sich fühlte. Er verzichtete darauf, Anschluss zu suchen.

Gerber hörte einen plötzlichen Pfiff, einen scharfen Zweiklang, der aus dem Geschrei der Möwen herausstach. Er legte den Kopf in den Nacken. Schekel hockte im Reitersitz auf einem stählernen Auswuchs, den er auf Hochglanz polierte, und schaute zu ihm hinunter. Als ihre Blicke sich trafen, zwinkerte der Junge Gerber zu und griente. Gerber erwiderte das Lächeln, aber Schekel hatte den Blick schon wieder abgewendet.

Ein Offizier und ein Mann der Besatzung mit auffallenden Epauletten standen am Bug über ein Gerät aus Messing gebeugt und redeten angelegentlich miteinander. Als Gerber sich reckte, um zu sehen, was sie taten, traf ihn ein Stockhieb auf den Rücken, nicht allzu schmerzhaft, aber ein Vorgeschmack auf Schlimmeres. Ein Kaktuswärter blaffte ihn an, er solle gefälligst die Keulen schwingen, also setzte er sich gehorsam wieder in Bewegung. Die an Gerbers Brust gehefteten fremden

Gliedmaßen zuckten kraftlos. Von Anfang an hatten sie quälend gejuckt und schälten sich wie nach einem schweren Sonnenbrand. Er spuckte auf die Tentakel und rieb den Speichel in die Haut, als wäre es eine lindernde Salbe.

*

Schlag 10 Uhr trank Bellis ihren letzten Schluck Tee und verließ den Speiseraum. Das Deck, sauber geschrubbt, glänzte noch feucht. Nichts deutete darauf hin, dass die Gefangenen je ihren Fuß darauf gesetzt hatten.

»Eigenartige Vorstellung«, äußerte Bellis etwas später, als sie und Johannes an der Reling standen und aufs Wasser schauten, »dass in Nova Esperium möglicherweise Frauen und Männer für uns arbeiten werden, die mit uns auf demselben Schiff gefahren sind, und wir hätten nicht die geringste Ahnung.«

»Das kann Ihnen nicht passieren«, bemerkte er. »Seit wann benötigt ein Linguist zwangsverpflichtete Helfer?«

»Ein Naturforscher ebenso wenig.«

»Das wiederum entspricht nicht ganz den Tatsachen«, berichtigte er sie milde. »Auf Expeditionen sind Kisten und Gepäckstücke zu tragen, es müssen Fallen aufgestellt werden, es sind betäubte oder getötete Tiere zu transportieren, die Angriffe gefährlicher Bestien abzuwehren ... Die Tätigkeit eines Forschers besteht nicht nur aus Aquarellmalerei, müssen Sie wissen. Irgendwann zeige ich Ihnen meine Narben.«

»Wahrhaftig?«

»Ja.« Er wurde ernst. »Ich habe einen anderthalb Spannen langen Schmiss vom Angriff eines schlecht gelaunten Sardula, dann die Stelle, wo eine frisch geschlüpfte Chalkydri mich gebissen hat...«

»Ein Sardula? Wirklich? Kann ich mal sehen?«

Er schüttelte den Kopf. »Zu dicht an – einer pikanten Stelle.« Er vermied es, sie anzusehen, dabei hätte sie ihn nicht für prüde gehalten.

Johannes teilte sich die Kabine mit Amausis, dem glücklosen Kaufmann, ein von dem Wissen um seine eigene Unzulänglichkeit verkrüppelter Charakter, der Bellis mit triefäugiger Lüsternheit zu begaffen pflegte. Johannes selbst machte niemals Avancen. Er schien ständig in Gedanken mit anderen Dingen beschäftigt zu sein, sodass er Bellis' Reize überhaupt nicht zur Kenntnis nahm.

Nicht, dass sie Wert darauf legte, von ihm angemacht zu werden – sie hätte ihn stracks in die Schranken gewiesen, wäre er auf die Idee gekommen, mit ihr scharmutzieren zu wollen. Andererseits war sie daran gewöhnt, dass Männer versuchten, mit ihr anzubandeln (meistens nur so lange, bis sie merkten, dass ihre abweisende Kühle nicht nur eine Maske war, hinter der die wirkliche Bellis sich danach sehnte, kühn erobert zu werden). Feinflieges Benehmen ihr gegenüber war offen freundschaftlich, ohne jede sexuelle Färbung, was sie als sehr beruhigend empfand. Flüchtig kam ihr der Gedanke, er könne sein, was ihr Vater einen Invertierten nannte, aber sie konnte nicht bemerken, dass er sich von irgendeinem der Männer an Bord stärker angezogen fühlte als von ihr. Und dann schalt sie sich eitel, weil sie diesen Gedanken gehabt hatte.

Er schien regelrecht zurückzuschrecken, so ihr Eindruck, wann immer unvermutet die Andeutung einer erotischen Spannung zwischen ihnen entstand. Vielleicht, überlegte sie, hat er kein Interesse an solchen Dingen. Oder vielleicht ist er ein Feigling.

*

Schekel und Gerber tauschten ihren Schatz an Geschichten aus.

Schekel kannte viele von Krebsfußens Abenteuern, aber Gerber kannte sie alle. Und auch von denen, die Schekel schon einmal gehört hatte, wusste Gerber Variationen, und er verstand, sie zu erzählen. Schekel revanchierte sich mit Anekdoten über die Schiffsoffiziere und die Reisenden. Er war voller Verachtung für Amausis, dessen wildes Masturbieren er durch die Tür des Aborts gehört hatte. Den unverbindlich onkelhaften Feinfliege fand er unbeschreiblich fade, und vor Kapitän Myzovic hatte er Schiss, was er dadurch zu überspielen suchte, dass er den Mir-kann-keiner markierte und Lügen über ihn erzählte, zum Beispiel, dass er betrunken auf dem Deck herumtorkelte.

Er war scharf auf Fräulein Cardomium. Für Bellis Schneewein hegte er Sympathie.

»Kalt wie Schnee ist sie aber nicht«, sagte er, »unsere Mamsell Blauschwarz.«

Gerber lauschte den Charakterisierungen und Anzüglichkeiten, lachte und schnalzte, wo es angebracht schien. Schekel breitete auch das geläufige Seemannsgarn vor ihm aus – Fabelhaftes über die Prasa und weibliche Piraten, Marichonianer, die Krustkorsaren sowie die Wesen, die in der Tiefsee hausten.

Hinter Gerber gähnte die lange Dunkelheit des Laderaums.

Es herrschte ein unaufhörlicher Kampf um Nahrung und Brennstoff. Nicht nur Fleischreste und Brot waren begehrt: Viele Gefangene waren Remade mit dampfgetriebenen mechanischen Körperteilen. Erlosch das Feuer unter ihrem Kessel, waren sie zur Bewegungslosigkeit verdammt, deshalb wurde alles halbwegs Brennbare eifersüchtig gehortet. In einem hinteren Winkel stand ein alter Mann seit Tagen, ohne sich von der Stelle zu rühren auf dem Messingdreibein, das ihm zur Fortbewegung diente. Sein Ofen war seit langem kalt. Zu essen bekam er nur, wenn jemand sich erbarmte und ihn fütterte, und man war der Meinung, dass er bald buchstäblich den Löffel abgeben würde.

Schekel faszinierte die Brutalität dieser kleinen Welt. Er beobachtete den Alten mit gierigen Augen. Er sah die Blessuren der Gefangenen. Er erspähte seltsame Doppelsilhouetten von Männern beim Geschlechtsverkehr, einvernehmlich oder gewaltsam.

Er war Anführer einer Bande gewesen, in Raven's Gate, in der großen Stadt, und er machte sich Sorgen, wie es den anderen ergehen mochte, ohne ihn. Sein allererster Diebstahl, begangen im Alter von sechs Jahren, hatte ihm einen Schekel eingebracht und den Spitznamen, den er immer noch trug. Er behauptete, an einen anderen Namen könne er sich nicht erinnern. Auf der *Terpsichoria* hatte er angeheuert, als er merkte, dass die Aktivitäten seiner Bande zu große Aufmerksamkeit von Seiten der Miliz erregte.

»Um ein Haar, und ich hätte mit dir da drin gesessen, Gerber«, sagte er »Um ein Haar.«

*

Reguliert von den Schiffsthaumaturgen und Wyrdmaaten, bewirkte die Meteoromantiemaschine am Bug der *Terpsichoria*, dass vor dem Schiff Luft verdrängt wurde.

Die Segel blähten sich in das Vakuum. Sie machten gute Fahrt.

Die Maschine erinnerte Bellis an New Crobuzons Wolkentürme. Sie dachte an die zyklopischen Anlagen, die über die Dächerlandschaft von Tar Wegde hinausragten, geheimnisumwittert, tot. Sie empfand ein brennendes Heimweh nach den Straßen und Kanälen, nach der schieren Größe der Megalopole.

Und nach Technik. Maschinen. In New Crobuzon waren sie allgegenwärtig. Hier gab es nur den kleinen Meteoromanten und das Bewirtungskonstrukt im Speiseraum. Der mit Dampfdruck betriebene Motor im Rumpf verwandelte genau genommen die gesamte *Terpsichoria* in eine Maschine, aber er war nicht sichtbar. Bellis irrte durch das Schiff wie eine überzählige Schraube; sie vermisste das funktionelle Chaos, welches sie gezwungenermaßen verlassen hatte.

Ihre Route verlief über einen viel befahrenen Teil des Meeres. Sie begegneten anderen Schiffen: drei sichtete Bellis in den zwei Tagen nach dem Auslaufen von Qé Banssa. Die ersten beiden waren kleine, längliche Silhouetten am Horizont, das dritte, eine plumpe Karavelle, passierte sie in geringerem Abstand. Sie kam aus Odraline, erkennbar an den fliegenden Drachen auf den Segeln, und hatte in der kabbeligen See schwer zu kämpfen.

Bellis konnte die Matrosen drüben beobachten, wie sie sich durch das Kreuz und Quer der Takelage hangelten und an den dreieckigen Segeln aufenterten.

Die *Terpsichoria* lief an öde aussehenden Inseln vorbei: Cadann, Rutor, Eidolon. Um jede rankten sich volkstümliche Sagen und Mythen, und Johannes kannte sie alle.

Bellis verbrachte Stunden damit, auf das Meer

hinauszuschauen. So weit östlich war das Wasser viel klarer als in der Umgebung der Eisenbucht: Man sah Fischschwärme als dunkle Wolken in der Tiefe ziehen. Die Matrosen, die Freiwache hatten, saßen an der Bordkante, ließen die Füße baumeln und versuchten mit einem Ende Schnur ihr Anglerglück, oder bearbeiteten Knochen und Narwalzähne mit Messern und Lampenschwarz.

Ab und zu durchbrach in der Ferne der gebogene Rücken eines großen Räubers die Wasseroberfläche, zum Beispiel der eines Orca. Einmal, bei Sonnenuntergang, fuhr die *Terpsichoria* an einem kleinen bewaldeten Landbuckel vorbei, ein oder zwei Meilen Wald, die sich aus dem Ozean wölbten. Ein Stück vor der Küste lag eine Anzahl glatter, runder Felsen, und Bellis' Herz tat ein paar schnelle Schläge, als einer davon in Bewegung geriet und ein mastdicker Schwanenhals sich aus dem Wasser bäumte. Ein rammsnasiger Kopf drehte sich landwärts, und Bellis beobachtete, wie die Plesauri behäbig aus den Seichten ans Ufer paddelten und unter den Bäumen verschwanden.

Sie entwickelte eine vorübergehende Faszination für Meeresräuber. Johannes nahm sie mit in seine Kabine und kramte zwischen seinen Büchern. Bellis fielen etliche Bände auf, die seinen Namen auf dem Rücken trugen – *Anatomie der Sardula, Jäger und Gejagte in Fluttümpeln der Eisenbucht, Megafauna: Theorien*. Als er die Monographie fand, die er gesucht hatte, zeigte er ihr sensationelle Aufnahmen von urzeitlichen, stumpfnasigen Fischen, von Koboldhaien mit schartigen Zähnen und vorgewölbter Stirn und noch andere.

*

Am Abend des zweiten Tages nach Qé Banssa sichtete man die Ausläufer des Festlandrings um Salkrikaltor: eine zerklüftete, graue Küstenlandschaft. Es war bereits nach neun Uhr abends, doch ausnahmsweise war der Himmel vollkommen klar und die Mondin mit ihren zwei Töchtern leuchtete hell.

Gegen ihren Willen fühlte Bellis sich überwältigt von dieser unwirtlichen Felsenlandschaft, durch deren Klüfte und Schluchten der Wind pfiff. Ein gutes Stück landeinwärts, eben noch zu erkennen, erspähte sie die Schatten von Wald an steilen Schluchthängen. Längs der Küste waren die Bäume tot – dürre, salzverkrustete Mumien.

Johannes entfuhr ein aufgeregter Fluch. »Das ist Bartoll!«, sagte er. »Hundert Meilen weiter nördlich liegt die Cyrrhussine Bay, ganze fünfundzwanzig verdammte Meilen lang. Ich hatte gehofft, wir könnten einen Blick darauf werfen, aber vermutlich würde das nur unnötige Schwierigkeiten herausfordern.«

Das Schiff entfernte sich von dem Atoll. Es war kalt und Bellis wedelte ungeduldig mit den Schößen ihres Mantel.

»Ich gehe hinein«, kündigte sie an, aber Johannes schien es nicht zu hören.

Er schaute nach achtern, zurück zu Bartolls entschwindenden Gestaden. »Was kann das bedeuten?«, murmelte er.

Bellis drehte sich rasch wieder zu ihm herum. Seine Stimme drückte Verwunderung aus. »Wohin segeln wir denn?« Er streckte die Hand aus. »Sieh doch, wir entfernen uns von Bartoll.« Die Insel war mittlerweile kaum mehr als ein Schwaden Seerauch über der Kimm. »Salkrikaltor liegt dort – im Osten. In ein paar Stunden könnten wir schon über den Köpfen der Cray schwimmen, aber wir laufen auf Südkurs, weg vom Commonwealth.«

»Vielleicht mögen sie keinen Schiffsverkehr über ihren Köpfen«, gab Bellis zu bedenken, aber Johannes schüttelte den Kopf.

»Das ist die normale Route«, erklärte er. »Kurs Ost, vorbei an Bartoll, bringt dich nach Salkrikapolis. Das ist der Weg. Wir fahren anderswohin.« Er zeichnete mit dem Finger eine Landkarte in die Luft. »Das ist Bartoll und das ist Gnomon Topp, und dazwischen, unter Wasser – Salkrikaltor. Hier unten, auf unserem Kurs – da ist nichts. Eine Reihe spitziger kleiner Inseln. Wir machen einen gewaltigen Umweg. Ich wüsste gerne, warum.«

*

Bis zum nächsten Morgen war der neue Kurs noch weiteren Passagieren aufgefallen, und die Nachricht verbreitete sich wie ein Lauffeuer. Kapitän Myzovic berief eine Zusammenkunft ein. Etwa 40 Passagiere befanden sich an Bord, und die erschienen vollzählig, sogar – bleich und elend – Schwester Meriope und etliche, denen die Seereise ähnlich zusetzte.

»Es besteht kein Grund zur Beunruhigung«, versicherte Myzovic. Seiner Miene war anzusehen, dass es ihm gegen den Strich ging, Rede und Antwort stehen zu müssen. Bellis wandte den Blick ab und schaute aus dem Fenster des Speiseraums. *Was tue ich hier?*, ging es ihr durch den Kopf. *Mir ist es egal. Mir ist egal, wohin wir segeln oder wie wir hinkommen.* Doch es gelang ihr nicht, sich selbst davon zu überzeugen, und so blieb sie sitzen.

»Aber aus welchem Grund sind wir von der üblichen Route abgewichen?«, fragte eine Stimme.

Der Kapitän stieß gereizt die Luft durch die Nase. »Also gut«, sagte er, »hören Sie zu. Ich nehme den längeren Weg um die Hauer herum, die Inseln am südlichen Ausläufer von Salkrikaltor. Ich bin nicht verpflichtet, Ihnen diese Entscheidung zu erklären. Wie auch immer...« Er ließ eine Pause eintreten, um den Passagieren bewusst zu machen, wie glücklich sie sich schätzen durften. »In Anbetracht der Umstände muss ich Sie alle ersuchen, sich, was die folgenden Informationen angeht, eine gewisse Zurückhaltung aufzuerlegen.

Auf unserem neuen Kurs werden wir einige Niederlassungen New Crobuzons passieren, bestimmte maritime Industrieanlagen, deren Existenz nicht allgemein bekannt ist. Ich könnte Ihnen befehlen, in Ihren Kabinen zu bleiben, aber trotzdem ließe sich nicht vermeiden, dass Sie einiges sehen, das nicht für Ihre Augen bestimmt ist, wenn Sie aus dem Fenster schauen, und ich möchte vermeiden, dass infolgedessen wilde Gerüchte und Spekulationen die Runde machen. Es steht Ihnen daher frei, nach oben zu gehen, allerdings wollen Sie sich bitte auf das Achterdeck beschränken. *Aber.* Aber ich ersuche Sie, als Patrioten und als gute Bürger, Stillschweigen über das zu bewahren, was Sie heute Nacht sehen werden. Habe ich mich verständlich gemacht?«

Bellis bemerkte mit Abscheu, dass seinen Worten ein beeindrucktes Schweigen folgte. *Er überrollt sie mit seinem wichtigtuerischen Gehabe,* dachte sie und wandte sich verachtungsvoll ab.

*

Eine Reihe einzelner Felszacken durchbrach die Wasseroberfläche, das war alles und nicht weiter bemerkenswert. Die Mehrzahl der Passagiere stand am Heck und hielt gespannt Ausschau nach irgendetwas Besonderem.

Bellis schaute nicht links, nicht rechts, heftete den Blick auf den Horizont und ärgerte sich, dass sie nicht allein war.

»Glauben Sie, wir werden es wissen, wenn wir es sehen, was immer ›es‹ sein mag?«, fragte eine gackernde Frau, die Bellis nicht kannte und ignorierte.

Es wurde dunkel und merklich kälter, und einige Passagiere begaben sich unter Deck. Die Hauer, Gipfel einer unterseeischen Bergkette, pendelten über und unter die Kimm. Bellis wärmte sich an heißem Punsch. Sie begann sich zu langweilen und beobachtete statt des Wassers die Matrosen bei der Arbeit.

Dann, gegen zwei Uhr morgens, als nur noch die Hälfte der Passagiere an Deck ausharrte, wurde im Osten etwas sichtbar.

»Götter im Himmel!«, wisperte Johannes.

Geraume Zeit blieb es eine abweisende, sich jeder Deutung entziehende Silhouette. Dann, im Näherkommen, erkannte Bellis, es handelte sich um einen zyklopischen schwarzen Turm, der aus dem Wasser ragte. An seiner Spitze flackerte eine ölige Flamme, eine blakende, rußige Feuerzunge.

Bald war die Entfernung auf wenig mehr als eine Meile geschrumpft.

Bellis stockte der Atem.

Es war eine Insel auf Stelzen. Vier mächtige stählerne Pfeiler stemmten eine stählerne Plattform über die Wellen. Mit einer Kantenlänge von 60, 70 Metern vermittelte sie einen Eindruck ungeheurer Masse. Bellis hörte sie dröhnen.

Brandung gischtete um die Stützen. Die Umrisse vor

dem nächtlichen Himmel waren vielfältig und verschachtelt wie die einer Stadt. Über den Pfeilern ballte sich ein Wald scheinbar beliebig angeordneter schwankender Spieren und Kräne, die sich bewegten wie Klauenhände, und all das war gekrönt von einem himmelhohen Obelisk aus Stahlstreben, der Feuer gen Himmel spie. Thaumaturgische Emissionen verzerrten den Raum über der Flamme. In den Schatten unter der Plattform stach eine massive Metallsäule ins Meer. Lichter blinzelten in den übereinander geschichteten Ebenen.

»Was in Jabbers Namen ist das?«, hauchte Bellis.

Jedenfalls war es einschüchternd, überwältigend. Die Passagiere gafften stumm.

In der Ferne konnte man verschwommen die Gipfel der südlichsten Hauer ausmachen. Nahe der Basis der Plattform bewegten sich lauernde Schatten: Wachschiffe auf Patrouille. Vom Deck des einen zuckte ein komplexes Stakkato von Lichtblitzen herüber, und von der Brücke der *Terpsichoria* erfolgte Antwort auf gleiche Weise.

Auf der Plattform des mysteriösen Gebildes blökte eine Sirene.

Sie glitten an dem Monstrum vorbei und ließen es hinter sich. Bellis sah es schrumpfen, Flammen speiend.

Johannes hatte es vor Staunen die Sprache verschlagen, er musste erst nach Worten suchen. »Ich habe keine Ahnung«, sagte er endlich. Bellis brauchte einen Moment, bis sie begriff, dass er auf ihre eben gestellte Frage antwortete. Beider Blicke hingen gebannt an dem Ungetüm, bis es vollkommen hinter dem Horizont versunken war.

Dann wandten sie sich ab und stiegen schweigend

den Niedergang hinunter. Eben vor der Tür ihrer jeweiligen Kabine angekommen, rief auf Deck jemand:

»Noch einer!«

*

Wahrhaftig. Meilen entfernt von ihrem Kurs eine zweite Insel von Menschenhand.

Größer als die erste. Sie stand auf vier Beinen aus verwittertem Beton. Was die Aufbauten anging, war sie spärlicher bestückt. An jeder Ecke erhob sich ein quadratischer, klobiger Turm, am Rand nickte ein gewaltiger Kran. Das ganze Gebilde grollte wie ein lebendes Wesen.

Wieder forderten Lichtblitze eine Erklärung des *Wer und Warum*, und wieder gab die *Terpsichoria* Antwort. Wind wehte, und der Himmel war kalt wie Eisen. In den Schorren dieser trostlosen Meeresregion röhrte der ungeschlachte Koloss, während die *Terpsichoria* daran vorbei in die Dunkelheit schwamm.

Bellis und Johannes harrten eine weitere Stunde aus. Sie rieben die kältesteifen Hände, schauten ihren weißen Atemschwaden nach, aber kein drittes Ungetüm schob sich aus der Nacht heran. Nur Wasser war zu sehen, und hier und da einer der Hauer, zerklüftet und schemenhaft.

*

Kettentag, 5. Arora 1779. An Bord der *Terpsichoria*.

Gleich beim Betreten der Kapitänskajüte merkte ich, das Myzovic eine Laus über die Leber gelaufen sein musste. Seine Wangenmuskeln mahlten, und seine Miene war finster.

»Werte Schneewein«, sagte er, »in wenigen Stunden erreichen wir Salkrikapolis. Die anderen Passagiere und die Mannschaft werden die Gelegenheit zu einem Landgang nutzen, doch Ihnen werde ich diesen Luxus verwehren müssen, fürchte ich.«

Sein Ton war beunruhigend neutral. Die Schreibtischplatte war leer. Auch das beunruhigte mich, ich kann nicht erklären, weshalb. Gewöhnlich sitzt er verschanzt hinter einem Wall aus Papieren und Schreibkram. Ohne diesen gab es keinen Puffer zwischen uns.

»Ich treffe mich mit Vertretern des Salkrikaltor Commonwealth, und Sie werden dolmetschen. Sie haben für Handelsdelegationen gearbeitet, Sie kennen das Prozedere. Sie werden meine Worte für die Repräsentanten in Salkrikaltor-Cray übersetzen, und ihr Dolmetscher wird, was sie sagen, für mich in Ragamoll wiedergeben. Sie werden genau darauf achten, was er sagt, und er wird seinerseits Sie kontrollieren. Dieses Verfahren sichert uns Ehrlichkeit auf beiden Seiten. Aber Sie sind kein Teilnehmer dieser Konferenz. Haben wir uns verstanden?« Er hielt es für nötig, diesen Punkt erschöpfend auszuwalzen, wie ein Lehrer gegenüber einem begriffsstutzigen Schüler. »Sie werden nichts hören von dem, was zwischen uns gesprochen wird. Sie sind ein Sprachrohr, ein Kommunikationskanal. Sie hören *nichts*.«

Ich schaute dem Bastard in die Augen.

»Bei der Besprechung werden Angelegenheiten der höchsten Geheimhaltungsstufe zur Sprache kommen. An Bord eines Schiffes, werte Schneewein, bleibt sehr wenig verborgen. Seien Sie versichert ...«, er beugte sich über den Tisch, »sollten Sie mit jemandem darüber sprechen – meinen Offizieren, Ihrer reihernden Nonne oder Ihrem Busenfreund, Herrn Feinfliege – werde ich es erfahren.«

Ich brauche dir nicht zu sagen, dass ich kochte.

Bisher habe ich es vermieden, mit dem Kerl zusammenzurasseln, aber seine schlechte Laune machte ihn übermütig. Ich werde ihm gegenüber keine Schwäche zeigen. Er soll nicht glauben, dass er mich einschüchtern kann. Monatelange Feindseligkeit ist weniger schwer erträglich als strategisches ducken, wann immer er in die Nähe kommt.

Abgesehen davon war ich wütend, wie gesagt.

Ich sorgte dafür, dass meine Stimme eisig klirrte.

»Wir haben die Modalitäten besprochen, Kapitän Myzovic, als mir dieser Posten angeboten wurde. Mein Ruf und meine Referenzen sind einwandfrei. Es steht Ihnen nicht zu, jetzt Zweifel an meiner Integrität zu äußern.« Ich plusterte mich auf. »Ich bin kein zwangsweise angeheuerter Grünschnabel, dem Sie bange machen können. Ich tue meine Arbeit, wie vertraglich festgelegt, und verwahre mich dagegen, dass mir mangelnde Professionalität vorgeworfen wird.«

Ich wusste nicht, was ihn so krötig gemacht hatte, und es war mir auch egal. Mögen die Götter ihn mit Zahnfäule strafen.

Und jetzt sitze ich hier mit der *reihernden Nonne* – obwohl, um der Wahrheit die Ehre zu geben, sie sich etwas besser fühlt und sogar davon schwätzt, am Schontag eine Messe zu halten – und beende diesen Brief. Wir nähern uns Salkrikaltor, wo ich die Möglichkeit habe, ihn zu siegeln und zu hinterlegen, bis ein Schiff New Crobuzons auf Heimatkurs ihn mitnimmt. Dies mein langes schriftliches Lebwohl wird dich mit nur wenigen Wochen Verspätung erreichen. Was nicht so sehr schlimm ist. Ich hoffe, es findet dich bei guter Gesundheit.

Hoffe auch, dass du mich so sehr vermisst, wie ich dich vermisse. Ich weiß nicht, was ich tue, ohne die Möglichkeit, mit dir zu kommunizieren. Ein Jahr oder mehr wird es dauern, bis du wieder von mir hörst, bevor wieder ein Schiff in den Hafen von Nova Esperium dampft oder segelt, und denk nur, wie ich dann aussehen werde! Langes Haar, mit Schlamm versteift und geflochten, einheimische Gewänder, bedruckt mit Sigillen, wie ein wilder Schamane! Sofern ich das Schreiben bis dahin nicht verlernt habe, werde ich dir dann von meinen Erlebnissen berichten und fragen, wie die Dinge stehen in meiner Stadt, und vielleicht wirst du mir geschrieben haben und meldest mir, dass nichts mehr zu befürchten ist und ich nach Hause kommen kann.

*

Die Passagiere diskutierten lebhaft über das, was sie am Abend zuvor gesehen hatten. Bellis beteiligte sich nicht an den Gesprächen. Die *Terpsichoria* glitt durch den Kerzenschlund in die ruhigeren Gewässer von Salkrikaltor. Erst kam die fruchtbare Insel Gnomon Topp in Sicht und dann, gegen fünf Uhr nachmittags, stieg Salkrikapolis über die Kimm.

Die Sonne stand sehr tief, das Abendlicht war buttergelb. Ein paar Meilen nördlich wölbte sich grün und massiv die Küstenlinie von Gnomon Topp. Als horizontaler Wald länger werdender Schatten durchbrachen die Türme und Spitzen von Salkrikapolis die Wogen.

Beton, Stahl, Stein und Glas waren die Baustoffe, sowie die harte Meereskoralle. Säulen mit einem Schraubengewinde aus Treppenstufen, dazwischen nadeldünne Brücken. Ziselierte Konen, 30 Meter hoch und mehr, daneben düstere, vierschrötige Klötze. Eine Karambolage gegensätzlicher Stile.

Die Stadtsilhouette glich der fantasievollen Kinderzeichnung von einem Korallenriff. Organische Türme, tubular wie Röhrenwurmgehäuse. Man sah Interpretationen von Spitzenkorallen, hoch ragende Bauten, welche sich zu Dutzenden schmaler Räume verzweigten; bodenständige, vielfenstrige Arenen nach dem Muster von Riesenfassschwämmen; die rüschige Posamentenarchitektur der Feuerkoralle.

Die Türme der unterseeischen Stadt reckten sich 30, 40 Meter über die Wellen, ohne Einschnitt oder Öffnung, bis auf gähnende Tore in Wasserhöhe. Grüne Schlickränder zeigten, wie tief sie bei Flut versunken waren.

Es gab neuere Bauten. Eiförmige Behausungen, aus dem Fels geschlagen und mit Stahlrippen verstärkt, hochgehalten von Streben, die aus der Dachlandschaft unter Wasser emporwuchsen. Schwimmende Podeste trugen terrassenförmig aufgeschichtete Backsteinhäuser der Art, wie man sie auch in New Crobuzon finden konnte. Hier wirkten sie seltsam fehl am Platz.

Cray zu Tausenden und nicht wenige Menschen bevölkerten die Wege und Stege auf Wasserhöhe und darüber. Flotillen flachbödiger Kähne und Barken tuckerten zwischen den Gebäuden.

Hochseeschiffe lagen im Hafenring vor der Stadt, festgemacht an Duckdalben im Meer. Koggen und Dschunken und Klipper, hier und da ein Dampfer. Die *Terpsichoria* lief darauf zu.

»Sehen Sie«, sagte jemand zu Bellis und zeigte an der Bordwand hinunter – das Wasser war kristallklar. Sogar in der hereinbrechenden Dämmerung konnte man die breiten Straßen in Vororten Salkrikaltors erkennen. Sie waren gesäumt von Laternen mit kaltem Licht. Die Bebauung endete spätestens 20 Meter unter der Wasseroberfläche, um den Schiffsverkehr nicht zu behindern.

Auf den Stegen zwischen den unterseeischen Hochbauten sah Bellis ebenfalls Passanten, dort waren es nur Cray. Sie bewegten sich sowohl schwimmend als auch kriechend, und erheblich behänder als die anderen oben im Reich der Luft.

Es war ein außergewöhnlicher Ort. Nach dem Anlegen schaute Bellis neiderfüllt zu, wie die Boote der *Terpsichoria* zu Wasser gelassen wurden. Der größte Teil der Besatzung und alle Passagiere standen erwartungsvoll Schlange an den Jakobsleitern. Sie lächelten und parlierten aufgeregt und beäugten, was von der Stadt oberhalb der Wasserfläche zu sehen war.

Inzwischen war es dunkel. Salkrikaltors Türme waren Schattenrisse, die erleuchteten Fenster spiegelten sich in den schwarzen Fluten. Schwache Geräusche tummelten sich in der Luft: Musik, Rufe, Maschinengedröhn, Wellenrauschen.

»Seien Sie bis zwei Uhr früh zurück an Bord«, brüllte der Wachhabende den Landgängern hinterher. »Beschränken Sie sich auf die von Menschen bewohnten Viertel und was Sie sonst noch oberhalb der Wasserlinie finden. Es gibt genug zu sehen und zu tun, ohne dass Sie einen Lungenschaden riskieren!«

»Werte Schneewein?« Bellis drehte sich zu Korvettenkapitän Cumbershum herum. »Bitte kommen Sie, Madam. Das Submersibel wartet.«

4

Eingezwängt in das winzige Tauchboot mit seinen wuchernden Eingeweiden aus Kupferrohren und Skalen, musste Bellis den Hals recken, um an Cumbershum und Kapitän Myzovic und dem Steuermann vorbeisehen zu können, die ihr die Sicht versperrten.

Eben noch leckten Meerwasserzungen gegen den unteren Rand des Bugfensters, dann kippte die Nase des Bootes nach unten, und Wellen spülten über die gewölbte Scheibe, der Himmel verschwand. Das Plätschern und die gedämpften Schreie der Möwen verstummten wie abgeschnitten. Stattdessen hörte man als einziges Geräusch ein vibrierendes Surren, als der Propeller sich anfing zu drehen.

Bellis war fasziniert.

Das Submersibel glitt in flachem Winkel anmutig in die Tiefe, hinunter zu unsichtbarem Fels und Sand. Unter der stumpfen Nase flammte ein starker Scheinwerfer auf, öffnete vor ihnen einen Kegel illuminierten Wassers.

In Grundnähe hob sich der Bug leicht himmelwärts. Das Abendlicht sickerte zu ihnen hinab, zerstückt von den massigen dunklen Schatten der Schiffe oben.

Bellis spähte über Myzovics Schulter in das schwarze Wasser. Ihr Gesicht war still, ihre Hände aber bewegten sich, beschrieben ihr Staunen. Fischschwärme manövrierten in präzisen Wellen, wogten vor und zurück um den plumpen, stählernen Eindringling. Bellis hörte ihren eigenen Atem unnatürlich laut.

Das Tauchboot lavierte mit großer Vorsicht zwischen den Ketten, die lianengleich vom Baldachin der Schiffsrümpfe niederhingen. Der Steuermann bediente kundig seine Hebel, das Boot stieg über einen flachen, schrundigen Felsengrat und Salkrikapolis kam in Sicht.

Bellis hielt den Atem an.

Überall schwebende Lichter. Kaltweiße Kugeln wie Monde aus Eis, ohne einen Hauch des weichen Sepia-Tons von New Crobuzons Gaslampen. Die Stadt schimmerte in dem dunkelnden Wasser wie ein im Netz gefangener Schwarm Irrlichter.

In den Außenbezirken bestimmten niedrige Bauten aus porösem Stein und Korallen das Bild. Unterseeboote manövrierten elegant zwischen den Häusern und über den Dächern. Die tief eingeschnittenen Promenaden wanden sich bergan zu den fernen Wällen und Kuppeln im Herzen der Stadt, noch etwa eine Meile entfernt, und im Wasser verschwimmend ein unwirklicher Anblick. Dort, im Zentrum, befanden sich höhere Gebäude, die bis zur Oberfläche ragten und darüber hinaus, und keinesfalls hatte man die untergetauchten zwei Drittel architektonisch stiefmütterlich behandelt.

Cray waren allgegenwärtig, hoben den Blick, mäßig interessiert, wenn das Submersibel über sie hinwegschnurrte. Sie standen feilschend vor Geschäften mit Girlandenschmuck aus wehenden, bunten Tüchern, sie debattierten in kleinen quadratischen Parks aus kunstvoll zu Figuren geschnittenem Seegras, schlenderten durch verwinkelte Nebenstraßen. Fuhrwerke hatten außergewöhnliche Zugtiere: zweieinhalb Meter hohe Meerschnecken. Die Kinder der Cray spielten Spiele, neckten Barsche in Käfigen und bunte Seeschmetterlinge.

Bellis sah auch baufällige Häuser, notdürftig restauriert. Abseits der Hauptstraßen trieben die Strömungen Allotria mit organischen Abfällen, die in korallenen Hinterhöfen vor sich hinmoderten.

Jede Bewegung wirkte im Wasser verlangsamt. Cray schwammen mit ungraziösen Schwanzbewegungen über den Dächern der Stadt. Sie traten von hohen Simsen herab und sanken gravitätisch nach unten, die Beinpaare gespreizt, um sicher zu landen.

Für die Insassen des Submersibels war Salkrikapolis ein Ort der Lautlosigkeit.

Sie näherten sich in bedächtiger Fahrt den Monumentalbauten im Zentrum, störten Fische auf und schwebenden Krimskrams. Es war eine echte Metropole, überlegte Bellis. Geschäftig und lebensprall. Genau wie New Crobuzon, verhätschelt und halb verborgen von Wasser.

»Das sind Unterkünfte von Staatsbediensteten.« Cumbershum machte sie darauf aufmerksam. »Das ist eine Bank. Da drüben eine Fabrik. Übrigens der Grund, weshalb die Cray enge Verbindungen zu New Crobuzon pflegen: Wir können ihnen bei dem Problem der Dampftechnologie helfen. Sehr schwer, sie unter Wasser in Gang zu bringen. Und dies ist der Zentralrat des Cray-Commonwealth von Salkrikaltor.«

Das Gebäude, rund und bauchig, glich einer unvorstellbar großen Hornkoralle, überzogen von steinernem Faltenwurf. Die Türme ragten hoch bis zur Wasseroberfläche und, sie durchstoßend, in die Welt von Himmel und Luft. Die meisten Flügel – alle geschmückt mit Reliefs von zusammengerollten Seeschlangen und Glyphentexten – hatten offene Fenster und Tore im traditionellen Stil Salkrikaltors, sodass Fische ungehindert ein- und ausschwimmen konnten. Doch ein Bereich war hermetisch abgeschlossen, mit kleinen Bullaugen versehen und dicken Stahltüren. Aus Schächten stiegen Luftblasenketten.

»Das ist der Ort, wo sie sich mit Oberweltlern treffen«, erklärte Cumbershum. »Das ist unser Ziel.«

Bellis hob die Augenbrauen. »In Salkrikaltor gibt es eine menschliche Minderheit über Wasser und demzufolge Räumlichkeiten für derartige Treffen zur Genüge. Die Cray sind ohne weiteres imstande, mehrere Stunden Luft zu atmen. Weshalb verlangen sie, dass wir zu ihnen hinunterkommen?«

»Aus dem nämlichen Grund, weshalb wir den Botschafter der Cray in New Crobuzon im Audienzsaal des Parlaments empfangen, werte Schneewein«, sagte der Kapitän. »Ohne Rücksicht darauf, dass es für ihn etwas umständlich und beschwerlich ist. Dies ist ihre Stadt, wir sind nur Gäste. Das heißt, wir ...«, zu ihr umschauend, deutete er auf sich und seinen Ersten Offizier, »*wir* sind Gäste.« Betont langsam kehrte er ihr wieder den Rücken.

Du gottverdammter Schweinehund, dachte Bellis, fuchsteufelswild hinter einer Miene wie aus Eis.

Der Rudergänger verringerte die Geschwindigkeit zu langsamster Fahrt und steuerte durch ein großes schwarzes Loch in der Mauer. Dahinter schwammen sie über den Köpfen von Cray, die sie mit Armbewegungen zum Ende des Korridors aus Beton dirigierten. Hinter ihnen senkte sich behäbig das große Tor.

Aus Batterien dicker Rohre in den Wänden schossen Luftblasenfontänen. Durch Schleusen und Ventile wurde das Meer hinausgedrängt, der Wasserpegel sank langsam, das Tauchboot setzte auf dem Betonboden auf und legte sich auf die Seite. Von innen konnte man verfolgen, wie das Wasser unter das Bullauge sank und durch das beschlagene, von Tropfenbahnen gestreifte

Glas, schaute Bellis in ein kahles Gelass. Leer gepumpt sah es schäbig aus.

Als der Rudergänger endlich die Schrauben aufdrehte, die sie im Boot einsperrten, öffnete sich das Luk mit einem ersehnten kühlen Luftzug. Auf dem Boden standen Salzwasserlachen, es roch nach Tang und Fisch. Bellis stieg aus der Luke, während die Offiziere ihre Uniform zurechtzogen.

Vor ihnen stand eine Cray. Sie trug einen Speer – nach Bellis Urteil viel zu verschnörkelt und spillerig, um zu anderen als zeremoniellen Zwecken zu taugen – und eine Brünne aus einem leuchtend grünen Material, bei dem es sich nicht um Metall handelte. Sie neigte grüßend den Kopf.

»Danken Sie ihr für den Empfang«, wandte sich Myzovic an Bellis. »Bitten Sie sie, den Ratsvorstand von unserem Eintreffen in Kenntnis zu setzen.«

Bellis stieß den Atem durch die Nase und zwang sich zur Ruhe. Sie rief sich das Vokabular, die Grammatik, Syntax, Aussprache und die Seele von Salkrikaltor-Cray ins Gedächtnis: alles, was sie in den anstrengenden drei Wochen bei Marikkatch gelernt hatte, und sandte zur Sicherheit stumm ein kurzes, zynisches Gebet zum Himmel.

Dann suchte sie mit Gaumen und Zunge das Vibrato, das schnalzende Bellen der Cray, das über und unter Wasser zu hören war, und sprach.

Zu ihrer größten Erleichterung nickte die Cray und antwortete.

»Man wird Sie empfangen«, sagte sie und korrigierte dabei akribisch Bellis' falsch gewählte Zeitform. »Der Pilot wartet hier. Sie folgen mir auf unserem Weg.«

*

Große versiegelte Bullaugen schauten in einen Garten grellbunter Meerespflanzen. Bildteppiche an den Wänden berichteten von ruhmreichen Ereignissen aus der Geschichte Salkrikaltors. Der Fußboden bestand aus Steinplatten, war vollkommen trocken und wurde von einem verborgenen Feuer gewärmt. Dekorationsgegenstände waren trauerfarben: aus Pechkohle, schwarzer Koralle, schwarzen Perlen.

Ein Begrüßungskomitee aus drei Cray erwartete die menschlichen Besucher. Einer, erheblich jünger als die beiden anderen, hielt sich im Hintergrund, genau wie Bellis.

Sie waren bleich. Im Vergleich zu den Cray in Tarmuth verbrachten sie einen viel größeren Teil ihres Lebens unter Wasser, wo die Sonne sie nicht erreichte. Das Einzige, was die obere Körperhälfte eines Cray von einem Menschen unterschied, war die kleine Kiemenrüsche am Hals, aber die Nachtschattenblässe ihrer Haut verlieh ihnen zusätzlich etwas Exotisches.

Von der Taille abwärts glich der gepanzerte Hinterleib der Cray dem einer überlebensgroßen Felsenlanguste: mächtige Ringe aus buckligem Chitin und überlappenden Somiten. Der menschliche Rumpf setzte an, wo bei der Languste Augen und Antennen gewesen wären. Selbst an Land, nicht ihre natürliche Umgebung, bewegten sie die Vielzahl ihrer Beine mit vorzüglicher Grazie. Ihre Bewegungen waren von einem leisen Geräusch begleitet, dem feinen Ticken der aufsetzenden Chitinkrallen.

Sie schmückten ihren Carapax mit einer Art Tätowierung, kerbten Muster in den Panzer und färbten sie mit diversen Extrakten. Die beiden älteren Cray trugen eine auffallende Reihe von Glyphen an den Flanken.

Einer trat vor und sagte sehr schnell etwas auf Salkrikaltor. Ein Augenblick des Schweigens folgte.

»Willkommen«, sagte endlich der junge Cray hinter ihm, der Dolmetscher. Er sprach Ragamoll mit schwerem Akzent. »Wir sind froh, dass Sie kommen und zu uns sprechen.«

*

Schleppend kam das Gespräch in Gang. Ratsoberer König Skarakatchi und Ratsherr König Drood'adji ergingen sich in Äußerungen höflichen und ritualisierten Entzückens; Myzovic und Cumbershum taten es ihnen nach Kräften gleich. Man war übereinstimmend der Meinung, es sei großartig, dass man sich getroffen habe und großartig, dass zwei so bedeutende Städte solch gute Beziehungen unterhielten, und was Handel für ein segensreiches Mittel wäre, freundschaftliche Kooperation zu gewährleisten, und so weiter und so fort.

Nach und nach kam man auf anderes zu sprechen. Bellis hörte sich mit einer sie selbst beeindruckender Gewandtheit kaufmännische Details übersetzen. Man sprach darüber, welche Menge an Äpfeln und Pflaumen die *Terpsichoria* in Salkrikaltor ausschiffen würde und wie viele Flaschen Unguent und Liquor im Gegenzug an Bord nehmen.

Es dauerte nicht lange, bis politische Angelegenheiten aufs Tapet kamen, Nachrichten, die aus dem inneren Zirkel des Parlaments von New Crobuzon stammen mussten: Einzelheiten über die Ablösung von Botschaftern, über mögliche Handelsverträge mit anderen Mächten und inwiefern die fraglichen Arrangements die derzeitige Situation beeinflussen würden.

Bellis hatte keine Mühe, sich ihres Auftrags ganz im Sinne des Kapitäns zu entledigen und nur Vermittler von Worten zu sein. Nicht aus Patriotismus oder Loyalität gegenüber New Crobuzons Parlament (sie empfand weder das eine noch das andere), sondern aus schierer Langeweile. Das Sub-rosa-Gemunkel war unverständlich, die Informationsschnipsel, die sie zu übersetzen hatte, konnten die Phantasie nicht anregen. Ihre Gedanken beschäftigten sich stattdessen mit der Tonnenlast Wasser über ihnen und der erstaunlichen Tatsache, dass sie trotzdem ganz ruhig bleiben konnte. Auf diese Weise tat sie eine Zeit lang ihre Arbeit und vergaß, was sie sagte, kaum dass sie es ausgesprochen hatte.

Bis ihr plötzlich eine Veränderung in der Stimme des Kapitäns zu Bewusstsein kam und sie merkte, dass sie zuhörte.

»Ich habe noch eine weitere Frage, Hochwürdige Herren«, sagte Kapitän Myzovic, trank und stellte sein Glas hin. Bellis hustete und bellte die entsprechenden Vokabeln. »In Qé Banssa hat man mir ans Herz gelegt, einem absurden Gerücht nachzugehen, welches von dem Repräsentanten New Crobuzons übermittelt worden war. Es war so hanebüchen, dass es sich nur um ein Missverständnis handeln konnte. Nichtsdestotrotz machte ich den Umweg über die Hauer – der Grund übrigens für unsere Verspätung.

Zu meiner – Bestürzung und Sorge musste ich feststellen, dass das Gerücht der Wahrheit entspricht. Ich erwähne es, weil die Angelegenheit unsere guten Beziehungen zu Salkrikaltor tangiert.« Myzovics Stimme wurde hart. »Genau genommen unsere Interessen in den Gewässern Salkrikaltors. Am Südende der Hauer befinden sich, wie dem Rat bekannt, die existenzrelevanten Anlagen, für die wir generöse Liegegebühren berappen. Die Rede ist selbstverständlich von unseren Bohrinseln, unseren Hubs.«

Bellis kannte das Wort »Hub« nicht und behielt es in der Übersetzung unverändert bei. Die Cray wussten scheinbar, was gemeint war. Während sie weiterhin konzentriert ihrer Tätigkeit als Dolmetscherin nachkam, lauschte Bellis gleichzeitig mit einem anderen Teil ihres Verstandes fasziniert auf jedes Wort, das der Kapitän sagte.

»Wir haben sie nach Mitternacht passiert. Alles in Ordnung, sowohl mit der *Manichino* als auch mit der *Trashstar.* Aber, meine Herren...« Er stellte sein Glas hin, beugte sich vor und musterte seine Gesprächspartner durchdringend. »Ich habe eine sehr wichtige Frage: Wo ist die *Sorghum*?«

*

Die beiden Cray starrten den Kapitän an. Mit komisch anmutender, wie einstudierter Simultaneität drehten sie die Köpfe, schauten sich an und dann wieder Kapitän Myzovic.

»Wir gestehen, wir sind verwirrt, Kapitän.« Der Dolmetscher antwortete für seine Herren, in ruhigem und nüchternem Ton wie zuvor, aber für den Bruchteil einer Sekunde trafen sich sein und Bellis' Blick. Für diesen einen Lidschlag verband sie etwas, eine gemeinsame Verwunderung, eine Komplizenschaft.

Was erleben wir hier, Bruder?, dachte Bellis. Ihre Nerven waren zum Zerreißen gespannt, und sie sehnte sich nach einem Zigarillo.

»Wir wissen nicht, wovon Ihre Rede handelt«, fuhr ihr Berufsgenosse fort. »Wir kümmern uns nicht um die

Hubs, solange die Gebühren bezahlt werden. Was ist vorgefallen?«

»*Vorgefallen*«, antwortete Myzovic mit klirrend kalter Stimme, »ist, dass die *Sorghum*, unsere Tiefseeplattform, unsere mobile Bohrinsel, sich scheinbar in Luft aufgelöst hat.« Er gab Bellis Zeit, mit dem Übersetzen nachzukommen, sogar etwas länger als nötig, ein taktisches Schweigen. »Zusammen mit, möchte ich der Vollständigkeit halber hinzufügen, ihrem Begleitschutz aus fünf Panzerkreuzern, ihren Offizieren, Mannschaften, Wissenschaftlern und dem Geo-Empathen.

Den ersten Hinweis darauf, dass die *Sorghum* sich nicht mehr an ihrer Position befand, erhielten wir, als die Besatzungen der anderen Hubs nachfragten, weshalb man sie nicht in Kenntnis gesetzt hätte über die Order an die *Sorghum*, einen anderen Standort aufzusuchen. Eine solche Order gab es nicht.« Der Kapitän stemmte die geballten Fäuste auf die Tischplatte und musterte die beiden Honoratioren. »Die *Sorghum* sollte mindestens noch zwei weitere Wochen in situ bleiben. Sie hätte an derselben Stelle sein müssen, wo wir sie verlassen haben. Hochwürdige Herren – *was ist mit unserer Bohrinsel geschehen?*«

Als Skarakatchi antwortete, ahmte der Dolmetscher seinen verbindlichen Tonfall nach. »Wir sind unwissend in dieser Sache.«

Myzovic verschränkte die Hände. »Der fragliche Vorfall ereignete sich kaum einhundert Meilen weit von hier entfernt, innerhalb der Gewässer Salkrikaltors, in einem Gebiet, das regelmäßig von Ihrer Marine und Ihren Jägern patrouilliert wird, und Sie wollen ahnungslos sein?« Seine Stimme hatte einen scharfen Unterton. »Meine Herren, es fällt mir schwer, das zu glauben. Sie haben keine Vorstellung davon, was passiert sein könnte? Ob das Hub in einem plötzlichen Sturm gesunken ist, ob es angegriffen oder zerstört wurde? Wollen Sie behaupten, dass Ihnen *nichts* zu Ohren gekommen ist? Dass Ihren Freunden, Ihren Verbündeten in unmittelbarer Nähe der Küsten Salkrikaltors ein derart gravierender Schaden entstehen kann, und *Sie bekommen nichts davon mit?*«

Ein langes Schweigen entstand. Die beiden Cray steckten die Köpfe zusammen und flüsterten miteinander.

»Wir vernehmen viele Gerüchte...«, sagte endlich König Skarakatchi. Drood'adji blickte ihn scharf an und dann den Dolmetscher. »Davon aber ist keine Kunde zu uns gedrungen. Wir können unseren Freunden in New Crobuzon unsere Unterstützung anbieten und unser Mitgefühl, jedoch keine Informationen.«

»Dann muss ich Ihnen zu meinem größten Kummer sagen«, bemerkte Kapitän Myzovic nach einer halblauten Beratung mit Cumbershum, »dass in dem Fall New Crobuzon sich außerstande sieht, Liegegebühren für ein Hub zu zahlen, welches nicht mehr vorhanden ist. Unsere Pacht wird hiermit um ein Drittel gekürzt. Überdies werde ich von Ihrer Unfähigkeit, uns Sicherheit zu gewährleisten, nach New Crobuzon berichten. Man wird zu zweifeln beginnen, ob Salkrikaltor weiterhin geeignet ist, als Hüter unserer Interessen zu fungieren. Meine Regierung wird darüber neu verhandeln wollen. Man wird eine neue Vereinbarung treffen müssen. Vorerst Dank für Ihre Gastfreundschaft.« Er leerte sein Glas. »Wir werden heute Nacht im Hafen bleiben und laufen morgen in aller Frühe wieder aus.«

»Einen Moment bitte, Kapitän.« Der Ratsobere hob die Hand. Er wechselte mit gesenkter Stimme einige Worte mit Drood'adji, der nickte und trippelnd den

Raum verließ. »Einen Punkt gäbe es noch zu besprechen.«

Als Drood'adji zurückkehrte, machte Bellis große Augen. Ihm folgte ein Mensch, ein Mann.

Sein Erscheinen kam so unerwartet, dass sie ihn angaffte wie nicht recht bei Verstand.

Der Mann war jünger als sie, etwas, und zeigte der Welt ein offenes, heiteres Gesicht. Er trug reinliche, aber abgewetzte Kleidung und hatte einen Mantelsack geschultert. Sein für Bellis bestimmtes Lächeln war entwaffnend. Stirnrunzelnd schaute sie zur Seite.

»Kapitän zur See Myzovic?« Der Mann sprach Ragamoll mit Crobuzoner Zungenschlag. »Korvettenkapitän Cumbershum?« Er schüttelte die gereichten Hände. »Ihr Name ist mir nicht bekannt, bedauerlicherweise«, sagte er und streckte auch Bellis die Hand hin.

»Werte Schneewein ist unsere Dolmetscherin«, blaffte Myzovic, bevor Bellis eine Erwiderung einfiel. »Ich bin der, an den Sie sich wenden müssen. Wer sind Sie?«

Der Mann zog aus der Jackentasche eine amtlich aussehende Schriftrolle.

»Darin sollten Sie alle nötigen Erklärungen finden, Kapitän«, sagte er.

Myzovic überflog die Zeilen mit schmalen Augen. Nach einer halben Minute blickte er auf und schwenkte das Schriftstück verächtlich durch die Luft. »Was, verdammt noch mal, hat dieser Schwachsinn zu bedeuten?«, stieß er zischend hervor, mit solcher Vehemenz, dass Bellis zusammenzuckte. Er hielt Cumbershum das Dokument vors Gesicht.

»Ich wüsste nicht, was da noch unklar wäre«, wunderte sich der Fremde. »Ich besitze noch etliche Kopien davon, für den Fall, dass Sie sich im Zorn vergessen. Wie es aussieht, übernehme ich das Kommando über Ihr Schiff.«

Myzovic schlug eine bellende Lache an. »Ach, wahrhaftig?« In seiner Stimme hörte man Eiszapfen klirren. »Ist das so, werter ...« Er beugte sich vor und schaute auf das Pergament in den Händen seines Ersten Offiziers. »Werter Fennek. *Ist das so?*«

Bellis, die dem Blick des Kapitäns zu Cumbershum gefolgt war, bemerkte, dass Letzterer den Fremden mit einer Miene anschaute, die Erstaunen und Erschrecken widerspiegelte. Er fiel Myzovic ins Wort.

»Kapitän«, sagte er drängend, »darf ich vorschlagen, dass wir unseren Gastgebern danken und sie zu ihren Geschäften zurückkehren lassen?« Er deutete mit einer kaum sichtbaren Kopfbewegung auf die Cray. Der Dolmetscher lauschte aufmerksam.

Nach kurzem Zögern nickte Myzovic knapp. »Bitte teilen Sie unseren Gastgebern mit, dass wir ihnen für die freundliche Aufnahme danken«, wandte er sich schroff an Bellis. »Danken Sie ihnen für die Zeit, die sie uns geopfert haben. Wir finden allein hinaus.«

Auf Bellis' wohl gesetzte Worte hin verneigten die Cray sich elegant. Beide kamen und verabschiedeten sich mit Händedruck, zu Myzovics schlecht verhehltem Ärger, dann verließen sie den Raum durch dieselbe Tür, durch die Fennek hereingekommen war.

»Werte Schneewein?« Der Kapitän zeigte auf den Durchgang zu der Kammer, in der das Tauchboot lag. »Seien Sie so freundlich und warten Sie draußen. Dies ist eine Regierungsangelegenheit.«

*

Bellis blieb im Gang stehen und fluchte lautlos. Myzovics aufgebrachtes Gebrüll ließ die Tür erzittern, aber so sehr sie auch die Ohren spitzte, sie konnte kein Wort verstehen.

»Gottschiet«, murmelte sie und kehrte zurück in das kahle Betongelass, wo das Tauchboot lag wie eine groteske gestrandete Kreatur. Die Cray mit ihrem Heroldsspeer wartete in müßiger Haltung und gluckste leise vor sich hin.

Der Steuermann des Bootes stocherte in seinen Zähnen. Sein Atem roch nach Fisch.

Bellis lehnte den Rücken gegen die Mauer und fasste sich in Geduld.

Nach mehr als 20 Minuten flog die Tür auf und Myzovic eilte im Sturmschritt hindurch, gefolgt von Cumbershum, der sich verzweifelt bemühte, ihn zu beschwichtigen.

»Halten Sie verflucht noch mal den Mund, Cumbershum, ich will nichts mehr hören«, schnob der Kapitän über die Schulter. Bellis hob die Augenbrauen. »Sorgen Sie lieber dafür, dass dieser Fennek Hinterfotz mir nicht unter die Augen kommt, oder ich bin nicht verantwortlich für das, was ich tue, Scheißvollmacht oder nicht!«

Hinter dem Ersten Offizier spähte der Genannte um den Türholm.

Cumbershum winkte ihn und Bellis ungeduldig in den hinteren Teil des Tauchboots. Er schien nahe daran, die Fassung zu verlieren. Als er sich auf seinen Platz neben dem Kapitän setzte, merkte Bellis, hinter ihm, dass er so weit von diesem abrückte wie nur möglich.

Während das Meer durch die Rohre in die Kammer zurückflutete, unsichtbare Maschinen dröhnten und das Boot vibrierte, wandte der Mann in dem abgeschabten Ledermantel sich an Bellis und schenkte ihr noch einmal sein entwaffnendes Lächeln.

»Silas Fennek«, flüsterte er und streckte ihr die Hand hin. Bellis zögerte, dann schlug sie ein.

»Bellis«, erwiderte sie, ebenfalls flüsternd, »Schneewein.«

*

Die Reise zurück an die Oberfläche verlief schweigend. Wieder auf dem Deck der *Terpsichoria* angelangt, stürmte Kapitän Myzovic in seine Kajüte.

»Cumbershum«, brüllte er, »bringen Sie diesen Fennek zu mir.«

Silas Fennek merkte, dass Bellis ihn beobachtete. Er deutete mit dem Kopf auf den entschwindenden Rücken des Kapitäns und verdrehte die Augen, dann nickte er zum Abschied und schlenderte hinter Myzovic her.

Johannes war von Bord gegangen und exkursierte irgendwo in Salkrikapolis. Bellis schaute verdrossen über das Wasser zu den von Lichtschein eingerahmten Häusern. Alle Boote der *Terpsichoria* unterwegs und niemand in Rufweite, um sie hinüberzurudern! Sie fluchte innerlich. Sogar die zimperliche Schwester Meriope hatte die Energie für einen Landgang aufgebracht.

Bellis begab sich auf die Suche nach Cumbershum. Er beaufsichtigte seine Männer beim Segelflicken.

»Werte Schneewein.« Er blickte ihr ohne Wärme entgegen.

»Entschuldigen Sie, dass ich störe«, begann sie, »ich möchte wissen, wie ich es anstellen muss, um meine Post in das Depot New Crobuzons hier im Hafen zu bringen, von dem Kapitän Myzovic mir berichtet hat. Ich habe einen dringenden Brief ...«

Sie verstummte. Er schüttelte den Kopf.

»Unmöglich, werte Schneewein. Ich kann keinen Mann entbehren, um Sie zu begleiten. Ich habe den Schlüssel nicht, und wie momentan die Dinge stehen, möchte ich lieber davon absehen, den Kapitän darum zu bitten. Brauchen Sie noch mehr Gründe?«

Bellis verbarg ihre Enttäuschung hinter einer ausdruckslosen Miene und ebensolcher Stimme. »Kapitän Myzovic persönlich hat mir versprochen, dass ich Gelegenheit haben würde, meinen Brief dort zu hinterlegen. Es ist außerordentlich wichtig.«

»Werte Schneewein«, er seufzte, »ginge es nach mir, würde ich selbst Sie hinüberbringen, aber ich *kann nicht*, und ich fürchte, das ist das letzte Wort in dieser Sache. Aber ...« Er schaute sich verstohlen um, bevor er im Flüsterton fortfuhr: »Aber – bitte sagen Sie es nicht weiter – den Brief im Depot zu hinterlegen ist vollkommen unnötig. Mehr kann ich nicht sagen. In ein paar Stunden werden Sie es verstehen. Der Kapitän hat für die frühen Morgenstunden eine Versammlung einberufen. Er wird die Situation erklären. Glauben Sie mir, Madam, Ihr dringender Brief wird auch so seinen Empfänger erreichen. Mein Wort darauf.«

Was will er damit andeuten?, dachte Bellis, erschrocken und aufgeregt. *Was will er damit andeuten?*

*

Wie die meisten Gefangenen entfernte Gerber Walk sich nie weit von dem Platz, den er in Besitz genommen hatte, denn auf Grund seiner günstigen Lage – erreichbar für gelegentlich von oben einfallende Helligkeit und nahe der Essensausgabe – war er begehrt. Zweimal hatte jemand versucht, ihn zu usurpieren und machte sich auf Gerbers Fleck Plankenboden breit, während der anderwärtig dem Ruf der Natur folgte. Beide Male war es ihm gelungen, den Eindringling zu überreden, dass er sich verdrückte, nur mit Worten, ohne Gewalt.

Stunde um Stunde saß er da, in einer Ecke des Käfigs, den Rücken an das Schott gelehnt. Nie musste Schekel nach ihm suchen.

»Ahoi, Gerber!«

Gerber hatte gedöst, und die Nebel in seinem Kopf verflüchtigten sich nur zäh.

Schekel grinste ihn zwischen den Gitterstäben hindurch an. »Wach auf, Gerber. Ich will dir von Salkrikaltor erzählen.«

»Klappe dahinten«, brummte ein Mann neben Gerber. »Wir versuchen zu schlafen.«

»Verpiss dich, du trauriges Stück Flickschusterei«, giftete Schekel. »Willst du was abhaben, wenn ich das nächste Mal mit dem Essen komme, he?«

Gerber hob beschwichtigend die Hände. »Schon gut, Jungchen, mach halblang«, sagte er und bemühte sich, die Reste der Schlaftrunkenheit abzuschütteln. »Erzähl's mir, wenn du nicht anders kannst, aber leise, ja?«

Schekel gluckste. Er war betrunken und aufgedreht.

»Hast du je Salkrikapolis gesehen, Gerber?«

»Nein. Ich bin vorher noch nie aus New Crobuzon rausgekommen.« Gerber sprach mit gesenkter Stimme. Er hoffte, dass Schekel unbewusst seinem Beispiel folgte.

Der Junge rollte mit den Augen und hockte sich neben Gerber, auf der anderen Seite der Gitterstäbe.

»Man nimmt ein Dingi und rudert vorbei an turmhohen Häusern, die stracks aus dem Meer herauswachsen, manchmal dicht beieinander, wie Bäume im Wald. Hoch oben hat's riesige Brücken und manchmal – manchmal sieht man einen – Mensch oder Krabser – einfach *springen*. Kopf oder Füße voran, wenn's ein Mensch ist, die Krabser mit den Beinen unterm Bauch, und sie plumpsen ins Wasser und schwimmen weg oder tauchen unter und verschwinden in der Tiefe.

Ich war in einer Bar im Landwärts-Viertel. Da gab's ...« Seine Hände beschrieben aus- und einwärtsschweifend, was er meinte. »Man tritt gleich aus dem Boot durch einen weiten Torbogen in einen großen Saal mit Tänzern – Tänzer*innen*.« Er griente, grünschnäbelig. »Und dicht neben der Bar hört der Fußboden auf, und da ist eine Rampe, die führt meilentief ins Meer hinein. Alles hell erleuchtet da unten. Und Cray kommen und gehen auf dieser Rampe, rauf und runter, rein in die Bar auf einen Schluck oder nach Hause.«

Schekel schüttelte, immer noch grinsend, den Kopf.

»Einer von unseren Leuten hat sich die Lampe begossen und gemeint, dass er das auch kann.« Er prustete. »Wir mussten ihn rausziehen, triefnass. Ich weiß nicht, Gerber ... So was hab ich noch nie gesehen. Jetzt, wo wir hier reden, wimmeln sie herum, genau unter uns. In diesem Moment. Es ist wie ein Traum. Diese Stadt, wie sie auf dem Meer liegt, und unten ist mehr, als man oben sieht. Es ist, als ob sie sich im Wasser spiegelt, aber sie können in das Spiegelbild hineingehen. Ich will sehen, was da unten ist, Gerber!« Seine Stimme wurde aufgeregt. »Auf dem Schiff gibt es Anzüge und Helme und was man so braucht ... Im Handumdrehen wäre ich unten. Ich könnte ihre Welt sehen, wie einer von ihnen...«

Gerber hatte das Gefühl, etwas sagen zu müssen, doch er war immer noch nicht ganz wach. Er schüttelte den Kopf und versuchte, sich an eins von Krebsfußens Abenteuern zu erinnern, das vom Leben im Meer handelte. Doch bevor ihm etwas einfiel, hatte Schekel sich schwankend erhoben.

»Ich geh jetzt mal lieber«, sagte er. »Der Käpten hat überall Zettel angeschlagen. Morgen früh alle Mann antreten, wichtige Informationen, blablabla. Werd vorher eine Runde schlafen.«

Als Gerber endlich die Geschichte von Krebsfuß und den Meuchlern der Conch aus dem Gedächtnis gekramt hatte, war Schekel bereits gegangen.

5

Als Bellis am darauf folgenden Morgen erwachte, befand sich die *Terpsichoria* mitten auf dem offenen Meer.

Während ihrer Reise nach Osten war die Temperatur gestiegen, und die Passagiere, die sich, dem Aufruf des Kapitäns folgend, an Deck versammelten, trugen nicht mehr ihre dicksten Mäntel. Die Mannschaft stand unter dem Hauptmast, die Offiziere beim Aufgang zur Brücke.

Der Neuankömmling, Silas Fennek, hielt sich abseits. Er spürte, dass Bellis ihn anschaute, und lächelte ihr zu.

»Haben Sie ihn kennen gelernt?«, erkundigte sich Johannes Feinfliege. Er rieb sich das Kinn und musterte Fennek interessiert. »Sie sind mit dem Kapitän unten gewesen, nicht wahr? Sie waren dabei, als der werte Fennek auf der Bildfläche erschien?«

Bellis zuckte die Schultern und wandte den Blick ab. »Wir haben nicht miteinander geredet.«

»Haben Sie eine Ahnung, weshalb wir unseren Kurs ändern?« Bellis runzelte die Stirn als Zeichen, dass sie nicht verstand, was er meinte. Johannes schaute sie beschwörend an. »Die Sonne«, erklärte er lehrerhaft. »Sie steht links von uns. Wir segeln nach Süden. In die falsche Richtung.«

*

Als der Kapitän am Kopf der Treppe erschien, verstummte das Gemurmel. Er hob einen kupfernen Trichter an die Lippen.

»Vielen Dank, dass Sie meinem Aufruf vollzählig Folge geleistet haben.« Seine erhobene Stimme hallte blechern über ihre Köpfe hinweg. »Ich habe beunruhigende Neuigkeiten.« Er setzte den Trichter kurz ab und schien seine nächsten Worte zu überlegen. Als er weitersprach, war sein Tonfall kampfeslustig. »Lassen Sie mich Ihnen sagen, dass ich kein Gezeter hören will. Meine Anordnungen stehen nicht zur Diskussion. Ich handle auf Grund unvorhergesehener Umstände und bin nicht gewillt, mich deswegen zu rechtfertigen. Wir segeln nicht nach Nova Esperium. Wir kehren zurück zur Eisenbucht.«

Seinen Worten folgte ein Ausbruch von Bestürzung und Verwirrung bei den Passagieren und erstauntes Gemurmel aus den Reihen der Besatzung. *Das kann er nicht tun!*, dachte Bellis. Sie spürte einen Anflug von Panik, doch wirklich überrascht war sie nicht. Irgendwie hatte sie es geahnt, seit Cumbershums Andeutungen am vorigen Abend. In einem kleinen Winkel ihres Herzens regte sich sogar Freude bei dem Gedanken an Rückkehr, aber sie unterdrückte das Gefühl rigoros. *Für mich wird es keine Heimkehr sein*, dachte sie, zähneknirschend. *Mir ist in New Crobuzon noch der Boden zu heiß. Was soll ich nur tun?*

»Genug!«, schnauzte der Kapitän in seinen Schalltrichter. »Wie gesagt, ich treffe diese Entscheidung nicht aus eigener Machtvollkommenheit.« Seine durch den Trichter verstärkte Stimme übertönte den lauter werdenden Protest. »In weniger als einer Woche sind wir wieder in der Eisenbucht, wo man für zahlende Passagiere neue Arrangements treffen wird. Wahrscheinlich werden Sie ein anderes Schiff nehmen müssen. Mir ist klar, dass Ihre Reise sich dadurch um einen Monat verlängert, und ich kann nichts weiter tun, als mein Bedauern ausdrücken.«

Zornesbleich und mit verbissener Miene sah er alles andere als bedauernd aus. »Nova Esperium wird ein paar Wochen länger ohne Sie auskommen müssen. Die Passagiere werden gebeten, sich bis drei Uhr nachmittags auf das Achterdeck zu beschränken. Die Mannschaft bleibt angetreten zur Befehlsausgabe.« Er setzte den Sprachtrichter ab und stieg zum Hauptdeck hinunter.

Einen Augenblick lang war er der Einzige, der sich bewegte, dann zerbrach das Tableau und in einer heftigen Wellenbewegung drängten die Passagiere vorwärts und bestürmten ihn, seine Absicht zu ändern. Aus ihrer Mitte hörte man ihn gereizt wiederholen, er werde keine Erklärung in dieser Sache abgeben.

Bellis heftete den Blick auf Fennek und zählte eins und eins zusammen.

Er beobachtete mit ausdrucksloser Miene den Tumult. Endlich merkte er, dass Bellis ihn anschaute, hielt einen Moment ihren Blick fest und entfernte sich dann in gemächlichem Schlendergang.

Johannes Feinfliege war am Boden zerstört. Der Ausdruck der Verzweiflung auf seinem Gesicht wirkte beinahe komisch.

»Was soll das?«, lamentierte er. »Wovon redet er? Ich kann unmöglich weitere vierzehn Tage tatenlos in der Eisenbucht herumsitzen, im Regen, und warten. Und weshalb Südkurs? Er nimmt wieder den langen Weg an den Hauern vorbei ... Was geht hier vor?«

»Er sucht nach etwas«, sagte Bellis, so leise, dass nur er es verstehen konnte. Sie nahm seinen Ellenbogen und ging mit ihm ein Stück abseits. »Und ich würde mir die Mühe sparen, den Kapitän umstimmen zu wollen. Sie werden nicht hören, dass er es zugibt, aber ich bin sicher, er hat keine Wahl.«

*

Der Kapitän wanderte auf Deck hin und her, zog einen Kieker auseinander und suchte den Horizont ab. Offiziere brüllten Anweisungen zu den Männern in den Marsen hinauf. Bellis verfolgte die Ratlosigkeit und den Austausch von Spekulationen unter den Passagieren.

»Ein unmögliches Benehmen von dem Mann«, hörte sie, »sich zahlenden Passagieren gegenüber einen derart rüden Ton herauszunehmen!«

»Als ich vor der Kajüte des Kapitäns stand, konnte ich hören, wie jemand ihn beschuldigte, Zeit zu verlieren – Befehle zu missachten«, wusste die werte Cardomium zu berichten. »Wie kann das sein?«

Fennek, war Bellis' erster Gedanke. *Er ist wütend, weil wir nicht auf kürzestem Weg zurückkehren. Myzovic will – was? Unterwegs nach Hinweisen auf den Verbleib der* Sorghum *suchen.*

Die See hinter den Hauern war dunkler, mächtiger und kalt – keine Felsspitze als Gedenkstein des ertrunkenen Landes durchbrach die weite Fläche. Der Himmel war blass. Der Basilisk Channel lag hinter ihnen. Dies war das Vielwassermeer. Bellis starrte mit Abneigung auf die endlos rollenden grünen Wogen. Ihr war schwindelig. Sie stellte sich die drei-, vier-, fünftausend Meilen Wasser vor, die sich nach Osten dehnten, und schloss die Augen. Der Wind rüttelte an ihr, niemals ermüdend.

Bellis merkte, dass sie wieder an den Fluss dachte, den breiten Strom, der New Crobuzon mit dem Meer verband wie eine Nabelschnur.

*

Als Fennek wieder auftauchte und raschen Schrittes das Achterdeck überquerte, trat Bellis ihm in den Weg. »Mr. Fennek.« Seine Miene hellte sich auf, als er sie erkannte.

»Werte Schneewein. Ich hoffe ernstlich, Sie sind nicht allzu ungehalten wegen der Änderung der Reiseroute.«

Sie winkte ihm, und er folgte ihr in den Schatten eines der riesigen Schiffsschornsteine, außer Hörweite der wenigen in der Nähe befindlichen Passagiere und Matrosen.

»Ich fürchte, dass bin ich doch, werter Fennek«, sagte sie. »Meine Pläne vertragen keine Änderung. Die Rückkehr zur Eisenbucht stellt mich vor ein ernsthaftes Problem. Ich habe keine Ahnung, wann es mir möglich sein wird, ein anderes Schiff zu finden, auf dem meine Dienste gefragt sind.«

Silas Fennek neigte den Kopf als Ausdruck unverbindlichen Mitgefühls. Er war eindeutig mit den Gedanken woanders.

Bellis sprach rasch weiter, um seine Aufmerksamkeit nicht ganz zu verlieren. »Ich frage mich, ob Sie mir vielleicht Näheres zu dieser Entwicklung sagen können, die unseren Kapitän so in Rage gebracht hat.« Sie zögerte. »Können Sie mir erklären, was dahinter steckt?«

Fennek hob die Augenbrauen. »Das ist mir nicht möglich. Leider.«

Sie musterte ihn kalt. »Sie haben die Reaktion unserer Passagiere erlebt; Sie wissen, auf wie geringe Gegenliebe der Entschluss zur Umkehr gestoßen ist. Finden Sie nicht, dass ich – wir alle, aber ich in erster Linie – eine Erklärung verdienen? Können Sie sich vorstellen, was Ihnen bevorsteht, wenn ich meinen Mitreisenden gegenüber durchblicken lasse, dass dieser Schlamassel die Schuld des geheimnisvollen Neuankömmlings ist ...« Bellis hoffte, ihn mit diesem Trommelfeuer aus Vorwürfen und versteckten Drohungen dazu zu bringen, dass er – entweder im Ärger oder um sich zu verteidigen – mit der Wahrheit herausplatzte. Doch sie stockte, als sie die Wirkung ihrer Worte bemerkte.

Seine liebenswürdig-abwesende Miene erfuhr eine jähe und vollkommene Wandlung zu tiefem Ernst. Mit erhobenem Zeigefinger gebot er ihr zu schweigen. Nachdem er sich suchend umgeschaut hatte, ergriff er das Wort, leise und beschwörend.

»Werte Schneewein«, sagte er. »ich begreife Ihren Unmut, aber hören Sie mir zu!« Sie richtete sich auf und hielt trotzig seinem durchbohrenden Blick stand. »Sie müssen Ihre Drohung zurücknehmen. Ich appelliere nicht an Ihren beruflichen Kodex oder an Ihre verdammte Ehre, wahrscheinlich sehen Sie diese moralischen Hochtrabereien ebenso zynisch wie ich, aber ich appelliere an *Sie*. Ich weiß nicht, was Sie sich zurechtgelegt haben oder was Sie vermuten, aber glauben Sie mir, wenn ich Ihnen sage, es ist *lebenswichtig* – verstehen Sie? – dass ich schnellstens nach New Crobuzon zurückkehre, ohne Aufenthalt, ohne Fisimatenten.« Er schwieg, schwieg lange.

»Es steht – es steht unglaublich viel auf dem Spiel, werte Schneewein. Sie dürfen keinen Widerstand säen.

Ich bitte Sie inständig, Ihr Wissen für sich zu behalten. Ich verlasse mich auf Ihre Diskretion.«

Er drohte nicht. Sein Gesicht und seine Stimme waren ernst, todernst, doch er bemühte sich lediglich, ihr die Lage der Dinge begreiflich zu machen, ohne die Absicht, sie einzuschüchtern. Er sprach zu ihr wie zu einer Verbündeten, einer Vertrauten.

Und, wider Willen beeindruckt, sogar erschreckt von seiner Eindringlichkeit, spürte sie, dass sie tatsächlich gewillt war zu schweigen.

Er las den Entschluss aus ihren Zügen und nickte einen schroffen Dank, bevor er weiterging.

*

Zurück in ihrer Kabine, versuchte Bellis sich darüber klar zu werden, was sie tun sollte. Ein längerer Aufenthalt in Tarmuth konnte für sie gefährlich werden. Sie musste so schnell wie möglich ein neues Schiff finden. Nach wie vor war ihr Ziel Nova Esperium, doch eine düstere Ahnung sagte ihr, dass sie sich nicht mehr erlauben konnte, wählerisch zu sein. Sie konnte sich nicht erlauben zu warten.

Allein, unbetroffen von dem Mief aus Ärger und Verwirrung, der über dem Schiff hing, fühlte Bellis all ihre Hoffnungen verdorren. Sie fühlte sich mürbe wie altes Papier, als könnte der böige Wind sie zerfledern und davonblasen.

Das bruchstückhafte Wissen um die Geheimnisse des Kapitäns war kein Trost. Nie war sie sich heimatloser vorgekommen.

Seufzend erbrach sie das Siegel an ihrem Brief und schrieb auf der letzten Seite weiter.

»Schädeltag, 6. Arora 1779, abends«, schrieb sie.

»Nun, lieber Freund, wer hätte das gedacht? Gelegenheit, ein paar weitere Zeilen anzufügen.«

Sie fühlte sich getröstet. Auch wenn der ironische Tonfall dieses Briefs nur aufgesetzt war, half er, ihre bedrückte Stimmung zu vertreiben, und sie ließ sich auch nicht stören, als Schwester Meriope hereinkam und zu Bett ging. Beim Schein der winzigen Öllampe schrieb sie weiter, über Verschwörungen und Geheimnisse, während das Vielwassermeer unablässig am Stahlrumpf der *Terpsichoria* nagte.

*

Durcheinander rufende Stimmen rissen Bellis am nächsten Morgen aus dem Schlaf. Noch damit beschäftigt, die Stiefel zuzuschnüren, stolperte sie mit etlichen anderen schlaftrunkenen Passagieren hinaus ins Helle und schaute sich blinzelnd um.

An der Backbordreling drängten sich gestikulierend und rufend die Matrosen. Bellis folgte ihrer Blickrichtung zum Horizont und merkte, dass sie nach *oben* schauten.

Ein Mann hing regungslos zwischen Himmel und Meer.

Bellis fiel die Kinnlade herunter.

Der Mann strampelte mit den Beinen wie ein Säugling; er starrte seinerseits auf das Schiff. Es sah aus, als stünde er in der Luft, in Wirklichkeit hing er unter einem prall gefüllten Ballon, eingeschnürt in ein Riemengeschirr.

Jetzt nestelte er an seinem Hüftgurt und ein Gegenstand, Ballast vermutlich, löste sich und fiel gemächlich trudelnd ins Meer. Gleichzeitig stieg der Mann mit einem Ruck an die zehn Meter höher. Untermalt von leisem Propellergebrumm, beschrieb er eine wacklige Kurve und umkreiste die *Terpsichoria*.

»Alle Mann zurück auf eure verdammten Posten!« Die barsche Stimme des Kapitäns scheuchte die Matrosen auseinander. Er stellte sich auf dem Hauptdeck auf und betrachtete die langsam fliegende Gestalt durch sein Fernrohr. Der Mann schwebte in vage bedrohlicher Art nahe der Mastspitzen.

Der Kapitän rief den Luftreisenden durch den Schalltrichter an. »Sie da oben ...« Seine Stimme trug weit, sogar das Meer gab sich ruhig. »Hier spricht Kapitän Myzovic von der *Terpsichoria*, Dampfschiff der Handelsmarine von New Crobuzon. Sie werden hiermit aufgefordert zu landen und sich auszuweisen. Das Nichtbefolgen dieser Aufforderung wird als feindselige Handlung betrachtet. Sie haben eine Minute, um herunterzukommen, oder wir werden uns verteidigen.«

»Jabber!«, flüsterte Johannes. »Haben Sie je so etwas gesehen? Er ist zu weit draußen, als dass er von Land her kommen könnte. Er ist ein Kundschafter von irgendeinem Schiff, dass außer Sicht hinter der Kimm liegt.«

Der Mann kreiste über ihnen, als hätte er nichts gehört, und für einige Sekunden war das Surren seines Propellers das einzige Geräusch.

Endlich fand Bellis die Sprache wieder. »Piraten?«, fragte sie leise.

»Möglich.« Johannes zuckte die Schultern. »Aber die Freibeuter hier draußen könnten es nicht mit einem Schiff unserer Größe aufnehmen, oder mit unserer Bewaffnung. Ihre Beute sind kleinere Kauffahrer, Rümpfe aus Holz. Und Kaper ...« Er schürzte die Lippen. »Nun, falls sie mit Freibrief aus Figh Vadiso unterwegs sind, oder von wem auch immer, dann hätten sie womöglich die Feuerkraft, sich mit uns anzulegen, aber sie müssten verrückt sein, Auseinandersetzungen mit New Crobuzon herauszufordern. Die Piratenkriege sind vorbei, um Jabbers willen!«

»Nun gut!«, brüllte der Kapitän. »Dies ist unsere letzte Warnung.« Vier Musketiere hatten sich an der Reling aufgestellt. Sie nahmen den fliegenden Besucher ins Visier.

Augenblicklich verstärkte sich das Motorengeräusch. Unter seinem Ballon pendelnd, entfernte sich der Mann in Schlangenlinien von der *Terpsichoria*.

»Feuer, verflucht!«, heulte Myzovic und die Musketen knallten, aber der Aeronaut hatte Fahrt aufgenommen und befand sich bereits außer Schussweite. Lange Zeit konnte man zuschauen, wie er kleiner und kleiner wurde und allmählich dem Horizont entgegensank, an dem nichts sonst zu sehen war.

»Sein Schiff muss zwanzig Meilen weit weg sein oder mehr«, mutmaßte Johannes. »Er wird wenigstens eine Stunde brauchen, um es zu erreichen.«

Der Kapitän schnauzte seine Leute an, teilte sie in Gruppen ein, ließ Waffen ausgeben und stationierte die Männer rund um das Schiff an der Reling. Die Gewehre in Händen mit weißen Knöcheln, starrten die Männer angespannt über die behäbig rollende Dünung.

Cumbershum trat vor die zusammengeströmten Passagiere und forderte sie auf, in ihre Kabinen zu gehen oder sich in die Messe zu begeben. Sein Ton war barsch.

»Die *Terpsichoria* ist ein zu dicker Brocken für jeden Piraten und diesem Eklaireur dürfte das nicht verborgen geblieben sein«, verkündete er. »Doch bis wir wieder hinter den Hauern sind, wünscht der Kapitän, dass

Sie der Mannschaft nicht auf den Füßen herumstehen. Also bitte!«

*

Bellis saß lange einfach da, ihren Brief in der Jackentasche. Sie rauchte und trank Tee und Wasser im halb leeren Speiseraum. Anfangs lag Nervosität in der Luft, doch nach einer Stunde hatte die Angst sich etwas gelegt. Sie fing an zu lesen.

Dann auf einmal gedämpfte Rufe von Deck und das Trampeln laufender Schritte. Bellis stürzte mit den übrigen Passagieren ans Fenster.

Eine Hand voll schwarzer Objekte pflügte aus der Weite des Meeres heran.

Plumpe, kleine, stahlgepanzerte Aufklärer.

»Die müssen verrückt sein!«, zischte Dr. Adoucier. »Wie viele sind es? Fünf? Sie können nicht vorhaben, uns anzugreifen!«

Vom Deck der *Terpsichoria* ertönte ein dumpfer Donnerschlag, und ein paar Meter vor dem ersten Boot schoss explosionsartig eine Fontäne aus Dampf und Wasser in die Höhe.

»Das ist ein Warnschuss«, äußerte jemand. »Aber sie drehen nicht bei.«

Das kleine Fahrzeug arbeitete sich stampfend durch die aufgewühlte Gischt und lief tollkühn in voller Fahrt auf das riesige Eisenschiff zu. Oben noch mehr trampelnde Schritte, noch mehr gebrüllte Befehle.

»Das wird schauderhaft.« Dr. Adoucier zog eine Grimasse, und noch bevor er ausgesprochen hatte, knirschte Metall auf Metall und die *Terpsichoria* krängte heftig zur Seite.

*

Unten im Laderaum kippte Gerber Walk quer über seinen Nebenmann. Ein vielstimmiger Angstschrei hallte durch das Halbdunkel. Bei den Remade, die gegeneinander geschleudert wurden, brachen Schwären und alte Wunden auf. Schrille Klagelaute stachen durch das Pandämonium.

In der Dunkelheit eingesperrt, spürten die Gefangenen, wie das Schiff plötzlich wild schlingerte.

»*Was ist los?*«, schrien sie zu den Luken hinauf. »*Was ist passiert? Helft uns!*«

Stolpernd, schiebend, tretend, drängten sie zu den Gittern, zerquetschten die Vorderen an den Eisenstangen. Gellende Schreie, panischer Tumult.

Gerber Walk brüllte im Chor mit seinen Leidensgenossen.

Niemand kam.

*

Das Schiff taumelte wie ein Mensch nach einem gewaltigen Faustschlag. Bellis wurde gegen das Fenster geschleudert. Ihre Mitreisenden liefen durcheinander, lärmend, rufend, rappelten sich vom Boden auf, blanke Angst in den Augen, rempelten umgekippte Stühle und Hocker zur Seite.

»Was in Jabbers Namen war *das*?«, schrie Johannes. Nahebei brabbelte jemand Gebete.

Zusammen mit den anderen hastete Bellis an Deck. An Backbord rauschten die kleinen gepanzerten Schiffe auf die *Terpsichoria* zu, doch wie aus dem Nichts aufgetaucht, an Steuerbord, wohin niemand geschaut hatte, lag ein riesiges schwarzes Unterseeboot.

Es war 30, 40 Meter lang, von Rohren umflochten, mit mehrfach gegliederten metallenen Flossen gespickt. Seewasser strömte über den Rumpf, von den Nähten zwischen den Panzerplatten und den Rippen unterhalb der Bullaugen.

Bellis bestaunte sprachlos das bösartig aussehende Ungetüm. Matrosen und Offiziere riefen durcheinander, liefen von einer Seite zur anderen, versuchten, sich neu zu formieren.

Zwei Luken an der Oberseite des Tauchboots hoben sich langsam.

»*Ihr da!*« Auf der Back stehend, zeigte Cumbershum auf die Passagiere. »*Unter Deck mit euch, sofort!*«

Bellis wich in den Korridor zurück.

Jabber hilf mir o gute Götter o Schiet verdammter, schoss es ihr in einem wirren Strom durch den Kopf. Sie schaute sich verstört nach allen Seiten um, hörte die anderen in ihre Kabinen flüchten.

Dann fiel ihr die kleine Kammer ein, von der aus man das Deck beobachten konnte.

*

Draußen, nur wenig gedämpft durch die dünne Bretterwand, hörte sie Gebrüll und Flintenschüsse. Mit fliegenden Händen räumte sie das Gerümpel vom Regal vor dem Fenster und drückte das Gesicht an die schmutzige Scheibe.

Aufpuffender Rauch vernebelte die Sicht. Männer rannten in kopfloser Flucht vorbei. Hinter ihnen und über das Deck verteilt, wurde in verbissenen kleinen Haufen gekämpft.

Bei den Angreifern handelte es sich in der Mehrzahl um Männer und Kakti, dazu kamen ein paar kriegerisch aussehende Frauen und Remade. Gekleidet waren sie in extravagantes und ausländisches Zeug: lange bunte

Mäntel, Kniehosen, Stulpenstiefel, Nietengürtel. Was sie von den Piraten aus Pantomime oder billigen Groschenheften unterschied, waren Dreck und Schlisse an ihrer Kleidung, die starre Entschlossenheit in ihren Gesichtern und die planvolle Effizienz ihrer Attacken.

Bellis sah alles überdeutlich, jede Kleinigkeit, erlebte das Geschehen als eine Reihe lebender Bilder, wie Heliotypien, die in rascher Folge hintereinander im Dunkeln aufleuchteten. Die Geräuschkulisse schien losgelöst von den Bildern, ein wütendes Hornissensurren im Hinterkopf.

Der Kapitän und Cumbershum brüllten Befehle, während sie in fliegender Hast ihre Pistolen abfeuerten und nachluden. Blau gekleidete Matrosen kämpften ungeschickt, aber mit dem Mut der Verzweiflung. Ein Kaktusfähnrich warf den zerbrochenen Säbel weg und fällte seinen Gegner mit einem gewaltigen Faustschlag, dann aber heulte er auf vor Schmerz, als der Kumpan des Erschlagenen ihm die Klinge tief in den Unterarm hieb, dass der Saft spritzte. Ein Trupp von Todesangst beflügelter Seeleute rannte mit aufgepflanzten Bajonetten gegen die Piraten an, zögerte, ihnen nachzusetzen und sah sich plötzlich in der Klemme zwischen zwei Remade mit riesigen Blunderbüchsen. Die jungen Matrosen stürzten schreiend auf die Planken, in einem prasselnden Schauer aus Fleischfetzen und Schrapnell.

Gravitätisch surrend, hingen zwischen den Masten schwebende Gestalten, drei oder vier, in einem Riemengeschirr unter ihrem Ballon, wie der erste Kundschafter, und feuerten aus Steinschlossflinten in die Menge.

Das Deck schwamm in Blut.

Lauter und lauter wurde das Wehgeschrei. Bellis zitterte. Sie biss sich auf die Unterlippe.

Die Szenerie hatte etwas Unwirkliches. Die Gewalt war grotesk und Grauen erregend, aber in den aufgerissenen Augen der Matrosen las Bellis Unglauben, zweifelndes Staunen, dass dieses Geschehen Wirklichkeit sein sollte.

Die Piraten kämpften mit schweren Krummsäbeln und klobigen Pistolen. In ihren kunterbunten Kleidern sahen sie aus wie Gesindel, aber sie waren behände und diszipliniert und fochten wie eine ausgebildete Truppe.

»Verdammtes Pack!«, brüllte der Kapitän, zielte in die Höhe und feuerte. Einer der pendelnden Aeronauten zuckte, und umregnet von Blutspritzern flog sein Kopf nach hinten. Im Todeskampf krallte er nach dem Gürtel, Ballast regnete herab wie gigantische Batzen Vogelkot. Der Leichnam stieg in die Höhe, rasch, wie von einer unsichtbaren Hand zwischen die Wolken gezogen.

Der Kapitän gestikulierte heftig. »Formieren, Gottschiet!«, schrie er. »Erledigt den Bastard auf dem Achterdeck!«

Bellis verrenkte sich den Hals, aber sie konnte nicht sehen, wen der Kapitän meinte, hörte ihn nur, ganz dicht, wie er bestimmt und knapp Anweisungen gab. Die Angreifer reagierten, lösten sich aus Handgemengen, um in Gruppen Offiziere anzugreifen und den Kordon der Matrosen zu berennen, die ihnen den Weg zur Brücke versperrten.

»Ergebt euch!«, rief die Stimme neben ihrem Fenster. »Legt die Waffen nieder, und der Kampf ist vorbei!«

»Erledigt den Bastard!«, brüllte als Antwort der Kapitän.

Fünf oder sechs Matrosen rannten, Säbel und Pistolen schwenkend, an Bellis' Fenster vorbei. Ein Augenblick Stille, dann ein lauter Knall und ein schwaches Knistern.

»O Jabber...« Der gequälte Aufschrei erstickte in einem würgenden Hustenstoß.

Zwei der Männer torkelten rückwärts in Bellis' Blickfeld, und sie schlug entsetzt die Hand vor den Mund. Blutüberströmt brachen sie zusammen und waren tot, ehe sie die Planken berührten. Ihre Kleider und Leiber waren durchsiebt wie von wütendem Sperrfeuer; bei beiden gab es nicht ein Fleckchen heiler Haut mehr, die zerschmetterten Köpfe hatten kein Gesicht.

Trotz des grausigen Anblicks konnte Bellis den Blick nicht abwenden. Unnatürlich. Die Verletzungen wirkten unnatürlich, sie flimmerten, tiefe Krater, die plötzlich Blendwerk zu sein schienen, Illusion. Das Blut jedoch, das sich in ihnen sammelte, war echt, und die Männer waren ganz wirklich tot.

Der Kapitän stierte entgeistert. Bellis hörte ein tausendfältiges Wispern von Luft, es folgten zwei gurgelnde Schreie und satte Paukenschläge, als menschliche Körper zu Boden stürzten.

Der letzte der Matrosen rannte an Bellis vorbei, zurück, heulend vor Entsetzen. Ein Gewehr flog durch die Luft, prallte trocken gegen seinen Hinterkopf. Er fiel auf die Knie.

»*Du gottschietverdammtes Schwein!*« Kapitän Myzovic fluchte aus Leibeskräften; in seiner Stimme bebte namenlose Wut und ebensolche Angst. »*Dämonen hofierender Bastard!*«

Ungerührt von diesen Ausbrüchen trat ein Mann in Grau vor Bellis' Fenster. Er war nicht groß. Wirkte in seinen Bewegungen geschmeidig, gewollt lässig, bewegte seinen muskulösen Körper, als wäre er sehr viel schmächtiger. Bekleidet war er mit einem Lederpanzer, dunkelanthrazit, reich versehen mit Taschen, Gürteln und Holstern, und blutbespritzt. Sein Gesicht konnte Bellis nicht sehen.

Er schritt zu dem knienden Mann hin, in der Faust ein Schwert mit gerader Klinge, rot vom Stichblatt bis zur Spitze, von welcher zähe Tropfen fielen.

»Ergib dich«, sagte er in ruhigem Ton zu dem Knienden, der leer zu ihm aufblickte und schluchzte und blind nach seinem Messer tastete.

Als wäre eine Sprungfeder ausgelöst worden, schnellte der Mann in Grau in die Luft, Arme und Beine angewinkelt. Wie ein Tänzer wirbelte er um die eigene Achse und trat zu, trat mit dem Stiefelabsatz in das Gesicht des Matrosen und schmetterte ihn rücklings auf die Planken. Man sah, wie der Körper erschlaffte, entweder in Ohnmacht oder Tod. Der Mann in Grau landete auf beiden Füßen und stand vollkommen still. Es war, als hätte er sich nie bewegt.

»Ergebt euch!«, rief er mit tönender Stimme, und den Männern der *Terpsichoria* sank der Mut.

Sie konnten nicht hoffen, den Kampf zu gewinnen.

Leichen lagen zuhauf herum wie weggeworfene Lumpenpuppen, Sterbende flehten um Hilfe. Die meisten Toten trugen das Blau der Handelsmarine New Crobuzons. Jede Sekunde entstiegen weitere Piraten dem großen Unterseeboot und den kleinen Kuttern. Sie umzingelten die Mannschaft der *Terpsichoria*, drängten sie auf dem Hauptdeck zusammen.

»Ergebt euch!«, forderte der Mann erneut. Sein Akzent war Bellis fremd. »Legt die Waffen nieder, und das Töten hat ein Ende. Kämpft, und wir werden damit fortfahren, bis ihr Vernunft annehmt.«

»Dir soll die Zunge im Maul verfaulen...«, heulte Kapitän Myzovic, aber der Piratenanführer unterbrach ihn.

»Wie viele Ihrer Männer wollen Sie sterben sehen, Kapitän?«, fragte er mit sonorer Bühnenstimme. »Befehlen Sie ihnen, die Waffen niederzulegen, damit sie sich nicht wie Verräter vorkommen. Tun Sie es nicht, verurteilen Sie sie zum Tode.« Er zog ein dickes Filzpolster aus der Tasche und fing an, seine Klinge zu säubern. »Die Entscheidung liegt bei Ihnen, Kapitän.«

Auf dem Deck herrschte Stille. Nur das surrende Motorengeräusch der Aeronauten war zu hören.

Myzovic und Cumbershum wechselten einige halblaute Worte, dann schaute der Kapitän auf seine verwirrten und verängstigten Männer und hob die Hände.

»Legt die Waffen nieder«, rief er. Es dauerte einen Moment, bis die Matrosen gehorchten. Musketen und Pistolen und Säbel polterten dumpf auf die Planken. »Das Schiff gehört Ihnen, zeigen Sie sich als Mann von Wort!«

»Bleiben Sie, wo Sie sind, Kapitän«, erwiderte der Mann in Grau. »Ich komme zu Ihnen.« Er sprach schnell und bestimmt in Salt zu den Piraten, die mit ihm vor dem Fensterchen standen. Bellis schnappte ein Wort auf, das sich anhörte wie »Passagiere«, und für einen Moment wurde ihr schwarz vor Augen.

Sie verhielt sich mucksmäuschenstill und hörte, wie unter Geschrei und Gezeter die Passagiere von den Piraten zusammengeholt und nach draußen gebracht wurden.

Sie hörte Johannes Feinfliege, das jämmerliche Weinen von Schwester Meriope, die bibbernde Pompositä Dr. Adouciers. Dann einen Schuss, gefolgt von einem entsetzten Aufschrei.

Der angstvolle Chor entfernte sich nach draußen und schwoll erneut an, als man die Passagiere auf das Hauptdeck trieb.

Die Piraten waren gründlich. Näher kommendes Türenschlagen verriet, dass man die Kabinen der Reihe nach durchsuchte. Bellis bemühte sich, mit Holzstücken ihre Tür festzukeilen, doch der Mann im Gang drückte sie mühelos auf, und ein Blick auf ihn, grimmig und blutbesudelt, ein Blick auf das schwere Entermesser in seiner Hand, genügte, dass sie jeden Gedanken an Widerstand aufgab. Sie ließ die Flasche fallen, mit der sie sich bewaffnet hatte, und duldete, dass er sie nach draußen zerrte.

*

Die Mannschaft stand aufgereiht, an Haltung und Miene als Besiegte kenntlich, vor dem Achterdeck. Die Toten hatte man über Bord geworfen. In ein paar Schritten Abstand drängten sich die Passagiere. Einige, Johannes Feinfliege zum Beispiel, hatten blutige Nasen und blaue Flecken.

Mitten unter ihnen, unscheinbar in einem braunen Anzug und in der gleichen geduckten, mutlosen Haltung wie die anderen, stand Silas Fennek. Er hielt den Kopf gesenkt und vermied es, Bellis' verstohlenem Blick zu begegnen.

In der Mitte des Decks ballte sich die stinkende Fracht der *Terpsichoria*: die von unten heraufgeschafften Gefangenen. Sie waren vollkommen verwirrt, starrten, von der Helligkeit geblendet, blinzelnd auf die Piraten.

Die buntscheckigen Kaperer waren überall, turnten durch die Wanten, machten klar Schiff, andere nahmen rings um das Deck Aufstellung und richteten ihre Büchsen und gespannten Armbrüste auf die Gefangenen.

Es hatte lange gedauert, die verängstigten, ahnungslosen Remade nach oben zu schaffen. Bei der Durchsuchung der stinkenden Käfige entdeckte man mehrere Leichen. Sie wurden ins Meer geworfen, wo ihre metallenen Prothesen und Appendizes sie rasch in die Tiefe zogen.

Derweil rieb sich das große Tauchboot am Rumpf der *Terpsichoria*; beide Schiffe wurden im Gleichtakt von der Dünung auf und ab gewiegt.

Der Mann in Grau, der Anführer der Piraten, drehte sich langsam zu seinen Gefangenen herum. Zum ersten Mal sah Bellis sein Gesicht.

Sie schätzte ihn auf Ende 30, das kurz geschnittene Haar schon grau meliert. Die Gesichtszüge waren klar konturiert, wie eingemeißelt. Seine tief liegenden Augen blickten melancholisch, die Linie seines Mundes war streng und traurig.

Bellis stand neben Johannes, dicht bei der Gruppe der schweigenden Offiziere. Der Graue schritt auf den Kapitän zu. Im Vorbeigehen schaute er drei oder vier Schritte lang auf Johannes, dann wieder nach vorn.

»Tja«, Kapitän Myzovics Stimme tönte über das Deck, »die *Terpsichoria* gehört Ihnen. Ich nehme an, dass Sie vorhaben, eine Ranzion zu erpressen? Nehmen Sie's mir nicht übel, guter Mann, wenn ich Ihnen sage, dass die Macht, die hinter Ihnen steht – welche es auch sei! – einen bösen Fehler begangen hat. New Crobuzon wird diesen Übergriff als feindliche Handlung werten.«

Der Pirat zeigte keine Regung.

»Bedaure nein, Kapitän«, sagte er. Nun, da seine Stimme nicht mehr den Kampfeslärm übertönen musste, klang sie weich, beinahe feminin. Wie sein

Gesicht kündete sie von einer inneren Traurigkeit. »Kein Prisengeld. Die Macht, die ich repräsentiere, schert sich keinen Deut um New Crobuzons Befindlichkeiten, Kapitän.« Er schaute Myzovic in die Augen und schüttelte langsam und ernsthaft den Kopf. »Keinen Deut.«

Ohne den Oberkörper zu wenden, streckte er die Hand nach hinten und einer seiner Männer reichte ihm eine große Steinschlosspistole. Er hob sie vor die Augen, musterte sie sachverständig und überprüfte die Pulverladung.

»Ihre Männer sind tapfer, aber sie sind keine Soldaten«, sagte er und brachte die Waffe in Anschlag. »Möchten Sie wegschauen, Kapitän?«

Ein, zwei, drei Sekunden Stille vertickten, bevor Bellis' Magen sich zusammenkrampfte und ihr die Knie weich wurden. Bevor sie begriff, was gemeint war.

Den Umstehenden und dem Kapitän kam die Erkenntnis im selben Moment. Manche stöhnten auf, während Myzovics Augen groß wurden und sein Gesicht sich verzerrte. Wut und Angst führten ein hässliches Ringen um die Vorherrschaft auf seinen Zügen. Sein Mund arbeitete, ging stumm auf und zu.

»Nein, ich werde nicht wegschauen!«, schrie er endlich und Bellis stockte der Atem bei dem schartigen, überschnappenden Klang seiner Stimme. »Das werde ich nicht, Sie Hurensohn, stinkender Bastard, verfluchter, jämmerlicher Scheißkerl...«

Der Mann in Grau nickte.

»Wie Sie wollen.« Er hob die Pistole und schoss Kapitän Myzovic durch das Auge in den Kopf.

Der Schussknall war kurz und trocken. Blut und Knochen spritzten, Myzovic beugte sich nach hinten, sein Gesicht eine zersprungene Maske glasiger Wut.

Ein Chor aus spitzen Schreien und fassungslosem Ächzen begleitete den dumpfen Aufprall seines Körpers auf den Planken. Johannes, neben Bellis, wankte und stieß kehlige Laute aus. Bellis schluckte würgend, ihr Herz raste, während sie auf den toten Mann schaute, dessen Körper in einer roten Lache zitterte und zuckte. Sie fürchtete, sich übergeben zu müssen, und verschränkte krampfhaft die Arme vor dem Leib.

Irgendwo hinter ihr stammelte Schwester Meriope Dariochs Totenklage.

Der Mörder gab die Pistole zurück, tauschte sie gegen eine andere, geladen und schussbereit. Sein Blick wanderte über die Reihe der Offiziere.

»O Jabber«, wimmerte Cumbershum mit bebender Stimme. Er starrte auf den toten Myzovic, dann hob er den Blick zu seinem Henker. »O Jabber, Gottschiet«, hauchte er und schloss die Augen. Der Mann in Grau jagte ihm eine Kugel durch die Schläfe.

»Götter!«, heulte jemand hysterisch. Die Offiziere schrien durcheinander, schauten sich wild nach Rettung um, drängten zurück, gegen die Reling. Der Donner der beiden Schüsse geisterte als Nachhall, zwischen den Aufbauten gefangen, über das Deck.

Menschen brüllten. Einige der Offiziere waren auf die Knie gefallen. Bellis atmete flach und hastig.

Der Mann in Grau sprang auf die Treppe zum Vorderkastell und stellte sich am Geländer in Positur.

»*Das Töten*«, rief er durch die trichterförmig zusammengelegten Hände, »*ist vorbei.*«

Er wartete, bis das verängstigte Stimmengewirr sich gelegt hatte.

»Das Töten ist vorbei«, wiederholte er. »Mehr Blut wird nicht vergossen werden. Versteht ihr? Es ist vorbei.«

Er breitete die Arme aus, während der Lärm wieder anschwoll, diesmal gefärbt von Staunen und ungläubiger Erleichterung.

»Hört mir zu«, rief er. »Ich habe etwas bekannt zu geben. Ihr Männer in Blau, ihr Matrosen der Handelsmarine New Crobuzons, eure Tage in dieser noblen Institution sind gezählt. Ihr Offiziere und Unteroffiziere, ihr müsst eure Zukunftspläne überdenken. Dort, wo wir hingehen, ist kein Platz für solche, die meinen, New Crobuzon die Treue halten zu müssen.« Bellis warf aus den Augenwinkeln einen Blick auf Fennek. Er schaute mit angelegentlicher Konzentration auf seine Hände.

»Ihr ...«, fuhr der Mann in Grau fort, indem er eine weit ausholende Armbewegung machte, die die Männer und Frauen aus den Laderäumen umfasste, »ihr seid nicht länger Remade, nicht länger Sklaven. Und ihr ...«, er wandte sich an die Passagiere, »eure Pläne für ein neues Leben müssen sich ändern.«

Er legte die Hände auf das Geländer und ließ den Blick über seine ratlose Zuhörerschaft schweifen. Von den Leichen des Kapitäns und seines Ersten Offiziers wuchsen Blutrinnsale amöbengleich über die Planken.

»Ihr müsst mit mir kommen«, verkündete der Mann in Grau, und obwohl er die Stimme nicht hob, trug sie über das gesamte Deck. »Zu einer neuen Stadt.«

1. Intermezzo – Anderswo

Unbestimmte Objekte betasten Steine und gleiten darüber hinweg, hangeln sich durchs Wasser voran.

Sie wandern in der Nacht durch ein tintenschwarzes Meer, durch kultivierte Tang- und Algenfelder, hin zu den Lichtern der Dörfer der Cray im Flachwasser. Lautlos schlüpfen sie in die Umfriedungen.

Die Seehunde in den Pferchen erspähen sie und wittern das aufgestörte Wasser auf ihrer Bahn und kreiseln in blinder Panik und schnellen gegen die Maschenwände und -dächer ihrer Käfige. Die Eindringlinge lugen neugierigen Schraten gleich durch die tiefen Fensterhöhlen der Hütten und erschrecken die Bewohner, die auf ihren gegliederten Beinen hinauseilen und mit Heugabeln und Speeren angstvoll um sich stechen.

Die Bauern sind bald überwunden.

Sie werden ergriffen und gefangen, wehrlos gemacht und verhört. Eingelullt mit Thaumaturgie, durch Gewalt ermuntert, flüstern die Cray Antworten auf gezischelte Fragen.

Krumenweise, hier ein paar Worte, dort ein Satz, erfahren die schlangenhaften Jäger Dinge, die sie wissen müssen.

Sie hören von den gepanzerten Tauchbooten Salkrikaltors, die zwischen den Dörfern des Basilisk Channel unterwegs sind. Tausende Meilen Wasser patrouillieren, das nebulöse Konfinium des Cray-Commonwealth bewachen. Ausschau halten nach Grenzverletzern.

Die Jäger streiten und sinnen und argumentieren.

Wir wissen, wo er hergekommen ist.
Aber vielleicht kehrt er nicht zurück dorthin.

Ungewissheit. Zu seinem Stammland oder nach Osten und weiter?

Der Weg gabelt sich und es bleibt nur eins zu tun. Die Jäger teilen sich in zwei Gruppen. Eine macht sich auf nach Südwesten, wo die Eisenbucht ist und Tarmuth und das Brackwasser des Gross-Tar-Deltas, um zu lauern und zu lauschen und zu erfahren, wo er zu finden sei, den sie suchen.

In einem Strudel aufgewühlten Wassers sind sie fort.

Die zweite Gruppe, die Suchenden ohne festes Ziel, taucht hinab ins Dunkel, in die ungastliche Tiefe.

2. Intermezzo – Bellis Schneewein

O Götter! O Jabber, wo bringt man uns hin?

Eingesperrt in unsere Kabinen und mit ausdrucksloser Miene verhört, als wären diese Mordbuben, diese Piraten, Zensoren oder Volkszähler. Name?, fragen sie, und: Beruf? Dann wollen sie den Grund wissen, weshalb ich mich nach Nova Esperium eingeschifft habe, und mir ist danach, ihnen ins Gesicht zu lachen.

Wohin, Gottschiet, bringen sie uns?

Sie machen sich ausführliche Notizen, sie haken mich ab auf ihren gedruckten Formularen, dann nehmen sie sich Schwester Meriope vor und verfahren mit ihr in nämlicher Weise. Sie reagieren genau gleich, auf die Linguistin wie auf die Nonne, mit kurzem Kopfnicken und knappen Nachfragen.

Weshalb lässt man uns unsere Habseligkeiten? Weshalb reißen sie mir nicht den Schmuck ab, vergewaltigen oder ermorden mich? Keine Waffen, bekommen wir zu hören, keine Barmittel und keine Bücher, alles andere jedoch dürfen wir behalten. Sie durchwühlen unsere Seekisten (eine halbherzige Suche) und konfiszieren Messer und Rechnungen und Monographien und beschmutzen meine Kleider, vergreifen sich aber nicht an den übrigen Dingen. Briefe, Stiefel, Bilder und Krimskrams lassen sie zurück.

Ich argumentiere um meine Bücher. Ich kann nicht erlauben, dass ihr sie mir wegnehmt, sagte ich, nehmt sie nicht weg, sie gehören mir, einige habe ich selbst geschrieben; und sie geben mir das Notizbuch mit den leeren Blättern zurück, aber die gedruckten, die Kurzgeschichten, die Fachbücher, den dicken Roman enteignen sie. Beiläufig. Sie sind nicht beeindruckt, als ich ihnen zeige, dass ich Bellis Schneewein bin. Sie nehmen die Schneeweins mit.

Und ich weiß nicht, warum. Ich erkenne keinen Sinn hinter ihrem Tun.

*

Schwester Meriope sitzt da und betet, murmelt ihre heiligen Suren, und ich bin überrascht und dankbar, dass sie nicht flennt.

Es ist nicht erlaubt, die Kabinen zu verlassen, aber in bestimmten Zeitabständen kommt man mit Tee und Essen, ist weder grob noch freundlich, sondern gleichgültig wie Wärter im Zoo. Ich will raus, sage ich ihnen. Ich klopfe laut an die Tür, und ich muss aufs Klo, sage ich und stecke den Kopf in den Gang und der Posten schnauzt mich an, ich soll wieder hineingehen und bringt mir einen Eimer, welchen Schwester Meriope erschüttert beäugt. Ich brauche ihn nicht, es war ein Vorwand, ich wollte Johannes suchen oder Fennek, ich will sehen, was auf dem Schiff vorgeht.

Aus allen Richtungen Geräusche von Schritten und halb erlauschte Unterhaltungen in einer Sprache, die ich fast verstehe – Nordnordost höre ich und ... Leeseite und ... jemals? Weiß nicht genau und ... wohin ist Hochdero Aufpasserschaft gegangen? Und was sie dann noch sagen, bleibt mir schleierhaft.

Durch das Bullauge neben meinem Kopf sehe ich nichts außer Gischtfahnen über aufgewühltem Wasser, darüber und darunter Dunkelheit. Ich rauche. Eine nach der anderen.

*

Nachdem meine Zigarillos alle zu Asche geworden sind, lege ich mich hin und merke, dass ich nicht auf den Tod warte. Ich glaube nicht, dass ich sterben werde. Ich warte auf etwas anderes.

Auf die Ankunft. Das Begreifen. Das Eintreffen am Ziel dieser Fahrt.

Ich fühle, gelinde erstaunt, während ich das Pleinair des Sonnenuntergangs bewundere, dass meine Lider schwer werden, und ich bin hundemüde, und Gottschiet, wirklich? Kann ich wirklich? Schlafen?

Ich kann,
ich will,
ich werde
schlafen

unruhig, aber lange, geschlossene Lider flattern bei Meriopes frommem Gewinsel, öffnen sich manchmal, aber ich

schlafe

bis ich, von Panik ergriffen, hochfahre und auf ein silbern überglänztes Meer hinausschaue.

Es tagt. Ich habe die Nacht verpasst, eingelullt in meinem träumenden Kopf.

Ich kleide mich sorgfältig an. Ich wienere meine hohen Stiefel. Ich schminke mein Gesicht, wie immer, binde mein Haar im Nacken zusammen.

Gegen halb sieben klopft ein Kaktusmann an die Tür und bringt uns beiden einen Kump Grütze. Während wir löffeln, erklärt er uns, wie es weitergeht. – Wir sind fast da, sagt er. – Wenn wir festgemacht haben, folgen Sie den anderen Passagieren, und wenn Sie aufgerufen werden, gehen Sie dorthin, wo man Ihnen sagt, und Sie werden ... Aber ich verliere den Faden, mir schwirrt der Kopf, wir werden was? Wird uns ein

Licht aufgehen? Wird uns klar werden, endlich, was dies alles bedeuten soll?

Ich packe meine Siebensachen und halte mich bereit, von Bord zu gehen, irgendwo, Ziel unbekannt. Ich denke an Fennek. Was macht er, und wo steckt er, der sich nicht gerührt hat, sich hübsch im Hintergrund hielt, als der Kapitän erschossen wurde (Blut und Hirnmasse spritzten)? Es wird ihm nicht recht sein, wenn man erfährt, dass er einen Auftrag hat, dass er die Macht hat, das Kommando über Schiffe an sich zu reißen, die Überquerung von Ozeanen zu unterbrechen, Kursänderungen vorzuschreiben.

(Ich habe ihn in der Hand.)

*

Nach draußen. Hinaus in einen sprunghaften, frischen Wind, der ohne Unterlass an mir zupft und zerrt.

Meine Augen sind wie die eines Höhlenbewohners. An das Sepialicht meiner Kabine gewöhnt, überrumpelt mich dieser Morgen. Meine Augen sind voller Tränen, und ich muss zwinkern, und die Hochseewolken oben zerfließen mir. Von allen Seiten ertönt der leise Applaus der Wellen. Die Luft schmeckt nach Salz.

Rings um mich stehen die anderen, Adoucier und Cardomium eins und zwei Murrigan und Ettenry und Cohl Amausis Yoreling Feinfliege mein Johannes, der mir einen kurzen Blick zuwirft und ein unerwartetes Lächeln, ehe er inmitten eines Pulks entschwindet, und irgendwo Fennek mit immer noch gesenktem Kopf, und wir alle miteinander sehen in diesem Licht aus wie ungelenke Scherenschnittfiguren. Wir sind aus gröberem Stoff gemacht als der Rest dieses Tages. Er ignoriert uns mit dem ganzen Hochmut eines von der Unverwüstlichkeit seiner Jugend überzeugten Kindes.

Ich will Johannes etwas zurufen, doch er ist von uns wegge-

schwemmt worden und mit meinen endlich blanken Augen schaue ich und schaue.

Ich schleppe mich mit meiner Seekiste ab, ziehe sie holpernd auf dem Deck hinter mir her. Ich fühle mich wie mit Fäusten geschlagen von der Helligkeit und der bewegten Luft, und ich hebe wieder den Blick und sehe Vögel sich tummeln. Ich setze Fuß vor Fuß und richte den Blick in die Höhe und sie kreisen über uns in Schwärmen, drehen ab nach steuerbord und zerstreuen sich in Richtung des Horizonts, und ich sehe Masten auf ihrer Bahn. Ich habe mich davor gedrückt. Noch habe ich nicht zur Seite geschaut, habe nicht gesehen, wo wir sind. Das Ziel der Fahrt hat am Rand meines Gesichtsfelds gelauert, aber jetzt, als ich den Möwen nachschaue, springt es mich an.

Es ist überall. Wie konnte ich es nicht sehen?

Jemand ruft Namen in unser schlurfendes Defilee, teilt uns in Gruppen ein, gibt Anweisungen, komplizierte Instruktionen, aber ich höre nicht zu, denn ich schaue

Gütiger Jabber

Mein Name wird aufgerufen und ich bin hier, wieder neben Johannes, aber ich sehe ihn nicht an, denn ich schaue

auf Mast vor hinter über neben Mast und Segel und Turm und

mehr und kein Ende

Wir sind hier

hier

neben diesem Wald

Gottschiet Jabber und Dammich

Blendwerk, eine perspektivische Täuschung

eine Stadt in unaufhörlicher Bewegung, wogend, sich hebend und senkend, Bord an Bord.

– Werte Schneewein, sagt eine kalte Stimme, aber ich kann nicht, nicht jetzt, wo ich schaue, und ich habe meine Kiste hingestellt, und ich schaue

und jemand schüttelt Johannes die Hand und er betrachtet

sie versonnen, während sie ihn begrüßen – Dr. Feinfliege, Sie sind hochwillkommen, Sie bei uns zu haben ist in der Tat eine große Ehre, aber ich höre nicht zu, weil wir da sind, wir sind angekommen und seht doch nur, seht euch das an

Oh mir ist mir ist ich könnte lachen oder speien so Kopf steht mein Magen, seht doch wir sind da

Wir sind da.

Zweiter Teil

Salt

6

Unter Wasser schienen Lampen. Grün, grau, kaltweiß und bernsteinfarben, Kugelleuchten nach Art der Cray zogen Girlanden kreuz und quer über die Unterseite der Stadt.

Schwebstoffe im Wasser sanken wie Schneegeriesel durch Bahnen von Licht. Dieses stammte nicht nur von den tausend Lampentrauben, sondern von Morgensonnenstrahlen, die von oben niederstachen, auf winkligen Pfaden von den Wellenspitzen hinab in die Tiefe. Fische und Krill umkreisten sie, schwammen verständnislos hindurch.

Von unten war die Stadt ein Archipel der Schatten.

Wirr gescheckt und labyrinthisch, weitläufig und ungeheuer komplex.

Verdrängte Meeresströmungen. Kiele unterschiedlichster Bauart widerstreitend verschränkt. Hängende Ankerketten wie Haarsträhnen, gerissen und vergessen. Aus Öffnungen quollen Abfall, Exkremente en gros und en detail; Öl wallte unschlüssig und stieg in Schlieren zur Oberfläche. Eine tausendfache Inkontinenz verschmutzte das Meer und verging darin.

Dies alles in der nur wenige hundert Meter hinabreichenden Zone rasch abnehmender Helligkeit, danach, mit einer Ahnung von Unendlichkeit, die Schwärze der Tiefsee.

*

An der Unterseite Armadas herrschte reges Treiben. Fische schwänzelten durch die submarine städtische Geographie; flinke, molchähnliche Geschöpfe pendelten überlegt und zielstrebig zwischen Schlupflöchern. In Nischen aufgehängte Drahtkörbe dienten der Aufbewahrung von Kabeljau und Thunfisch. Cray-Behausungen glichen Tumorkorallen.

Vor der Stadt und darunter, an der Grenze zwischen Licht und Finsternis, tummelten sich riesige, halb zahme Seewyrmen. Tauchboote brummten – starre Schatten. Ein Delfin drehte seine wachsamen Runden. Eine in ständiger Bewegung begriffene Ökologie und Politik haftete an der kalkverkrusteten Basis der Stadt.

Das Meer in der Umgebung hallte wider von fühlbar gemachten Tönen: Schnattern und Schnalzen und das Vibrieren von Metall unter Spannung, das Muschelrauschen von aneinander reibenden entgegengesetzten Strömungen. Bellen, das aufsteigend über dem Wasser verklang.

*

Unter denen, die angeklammert oder an Seilen hängend an der Unterseite der Stadt tätig waren, befanden sich Dutzende Männer und Frauen. Ihre Hantierungen erfolgten in zäher Langsamkeit, erbärmlich anzusehen neben den eleganten Algenwedeln und Schwämmen.

Das Wasser war kalt, und die Eindringlinge trugen Panzer aus gummiertem Leder, schwere Helme aus Kupfer und dickem Glas, und sie waren durch Luftschläuche mit der Oberwelt verbunden. Gefangen in der Stille seines Helms, bewegte ein jeder sich in individueller Einsamkeit neben seinen Kameraden. Sie stiegen an einem Rohr auf und nieder, das in die Tiefe ragte wie ein umgekippter Schornstein, überwuchert von Tang und Muscheln in außergewöhnlichen Farbschattierungen. Algen und filigranes Stachelgewächs umhüllten es wie Efeu, wuchsen weiter und schlängelten sich in die Tiefe und befingerten das Plankton.

Aus dem nackten Oberkörper eines der Taucher wuchsen zwei lange Tentakel, die von der Strömung bewegt wurden, aber auch von ihren eigenen, vagen Impulsen.

Es war Gerber Walk.

*

Mit kraftvollen Schwanzschlägen peitschte der Delfin sich zur Oberfläche und barst aus dem Wasser in die Luftwelt, stand dort, auf einem Sockel aus Gischt, und fixierte die Stadt mit einem verschlagenen Auge.

Wieder untergetaucht buckelte er sich durch Wasserschichten tiefenwärts. In einiger Entfernung waren Schatten zu sehen, Silhouetten von etwas Riesigem, verschleiert vom Wasser und thaumaturgischem Blendwerk. Sie waren von Haien bewachtes Staatsgeheimnis, für Blicke Unbefugter verboten.

Keine Taucher machten sich an ihnen zu schaffen.

*

Stimmen weckten Bellis.

Sie lebte inzwischen seit etlichen Wochen in Armada.

Jeder Morgen verlief nach dem gleichen Muster: Aufwachen, hinsetzen, warten, dass die Schlaftrunkenheit verflog, den Blick durch ihr kleines Zimmer wandern lassen, ratlos, als wäre sie über Nacht durch Zauberei an diesen fremden Ort versetzt worden. Dieses Gefühl der Unwirklichkeit ließ sie nicht los, war stärker als ihr Heimweh nach New Crobuzon.

Wie bin ich hierher gekommen? Ständig raunte die Frage im Hintergrund ihres Bewusstseins.

Sie zog die Vorhänge auf, stützte die Hände auf den Fenstersims und schaute über die Stadt.

*

Am Tag der Ankunft hatten sie alle mit ihren Habseligkeiten auf dem Deck der *Terpsichoria* gestanden, umgeben von Aufpassern und von Männern und Frauen, die Papiere bei sich hatten, Listen, Formulare. Die Gesichter der Piraten waren hart, vom Wetter schroff gekerbt. Ihre Angst überwindend, betrachtete Bellis sie genau und konnte nicht klug aus ihnen werden. Sie waren ein bunt zusammengewürfelter Haufen, ein Gemenge verschiedener Ethnogenesen und Kulturen. Verschiedener Hautfarben. Einige trugen Schmucknarben, andere Batikgewänder. Sie machten den Eindruck, als hätten sie nichts gemeinsam außer ihrem grimmigen Gehabe.

Als plötzlich ein Ruck durch ihre Reihen ging und sie beinahe soldatisch Haltung annahmen, wusste Bellis, dass die Befehlshaber eingetroffen waren. Zwei Männer und eine Frau standen an der Reling. Der Mörder – der grau gepanzerte Anführer der Entermannschaft – gesellte sich zu ihnen. Seine Kleidung und sein Schwert waren heute makellos sauber.

Der jüngere Mann und die Frau traten ihm grüßend entgegen. Bellis sah sie nun aus der Nähe und konnte den Blick nicht von ihnen losreißen.

Der Mann trug einen dunkelgrauen Anzug, die Frau ein schlichtes blaues Kleid. Beide waren groß, und fast sichtbar umgab sie die Ausstrahlung unangefochtener Autorität. Der Mann kultivierte einen schmalen Oberlippenbart und eine beiläufige Arroganz. Die Frau hatte grobe, unregelmäßige Züge, aber die aufgeworfenen Lippen waren sinnlich, die Raubtieraugen weckten Begierden.

Was Bellis veranlasste, die beiden anzustarren, fasziniert und angewidert, waren die Narben.

Bei der Frau eine verschnörkelte Linie vom äußeren Rand des linken Auges hinunter zum Mundwinkel, der Form des Gesichts folgend. Fein und ununterbrochen. Ein zweiter Schnitt, breiter, kürzer, gezackt, führte von der rechten Nasenseite quer über die Wange und im Bogen hinauf, wie um ihr Auge einzufassen. Weitere Narben zeichneten den Umriss ihres Gesichts nach, entstellten die ockerfarbene Haut mit ästhetischer Präzision.

Während ihr Blick von der Frau zu dem Mann hinüberflatterte, fühlte Bellis, wie sich etwas in ihr verkrampfte. *Was für eine verdammte Perversität ist das?*, dachte sie beklommen.

Bei ihm wiederholten sich ihre Male, jedoch spiegelverkehrt. Eine lange, geschweifte Narbe entlang der rechten Seite des Gesichts, ein kürzerer Schnörkel unter dem linken Auge. Als wäre er die verzerrte Reflexion der Frau.

Während Bellis das narbige Paar bestaunte, ergriff die Frau das Wort.

»Sie werden inzwischen erkannt haben«, wandte sie sich in gutem Ragamoll an Passagiere und Mannschaft der *Terpsichoria*, und ihre samtene Stimme erreichte jedes Ohr, »dass Armada nicht ist wie andere Städte.«

*

Ist das ein Willkommen?, hatte Bellis gedacht. War das alles, was man den traumatisierten und verstörten Überlebenden der *Terpsichoria* anzubieten hatte?

*

Die Frau redete weiter.

Sie erzählte ihnen die Geschichte der Stadt.

Manchmal verstummte sie, und ohne dass eine Pause entstand, nahm der Mann den Faden auf. Sie waren fast wie Zwillinge, die gegenseitig ihre angefangenen Sätze beenden.

Bellis hatte sich zwingen müssen zuzuhören, denn ihre Aufmerksamkeit war gefesselt von den Gefühlen, die sie zwischen dem Mann und der Frau hin und her gehen sah, jedes Mal, wenn sie sich anschauten. Vor allem anderen war es ein Hunger.

Bellis fühlte sich aus der Zeit herausgelöst: als träumte sie diesen Empfang, doch später merkte sie, dass sie vieles von dem, was gesagt worden war, registriert hatte, unbewusst. Es kam an die Oberfläche, als sie anfing, sich in Armada einzuleben, gezwungenermaßen.

Mit Wissen hatte sie nur die gemeinsame Leidenschaft des Paares zur Kenntnis genommen und die sprachlose Erregung nach dem abschließenden Satz der Frau.

*

Die Worte erreichten Bellis mit Verzögerung, als wäre ihr Schädel aus einem besonders dichten Stoff, den Geräusche nur mit Mühe durchdrangen.

Es folgte ein allgemeines Aufstöhnen und ein Jauchzen, und dann ein Aufbranden wilder Freude von den

Hunderten ausgemergelter Remade, die in einem zitternden, stinkenden Haufen beisammenstanden, zaghaft erst, dann freier, gipfelte es in glückstrunkenem Jubelgeschrei.

»Menschen, Kaktusleute, Hotchi, Cray – *Remade*«, hatte die Frau gesagt. »In Armada seid ihr alle Fahrensleute und Bürger. In Armada seid ihr nicht anders. Hier seid ihr frei und gleich.«

Das war zu guter Letzt ein Willkommen. Und die Remade vergalten es mit lautem und tränenreichem Dank.

*

Gemeinsam mit ihren Zufallsgefährten war Bellis weggeführt worden, von Bord in die Stadt, wo die Männer und Frauen der Zünfte und Gilden warteten, mit hartem, gierigem Blick und Verträgen. Als sie, eine der Letzten in der Schlange, sich noch einmal nach den Führern umschaute, sah sie zu ihrer Verwunderung, dass noch jemand zu ihnen getreten war.

Johannes Feinfliege schaute, sichtlich konsterniert, auf die Hand, die der Narbenmann ihm bot – nicht in hochmütiger Zurückweisung, sondern als könnte er sich nicht vorstellen, was damit anzufangen wäre. Der ältere Mann, der bei dem Mörder und dem narbigen Paar gestanden hatte, trat vor, strich sich über den weißen Bart und begrüßte Johannes jovial mit Namen.

So viel konnte Bellis sehen, bevor man sie mit den anderen wegführte. Hinunter vom Schiff, hinein nach Armada, in ihre neue Stadt.

Eine Flotte von Hausbooten. Eine Stadt, gewachsen aus den Gebeinen alter Schiffe.

*

Überall flatterte zum Trocknen aufgehängte Wäsche im unablässigen Wind, bauschte sich in Armadas Gassen, verbrämte hohe Backsteinmauern, schlanke Türme, Masten und Schornsteine, alte Takelage. Von ihrem Fenster schaute Bellis auf das Panorama der zweckentfremdeten Rahen und Bugspriete, eine Stadtlandschaft aus Rammspornen und Vorderkastellen, auf viele hunhundert zusammengelaschte Schiffe, die fast eine Viertelmeile Ozean bedeckten, und die darauf erbaute Stadt.

Unzählige Beispiele des Schiffsbaus aus verschiedenen Epochen und Weltengegenden. Ausgeschlachtete Drakkare, Skorpiongaleeren, Logger und Brigantinen, riesige Dampfer von etlichen hundert Metern Länge bis hinunter zu kaum mannslangen Kanus. Dazwischen fremdartige Wasserfahrzeuge: Steertjachten, eine Barke aus dem verknöcherten Körper eines Wals. Zusammengehalten von Tauen und schwingenden Plankenstegen, wogte dieses abenteuerliche maritime Charivari in der Dünung auf und ab.

Die Stadt war laut. Bellende Hunde, Marktschreier, der Radau von Maschinen, Hämmern und Drehbänken und Steineklopfern. Sirenen aus Werkstätten. Gelächter und Rufen, alles in der Abart von Salt, des aus verschiedenen Sprachen zusammengesetzten Argots der Seefahrer, die in Armada gesprochen wurde. Und diesen urbanen Lauten unterlegt, das Knarren und Stöhnen der Schiffe. Protestierendes Holz, das Schnappen von Leder und Tauen, das dumpfe Poltern von Rumpf gegen Rumpf.

Armada war unablässig in Bewegung, ihre Brücken schwangen hin und her, die Aufbauten krängten. Die Stadt dümpelte auf dem Wasser.

Die Schiffe waren umgebaut worden, von Grund auf.

Vormalige Kajüten und Decksaufbauten waren jetzt Häuser, in Batteriedecks hatten Handwerksbetriebe aufgemacht. Und der Prozess der Urbanisierung ließ sich nicht von den vorgegebenen Mustern der Schiffsgestalt einengen, er machte sie sich zunutze. Sie wurden überbaut, aufgestockt, mit Strukturen, Stilen und Materialen aus hundert Historien und Geschmäckern zusammengeflickt zu einem architektonischen Mixtum compositum.

Jahrhundertealte Pagoden bewahrten mühsam Haltung auf den Decks betagter Ruderer, und Betonmonolithen erhoben sich wie zusätzliche Schornsteine auf Raddampfern der südlichen Gewässer. Die Gassen zwischen Häusern waren schmal, führten auf Plankenbrücken über die umgebauten Schiffe, zwischen verwinkelten Vierteln und freien Plätzen entlang und an Bauwerken, die man als Villen bezeichnen konnte. Parkanlagen eroberten Klipper, darunter schliefen Arsenale in tief verborgenen Decks. An Aufbauten zeigten sich Risse und Verwerfungen als Folge der ständigen Schiffsbewegungen.

Bellis sah die bunten Markisen vom Winterstroh Markt: Hunderte von Jollen und Schleppkähnen, um die sechs, sieben Meter lang, füllten die Lücken zwischen größeren Schiffen. Es herrschte ein unaufhörliches Stoßen und Schieben im Gestör der kleinen Boote. Die Händler rüsteten sich fürs Geschäft, schmückten ihre Kähne mit Girlanden und Plakaten und hängten die Waren auf. Frühe Kunden wanderten auf steilen Hängebrücken von umgebenden Schiffen zum schwimmenden Markt hinunter und stiegen dort geschickt von einem Boot ins nächste.

Dem Markt benachbart, lag eine Corbita. Ihr war eine Haut aus Efeu und blühenden Ranken gewachsen. Die

Masten hatte man nicht gefällt, sondern der Vegetation überlassen, so dass sie jetzt wieder scheinbar zum Leben erwacht waren. Dicht dabei ein Tauchboot, das seit Jahrzehnten das offene Meer nicht mehr gesehen hatte. Eine Zeile schmaler Häuschen zog sich auf dem Scheitel vor und hinter dem Periskop entlang wie eine Rückenflosse. Plankenstege verbanden über den Markt hinweg diese beiden Schiffe.

Ein Dampfer war zu einem Vielfamilienheim geworden, wovon die zahlreichen neuen Fenster in der Bordwand kündeten, und auch das Klettergerüst für Kinder auf dem Hauptdeck. Auf einem kastenförmigen Schaufelraddampfer wurden Pilze gezüchtet. Ein Jochschiff bekundete mit der auf Hochglanz polierten Deichsel eine gewisse Vornehmheit und trug terrassenförmig angelegte Ziegelbauten, welche sich den Rundungen des schwimmenden Fundaments anpassten. Aus den Schornsteinen stiegen Rauchsäulen.

Fassaden mit filigranen beinernen Einlegearbeiten, ein Farbenspiel in Grau- und Rosttönen bis zu den grellen Tinkturen der Heraldik: eine Stadt esoterischer Formen. Ihre Hybridität war penetrant, grob, ohne Charme, besudelt von Verfall und Graffiti. Das wellenförmige, dem Seegang folgende Ducken und Aufbäumen der Architektur wirkte auf unbestimmte Weise bedrohlich.

In den Bäuchen dicker Koggen gärten Slums, sandten Ableger, windschief, klapprig, über Schaluppen. Da waren Kirchen und Hospitäler und leer stehende Häuser, alle beleckt von Feuchtigkeit, salzgerändert – alles umspielt vom Rauschen der Wellen und dem frischen Fäulnisgeruch des Meeres.

Die Schiffe waren umsponnen von einem Netz aus Ketten und Gelenkträgern, jedes für sich war ein Ponton in einem Gewebe aus Seilbrücken. Boote drängten sich in Umfriedungen aus fest eingebundenen Havaristen, dazwischen lagen frei schwimmende Schiffe vertäut: die Basilio Docks, wo Armadas Flotte und Armadas Gäste festmachen konnten, Ausbesserungen vornehmen, Ladungen löschen, Stürme abwarten.

Die größten Schiffe umkreisten die Inselstadt, hinter den Schleppern und Dampfbooten, die an Armadas Rand lagen. Weiter draußen schwammen die Fischkutter, die Orlogs, die Joch- und die Göpelschiffe. Das war Armadas Piratenflotte, die über die Weltmeere segelte und heimbrachte, was sie erbeutet hatte, den Feinden entrissen oder der See.

Und hinter all dem, hinter dem von Vögeln durchwimmelten Stadthimmel, breitete sich der Ozean.

Das offene Meer. Wellen wie wogende Mückenschwärme in ewiger Bewegung.

Atemberaubend und leer.

*

Bellis stand nun unter dem Schutz derer, die sie verschleppt hatten, gab man ihr zu verstehen. Sie war nun Einwohnerin des Bezirks Hechtwasser, der von dem Mann und der Frau mit den Narben regiert wurde. Sie hatten allen Neuankömmlingen Arbeit und Unterkunft versprochen, und tatsächlich ging es sehr schnell. Agenten kamen den verschreckten, verstörten Leuten von der *Terpsichoria* entgegen, riefen Namen auf, schauten auf Listen nach den besonderen Fähigkeiten und anderen Details der Betreffenden und erklärten kurz und knapp in Pidgin-Salt, was sie an Arbeit anzubieten hatten.

Bellis brauchte eine Minute, um zu begreifen, und

länger, um zu glauben, dass man ihr eine Stellung in der öffentlichen Bücherei anbot.

Sie hatte die hingehaltenen Papiere ungelesen unterzeichnet. Die Offiziere und Matrosen der *Terpsichoria* wurden unter Bedeckung weggeführt, zur »Beurteilung« und »Umerziehung«, und Bellis spürte keine Lust, Schwierigkeiten zu machen. Sie kritzelte mit zusammengebissenen Zähnen ihren Namen auf das Papier. *Nennt ihr das einen Vertrag, verdammt?*, begehrte es in ihr auf. *Wir haben doch keine Wahl, und ihr wisst das.* Aber sie unterschrieb.

Die behördenähnliche Organisation, die Vorspiegelung von Legalität, erstaunten sie.

Dies waren Piraten. Dies war eine Piratenstadt, regiert von konsequentem Eigennutz. Sie schwärte in den Poren dieser Welt, holte sich neue Bürger von Bord geenterter Schiffe, eine schwimmende Hehlermetropole, zum Kauf und Verkauf gestohlener Güter, wo Macht Recht bedeutete. Es zeigte sich überall, in den grimmigen Mienen vor allem der Alteingesessenen, den offen getragenen Waffen, den Prangern und Staupsäulen, die man auf den Hechtwasser-Schiffen sah. Armada, dachte sie, huldigte der maritimen Disziplin, der neunschwänzigen Katze.

Andererseits war die Schiffsstadt keine primitiv-brutale Despotie, wie Bellis erwartet hatte. Eine andere Art von Logik war am Werke. Verträge wurden mit der Schreibmaschine aufgesetzt, Ämter verwalteten die Neuzugänge. Dazu gab es Beamte, oder einen vergleichbaren Stand, eine exekutive, administrative Kaste, nicht anders als in New Crobuzon.

Parallel zu Armadas Faustrecht oder zur Unterstützung dessen oder als Umhüllung, existierte die Diktatur der Aktenordner. Dies war kein Schiff, sondern ein

Stadtstaat. Bellis befand sich in einem fremden Land, dessen Regierungsstruktur ebenso komplex und bürokratisch war wie die ihrer Heimat.

Die Beamten hatten sie zur *Chromolith* gebracht, einem seit langem vor sich hinmodernden Raddampfer, und ihr zwei kleine, kreisrunde, durch eine Wendeltreppe verbundene Zimmer zugewiesen – im riesigen Schornstein des Dampfers. Irgendwo tief unter ihr, in den Schiffsgeweiden, rostete die Maschine, die in besseren Tagen ihren Sott durch Bellis' jetzige Wohnung gehustet hatte. Doch schon lange bevor sie das Licht der Welt erblickt hatte, war das Feuer in den Kesseln unten erloschen.

Die Unterkunft gehörte ihr, erklärte man, aber es war ein Mietzins zu entrichten, wöchentlich, im Wohnungsamt von Hechtwasser. Sie erhielt einen Vorschuss auf ihr Gehalt, eine Hand voll Banknoten und Kleingeld: zehn Legel auf eine Gösch, zehn Gösch auf einen Nock. Die Münzen waren rund, gerieffelt und schlecht geprägt. Bei den Banknoten war die Farbe der Tinte von Schein zu Schein verschieden.

Dann gab man ihr in gebrochenem Ragamoll zu verstehen, dass sie nun für den Rest ihres Lebens in Armada bleiben werde, und überließ sie sich selbst.

Sie hatte gewartet, aber es kam niemand mehr. Sie war allein in dieser Stadt, und diese Stadt war ein Gefängnis.

Zu guter Letzt hatte der Hunger sie hinausgetrieben, und sie kaufte eine fetttriefende Abendmahlzeit von einem Straßenkoch, der so zungenfertig in Salt auf sie einredete, dass sie nur die Hälfte verstand. Sie spazierte durch die Straßen und wunderte sich, dass man sie nicht belästigte. Sie kam sich vor wie von einem anderen Stern, Opfer eines Kulturschocks, der ihren Verstand lähmte wie eine Migräne, umgeben von Männern und Frauen in wallenden, zerschlissenen Gewändern, Straßenkindern, Kakti, Khepri, Hotchi, llorgiss, vierschrötigen Gessin und Vu-nunst und anderen. Die Cray hausten unter der Stadt, gingen aber tagsüber oben ihren Geschäften nach – schwerfällige Passanten mit ihrem gepanzerten Hinterleib und den vielen Beinen.

Die Straßen waren schmale Grate zwischen den dicht gedrängt stehenden Häusern. Bellis gewöhnte sich an das Auf und Ab der Stadt, das rhythmische Verschwinden und Auftauchen ferner Dächerzeilen, wenn sie den Blick hob. Beim Gehen hörte sie links und rechts Pfiffe, und Gespräche in Salt.

Salt war leicht zu lernen: Das Vokabular, zusammengestohlen aus anderen Sprachen, barg keine Überraschungen, die Syntax war simpel. Es ließ sich nicht vermeiden, dass sie mit anderen Armadern sprach – beim Einkaufen, um nach dem Weg zu fragen oder sich zu vergewissern, und dann verriet sie sich durch ihren Akzent als Neubürger, als Nicht-Hiesige.

Die meisten derer, die sie ansprach, zeigten sich geduldig, sogar auf derbe Art gutmütig, tolerant gegenüber ihrer Verdrossenheit. Wahrscheinlich nahm man an, sie würde zugänglicher werden, während sie Armada zu ihrer neuen Heimat machte.

Nichts dergleichen.

*

An diesem Morgen überfiel Bellis, als sie den Schlot der *Chromolith* verließ, erneut die Frage: *Wie bin ich hierher gekommen?*

Sie ging durch die Straßen der Stadt aus Schiffen, im Sonnenschein, umdrängt von der Masse ihrer Entführer. Männer und Frauen, hartgesichtige Menschen und andere Rassen, sogar ein paar Konstrukte. Sie waren überall, feilschten, malochten, palaverten in Salt. Bellis setzte ihren Weg durch Armada fort, eine Gefangene.

*

Ihr Ziel war Federhaus Huk. Dieser Bezirk grenzte an Hechtwasser und hieß in der Umgangssprache Bücherhort oder Khepriviertel.

Von der *Chromolith* waren es nur wenig mehr als 300 Meter dorthin, aber der Weg führte über wenigstens sechs Boote.

Am Himmel ging es nicht weniger geschäftig zu als in den Straßen. Gondeln pendelten unter Lenkballons, die Passagiere über die dümpelnde Stadtlandschaft zu einem gewünschten Ziel brachten, zwischen eng verschachtelten Behausungen niedergingen und Strickleitern herabließen. Sie schwebten zwischen den größeren Aerostaten, die Waren und Gerät transportierten. Diese Luftfahrzeuge gab es in den exotischsten Ausführungen, zum Beispiel als Traube zusammengebundener Gasballons, aus der hie und da Kabinen und Maschinen herausragten, beliebig, wie zufällige Verdichtungen von Materie. Masten dienten als Duckdalben, trugen Aerostate unterschiedlicher Form wie plumpe, mutierte Früchte.

Von der *Chromolith* kommend, ging Bellis auf einer kurzen, steilen Brücke hinunter zur *Jarvee*, in deren Trafiken es Tabak zu kaufen gab und Kanditen. Die nächste Station war die Barkantine *Lynx Sejant*, fest in der Hand der Händler für Seidentuche, die feilboten, was die Piratenflotte von ihren Ausfahrten mitbrachte. Nach rechts, vorbei an einem geknickten Meerespfeiler der llorgiss, der im Wasser schaukelte wie eine hinterhältige Fischreuse, und Bellis überquerte die Taffeta-Brücke.

Sie befand sich nun auf der *De Rigueur*, einem stolzen Klipper an der Grenze von Bücherhort, wo die Khepri herrschten. Außer Karren, die von Armadas durch Inzucht verkümmerte Ochsen, Pferde und Esel gezogen wurden, passierte Bellis eine Dreiheit der Khepri-Kampfschwestern.

Solche Trinitäten gab es auch in Kinken und Creekside, New Crobuzons Kheprighettos. Bellis war erstaunt gewesen, dass dieser Brauch sich hier erhalten hatte. Die Khepri in Armada mussten, wie die in New Crobuzon, Nachfahren der Flüchtlinge von den Gnadenschiffen sein. Sie bewahrten, was übrig war von dem Pantheon aus Bered Kai Nev, wessen sie sich noch erinnerten. Sie führten traditionelle Waffen. Ihre geschmeidigen Menschenfrauenkörper waren wettergegerbt, ihre Köpfe, riesigen Skarabäen gleich, glänzten irisierend im kalten Sonnenlicht.

*

Wegen der vielen, des Sprechens nicht mächtigen Khepri, waren die Straßen von Bücherhort stiller als die in Hechtwasser, dafür war die Luft gesättigt von chymischem Dunst, der den Khepri zur Kommunikation diente. Es war ihr Äquivalent eines lebhaften Stimmengewirrs.

An markanten Punkten der Gassen und Plätze fanden sich Bildwerke aus Kheprispei, wie auf New Crobuzons Platz der Statuen. Gestalten der Mythologie, abstrakte Figuren, Meeresungeheuer aus dem opalisierenden Material, welches die Khepri als Endprodukt eines Metabolisierungsprozesses durch eine Drüse ihres Kopfkäfers ausschieden. Die Farben wirkten pastellen, als wären Färberbeeren hier weniger leicht zu bekommen oder von schlechterer Qualität.

Auf einer Avenue der *Staub Werde*, einem Uhrwerkschiff der Khepri – einem der Gnadenschiffe, die vor dem *Heißhunger* geflohen waren – verlangsamte Bellis den Schritt, fasziniert von den Zahnrädern und der Konstruktionsweise. Ein böiger Wind fegte vom Urbardeck eines Ackerschiffs achtern Insekten und Spreu zu ihr herüber, und aus Gatts zu den unteren Decks tönte das gedämpfte Blöken von Schafen.

Dann ging sie weiter zu dem bauchigen Fabrikschiff, der *Aronnax Lab*, vorbei an Metallwerkstätten und Raffinerien, zum Krome Plaza, wo eine große, freihängende Plattform über das Wasser hinüber bis zum Deck der *Pinchermarn* reichte, dem hintersten der Schiffe, aus denen die Räderwerk-Bibliothek bestand.

*

»Nur mit der Ruhe – du kommst noch früh genug zu spät«, witzelte Carianne, eine der menschlichen Angestellten, als Bellis im Laufschritt an ihr vorbeihastete. »Du bist neu, du bist eine Gepresste, du hast noch Schonzeit – mach was draus!« Bellis hörte sie lachen, ging aber nicht darauf ein.

Die Gänge und ehemaligen Salons waren voll gestopft mit Regalen und blakenden Öllampen. Gelehrte aller Rassen schürzten die Lippen, sofern vorhanden, und schauten Bellis geistesabwesend hinterher. In den Lesesälen herrschte Stille. Die Fenster, blind von Staub und Fliegendreck, gilbten das Licht, das auf die langen Tische und die Folianten in Dutzenden von Sprachen fiel. Gedämpftes Hüsteln folgte Bellis an ihren Arbeitsplatz, die Akzessionsabteilung. Hier stapelten sich Bücher auf Borden und Teewagen, und in Türmen krumm und schief auf dem Boden.

Sie arbeitete mehrere Stunden methodisch daran, die Neuzugänge zu registrieren, legte Bücher, deren Schrift sie nicht lesen konnte, auf einen besonderen Stapel, trug die anderen in die Kataloge ein, alphabetisch geordnet – das Salt-Alphabet war eine leicht abgewandelte Form des Ragamoll – nach Autor, Titel, Sprache und Inhalt.

Kurz vor der Mittagspause hörte sie Schritte. *Schekel*, dachte sie. Er war der Einzige von der *Terpsichoria*, mit dem sie ab und zu Kontakt hatte und ein paar Worte wechselte. Vor ungefähr zwei Wochen war er hereinspaziert gekommen, ganz halbstarke Dreistigkeit und immer noch aufgewühlt von Gefangennahme und neuer Existenz. Jemand hatte ihm von »einer Furcht einflößenden, unnahbaren Dame in Schwarz mit blauen Lippen« erzählt, »die in der Bücherei arbeitet«, erklärte er. Er grinste dabei, und sie hatte den Kopf zur Seite gewandt, um das Grinsen nicht zu erwidern.

Er verdiente sich, was er zum Leben brauchte, auf diversen nebulösen Wegen und teilte sich eine Behausung mit einem Remade von der *Terpsichoria*. Bellis bot Schekel einen Kupfergösch für seine Hilfe beim Einsortieren der Bücher in die Regale, und er hatte eingeschlagen. Seither ließ er sich in Abständen immer wieder blicken, arbeitete ein bisschen und unterhielt sich mit ihr über Armada und das Wohl und Wehe der Überlebenden von der *Terpsichoria*. Sie hielt sich mit seiner Hilfe auf dem Laufenden.

Aber diesmal war es nicht Schekel, der in dem engen Flur auf sie zukam, sondern ein nervöser, geheimnisvoll lächelnder Johannes Feinfliege.

*

Später erinnerte sie sich peinlich berührt daran, wie sie bei seinem Erscheinen vom Stuhl aufgesprungen war (mit einem Freudenkiekser wie ein überschwängliches Kind, um Jabbers willen!) und ihm die Arme um den Hals geworfen hatte.

Er erwiderte die Umarmung mit einem schüchternen, warmen Lächeln. Nach einem langen Augenblick inniger Nähe lösten sie sich voneinander und musterten sich gegenseitig.

Er habe jetzt zum ersten Mal etwas Zeit zur freien Verfügung, berichtete er, und sie wollte wissen, womit er denn so sehr beschäftigt sei. Darauf antwortete er nicht, sagte nur, er wäre aus beruflichen Gründen zur Bücherei geschickt worden und hätte die Gelegenheit genutzt, ihr einen Besuch abzustatten, und wieder verlangte sie zu wissen, was für eine Arbeit, was für ein Beruf. Als er antwortete, darüber könne er nicht sprechen, könne auch nicht länger bleiben, hätte sie fast in ohnmächtiger Verärgerung mit dem Fuß aufgestampft, aber er sagte, *langsam, langsam, hör doch zu.*

»Wenn du morgen Abend nichts anderes vorhast«, sagte er, »möchte ich dich gern zum Abendessen einladen. In Hechtwasser Steuerbord gibt es auf der *Bissgurn* ein Lokal, das *Tempus Fugit.* Kennst du es?«

»Ich werde es finden.«

»Ich könnte dich abholen ...«

»Ich finde es.«

Er lächelte sie an, mit der versonnenen Sympathie, die sie kannte. *Wenn du nichts anderes vorhast, liebe Güte!*, dachte sie ironisch. *Glaubt er wirklich...? Kann das sein?* Plötzlich fühlte sie sich verunsichert, fast ängstlich. *Gehen die anderen abends aus? Bin ich allein im Exil? Gehen die Passagiere der Terpsichoria jeden Abend aus und feiern in ihrer neuen Heimat?*

*

Als sie zum Feierabend nach Hause ging, fühlte sie sich mehr denn je von Armadas Enge und schmalen Gassen bedrückt. Doch wenn sie aufschaute und den Blick über die zerklüftete Dächerlandschaft hinausrichtete, legte sich ihr der Anblick des Ozeans wie Granit aufs Gemüt und sie hatte Mühe zu atmen. Ihr war, als müsste die ungeheure Menge Wasser und Himmel sich auf Armada stürzen und es versenken. Sie zählte ihre Barschaft und trat zu einem Droschkenpiloten, der an einem Gastank auf der *Aronnax Lab* seinen Lenkballon auffüllte.

In der Gondel wiegend, hing sie unter dem Luftschiff, das gravitätisch in ungefähr 30 Meter Höhe über den Decks flottierte. Man konnte beobachten, wie die Ränder der Stadt sich in der Strömung wellten. Dahinten die Masten des Spukviertels. Die Area. Die Festung des Brucolac.

Und mitten in Hechtwasser ein außergewöhnlicher Anblick, an den Bellis sich nicht gewöhnen konnte – das Machtzentrum dieses Bezirks. Etwas ragte gewaltig aus dem Kreis seiner Nachbarn auf: das größte Schiff der Stadt, das größte Schiff, das Bellis je gesehen hatte!

Annähernd 300 Meter schwarzes Eisen. Fünf kolossale Schlote und sechs Masten, kahl, mehr als 60 Meter hoch, und über ihnen festgemacht ein riesiges, flugunfähiges Luftschiff. Ein zyklopisches Schaufelrad an jeder Seite des Rumpfs, an industrielle Skulpturen gemahnend. Die Decks wirkten leer, keine Spur von den Spontanbauten, die andere Schiffe verschandelten. Das Hauptquartier, die Zitadelle, ein gestrandeter Titan: die *Grand Easterly* thronte asketisch inmitten von Armadas Barock.

»Ich habe mich anders entschieden«, sagte Bellis plötzlich. »Wir machen einen Umweg.«

Sie dirigierte den Piloten nach Backbord-Backbord-Steuerbord (die Orientierung in der Stadt erfolgte mit Bezug auf die *Grand Easterly*). Während der Mann behutsam das Ruder umlegte, schaute sie auf die Passanten in den Gassen hinunter und spürte die wechselnden Luftströmungen auf dem Zickzackkurs zwischen Masten und Takelage, die ringsum in Armadas Himmel ragten. Auf den Vorder- und Achterkastellen sah Bellis die urbanen Vögel: Möwen und Tauben und Papageien. Sie brüteten auf Dächern und Masten, in Gemeinschaft mit anderen Wesenheiten.

Die Sonne war untergegangen und die Stadt funkelte. Bellis empfand einen Hauch Melancholie, als sie an beleuchteten Rahen und Wanten vorbeischwebten, so nah, dass sie sie hätte berühren können. Sie sah ihr Ziel: den Boulevard St. Carcheri auf dem Dampfer *Glomer's Heart*, eine schäbig-opulente Promenade zwischen pastellfarbenen Straßenlaternen, knarrenden Teerholzbäumen und Stuckfassaden. Als die Gondel hinabsank, heftete sie den Blick auf die ungeschlachte, düstere Masse hinter dem Parkgelände.

Hinter einem 20 Meter breiten Streifen ölig schillernden Wassers erhob sich bis zu der Höhe, in der sie mit ihrem Lenkballon fuhren, ein Turm aus verschränkten Stahlträgern, der eine Feuerlohe himmelwärts spie. Ein massiver Betonsockel wuchs auf vier verwitterten Pfeilern aus dem besudelten Meer. Schwarze Kräne nickten ohne sichtbaren Zweck.

Das Gebilde war monströs. Ehrfurcht gebietend und hässlich und Unheil verkündend. Bellis verschränkte die Unterarme auf dem Rand der Gondel und schaute auf die *Sorghum*, New Crobuzons gestohlene Bohrinsel.

7

Den ganzen folgenden Tag regnete es erbarmungslos, harte graue Tropfen wie Steinsplitter.

Die Straßenhändler schwiegen; es herrschte nur wenig Betrieb. Armadas Brücken waren schlüpfrig. Es gab Unfälle: der Betrunkene oder der Ungeschickte, die ausrutschten und ins kalte Wasser stürzten.

Die Affen der Stadt hockten trübsinnig unter Markisen und zankten. Sie waren Plagegeister, eine rabiate Horde, die durch die schwimmende Stadt tobte, um Futter und Territorium stritt, Revierkämpfe austrug und durch die Takelage turnte. Sie waren nicht die einzigen Tiere, die wild in der Stadt hausten, aber sie waren die erfolgreichsten Schmarotzer. Jetzt kauerten sie in der feuchten Kälte und lausten sich gelangweilt.

Im gedämpften Lampenschein der Bibliothek wurden die Schilder, die RUHE geboten, vom Trommeln des Regens ad absurdum geführt.

Die Bluthörner von Alser tönten klagend, wie immer bei heftigen Regenfällen, und die Kustkürass sagten, der Himmel blutet. Die Tropfen gerannen auf der *Uroc*, dem Flaggschiff von Trümmerfall. Die schwarzen, faulenden Rümpfe des Spukviertels dräuten. Die Einwohner aus dem benachbarten Mein-&-Dein zeigten auf die nackten Decks des unbewohnten Stadtteils und warnten, wie üblich, dass irgendwo in den Schiffsbäuchen der bleiche Schrecken umging.

In der ersten Stunde nach Einbruch der Dunkelheit ging im stillen Rätehaus Dolmensaal auf der *Therianthro-*

pos, dem Zentrum von Alser, ein Entrevue zu Ende, das unter keinem guten Stern gestanden hatte. Die Kustkürass, die als Türsteher Wache hielten, hörten, wie drinnen die Delegationen sich zum Aufbruch rüsteten. Sie streichelten ihre Waffen und ließen die Hände über die schartigen Grate ihrer organischen Rüstung gleiten.

Unter ihnen befand sich ein Mensch, ein Mann, etwas mehr als mittelgroß, von muskulöser Statur, gekleidet in anthrazitfarbenes Leder, an der Seite ein gerades Schwert. Er sprach und bewegte sich mit unauffälliger Eleganz.

Er fachsimpelte mit den Kustkürass über Waffen und ließ sich von ihnen Finessen des *morto crutt* zeigen, ihrer traditionellen Kampfkunst. Er gestattete ihnen, das Gespinst aus Drähten zu berühren, das sich um seinen rechten Arm rankte und seitlich an seinem Lederharnisch hinunter bis zu der Batterie am Gürtel.

Der Mann verglich die Starrer-Nagel-Attacke des Calxemano mit der *sadr* genannten Faustramme des *morto crutt*. Er und sein Sparringspartner vollführten extrem verlangsamt die entsprechenden Gesten zur Demonstration der jeweiligen Bewegungsabläufe, als oben an der Treppe die Tür aufflog und die Wachen zackig Haltung annahmen. Der Mann in Grau zog ohne Eile sein Lederwams zurecht und schritt zum Ende des Entresols.

Ein sichtlich von kaltem Zorn erfüllter Mann kam die Stufen herab. Er war groß und von jugendlichem Äußeren, schlank und biegsam wie ein Tänzer, und hatte einen sommersprossigen, hell aschgrauen Teint. Sein Haar sah aus, als gehöre es jemand anderem: schwarz und lang und kraus wogte und züngelte es bei jedem Schritt um seinen Kopf wie ein wimmelndes Vipernnest.

Er grüßte die Kustkürass mit einer flüchtigen Verneigung, welche sie zeremoniell erwiderten. Vor dem Mann in Grau machte er Halt. Die zwei Männer maßen sich mit ausdruckslosem Blick.

»Lebendmann Doul«, sagte der Schwarzhaarige mit einer heiseren Flüsterstimme.

»Totmann Brucolac«, lautete die Erwiderung. Uther Doul musterte das breite, angenehme Gesicht des Brucolac.

»Wie's scheint, sind deine Oberen nicht gesonnen, von ihren idiotischen Plänen Abstand zu nehmen«, raunte der Brucolac und schwieg lange, bevor er hinzufügte: »Ich kann nicht glauben, dass dieser Schwachsinn deine Zustimmung findet.«

Uther Doul regte kein Glied, hielt ohne Wimpernzucken den Blick auf sein Gegenüber gerichtet.

Der Brucolac dehnte den Rücken und setzte ein Lächeln auf, das ebenso Verachtung ausdrücken konnte wie geheime Verständigung, oder viele andere Dinge.

»Es wird nicht dazu kommen«, behauptete er. »Die Stadt wird es nicht dulden. Das ist nicht der Zweck, für den diese Stadt *bestimmt* ist.«

Der Brucolac öffnete wie zu einem gelangweilten Gähnen den Mund, und die lange, gegabelte Zunge schnellte zwischen den Lippen hervor, schmeckte die Luft und die Aromen von Uther Douls Schweiß.

*

Manche Dinge blieben Gerber Walk schleierhaft.

Zum Beispiel, weshalb er die Eiseskälte des Meeres ertragen konnte. Wegen seiner plumpen, künstlich angehefteten Tentakel war er gezwungen, mit unbedeckter Brust zu tauchen, und bei der ersten Berührung mit dem Wasser hatte er geglaubt, das Herz bliebe ihm stehen. Erst hatte er aufgeben wollen, sich dann aber beholfen, indem er die Haut dick mit Fett einschmierte. Doch zu seinem Erstaunen gewöhnte er sich schneller an die Kälte, als es eigentlich möglich sein sollte. Er spürte sie noch, aber es war ein abstraktes Wissen. Sie beeinträchtigte ihn in keiner Weise.

Er verstand nicht, wieso das Salzwasser seine Tentakel heilte.

Seit dem Tag, als man sie ihm auf Grund der Laune eines Richters in New Crobuzon angeheftet hatte, angeblich als gerechte Strafe für seine Missetat (basierend auf einer gönnerhaften allegorischen Logik, in der für ihn kein Sinn zu erkennen war), schleppte er sie als stinkenden Ballast mit sich herum. Er hatte mit dem Messer hineingestochen, als Experiment, und die implantierten Nervenstränge schrien auf. Vor Schmerz wurde er beinahe ohnmächtig! Doch Schmerz schien das Einzige zu sein, was in ihnen lebte, also hatte er sie sich um den Leib geschlungen wie verwesende Pythons und versucht, sie zu ignorieren.

Doch umspült von Meerwasser, fingen sie an, sich zu regen.

Die Unzahl kleiner Entzündungen klang ab und sie fühlten sich kühl an. Nach drei Tauchgängen merkte er zu seiner Bestürzung, dass sie Anstalten machten, sich unabhängig von der Strömung des Wassers zu bewegen.

Sie wurden zu einem funktionierenden Teil seines Körpers.

Nach einigen Wochen seiner Arbeit als Taucher im Dienst Armadas meldeten sie neue Empfindungen, die Saugnäpfe entdeckten ihre Bestimmung und hefteten sich prüfend an in der Nähe befindliche Gegenstände. Gerber lernte, sie nach seinem Willen zu dirigieren.

*

In den ersten chaotischen Tagen nach der Ankunft war Gerber durch die Bezirke gewandert und hatte verwundert dem Redeschwall der Händler und Werber gelauscht, die ihm Waren oder Arbeit offerierten, in einer Sprache, die er rasch verstehen lernte.

Als er bestätigte, er sei Mechaniker, nahm ihn der Integrationsbeamte gierig in Augenschein und fragte in kindlichem Salt, unterstützt von Handbewegungen, ob er Lust habe, tauchen zu lernen. Es war einfacher, einen Mechaniker zum Taucher auszubilden, als einem Taucher die Kenntnisse zu vermitteln, die Gerber sich über Jahre hinweg angeeignet hatte.

Wie Gerber merkte, war es harte Arbeit, sich an den heißen, engen Helm zu gewöhnen und die von oben herabgepumpte Luft zu atmen, ohne in Panik zu geraten. Zu lernen, wie man seine Bewegungen kontrollierte, um nicht über das angepeilte Ziel hinausgetragen zu werden. Er hatte sich geschult, die Langsamkeit dort unten zu genießen, die wabernde Klarheit des durch eine Glasscheibe gesehenen Wassers.

Seine Arbeit glich der, die er immer getan hatte – ausbessern und reparieren, Lecks dichten, mit Werkzeugen an großen Maschinen hantieren –, nur tat er sie jetzt tief unter den Schauerleuten und den Kränen, bedrängt vom Gewicht des Wassers und beäugt von Fischen und Aalen, gewiegt von Strömungen, die ihren Ursprung viele Meilen weit entfernt hatten.

*

»Ich habe dir erzählt, dass Kaltarsch in der Bücherei arbeitet, oder?«

»Hast du, Jungchen«, nickte Gerber. Er und Schekel saßen unter einer Markise an den Docks und vesperten, während um sie herum ein sintflutartiger Regen niederging.

Schekel war mit einer Horde zerlumpter Herumtreiber zwischen zwölf und sechzehn Jahren im Hafen aufgetaucht. Alle anderen waren, soweit Gerber beurteilen konnte, Einheimische, und dass sie einen Verschleppten bei sich aufnahmen, einen, der immer noch Mühe hatte, sich in Salt zu verständigen, war Beweis für Schekels Anpassungsfähigkeit.

Die anderen waren gegangen und hatten Schekel bei Gerber gelassen, der ihn einlud, seine Mahlzeit mit ihm zu teilen.

»Mir gefällt es in der Bücherei«, schwadronierte Schekel weiter. »Ich gehe gern hin, und nicht nur, weil die Eisfrau da arbeitet.«

»Du könntest Schlimmeres tun, als dir ab und an ein Buch zu Gemüte zu führen«, meinte Gerber. »Mit Krebsfußens Abenteuern sind wir durch, du könntest ein paar neue Geschichten auftun. Und mir vorlesen, zur Abwechslung. Wie steht's mit dem Buchstabieren?«

»Geht so«, antwortete Schekel ausweichend.

»Na, dann kann's losgehen. Red mit der Frau Gnädigen, sie soll dir Lesestoff empfehlen.«

Eine Zeit lang kauten sie schweigend und beobachteten einen Trupp Cray, der von ihrer Kolonie heraufkam.

»Wie ist es da unten?«, fragte Schekel endlich.

»Kalt«, erwiderte Gerber. »Und dunkel. Dunkel, aber – lichtvoll. Gewaltig. Man selbst ist ganz klein. Da sind Schatten, die man nur ahnen kann, riesige schwarze Schatten. Unterseeboote und so weiter – und manchmal glaubt man, noch anderes zu sehen. Man kann es nicht genau erkennen, und es wird bewacht, also kann man auch nicht näher ran.

Ich habe die Krabser bei ihren Wrackkolonien beobachtet, Seewyrmen, die bei Gelegenheit vor die Jochschiffe gespannt werden. Die Menschenfische, die aussehen wie Molche, aus Sonnenschläfer. Sie sind so flink, man sieht sie kaum. Bastard John, den Delfin. Er ist unter Wasser der Sicherheitchef der Liebenden, und einen kälteren, bösartigeren Schleicher kannst du dir nicht vorstellen.

Außerdem gibt es auch ein paar – Remade.« Seine Stimme wurde leiser, er verstummte.

»Unheimlich, findest du nicht auch?« Schekel musterte Gerber aus den Augenwinkeln. »Ich kann mich nicht dran gewöhnen, dass ...«

Beide konnten sich nicht daran gewöhnen. Ein Ort, wo Remade gleichberechtigt waren. Wo ein Remade ein Vorarbeiter sein konnte, ein Unternehmer gar, statt der niedrigste Sklave.

Schekel sah, wie Gerber seine Greifarme massierte. »Wie geht's mit denen?«, erkundigte er sich, und Gerber griente und konzentrierte sich, und einer der knochenlosen Arme wurde kürzer/dicker, länger/dünner und schob sich wie eine todwunde Schlange dorthin, wo Schekels Butterbrot lag. Der Junge klatschte Beifall.

Am Ende der Mole, wo die Cray aus dem Wasser stiegen, stand ein hünenhafter Kaktusmann, die nackte Brust übersät von wulstigen Narben. Einen schweren Köpfer trug er an einem Riemen auf dem Rücken.

»Kennst du den?«, fragte Gerber. »Er heißt Hedrigall.«

»Klingt nicht nach einem Kaktusnamen«, meinte Schekel, und Gerber schüttelte den Kopf.

»Er ist keiner von den Kaktusleuten aus New Crobuzon«, erklärte er, »nicht einmal aus Shankell. Er wurde verschleppt. Ist vor mehr als zwanzig Jahren hergekommen. Ursprünglich stammt er aus Dreer Samher, fast zweitausend Meilen südlich von New Crobuzon.

Lass dir gesagt sein, Schekel, der kann was erzählen. Er weiß mehr Geschichten als sämtliche Bücher in der Bibliothek.

Er war ein Bukanier, bevor er gefangen wurde und diese Stadt zu seiner neuen Heimat machte, und er hat alles gesehen, was in den Weltmeeren schwimmt und kreucht. Er kann dir mit diesem Köpfer das Haar schneiden, ohne dir eins zu krümmen, so ein guter Schütze ist er. Er hat Keragorae gesehen und Moskitomänner und Unbehauste und was immer man sich sonst noch vorstellen kann. Und Götter, er versteht's, dir das unter die Haut zu jubeln. In Dreer Samher haben sie Fabulanten, die von Berufs wegen Geschichten erzählen. Hed war einer davon. Er kann dich mit seiner Stimme beschwören und wie trunken machen. Dass du richtig mit dabei bist, wenn er sein Garn spinnt.«

Der Kaktusmann stand vollkommen still und ließ den Regen auf seine Haut trommeln.

»Und jetzt ist er ein Aeronaut«, fuhr Gerber fort. »Er fliegt die Luftschiffe der *Grand Easterly* – Aufklärer und Kampfballons. Er ist einer der wichtigsten Leute der Liebenden und ein echt feiner Kerl. Die meiste Zeit verbringt er oben in der *Arrogance*.«

Gerber und Schekel schauten über die Schulter und nach oben. Mehr als 300 Meter über der *Grand Easterly* schwebte festgemacht die *Arrogance*, ein großer, flugunfähiger Aerostat mit verformten Schwanzflossen und einem Motor, in welchem sich seit Jahren kein Rädchen mehr gedreht hatte. An einem etliche hundert Meter langen Reep hängend, verankert an dem riesigen Dampfer, diente die *Arrogance* der Stadt als Krähennest.

»Ihm gefällt es da oben, dem Hedrigall«, sagte Gerber versonnen. »Meinte, er hätte gern seine Ruhe, dieser Tage ...«

»Gerber«, Schekel senkte den Blick auf den Knust in seinen Händen, »was hältst du von den Liebenden? Ich meine, du arbeitest für sie, du hast sie reden gehört, du weißt, wie sie sind. Was denkst du über sie? Weshalb tust du, was sie dir anschaffen?«

Gerber wusste, als er den Mund aufmachte, um zu antworten, dass Schekel ihn nicht richtig verstehen würde. Aber die Frage war von so großer Wichtigkeit, dass er den Kopf wandte und sehr eindringlich den Jungen anschaute, mit dem er eine Kammer teilte (Backbord achteraus in einem alten eisernen Holk). Den Jungen, der sein Gefängnisaufseher gewesen war und sein Zuhörer und sein Freund und ihm mittlerweile als so etwas wie Familie galt.

»In den Kolonien wäre ich ein Sklave gewesen«, sagte er mit gleichmäßiger Stimme. »Die Liebenden von der *Grand Easterly* haben mir eine Wohnung gegeben und mich in Lohn und Brot genommen und gesagt, es wäre ihnen scheißegal, dass ich ein Remade bin. Die Liebenden haben mir ein Leben gegeben, Schekel, und eine Stadt und ein Zuhause. Ich sage dir, Schekel, was immer sie verdammt noch mal vorhaben, ist mir verdammt noch mal recht. New Crobuzon kann mich am Arsch lecken, Jungchen. Ich bin ein Bürger Armadas, ein Bürger von Hechtwasser. Ich lerne Salt. Ich bin Patriot.«

Schekel sah ihn mit großen Augen an. Er kannte Gerber als jemanden, der bedächtig redete und nicht aus der Ruhe zu bringen war. So wie jetzt hatte er ihn nie erlebt.

Er war tief beeindruckt.

*

Der Regen dauerte an. Über ganz Armada verstreut, bemühten sich die Passagiere der *Terpsichoria*, denen man es gestattete, zu leben.

Auf bunten Yawls und Barkantinen debattierten sie, kauften, verkauften, machten lange Finger, lernten Salt; manche weinten, brüteten über Stadtplänen, schätzten die Entfernung nach New Crobuzon oder Nova Esperium. Sie starrten auf Heliotypien von Freunden oder Geliebten und seufzten um ihr früheres Leben.

Viele Matrosen von der *Terpsichoria* saßen in einem Umerziehungslager zwischen Hechtwasser und Alser. Manche fluchten und beschimpften ihre Bewacher-Betreuer, die sich mühten, beschwichtigend auf sie einzuwirken und zu entscheiden, ob dieser oder jener seine Bindungen an die Heimat würde abschütteln können oder ob seine Wurzeln zu tief reichten und man nicht damit rechnen durfte, dass er sich in Armada eingewöhnte.

Und, falls die Prognose negativ ausfiel, was man mit ihm tun sollte.

*

Bellis betrat das *Tempus Fugit* mit einer vom Regen ruinierten Frisur und zerlaufenem Make-up. Sie stand durchnässt in der Tür und starrte den Kellner an, der herbeieilte, um sie zu empfangen. Sie war verblüfft von seinem Auftreten. *Als wäre er ein richtiger Herr Ober,* ging es ihr durch den Kopf, *in einem richtigen Restaurant in einer richtigen Stadt.*

Die *Bissgurn* war ein riesengroßes und hochbetagtes Schiff. Zugebaut, vergewaltigt und umgestaltet, bis man beim besten Willen nicht mehr ausmachen konnte, um was für einen Typ es sich ursprünglich einmal gehandelt hatte, war sie seit Jahrhunderten ein Bestandteil Armadas. Der Bug war eine Ruinenidylle: alte Tempel aus weißem Stein, verfallen, zu Staub geworden, die Trümmer überwuchert von Efeu und Nesseln, welche die Kinder der Stadt nicht fern halten konnten.

In den Gassen fanden sich kurios geformte Gebilde, Klumpen obskuren Treibguts, wie vergessen in Ecken und Winkeln liegend.

Das Restaurant war klein und warm und halb besetzt, die Wände mit Teerholz vertäfelt. Die Fenster boten Ausblick auf eine Kette von Klippern und Kanus bis hin zum Seeigelhafen.

Girlanden aus Papierlaternen hingen unter der Decke; bei dem Anblick wurde Bellis weh ums Herz. Der letzte Ort, an dem sie eine solche Dekoration gesehen hatte, war das *Glock' und Gockel* gewesen, in Salacus Fields in New Crobuzon.

Sie musste den Kopf schütteln, um sich von der wie Gift brennenden Melancholie zu befreien. An einem Tisch in der Ecke erhob sich Johannes und winkte ihr zu.

*

Eine Weile saßen sie sich stumm gegenüber. Johannes wirkte scheu, und Bellis gestand sich ein, dass sie ihm grollte, weil er so lange nichts von sich hatte hören lassen. Andererseits fand sie diesen Vorwurf selbst ungerecht, vielleicht vorschnell, und hüllte sich erst einmal in Schweigen.

Aber sie bemerkte staunend, dass der Rotwein auf dem Tisch ein Galaggi war, ein Haus Predicus 1768. Sie schaute Johannes groß an. Der fest geschlossene Mund verlieh ihrem Gesicht einen missbilligenden Ausdruck.

»Ich fand, es wäre ein Grund zu feiern«, sagte er. »Ich meine, unser Wiedersehen.«

Der Wein war ausgezeichnet.

»Warum erlaubt man uns eigentlich, mehr oder weniger nach eigenem Belieben hier zurechtzukommen?« Bellis stocherte in ihrem Fischgericht mit bitterem Salat aus den Gärten der Stadt. »Ich hätte gedacht, es wäre schlechte Politik, ein paar hundert Menschen aus ihrem Leben herauszureißen und dann sich selbst zu überlassen.«

»Das tun sie nicht«, antwortete Johannes. »Wie viele von den anderen Passagieren der *Terpsichoria* sind dir über den Weg gelaufen? Wie viele von der Besatzung? Hast du die Gespräche vergessen, die ganzen Fragen, als wir hier ankamen? Das waren Prüfungen. Sie haben abgeschätzt, wer unbedenklich ist und wer nicht. Wenn sie finden, dass man zu aufsässig ist oder zu – fest verwurzelt in New Crobuzon . . . « Er ließ den Rest unausgesprochen.

»Dann was? Geht es einem dann wie dem Kapitän . . . ?«

»Nein, nein, nein«, wehrte Johannes hastig ab. »Ich nehme an, dass man auf die Leute einwirkt. Versucht, sie zur Einsicht zu bringen. Ich meine, du weißt Bescheid über die Methoden, den Mannschaftsbestand aufzufüllen. In der Marine New Crobuzons wimmelt es von Matrosen, die nichts Nautischeres getan haben, als in einer Hafenkneipe einen über den Durst zu trinken und Pressern in die Hände zu fallen. Was die meisten nicht daran hindert, der Seefahrt treu zu bleiben, nachdem sie einmal dabei sind.«

»Eine Zeit lang.«

»Ja. Ich behaupte nicht, dass es genau dasselbe ist. Da gibt es einen großen Unterschied: Wenn man erst zu Armada gehört, bleibt man für immer.«

Bellis schaute ihn mit hochgezogenen Augenbrauen an. »Das habe ich jetzt schon tausendmal gehört. Aber wie steht es mit Armadas Flotte? Und die Cray unten, könnten die sich nicht formlos verabschieden, wenn sie wollten? Wie auch immer, wenn das stimmte, wenn man keine Chance hätte, je hier wegzukommen, würde sich niemand bereit finden, in Armada zu leben – außer denen, die hier geboren sind!«

»Logisch«, sagte Johannes spitz. »Die Freibeuter der Stadt sind oft monatelang unterwegs, manchmal Jahre, bis sie wieder einmal nach Armada zurückkehren. Und sie laufen während dieser Fahrten andere Häfen an. Ich bin überzeugt, dass der eine oder andere die Gelegenheit ergreift und sich davonmacht. Gewiss finden sich hier und da an den Küsten ehemalige Armadaner.

Aber Tatsache ist, die Mannschaften werden mit Überlegung zusammengestellt, teils nach dem Grad der Loyalität, teils nach der Entbehrlichkeit, falls es ihnen einfallen sollte zu verschwinden. Überdies sind es fast immer Einheimische, so gut wie nie erhält ein Gepresster einen Pass. Solche wie du und ich, wir brauchen nicht hoffen, auf einen Kaper zu kommen. Armada ist der Ort, an welchem die weitaus meisten von uns Gepressten ihr Leben beschließen werden.

Aber um Jabbers Willen, Bellis, sieh dir an, wen sie sich holen. Ein paar Matrosen, sicherlich, ein paar rivalisierende Piraten, ein paar Kaufleute. Aber glaubst du, sie entern alle Schiffe, deren Kurs sie kreuzen? Mitnichten! Die meisten der Gekaperten sind – nun, Schiffe wie die *Terpsichoria*. Koloniezubringer mit einer Fracht Remade. Oder Kerkerschiffe. Oder Schiffe voller Kriegsgefangener.

Die meisten Remade auf der *Terpsichoria* hatten längst begriffen, dass sie die Heimat niemals wiedersehen würden. Zwanzig Jahre, meiner Treu! Das ist lebenslänglich, Todesstrafe, und sie wissen es. Jetzt sind sie hier. Haben Arbeit, Einkommen, Respekt – ist es ein Wunder, dass sie mit beiden Händen zugreifen und gerne bleiben? Meines Wissens wurden nur sieben Remade von der *Terpsichoria* wegen Verweigerung einbehalten und zwei davon leiden an Dementia praecox.«

Und woher, Gottschiet, dachte Bellis, *woher in Jabbers Namen hast du dieses Wissen?*

»Wie sieht es nun aus für Leute wie uns?«, fuhr Johannes fort. »Wir alle waren uns im Klaren darüber, dass uns fünf Jahre in der Fremde bevorstehen, fünf Jahre allermindestens, wahrscheinlich länger. Sieh dir an, was für ein bunter Haufen wir waren. Ich würde sagen, die wenigsten von uns hatten eine wahrhaft unauflösliche Bindung mit daheim. Wenn die Leute hier ankommen, sind sie verängstigt, natürlich, und misstrauisch, erschreckt, verwirrt. Aber nicht zerstört. Ist es nicht ein ›neues Leben‹, was man den Kolonisten in Nova Esperium verspricht? War es nicht genau das, was die meisten von uns suchten?«

Aber nicht alle, begehrte Bellis stumm auf. *Nicht alle! Und wenn es Einverständnis mit diesem Ort ist, was sie erkennen wollen, bevor sie uns hier unbehelligt leben lassen, dann wissen die Götter – weiß ich –, dass ihnen bei der Beurteilung Fehler unterlaufen können.*

»Ich bezweifle«, setzte Johannes derweil seine Argumentation fort, »dass sie so gutgläubig sind, uns unbeobachtet unserer Wege gehen zu lassen. Ich wäre überrascht, wenn sie nicht eine ausführliche Akte über jeden von uns angelegt hätten. Wir werden beobachtet, unter Garantie. Doch was könnten wir dagegen tun? Dies ist eine *Stadt*, nicht ein Beiboot, das man steuern oder von dem man desertieren kann.

Einzig die Mannschaft dürfte ein echtes Problem darstellen. Viele von den Leuten haben Familie, die auf sie wartet. Das sind diejenigen, von denen man annehmen kann, dass sie sich weigern, diese gewaltsame Änderung ihres Lebenslaufs zu akzeptieren.«

Nur die Mannschaft?, dachte Bellis, einen schalen Geschmack im Mund.

»Und was passiert mit denen?«, fragte sie mit erstorbener Stimme. »Eliminiert wie Myzovic? Wie Cumbershum?«

Johannes zuckte zusammen. »Ich ... Man hat mir versichert, es – es wären nur Kapitän und Erster Offizier eines Schiffes, die ... Dass diese Leute einfach zu viel zu verlieren haben, als dass man ihnen trauen könnte ...«

Sein Tonfall und seine Miene warben um Verständnis, Absolution. Mit einem Gefühl zunehmender Entfremdung erkannte Bellis, dass sie allein war.

Sie war heute Abend in der Hoffnung hergekommen, mit Johannes über New Crobuzon sprechen zu können, dass er so unglücklich war wie sie, dass es ihr möglich sein würde, an die frische Wunde zu rühren und über die Menschen und die Straßen zu reden, die ihr so sehr fehlten.

Vielleicht, dass sich die Gelegenheit ergab, über das Thema zu sprechen, das seit Wochen ihre Gedanken beschäftigte: Flucht.

Doch Johannes war im Begriff, sich einzuleben. Er befleißigte sich der angestrengt neutralen Redeweise eines bloßen Berichterstatters, aber man merkte deutlich, wie er versuchte, sich mit den bestimmenden Mächten zu arrangieren. Er hatte in Armada etwas gefunden, das ihn bewog, die Stadt als Heimat anzusehen.

Was haben sie getan oder geboten, um das zu erreichen?, dachte sie. *Womit haben sie ihn verführt?*

»Von wem hast du sonst noch gehört?«, erkundigte sie sich nach einem frostigen Schweigen.

»Adoucier, bedaure ich sagen zu müssen, ist bald nach unserer Ankunft verstorben«, berichtete er und sah aufrichtig bekümmert aus. Bedingt durch die sich ständig verändernde Bevölkerungsstruktur war Armada ein Tummelplatz zahlloser Krankheiten. Die Einheimischen waren abgehärtet, aber jeder Schub Neubürger hatte in der ersten Zeit mit Fiebern und Malaisen zu kämpfen, und immer gab es einige, die nicht überlebten. »Ich habe gehört, dass unser in Salkrikaltor zugestiegener werter Fennek irgendwo in Hechtwasser einer Tätigkeit nachgeht, oder im Bezirk Mein-&-Dein. Schwester Meriope...«, er stockte und setzte eine verschwörerische Miene auf. »Schwester Meriope ist – wird in Gewahrsam gehalten. Zu ihrer eigenen Sicherheit. Sie droht ständig damit, Hand an sich zu legen. Bellis«, er beugte sich über den Tisch und senkte die Stimme zu einem Flüstern, »*sie ist schwanger.*«

Bellis verdrehte die Augen.

*

Ich kann mir das nicht länger anhören, dachte Bellis und rang sich ab und zu eine Bemerkung ab, um das Gespräch in Gang zu halten. Sie fühlte sich im Stich gelassen. *Schäbige Geheimnisse und Klischees. Was noch?*, dachte sie verachtungsvoll, während Johannes sich durch die Liste der Passagiere und Offiziere der *Terpsichoria* arbeitete. *Eine wackere Teerjacke entpuppt sich als Frau mit unstillbarem Trieb hinaus aufs weite blaue Meer? Kabale und Liebe im Mannschaftsdeck?*

Johannes wirkte irgendwie jämmerlich an diesem Abend, und mit diesem Wort hatte sie bisher nie an ihn gedacht.

»Woher weißt du das alles?«, fragte sie endlich behutsam. »Wo bist du die ganze Zeit gewesen? Für wen arbeitest du?«

Johannes räusperte sich und schaute lange in sein Glas.

»Bellis...« Das gedämpfte Klappern des Restaurantbetriebs klang plötzlich sehr laut. »Bellis, kann ich auf deine Diskretion vertrauen?« Seufzend hob er den Blick zu ihrem Gesicht. »Für die Liebenden«, sagte er. »Ich arbeite für die Liebenden. Und damit meine ich nicht, dass ich in Hechtwasser irgendeine Beschäftigung ausübe. Ich stehe in ihren persönlichen Diensten. Als Mitglied einer Forschergruppe, die mit einem ziemlich...«, er schüttelte den Kopf, und ein versonnenes Lächeln breitete sich über seine Züge, »einem ziemlich extravaganten Projekt befasst ist. Und sie haben mich gebeten, dabei zu sein – auf Grund meiner früheren Arbeiten. Ihre Leute hatten einige meiner Veröffentlichungen gelesen, und sie, die Liebenden, beschlossen, dass ich – dass sie mich gern mit an Bord hätten. Buchstäblich, sozusagen.« Er platzte fast vor Begeisterung, merkte sie. Er war wie ein Kind, fast genau wie ein Kind.

»Thaumaturgen gehören dazu, Ozeanologen, Meeresbiologen. Dieser Mann – der Mann, der die Entermannschaft angeführt hat, Uther Doul, er ist ein Mitglied der Gruppe. Der Mittelpunkt, um die Wahrheit zu sagen. Er ist Philosoph. Es wird gleichzeitig an verschiedenen Aspekten des Projekts gearbeitet. Kryptographie und Wahrscheinlichkeitstheorie, wie auch die Sache, an der ich mitwirke. Der Mann, der dabei die Leitung hat, ist eine faszinierende Persönlichkeit. Als wir ankamen, stand er bei den Liebenden, ein hoch gewachsener alter Mann mit Bart.«

Bellis nickte. »Ich erinnere mich. Er hat dir die Hand gegeben.«

Ein Ausdruck irgendwo zwischen Gewissenspein und Erregung malte sich auf Johannes' Gesicht.

»Ja, du hast Recht. Das ist Tintinnabulum. Ein Jäger, ein Außenseiter, von der Stadt in Dienst genommen. Er wohnt mit sieben anderen Männern auf der *Castor*, dort, wo Hechtwasser, Alser und Bücherhort zusammentreffen. Ein kleines Schiff mit einem Glockenturm ...

Unsere Arbeit ist unglaublich faszinierend«, brach es auf einmal aus ihm heraus, und bei dem Jubel in seiner Stimme wurde Bellis immer noch schwerer ums Herz. »Die Geräte sind alt und unzuverlässig – die Rechenmaschinen sind vorige Generation – aber die Arbeit ist umso radikaler. Ich habe Monate der Forschung nachzuholen – ich lerne Salt. Dieses Projekt – dazu muss ich die verschiedensten Bücher lesen.«

Er lächelte breit, erfüllt von ungläubigem Stolz. »Für meinen Bereich gibt es bestimmte Schlüsseltexte. Einer ist von mir selbst! Kannst du dir das vorstellen? Ist das nicht phantastisch? Mein Buch zwischen Schriften aus der ganzen Welt. Aus New Crobuzon, Kadoh. Und es gibt arkane Epitomen, die wir nicht finden können. In Ragamoll und Salt und Lunagraphie – einer der wichtigsten soll in Hoch-Kettai abgefasst sein. Wir haben eine Liste zusammengestellt, nach Hinweisen in Büchern, die wir *haben*. Die Götter wissen, wie man es geschafft hat, hier eine solch umfassende Bibliothek aufzubauen. Bellis, die Hälfte dieser Bücher habe ich zu Hause nie auftreiben können ...«

»Gestohlen«, fiel Bellis ihm schroff in die Rede, und er verstummte. »Das ist ihre Beschaffungsmethode. Jedes einzelne verdammte Buch in der Räderwerk-Bücherei ist gestohlen. Von Schiffen. Bei ihren Raubzügen an der Küste. Von Leuten wie mir, Johannes. Meine Bücher, die ich geschrieben habe, sind mir gestohlen worden. Daher haben sie ihre großartige Bibliothek.«

Bellis spürte ein kaltes Gewicht im Magen.

»Sag mir«, fing sie an und verstummte. Sie trank einen Schluck Wein, atmete tief und versuchte es noch einmal. »Sag mir, Johannes, findest du das nicht auch einigermaßen bemerkenswert? Dass sie aus einem ganzen Ozean, einem ganzen großen verdammten *Ozean* das eine Schiff herauspicken, welches ihren intellektuellen Heros an Bord hat ...«

Und wieder sah sie in seinen Augen dieses ungute Gemisch aus schlechtem Gewissen und Hochstimmung.

»Ja.« Es klang zurückhaltend. Wachsam. »Das ist genau der Punkt, Bellis. Das ist der Punkt, über den ich mit dir sprechen wollte.«

Plötzlich wusste sie, was er sagen würde, eine Übelkeit erregende Gewissheit, widerwärtig, aber sie mochte ihn, wirklich, und sie wünschte sich so sehr, Unrecht zu haben. Nur deshalb stand sie nicht auf und ging: Sie wollte widerlegt werden, obwohl eine innere Stimme ihr sagte, sie hoffe vergebens.

Und: »Es war kein Zufall, Bellis«, hörte sie ihn sagen, »kein Zufall. Sie haben einen Agenten in Salkrikaltor. Sie bekommen die Passagierliste sämtlicher Schiffe in die Kolonien. Sie wussten von unserem Kommen. Sie wussten von meinem Kommen.«

Die Papierlaternen schwankten im Luftzug der sich öffnenden und schließenden Tür. An einem der Nebentische fröhliches Lachen. Der Duft von bratendem Fleisch zog durch den Raum.

»Deshalb haben sie unser Schiff gekapert. Meinetwegen«, gestand Johannes leise, und Bellis schloss die Augen, besiegt.

*

»Ach, Johannes«, sagte sie mit brüchiger Stimme.

»Bellis«, er streckte die Hand über den Tisch, aber sie schnitt ihm mit einer schroffen Bewegung das Wort ab. *Glaubst du vielleicht, ich fange an zu flennen?*, dachte sie wütend.

»Johannes, lass dir gesagt sein, es ist ein himmelweiter Unterschied zwischen einer befristeten Gefängnisstrafe, fünf Jahre, meinetwegen zehn, und *lebenslänglich.*« Sie konnte ihn nicht ansehen. »Es mag sein, dass für dich, für Meriope, für die Cardomiums und was weiß ich wen Nova Esperium ein neues Leben bedeutete. *Nicht für mich.*

Nicht für mich. Für mich war es die Flucht in ein Exil, notwendig, aber vorübergehend. Ich wurde geboren in Chnum, Johannes. Zur Schule gegangen bin ich in Mafaton. Bekam einen Heiratsantrag in Brock Marsh. Hab mich getrennt in Salacus Fields. New Crobuzon ist mein Zuhause, wird immer mein Zuhause sein.«

Johannes betrachtete sie mit wachsender Unruhe.

»Ich interessiere mich nicht für die Kolonien. Für Nova Gottschiet Esperium. Null. Ich habe keine Lust auf ein Dasein unter korrupten Schwachköpfen, weggebissenen Kleinganoven, entehrten Nonnen, Bürokraten, die zu unfähig oder zu schlapp sind, um zu Hause eine Karriere hinzukriegen, rachsüchtigen, verängstigten Eingeborenen ... Gottschiet, Johannes, ich hasse das Meer! Kalt, kotzig, dreckig, monoton, stinkend ...

Diese Stadt ist mir scheißegal. Wer will schon in einem Kuriositätenkabinett leben? Das hier ist eine Bizarrerie. Etwas, um Kinder zu erschrecken. ›Die schwimmende Piratenstadt‹! Ich will nichts damit zu tun haben. Ich will nicht in diesem aufgeblähten, von Wellen geschaukelten Schmarotzer leben, der wie eine verdammte Wasserspinne seine Opfer aussaugt. Das hier ist keine Stadt, Johannes, es ist ein dumpfes kleines Kaff, weniger als eine Meile im Durchmesser, und ich will kein Teil davon sein.

Ich hatte immer vor, nach New Crobuzon zurückzukehren. Nirgends sonst möchte ich meine Tage beschließen. Es ist dreckig und grausam und launisch und gefährlich – besonders für mich, besonders zur Zeit –, aber es ist meine Heimat. Keine andere Stadt der Welt besitzt die Kultur, die Industrie, die Bürgerschaft, die Thaumaturgie, die Sprachenvielfalt, die Kunst, die Bücher, die Politik, die Geschichte ... New Crobuzon«, sagte sie langsam, »ist die großartigste Stadt in ganz Bas-Lag.«

Und von ihr kommend, jemandem ohne irgendwelche Illusionen über die Brutalität New Crobuzons oder die Schäbigkeit oder Unterdrückung, besaß diese Erklärung weit größeres Gewicht als aus dem Mund irgendeines Parlamentariers.

»Und du sagst mir ins Gesicht«, schloss sie, »dass mir die Rückkehr in meine Stadt verwehrt ist, auf ewig – *deinetwegen?*«

Johannes starrte sie betroffen an.

»Bellis ...« Er stockte, suchte nach Worten. »Ich weiß nicht, was ich sagen soll. Es – es tut mir Leid. Ich habe es nicht so gewollt. Die Liebenden sahen meinen Namen auf der Passagierliste und ... Aber das war nicht der einzige Grund. Sie brauchen mehr Kanonen, deshalb hätten sie die *Terpsichoria* vielleicht in jedem Fall aufgebracht, aber ...«, seine Stimme brach, er hustete, »wahrscheinlich nicht. Hauptsächlich war ihnen an mir gelegen. Aber, Bellis, bitte.« Beschwörend beugte er sich über den Tisch. »Ich habe es nicht veranlasst. Ich hatte keine Ahnung.«

»Aber du hast deinen Frieden damit gemacht, Johannes.« Bellis stand auf. »Du hast dich arrangiert. Du hast hier etwas gefunden, was dich glücklich macht. Ich verstehe schon, es war nicht deine Schuld, aber ich hoffe, *du* verstehst, dass ich nicht hier sitzen kann und geistreiche Gespräche führen, als wäre alles in bester Ordnung, als wärst nicht du der Grund dafür, dass ich jetzt heimatlos bin.

Und du nennst sie *die Liebenden,* als wäre es ein beschissener Ehrentitel, als wären diese zwei Perversen ein Sternbild oder so was. Höhere Wesen, denen man die Füße küsst. Sie sind wie wir, sie haben Namen. Du hattest die Wahl, Johannes. Du hättest Nein sagen können.«

Als sie sich zum Gehen wandte, sagte er ihren Namen. Mit einer Stimme, die sie nie von ihm gehört hatte, hart und zornig. Sie erschrak.

Die Hände auf der Tischplatte geballt, schaute er zu ihr auf. »Bellis«, wiederholte er mit derselben Stimme, »ich bedaure, bedaure aufrichtig, dass du den Verlust deiner Heimat derart schmerzlich empfindest. Ich hatte keine Ahnung. Aber was hast du denn eigentlich zu beanstanden? Dass du gezwungen bist in einer Stadt zu leben, die nach deinen Worten ein Parasit ist? Nicht doch! New Crobuzons Form der Ausbeutung mag subtiler sein, aber versuch, denen in den Ruinen Surochs zu erzählen, New Crobuzon sei kein Pirat.

Kultur? Wissenschaft? Kunst? Bellis, hast du überhaupt eine Vorstellung davon, wo du dich befindest? Diese Stadt ist die Summe aus Hunderten von Kulturen. Jedes seefahrende Volk hat Schiffe verloren, im Krieg, durch Piraten, Desertation. Und sie sind *hier*. Aus ihnen ist Armada gebaut. Diese Stadt ist die Summe der verlorenen Schiffe in der Geschichte Bas-Lags. Hier leben Vagabunden und Parias und ihre Nachkommen aus Kulturen, von denen man in New Crobuzon nie gehört hat. Begreifst du das? Verstehst du, was das heißt? Renegaten aus aller Herren Länder begegnen sich hier und überlappen sich wie Schuppen und erschaffen etwas Neues. Seit einer verdammten Ewigkeit treibt Armada über das Vielwassermeer, sammelt Ausgestoßene und Flüchtlinge aus allen Weltengegenden auf. Gottschiet, Bellis, bist du denn gänzlich ahnungslos?

Geschichte? Seit Jahrhunderten sind bei sämtlichen Seefahrernationen Gerüchte und Legenden über diesen geheimnisvollen Ort im Umlauf, wusstest du das? Du wirst doch das ein oder andere Seemannsgarn kennen. Das älteste Schiff im Verband ist über eintausend Jahre alt. Die Schiffe mögen wechseln, die Stadt als Ganzes aber kann ihre Geschichte bis zu den Fleischfresserkriegen zurückverfolgen, nach manchen Quellen sogar bis zu dem verfluchten Geisterhaupt-Imperium. Ein Kaff? Niemand kennt die genaue Einwohnerzahl von Armada, aber sie geht in die Hunderttausende, wenigstens. Wenn man die vertikale Ausdehnung nimmt, die übereinander geschichteten Decks und Stockwerke, gibt es hier wahrscheinlich ebenso viele Meilen an Straßen und Gassen wie in New Crobuzon.

Nein, weißt du, Bellis, ich glaube dir nicht. Ich glaube nicht, dass du einen veritablen Grund hast, hier nicht leben zu wollen, irgendwelche objektiven Gründe, New Crobuzon Armada vorzuziehen. Ich denke, du hast einfach Heimweh. Verständlich, dass du New Crobuzon liebst. Aber das Einzige, was du in Wirklichkeit sagst, ist: ›*Ich* will hier nicht sein, *ich* will nach Hause.‹«

Zum ersten Mal lag etwas wie Abneigung in seinem Blick.

»Und wenn man deinen Wunsch, zurückzukehren, gegen den Wunsch von, zum Beispiel, den etlichen hundert Remade aufwiegt, denen man hier die Möglichkeit gibt, etwas mehr zu sein als Tiere, dann, fürchte ich, erscheint mir dein Bedürfnis nicht besonders dringend.«

Bellis hielt seinen Blick fest. »Sollte irgendjemand sich etwa bemüßigt fühlen«, sagte sie kühl, »den Autoritäten zu melden, ich sei ein Kandidat für Sicherheitsverwahrung und Umerziehung, dann, das schwöre ich, würde ich mit eigener Hand meinem Leben ein Ende setzen.«

*

Eine kindische Drohung und zudem gelogen, und das wusste er natürlich, aber deutlicher konnte sie ihn nicht bitten. Ihr war klar, dass er die Macht hatte, sie in ernste Schwierigkeiten zu bringen.

Er war ein Kollaborateur.

Sie drehte sich um und ging hinaus in den Nieselregen über Armada. So vieles hatte sie ihm sagen wollen, ihn fragen. Sie hatte mit ihm über die *Sorghum* sprechen wollen, dieses Flammen speiende Enigma, das nun in einem kleinen, aus Schiffen gebildeten Hafen lag. Sie wollte wissen, warum die Liebenden die Bohrplattform gestohlen hatten und wozu sie gut war und was sie damit bezweckten. Wo ist die Besatzung?, hatte sie fragen wollen. Wo ist der Geo-Empath, der spurlos verschwunden zu sein scheint? Sie war überzeugt, dass Johannes die Antworten wusste, doch jetzt konnte sie sich nicht mehr an ihn wenden.

Ihr ging nicht aus dem Kopf, was er alles gesagt hatte, und sie konnte nur hoffen, inbrünstig hoffen, dass ihre Worte ihn ebenso beschäftigten.

8

Bei einem Blick aus dem Fenster am nächsten Morgen sah Bellis, dass die Stadt sich bewegte.

Irgendwann in der Nacht hatten die Schlepper, Hunderte, die unablässig um Armada herumwimmelten wie Bienen um den Stock, die Stadt auf den Haken genommen. Mit dicken Ketten hatten sie am Saum der Stadt festgemacht und stemmten sich nun mit voller Maschinenkraft gegen die gewaltige Masse, die es zu bewegen galt.

Bellis hatte sich an Armadas Unbeständigkeiten gewöhnt. An einem Tag ging die Sonne links von ihrer Schornsteinwohnung auf, am nächsten rechts, weil die schwimmende Stadt sich über Nacht mit der Strömung gedreht hatte. Die Launen der Sonne waren verwirrend. Ohne Land in Sicht gab es nur die Sterne zur Orientierung, und Bellis hatte der Sternguckerei zeitlebens nichts abgewinnen können: Sie gehörte nicht zu denen, die das Tricorn oder den Säugling oder eine der anderen Konstellationen erkannten. Der Nachthimmel sagte ihr nichts.

Heute erhob sich die Sonne fast genau vor ihrem Fenster.

Die Schiffe, die Armada an straff gespannten Ketten durch die Fluten schleppten, bewegten sich quer zu ihrer Blickrichtung. Nach kurzem Überlegen kam Bellis zu dem Schluss, dass die Reise nach Süden ging.

Diese titanische Anstrengung erfüllte sie mit Ehrfurcht. Gegen die inselgroße Stadt wirkten die Schlepper wie Ameisen. Die Geschwindigkeit zu schätzen war schwierig, aber nach der Bugwelle der Schiffe zu urteilen und den Schaumkronen der Brandung am Stadtrand, vermutete Bellis, dass es quälend langsam voranging.

Wohin sind wir unterwegs?, fragte sie sich hilflos.

Sie fühlte sich eigenartig beschämt. Seit Wochen lebte sie in Armada und hatte sich nie Gedanken über die Fortbewegung der Stadt gemacht, über ihren Kurs, die zurückgelegte Strecke oder wie die Piratenschiffe nach ihren Kaperfahrten den Weg zurückfanden in einen Hafen, der anderswo war als zum Zeitpunkt ihres Auslaufens. Fröstelnd erinnerte sie sich an Johannes Vorwürfe vom Abend zuvor.

In manchem hatte er Recht gehabt, aber sie auch, und sie war immer noch wütend auf ihn. Alles in ihr sträubte sich gegen die Vorstellung, ein braver Bürger Armadas zu werden und in diesem Komposthaufen modernder Badezuber ihre Tage zu beschließen. Der Gedanke erfüllte sie mit einem Widerwillen, der an Panik grenzte. Dennoch ...

Dennoch, es stimmte, dass sie sich in ihrem Kummer abgeschottet hatte. Sie war unwissend, was ihre Situation anging, Armadas Vergangenheit und Politik, und diese Blindheit war gefährlich. Sie hatte keine Ahnung von Armadas Ökonomie, wusste nicht, aus welchen Ländern die Schiffe kamen, die in den Basilio-Docks oder im Seeigelhafen Anker warfen. Sie hatte nie gefragt, wo die Stadt gewesen war oder wohin sie nun strebte.

Sie tastete sich aus ihrem geistigen Schneckenhaus hervor, während sie im Nachthemd am Fenster stand und zuschaute, wie die Sonne über den Leporellobug der durchs Wasser kriechenden Stadt wanderte. Sie spürte, wie ihre Neugier sich entfaltete.

Die Liebenden, dachte sie und verdrängte den unwillkürlichen Ekel. *Fangen wir damit an. Gottschiet, die Liebenden. Was, in Jabbers Namen, sind das für zwei?*

*

Schekel trank Kaffee mit ihr, auf einem der Oberdecks der Bibliothek.

Er war an diesem Tag ein aufgeregter Junge. Er berichtete, er hätte dies unternommen mit Soundso und jenes mit Den-kennst-du-nicht, und mit einem dritten hatte er sich geprügelt und ein vierter lebte in Trümmerfall, und sie fühlte sich erschlagen von seiner souveränen Ortskenntnis. Wieder schämte sie sich für ihre Unwissenheit und lauschte aufmerksam auf sein Geplauder.

Schekel erzählte Bellis von Hedrigall, dem Kaktus-Aeronauten. Erzählte ihr von der anrüchigen Vergangenheit des Kaktusmannes als Bukanier von Dreer Samher, und schilderte ihr die Reisen Hedrigalls zu der unheimlichen Insel nördlich von Gnurr Kett, wo er Handel mit dem Moskitovolk getrieben haben sollte.

Bellis ihrerseits fragte ihn über die Bezirke aus, das Spukviertel, den Kurs der Stadt, die *Sorghum*, Kapitän Tintinnabulum. Sie deckte ihre Fragen auf wie Karten.

»Jaaa«, machte er. »Ich kenne Tinnabol. Ihn und seine Kumpel. Komische Typen. Makler, Metzger, Promus, Tinnabol. Einer heißt Argentarius, der ist verrückt und keiner hat ihn je zu Gesicht bekommen. An die anderen zwei kann ich mich nicht erinnern. Drinnen in der *Castor* ist alles voller Trophäen. Grauslich. Jagdtrophäen aus dem Meer. Ausgestopfte Hammerhaie und

Orcas, Viecher mit Krallen und Fangarmen, Schädel und Harpunen. Und Helios der Mannschaft stehen auf den Korpussen von Scheusalen, denen ich hoffentlich nie lebendig begegne.

Sie sind Jäger. Sie sind noch nicht besonders lange in der Stadt. Man hat sie nicht mit Gewalt hergeschleppt. Es gibt massenweise Geschichten und Gerede darüber, was sie tun, weshalb sie hier sind. Man könnte glauben, sie warten drauf, dass etwas Bestimmtes passiert.«

Bellis wunderte sich, wie er so genau über Tintinnabulum Bescheid wissen konnte, bis er grinsend weitersprach.

»Tintinnabulum hat eine – eine Helferin«, berichtete er. »Angevine. Eine interessante Dame.« Wieder breitete sich ein Grinsen über sein Gesicht und Bellis schaute zur Seite, seine naive Begeisterung machte sie verlegen.

*

Armada gebot über Druckerpressen und Autoren und Verleger und Übersetzer; regelmäßig wurden neue Bücher herausgebracht und Übersetzungen klassischer Texte in Salt. An Papier aber herrschte Mangel, daher waren die Auflagen sehr klein, die Preise hoch. Die Bezirke versorgten sich aus Bücherhorts Räderwerk-Bibliothek und entrichteten eine Gebühr für das Recht zur Ausleihe.

In der Hauptsache stammten die Bücher von den Raubzügen der Piratenflotte Hechtwassers. Seit einer unbekannten Anzahl von Jahrhunderten hatte dieser mächtigste Bezirk Armadas sämtliche erbeuteten Bücher Federhaus Huk gestiftet und sicherte sich mit diesen Donationen die Loyalität der Regierung von

Bücherhort. Andere Bezirke taten es ihnen gleich, wenn auch vielleicht nicht mit derselben Konsequenz. Unter Umständen ließen sie ihren Gepressten den einen oder anderen Band, oder verkauften einige besonders seltene Ausgaben, die ihnen in die Hände fielen. Nicht so Hechtwasser, wo man privaten Bücherbesitz als schweres Verbrechen ahndete.

Hin und wieder proklamierte Hechtwasser einen Büchersturm, und die Piraten überfielen die Küstenorte Bas-Lags, drangen in die Häuser ein und raubten alles Geschriebene, das sie finden konnten. Alles zum Nutzen von Bücherhort, dem Federhaus Huk.

Die Ausbeute dieser Plünderungen landete schubweise in der Bibliothek, weshalb Bellis und ihre Kollegen nicht über einen Mangel an Arbeit zu klagen hatten.

Die Khepriflüchtlinge in ihren Gnadenschiffen, die von Armadas verlängerten Armen aufgebracht worden waren, hatten vor mehr als einem Jahrhundert eine schleichende Übernahme des Bezirks Bücherhort bewerkstelligt. Sie erkannten trotz der traditionellen Gleichgültigkeit der Khepri gegenüber dem geschriebenen Wort – ihre Facettenaugen machten Lesen zu einer Anstrengung –, dass der Bezirk seinen Einfluss der Bibliothek verdankte. Sie führten die treuhänderische Verwaltung des Bücherschatzes fort.

Bellis sah sich außerstande, die Zahl der Bücher auch nur zu schätzen, so viele winzige Nischen und Kammern gab es auf den Büchereischiffen, so viele umfunktionierte Schornsteine und Gatts, ausgeräumte Kabinen und Lasten, alle voll gestopft mit Folianten, Faszikeln, Konvoluten. Viele waren uralt, Tausende ewig unberührt. Armada frönte seit Jahrhunderten dem Bücherraub.

Der Katalog war unvollständig. Mit dem Anwachsen

der Bücherberge war eine Bürokratie entstanden, deren Funktion es war, ein Register zu führen, aber unter manchen Regierungen wurde gründlicher gearbeitet als unter anderen. Man leistete sich Schlampereien. Manche Neuzugänge wurden fast beliebig in Regale gestellt, ohne dass man sie genau durchgesehen hätte, Fehler schlichen sich ein, erzeugten weitere. Die Akzessionen von Jahrzehnten waren in der Bibliothek versickert, vorhanden, dennoch unsichtbar. Ein Schatz von Gerüchten und Legenden rankte sich um die machtvollen, verlorenen, verborgenen oder verbotenen Inhalte.

Bei ihren ersten Vorstößen in die halbdunklen Gänge strich Bellis mit den Fingern über die verschachtelten, verwinkelten Regalmeilen. Sie zog ein Buch heraus, irgendeins, schlug es auf und stutzte, als ihr Blick auf die verblasste Tintenschrift auf dem Vorsatzblatt fiel. Sie nahm ein zweites, und auch darin ein Name, mit Tinte in Schönschrift geschrieben, nur wenig jünger. Das dritte Buch hatte keinen Eintrag, das vierte jedoch war wiederum als das Eigentum eines lange verstorbenen Besitzers gekennzeichnet.

Bellis war stehen geblieben und hatte die Namen wieder und wieder gelesen, und plötzlich überfiel sie eine schmerzliche Beklommenheit. Sie war eingeschlossen von gestohlenen Büchern, begraben darin wie in Erde. Die Vorstellung der nach Hunderttausenden zählenden Namen, vergeblich in obere rechte Ecken geschrieben, das Gewicht all der ignorierten Tinte, die endlosen Verkündigungen *dies gehört mir gehört mir*, kalt für null und nichtig erklärt, nahm Bellis den Atem. Die Beiläufigkeit, mit der dieser kleine Anspruch beiseite gewischt wurde.

Ihr war, als spukten um sie her trübsinnige Gespenster, die nicht hinnehmen konnten, dass man ihren Besitz enteignet hatte.

*

Am selben Tag, beim Durchsehen der Akzessionen, entdeckte Bellis eins ihrer eigenen Bücher.

Lange Zeit saß sie auf dem Boden, an ein Regal gelehnt, und starrte auf das Exemplar von *Wormseye Scrub Syntagmata*. Ihre Fingerspitzen betasteten den vertrauten, ausgefransten Rücken und das geprägte »B. Schneewein«. Es war ihr eigenes Buch: unverkennbar die Spuren der Benutzung. Sie betrachtete es kritisch, als wäre es eine Prüfung, bei der sie versagen konnte.

Ihr zweites Werk, *Grammatologie des Hoch-Kettai*, fand sie nicht in dieser Partie, dafür aber das Lehrbuch für Salkrikaltor-Cray, das in ihrem Gepäck gewesen war, als sie an Bord der *Terpsichoria* ging.

Jetzt sind unsere Sachen an der Reihe, schoss es ihr durch den Kopf.

Es traf sie wie ein Schlag ins Gesicht.

Dies war mein Eigentum. Man hat es mir weggenommen.

Was stammte noch von ihrem Schiff? War dies Doktor Adouciers Exemplar von *Futurum & Futurum exactum*? Wittwe Cardomiums *Orthographie und Hieroglyphen*?

Sie konnte nicht länger stillsitzen. Sie stand auf und wanderte, ziellos, aufgewühlt, durch die Bibliothek. Sie trat ins Freie und auf die Brücken, die die einzelnen Schiffe verbanden, ging, ihr Buch fest an die Brust gedrückt, über das Wasser und tauchte wieder in die Dämmerung zwischen den Repositorien.

»Bellis?«

Verwirrt hob sie den Kopf. Vor ihr stand Carianne, einen Zug um den Mund, den man als ironisch deuten konnte oder auch als Anteilnahme. Sie sah auffallend blass aus, doch ihre Stimme klang munter wie immer.

Das Buch lag schwer in Bellis' Händen. Sie bemühte sich, ruhig zu atmen, und suchte nach ihrem Alltagsgesicht, während sie krampfhaft überlegte, was sie sagen sollte. Aber schon hatte Carianne sie ohne weitere Umstände untergehakt und zog sie mit.

»Bellis«, wiederholte sie, und im Gegensatz zu dem feinen, süffisant wirkenden Lächeln verriet ihr Ton aufrichtige Freundlichkeit. »Es ist höchste Zeit, dass du und ich uns bemühen, einander kennen zu lernen. Hast du schon zu Mittag gegessen?«

Carianne lotste sie freundschaftliche durch das Labyrinth der *Tanzenden Fei* und weiter, eine überdachte Gangway hinauf zur *Pinchermarn*.

Das sieht mir nicht ähnlich, dachte Bellis betäubt, *das bin doch nicht ich.* Aber sie fühlte sich seltsam willenlos und fand nicht die Kraft, sich gegen ihre Führerin zu sträuben.

Am Ausgang bemerkte sie zu ihrem Erstaunen, dass sie immer noch die *Symtagmata* in den Händen hielt und so fest umklammerte, dass ihre Finger weiß geworden waren.

Ihr Herz schlug wild und laut, als ihr aufging, dass sie, von Carianne gedeckt, stracks an den Türstehern vorbeimarschieren konnte, das Buch außer Sicht haltend, und die Bibliothek verlassen, mit ihrer Konterbande.

Doch je näher sie der Tür kamen, desto mehr geriet ihr Entschluss ins Wanken, desto weniger verstand sie ihre Motive, desto größer wurde ihre Angst vor der Entdeckung, bis sie schließlich tief aufseufzend den Band in das Carrel neben dem Pult legte. Carianne beobachtete sie ausdruckslos. Draußen vor der Tür schaute Bellis noch einmal zurück zu ihrem verlassenen

Buch und fühlte etwas in sich aufwallen, ein namenloses, bebendes Gefühl.

Triumph oder Resignation, sie konnte es nicht sagen.

*

Die *Psire* war das größte Schiff von Federhaus Huk, ein großer Dampfer altertümlicher Bauweise, seit seiner Integration Basis für Industriebetriebe und billiges Wohnen. Auf dem Achterdeck standen die flachen Betonblocks, einer wie der andere mit Vogelkot bekleckert. Wäscheleinen spannten sich zwischen Fenstern, aus denen Menschen und Khepri lehnten und schwatzten.

Bellis stieg hinter Carianne eine Jakobsleiter hinunter, dem Wasser entgegen, durch den Geruch von Salz und Feuchtigkeit zu einer Galeere im Schatten der *Psire*.

Unter Deck befand sich ein Restaurant, um diese Zeit brechend voll von fröhlich lärmenden Leuten, die ihre Mittagspause zelebrierten. Als Kellner waren Khepri und Menschen tätig, und sogar ein paar rostige Konstrukte. Sie bewegten sich in dem schmalen Gang zwischen zwei langen Bankreihen und servierten Grütze in Schalen und Teller mit Schwarzbrot, Salaten und Käse.

Carianne bestellte, dann wandte sie sich mit der Miene ernster Sorge an Bellis. »Raus damit«, sagte sie. »Was ist los mit dir?«

Bellis schaute sie an und fürchtete eine schreckliche Sekunde lang, in Tränen auszubrechen; aber das Gefühl verflog, und sie hoffte, ihrem Gesicht möge nichts von dem inneren Aufruhr anzusehen sein. Ihr Blick wanderte zu den anderen Gästen, den Khepri und

Kaktusleuten. Ein paar Tische neben ihnen saßen zwei Ilorgiss, ihre trifokalen Körper schienen in alle Richtungen gleichzeitig zu schauen. Hinter ihr speiste ein feucht glänzendes amphibisches Wesen aus Sonnenschläfer, eine Spezies, welche Bellis nicht einmal andeutungsweise zu identifizieren vermochte.

Sie spürte, wie das Restaurant schaukelte, wenn die Wellen gegen die Bordwand schlugen.

»Ich kenne die Symptome«, redete Carianne weiter. »Ich bin auch gepresst worden.«

Bellis' Blick flog zu ihr herum. »Wann?«

»Vor beinahe zwanzig Jahren.« Carianne schaute durch das Fenster auf den Basiliohafen und die emsigen Schlepper, die die Stadt in Bewegung hielten. Sie sagte langsam und deutlich etwas in einer Sprache, die Bellis *fast* zu erkennen glaubte. Der analytische Teil ihres Linguistengehirns begann zu vergleichen, die distinktiven Stakkatofrikative einzuordnen, aber Carianne kam ihr zuvor.

»Wie man bei uns, in der alten Heimat, zu jemandem zu sagen pflegte, der unglücklich war. Etwas Dummes und Banales wie: ›Es könnte schlimmer sein.‹ Wörtlich heißt es: ›Du hast zwei Augen und die Brille ist heil.‹« Lächelnd beugte sie sich vor. »Aber ich nehm's nicht übel, wenn du dich davon nicht getröstet fühlst. Ich bin weiter weg von meinem Zuhause als du, Crobuzoner. Mehr als zweitausend Meilen weiter weg. Ich komme aus der Gegend der Lohwasser-Enge.«

Sie lachte über Bellis' hochschnellende Augenbrauen, den ungläubigen Blick.

»Von einer Insel namens Geshen, die von der Hexenkaste beherrscht wird.« Sie kostete von ihrem armadanischen Zwerghühnchen. »Die Hexenkaste,

umständlicher bekannt als Shud zar Myrion zar Koni.«
Sie unterstrich die fremdartig klingenden Worte mit
ironisch übertriebenen Beschwörungsgesten. »Stadt
der Ratjinn, Horst der Schwarzen Sorge – und so weiter.
Ich weiß, was ihr in New Crobuzon darüber erzählt.
Wovon nur sehr wenig der Wahrheit entspricht.«

»Wie bist du in Gefangenschaft geraten?«, forschte
Bellis.

»Oh, gleich zweimal. Ich wurde geraubt und wieder
geraubt. Wir fuhren mit unserem Göpelschiff nach
Kohnid in Gnurr Kett. Das ist eine lange, harte Reise.
Ich war siebzehn. Hatte in der Lotterie gewonnen,
Galion sein zu dürfen und Konkubine. Den Tag verbrachte ich am Bugspriet festgebunden und streute
Orchideenblüten auf die Bahn des Schiffes, nachts
legte ich den Männern die Karten und anschließend
mich in ihr Bett. Das war langweilig, aber ich genoss
die Tagesstunden. Frei über dem Wasser zu hängen, zu
singen, zu schlafen, das Meer beobachten.

Dann wurden wir von einer Kriegskogge aus Dreer
Samher aufgebracht. Sie schützten ihren Handel mit
Kohnid. Sie hatten ein Monopol – haben sie noch?«,
fragte Carianne unvermittelt, und Bellis konnte nur
den Kopf schütteln, unsicher, *weiß ich nicht.*

»Nicht so wichtig. Jedenfalls, sie fesselten unseren
Kapitän an meiner statt unter den Bugspriet und drehten auf dem Schiff das Unterste zuoberst. Die meisten
Männer und Frauen setzten sie mit etwas Proviant in die
Rettungsboote und zeigten ihnen die Richtung der
Küste. Sie war verdammt weit weg und ich bezweifle,
dass sie es geschafft haben.

Ein paar von uns durften an Bord bleiben. Die
Behandlung war nicht schlecht, abgesehen von ein paar
Knüffen und Unflätigkeiten. Ich machte mich verrückt

mit dem Gedanken, was sie mir antun würden, aber dann kam die zweite Unterbrechung unserer Reise. Trümmerfall brauchte Schiffe und schickte seine Flotte aus. Armada befand sich damals weit südlich von hier, ergo waren Schiffe aus Dreer Samher die perfekte Prise.«

»Und – und wie hast du ...? War es schlimm für dich, als du herkamst?«

Carianne schaute Bellis an, ließ sich Zeit mit der Antwort.

»Ein paar von den Kaktusleuten«, sagte sie dann, »konnten sich nicht eingewöhnen. Sie verweigerten die Zusammenarbeit oder versuchten zu fliehen oder griffen die Wächter an. Ich vermute, man hat sie liquidiert. Ich und meine Landsleute ...?« Sie zuckte die Schultern. »Uns hatte man sozusagen gerettet, das änderte die Sache.

Aber doch, es war schwer, und ich fühlte mich elend und hatte Sehnsucht nach meinem Bruder und so weiter. Aber, siehst du, ich habe eine Wahl getroffen. Ich entschloss mich zu leben, zu überleben.

Nach einiger Zeit zogen ein paar meiner ehemaligen Gefährten weg aus Trümmerfall. Einer wohnt heute in Alser, ein anderer in Mein-&-Dein. Die meisten von uns wurden aber in dem Bezirk sesshaft, der uns aufgenommen hatte.« Eine Zeit lang aß sie schweigend, dann hob sie den Kopf. »Es ist möglich, glaub mir. Du *wirst* dich eines Tages hier zu Hause fühlen.«

Carianne wollte aufmuntern, beruhigen. Die Worte sollten Mut machen. Aber für Bellis hörte es sich an wie eine Drohung.

*

Carianne setzte sie ins Bild, was die einzelnen Bezirke anging.

»Hechtwasser kennst du. Da haben wir die Liebenden. Die narbigen Liebenden. Durchgedrehte Bastarde. Federhaus Huk kennst du auch.«

Der Bezirk der Intellektuellen, dachte Bellis. *Wie Brock Marsh in New Crobuzon.*

»Alser gehört den Kustkürass. Sonnenschläfer. Mein-&-Dein.« Carianne zählte sie an den Fingern ab. »Jhour. Köterhaus und sein Demokratisches Konzil. Dieses standhafte Bollwerk. Und Trümmerfall«, schloss sie, »wo ich wohne.«

*

»Weshalb bist du aus New Crobuzon weggegangen, Bellis?«, erkundigte sie sich unvermittelt. »Du siehst mir nicht aus wie der typische Kolonist.«

Bellis senkte den Blick. »Ich musste weg«, sagte sie. »Schwierigkeiten.«

»Mit dem Gesetz?«

»Es ist etwas passiert...« Sie seufzte. »Ich habe mir nichts zuschulden kommen lassen, nicht das Geringste.« Sie konnte nicht verhindern, dass ihre Stimme bitter klang. »Ein paar Monate ist es her, da ging eine Seuche in der Stadt um, und es wurde gemunkelt, jemand, den ich kenne, sei daran schuld. Die Miliz nahm sich seinen gesamten Bekanntenkreis vor, jeden, mit dem er einmal zu tun gehabt hatte. Es war abzusehen, dass sie früher oder später auch auf mich kommen würden. Ich habe die Stadt nicht verlassen, weil ich es wollte. Ich hatte keine Wahl.« Sie wiederholte es. »Ich hatte keine Wahl.«

*

Das Essen in Gesellschaft, sogar das Geplauder, das Bellis normalerweise verabscheute, hatten beruhigend auf sie gewirkt. Als sie sich zum Gehen anschickten, fragte sie Carianne, ob sie vielleicht gesundheitlich nicht auf der Höhe sei.

»Nimm's mir nicht übel«, sagte sie, »aber mir ist vorhin aufgefallen, dass du sehr blass aussiehst.«

Carianne lächelte ironisch. »Das ist das erste Mal, dass du dich erkundigst, wie es mir geht, Bellis. Lass es nicht zur Gewohnheit werden. Ich könnte auf die Idee kommen, dass du dir Sorgen um mich machst.« Der freundschaftliche Vorwurf saß. »Mir geht es gut. Ich fühle mich nur etwas schlapp, weil ich gestern Nacht gespendet habe.«

Bellis wartete auf das Begreifen, ging in Gedanken alle Informationen durch, die sie bereits gesammelt hatte, um zu sehen, ob Cariannes Worte in irgendeinem Zusammenhang einen Sinn ergaben. Nein.

»Ich weiß nicht, was du meinst«, musste sie schließlich zugeben, erschöpft von dem dauernden Tappen im Dunkeln.

»Bellis«, Carianne schüttelte den Kopf, »ich wohne in Trümmerfall. Manchmal müssen wir spenden, verstehst du? Du weißt, unser Regierender ist der Brucolac, oder nicht. Du hast von ihm gehört?«

»Schon, aber ...«

»Der Brucolac. Er ist Oupyr. Loango. Katalkana.« Nach jedem der esoterischen Begriffe wartete Carianne, suchte Bellis' Blick und sah, dass sie nicht verstanden wurde. »Hämophagus, Bellis. Un-tot.

Vampir.«

*

In der Situation, in der sie sich befand, umwispert und umraunt von einer Wolke aus Gerüchten und Andeutungen, hatte Bellis zwangsläufig dies und das über die Verhältnisse in den meisten der Bezirke Armadas erfahren, die kuriosen Duodez-Staaten, verzahnt zu einer Nolens-volens-Gemeinschaft, deren Beziehungen geprägt waren von Missgunst, Eifersüchteleien und Machtintrigen.

Doch merkwürdig, die wichtigsten, die erstaunlichsten oder unglaublichsten oder abscheulichsten Fakten waren ihr entgangen. Am Ende des Tages rief sie sich den Moment in Erinnerung, der ihr vor Augen führte, wie ahnungslos sie war: als Carianne den Grund für ihre Blässe erklärte und Bellis begriff, wie weit sie von zu Hause entfernt war.

Sie hielt sich zugute, dass sie auf Cariannes Erklärung hin nur die Farbe gewechselt hatte. Bei dem Wort »Vampir«, gleich in Ragamoll wie Salt, hatte sich etwas in ihr verhärtet. Carianne hatte ihr gezeigt, in diesem Augenblick, dass es keinen Ort auf der Welt gab, an welchem sie noch fremder sein konnte als hier.

Sie verstand die Sprache, die in Armada gesprochen wurde. Die Schiffe ließen sich identifizieren, auch in ihrer veränderten Gestalt. Man hatte eine Währung und eine Regierung. Die Unterschiede in Bezug auf Kalender und Terminologie konnte man lernen. Die zusammengewürfelte Architektur war bizarr, dennoch begreifbar.

Aber. Aber dies war eine Stadt, in der Vampire sich nicht verkriechen mussten und im Geheimen jagen, sondern des Nachts offen umhergingen und herrschten.

Bellis sah ein, dass ihre kulturellen Orientierungspunkte hier keine Gültigkeit besaßen. Sie war ihrer Ignoranz überdrüssig.

Im Karteikasten »Wissenschaft« flogen ihre Finger durch die Karten, hasteten das Alphabet entlang bis zu Johannes Feinfliege. Wie sich herausstellte, waren etliche seiner Bücher sogar mehrfach vorhanden.

Wenn die Liebenden, die mein Leben manipulieren, solche Anstrengungen unternommen haben, um dich zu rekrutieren, Johannes, dachte sie bei sich, während sie die Kennziffern seiner Bücher aufschrieb, *dann will ich einen Blick in ihre Köpfe werfen. Sehen wir mal, weshalb sie so scharf auf dich waren.*

Eins der Bücher war ausgeliehen, doch von den anderen standen Exemplare im Regal. Als Angestellte der Bibliothek hatte Bellis das Recht auf freie Ausleihe.

In schneidender Abendkälte machte sie sich im Gedränge der anderen Passanten auf den Heimweg, unter den keckernden Affen in Armadas Takelage, über die schwankenden Stege und Decks und Hängebrücken, während unten zwischen den Bordwänden die Wellen schwappten und spritzten. Pfiffe schnellten hin und her durch die Luft. In ihrer Tragetasche hatte Bellis *Jäger und Gejagte in den Tidentümpeln der Eisenbucht, Anatomie des Sardula, De Bestiae, Megafauna: Theorien,* und *Transplanares Leben als Problem für den Naturwissenschaftler,* alles von Johannes Feinfliege.

In der Nacht saß sie Stunde um Stunde dicht an ihrem Ofen, während draußen frostige Wolken den Mond verschleierten. Sie las bei Lampenschein, überflog ein Buch nach dem anderen.

Gegen ein Uhr früh hob sie den Kopf und schaute hinaus auf die nächtliche Schiffslandschaft.

Weit draußen sah sie die Positionslaternen der unermüdlich gegen Armadas Masse kämpfenden Schlepperflotte, hörte durch das geschlossene Fenster gedämpft das Stampfen der Maschinen und das Rauschen des aufgewühlten Wassers.

Bellis dachte an die vielen Schiffe Armadas auf See, die langen Finger ihrer Beschaffungspolitik, wie sie raubten und plünderten, um nach Monaten und Tausenden von Meilen, schwer mit Beute beladen, wieder den Weg nach Hause zu finden; wie, blieb ihr Geheimnis, denn Armada ihrerseits war in der Zwischenzeit mit den Strömungen über das Meer vagabundiert und befand sich längst nicht mehr am Punkt des Auslaufens.

Die Nauskopisten der Stadt beobachteten den Himmel und erkannten an winzigen Zeichen, wenn ein Schiff näher kam, sodass die Schlepper Armada auf einen anderen Kurs bringen konnten, außer Sicht. Manchmal erfolgte die Warnung nicht rechtzeitig, und die fremden Schiffe wurden aufgebracht und entweder als neue Handelspartner begrüßt oder gejagt und geentert. Auf unerklärliche Weise wussten die Verantwortlichen stets, wenn sich nähernde Schiffe zu Armadas Flotte gehörten, und bereiteten ihnen ein Willkommen.

Selbst zu dieser Stunde, mitten in der Nacht, drang von da und dort noch Lärm aus Fabriken und Werkstätten herüber, lauter als die Brandung und die Nachtstimmen der Tiere. Zwischen den Ebenen aus Tauen und Holz, die das Panorama überlagerten wie Kratzer auf einer Heliotypie, konnte Bellis den kleinen, aus Schiffen gebildeten Teich achteraus sehen, der die *Sorghum* beherbergte. Wochenlang waren Flammen und thaumaturgische Emissionen aus dem Schornstein gejagt; jede Nacht hatte eine graubraune miasmatische Helligkeit den Himmel verschandelt.

Vorbei. Die Wolken über der Sorghum waren schwarz. Die Flamme war erloschen.

Zum ersten Mal seit ihrer Ankunft in Armada suchte Bellis in ihren Habseligkeiten und holte ihren vernachlässigten Brief hervor. Eine Weile saß sie still da, das Blatt auseinander gefaltet vor sich, den Füllfederhalter gezückt. Und dann, verärgert über ihr Zögern, fing sie an zu schreiben.

*

Auf Armadas langsamer Reise in den Süden, in wärmere Gewässer, wurde für ein paar Tage das Wetter bitterkalt. Vom Norden wehten Eiswinde heran. Bäume und Efeu, die Ziergärtchen auf den Decks erfroren und färbten sich schwarz.

Kurz bevor es richtig kalt wurde, sah Bellis an Backbord Wale sich tummeln. Nach ein paar Minuten kamen sie dicht an die Stadt heran, schlugen mit ihren gewaltigen Fluken auf die Wasseroberfläche und tauchten. Danach fiel die Kälte nieder wie ein Henkerbeil.

In der Stadt gab es keinen Winter, keinen Sommer, keinen Frühling, überhaupt keine Jahreszeiten, es gab nur Wetter. Für Armada war es eine Erscheinung nicht der Zeit, sondern des Ortes. Während New Crobuzon sich zum Jahresende unter Schneestürmen duckte, sonnten die Armadaner sich im Ofenmeer, oder sie waren unter Deck eingeigelt, während Mannschaften in dicken Mänteln sie langsam zu einem Liegeplatz im Ozean der Ruhe brachten, bei Temperaturen, gegen die man es in New Crobuzon frühlingsmild gefunden hätte.

Die Routen, auf denen Armada über die Meere Bas-Lags vagabundierte, wurden von Piraterie, Handel, Landwirtschaft, Sicherheit und anderen, undurchschaubaren Kräften bestimmt, und man nahm das Wetter, wie es kam.

Das sprunghafte Klima war für die Pflanzen ein Problem. Die Flora Armadas überlebte durch Thaumaturgie, Glück, Zufall und nicht zuletzt die eigene Qualität. Jahrhundertelange Zuchtwahl hatte schnell wachsende, widerstandsfähige Sorten hervorgebracht, die extreme Temperaturschwankungen vertragen konnten. Ernten gab es ungleichmäßig verteilt das ganze Jahr über.

Ackerland existierte sowohl unter freiem Himmel als auch unter künstlichem Licht. In modrigen alten Laderäumen wurden Pilze gezogen; in lauten, stinkenden Pferchen unter Deck drängten sich Generationen von sehnigem, degeneriertem Nutzvieh. Algen und essbarer Blasentang gediehen auf unter der Stadt schwimmenden Flößen, neben Drahtkäfigen mit Krustentieren und Speisefischen.

*

Wie die Tage vergingen, lernte Gerber besser und besser Salt verstehen und sprechen, und er fing an, mehr Zeit mit seinen Arbeitskameraden zu verbringen. In den Schenken und Spielhallen am Achternrand der Basilio-Decks ging es lustig zu. Manchmal gesellte sich Schekel dazu und hatte seinen Spaß in der Gesellschaft der Männer, doch häufiger kam es vor, dass er seinen eigenen Weg ging, allein, zur *Castor*.

Gerber wusste, dass er sich mit Angevine traf, die er, Gerber, noch nicht kennen gelernt hatte, eine Dienerin oder Leibwächterin des Hauptmanns Tintinnabulum. Schekel hatte ihm von ihr erzählt, stockend, im Jargon der halbstarken Burschen, und Gerber war anfangs belustigt gewesen und nachsichtig. Nostalgisch seiner selbst in diesem Alter gedenkend.

Schekel steckte immer öfter und immer länger bei den seltsamen, weit gereisten Jägern, die auf der *Castor* hausten. Einmal wollte Gerber ihn dort besuchen.

Unter Deck ging man durch einen sauber gehaltenen, schummrigen Korridor mit Türen links und rechts, und auf jeder ein Name eingraviert: MODIST, las er, und FABER und ARGENTARIUS. Die Kabinen von Tintinnabulums Gefährten.

Schekel saß in der Messe, mit Angevine.

Gerber war schockiert.

Angevine war in den Dreißigern, schätzte er, und sie war eine Remade.

Davon hatte Schekel ihm nichts gesagt.

Angevines Beine endeten oberhalb der Knie. Sie wuchs wie eine extravagante Galionsfigur aus dem Vorderteil eines kleinen Dampfwagens, einem schweren Gefährt mit Gleisketten.

Unmöglich konnte sie eine Hiesige sein, Gerber wusste Bescheid. Ein Remaking auf dieser Stufe war zu radikal, zu kapriziös und nutzlos und grausam, um etwas anderes zu sein als eine Bestrafung.

Er hielt ihr zugute, dass sie die Aufdringlichkeit des Knaben duldete. Dann sah er, wie angeregt sie sich mit Schekel unterhielt, sich zu ihm hinneigte (in einem bizarren Winkel, am Boden verankert von dem schweren Vehikel), wie sie seinen Blick festhielt. Und wieder versetzte es Gerber einen Stich.

*

Gerber überließ Schekel seiner Angevine. Er fragte nicht, was zwischen ihnen vorging. Schekel, unerwartet in eine neue Konjunktion von Gefühlen hineingestürzt, benahm sich wie ein Mischwesen, halb Kind, halb Mann: in einem Moment prahlerisch und selbstgefällig, im nächsten in sich gekehrt und voll tiefer Emotionen. Aus dem Wenigen, was er an Informationen preisgab, erfuhr Gerber, dass Angevine vor zehn Jahren nach Armada verschleppt worden war. Wie die *Terpsichoria* hatte man ihr Schiff auf dem Weg nach Nova Esperium gekapert. Auch sie stammte aus New Crobuzon.

Kam Schekel heim in die winzige Wohnung an der Backbordseite eines alten Fabrikschiffs, spürte Gerber Eifersucht und dann Schuldbewusstsein. Er nahm sich vor, Schekel zu halten, wie er konnte, ihm aber die Freiheit zu lassen, die der Junge brauchte.

Er bemühte sich, durch neue Freunde die Leere zu füllen. Unter den Hafenarbeitern herrschte ein fester Zusammenhalt. Er beteiligte sich an ihren schlüpfrigen Uzereien und ihren Spielen.

Sie öffneten sich ihm, nahmen ihn auf in ihren Kreis, indem sie ihm ihre alten Geschichten erzählten.

Der »Neue« gab ihnen die Gelegenheit, die alten Kamellen, tausendmal gehört, noch einmal hervorzuholen. Einer erwähnte tote Meere oder Springfluten oder den Muränenkönig – und wandte sich an Gerber. *Du hast bestimmt noch nicht von den leblosen Wassern gehört, Gerber,* sagte er oder sie. *Damit verhält es sich folgendermaßen ...*

Gerber Walk hörte die haarsträubendsten Seemannsgarne über die Ozeane Bas-Lags und die Sagen aus der Vergangenheit der Piratenstadt und besonders Hechtwassers. Er erfuhr von den verheerenden Stürmen, die Armada überstanden hatte, den Grund für die Narben auf den Gesichtern der Liebenden und wie Uther Doul den Possibilitätsschlüssel geknackt und sein magisches Schwert gewonnen hatte.

Er nahm teil an den Feiern für das ein oder andere freudige Ereignis, eine Heirat, eine Geburt, Kartenglück. Auch bei traurigen Vorfällen zeigte er sich als guter Kamerad. Als bei einem Arbeitsunfall eine Kaktusfrau durch eine Glasscherbe die halbe Hand verlor, legte Gerber, was er an Legeln und Gösch entbehren konnte in den herumgehenden Hut. Ein andermal herrschte im ganzen Bezirk tiefe Trauer wegen der Nachricht, dass ein Schiff aus Hechtwasser, die *Nagdas Drohung*, in der Nähe der Lohwasser-Enge gesunken war. Gerber trauerte mit und seine Anteilnahme war nicht geheuchelt.

Doch auch wenn er mit seinen Arbeitskameraden gut Freund war und die Schenken und die gemeinsamen Besäufnisse manchen Abend kurzweilig herumbringen halfen – überdies trugen sie dazu bei, dass sich sein Salt in Riesenschritten verbesserte –, glaubte er immer zu spüren, dass die anderen unter der Oberfläche ein Geheimnis teilten, etwas, mit dem sie hinter dem Berg hielten, ihm gegenüber. Er konnte sich keinen Reim darauf machen.

Die Arbeit unter Wasser warf mancherlei Fragen auf. Was waren das für Schemen, die er manchmal sah, hinter den Wachhaien an kurzer Kette, verschleiert durch, vermutete er, einen Blendzauber? Welchem Zweck dienten die Reparaturen, die er und seine Kameraden täglich ausführten? Was war das für ein Stoff, den die Sorghum – die gestohlene Bohrinsel, die sie mit solcher Sorgfalt warteten – vom Grund des Meeres heraufsaugte? Gerber war dem dicken, aus zusammengesteckten Segmenten bestehenden Rohr oft und oft mit den Augen in die Tiefe gefolgt, immer weiter, bis die

Schwärze es verschluckte und ihm schwindlig wurde. Worum ging es bei diesem Projekt, auf das mit verständnisinnigem Kopfnicken und kryptischen Bemerkungen angespielt wurde? Diesem Plan, der all ihren Anstrengungen zu Grunde lag? Worüber keiner offen sprach, aber jeder etwas zu wissen schien und wenige durch kluges Schweigen oder eingestreute Andeutungen zu wissen vorgaben?

Etwas Großes und Bedeutsames verbarg sich hinter Hechtwassers Treiben, und Gerber Walk hatte noch nicht herausbringen können, was es war. Er nahm an, dass seine Kameraden ebenfalls im Dunkeln tappten, dennoch fühlte er sich ausgeschlossen, aus einer Art Geheimbund, der auf Lügen basierte, Aufschneiderei und Geschwätz.

*

Gelegentlich kamen ihm Nachrichten über die Passagiere der *Terpsichoria* zu Ohren, Mitglieder der Besatzung oder seine Leidensgenossen.

Durch Schekel wusste er von Schneewein und der Bibliothek. Diesen Johannes Feinfliege hatte er selbst gesehen, als er mit einem Klüngel von Geheimnistuern dem Hafen einen Besuch abstattete – nichts als Notizblöcke und wichtiges Geflüster. Insgeheim hatte Gerber gedacht, dass es doch niemals lange dauerte, bis nach irgendwelchen Umwälzungen die alte Ordnung sich wiederherstellte, dass, während er im kalten Wasser schuftete, bis die Schwarte krachte, der feine Herr zuschaute, seine kleine Liste abhakte und an seiner Weste zupfte.

Hedrigall, der stoische Kaktusmann, Pilot der *Arrogance*, erzählte Gerber von einem Mann namens Fench, ebenfalls von der *Terpsichoria*, der regelmäßig im Hafen auftauchte. (Kennst du ihn?, hatte Hedrigall gefragt. Und Gerber hatte den Kopf geschüttelt; es war ihm zu dumm zu erklären, dass er niemanden aus den oberen Decks kannte.) Fench war ein guter Mann, sagte Hedrigall, mit dem man reden konnte, der jeden vom Schiff zu kennen schien und wie ein Einheimischer Bescheid wusste über Leute wie König Friederich und den Brucolac.

Hedrigall sprach mit einer geistesabwesenden Art über diese Dinge, die Gerber an Tintinnabulum gemahnte. Der Kaktusmann gehörte zu denen, die immer den Anschein erwecken, etwas zu wissen, in etwas eingeweiht zu sein, worüber sie nicht reden mögen. Für Gerber wäre es ein Bruch ihrer noch am Beginn stehenden Freundschaft gewesen, ihn geradeheraus darauf anzusprechen.

*

Gerber gewöhnte sich an, nachts durch die Stadt zu wandern.

Auf seinen Wegen begleiteten ihn die Stimmen des Wassers und der Schiffe, er atmete den Geruch des Meeres. Im wolkenverschleierten Licht der Mondin und ihrer zwei Töchter wanderte Gerber stetigen Schrittes am Rand der Bucht mit der nun stummen *Sorghum* entlang. Er kam an einer Cray-Kolonie vorbei, gewachsen auf einem zur Hälfte gesunkenen Klipper, dessen Bug wie ein Eisberg aus dem Wasser stach. Auf der überdachten Gangway erklomm er das Heck der mächtigen *Grand Easterly*, senkte den Kopf, wenn er den wenigen anderen Schlaflosen und Nachtarbeitern begegnete.

Über die Seilbrücke zur Steuerbordseite von Hechtwasser. Ein beleuchtetes Luftschiff fuhr langsam über ihn hinweg, eine Sirene plärrte, irgendwo schlug ein Dampfhammer der Nachtschicht den Takt, und die Geräusche erinnerten so sehr an New Crobuzon, dass ein namenloses Gefühl heiß und schmerzlich durch seinen Körper bebte.

Gerber verlor sich in einem aus alten Seelenverkäufern und Backstein gebauten Labyrinth.

Im Wasser unten glaubte er flüchtig und unregelmäßig aufblitzende Lichter zu sehen: die Angstsignale biolumineszenten Planktons. Das beständige Murren der Stadt schien manchmal beantwortet zu werden, aus großer Ferne, von etwas Riesenhaftem und Lebendigem.

Er bog ab in Richtung von Köterhaus und dem Seeigelhafen. Unter ihm gluckste Wasser, links und rechts standen feuchte, salzfleckige Backsteinmauern mit Fenstern, davon viele zerbrochen. Die Gassen schmal, verbunden von noch schmaleren Fußpfaden zwischen alten Schotten und Schloten. Müllberge auf unbewohnten Dhaus. An Balustraden und Heckrelingen Reste von Plakaten, vom kalten Wind geschüttelt. Politik und Unterhaltung warben in grellen Tinkturen von Krake und Schellfisch und gestohlener Tinte.

Katzen huschten vorbei.

Tektonische Verschiebungen, kleinere, größere, wanderten durch die Stadt, das Gefüge Armadas arbeitete, während die Flotte der Schlepper unermüdlich weiter durch das Meer pflügte und an straff gespannten Ketten ihr Zuhause hinter sich herzogen.

Gerber stand in der Stille, schaute an alten mehrstöckigen Wohnhäusern hinauf, zu den Silhouetten von Schieferplatten, Kaminen, Sheddächern und Baumkronen. Auf der anderen Seite einer kleinen Wasserfläche mit einer Insel aus Hausbooten brannten Laternen auf Schiffen von Gestaden, die Gerber nur aus Erzählungen kannte. Noch andere wachten außer ihm.

*

(– *Hast du schon mal gevögelt?*, fragte sie ihn und Schekel erinnerte sich wider Willen an Dinge, die er lieber vergessen hätte. Die Remade-Frauen in der stinkenden Dunkelheit im Bauch der *Terpsichoria*, die für einen zusätzlichen Kanten Brot seinen ungeschickt stochernden Schwanz in sich aufnahmen. Die anderen, die niedergehalten wurden, obschon sie sich sträubten (die Männer ermunterten ihn mit obszönen, spottenden Rufen zum Mitmachen), und auf die er sich zweimal gelegt hatte (einmal tat er nur so als ob und drückte sich dann beiseite, verstört von ihren Schreien), und einmal drang er wirklich in sie ein und kam, so sehr sie auch zappelte und versuchte, ihn abzuschütteln. Und noch früher, Mädchen in den Hinterhöfen von Smog Bend und Bengel wie er, die ihre Geschlechtsteile herzeigten – Transaktionen irgendwo zwischen Handel und Sex und Rüpelei und Spiel. Schekel machte den Mund auf, und die Wahrheit wollte nicht heraus, und sie sah es und kam ihm zuvor (es war eine Gnade, die sie ihm erwies) und sagte – *Nicht aus Jux oder für Geld und nicht, wenn Gewalt dabei war, sondern hast du eine gevögelt, die dich wollte und die du wolltest, wie richtige Menschen, wie gleich mit gleich.* Und natürlich gab es darauf nur eine Antwort: Nein, und er sprach sie aus und war dankbar, dass durch sie dieses Mal sein erstes Mal war (ein unverdientes Geschenk, das er demütig und begierig entgegennahm).

Er schaute zu, wie sie ihre Bluse auszog, und sein Atem stockte beim Anblick von all diesem weiblichen Fleisch und der Geilheit in ihren Augen. Er fühlte die sengende Hitze ihres Ofens, den sie niemals ausgehen lassen durfte, hatte sie ihm erklärt, der unablässig gefüttert werden musste, alt war und schadhaft und viel zu gefräßig, und sah das dunkle Zinn der Halterung, wo es wie eine Flut über das milchweiße Fleisch ihrer Oberschenkel leckte. Seine eigenen Kleider fielen von ihm ab wie von selbst, und er stand vor ihr, fröstelnd und dünn und knochig, den steifen Schwanz in jugendlichem Eifer wippend, von Herz und Lust so voll, dass ihm das Schlucken schwer fiel.

Sie war eine Remade, sie war Paria, er wusste es, sah es, und dem zum Trotz empfand er unverändert, was in ihm war, und er fühlte ein großes Stück aus einem Panzer aus Gewohnheit und Vorurteil von sich abfallen, ein Stück seiner Haut, wo der Ort, dem er entstammte, ihm seinen Stempel eingebrannt hatte.

Heile mich, dachte er, ohne zu begreifen, was er dachte, auf eine Wiedergeburt hoffend. Unter brennenden Schmerzen schälte er wie Schorf von einer Wunde einen erstarrten Klumpen seines alten Lebens ab und lieferte sich aus, entblößt und unsicher, ihr und der zuvor nicht gespürten Luft. Wieder schneller atmend. Seine Gefühle strömten heraus und bluteten ineinander und vergingen ineinander und heilten in einer neuen Form.

– *Mein Remade-Mädchen*, sagte er staunend und sie vergab ihm, sofort, weil sie wusste, er würde es nie wieder denken.

Es war nicht leicht: ihre Beinstummel als enges V in Metall gezwängt, nur wenig geöffnet und nur wenige Zentimeter der Oberschenkelinnenseiten unterhalb der Fotze in Fleisch. Sie konnte ihm nicht Einlass bieten oder sich hinlegen, und es war nicht leicht.

Aber sie ließen nicht nach in ihrem Bemühen und wurden belohnt.)

9

Schekel kam zu Bellis und wollte lesen lernen.

Er kenne die Zeichen des Ragamoll-Alphabets, sagte er ihr, und habe eine ungefähre Vorstellung davon, welcher Laut zu jedem Buchstaben gehöre, aber sie blieben für ihn ein Mysterium. Er hatte nie versucht, sie zusammenzufügen und Worte daraus zu bilden.

Schekel wirkte geistesabwesend, als wäre er mit seinen Gedanken außerhalb der Gänge der Büchereischiffe. Er war nicht so schnell wie sonst mit einem Lächeln bei der Hand. Er sprach nicht von Gerber Walk oder von Angevine, deren Name in letzter Zeit ständig in seiner Rede aufgetaucht war. Er wollte nur wissen, ob Bellis bereit wäre, ihn zu unterrichten.

Sie nahm sich nach ihrem Dienst zwei Stunden Zeit, um mit ihm das Alphabet durchzugehen. Die Namen der Buchstaben waren ihm geläufig, doch seine Vorstellung von ihnen war abstrakt. Bellis hieß ihn seinen Namen schreiben und er bemühte sich, krakelig und ungelenk, stockte bei dem angefangenen zweiten Buchstaben, übersprang den dritten und malte den vierten, kehrte dann zurück und füllte die Lücke aus.

Er wusste, wie sein geschriebener Name aussah, aber nur als Bild.

Bellis erklärte ihm, die Buchstaben wären Anweisungen, Befehle, meistenfalls, den Laut zu bilden, aus dem sich die Bezeichnung für den betreffenden Buchstaben ergab. Sie schrieb ihren Vornahmen hin, jeden Buchstaben in deutlichem Abstand vom anderen.

Dann forderte sie ihn auf, zu tun, was die Buchstaben wollten.

Sie wartete, während er sich stockend mit dem *Buh* und *Eh* und *Luh, Luh, Ih, Suh* abmühte. Dann schrieb sie die Buchstaben dichter zusammen und hieß ihn, sie zu wiederholen, langsam. Und noch einmal.

Schließlich verband sie die Lettern zu einem Wort und stellte ihm die Aufgabe, die Übung *schnell* zu wiederholen, den Anweisungen der Buchstaben zu folgen, hintereinanderweg, ohne abzusetzen.

Buh eh lu luh ih suh.

(Aus dem Konzept gebracht durch den doppelten Linguadentallaut, wie erwartet.)

Er versuchte es wieder, doch nach der Hälfte verstummte er, und ein zaghaftes Lächeln breitete sich über sein Gesicht. Er schaute sie mit einem Blick so voll heller Freude an, dass ihr die Kehle eng wurde. Er sagte ihren Namen.

*

Nachdem sie ihn in die Basis der Interpunktion eingeweiht hatte, kam ihr eine Idee. Sie ging mit ihm durch Schiffsbäuche, vorbei an Abteilungen für Wissenschaft und Humanitäres, wo Scholaren tief gebeugt neben Öllampen und winzigen Luken über Folianten brüteten, dann ins Freie, durch den Nieselregen hinüber zur *Kaustische Erinnerung*. Dies war eine Galeone am äußersten Rand der Räderwerk-Bibliothek, sie beherbergte die Kinderliteratur.

Das entsprechende Deck war kaum frequentiert. Die Regale links und rechts buhlten mit grellbunten Einbänden um Leser. Bellis ließ beim Gehen den Finger über die Buchrücken wandern, die Schekel mit ehrfürchtiger Neugier bestaunte. Ganz hinten im Schiff blieben sie stehen, im Achterkastell mit vielen Fenstern und im scharfen Winkel auswärts kragend, was den Einbau treppenähnlicher Regale erforderlich gemacht hatte.

»Sieh her.« Bellis zeigte auf das Messingschild. »Rag.A.Moll. Ragamoll. Das sind Bücher in unserer Sprache. Die meisten davon werden aus New Crobuzon stammen.«

Sie zog ein paar heraus und schlug sie auf. Erstarrte für die Dauer eines Lidschlags, zu kurz, als dass Schekel etwas bemerkt hätte. Handgeschriebene Exlibris schauten ihr von den Vorsatzblättern entgegen, krakelige Bleistiftschrift von Kinderhand.

Hastig blätterte sie um. Das Erste war für die ganz Kleinen, großformatig, sorgfältig von Hand kolorierte Illustrationen in dem simplizistischen Ars-Facilis-Stil, den man vor 60 Jahren geliebt hatte. Erzählt wurde die Geschichte eines Eis, welches gegen einen aus Löffeln gemachten Mann zu Felde zog und ihn besiegte, worauf man es zum Weltbürgermeister erkor.

Das zweite richtete sich an ältere Kinder. Es war eine Chronik New Crobuzons. Bellis stutzte beim Anblick der Kupferstiche von den Rippen, des Spike und des Bahnhofs Perdido Street. Sie überflog den Text, verzog in amüsierter Verachtung das Gesicht über die grotesk irreführende Darstellung der Stadtgeschichte. Die Berichte über den Circulus Monetae und die Woche des Staubs und, am beschämendsten, die Piratenkriege, priesen in kindischer, einfallsloser Sprache New Crobuzon als eine Festung der Freiheit, die sich gegen beinahe unüberwindliche und ungerechte Widrigkeiten behaupten musste.

Schekel beobachtete sie erwartungsvoll.

»Versuch das hier.« Sie reichte ihm das *Tipptopptapfere Ei*. Er nahm das Bändchen ehrfurchtsvoll entgegen. »Es ist für kleine Kinder«, sagte sie. »Kümmere dich nicht um die Geschichte, sie ist viel zu albern für dich. Ich will nur wissen, ob du ausklamüsern kannst, worum es geht, ob du die Handlung verstehst, indem du die Worte erarbeitest, wie ich es dir gezeigt habe. Folge den Anweisungen der Buchstaben, sprich die Wörter laut aus. Natürlich werden welche darunter sein, die du nicht kennst. Schreib sie auf und komm damit zu mir.«

Schekel blickte scharf zu ihr auf. »Schreiben?«, fragte er.

Sie konnte in ihn hineinschauen. Er betrachtete Wörter immer noch, als wären sie äußere Wesenheiten, subtile Neckereien, die er endlich anfing zu verstehen, ein klein wenig. Doch er hatte bis jetzt noch nicht begriffen, dass es ihm möglich sein könnte, seine eigenen Geheimnisse mit ihrer Hilfe zu verschlüsseln. Er hatte nicht begriffen, dass er gleichzeitig mit dem Lesen auch das Schreiben lernte.

Bellis kramte einen zur Hälfte beschriebenen Zettel und einen Stift aus ihrer Tasche und drückte ihm beides in die Hand.

»Einfach die Worte abmalen, von denen du nicht weißt, was sie bedeuten, ganz genau so, wie sie im Buch stehen. Und dann zeigst du sie mir.«

Er sah sie groß an, und wieder flog dieses engelhafte Lächeln über sein Gesicht.

»Morgen«, fuhr sie fort, »will ich, dass du um fünf Uhr zu mir kommst, und ich werde dir Fragen über die Geschichte in dem Buch stellen. Du wirst mir Passagen daraus vorlesen.« Schekel blickte ihr fest in die Augen und nickte entschieden, als hätten sie in Dog Fenn eine geschäftliche Vereinbarung getroffen.

Auf dem Rückweg zur Rezeption änderte sich Schekels Benehmen. Er nahm wieder seine übliche kecke Haltung an und ging mit großen, wiegenden Schritten und fing sogar an, Bellis von seiner Clique zu erzählen. Dabei aber hielt er das *Tipptopptapfere Ei* fest in beiden Händen.

Bellis trug es auf ihrer eigenen Leihkarte ein, ein selbstverständlicher Vertrauensbeweis, über den sie nicht weiter nachdachte, und der ihn tief berührte.

*

Auch in dieser Nacht war es kalt, und Bellis rückte dicht an ihren Ofen heran.

Kochen und Essen begannen, sie zu ärgern mit ihrer unerbittlichen Notwendigkeit. Sie entledigte sich dieser Pflichten freudlos und schnellstmöglich, dann nahm sie sich Feinflieges Bücher vor und las, und machte Notizen. Um neun Uhr gönnte sie sich eine Pause und faltete ihren Brief auseinander.

Sie schrieb.

Blautag, den 27. Staub 1779 (auch wenn das Datum hier nichts bedeutet. Hoc loco haben wir den 4. Sepredi, Hawkbill Quarto, 6/317), *Chromolith*, Rauchfang.

Ich werde nicht aufhören, nach Hinweisen zu forschen. Als ich anfing, Johannes' Bücher durchzusehen, schlug ich sie blind auf, las hier und da ein paar Zeilen und setzte die Schnipsel zusammen, wartete auf die Erleuchtung. Aber mir ist klar geworden, dass ich mit der Methode nicht weiterkomme.

Johannes' Werk, hat er selbst mir erzählt, ist eine der treibenden Kräfte hinter dieser Stadt. Irgendwo zwischen den Seiten seiner Bücher muss die Natur des Plans verborgen sein, an dem er mitarbeitet und zu dem er sich nicht äußern wollte, der aber wichtig genug ist, dass Armada nicht vor einem Akt unverhohlener Feindseligkeit gegen die stärkste Macht Bas-Lags zurückschreckt. Immerhin war es eins dieser Bücher, welches ihn für die Liebenden unwiderstehlich machte. Doch ich vermag nicht einmal zu erkennen, welche seiner Arbeiten, die »relevante Lektüre« ist, die er im Zusammenhang mit dem geheimen Projekt erwähnte.

Folglich lese ich sie sorgfältig, eins nach dem anderen, fange mit dem Vorwort an und arbeite mich vor bis zum Index. Mache Notizen. Versuche zu erspüren, welche Absichten in diesen Texten verschlüsselt sein könnten.

Natürlich bin ich kein Wissenschaftler. Bis jetzt habe ich mich nie mit solcher Fachliteratur befasst, und das meiste von dem, was ich lese, ist mir schleierhaft.

»Das *Azetabulum* ist eine napfförmige Vertiefung an der Außenseite des Os innominatum an der Verbindungsstelle zwischen Ilium und Ischium.«

Solche Sätze lese ich wie Poesie: Ilium, Ischium, Os innominatum, Ekto-cuneiforme, Thrombozyten, Serinproteinase, Keloid, Cicatrix.

Das Buch, das mir bis jetzt am wenigsten gefällt, ist die *Anatomie des Sardula*. Johannes wurde vor Jahren von einem jungen Sardula angefallen, ungefähr zur selben Zeit als er Forschungen für dieses Buch betrieb. Ich kann mir die Kreatur vorstellen, wie sie in einem Käfig hin und her wandert, wie betäubende Dämpfe hereindringen und sie zu toben beginnt, als sie ihr Bewusstsein schwinden fühlt. Und dann tot und in ein kaltes Buch übertragen, welches Johannes' Leidenschaft abschälte wie er dem Sardula die Haut. Eine öde Liste von Knochen und Adern und Sehnen.

Mein Favorit unter den Büchern überrascht mich selbst. Es sind weder die Megafaunatheorien noch *Transplanares Leben*, beide ebenso sehr Philosophie wie Zoologie, weshalb ich erwartete, dass sie mir mehr zu sagen hätten. Ich fand ihre abstrusen Überlegungen und Gedankenspielereien spannend, aber unergiebig.

Nein, das Buch, in dem ich mit Begeisterung geschmökert habe und das ich verstehe, ist *Jäger und Gejagte in den Tidentümpeln der Eisenbucht*.

Was für eine vielschichtige Verquickung von Erzählungen. Aneinanderreihungen von Brutalität und Metamorphose. Ich seh es bildlich vor mir. Teufelskrabben und Seeringelwürmer. Der Austernbohrer nagt ein todbringendes Guckloch in den Panzer seiner Mahlzeit. Das in Zeitlupe ablaufende Aufbrechen einer Kammmuschel durch einen Seestern. Eine Purpurrose verschlingt in einer jähen Implosion einen jungen Gründling.

Eine bunte kleine Meereswelt, die Johannes für mich heraufbeschwört, aus Muschelstaub und Seeigeln und mitleidlosen Gezeiten.

Doch sie verrät mir nichts über die Absichten der Stadt. Was immer Armadas Herrscher im Sinn haben, ich werde tiefer graben müssen, um es herauszufinden. Ich werde weiter diese Bücher studieren, sie sind mein einziger Anhaltspunkt. Und ich werde mich nicht damit abfinden, nur so viel über Armada zu wissen, dass ich zufrieden in meinem rostigen Schornstein leben kann. Ich werde herausfinden, wohin wir unterwegs sind und warum, damit ich erkenne, ob es mir möglich sein wird zu fliehen.

*

Als es an der Tür klopfte, hob sie erschrocken den Kopf. Die Uhr zeigte elf.

Sie erhob sich steifbeinig und stieg die enge Wendeltreppe in der Mitte des kreisrunden Zimmers hinab. Johannes war die einzige Person in Armada, die wusste, wo sie wohnte, und seit ihrem Streit im Restaurant hatte sie ihn nicht wiedergesehen.

Sie tappte langsam zur Tür, wartete und erneut wurde angeklopft, laut und energisch. Kam er, um sich zu entschuldigen? Um den Disput fortzusetzen? Wollte sie ihn überhaupt wiedersehen, dieser Freundschaft noch einmal die Tür öffnen?

Sie war immer noch wütend auf ihn, merkte sie, andererseits schämte sie sich auch ein wenig.

Es klopfte ein drittes Mal, und Bellis gab sich einen Ruck, entschlossen, ihn anzuhören und dann seiner Wege zu schicken. Als die Tür aufschwang, erstarrte sie, die Kinnlade fiel ihr herunter und der schroffe Gruß erstarb ihr auf den Lippen.

Wer auf der Schwelle stand, frierend die Arme um den Leib geschlungen, und abwartend zu ihr aufschaute, war Silas Fennek.

*

Anfangs saßen sie schweigend da und tranken den Wein, den er mitgebracht hatte.

»Sie haben's gut getroffen, Bellis Schneewein«, äußerte er schließlich, während sein Blick anerkennend durch den verbeulten Stahlzylinder wanderte, der ihre Wohnung war. »Eine Menge von uns Gepressten leben in weniger angenehmen Umständen.« Sie schaute ihn mit einer hochgezogenen Augenbraue an, doch er nickte. »Ehrlich. Wissen Sie nichts davon?«

Natürlich wusste sie nichts davon.

»Wo wohnen Sie denn?«, erkundigte sie sich.

»In der Nähe von Mein-&-Dein, im Laderaum eines Klippers. Kein Fenster.« Er zuckte die Achseln. »Sind das Ihre?« Er zeigte auf die über das Bett verstreuten Bücher.

»Nein.« Rasch räumte sie ihre Lektüre weg. »Man hat mir nur eine leere Kladde gelassen. Sogar meine eigenen Bücher, von mir selbst geschrieben, haben sie mir weggenommen.«

»Mir ist es ebenso ergangen. Alles, was ich noch habe, ist mein Diarium. Es enthält die Dokumentation von Jahren des Umherreisens. Ich wäre am Boden zerstört gewesen, wenn man mich gezwungen hätte, es herzugeben.« Er lächelte.

»Was hat man Ihnen für eine Arbeit gegeben?«

Wieder zuckte Fennek die Schultern. »Davor konnte ich mich drücken. Ich tue, wozu ich Lust und Laune habe. Sie arbeiten in der Bücherei, richtig?«

Sie achtete nicht auf seine Frage. »Wie?«, fragte sie scharf. »Wie haben Sie es geschafft, denen aus dem Weg zu gehen? Und wovon leben Sie?«

Er musterte sie eine Weile schweigend.

»Man hat mir drei oder vier Offerten gemacht, wie Ihnen auch, nehme ich an. Dem ersten potenziellen Arbeitgeber habe ich erzählt, ich hätte dem zweiten zugesagt, dem zweiten, ich stünde beim dritten im Wort und so weiter. Keinen schert's. Und was den Lebensunterhalt angeht, tja – es ist leichter, als Sie denken, sich unentbehrlich zu machen. Man bietet Dienstleistungen an, alles Mögliche, wofür die Leute bereit sind, etwas springen zu lassen. Informationen, hauptsächlich ...«

Bellis fühlte sich überrumpelt von seiner Offenheit, den Andeutungen, die Verschwörungen ahnen ließen, Demimonde – Unterwelt.

»Wissen Sie«, machte er einen neuen Anfang. »Ich bin Ihnen dankbar, Bellis Schneewein. Aufrichtig dankbar.«

Bellis wartete.

»Sie waren dabei, in Salkrikapolis. Sie waren Zeuge des Gesprächs zwischen dem verstorbenen Kapitän Myzovic und mir. Sie müssen sich gefragt haben, was genau in dem Dokument stand, das den Kapitän in Rage versetzte und dessentwegen Sie den Raum verlassen mussten, aber sie haben geschwiegen. Als wir gekapert wurden, hätte es für mich – sehr unangenehm werden können, aber Sie haben nichts gesagt. Und ich bin dankbar.

Sie haben doch nichts gesagt?«, wiederholte er sichtlich besorgt. »Wie gesagt, ich bin Ihnen außerordentlich dankbar.«

Bellis nickte. »Als wir uns das letzte Mal unterhalten haben, auf der *Terpsichoria*, sagten Sie, es wäre von größter Wichtigkeit, dass Sie umgehend nach New Crobuzon zurückkehren. Wie steht es jetzt damit?«

Er schüttelte unbehaglich den Kopf.

»Hyperbolisches Geschwafel und – und *Gottschiet*!« Sein Blick flog zu ihrem Gesicht, aber sie kommentierte seine Ausdrucksweise mit keinem Wimpernzucken. »Ich neige gelegentlich zu Übertreibungen.« Er schwenkte die Hand, wie um das Thema wegzuwischen. Eine drückende Pause entstand.

»Dann können Sie sich also auf Salt verständigen?«, fragte Bellis. »Für diese Tätigkeiten, mit denen Sie sich über Wasser halten, ist das wohl unerlässlich, nehme ich an, werter Fennek.«

»Ich hatte viele Jahre Zeit, mich in dieser Sprache zu üben, sodass ich sie nun perfekt beherrsche«, antwortete er in Salt, fließend, fast ohne Akzent und mit einem breiten Grinsen. In Ragamoll fuhr er fort: »Was den *werten Fennek* angeht – in Armada firmiere ich nicht unter diesem Namen. Wenn Sie mir einen Gefallen tun wollen, man kennt mich hier als Simon Fench.«

»So. Und wo haben Sie Ihr Salt gelernt, Simon Fench?«, fragte sie. »Sie haben Ihre Reisen erwähnt ...«

»Dammich.« Er schaute belustigt drein und verlegen. »Aus Ihrem Mund klingt der Name wie ein Kadabra. Sie können mich nennen, wie Sie wollen, in diesen Räumen, aber draußen bitte ich Sie um Kooperation. Rin Lor. Ich habe Salt in Rin Lor gelernt, am äußeren Rand der Pirateninseln.«

»Was haben Sie dort getan?«

»Das Gleiche«, antwortete er, »was ich überall tue. Ich kaufe, und ich verkaufe. Ich treibe Handel.«

*

»Ich bin achtunddreißig Jahre alt«, erzählte er ein paar Gläser später und nachdem Bellis den Ofen geschürt hatte, »und habe schon angefangen, Handel zu treiben, da war ich noch keine zwanzig. Ich bin ein New Crobuzoner, versteh mich nicht falsch. Geboren und aufgewachsen im Schatten der Rippen. Doch ich glaube, ich habe in den letzten zwanzig Jahren keine fünfhundert Tage in unser beider Heimatstadt zugebracht.«

»Womit handeln Sie?«

»Mit allem möglichen.« Er verschränkte die Hände hinter dem Kopf. »Rauchwerk, Weine, Maschinen, Vieh, Bücher, Arbeit. Was immer. Schnaps gegen Pelze in der Tundra nördlich von Jangsach, Pelze gegen Geheimnisse in Ennet, Geheimnisse und Kunsthandwerk gegen Arbeit und Spezereien in Grab-am-Berge ...«

Er unterbrach sich, als er Bellis kritischen Blick bemerkte.

»Niemand weiß, wo Grab-am-Berge liegt«, konstatierte sie, doch er schüttelte den Kopf.

»Manche von uns wissen es. Mittlerweile, meine ich. Manche von uns wissen es mittlerweile. Oh, es ist eine verflucht harte Reise, zugegeben. Der Weg von New Crobuzon nordwärts, durch die Ruinen von Suroch ist nicht zu schaffen, und nach Süden, über Vadaunk oder durch den Malakornukopischen Fleck, ist der Weg ein paar hundert Meilen länger. Die einzig mögliche Route führt über den Peniteuts Pass in den Wormseye Scrub, um den Krümmesee herum, dann umgeht man im Bogen das Königreich Kar Torrer und muss über den Eiskrallensund...« Er verstummte, und Bellis spitzte die Ohren, begierig zu erfahren, wohin dann.

»Und danach kommen die Knochenmühlen«, sagte er leise. »Und Grab-am-Berge.« Er trank einen großen Schluck.

»Sie sind auf der Hut vor Fremden, vor Lebenden. Aber die Götter sind Zeuge, wir waren ein jämmerlich aussehender Haufen. Seit Monaten unterwegs, mit Aerostat, Schiff, Lama und Ptera, und endlose Meilen auf Schusters Rappen. Vierzehn Männer hatten wir seit dem Aufbruch verloren. Ich kehrte mit einer Menge exotischer Waren zurück nach New Crobuzon, und ich habe seltsamere Dinge gesehen als diese schwimmende Stadt, kann ich dir versichern.«

Bellis konnte nichts sagen. Sie rang mit dem, was sie gehört hatte. Einige der Orte, die in seiner Geschichte vorkamen, entstammten Märchen und Sagen. Die Vorstellung, dass er dort gewesen sein könnte – dort gelebt haben könnte, um Jabbers willen! – war phantastisch, aber sie glaubte nicht, dass er log.

»Die meisten Leute, die versuchen, dorthin zu gelangen, finden unterwegs den Tod«, fuhr er in sachlichem Ton fort. »Aber wenn man es schafft, wenn man es bis in die Eiskrallen schafft, bis zur jenseitigen Küste, dammich, dann braucht man nur noch die Hände auszustrecken. Der Weg ist frei zu den Bergwerken in den Knochenmühlen, der Steppe nördlich von Ennet, Yanni Seckilli im Eiskrallenmeer – und überall ist man scharf darauf, Geschäfte zu machen, lass es dir gesagt sein. Vierzig Tage bin ich da gewesen, und die einzig nennenswerte Handelsbeziehung, die sie meines Wissens haben, besteht mit den Barbaren aus dem Norden, die einmal pro Jahr in ihren Korbbooten auftauchen und solches Zeug wie Biltong feilhalten. Wovon man nur ein gewisses Quantum essen kann, bevor es einem zum Hals heraushängt.« Er grinste. »Doch ihr größtes Problem besteht darin, dass die Gengris sie vom Süden abschneiden und keinen Fremden passieren lassen. Jeden, der es schafft, sich von Süden her zu ihnen durchzuschlagen, begrüßen sie wie einen verlorenen Bruder.

Man hat Zugang zu allen möglichen Informationen, Orten, Produkten und Dienstleistungen, an die sonst niemand herankommt. Aus dem Grund habe ich ein Arrangement mit New Crobuzons Parlament. Und einen Pass, der mich ermächtigt, in bestimmten Situationen das Kommando von Schiffen zu übernehmen, und der mir allgemein gewisse Sonderrechte einräumt. Ich bin in der Lage, den Stadtoberen Informationen zu beschaffen, die sie von keinem anderen bekommen können.«

Er war ein Spion.

»Als Seemly vor sechseinhalb Jahrhunderten einen Weg über das Vielwassermeer fand und Bered Kai Nev entdeckte«, sagte er, »was, glaubst du, hatte er in seinen Laderäumen? Die *Fervent Mantis* war ein großes Schiff, Bellis...« Er stockte, aber sie erhob keine Einwände dagegen, dass er ihren Vornamen benutzte, also sprach er weiter: »Er hatte Fusel und Seide geladen, Schwerter und Gold. Seemly wollte Handel treiben. Das hat uns den östlichen Kontinent geöffnet. Sämtliche Entdecker, von denen du gehört hast – Seemly, Donleon, Brubenn, Libintos und der gute alte Jabber ebenso – sie waren Kaufleute.« Er hatte sich in eine kindliche Begeisterung hineingesteigert. »Solche wie ich sind es, die die Landkarten und das Wissen nach Hause bringen. Wir liefern Einblicke in den Lauf der Welt wie keiner sonst. Wir verkaufen sie an die Regierung – das ist unser Gewerbe. So etwas wie Forschung um der Forschung willen gibt es nicht – es gibt nur Handel. Händler waren es, die nach Suroch fuhren und von dort die Karten mitbrachten, die Dagman Beyn in den Piratenkriegen benutzte.«

Er bemerkte Bellis' Gesichtsausdruck und erkannte, dass ausgerechnet diese Geschichte nicht das beste Licht auf ihn und seine Genossen warf.

»Miserables Beispiel«, brummte er, und wider Willen musste Bellis über seine Zerknirschung lachen.

*

»Ich gedenke keinesfalls, hier meine Tage zu beschließen«, verkündete Bellis. Es ging auf zwei Uhr morgens zu, und sie schaute durch das Fenster zu den Sternen auf, die unendlich langsam über die Scheibe wanderten, während Armada von seiner Schlepperflotte millimeterweise auf einen anderen Kurs gezogen wurde.

»Es gefällt mir hier nicht. Ich nehm's denen übel, dass sie mich ohne zu fragen hergeschleppt haben. Natürlich, ich kann verstehen, weshalb manche von den anderen nichts dagegen einzuwenden haben ...« Letzteres ein laues Zugeständnis an das von Johannes eingeimpfte Schuldgefühl und die innere Stimme, die ihr sagte, dass es bei weitem unzureichend war und eine Schmälerung des Geschenks der Freiheit, das den Gefangen der *Terpsichoria* zuteil geworden war. »Aber ich will nicht bis an mein Lebensende hier bleiben. Ich gehe zurück nach New Crobuzon, nach Hause.«

Sie sagte es mit einer absoluten Sicherheit, die sie nicht fühlte.

Er schüttelte den Kopf. »Ich nicht. Ich meine, es ist großartig heimzukommen, nachdem man sich lange in der Geographie herumgetrieben hat – Abendessen in Chnum mit allem Drum und Dran und so weiter – aber *leben* könnte ich dort nicht. Trotzdem kann ich begreifen, weshalb dein Herz daran hängt. Ich habe viele Städte gesehen, aber keine, die einem Vergleich standhielte. Doch wann immer ich länger als ein paar Wochen dort bin, fühle ich mich beengt. Von dem Dreck und der Bettelei und den Leuten – und dem Mist, den sie im Parlament von sich geben.

Selbst in den Nobelvierteln, BilSantum Plaza oder Flag Hill oder Chnum – immer fühle ich mich wie gefangen in Dog Fenn oder Badside. Das Miasma des Elends klebt an mir. Und dann muss ich weg. Was davon abgesehen die Bastarde angeht, die in New Crobuzon das Sagen haben ...«

Bellis war fasziniert von seiner Doppelzüngigkeit. Immerhin stand er im Sold der »Bastarde«, und trotz der Benebelung durch die etlichen Gläser Wein war Bellis sich grollend der Tatsache bewusst, dass sie es waren, seine »Geschäftsfreunde«, die Schuld hatten an ihrem Exil.

Fennek aber schien sich nicht zu übermäßiger Loyalität ihnen gegenüber verpflichtet zu fühlen. Er schmähte New Crobuzons Autoritäten mit jovialer Unverblümtheit.

»Sie sind Schlangen«, fuhr er fort. »Rudgutter und Konsorten. Ich traue ihnen nicht weiter, als ich pinkeln kann. Dammich, ich nehme ihr Geld, na klar. Wenn sie mich dafür bezahlen wollen, dass ich ihnen erzähle, was sie auch gratis von mir hätten hören können, soll ich nein sagen? Aber meine Freunde sind sie nicht. Ich fühle mich nicht wohl in ihrer Stadt.«

»Das heißt also...«, Bellis wählte die Worte mit Bedacht, um nichts Falsches zu sagen, »für dich ist es keine Strafe, hier leben zu müssen? Wenn du keine große Liebe für New Crobuzon hegst...«

»Nein«, unterbrach er sie, und verschwunden war die liebenswürdige Arroganz, die er bisher an den Tag gelegt hatte. Jetzt wirkte er sehr ernst und bestimmt. »Das habe ich nicht gesagt. Ich bin ein Bürger New Crobuzons. Ich will einen Ort haben, der mein Zuhause ist, wenn auch nicht auf Dauer. Ich bin nicht wurzellos, ich bin nicht irgendein Vagabund. Ich bin Kaufmann, ein Händler mit einer Basis und einem Haus in East Gidd und Freunden und Geschäftspartnern, und New Crobuzon wird stets der Ort sein, zu dem ich heimkehre. Hier – bin ich ein Gefangener.

Dies ist nicht die Art von Forschungsreise, die mir vorschwebt. Ich will *verflucht* sein, wenn ich klein beigebe und einfach hier bleibe!«

Zur Feier dieser Aussage entkorkte Bellis eine weitere Flasche Wein und füllte die Gläser.

»Was hast du in Salkrikaltor gemacht?«, fragte sie. »Noch mehr *Geschäfte?*«

Fennek schüttelte den Kopf. »Man hat mich – aufgesammelt. Salkrikaltors Patrouillen operieren in einem Radius von etlichen hundert Meilen, um die Krals zu inspizieren. Eins ihrer Boote hat mich im äußeren Bereich des Basilisk Channel aufgebracht. Ich war auf Südkurs unterwegs, in einem beschädigten Ammoniten-Tauchboot, das leckte und kaum noch Fahrt machte. Die Cray in den Seichten östlich der Sols berichteten ihnen von dieser dubios aussehenden Badewanne, die am Rand ihres Dorfes entlangschipperte.« Er zuckte die Schultern. »Ich war stinksauer, als sie mich einkassierten, aber mittlerweile denke ich, sie haben mir einen Gefallen getan. Höchstwahrscheinlich hätte ich es nicht bis nach Hause geschafft. Als ich endlich einen Cray traf, mit dem ich mich verständigen konnte, waren wir alle miteinander längst in Salkrikapolis.«

»Woher bist du gekommen? Jheshull Islands?«

Fennek schüttelte den Kopf und musterte sie, ohne zu sprechen, einige Atemzüge lang.

»Keine Spur«, sagte er dann. »Ich kam von jenseits der Berge. Ich war im Eiskrallenmeer. In den Gengris.«

Bellis' Augen weiteten sich; sie war bereit zu lachen oder über diesen schlechten Scherz verächtlich die Nase zu rümpfen, aber sie sah seinen Gesichtsausdruck und tat weder das eine noch das andere. Er nickte bedächtig.

»In den Gengris«, wiederholte er, und sie wandte den Blick ab, sprachlos.

*

Mehr als tausend Meilen westlich von New Crobuzon gab es ein riesiges Gewässer, ein Binnenmeer, 400 Meilen im Durchmesser – den Eiskrallensee. Von seinem nördlichsten Punkt strebte ein Ausläufer noch weiter nach Norden, der Eiskrallensund, der sich nach 800 Meilen unvermittelt und gewaltig öffnete und nach Osten bog, schmaler werdend und spitzer, über fast die gesamte Breite des Kontinents, als das schartig-krumme Eiskrallenmeer.

Das waren die Eiskrallen, eine zusammenhängende Wasserfläche, die in Hinblick auf ihre Ausdehnung nichts anderes sein konnte als ein Ozean. Ein gewaltiges, mit Süßwasser gefülltes Binnenmeer, gesäumt von Gebirgen und Buschland und Sümpfen und den wenigen barbarischen, sagenhaften Kulturen, die Fennek zu kennen behauptete.

An seinem östlichsten Zipfel war das Eiskrallenmeer durch einen schmalen Streifen Festland vom Salzwasser des Vielwassermeeres getrennt, ein bergiges Felsband, weniger als 30 Meilen breit. Die scharfe, südliche Spitze des Binnenmeeres – die Spitze der Kralle – lag fast genau im Norden von New Crobuzon, ungefähr 700 Meilen von dort entfernt. Die wenigen Reisenden jedoch, welche von der Stadt aufbrachen, pflegten sich etwas nach Westen zu halten und erreichten das Ufer des Eiskrallenmeers etwa 200 Meilen oberhalb der südlichen Spitze. Denn gleich einer Verunreinigung in die hakenartige Krümmung des Meeres eingebettet, lag ein außergewöhnlicher, ein gefährlicher Ort, Mittelding zwischen einer Insel, einer halb versunkenen Stadt und einem Mythos. Ein amphibisches Ödland, über das man in der zivilisierten Welt so gut wie gar nichts wusste, außer, dass es existierte und dass man am besten einen Bogen darum machte.

Die Gengris.

Angeblich war dies das Heim der Grymmenöck, aquatische Dämonen oder Ungeheuer oder eine Kreuzung aus Wasserfei und Mensch, je nachdem, welche Geschichte man glauben wollte. Alle jedoch stimmten darin überein, dass dort namenlose Gefahren lauerten.

Die Grymmenöck oder die Gengris (der Unterschied zwischen Rasse und Ort war nicht ganz eindeutig), kontrollierten den südlichen Teil des Eiskrallenmeers mit eherner Faust und einem brutalen, launenhaften Isolationismus. Ihre Gewässer waren mörderisch und niemals kartiert worden.

Und hier saß Fennek ihr gegenüber und behauptete – was? – dort gelebt zu haben?

»Dass man keine Fremden dort duldet, stimmt nicht«, erklärte er, und Bellis beruhigte sich so weit, dass sie seinen Worten folgen konnte. »Es leben sogar einige Menschen dort, geboren und aufgezogen in den Gengris ...« Ein eigenartiger Zug grub sich um seinen Mund. »›Aufgezogen‹ ist das richtige Wort, ›Menschen‹ hingegen wohl nicht. Nicht mehr. Den Grymmenöck passt es gut ins Konzept, dass alle Welt glaubt, ihr Reich wäre eine Art Hölle auf Erden, mit nichts anderem zu vergleichen. Aber, Gottschiet, sie machen Geschäfte. Wie alle anderen auch. Folglich müssen sie Fremde hereinlassen, ein paar Vodyanoi sind dort, einige Menschen – und andere.

Ich bin über ein halbes Jahr dort gewesen. Oh, es lebt sich gefährlich dort, dass wir uns recht verstehen, gefährlicher als an jedem anderen Ort, den ich kenne. Man weiß, wenn man mit den Gengris Handel treibt, dass die Regeln – völlig anders sind. Dass man sie niemals lernen, niemals verstehen wird. Ich war sechs

Wochen da, als mein bester Freund dort, ein Vodyanoi aus Jangsach, der schon sieben *Jahre* dort ausgeharrt hatte, als Warenvermittler – tja, er wurde abgeholt und weggebracht. Ich habe nie erfahren, warum, oder was aus ihm geworden ist.« Fenneks Stimme war ausdruckslos wie sein Gesicht. »Kann sein, er hat einen der Götter der Grymmenöck beleidigt oder das Katgut, das er lieferte, war nicht stark genug.«

»Wenn es so gefährlich ist, weshalb wolltest du dann unbedingt mitmachen?«

»Weil«, und plötzlich wurde er lebhaft, »wenn man sich behaupten konnte, hat es sich verdammt gelohnt. Die Kaufwünsche der Grymmenöck folgen keiner Logik, feilschen ist sinnlos, geschweige denn, dass man erraten kann, was sie mit dem Zeug vorhaben. Sie wollen von mir einen Scheffel Salz und Glasperlen zu gleichen Teilen – wunderbar. Kein Forschen, kein Fragen, ich liefere. Gemischte Früchte? Bitte sehr. Dorsch, Sägemehl, Harz, Moos, mir ist's gleich. Weil, bei Jabber, wenn sie bezahlten, wenn sie zufrieden waren ...

Dann hat es sich gelohnt.«

»Aber du bist gegangen.«

»Ich bin gegangen.« Fennek seufzte. Er stand auf und kramte in ihrem Schrank herum. Sie ließ ihn gewähren.

»Ich bin ein paar Monate dort gewesen, kaufen und verkaufen, die Gengris studieren und ihren Lebensraum – unter Wasser versteht sich – und habe meine Aufzeichnungen gepflegt.« Er redete mit dem Rücken zu ihr, während er am Wasserkessel hantierte. »Dann wurde mir zugetragen, dass ich mich – eines Verstoßes irgendwelcher Art schuldig gemacht hätte. Dass die Grymmenöck mir zürnten, und mein Leben wäre keinen Pfifferling mehr wert, außer, wenn ich mich davonmache, stante pede.«

»Was hattest du denn verbrochen?«

»Ich habe nicht die geringste Ahnung!«, schnappte er. »Nicht die geringste. Vielleicht waren die Kugellager, die ich geliefert hatte, aus dem falschen Metall oder der Mond stand im falschen Haus, oder irgendein Grymmenöckmagus war gestorben und sie gaben mir die Schuld. Wer weiß. Mir war nur eins klar, ich musste fliehen.

Ich ließ ein paar Dinge zurück, die sie auf die falsche Fährte locken sollten. Dazu muss man wissen, dass ich die Südspitze des Eiskrallenmeers recht gut erforscht hatte. Sie waren darauf bedacht, die Region geheim zu halten, aber ich kannte mich besser aus, als man von einem Fremden erwarten konnte. Es gibt Tunnels, Risse in der Gebirgsbarriere, die das Eiskrallenmeer vom Ozean trennt. Durch diese Spalten hindurch gelangte ich zur Küste.«

Er schwieg und schaute zum Himmel. Es war fast fünf Uhr morgens. »Anschließend wollte ich Kurs nach Süden nehmen, aber die Strömung drückte mich an den Rand des Basilisk Channel. Wo die Cray mich fanden.«

»Und du hast bei ihnen auf ein Schiff aus New Crobuzon gewartet, das dich nach Hause bringt.«

Er nickte.

»Die *Terpsichoria* fuhr in die entgegengesetzte Richtung, deshalb hast du beschlossen, das Kommando zu übernehmen – mit Hilfe der Macht, die dein Freibrief dir verlieh.«

Bellis hätte wetten können, dass er log oder einen entscheidenden Teil der Wahrheit verheimlichte, aber sie behielt ihren Verdacht für sich. Zu gegebener Zeit würde er schon damit herausrücken. Sie wollte ihn nicht drängen.

Als sie sich in ihren Sessel zurücksinken ließ, den halb leeren Teebecher neben sich auf dem unebenen Dielenboden, überrollte Müdigkeit sie wie eine schwarze Woge, sodass sie ganz plötzlich kaum noch sprechen konnte. Sie sah eine fahle Helligkeit über den Himmel kriechen und wusste, es war zu spät, um noch ins Bett zu gehen.

Fennek beobachtete sie und sah, wie sie vor Erschöpfung immer kleiner wurde. Er selbst fühlte sich noch einigermaßen frisch. Bellis registrierte am Rande, während Dämmerschlaf in kleinen warmen Wellen gegen ihr Bewusstsein schwappte, wie er sich einen zweiten Becher Tee aufgoss. Sie tändelte mit Traumgespinsten.

Fennek fing an, ihr Geschichten von seinem Aufenthalt in Grab-am-Berge zu erzählen.

Er beschrieb ihr die Gerüche der Stadt, nach Steinstaub und Verwesung und Ozon, Myrrhe und Spezereien für die Einbalsamierung. Er schilderte ihr die allumfassende Stille und die Duelle und die Männer hoher Kaste mit den zusammengenähten Lippen. Er malte mit Worten die Neigung der Knochenstraße, hohe Häuser zu beiden Seiten reich geschmückter Katafalke, und am Ende des Prozessionsweges der Blick auf die Knochenmühlen, die sich meilenweit erstreckten. Er redete fast eine Stunde lang.

Bellis saß mit offenen Augen da, zuckte manchmal, wenn ihr einfiel, dass sie wach war. Und während Fenneks Fabeln ostwärts wanderten, anderthalbtausend Meilen, und er ihr von den Malachitkathedralen der Gengris erzählte, drangen mehr und mehr Stimmen von draußen in ihr Bewusstsein und die Geräusche, die ihr sagten, dass Armada sich für einen neuen Tag rüstete. Sie stand auf, strich glättend über Haar und Kleider und sagte ihm, er müsse gehen.

»Bellis.« Auf halber Treppe drehte er sich um. Vorhin, als er ihren Rufnamen benutzte, geschah es in der unwillkürlichen Vertrautheit der Nachtstunde. Ihn »Bellis« sagen zu hören, wie selbstverständlich, am hellen Morgen, während ringsum die Menschen wach und tätig waren, das fühlte sich anders an. Aber sie schwieg und gab ihm damit die Erlaubnis fortzufahren.

»Bellis, ich möchte dir noch einmal danken. Weil – du mich gedeckt hast. Nichts verraten hast von meinem Freibrief.« Sie musterte ihn abwartend. »Ich komme bald mal wieder vorbei. Wenn es dir recht ist.«

Und wieder enthielt sie sich einer Äußerung, wegen der Distanz, die das Tageslicht zwischen sie gebracht hatte, und der vielen Dinge, die er ihr verschwieg. Trotzdem, sie hatte nichts dagegen, ihn wiederzusehen. Lange, lange hatte sie keine Gespräche mehr geführt wie in dieser Nacht.

10

Der Morgen war fast wolkenlos, der Himmel stählern und blank.

Gerber Walk schlug nicht wie sonst den Weg zum Hafen ein. Er ging nach vorn, zwischen den Fabrikanlagen hindurch, inmitten derer seine Wohnung lag. Sein Weg führte zu der wirren, kleinen Ansammlung außerhalb der Mole liegender Schiffe mit ihren hundert Kneipen und kaum mannsbreiten Gassen. Er hatte längst Seebeine bekommen, unbewusst passten seine Hüften sich im Gehen dem schaukelnden Untergrund an.

Links und rechts erhoben sich Backsteinmauern und gepichte Balken. Hinter ihm verhallten die Geräusche der Fabrikschiffe und der *Sorghum*, stießen sich an den Winkeln und Windungen der Stadt und blieben dort haften. Seine Tentakel schwangen sacht hin und her, reckten sich manchmal ein wenig, wie tastend. Sie waren mit lindernden, salzwassergetränkten Bandagen umwickelt.

Vergangene Nacht war Schekel zum dritten Mal in Folge nicht nach Hause gekommen.

War bei Angevine geblieben.

Gerber dachte über Schekel nach und die Frau, und schämte sich seiner Eifersucht. Eifersucht auf Schekel oder auf Angevine – der aus Abneigung und Groll geschürzte Knoten war ihm zu kompliziert, um ihn zu entwirren. Er kämpfte gegen das Gefühl, verlassen worden zu sein, denn es war ungerecht. Er nahm sich vor, ein Auge auf den Jungen zu haben, ihm ein Zuhause zu bieten, wann immer er es brauchte – und ihn wieder gehen zu lassen, ohne Zank und Groll.

Schade nur, dass es so schnell gekommen war.

*

Wenn man den Blick hob, dominierten Richtung Steuerbord die Masten der *Grand Easterly* das Bild. Luftschiffe manövrierten wie Tauchboote durch den Takelagendschungel der Stadt. Gerber Walk stieg zum Winterstroh Markt hinunter und suchte sich einen Weg über die Kähne, bedrängt von den Händlern und angerempelt von frühen Käufern.

Das Wasser war ihm hier sehr nahe, dicht unter seinen Füßen. Es schwappte in den Lücken zwischen den Marktbooten, beschwert von einer Schicht aus Abfällen, und roch nach Bracke und Spülicht.

Er schloss für einen Moment die Augen und malte sich aus, wie er in dem kühlen Salzwasser schwebte. Sinken, fühlen, wie der Druck zunimmt, während die Fluten ihn umschmeicheln. Seine Tentakel haschen nach vorbeischwimmenden Fischen. Die geheimnisvolle Unterseite der Stadt erforschen, die obskuren schwarzen Schatten in der Ferne, die Gärten aus Steinmehl und Felsentang und Algen.

Gerber fühlte seinen Entschluss fester werden und beschleunigte seinen Schritt.

In Federhaus Huk verirrte er sich um ein Haar in der fremden Umgebung. Er zog seine selbst gezeichnete Karte zu Rate, dann marschierte er zielstrebig über winklige Stege auf flachen Kähnen und über dekorativ umgebaute Karavellen zur *Duneroller*, einem bauchigen alten Linienschiff. Ein windschiefer Wohnturm balancierte am Heck, Spanntaue gaben ihm Halt.

Dies war ein ruhiges Viertel. Sogar das Wasser zwischen den Schiffen wirkte schläfrig. Hier war das Reich von Hintertreppenthaumaturgen und Apothekern, den Wissenschaftlern von Bücherhort.

In dem Büro im Obergeschoss des Turms schaute Gerber aus dem unwinkligen Fenster. Über die ruhelose Schiffslandschaft ging der Blick bis zum sanft schaukelnden Horizont, auf und ab im Fensterrahmen, wie die *Duneroller* von den Windwellen gewiegt wurde.

In Salt gab es kein Wort für »Remaking«. Radikale Umgestaltungen oder Veränderungen wurden kaum vorgenommen. Größere Operationen, um die Maßnahmen der Straffabriken New Crobuzons rückgängig zu machen oder, selten, als eigenständige Maßnahme, lagen in den Händen weniger Spezialisten: autodidaktischen Biothaumaturgen, Fachärzten und Chirurgen und – wurde gemunkelt – ein paar aus New Crobuzon geflohenen Sarkoskulpteuren, die sich ihre Kenntnisse in früheren Jahren im Vollstreckungsdienst des Staates angeeignet hatten.

Für solche schweren Eingriffe entlehnte man die entsprechende Vokabel aus dem Ragamoll. Es war dieses Ragamollwort, das erstickend Gerbers Mund füllte.

Sein Blick kehrte zurück zu dem geduldig wartenden Mann hinter dem Schreibtisch.

»Ich brauche Ihre Hilfe«, sagte Gerber schwer. »Für ein Remaking.«

*

Er hatte lange darüber nachgedacht.

Sein Vertrautwerden mit dem Meer kam ihm vor wie eine sich lang hinziehende Geburt. Von Tag zu Tag dehnte er seine Tauchgänge länger aus und fühlte sich mehr zu Hause. Die ihm aufoktroyierten Gliedmaßen waren endlich zu einem echten Teil seines Körpers geworden, ebenso stark und fast so beweglich wie seine Arme und Hände.

Er hatte neiderfüllt beobachtet, wie Bastard John, der Delfin, seine Runde schwamm, wie er mit unnachahmlicher Eleganz wendete und heranschoss, um einen nachlässigen Arbeiter mit einem brutalen Rammstoß zu bestrafen; oder wie Cray aus ihren halb versunkenen Schiffen (aufgehalten im Moment des Untergangs, eingefroren in der Zeit) hervorkamen oder die rätselhaften Menschenfische aus Sonnenschläfer sich ins Wasser stürzten, ohne den Ballast von Taucheranzug und Leinen.

Wenn Gerber aus dem Wasser stieg, empfand er seine Tentakel als unnütz und lästig, doch wenn er unten war, in seiner Montur, dem Panzer aus Leder und Messing, fühlte er sich gefesselt und behindert. Er wollte schwimmen, frei, hin und her und hinauf zum Licht und, ja, sogar in die Tiefe, in die kalte und lautlose Dunkelheit.

Ihm blieb nur eins zu tun. Er hatte erwogen, die Hafenverwaltung zu bitten, ihn finanziell zu unterstützen, was man zweifellos tun würde, gewann man doch einen erheblich leistungsfähigeren Arbeiter, vor allem für schwierige Einsätze. Doch im Lauf der Zeit, während sein Entschluss reifte, hatte er diesen Plan verworfen und begonnen, seine Legel und Gösch zu horten.

An diesem Morgen, Schekel woanders und der Himmel vom Salzwind blank gefegt, war ihm bewusst geworden, dass es wirklich und wahrhaftig das war, was er wollte. Und mit einer großen inneren Freude erkannte er, dass er nicht sparte, weil er sich schämte, um Geld zu bitten oder aus Stolz, sondern einzig und allein deshalb, weil der Entschluss wie auch der Weg dorthin vollständig und absolut und ohne Wenn und Aber sein Eigen waren.

*

Wenn er nicht bei Angevine war (Zeiten, die in seinem Kopf hafteten wie Träume), hielt Schekel sich in der Bibliothek auf und durchschmökerte die Abteilung der Kinderbücher.

Er hatte *Das Tipptopptapfere Ei* gelesen. Für das erste Mal brauchte er Stunden. Dann hatte er wieder von vorn angefangen. Und wieder. Und wieder. Jedes Mal bemühte er sich, etwas schneller fertig zu sein, malte auf den Zettel die Worte, die er nicht gleich lesen konnte, und sagte die Namen der Buchstaben laut vor sich hin, schleifend, der Reihe nach, bis die Bedeutung des Wortes sich aus den einzeln stehenden Lettern herausschälte.

Anfangs war es schwer und unnatürlich, nach und nach ging es leichter. Er las das Buch immer wieder neu, konnte schneller und schneller die Seiten umblättern, nicht aus Interesse für die erzählte Geschichte, die ihn kalt ließ, sondern begierig auf den nie zuvor erlebten Kitzel von Sinn, der hinter den Buchstaben hervorkam wie ein ertappter Ausreißer. Fast wurde ihm davon schwindelig, fast glaubte er, sich übergeben zu müssen, so intensiv war dieses Gefühl und so beunruhigend. Er probierte die Technik bei anderen Wörtern.

Er war umgeben davon: Schilder in der Geschäftsstraße hinter dem Fenster, Schilder überall in der Bücherei, in Armada und auf Messingtafeln in seiner Heimatstadt New Crobuzon, ein stummes Getöse, und er wusste, nie mehr würde er taub sein für all diese Wörter.

Schekel klappte ein letztes Mal *Das Tipptopptapfere Ei* zu und war voller Zorn.

Wieso hat mir das keiner gesagt?, dachte er, vor Wut kochend. *Welches Arschloch hat mir das verschwiegen?*

*

Als Schekel Bellis in ihrem kleinen Büro neben dem Lesesaal besuchte, war sie erstaunt über sein ungewohntes Benehmen.

Sie war todmüde von der langen Nacht mit Fennek, aber sie raffte sich auf und fragte nach seinen Fortschritten im Lesen. Zu ihrer eigenen Überraschung war sie gerührt von der Begeisterung, mit der er seine Erlebnisse hervorsprudelte.

»Wie geht es Angevine?«, erkundigte sie sich dann, und Schekel fing wieder an herumzudrucksen.

Sie hatte halbstarke Großsprecherei erwartet, aber Schekel war sichtlich gehemmt von Gefühlen, mit denen er nicht umzugehen gelernt hatte, und sie spürte eine unerwartete Aufwallung von Sympathie für den Jungen.

»Mir ist nicht ganz wohl wegen Gerber«, sagte er langsam. »Er ist mein bester Kumpel, und ich glaube, er fühlt sich irgendwie – vernachlässigt. Ich will nicht, dass er sauer auf mich ist, verstehst du? Er ist mein bester Kumpel.« Und er erzählte ihr von seinem Freund Gerber Walk und gab ihr auf diese Weise zu verstehen, wie die Dinge standen zwischen ihm und Angevine.

Sie lächelte innerlich darüber – eine erwachsene Taktik, die er schon gut beherrschte.

Er erzählte ihr von der gemeinsamen Wohnung auf dem Fabrikschiff. Erzählte ihr von den riesigen Schemen, die Gerber unter Wasser mehr geahnt als gesehen hatte. Er fing an, die Aufschriften auf Kartons und herumliegenden Büchern vorzulesen, sagte sie laut her, kritzelte sie auf Zettel, trennte sie nach Silben, widmete sich jedem Wort mit dem gleichen analytischen Desinteresse, ob Partizip oder Verb oder Substantiv oder Eigenname.

Als sie sich mühten, einen Karton mit botanischen Periodika in eine Ecke zu schieben, ging die Tür auf, und ein älterer Mann in Begleitung einer weiblichen Remade kam herein. Schekel machte große Augen und wollte auf die beiden zugehen.

»Ange...«, fing er an, aber die Frau, getragen von einem tuckernden rollenden Ofen anstelle der Beine, schüttelte nachdrücklich den Kopf und verschränkte die Arme. Der weißhaarige Mann wartete auf das Ende der wortlosen Verständigung zwischen Angevine und Schekel. Bellis, die ihn wachsam beobachtete, erkannte ihn wieder: Er war es gewesen, der Johannes wie einen geehrten Gast an Bord willkommen geheißen hatte. Tintinnabulum.

Er war muskulös und hielt sich sehr aufrecht, trotz seiner Jahre. Das greise, bärtige Gesicht, eingerahmt von mehr als schulterlangem, strähnigem weißen Haar, sah aus, wie auf einen jüngeren Körper verpflanzt. Er richtete den Blick auf Bellis.

»Schekel«, sagte Bellis ruhig, »würde es dir etwas ausmachen, uns einen Moment allein zu lassen?« Aber Tintinnabulum hob die Hand.

»Dazu besteht keine Veranlassung.« Seine Stimme

klang sehr fern: kultiviert und melancholisch. Er wechselte zu Ragamoll, das er flüssig sprach, aber mit leichtem Akzent. »Sie stammen aus New Crobuzon, habe ich Recht?« Bellis schwieg, und er nickte bedächtig, als genügte das als Bestätigung seiner Annahme. »Ich spreche mit allen Bibliothekaren, explizit solchen wie Ihnen, die neue Akquisitionen katalogisieren.«

Was weißt du über mich?, dachte Bellis. *Was hat Johannes dir alles erzählt? Oder beschützt er mich, trotz unseres Zerwürfnisses?«*

»Ich habe hier ...«, Tintinnabulum hielt ein Blatt Papier hoch, »eine Liste von Autoren, deren Veröffentlichungen aufzufinden wir sehr interessiert sind. Sie könnten uns bei unserer Arbeit sehr von Nutzen sein. Wir ersuchen Sie um Ihre Hilfe. Von einigen dieser Leute besitzen wir das ein oder andere Werk und legen Wert auf alles, was sie sonst noch geschrieben haben. Von anderen ist bekannt, dass sie spezifische Schriften verfasst haben, nach denen wir forschen. Von noch anderen weiß man nur vom Hörensagen. Sie werden feststellen, dass die meisten der fraglichen Kandidaten mit Veröffentlichungen in der Kartei aufgeführt sind – diese Bücher kennen wir bereits, suchen aber dringend nach allem, was sie sonst noch geschrieben haben.

Es könnte sein, dass der ein oder andere Name in der nächsten Lieferung Bücher auftaucht. Oder es könnte sein, dass die Bücherei ihre Werke seit Jahren beherbergt und sie sind in der Menge verloren gegangen. Wir haben die betreffenden Abteilungen sorgfältig durchforstet – Biologie, Philosophie, Thaumaturgie, Thalassographie – und nichts gefunden. Selbstverständlich könnte es sein, dass wir etwas übersehen haben. Nun möchten wir gerne, dass Sie für uns die Augen offen halten: immer, wenn neue Bücher eintreffen, jedes Mal, wenn sie unregistrierte Bände eintragen.«

Bellis nahm die Liste und schaute sie an, in der Erwartung, sie sei sehr lang. Aber, säuberlich getippt, in der genauen Mitte des Blattes, standen nur vier Namen. Keiner davon sagte ihr etwas.

»Die vier Wichtigsten«, erklärte Tintinnabulum. »Da sind noch andere – es gibt eine erheblich längere Liste, die wir auf den Tischen auslegen werden, dies aber sind diejenigen, die Sie sich bitte einprägen wollen, nach denen wir Sie zu suchen bitten, akribisch und unermüdlich zu suchen bitten.«

Marcus Halprin. Das war ein Name aus New Crobuzon. Angevine gab Schekel unauffällig Zeichen, während sie und Tintinnabulum langsam zur Tür gingen.

Uhl-Hagd-Shajer (Transliteration), las Bellis und daneben das Original, eine Reihe kursiver Piktogramme, in denen sie die lineare Kalligraphie Kadohs erkannte.

Der dritte Name, *A. M. Fetchpaw* – wieder New Crobuzon.

»Halprin und Fetchpaw sind verhältnismäßig neue Autoren«, sagte Tintinnabulum von der Tür her. »Die anderen beiden sind älter, glauben wir – wahrscheinlich ein Jahrhundert oder so. Wir überlassen Sie jetzt ihrer Tätigkeit, werte Schneewein. Stoßen Sie auf etwas, das für uns von Interesse sein könnte – eine Veröffentlichung der aufgeführten Autoren, die nicht im Katalog gelistet ist –, zögern Sie nicht, mich auf meinem Schiff aufzusuchen. Es liegt an der Bugspitze von Hechtwasser, die *Castor.* Ich kann Ihnen versichern, dass jeder, der uns hilft, belohnt wird.«

Was weißt du über mich?, dachte Bellis angstvoll, während die Tür ins Schloss fiel.

Seufzend senkte sie den Blick wieder auf das Blatt Papier. Schekel spähte ihr über die Schulter und buchstabierte zaghaft die Namen.

Krüach Aum, las Bellis zu guter Letzt, ohne auf Schekels mühsames Stolpern durch die Silben zu achten. *Was für ein kurioser Zufall*, dachte sie sarkastisch und schaute auf die Schrift, eine archaische Version von Ragamoll. *Johannes hat von dir gesprochen. Das ist ein Kettai-Name.*«

*

Halprin und Fetchpaw waren beide mit einigen Büchern im Katalog vertreten, von Fetchpaw gab es Band eins und zwei von *Gegen Benchamburg: Eine Radikale Theorie über die Natur des Wassers*, von Halprin *Maritime Ökologiesysteme* und *Die Biophysik des Meerwassers*.

Von Uhl-Hagd-Shajer waren zahlreiche Titel aufgelistet, offenbar hatten Kadohi-Bücher durchschnittlich nur 20 Seiten. Bellis' Kenntnisse des Mondalphabets reichten aus, um die Titel aussprechen zu können, die Bedeutung aber blieb ihr verschlossen.

Von Krüach Aum gab es nichts.

*

Bellis beobachtete Schekel bei seinen Bemühungen, Lesen zu lernen, wie er die Zettel mit seinen schwierigen Worten um sich ausbreitete, murmelnd selbst erfundene diakritische Zeichen hinzufügte, neue Worte von herumliegenden Blättern abschrieb, von Akten, die Namen auf der Liste, die Tintinnabulum dagelassen hatte. Man konnte glauben, der Junge wäre früher einmal des Lesens mächtig gewesen und erinnerte sich nun.

Um fünf Uhr setzte er sich zu ihr und demonstrierte seine Fortschritte mit dem *Tipptopptapferen Ei*. Er beantwortete ihre Fragen nach den Abenteuern des Eis mit einer Ernsthaftigkeit, die unter anderen Umständen komisch gewirkt hätte. Sie sprach ihm die Worte vor, die er nicht hatte ausklamüsern können, Silbe um Silbe, geleitete ihn durch die Irrungen von stummen und irregulären Buchstaben. Er berichtete, er habe sich bereits ein zweites Buch vorgenommen und schon angefangen, darin zu lesen.

In dieser Nacht erwähnte Bellis in ihrem Brief zum ersten Mal Silas Fennek. Sie machte sich lustig über sein Pseudonym, verhehlte jedoch nicht, dass seine Gesellschaft, seine charmante Dreistigkeit, nach der langen Zeit des Alleinseins fast eine Erlösung gewesen waren. Sie verbiss sich wieder in Johannes' *De Bestiae*. Sie fragte sich, ob Fennek heute wiederkommen würde, und als er sich nicht blicken ließ, ging sie in einer Stimmung gereizter Langeweile zu Bett.

Sie träumte, nicht zum ersten Mal, von der Flussfahrt zur Eisenbucht.

*

Gerber träumte von seinem Remaking.

Er befand sich wieder in der Straffabrik in New Crobuzon, wo man ihm in gleißenden, drogenvernebelten Momenten des Schmerzes und der Demütigung seine neuen Gliedmaßen angeheftet hatte. Wieder klangen ihm Maschinenlärm und Schreie in den Ohren, und er lag angeschnallt auf feuchtem, fleckigem Holz, diesmal jedoch war es kein maskierter Biothaumaturg, der sich über ihn beugte, sondern der Sarkoskulpteur Armadas.

Genau wie im Wachen zeigte der Chirurg ihm Zeichnungen seines Körpers, mit Rotstift markiert die Punkte, wo Operationen geplant waren, Emendationen gekennzeichnet wie Korrekturen in einem Schulheft.

»Wird es wehtun?«, fragte Gerber, und die Straffabrik verflog und der Schlaf verflog, aber die Frage blieb. *Wird es wehtun?*, dachte er, in seinem neuerdings einsamen Zimmer liegend.

Doch bei seinem letzten Tauchgang hatte die Sehnsucht ihn wieder überkommen, und er merkte, dass er vor den Schmerzen weniger Angst hatte als davor, ewig mit diesem Gefühl leben zu müssen, nicht vollständig zu sein.

*

Angevine belehrte Schekel – mit Nachdruck –, wie er sich ihr gegenüber zu verhalten hatte, wenn sie sich offiziell begegneten. »Du kannst nicht einfach kommen und mich anquatschen, Kleiner«, sagte sie. »Ich arbeite seit Jahren für Tintinnabulum. Hechtwasser bezahlt mich dafür, dass ich mich um ihn kümmere, gleich von Anfang an, als er herkam. Er hat mich gut ausgebildet, und ich schulde ihm Treue. Wir kennen uns nicht, wenn ich im Dienst bin, verstanden?«

Die meiste Zeit sprach sie jetzt Salt mit ihm, zwang ihn so, es zu lernen (sie war streng mit ihm, wollte ihn so bald wie möglich hinüberholen in ihre Stadt). Als sie sich zum Gehen wandte, hielt Schekel sie auf und sagte ihr, nach Worten suchend, dass er in dieser Nacht nicht zu ihr kommen könne, dass er fand, er müsse wieder einmal bei Gerber übernachten, der sich bestimmt allein gelassen fühlte.

»Anständig von dir, dass du an ihn denkst«, lobte sie.

Er wurde in mancherlei Hinsicht erwachsen, sehr schnell. Ergebenheit und Lust und Liebe waren ihr nicht genug. Es waren diese kurzen Blicke auf den im Werden begriffenen Mann, die Angevine mit echter Leidenschaft für ihn erfüllten. Die ihre vagen elterlichen Gefühle mit etwas anderem durchsetzten, härter und primitiver und atemlos.

»Schenk ihm einen Abend«, sagte sie. »Komm Morgen zu mir, Liebster.«

Das letzte Wort wählte sie mit Bedacht. Er lernte, solche Geschenke mit Würde anzunehmen.

*

Schekel vertrieb sich viele Stunden Zeit in der Bibliothek, in dem Irrgarten aus Regalen und Pergament, Patina und Papierstaub. Er beschränkte sich auf die Ragamoll-Abteilung, wo er sorgsam Bücher von den Borden nahm und aufgeschlagen um sich anordnete, Texte und Bilder wie Blütenblätter auf den abgetretenen Dielen. Langsam buchstabiert er sich durch Märchen von Enten und einem Buben, der König wurde, und Kriegen gegen die Trolle und die Geschichte New Crobuzons.

Er notierte jedes Wort, das sich ihm verweigerte. *Kurios, Säbel, zäh, Jheshull, Krüach.* Er übte sie fleißig.

Auf den Wanderungen längs der Regale nahm er seine Bücher mit, stellte sie am Abend an ihren Platz zurück, nicht nach den Klassifizierungen, die er nicht verstand, sondern nach seinem eigenen System, das ihm sagte, dieses gehörte zwischen den breiten roten und den schmalen blauen Rücken, und dieses ans Ende, neben den Folianten mit dem Bild eines Luftschiffs auf dem Einband.

Er erlebte einen furchtbaren Augenblick der Angst, als er ein Buch vom Bord nahm und die Formen darin, sämtliche Buchstaben, waren Freunde, doch als er sich damit hinsetzte und sie halblaut aufsagte und darauf wartete, dass sie in seinem Kopf zu Wörtern zusammenklangen, ergaben sie nichts als Kauderwelsch. Siedend heiß durchzuckte ihn die Furcht, alles, was er sich mühsam angeeignet hatte, könnte verloren sein.

Auf den zweiten Blick erkannte er jedoch, dass er ein Buch aus dem Regal neben der Ragamoll-Abteilung gegriffen hatte. Es bediente sich des Alphabets, das er inzwischen als das Seine betrachtete, bildete daraus aber Worte einer fremden Sprache. Schekel fühlte sich wie vor den Kopf geschlagen von der Erkenntnis, dass diese Zeichen, die er gelernt hatte, so vielen Völkern zu Diensten waren, die sich untereinander nicht verständigen konnten. Bei dem Gedanken musste er grinsen. Es freute ihn, dass andere vor den gleichen verschlossenen Toren standen wie bis vor kurzem noch er.

Er blätterte in noch mehr fremdsprachigen Büchern, versuchte die Laute zu formen, die die Buchstaben vorschrieben, und lachte darüber, wie seltsam sie sich anhörten. Er betrachtete die Illustrationen und setzte die Worte dazu in Beziehung und kam tastend zu dem Schluss, dass in dieser Sprache diese bestimmte Buchstabengruppe »Boot« bedeutete und diese »Mond«.

Wohlgemut setzte er seine Erkundungsreise fort, entfernte sich weiter von der Ragamoll-Abteilung, griff sich hier ein Buch heraus und da und gaffte auf das kryptische Gekräusel, ging die langen Korridore der Kinderbücher hinunter, bis er zu neuen Regalen kam und ein Buch aufschlug, dessen Schriftzeichen ihm vollkommen fremd waren. Die merkwürdigen Bögen und Schnörkel brachten ihn zum Lachen.

Er ging weiter und entdeckte noch ein fremdes Alphabet. Und ein kleines Stück weiter noch eines.

Stunde um Stunde erlebte er Faszination und Staunen bei der Erforschung der Nicht-Ragamoll-Regale. Diese bedeutungslosen Wörter und nicht entzifferbaren Charaktere weckten in ihm nicht nur Ehrfurcht vor der Welt, sondern die Überreste des Fetischismus, dem er früher gehuldigt hatte, als alle Bücher für ihn gewesen waren wie diese jetzt, stumme Gegenstände mit Masse und Dimension und Farbe, doch ohne Inhalt.

Obwohl, es war nicht ganz dasselbe. Es war nicht dasselbe, diese fremden Seiten zu betrachten und zu wissen, dass sie für irgendein fremdes Kind einen Sinn ergeben würden, wie *Das Tipptopptapfere Ei* und die *Geschichte New Crobuzons* und *Die Wespen in der Perücke* für ihn.

Er schaute auf die Bücher in Nieder- und Hoch-Kettai und Sunglari und Lubbock und Kadohi mit einer Art nostalgischer Faszination für seinen eigenen Analphabetismus, ohne diesem jedoch eine Träne nachzuweinen.

11

Silas wartete, als Bellis vom Deck der *Pinchermarn* herunterkam, abends, die Sonne stand dicht über dem Horizont. Er lehnte an einer Reling und hielt nach ihr Ausschau.

Als er sie entdeckte, lächelte er.

Sie aßen zusammen und plauderten und tasteten sich näher aneinander heran. Bellis wusste nicht zu sagen, ob sie sich freute, speziell ihn zu sehen, oder ob sie schlicht des Alleinseins müde war. Doch wie auch immer, sie genoss seine Gesellschaft.

Er hatte einen Vorschlag. Man schrieb Hawkbill, den 4. Bookdi. Das war ein Bluttag der Kustkürass, und in Mein-&-Dein fand ein großes Assault statt. Etliche der besten Kämpfer aus Alser kamen, um ihre Künste zu zeigen. Hatte sie je *morto crutt* gesehen oder Calxemano?

Bellis musste überredet werden. In New Crobuzon war sie nie in Cadnebars Gladiatorenzirkus gewesen, erst recht nicht bei einem seiner primitiven Nachahmer. Die Vorstellung, einem solchen Gemetzel zuschauen zu müssen, erschien ihr abstoßend, aber in erster Linie öde. Silas gab nicht auf. Sie musterte ihn unauffällig und merkte, dass nicht Sadismus oder Voyeurismus die Gründe waren, weshalb er die Kämpfe sehen wollte. Was ihn antrieb, wusste sie nicht, aber es war weniger primitiv als das. Oder auf eine andere Art primitiv, möglicherweise.

Sie merkte auch, dass er sie unbedingt dabeihaben wollte.

*

Auf dem Weg nach Mein-&-Dein überflogen sie Alser, das Viertel der Kustkürass. Ihre Luftdroschke fuhr gravitätisch an einem schwanken Gitterturm am Steven der imposanten eisernen *Therianthropos* vorbei und weiter, nach Steuerbord.

Es sollte Bellis' erster Ausflug nach Mein-&-Dein sein. *Und höchste Zeit wird's,* sagte sie beschämt zu sich selbst. Sie hatte sich fest vorgenommen, die Stadt zu erkunden, doch ihr Entschluss war längst fadenscheinig geworden und stand im Begriff, sich in einer nebulösen Depression aufzulösen.

Die Arena lag inmitten der Seitengassen des Kaufmannsviertels, ein Stück vor dem Bug des Flaggschiffs von Mein-&-Dein – einem großen Klipper, in dessen Segel dekorative Muster geschnitten waren. Eigentlich bestand sie aus einem Kreis kleinerer Schiffe, die gestaffelten Bankreihen auf den Decks einer Fläche offenen Wassers zugewandt. Lenkballons mit luxuriösen Gondeln hingen rings um den Platz in der Luft – die Logen der Reichen.

In der Mitte verankert lag der eigentliche Kampfplatz, eine hölzerne Plattform, getragen von leeren Fässern und längs der Ränder bestückt mit Gaslampen aus Messing zur Beleuchtung bei abendlichen Veranstaltungen. Die Arena: Ein Ring aus umgebauten Schiffen und Ballons um ein Stück Treibholz.

Mit ein paar gezückten Geldscheinen und einem kurzen Wort bewog Silas zwei Zuschauer in der ersten Reihe, ihre Plätze aufzugeben. Er redete ohne Pause halblaut auf Bellis ein, gab ein Signalement der bedeutenden Personen in ihrem Blickfeld und erläuterte deren Motivationen.

»Das ist der Wesir von Mein-&-Dein«, erklärte er zum Beispiel. »Er will seine Verluste vom Anfang des

Quartals wettmachen. Die Frau da drüben, die mit dem Schleier, zeigt nie ihr Gesicht. Es heißt, sie wäre ein Mitglied des Konzils von Köterhaus.« Unablässig schweifte sein Blick suchend über die Menge.

Händler verkauften Speisen und gewürzten Wein, Buchmacher riefen Quoten aus. Das Fest war rustikal und profan, entsprechend dem Charakter von Mein-&-Dein.

Die Zuschauermenge bestand nicht nur aus Menschen.

»Wo sind die Kustkürass?«, fragte Bellis, und Silas zeigte scheinbar beliebig da und dort auf die Ränge. Bellis bemühte sich zu sehen, was er sah: Er zeigte auf Menschen, dachte sie erst, aber die Haut der betreffenden Personen war blassgrau, die Statur untersetzt, vierschrötig. Die Gesichter waren von Schmucknarben gezeichnet.

Bluthörner tönten und durch eine chymische Reaktion verströmten die Laternen an der Bühne plötzlich rotes Licht. Die Menge johlte begeistert. Zwei Plätze neben sich sah Bellis eine Frau, die eine Kustkürass sein musste. Sie stimmte nicht in das Geschrei ein, sondern saß still inmitten der vulgären Erregung. Andere Kustkürass, bemerkte Bellis, verhielten sich ähnlich, warteten in stoischem Gleichmut auf den Beginn der Weihespiele.

Wenigstens die allgemeine Sensationsgier war echt, dachte Bellis verachtungsvoll. Der Anteil der Kustkürass unter den Buchmachern zeigte, dass hier kommerzielle Interessen im Vordergrund standen, mochte der Magistrat von Alser der Veranstaltung auch ein anderes Mäntelchen umhängen.

Wie auch immer, Bellis merkte voller Selbstironie, dass auch sie gespannt darauf wartete, wie es weiterging.

*

Als die ersten drei Kämpfer zum Podium hinübergerudert wurden, senkte sich Schweigen über die Menge. Die Kustkürass stiegen auf das Podium, nackt bis auf ein Lendentuch, und nahmen in einem Dreieck Rücken an Rücken Aufstellung.

Sie warfen sich in Positur, alle drei auffallend muskulös, die graue Haut sah im Licht der Gaslaternen aschfahl aus.

Bellis hatte das Gefühl, dass einer der drei ihr direkt gegenüberstand. Er musste vom Licht geblendet sein, sodass er die Zuschauer nicht sehen konnte, dennoch gab sie sich der Illusion hin, dass er eine Privatvorstellung gab, nur für sie.

Die Kombattanten knieten nieder und fingen an, sich zu waschen, jeder aus einer eigenen Schale mit einem dampfenden Absud von der Farbe grünen Tees. Bellis sah Blätter und Blütenknospen darin schwimmen.

Dann zuckte sie zusammen. Aus den Schalen hatte jeder der Männer ein Messer gehoben und hielt es in die Höhe. Die Klinge war geschweift, am Rücken hatte sie einen Einschnitt, sodass eine zweite, griffwärts gewandte Spitze entstand, gekrümmt wie eine scharfe Vogelkralle. Häutemesser mit Eingeweidehaken. Etwas, womit man die Bauchhöhle eines Tieres aufbrach, die Decke abschärfte.

»Sind das die Waffen, mit denen sie kämpfen?« Diese Frage auf den Lippen, wollte sie sich Silas zuwenden, aber das plötzliche vielstimmige Aufstöhnen der Menge lenkte ihre Aufmerksamkeit wieder auf das Podium. Ihr eigener Aufschrei kam mit einem Lidschlag Verspätung.

Die Kustkürass richteten die Klingen gegen sich selbst.

Der Kämpfer genau vor Bellis zeichnete mit tiefen

Schnitten die Umrisse seiner Muskeln nach. Er hakte die rückwärtige, innen geschliffene Klingenspitze unter die Haut der Schulter und führte sie mit chirurgischer Präzision vom Trapezmuskel bis zum Bizeps.

Das Blut verharrte, einen Lidschlag lang, dann blühte es hervor, eine Eruption, brodelte aus dem Schnitt wie kochendes Wasser, schwallweise, mit jedem Pulsschlag, als wäre der Druck in seinen Adern unermesslich größer als in Bellis'. Der rote Saft floss in zähen Mäandern über seine Haut, und er drehte den Arm geschickt hin und her, lenkte das Blut nach einem bestimmten Muster, das Bellis nicht erkennen konnte. Sie schaute gebannt zu, wartete darauf, dass sich ein Sturzbach auf das Podium ergoss, *was nicht geschah*, und hielt unwillkürlich den Atem an, als sie sah, wie das Blut zu gerinnen begann. Es drängte mit Macht aus den Wunden des Mannes, kroch in Wellen übereinander, wuchs höher, klebrige Schicht um Schicht. An den Rändern der Schnitte bildeten sich Wälle aus verkrustetem Blut, wulstige Auftürmungen der koagulierenden Masse, die sich von Rot zu Braun verfärbte, Blau und Schwarz, und zu schorfigen Graten von mehreren Zentimetern Höhe erstarrte.

Das Blut, das seinen Arm hinunterlief, stockte ebenfalls, vermehrte sich unglaublich schnell, wie ein wuchernder Pilz, und wechselte die Farbe. Schorfzacken kristallisierten wie Salz oder Eis.

Wieder tauchte er das Messer in die grüne Flüssigkeit und fügte sich weitere Schnitte zu, genau wie seine Kameraden hinter ihm. Sein Gesicht war schmerzverzerrt. Wo er ins Fleisch schnitt, explodierte das Blut, wanderte durch die Kanneluren seiner Anatomie und erstarrte zu einer absonderlichen Rüstung.

»Die Flüssigkeit ist ein Infusum, das die Blutgerinnung verzögert. Sie ermöglicht ihnen, die Rüstung zu formen«, flüsterte Silas Bellis zu. »Jeder Krieger perfektioniert seine eigene Blutwehr. Das gehört zu ihrer Kunst. Bewegliche Kämpfer planen die Schnitte und den Blutfluss so, dass die Gelenke frei bleiben, und stutzen überflüssige Auswüchse. Langsame, auf ihre Kraft vertrauende Kämpfer, wappnen sich mit Schorf, bis sie ebenso schwer und unförmig gepanzert sind wie Konstrukte.«

Bellis mochte nicht reden.

Die grausigen, sorgfältigen Vorbereitungen nahmen geraume Zeit in Anspruch. Jeder Kämpfer zeichnete mit der Hakenklinge der Reihe nach Gesicht, Brust, Bauch und Schenkel und schuf sich ein einzigartiges Integument aus getrocknetem Blut – Harnisch und Beinschienen und Armzeug und Helm, gebuckelt, gerippt, scheckig, willkürliche Extrusionen wie Lavaströme, organisch und mineralisch zugleich.

Dieser ritualisierte Akt der Selbstverstümmelung drehte Bellis den Magen um. Der Anblick der unter Schmerzen erschaffenen Rüstung erfüllte sie mit Staunen.

*

Nach dieser schaurig-schönen Einstimmung waren die Kämpfe selbst genauso trist und unersprießlich, wie Bellis erwartet hatte.

Die drei Kustkürass umkreisten einander, jeder bewaffnet mit zwei klobigen Krummsäbeln. Eingekapselt in ihre bizarre Rüstung, gemahnten sie an exotisch gefiederte Vögel. Wie sich herausstellte, waren die Panzerteile härter als in Wachs gekochtes Leder und hielten auch den Hieben der schweren Klingen stand. Nach einer langen, schweißtreibenden, kunstlosen Prügelei brach am Unterarm eines Kombattanten ein großer Splitter des Blutschorfs ab, und der behändeste der drei nutzte die Blöße.

Das Blut der Kustkürass bot noch einen weiteren Schutz. Als die Klinge des Gegners in sein Fleisch drang, schoss das Blut heraus und über den Stahl. Ohne die Verdünnung durch das Infusum gerann es bei der Berührung mit Luft augenblicklich zu einem hässlichen, wulstigen Klumpen, der die Säbelklinge umschloss wie Lötzinn. Der Verwundete warf sich aufbrüllend herum und entriss dem Angreifer die Waffe, die wippend in der Wunde stecken blieb. Der dritte Mann sprang vor und zog ihm den Stahl durch die Kehle.

Er tat es schnell und in einem solchen Winkel, dass, auch wenn Blut auf die Klinge spritzte, sie nicht in dem dunkel geronnenen Gletscher gefangen blieb, der aus dem gezackten Schnitt barst und gefror.

Bellis schlug entsetzt die Hand vor den Mund, aber der Besiegte starb nicht. Zwar brach er in die Knie, offenbar große Schmerzen leidend, aber der dicke Schorf hatte die Wunde verschlossen und ihm das Leben gerettet.

»Siehst du, wie schwer es für sie ist, bei einem solchen Treffen zu sterben?«, raunte Silas. »Willst du einen Kustkürass töten, nimm eine Keule oder einen Knüppel, keine Klinge.« Er schaute sich kurz nach unerwünschten Lauschern um und redete dann eindringlich weiter auf sie ein; seine gedämpfte Stimme wurde vom Gebrüll der Zuschauer übertönt. »Du musst dich bemühen zu *lernen*, Bellis. Du willst Armada besiegen, richtig? Du willst weg von hier? Dann musst du wissen, wie die Dinge hier laufen. Hast du dich umgesehen in dieser Stadt? Dich umgehört? Gottschiet, Bellis, glaub mir, ich tue nichts anderes. Jetzt zum Beispiel hast du gelernt, wie man nicht versuchen sollte, einen Kustkürass zu töten, stimmt's?«

Sie schaute ihn staunend mit weit geöffneten Augen an, aber seine brutale Logik ergab einen Sinn. Er ließ sich auf nichts ein und sammelte alles, was ihm für seine Zwecke brauchbar erschien. Sie stellte sich vor, wie er nach dem gleichen Schema in Grab-am-Berge und den Gengris und Yoraketche verfuhr, Geld hortete und Informationen und Ideen und Kontakte, alles wertvolle Rohstoffe, alles potenziell eine Waffe oder eine Annehmlichkeit.

Er nahm, merkte sie mit Unbehagen, die Sache ernster als sie, todernst. Er plante und organisierte unablässig.

»Das musst du wissen«, sagte er. »Und noch mehr. Es gibt ein paar Leute, die man kennen sollte.«

*

Es folgten weitere Darbietungen unter Beteiligung von Kustkürass, alle unter dem Zeichen ihrer seltsam kastrierten Barbarei: verschiedene Arten der Blutpanzerung, unterschiedliche Kampfstile, ausgeführt mit den stilisierten Bewegungsabläufen und Posen von *morto crutt*.

Darüber hinaus gab es weitere Schaukämpfe, zwischen Menschen und Kakti und sämtlichen nicht-aquatischen Rassen der Stadt – Calxemano.

Die Kämpfenden benutzten die Unterseite der geballten Faust, den so genannten Hammerschlag. Zum Treten verwendete man nicht die Stiefelspitze, sondern stampfte mit dem Absatz. Sie fintierten und attackierten, bewegten sich schnell, ruckhaft, geschmeidig.

Bellis verfolgte ein schier endloses Nacheinander von gebrochenen Nasen, Platzwunden, Knockouts. Die Treffen verschmolzen zu einem. Sie bemühte sich, in allem das Wesentliche zu sehen und es ihrem Gedächtnis einzuprägen, Silas' Beispiel folgend.

Kleine Wellen schwappten über den Rand des Podiums, und sie fragte sich, wann das Assault zu Ende sein würde.

*

Aus der Menge stieg ein rhythmisches, dumpfes Geräusch.

Anfangs war es ein an- und abschwellendes Raunen, das unter dem Gesumm der Zuschauer pochte wie ein Herzschlag. Doch es nahm zu und wurde lauter und fordernder, und die Leute schauten sich um und lächelten und fielen in den Sprechchor ein. Die Luft vibrierte vor Erregung.

»Jaaa...« Silas dehnte das Wort mit einem Unterton aggressiver Befriedigung. »Endlich. Darauf habe ich gewartet.«

Erst hörte das Geräusch sich für Bellis an wie Trommeln, sprechende Trommeln. Dann, plötzlich, war es ein Ausruf, *oh, oh, oh*, ein präzises Skandieren, begleitet von rudernden Armen und Füßestampfen.

Erst als der Funke auf ihr eigenes Schiff übersprang, erkannte sie, dass es ein Wort war, das sie riefen.

»Doul«, ertönte es von allen Seiten. »Doul, Doul, Doul.«

Ein Name.

»Was sagen die?«, zischte sie Silas ins Ohr.

»Sie rufen jemanden«, antwortete er, während seine Augen suchend hierhin und dorthin schweiften. »Sie wollen eine Zugabe. Sie wollen Uther Doul kämpfen sehen.

Er warf ihr ein rasches, kaltes Lächeln zu. »Du wirst ihn erkennen«, kündigte er an. »Wenn du ihn siehst, erkennst du ihn.«

Und dann löste der Chor sich auf in Jubel und Applaus, eine ekstatische Woge, die wuchs und wuchs, als einer der kleinen Lenkballons sich vom Ankerpfosten löste und langsam über die Wasserfläche zum Podium schwebte. Sein Wappen war ein Dampfschiff vor einem roten Vollmond, das Emblem Hechtwassers; die Gondel bestand aus poliertem Holz.

»Das ist die Luftbarke der Liebenden«, erklärte Silas. »Sie stellen sie ihrem Leutnant für diesen Anlass zur Verfügung, wieder einmal eine ›spontane‹ Geste. Ich wusste, er würde nicht widerstehen können.«

Zwanzig Meter über dem Podium fiel ein Tau aus dem Luftfahrzeug. Die Begeisterung der Zuschauer spottete jeder Beschreibung. Sehr flink und gewandt glitt ein Mann aus der Luke und hangelte sich Hand über Hand zum blutbespritzten Podium hinunter.

Dort blieb er von Beifall umtost stehen, ohne Schuhe, nackt bis auf lederne Beinlinge. Mit locker herabhängenden Armen drehte er sich langsam um die eigene Achse und grüßte die Menge, die ihn frenetisch feierte, da er sich Volkes Willen gefügt hatte. Und wie er sich drehte, geriet sein Gesicht in Bellis' Blickrichtung und sie umklammerte das Geländer und vergaß zu atmen, als ihn ihn erkannte, wiedererkannte, den Mann mit den kurz geschorenen Haaren, den Mann in Grau, den Mörder, der die *Terpsichoria* gekapert hatte.

*

Nach einiger Überredung fanden sich Männer, die bereit waren, es mit ihm aufzunehmen.

Doul – der melancholische Henker Kapitän Myzovics – bediente den Pöbel nicht, ließ nicht die Muskeln spielen, stellte sich nicht in Positur, sondern wartete in stoischer Gelassenheit.

Vier Gegner nahmen ohne große Begeisterung am Rand des Podiums Aufstellung. Johlen und Jubel der Menge schwappten über sie hinweg, während sie von einem Fuß auf den anderen traten und halblaut berieten, wie sie vorgehen wollten.

Douls Gesicht war eine Maske. Als die vier ihm gegenüber auseinander wichen, glitt sein Körper wie von selbst in die Ausgangsstellung des Calxemano – leicht erhobene Arme und gebeugte Knie. Dabei wirkte er vollkommen entspannt.

In den ersten brutalen, bestürzenden Sekunden vergaß Bellis sogar zu atmen. Schaute nur, eine Hand vor dem Mund, die Lippen zwischen den Zähnen. Dann stieß sie tonlose Ahs und Ohs aus, wie der Rest der Menge.

Uther Doul schien auf einer anderen Zeitebene zu existieren als seine Umgebung, er wirkte wie ein Gast in einer Welt, die um vieles größer und träger war als die, aus der er kam. Trotz seines muskelbepackten Körpers agierte er mit solcher Schnelligkeit, dass man glauben konnte, sogar die Schwerkraft wäre für ihn aufgehoben.

Seine Art, sich zu bewegen, vermittelte den Eindruck einer abgezirkelten Eleganz. Wenn er vom Fersentritt zum Hammerhieb zum Block wechselte, schlüpften seine Muskeln und Sehnen auf den reibungslosesten, den ökonomischsten Pfaden von einer Haltung, einer Spannung in die nächste, wie die gut geölte Mechanik einer Maschine.

Doul schlug mit den flachen Händen, und ein Mann ging zu Boden; er tat einen Schritt zur Seite und rammte, auf einem Bein stehend, zwei Tritte in den Solarplexus eines anderen, blockte mit dem hohen Bein die Attacke eines dritten ab. Er wirbelte und sprang und schmetterte ohne Extravaganz, mit vernichtender Akkuratesse, führte seine Gegner vor wie Tanzbären.

Den letzten erledigte er mit einem Wurf, hakte seinen Arm aus der Luft und drückte ihn fest an sich, zog den Mann mit in einen Überschlag. Doul schien durch die Luft zu rollen, landete rittlings auf dem Rücken des im wahrsten Sinne des Wortes Unterlegenen, klemmte seinen Arm ein und machte ihn bewegungsunfähig.

Totenstille, dann brauste Jubel aus der Menge wie Blut aus einem Kustkürass, eine Flutwelle grenzenloser Euphorie ergoss sich von den Tribünenschiffen zu dem im Wasser schaukelnden Podium.

Bellis überlief es kalt.

Die Besiegten erhoben sich aus eigener Kraft oder wurden weggetragen und Uther Doul stand allein auf der Walstatt, schwer, aber gleichmäßig atmend, die Arme ganz wenig vom Körper abgespreizt, und über seinen nackten Oberkörper schlängelten sich Bäche aus Schweiß und dem Blut anderer Männer.

»Der Leibwächter der Liebenden«, sagte Silas inmitten des Tumults. »Uther Doul. Scholar, Flüchtling, Soldat. Experte in Wahrscheinlichkeitstheorie, in der Historie des Geisterhaupt-Imperiums und in den martialischen Künsten. Der Beschützer der Liebenden, ihr Leutnant, ihr Auftragsmörder und starker Arm und Preiskämpfer. Das solltest du sehen, Bellis. Das ist das Hindernis, welches es zu überwinden gilt, wenn wir ernsthaft daran denken, von hier zu fliehen.«

*

Sie verließen die Arena und spazierten auf den gewundenen, von Laternen gesäumten Pfaden von Mein-&-Dein in Richtung Alser und Hechtwasser und der *Chromolith*.

Beide schwiegen.

Bellis ging ein bestimmtes Bild nicht aus dem Sinn. Nach Douls Kampf hatte sie etwas beobachtet, das sie beschäftigte und ihr Angst machte. Als er sich umdrehte, die Hände wie Klauen, mit heftig arbeitender, schweißglänzender Brust, hatte sie sein Gesicht gesehen.

Verzerrt, in höchster Anspannung erstarrt zu einer Fratze tierhafter Wildheit, wie sie es nie, auch nicht annähernd, je bei einem anderen menschlichen Wesen gesehen hatte.

Dann, eine Sekunde später, seines Sieges gewiss, hatte er sich umgedreht, dem Beifall der Menge dargeboten, und sah wieder aus wie ein kontemplativer Priester.

Bellis konnte sich einen strengen Kriegerkodex vorstellen, einen Mystizismus, der Gewalt abstrahierte und es dem Adepten ermöglichte, als ein Heiliger zu kämpfen. Ebenso konnte sie sich vorstellen, dem Tier in sich die Zügel schießen zu lassen, in einen atavistischen Blutrausch zu geraten. Aber Douls Mischung aus beidem erschreckte sie.

Später, als sie im Bett lag und auf den Regen lauschte, grübelte sie darüber nach. Er hatte sich gesammelt und innere Ruhe gesucht wie ein Mönch, gekämpft wie eine

Maschine und dabei empfunden wie ein Raubtier. Diese Dreigesichtigkeit machte ihr Angst, viel mehr als die kämpferischen Fähigkeiten, die er gezeigt hatte. Das war Gymnastik. Das konnte man lernen.

*

Bellis half Schekel bei der Bewältigung von Lesestoff, der stündlich anspruchsvoller wurde. Endlich überließ sie ihn der weiteren Erforschung der Kinderbuchabteilung und ging nach Hause, wo Silas auf sie wartete.

Sie tranken Tee und plauderten über New Crobuzon. Silas wirkte bedrückt und stiller als sonst. Sie fragte ihn nach dem Grund, doch er schüttelte nur den Kopf. Es sah aus, als wäre er uneins mit sich selbst. Zum ersten Mal, seit sie ihn kannte, fühlte Bellis sich zu etwas wie Mitleid oder Sorge gerührt. Er wollte ihr etwas mitteilen oder sie um etwas bitten, und sie wartete.

Derweil berichtete sie ihm von ihrem Gespräch mit Johannes. Sie zeigte ihm die naturwissenschaftlichen Werke und erklärte, wie sie versuchte, aus diesen Texten Armadas Geheimnis zu extrahieren, ohne die geringste Ahnung zu haben, welche Bücher darauf Bezug nahmen oder wie die relevanten Mosaiksteinchen aussehen mochten.

Kurz vor Mitternacht, nach einem langen Schweigen, schaute Silas sie an. »Weshalb hast du New Crobuzon verlassen, Bellis?«, fragte er.

Sie öffnete den Mund und all die gewohnten Ausreden drängten ihr auf die Zunge, aber sie blieb stumm.

Er hakte nach. »Du liebst New Crobuzon. Oder sollte ich sagen, du brauchst New Crobuzon? Du kannst dich nicht davon lösen, also ergibt dein Weggang keinen Sinn. Was kann dich vertrieben haben?«

Bellis seufzte, aber die Frage stand im Raum und ließ sich nicht ignorieren.

»Wann warst du zum letzten Mal in New Crobuzon?«

Er überlegte. »Das ist mehr als zwei Jahre her. Wieso?«

»Als du in den Gengris warst, ist dir da etwas zu Ohren gekommen, von ... Hast du je von der Nächtlichen Heimsuchung gehört? Dem Traumfluch? Schlafkrankheit? Pavor nocturnus?

Er schwenkte vage die Hand, als versuchte er, eine Erinnerung zu greifen. »Ich habe etwas von einem Händler gehört, vor ein paar Monaten...«

»Es war vor ungefähr sechs Monaten«, sagte sie. »Tathis, Sinn – Sommer. Da ist etwas passiert. Die Nächte – die Nächte waren nicht mehr wie vorher.« Sie schüttelte hilflos den Kopf. Silas lauschte, seine Miene verriet neutrale Aufmerksamkeit. »Ich habe immer noch keine Ahnung, was es war – es ist wichtig, dass du das weißt.

Zwei Symptome traten auf. Albträume. Damit fing es an. Die Leute hatten Albträume. Es war, als hätten wir alle – giftige Dämpfe eingeatmet oder so etwas.«

Worte konnten es nicht beschreiben. Sie erinnerte sich an das Gefühl der Erschöpfung und Niedergeschlagenheit, die Angst vor dem Einschlafen, wochenlang. Die Träume, aus denen sie schreiend und von Schluchzen geschüttelt erwachte.

»Als Nächstes kam diese Seuche, oder was es war. Alle möglichen Leute wurden davon befallen, keine Rasse war immun. Sie tötete den Verstand, sodass von dem Befallenen nichts weiter blieb als eine lallende Hülle. Man fand die Opfer morgens, auf der Straße, im Bett oder wo immer, lebend, aber – leer.«

»Und diese beiden Heimsuchungen gehörten zusammen?«

Sie schaute ihn an und nickte, dann schüttelte sie den Kopf. »Ich weiß nicht.

Niemand weiß es, aber man geht davon aus. Und eines Tages war es vorbei, schlagartig. Unter der Bevölkerung war die Rede von Kriegsrecht gewesen, dass die Miliz die Stadt übernehmen sollte. Die Situation war ernst. Ich kann dir sagen, es war *schrecklich*. Aus heiterem Himmel brach diese Pest über uns herein, raubte uns den Schlaf und machte aus Hunderten von Menschen sabbernde Idioten. Bis dato gibt es keine Aussicht auf Heilung – und dann verschwand sie genauso plötzlich. Grundlos, scheinbar.«

Nach einem tiefen Atemzug fuhr sie fort: »Nachdem man sich einigermaßen erholt hatte, wucherten die Gerüchte. Jeder hatte eine andere Theorie über die Heimsuchung. Daemonen, Torques, fehlgeschlagene biologische Experimente, eine neue Art von Vampirismus...? Keiner wusste etwas Genaues. Doch es gab bestimmte Namen, die in dem Zusammenhang wieder und wieder auftauchten. Schließlich, Anfang Octuary, fing es an: Leute, die ich kannte, waren plötzlich verschwunden.

Erst hörte ich nur irgendetwas über den Freund eines Freundes, den man nicht finden konnte. Etwas später waren es noch einer und noch einer. Zu dem Zeitpunkt machte ich mir noch keine Sorgen. Die anderen auch nicht. Aber die Vermissten tauchten nie wieder auf. Den Ersten, der verschwand, kannte ich kaum. Den Zweiten hatte ich ein paar Monate vorher auf einer Party getroffen. Der Dritte war jemand, mit dem ich an der Uni zusammenarbeitete, und ab und zu tranken wir nach Feierabend ein Glas. Und das

Geraune über das Mittsommergrauen, die möglichen Verdächtigen, wurde etwas lauter, und ich hörte die Namen wieder und wieder, bis ... bis ein Name schließlich am lautesten und am häufigsten genannt wurde. Eine Person wurde beschuldigt, eine Person, die ein Bindeglied war zwischen jedem der Verschwundenen und mir.

Er hieß dar Grimnebulin. Ein Wissenschaftler, ein – ein Freidenker, könnte man wohl sagen. Auf seinen Kopf war eine Belohnung ausgesetzt – du weißt, wie die Miliz so was unter die Leute bringt, in Andeutungen, über Mittelsmänner hinter vorgehaltener Hand. Folglich wusste keiner, wie viel und für was, aber man wusste, er war untergetaucht und die Miliz war scharf darauf, ihn zu kriegen.

Und sie holten sich Leute, von denen sie etwas über ihn zu erfahren hofften: Kollegen, Bekannte, Freunde, Geliebte.« Sie erwiderte ausdruckslos Silas' Blick. »Wir waren ein Paar gewesen. Gottschiet, vor vier oder fünf Jahren. Mindestens seit zwei Jahren hatten wir kein Wort mehr miteinander gewechselt. Mir war zu Ohren gekommen, er habe sich mit einer Khepri zusammengetan.« Sie hob die Achseln. »Was immer er angestellt hatte, die Schergen des Bürgermeisters versuchten, ihn zu finden. Ich konnte mir an den Fingern abzählen, dass demnächst ich auf der Liste der Vermissten stehen würde.

Ich litt unter Verfolgungswahn, aber zu Recht. Ich ging nicht mehr zur Arbeit, ich hielt mich fern von den Leuten, die ich kannte, und ich merkte, dass ich jeden Moment darauf wartete, dass sie mich holen kamen. Die Miliz«, ihr Ton wurde heftig, »führte sich auf wie tollwütig in der Zeit.

Wir waren eng verbandelt gewesen, Isaac und ich.

Wir hatten zusammen gewohnt. Ich wusste, die Miliz würde mich haben wollen. Mag sein, dass sie einige von den einkassierten Leuten gehen ließen, nachdem sie mit ihnen fertig waren, aber ich hatte von keinem solchen Fall gehört. Und was sie mich auch fragen wollten, mit Antworten konnte ich nicht dienen. Die Götter mögen wissen, was sie mit mir angestellt hätten.«

Es war eine einsame, scheußliche Zeit gewesen. Die Zahl ihrer Freunde war von jeher überschaubar gewesen, und mit den wenigen, die sie hatte, wagte sie nicht Kontakt aufzunehmen, zum einen, um sie nicht in Gefahr zu bringen, zum anderen, weil sie nicht wusste, wie weit sie ihnen trauen konnte. Möglicherweise waren sie gekauft. Sie erinnerte sich an ihre panischen Vorbereitungen, ihre dubiosen Abmachungen und die zweifelhaften Verstecke. New Crobuzon war ein bedrückender Ort gewesen. Ungemütlich wie ein Polizeistaat.

»Also plante ich meine Flucht. Mir war klar geworden, dass ich weg musste. Ich hatte kein Geld und keine Kontakte in Myrshock oder Shankell, ich hatte keine Zeit, groß zu organisieren. Aber die Regierung bietet einen finanziellen Anreiz für die Ausreise in die Kolonien.« Silas nickte langsam, während sie verächtlich auflachend den Kopf zurückwarf. »Ein Zweig der Regierung machte Jagd auf mich, während der andere meinen Ausreiseantrag bearbeitete und über die Höhe der mir zustehenden Summe feilschte. Die Segnungen der Bürokratie. Leider hatte ich nicht die Zeit, mich auf diese Spielchen einzulassen, und nahm Passage auf dem ersten Schiff, das zum Auslaufen bereitlag. Ich lernte Salkrikaltor-Cray, um mitfahren zu können.

Zwei Jahre? Drei?« Sie zuckte die Schultern. »Ich wusste nicht, wie lange es dauern würde, bis Gras über die Sache gewachsen war. Wenigstens einmal im Jahr kommt ein Schiff aus dem Mutterland nach Nova Esperium. Mein Kontrakt lief über fünf Jahre, aber es wäre nicht mein erster Vertragsbruch gewesen. Ich hatte vor, so lange zu bleiben, bis die Sache zu Hause in Vergessenheit geraten war, bis ein neuer Staatsfeind oder eine Krise oder was weiß ich ihre Aufmerksamkeit in Anspruch nahm. Bis ich Nachricht erhielt, dass ich nichts mehr zu fürchten hätte. Es gibt Leute, die wissen, wo – wohin ich wollte.« *Wo ich bin*, hatte ihr auf der Zunge gelegen. »Tja.«

Sie schauten sich lange an.

»Das ist der Grund, weshalb ich New Crobuzon verlassen habe.«

*

Bellis dachte an die Menschen, die sie zurückgelassen hatte, die wenigen echten Freunde, und vermisste sie mit solcher Heftigkeit, dass es wehtat. Paradox, aber sie war ein Flüchtling, der keinen größeren Wunsch hatte, als an den Ort zurückzukehren, von dem er geflohen war. *Nun*, dachte sie, *jeder Plan enthält das Element des Unwägbaren.* Sie lächelte sarkastisch. *Ich wollte die Stadt für ein, zwei Jahre verlassen, aber mein Vorhaben kreuzt sich mit den Absichten irgendwelcher anderer Leute, und stattdessen sitze ich als Bibliothekarin wider Willen für den Rest meines Lebens in einer schwimmenden Piratenstadt gefangen.*

Silas schwieg still. Ihre Geschichte schien ihn bewegt zu haben; sie betrachtete ihn und wusste, er war in Gedanken mit seinem eigenen Schicksal beschäftigt. Beide neigten sie nicht zu Selbstmitleid, aber das Schicksal hatte sie ohne eigenes Zutun oder Verschulden hierher verschlagen, und sie konnten sich nicht damit abfinden.

Minuten des Schweigens reihten sich aneinander. Draußen natürlich unverändert das gedämpfte Tuckern der Schleppermotoren, die Wellenglottale und die übrigen Laute der Nacht und der Stadt.

Sie gingen gemeinsam zur Tür, fast auf Tuchfühlung, doch ohne einander anzuschauen oder zu berühren. Die Hand auf der Klinke zögerte er und begegnete, halb zurückgewandt, ihrem Blick, melancholisch. Nach einem langen, zeitlosen Moment neigten sie sich zueinander, er mit den Händen an der Tür, sie drückte die Arme steif an die Seiten, jede Verpflichtung meidend.

Sie küssten mit tastender Scheu, hüteten sich, zu atmen oder den anderen mit Berührungen und Lauten zu sehr zu bedrängen, fanden aber dennoch eine Bejahung, das Versprechen eines Anfangs.

Als ihr langer, selbstvergessener Kuss endete, wagte Silas, sachte die Lippen zu bewegen und streifte ihren Mund mit schmetterlingszarten Berührungen, und sie ließ es zu, auch wenn der magische Augenblick vorüber war und diese kleinen Kodas in der Wirklichkeit stattfanden.

Bellis schaute ihn tief atmend unverwandt an und er sie, genauso lange, wie sie es in jedem Fall zum Abschied getan haben würden, und er machte die Tür auf und trat in die kühle Luft hinaus, sagte leise sein Gute Nacht und war fort, ohne ihr Echo gehört zu haben.

12

Der nächste Tag war Neujahr.

Selbstverständlich nicht in Armada, wo es ein Tag war, den als einzige Besonderheit ein plötzlicher Temperaturanstieg kennzeichnete, wodurch er einen herbstlichen Glanz bekam. Zwar nahm man auch in Armada die Tatsache der Sonnenwende zur Kenntnis und den ergo kürzesten Tag des Jahres, jedoch maß man dem keine sonderliche Bedeutung bei. Abgesehen von ein paar launigen Bemerkungen über die nun kürzer werdenden Nächte, verging der Tag wie jeder andere.

Doch Bellis war überzeugt, dass unter den Zwangseingebürgerten aus New Crobuzon sie nicht die Einzige war, die insgeheim nach dem heimatlichen Kalender lebte. Sie stellte sich vor, dass überall in den Bezirken diskrete Feste stattfanden. Still, in den eigenen vier Wänden, um nicht aufzufallen oder der Ordnungsmacht des betreffenden Bezirks anschaulich vor Augen zu führen, dass es in den verschachtelten Ebenen und Gassen Armadas Elemente gab, die einer alternativen Zeitrechnung huldigten.

Um ehrlich zu sein, war es ihrerseits eine Art Heuchelei: Bisher hatte der Neujahrsabend ihr nie etwas bedeutet.

Für die Armadaner war Horndi der Beginn einer weiteren 9-Tage-Woche, für Bellis ein Tag, an dem sie freihatte. Sie traf sich mit Silas auf dem kahlen Deck der *Grand Easterly*.

Er nahm sie mit zum steuerbord-achterlichen Ende

von Hechtwasser, in den Croom Park. Er hatte sich erstaunt gezeigt, dass sie noch nie dort gewesen war, und schon bei den ersten Schritten unter die Bäume, erst recht, als sie auf schmalen Pfaden tiefer in die verwunschene Welt eindrangen, begriff Bellis, weshalb. Der Hauptteil des Parks wuchs mehr als 30 Meter breit und 200 Meter lang aus dem mächtigen Rumpf eines altehrwürdigen Dampfers, dessen Namenskartusche längst von der Natur ausgelöscht worden war. Die Vegetation schäumte über breite Hängebrücken hinüber zu zwei alten Schonern, Heck an Heck parallel zum größeren Nachbarn liegend. Vom Bug des Dampfers sandte sie Ausläufer auf eine kleine Schaluppe mit seit langem verstummten Kanonen, Teil des Bezirks Köterhaus, eine einladend über die Grenze gestreckte grüne Hand.

Bellis und Silas wanderten verschlungene Fußwege entlang, kamen unter anderem am Standbild Crooms vorbei, des Piratenhelden aus Armadas Vergangenheit. Bellis war überwältigt.

Vor Jahrhunderten, wann genau war nirgends dokumentiert, hatten die Gestalter des Parks sich daran gemacht, den Holk des bei kriegerischen Auseinandersetzungen schwer beschädigten Dampfers mit Humus und Lehm zu füllen. Natürlich gab es in Armada, der wellenumkränzten, keine Erde, die man pflügen und besäen konnte – wie die Bücher und das Geld musste sie gestohlen werden. Selbst das, selbst Armadas Scholle, wurde über Jahre hinweg requiriert, in großen Portionen von küstennahen Höfen und aus Wäldern weggeschleppt, auf den Feldern verdutzter Bauern zusammengekratzt und über das Meer zur schwimmenden Stadt transportiert.

Man hatte das narbige Orlog dem Rost und Verfall überlassen, hatte den ausgeschlachteten Rumpf mit gestohlenem Ackergrund gefüllt, beginnend mit der Vorpiek, den Maschinenräumen und den untersten Kohlenbunkern (übrig gebliebene Kokshalden wurden so wieder zu tief begrabenen Flözen), man häufte Erde rund um den von Rost zerfressenen Propellerschaft. Einige der riesigen Kessel wurden voll gekippt, andere blieben halb leer, stählerne Luftblasen in den Schichten aus Mergel und Kalk.

Die Landschaftsgestalter arbeiteten sich hinauf bis zu den Decks mit Kajüten, Kammern und Messen. In vorhandene Decken und Wände schlug man Löcher, zerstörte die Integrität der abgeschlossenen Räume, öffnete Wege für Wurzeln und Maulwürfe und Würmer. Anschließend füllte man die Gelasse mit Erde.

Klug verteilte Hohlräume, Thaumaturgie und die Nachbarn hinderten das ballastschwere Schiff am Sinken. Oberhalb der Wasserlinie, unter freiem Himmel, wuchsen Erde und Torf über das Hauptdeck. Die erhöhte Brücke, Kampanje, Deckhäuser und Back wurden zu steilen Erhebungen unter einem Kleid aus Humus, jäh aus dem Plateau aufsteigende Tafelberge.

Die unbekannten Gestalter hatten drei kleinere, benachbarte Holzschiffe in den Prozess einbezogen. Dort war die Arbeit um vieles leichter als auf dem Eisenschiff.

Dann kam das Pflanzen, und der Park begann zu blühen.

Verteilt auf dem alten Dampfer gab es lauschige Haine, kleine, dichte Wälder, junges Holz und viele mittelhohe Bäume von ein oder zwei Jahren. Doch es gab auch einige mächtige Riesen, altehrwürdig, himmelhoch, welche in voller Größe an bewaldeten Küsten ausgegraben und wieder eingepflanzt worden waren, um an Bord ihre Lebenszeit zu beschließen. Den Boden überzogen Gras und Wiesenkerbel und Nesseln. Während auf dem Kanonenboot von Köterhaus die ordnende Hand des Gärtners waltete, überließ man auf dem Leichnam des Dampfers die Natur sich selbst.

Manche Gewächse waren Bellis fremd. Auf ihrer langsamen Pendelreise über die Meere Bas-Lags hatte Armada Orte gestreift, die für New Crobuzons Wissenschaftler weiße Flecken auf der Landkarte waren, und sich aus den exotischen Ökosystemen bedient. Auf den kleineren Parkschiffen gab es Lichtungen mit mannshohen Pilzen, die schwankten und zischten, wenn man zwischen ihnen hindurchging. Ein Turm war mit leuchtendem Rot ummantelt, dornige Kletterpflanzen, die den Geruch faulender Rosen verbreiteten. Das lange Vorderkastell des steuerbord liegenden Schiffs war abgesperrt, und Silas erklärte Bellis, dass jenseits des aus Dornenzweigen kunstvoll geflochtenen Zauns die Flora Gefahren barg: Kannenpflanzen mit seltsamer, in jeder Hinsicht unberechenbarer Macht; vigilante Bäume, ähnlich räuberischen Trauerweiden.

Auf dem alten Dampfer selbst wirkten Landschaft und Vegetation vertrauter. Eine der künstlichen Erhebungen war innen mit Moos und Soden als lauschige Grotte gestaltet. Von den Kabinen barg jede ihre eigene kleine Welt, beleuchtet und zum Wachsen und Werden ermuntert von hellen Gaslampen und dem wenigen Licht, das durch mit Erde verklebte Bullaugen drang. Der Besucher bestaunte eine Miniaturtundra aus Steinen und purpurnem Gesträuch, die Kakteenvielfalt einer Wüste, dann Waldblumen und eine Wiesenlandschaft – alles nebeneinander, alles verbunden durch einen dämmrigen Korridor mit kniehohem Gras. Im sepiafarbenen Zwielicht, unter einer Tarnung aus Grünspan und Ranken, konnte man Schilder entdecken, die zur Messe und den Toiletten und Kesselräumen wiesen. Die Pfade von Bohrasseln und Marienkäfern überzogen sie mit einem filigranen Muster.

Ein kleines Stück entfernt von dem Eingang zu dieser Attraktion – einer Tür im Berg – lustwandelten Silas und Bellis unter den Bäumen.

Sie hatten jedem der vier Schiffe des Parks einen Besuch abgestattet und nur wenige andere Spaziergänger getroffen. Auf dem achteraus liegenden Schiff war Bellis plötzlich stehen geblieben und hatte über die Rabatten und die berankte Reling und einen 30 Meter breiten Wasserstreifen zum Stadtrand gedeutet, wo die *Terpsichoria* lag. Die Ketten und Taue, mit denen sie am Platz gehalten wurde, waren sichtbar neu, und sichtbar neue Brücken verbanden sie mit dem Rest der Stadt. Auf dem Hauptdeck erhob sich ein Holzgebilde, bei dem es sich nur um ein Baugerüst handeln konnte.

Das war Armadas Methode, Wohnraum für ihre Bürger zu schaffen: Man assimilierte die gekaperten Schiffe ohne Rücksicht auf ihre Individualität, wie vernunftloses Plankton.

Bellis hegte keine Sympathie für die *Terpsichoria*, kannte nichts als Spott für die Leute, die mit sentimentaler Gefühlsduselei an einem Schiff hingen. Doch ihre letzte Verbindung zu New Crobuzon so frech und problemlos vereinnahmt zu sehen machte sie traurig.

Die Bäume an diesem Weg waren Nadel- und Laubgehölze in bunter Mischung. Silas und Bellis spazierten unter Kiefern und den schwarzen Krallen kahler Eichen und Eschen. Masten ragten aus dem Baldachin wie an Land die Waldesriesen, umkleidet mit einer Borke aus Rost und behängt mit den schäbigen Lianen ihrer verwitterten Stahldrahttakelage. Bellis und Silas spazierten vorbei an grasigen Hügeln, durchbrochen von Lichtern und Türen, wo Kabinen mit Erde überhäuft worden waren. Würmer und anderes unterirdisch lebende Getier wirtschaftete hinter den gesprungenen Scheiben.

Die efeuumsponnenen Schornsteine des Dampfers blieben hinter ihnen zurück, als sie tiefer in das Herz des Waldes eindrangen, und auch die benachbarten Schiffe waren bald nicht mehr zu sehen. Sie folgten spiralförmig angelegten Pfaden, die nach einem ausgeklügelten System wieder in sich selbst mündeten und die Fläche des Parks um ein Vielfaches größer erscheinen ließen, als sie in Wirklichkeit war. Lüfterköpfe, von denen die Farbe abblätterte, ragten wie Posaunentrichter aus dem Boden, von wucherndem Gestrüpp erstickt. Wurzeln und Ranken umfingen die Gangspills und umhäkelten die Handläufe moosgepolsterter Leitern, die zu Hügelkuppen hinaufführten.

Im Schatten eines Ladekrans, der nun dastand wie ein geheimnisvolles Gerippe, lagerten Bellis und Silas sich in der winterlichen Landschaft und tranken Wein. Während Silas nach einem Korkenzieher kramte, erspähte Bellis in der Tasche sein dickes Notizbuch. Sie griff danach, schaute ihn fragend an und schlug es auf, als er nickte.

Auf den ersten Seiten VokalBellisten: die Aufzeichnungen von jemandem, der versucht, eine fremde Sprache zu lernen.

»Das meiste davon stammt aus den Gengris«, erklärte er.

Sie blätterte langsam durch die Seiten mit Nomen und Verben zu einer schmalen Sektion wie ein Tagebuch: datierte Einträge in einer Kurzschrift, aus der sie nicht klug werden konnte, Wörter bis auf zwei, drei

Buchstaben abgekürzt, keinerlei Satzzeichen. Sie fand Preise für bestimmte Waren, hingekritzelte Beschreibungen der Grymmenöck selbst, scheußliche kleine Bleistiftskizzen von Gestalten mit vorquellenden Augen, vielen, vielen Zähnen und rätselhaften Gliedmaßen, flachen Aalschwänzen. An die Seiten angeheftet Heliotypien, offenbar eilig angefertigt und bei schlechter Beleuchtung: verschwommenes Sepia, ausgelaugt und wasserfleckig, die abgebildeten Wesen doppelt monströs durch Unreinheiten im Papier.

Danach handgezeichnete Karten der Gengris, übersät mit Pfeilen und Kommentaren, weitere Karten von den Abschnitten des Eiskrallenmeers, Topographie von Hügeln und Tälern und Festungen der Grymmenöck unter Wasser, verschiedene Farben für verschiedene Gesteinsarten, Granit und Quarz und Sandstein, weitergeführt über mehrere Seiten. Angedeutete Pläne von Geräten, Verteidigungsmaschinen.

Silas beugte sich über ihre Schulter, zeigte auf dieses oder jenes Detail.

»Das ist eine Schlucht im Süden der Stadt«, erklärte er, »die genau zu der Felsbarriere zwischen Eiskrallen- und Vielwassermeer hinaufführt. Dieser Turm da – »ein unregelmäßiger Fleck –, »war das Hauptarchiv und das waren die Salpetergruben.«

Nach diesen Seiten kamen krakelige Diagramme von Klüften und Tunnels und Maschinen mit Klauen, und Anlagen, bei denen Bellis an Schleusen und Staustufen denken musste.

»Was ist das?«, fragte sie, und Silas warf einen Blick auf die aufgeschlagene Seite und lachte, als er sah, was sie meinte.

»Ach, die Embryos großer Ideen – all so was«, antwortete er und zwinkerte.

Sie saßen im Gras, mit dem Rücken an einen überwucherten Baumstumpf gelehnt – oder vielleicht war es ein versunkenes Kompasshaus. Bellis legte das Buch weg. Nicht ganz überzeugt, das Richtige zu tun, beugte sie sich vor und küsste ihn.

Er erwiderte den Kuss behutsam, und in plötzlichem Trotz schob sie ihm die Zunge tiefer in den Mund. Einen Moment lang löste sie sich von ihm und schaute ihn forschend an. Angenehm überrascht, aber auch unsicher erwiderte er ihren Blick. Sie versuchte, ihn zu lesen, die Grammatik seiner Aktionen und Reaktionen zu entschlüsseln, und konnte es nicht.

Doch so frustrierend dies war, sie fühlte intensiv, wie in einem Punkt ein Gleichklang zwischen ihnen herrschte. Sein Widerwille und der ihre – gegen Armada, gegen diese ihnen aufgezwungene, absurde Existenz – vereinte sie. Und es war eine unbeschreibliche Erleichterung und Erlösung, selbst ein so kaltes Gefühl zu teilen.

Sie nahm sein Gesicht zwischen die Hände und küsste ihn fest. Er küsste sie wieder. Als sein Arm langsam um ihre Taille fasste, seine gebogenen Finger durch ihr Haar kämmten, trat sie von ihm zurück und griff nach seiner Hand, zog ihn hinter sich her, durch den Park, den Weg zurück, den sie gekommen waren.

In der Wohnung schaute Silas schweigend zu, wie sie sich auszog.

Sie hängte den Rock, die Bluse, die Unterwäsche über die Stuhllehne und stand nackt in der Bahn schwindenden Tageslichts vom Fenster her. Sie zog die Nadeln aus dem aufgesteckten Haar. Silas rührte sich. Seine Kleidung lag um ihn verstreut wie Samenkörner. Er lächelte sie an, und sie seufzte und lächelte ebenfalls, selbstironisch, zum ersten Mal, kam es ihr vor, seit

Monaten. Mit diesem Lächeln kam eine unerwartete Scheu, und mit dem Lächeln verflog sie wieder.

Sie waren keine Kinder, es war für sie nicht das erste Mal. Weder waren sie befangen, noch gerieten sie in Panik. Bellis ging zu ihm hin und bestieg ihn mit wissendem Geschick und Begehren. Und als sie es tat, seinen Schwanz in sich aufnahm, als er seine Hände von dort befreien konnte, wo sie sie eingeklemmt hatte, verstanden sie, miteinander umzugehen.

Leidenschaftlich. Ohne Liebe, doch nicht ohne Lust. Kundig, zielstrebig. Es schenkte ihr das Lächeln wieder, und als sie kam, war es ebenso befreiend wie befriedigend. Entspannt in dem schmalen Bett ausgestreckt, nachdem sie erfolgreich erkundet hatten, wie das Spiel zum beiderseitigen größten Lustgewinn zu spielen sei, hob sie den Blick zu seinem Gesicht. (Augen geschlossen, schweißglänzende Haut.) Sie richtete den Blick nach innen und merkte, dass sie sich immer noch einsam fühlte, in keiner Weise versöhnt mit dem Ort oder der Situation. Etwas anderes zu entdecken, hätte sie auch gewundert.

Aber dennoch, aber dennoch. Trotzdem. Wieder stahl sich ein Lächeln auf ihre Züge. Sie fühlte sich besser.

*

Drei Tage lag Gerber im Operationssaal und spürte, festgeschnallt auf dem Holztisch, wie das Schiff ihn sacht und zärtlich wiegte.

Drei Tage. Er bewegte sich jeweils nur wenige Zentimeter, löckte wider seine Fesseln, rückte um ein Weniges nach rechts oder links.

Die meiste Zeit schwamm er in zähflüssigen Ätherträumen.

Der Arzt war freundlich und hielt ihn unter Betäubungsmitteln, soweit es möglich war, ohne dass es ihm schadete. Infolgedessen pendelte Gerber in einem ständigen Auf und Ab zwischen tiefer Bewusstlosigkeit und einem Dämmerzustand. Er redete flüsternd zu sich selbst und zu dem Arzt, der ihn fütterte und trockenlegte wie ein Baby. In seinen freien Minuten oder Stunden saß er neben Gerber und unterhielt sich mit ihm, nickte mit ernster Miene, als ergäben seine verworrenen und erschreckenden Erwiderungen einen Sinn. Gerber spuckte Worte aus oder schwieg oder weinte und kicherte: im Drogenrausch, fiebernd, schwerfällig, frierend, tief schlafend.

Als der Chirurg schilderte, was ihm bevorstand, war Gerber blass geworden. Wieder gefesselt zu sein, festgeschnallt, während sein Körper umgeschaffen wurde. Die von Drogen und Schmerzen vergifteten Erinnerungen an die Straffabrik hatten ihn übermannt.

Aber der Chirurg hatte ihm einfühlsam auseinander gesetzt, dass einige der Prozeduren grundlegende Veränderungen darstellten, manche waren eine Rekonfiguration innerer Organe von den winzigsten Bausteinen aufwärts. Er durfte sich nicht bewegen, während die Atome und Partikel von Blut und Lunge und Hirn lernten, sich auf neuen Pfaden zu bewegen und alternierende Verbindungen eingingen. Er musste stillhalten und geduldig sein.

Gerber willigte ein, wie er es von Anfang an gewusst hatte.

*

Am ersten Tag, Gerber lag in tiefem chymisch/thaumaturgischen Schlummer, tat der Chirurg die entscheidenden Schritte zur Vollbringung des verabredeten Werks.

Er setzte tiefe Schnitte links und rechts an Gerbers Hals und hob dann Haut und Unterhautgewebe ab, tupfte behutsam das Blut auf, das aus den frischen Wunden strömte. Anschließend widmete er sich dem Innern von Gerbers Mund. Er führte eine Art stählernen Meißel ein, stach die Klinge in die Wand des hinteren Rachens und drückte sie tief ins Fleisch, arbeitete sich mit Druck und leichten Drehungen durch die zähe Muskulatur, schuf neue Durchgänge in Gerbers Körper, stets darauf bedacht, dass dieser nicht an dem Blut erstickte, das ihm in den Schlund lief. Furchen verbanden den hinteren Teil von Gerbers Mund mit den Schnitten am Hals. Die neuen Schlitze hinter und unter den Zähnen säumte der Chirurg mit Muskeln, heftete diese mit einem Kadabra an Ort und Stelle, stimulierte sie mit kleinen Stößen knisternder Elyktrizität.

Er schürte das Feuer, das seine klobige analytische Maschine in Betrieb hielt, fütterte sie mit Lochkarten, sammelte Daten. Schließlich rollte er ein Aquarium mit einem narkotisierten Kabeljau heran und verband den regungslosen Fisch über ein widerspenstiges Geschlinge aus Ventilen, Guttaperchaschläuchen und Drähten mit seinem Patienten.

Homöomorphe Chymikalien schleusten Verdünnungsmittel, in Salzwasser gelöst, über die Kiemen des Fisches und anschließend durch die rohen Schlitze, die einmal Gerbers Kiemen sein würden. Kadabras murmelnd, bediente der Arzt seinen stotternden Apparat (was Biothaumaturgie anging, waren seine Fähigkeiten ein wenig eingerostet, doch er arbeitete sorgfältig und methodisch). Er massierte Gerbers blutenden Hals.

Wasser träufelte aus den Schnitten und über die abgelösten Hautlappen.

Fast die ganze Nacht hindurch wiederholte sich die gleiche Szene in dem vom Wasser gewiegten Operationsraum. Der Arzt schlief ein wenig, überprüfte in Abständen Gerbers Fortschritte und den Zustand des sterbenden Kabeljaus in einer Matrix aus thaumaturgischen Fasern, die seinen Tod hinauszögerte. Er erhöhte Druck, wenn nötig, änderte die Einstellung präzise kalibrierter Skalen, fügte dem Wasserstrom Chymikalien hinzu.

In diesen Stunden träumte Gerber, er müsse ertrinken (seine Lider hoben und senkten sich, ohne dass er es merkte).

Bei Sonnenaufgang löste der Arzt Gerber und den Fisch von der Apparatur (der Kabeljau, eingeschrumpft und runzlig, starb augenblicklich). Er befestigte die von gallertigem Blut überzogenen Hautlappen an Gerbers Hals, passte sie ein und strich sie glatt, versiegelte die Schnitte mit von magischer Energie prickelnden Fingerspitzen.

Ohne dass Gerber erwachte – er lag so tief im Betäubungsschlaf, dass diesbezüglich keine Gefahr bestand –, stülpte der Arzt ihm eine Maske über den Mund, hielt ihm mit einer Hand die Nase zu und fing behutsam an, Salzwasser in ihn hineinzupumpen. Einige Sekunden lang geschah nichts. Dann hustete Gerber und würgte heftig und versprühte Wasser, alles, ohne aufzuwachen. Der Chirurg hielt sich bereit, Gerbers Nase loszulassen.

Dann wurde sein Patient ruhig, der Kehldeckel hob sich, die Luftröhre zog sich zusammen und verhinderte, dass Salzwasser in die Lunge drang. Der Arzt lächelte, als es stattdessen aus Gerbers neu geschaffenen Kiemen sickerte.

Anfangs floss es nur träge, schwemmte Blut heraus und abgestorbenes Gewebe und Kruor. Nach und nach wurde es klar und die Kiemen bewegten sich, regulierten den Strom, und es pulste gleichmäßig, Schwall um Schwall über den Tisch.

Gerber Walk atmete Wasser.

*

Er erwachte später, zu benommen, um zu begreifen, was geschehen war, doch angesteckt vom Enthusiasmus des Arztes. Sein Hals tat entsetzlich weh, deshalb schlief er wieder ein.

*

Der bei weitem gravierendste Teil des Remakings war getan. Als Nächstes schob der Chirurg Gerbers Augenlider nach oben und setzte ihm die entsprechend modifizierte Nickhaut eines Kaimans aus einem der Zuchtbecken unter der Stadt ein. Er injizierte ihm partikuläre Lebensformen, die in ihm lebten, ohne ihm zu schaden, dabei seinen Stoffwechsel beeinflussten, seinen Schweiß eine Spur öliger machten, damit er ihn wärmte und ihm half, schneller durchs Wasser zu gleiten. Unten an Gerbers Nasenflügeln fügte er einen kleinen Muskelgrat ein und winzige Knorpelnoppen, sodass er sie verschließen konnte.

Zu guter Letzt nahm der Chirurg die bei weitem einfachste, wenn auch augenfälligste Anpassung vor. Zwischen Gerbers Fingern bis zum Daumen spannte er eine Membrane, Stücke gummiartiger Haut, die er in Gerbers Epidermis verankerte. Er amputierte Gerbers Zehen und ersetzte sie durch die Finger eines Toten, die er, unterstützt von Kadabras, an den Füßen festnähte, sodass sie schließlich affenähnlich aussahen, dann wie die eines Frosches, als er nämlich auch hier Schwimmhäute zwischen die wieder von Leben erfüllten Greifwerkzeuge spannte.

Er badete seinen Patienten, wusch ihn mit Meerwasser. Hielt ihn sauber und kühl und beobachtete, wie die Tentakel sich im Schlaf wanden.

*

Und am vierten Tag erwachte Gerber zu vollem Bewusstsein. Ohne Fesseln, seiner Glieder und Sinne mächtig.

Langsam richtete er sich auf.

Schmerzen. Tobende Schmerzen. Jeder Herzschlag spülte Messer durch seinen Körper. Sein Hals, seine Füße, seine Augen – Feuer! Er erblickte seine neuen Zehen und musste den Blick abwenden, die Erinnerung an das alte Grauen wollte ihn wieder übermannen, er verdrängte sie, zwang sich hinzuschauen (*Wieder mal Eiter*, dachte er mit einem Anflug von Galgenhumor).

Er ballte seine neuen Hände zu Fäusten. Er zwinkerte langsam und sah etwas Durchsichtiges über sein Auge gleiten, bevor das Lid sich schloss. Er sog Luft in wasserwunde Lungen und hustete, und es tat weh, wie der Arzt ihn gewarnt hatte.

Ungeachtet der Schmerzen und der Schwäche und des Hungers und der Unsicherheit zog ein Lächeln über Gerbers Gesicht.

Der Arzt kam herein und fand Gerber, wie er grinste, trotz des wunden Halses von einem Ohr zum anderen und seine Zehen/Finger bestaunte.

»Mr. Walk«, sagte er, und Gerber drehte sich zu ihm herum und streckte die zitternden Arme aus, als wollte er ihn umfassen, ihm die Hand schütteln. Seine Tentakel regten sich ebenfalls, machten Anstalten, die Bewegung nachzuvollziehen, ringelten sich durch das ihnen unbequeme Element Luft. Auch der Arzt lächelte.

»Meinen Glückwunsch, Mr. Walk«, sagte er. »Die Operation ist erfolgreich verlaufen. Sie sind nunmehr amphibisch.«

Und bei diesen Worten – sie konnten nicht anders und versuchten auch gar nicht, es zu unterdrücken – brachen sie beide, er und Gerber Walk, in schallendes Gelächter aus, obwohl es Gerbers Brust schmerzte und der Chirurg nicht genau hätte sagen können, was denn so zum Lachen war.

*

Bei seiner Heimkehr, nach dem schleppenden Marsch durch die Gassen von Bücherhort und Hechtwasser, wurde er von Schekel erwartet, in einer Wohnung, die nie zuvor so sauber gewesen war.

»Oha, Jungchen«, sagte er, ein wenig befangen. »Das hast du großartig gemacht, auf Ehre.«

Schekel wollte ihn zur Begrüßung umarmen, aber Gerber fühlte sich dem noch nicht gewachsen und wehrte ihn freundlich ab. Sie saßen in ruhigem Gespräch bis zum Abend zusammen. Gerber erkundigte sich taktvoll nach Angevine. Schekel konnte berichten, dass es mit dem Lesen immer besser ging und dass es sonst nicht viel Neues gab, *aber warm ist es geworden, merkst du's?*

Jeder merkte es. Zwar krochen sie im Schlepp der Dampfer mit fast geologischer Langsamkeit nach

Süden, aber kontinuierlich seit nun schon fast zwei Wochen. Mittlerweile hatten sie sich schätzungsweise fünfhundert Meilen von ihrem Ausgangspunkt entfernt (eine beachtliche Strecke, doch ging es so langsam voran, dass man kaum etwas von der Bewegung wahrnahm) und spürten den Winter immer weniger, je mehr sie sich der gemäßigten Klimazone näherten.

Gerber zeigte Schekel die Veränderungen an seinem Körper, und Schekel zog eine Grimasse angesichts der Fremdartigkeit und der Entzündungen, doch war er auch fasziniert. Gerber erzählte ihm alles, was der Arzt gesagt hatte.

»Die Genesung wird dauern, Mr. Walk«, so die Abschiedsworte des Chirurgen. »Und auch wenn Sie sich gut fühlen, möchte ich Sie warnen – einige der Schnitte, die ich gemacht habe, einige der Operationswunden, heilen möglicherweise schwer. Es könnten Narben entstehen. Wenn das eintritt, dürfen Sie nicht enttäuscht sein oder den Mut verlieren. Narben sind keine Wunden, Mr. Walk. Eine Narbe ist Heilung. Nach einer Verletzung ist die Narbe das, was gesund macht.«

*

»Zwei Wochen, Junge«, sagte Gerber, »bis ich wieder zur Arbeit gehen kann, meint er. Wenn ich übe und so weiter.«

Doch Gerber kam etwas zupass, wovon der Arzt nichts wusste: Er hatte nie schwimmen gelernt. So war er nicht gezwungen, sich umzugewöhnen, von einem ungelenken, platschenden und spritzenden Paddeln mit Armen und Beinen umzustellen auf die geschmeidigen, kräftesparenden Bewegungen eines Meeresbewohners.

Er saß am Rand des Piers, während seine Arbeitskameraden kamen und ihn begrüßten, erstaunt, besorgt, freundlich. Bastard John, der Delfin, reckte den Kopf aus dem Wasser, fixierte Gerber mit seinen blanken Schweinsäuglein und äußerte höchstwahrscheinlich Gehässigkeiten in seinem primitiven zetazeischen Gekecker. Doch an diesem Morgen ließ Gerber sich nicht einschüchtern. Er empfing seine Kollegen wie ein König, dankte ihnen für ihre Anteilnahme.

An der Grenze zwischen Hechtwasser und Jhour gab es einen freien Raum im Gefüge der Schiffe, Boote und Kähne: Ein Fleckchen Meer, das einem mittelgroßen Schiff als Liegeplatz gepasst hätte, diente als städtisches Schwimmbad. Nur sehr wenige der Piraten Armadas konnten schwimmen, und bei den herrschenden Temperaturen mochten noch weniger diese Kunst üben. Vielleicht eine Hand voll Menschen, besonders mutig oder masochistisch veranlagt, nutzten den Meeresteich, um regelmäßig ihre Runden zu drehen.

Stundenlang, an diesem Tag und dem nächsten und dem nächsten, erforschte dort Gerber Walk seine neuen Möglichkeiten, machte sich langsam, vorsichtig bekannt mit seinem veränderten Körper, breitete untergetaucht die Arme aus und die Hände, spreizte die Finger, schaufelte sich mit den Schwimmhäuten ruckweise durchs Wasser. Er trat mit den Beinen aus wie beim Brustschwimmen, die noch wunden Zehen bogen und streckten sich, unter Schmerzen, kraftvoll. Die kleinen Organismen, die er unter seiner Haut weder sehen noch spüren konnte, molken winzigste Drüsen und verliehen seinem Schweiß eine ölige Konsistenz, die Gerber half, leichter durchs Wasser zu gleiten.

Er öffnete die Augen und lernte, nur die inneren Lider zu schließen – ein außergewöhnliches Gefühl. Er lernte, im Wasser zu sehen, ohne die Behinderung durch einen klobigen Helm, durch Eisen und Messing und Glas. Nicht durch ein Sichtfenster spähen müssen, sondern frei um sich schauen können, das uneingeschränkte Blickfeld ausnutzen.

Am schwersten und mit der größten Überwindung – allein, denn wer hätte ihn unterweisen sollen? – lernte Gerber zu atmen.

Als Wasser in seinen Mund strudelte, verschloss ein Reflex seine Luftröhre, die Zunge wölbte sich hoch, die Kehle zog sich zusammen und versperrte den Weg in den Magen, und das Salzwasser bahnte sich einen Weg durch die empfindlichen neuen Kanäle und weihte sie in ihre Aufgabe ein. Er schmeckte Salz so intensiv, dass er es bald nicht mehr wahrnahm. Er fühlte Wasserströme durch sich hindurchfließen, durch seinen Hals, seine Kiemen und *beim zwiegeschwänzten Seibeiuns!*, dachte er, weil er nicht das Bedürfnis verspürte, nach Luft zu ringen.

Vor dem Untertauchen hatte er tief eingeatmet, aus Gewohnheit, aber die voll gepumpten Lungen verliehen ihm zu viel Auftrieb. Langsam, mit einem Gefühl wohliger Panik, atmete er durch die Nase aus und sah den Strom der Luftblasen zur Oberfläche perlen.

Und fühlte nichts. Keinen Schwindel, keine Erstickungsangst. Nach wie vor wurde sein Blut mit Sauerstoff versorgt und sein Herz schlug.

Über ihm paddelten die kleinen blassen Leiber der anderen Schwimmer an der Oberfläche hin und her, Sklaven der Luft, die sie atmeten. Gerber tummelte sich in der Tiefe, ungeschickt noch, aber lernend. Er schlug gravitätische Purzelbäume, schaute einmal hinauf zum Licht und den Schwimmern und der lastenden, vielgestaltigen Masse der Stadt und dann hinunter in die grenzenlose blaue Dunkelheit.

13

Silas und Bellis verbrachten zwei Nächte zusammen.

Tagsüber stellte Bellis Bücher in Regale, half Schekel beim Lesenlernen und erzählte ihm von Croom Park, aß mit Carianne zu Mittag. Dann kehrte sie zu Silas zurück. Sie redeten miteinander, doch er ließ sie im Unklaren darüber, womit er seine Zeit verbrachte. Sie ahnte, dass er ein Mann voller Geheimnisse war. Sie vögelten ein paarmal.

Nach der zweiten Nacht verschwand Silas. Bellis war froh. Sie hatte Johannes' Bücher vernachlässigt und widmete sich nun wieder der sperrigen wissenschaftlichen Materie.

Silas blieb drei Tage weg.

*

Bellis unternahm Exkursionen.

Endlich drang sie bis in die entferntesten Winkel der Stadt vor. Sie sah die Brandtempel in Sonnenschläfer und die Dreifaltigkeitsstätten, die sich dort über mehrere Schiffe erstreckten. In Mein-&-Dein (das nicht so rau und gefährlich war, wie man sie hatte glauben machen wollen, eigentlich kaum mehr als ein aufgeblähter, ungehobelter Marktplatz) sah sie das Asyl Armadas, ein massiges Gebäude, das auf einem Dampfer hockte, mit einem Sinn fürs Perfide – schien es Bellis – unmittelbar neben dem Spukviertel platziert.

*

Zwischen Köterhaus und Sonnenschläfer schmiegte sich wie ein Puffer ein kleiner Ausläufer Hechtwasser-Boote, durch irgendeine Laune der Geschichte von ihrem Viertel abgetrennt. Dort entdeckte Bellis das Gymnasium. Die Werk- und Klassenräume klebten an den Bordwänden eines Schiffes, stufenförmig, wie ein Bergdorf.

Armada gebot über sämtliche Institutionen einer beliebigen Stadt auf dem Festland, Schulen, Universitäten, Rathäuser und religiöse Stätten, nur von einem raueren Wind durchweht. Und wenn die Gelehrten Armadas drastischer waren als ihre *Collegae* an Land und Räubern und Piraten ähnlicher sahen als *gelehrten Doctores*, schmälerte das in keiner Weise ihre Tüchtigkeit. In jedem Bezirk gab es eine eigene Ordnungsmacht, von den uniformierten Konstablern aus Sonnenschläfer bis zu Hechtwassers eher verschwommen definierten Büttel, deren Schärpe ebenso Abzeichen der Loyalität war wie ihres Amtes. Jeder Bezirk hatte eine eigene Form der Rechtsprechung. In Köterhaus zum Beispiel gab es ein System aus unabhängigem Gericht mit der Möglichkeit zur Verteidigung und Berufung, während der laxen, gewalttätigen Piratendisziplin Hechtwassers mit der neunschwänzigen Katze Geltung verschafft wurde.

Armada war eine pragmatische, weltlich gesinnte Stadt, und ihre vernachlässigten Andachtshäuser wurden ebenso unehrerbietig behandelt wie ihre Bäcker. Einige der frommen Stätten waren dem vergöttlichten Croom geweiht, andere der Mondin mit ihren zwei Töchtern, zum Dank für die Gezeiten, wieder andere diversen Gottheiten des Meeres.

Wann immer sie sich verirrte, brauchte Bellis nur in dem Gewirr der Gassen einen Platz mit einigermaßen freier Sicht zu finden und zwischen den zahlreichen an Masten verankerten Aerostaten nach der *Arrogance* Ausschau zu halten, die majestätisch über der *Grand Easterly* schwebte. Sie war ihr Leuchtfeuer. Sie zeigte ihr den Weg nach Hause.

In der Mitte der Stadt lagen Hausflöße, zwischen Barkantinen schaukelten nadeldünne Unterseeboote, Jochschiffe beherbergten Hotchi-Nester. In den Armeleutevierteln wucherten windschiefe Katen auf Decks oder balancierten wagemutig auf den Rücken von je zehn kleinen Booten. Es gab Theater und Gefängnisse und verlassene Schiffe.

Hob sie den Blick zum Horizont, sah Bellis Unruhen draußen auf dem offenen Meer: aufgewühltes Wasser, hohe Wellen ohne erkennbaren Grund – meistens. Aber manchmal erspähte sie eine Herde Tümmler oder den Hals eines Plesaurus oder Seewyrmen, oder den Rücken von etwas, das riesig war und schnell und unbenannt blieb.

Sie beobachtete, wie abends die Fischerboote heimkehrten. Manchmal tauchten Korsaren auf und machten im Basilio- oder Seeigelhafen fest. Die Motoren von Armadas Ökonomie fanden den Weg nach Hause, wie auch immer.

Armada war reich gesegnet mit Galionsfiguren. Sie residierten an unerwarteten Stellen, dekorativ und ignoriert wie die geschnitzten Türklopfer an Häusern in New Crobuzon. Am Ende einer Gasse einstöckiger Häuschen fand Bellis sich möglicherweise Auge in Auge mit einer hoheitsvollen, verwitterten Frau, der gemalte Blick über dem modernden Brustharnisch abgeblättert und unbestimmt. In der Luft hängend wie ein Geist, unter dem Bugspriet ihres Schiffes, der über das Deck des benachbarten ragte und in die schmale Gasse wies.

Sie waren überall. Otter, Drachen, Fische, Krieger und Frauen. Frauen am häufigsten. Bellis hasste die kurvenreichen Figuren mit dem leeren Blick, die stupide mit der Dünung auf und nieder wippten und die Stadt durchspukten wie banale Gespenster.

In ihrer Wohnung beendete sie das *De Bestiae*, ohne klüger geworden zu sein, was Armadas geheimes Projekt anging.

Sie fragte sich, wo Silas sein mochte und was er tat. Nicht, dass sie wegen seiner Abwesenheit beunruhigt oder ärgerlich gewesen wäre, eine gewisse Neugier jedoch und auch eine leichte Enttäuschung konnte sie nicht leugnen. Immerhin war er für sie das, was einem Verbündeten am nächsten kam.

*

Am Abend des 5. Lunuary war er wieder da.

Bellis ließ ihn ein. Sie berührte ihn nicht, und er nicht sie.

Er wirkte abgespannt und niedergeschlagen. Sein Haar war struppig, seine Kleider staubig. Er ließ sich auf einen Stuhl fallen, legte die Hände vor die Augen und murmelte etwas Unverständliches, einen Gruß. Bellis goss Tee auf. Sie wartete darauf, dass er etwas sagte; als er beharrlich schwieg, kehrte sie zu ihrem Buch und ihren Zigarillos zurück. Einige Seiten voller Notizen weiter brach er das Stillschweigen.

»Bellis. Bellis...« Er rieb sich die Augen und schaute sie an: »Ich muss dir etwas sagen. Ich muss dir die Wahrheit sagen. Ich habe dir Dinge verschwiegen.«

Sie nickte und wandte sich ihm zu. Seine Augen waren geschlossen.

»Wo – fange ich an«, sagte er langsam. »Die Stadt

bewegt sich nach Süden. Die *Sorghum*... Weißt du, welchem Zweck die *Sorghum* dient? Die *Sorghum* und die anderen Bohrinseln, an denen, wenn ich recht verstehe, die *Terpsichoria* mit euch vorbeigesegelt ist, saugen Brennstoff aus dem Meeresboden.« Er breitete die Hände aus, um Größe anzudeuten. »Unter der Erdkruste gibt es Seen aus Öl und Steinmilch und Mercus, Bellis. Du hast die Gewindebohrer gesehen, mit denen sie auf dem Festland nach dem Zeug prospektieren. Nun, Geo-Empathen und Konsorten haben riesige Lager unter dem Fels gefunden, unter dem Meer.

Unter Süd-Salkrikaltor gibt es Ölvorkommen. Deshalb hat man vor drei Jahrzehnten die *Manichino* und die *Trashstar* und die *Sorghum* dort draußen installiert. Die Stelzen der *Manichino* und der *Trashstar* reichen einhundertdreißig Meter in die Tiefe und sind im Meeresgrund verankert. Aber die *Sorghum* – die *Sorghum* ist anders.« Er steigerte sich in eine morbide Begeisterung hinein. »Jemand in Armada hat gewusst, was er tat, kann ich dir sagen. Die *Sorghum* sitzt auf zwei eisernen Pontons-Unterseebooten. Die *Sorghum* ist nicht verankert. Die *Sorghum* ist eine submersible Hubinsel. Die *Sorghum* ist mobil.

Man verlängert einfach das Bohrgestänge um ein weiteres Element und kann sich immer weiter in die Tiefe vorarbeiten. Meilenweit. Man findet Öl und das andere Zeug nicht überall. Deshalb ist Armada so lange an einer Stelle hocken geblieben wie die Glucke auf den Eiern. Unter uns war ein Lager von irgendwas und die Sorghum hat es heraufgeholt und wir konnten nicht weg, bis sie genug Vorräte für die weitere Reise gebunkert hatte.«

Woher weißt du das alles?, ging es Bellis durch den Kopf. *Was ist das für eine Wahrheit, die du glaubst, mir unbedingt mitteilen zu müssen?*

»Und ich wette, es war nicht bloß Öl«, fuhr Silas fort. »Ich habe die Flamme über dem Turm beobachtet. Ich glaube, sie haben Steinmilch gefördert.«

Steinmilch. *Lactus saxi.* Zäh und schwer wie Magma, aber kalt wie der Tod. Und gesättigt mit Thaumaturgonen, magisch geladenen Partikeln. Das Vielfache ihres beträchtlichen Gewichts in Gold wert oder Diamanten oder Öl oder Blut.

»Schiffe brauchen keine Steinmilch als Brennstoff für ihre Motoren«, sagte Silas. »Keine Ahnung, weshalb sie es heraufgeholt haben, jedenfalls nicht, um ihre Dampfer in Schwung zu halten. Überleg doch, was wir tun! Wir sind unterwegs nach Süden, in tiefere, wärmere Gewässer. Ich wette mit dir um einen Legel, wir folgen versunkenen Gebirgszügen, unter denen es viel versprechende Vorkommen von was weiß ich gibt, ein Kurs, der es der *Sorghum* ermöglicht, die Lager anzubohren und auszusaugen. Und wenn wir dort sind, wo irgendwelche maßgeblichen Leute in Armada hinwollen, werden dein Freund Johannes und die besagten maßgeblichen Leute die Tonnen von Steinmilch und Jabber weiß wie viel Öl benutzen, um – etwas zu tun. Und zu diesem Zeitpunkt...«, er verstummte, suchte ihren Blick und hielt ihn fest, »zu diesem Zeitpunkt wird es zu spät sein.«

Raus damit, dachte Bellis, und Silas nickte, als hätte er es gehört.

»Als wir uns auf der *Terpsichoria* begegnet sind, war ich ziemlich aufgeregt, entsinne ich mich. Ich sagte dir, ich müsste auf dem schnellsten Weg zurück nach New Crobuzon. Du selbst hast mich vor kurzem daran erinnert. Und ich habe geantwortet, ich hätte gelogen. Aber das stimmt nicht, was ich an Bord der *Terpsichoria* gesagt habe, war die reine Wahrheit! Ich muss zurück. Dammich, du hast das vermutlich längst begriffen.« Bellis hütete sich, zu widersprechen. »Ich wusste nicht, wie ... Ich wusste nicht, ob ich dir vertrauen konnte, ob du bereit sein würdest, mir zu helfen. Tut mir Leid, dass ich nicht ehrlich war, ich kannte dich einfach noch nicht gut genug. Aber jetzt, Bellis, jetzt kenne ich dich und weiß, ich kann dir vertrauen. Und ich brauche deine Hilfe.

Du erinnerst dich, wie ich dir erzählt habe, dass die Grymmenöck gelegentlich ohne ersichtlichen Grund irgendeinem armen Teufel die Freundschaft kündigen. Dass Leute verschwinden, nach ihrer Lust und Laune. Nach Lust und Laune der Grymmenöck, wohlgemerkt. Das stimmt, doch es stimmt nicht, was ich damals behauptete, auch mir wäre es so ergangen. Ich weiß genau, weshalb die Grymmenöck mich töten wollten.

Die Grymmenöck könnten, wenn sie wollten, flussaufwärts schwimmen, zum Kamm der Bezheks, wo alle Ströme entspringen, und dort in den Canker einbiegen. Sich auf der anderen Seite des Gebirges flussabwärts tragen lassen, den ganzen Weg bis nach New Crobuzon.

Andere könnten durch die Höhlen in den Ozean gelangen und die Stadt von See her erreichen. Sie sind euryhalinisch, die Grymmenöck, überleben in Süßwasser ebenso wie im Meer. Sie könnten in die Eisenbucht schwimmen, den Gross Tar hinauf und nach New Crobuzon. Alles, was sie brauchen, um das zu bewerkstelligen, ist Entschlossenheit. Und ich weiß, davon haben sie genug.«

Bellis hatte Silas nie derart angespannt gesehen.

»Als ich dort war, kursierten Gerüchte. Ein großer Plan sei im Werden. Einer meiner Kunden, ein Magus, eine Art Kriegerpriester, sein Name tauchte wieder und wieder auf. Ich fing an, die Augen und Ohren offen zu halten. Das ist der Grund, weshalb ich auf ihrer schwarzen Liste stehe. Ich habe alles herausgefunden.

Bei den Grymmenöck gibt es keine Geheimhaltung, keine Politik wie bei uns. Wochenlang hatte ich das Offensichtliche genau vor der Nase, aber ich brauchte lange, um es zu erkennen. Mosaike, Pläne, Librettos und so weiter. Ich hatte Mühe, daraus schlau zu werden.«

»Und was hast du gefunden?«

»Pläne. Pläne für eine Invasion.«

*

»Es wäre unvorstellbar«, sagte er. »Die Götter wissen, unsere Geschichte hat keinen Mangel an Verrat und Blutvergießen, aber ... Beim zwiegeschwänzten Seibeiuns, Bellis, du bist nie in den Gengris gewesen.« Aus seiner Stimme sprach eine Verzweiflung, die Bellis nicht von ihm erwartet hätte. »Du hast nie die Akrenplantagen gesehen. Die Fabriken. Die verfluchten Gallefabriken. Du hast nie die *Musik* gehört.

Wenn die Grymmenöck New Crobuzon erobern, werden sie uns nicht versklaven. Sie werden uns nicht ausrotten oder meinetwegen auffressen. Nichts derart Fassbares.«

»Aber warum?«, fragte Bellis endlich. »Was wollen sie von uns? Glaubst du wirklich, sie könnten es fertig bringen?«

»Ich weiß es verdammt nochmal nicht. Niemand kennt sie gut genug, um zu wissen, was in ihren Köpfen vorgeht und wozu sie wirklich imstande sind. Ich nehme an, das Parlament von New Crobuzon hat mehr Pläne für den Fall einer verfluchten Tesh-Invasion in der Schublade liegen als für einen Angriff der Grymmenöck. Wir hatten nie einen Grund, sie zu fürchten. Aber sie verfügen über ihre eigenen Methoden, ihre eigenen Wissenschaften und Thaumaturgien. Ja«, er nickte, »ich glaube, sie könnten es schaffen.

Sie wollen New Crobuzon aus dem gleichen Grund wie jeder andere Staat oder Barbarenstamm in Bas-Lag. Diese Stadt ist die reichste, die größte, die mächtigste. Unsere Industrie, unsere Ressourcen, unser Militär – denk an alles, was wir zu bieten haben. Doch im Gegensatz zu Shankell oder Dreer Samher oder Neovaden oder Yoraketche haben die Grymmenöck – haben die Gengris eine Chance.

Sie können uns überrumpeln – das Wasser vergiften, in die Kanalisation eindringen; jeder verfluchte Ritz und Winkel und Wassertank in der Stadt wäre ein Schlupfwinkel, ein Stützpunkt. Sie können uns berennen, mit rätselhaften Waffen, uns in einem endlosen Guerillakrieg zermürben.

»Ich habe gesehen, wozu die Grymmenöck fähig sind, Bellis.« Seine Stimme klang resigniert. »Ich habe es gesehen, und ich habe Angst.«

*

Von draußen hörte man das ferne Keckern und Zwitschern im Halbschlaf zankender Affen.

»Deshalb bist du geflohen«, sagte Bellis in die Stille nach seinen Worten.

»Deshalb bin ich geflohen. Ich konnte nicht glauben, was ich entdeckt hatte. Aber ich zauderte – ich habe verdammt nochmal die kostbare Zeit vertrödelt!« Der Zorn auf sich selbst übermannte ihn. »Und als ich kapierte, dass es kein Irrtum war, kein Missverständnis, dass sie wirklich und wahrhaftig vorhatten, wie eine unheilige, eine unvorstellbare Apokalypse über meine Heimatstadt hereinzubrechen, da entfernte ich mich grußlos. Ich organisierte das kleine Tauchboot und machte mich davon.«

»Wissen sie, dass – du Bescheid weißt?«

Er schüttelte den Kopf. »Ich glaube nicht. Ich habe dieses und jenes mitgehen lassen, damit es aussieht, als wäre ich ein gewöhnlicher Dieb, der mit seiner Beute Fersengeld gegeben hat.«

Bellis konnte sehen, dass er unter einer enormen Anspannung stand. Sie erinnerte sich an einige der Heliotypien, die sie in seinem Notizbuch gesehen hatte. Ihr Herz krampfte sich zusammen, und mit dem Blutstrom kroch eine zähe Angst durch ihren Körper wie eine Krankheit. Sie mühte sich zu begreifen, was er ihr erzählt hatte. Es war zu groß für sie, es ergab keinen Sinn, überstieg ihr Fassungsvermögen. New Crobuzon in Gefahr? Wie konnte das möglich sein?

»Wie viel Galgenfrist?«, fragte sie tonlos.

»Sie müssen bis Chet warten, um ihre Waffen zu ernten. Also vielleicht sechs Monate. Für uns ist es wichtig herauszufinden, was Armada vorhat, weil wir wissen müssen, wohin es geht mit dieser verdammten Steinmilch. Weil wir – wir müssen New Crobuzon eine Warnung zukommen lassen.«

»Warum«, flüsterte Bellis tonlos, »hast du mir nichts davon gesagt?«

Silas schlug eine hohle Lache an. »Ich wusste nicht, wem hier ich trauen konnte. Ich wollte allein versuchen wegzukommen, einen Weg nach Hause zu finden. Es hat verdammt lange gedauert, bis ich endlich eingesehen habe, dass es keinen gibt. Ich dachte, ich könnte selbst die Warnung nach New Crobuzon bringen. Was, wenn du mir nicht geglaubt hättest? Oder wenn du ein Spitzel gewesen wärst? Was, wenn du unsere neuen Bosse informiert hättest...?«

»Ja und, wie wär's damit?«, fiel Bellis ihm ins Wort. »Wäre das nicht eine Überlegung wert? Vielleicht würden sie uns helfen, eine Nachricht...« Silas starrte sie an, auf seinem Gesicht malte sich sarkastische Ungläubigkeit.

»Bist du noch bei Trost?«, fragte er. »Du glaubst, die würden uns helfen? Die schert es einen feuchten Kehricht, was aus New Crobuzon wird. Höchstwahrscheinlich klatschen sie Beifall, wenn es untergeht – ein Konkurrent weniger auf den Weltmeeren. Du glaubst, sie würden uns erlauben, etwas zur Rettung unserer Heimatstadt zu unternehmen? Die Bastarde würden vor nichts zurückschrecken, um uns genau daran zu hindern und den Grymmenöck zu ermöglichen, sich ungehindert auszutoben. Und außerdem, du hast selbst erlebt, wie sie mit – mit offiziellen Vertretern New Crobuzons umgehen. Sie würden meine Aufzeichnungen, meine Dokumente durchsuchen und feststellen, dass ich im Auftrag des Parlaments unterwegs bin. Dass ich in New Crobuzons Diensten stehe. Allmächtiger Jabber, Bellis, du hast erlebt, was Myzovic passiert ist. Was, glaubst du, werden sie mit mir anstellen?«

Der Gedanke beschäftigte beide eine stumme Minute lang.

»Ich brauche – ich brauche jemanden, der mit mir zusammenarbeitet. Wir haben keine Freunde in dieser Stadt. Keine Verbündeten. Tausende Meilen entfernt ist unsere Heimatstadt in Gefahr, und wir können nicht hoffen, jemanden zu finden, der uns hilft. Es liegt allein bei uns, denen daheim eine Warnung zukommen zu lassen.«

Nach diesen Worten entstand eine Pause, die sich zu einem Schweigen dehnte, länger und länger und unerträglich, weil angefüllt mit Erwartung, der Erwartung, dass der eine oder der andere es brach, mit Ideen, Plänen, Vorschlägen.

Und beide gaben sich Mühe. Bellis machte mehrere Male den Mund auf, aber die Worte erstarben ihr auf der Zunge.

Wir entführen eins ihrer Schiffe, wollte sie zum Beispiel sagen, schämte sich aber, diesen idiotischen Gedanken auszusprechen. *Wir stehlen uns davon, nur wir zwei, in einem Dingi, finden einen Schleichweg zwischen den Wachbooten hindurch und rudern und segeln nach Hause.* Sie versuchte, es auszusprechen, versuchte, es ganz rational zu denken, und hätte fast aufgestöhnt. *Wir stehlen ein Luftschiff. Alles, was wir brauchen, sind Flinten und Gas und Kohle und Wasser für den Motor und Proviant für eine Reise von zweitausend Meilen und eine Karte, damit wir sehen können, wo Gottschiet mitten auf diesem ganzen Gottschiet Vielwassermeer wir uns befinden, um Jabbers willen...*

Nichts, alles nichts, ihr fiel nichts ein, sie konnte nicht denken.

Sie saß da und grübelte, zermarterte sich das Hirn nach einer Möglichkeit, New Crobuzon zu retten, ihre Stadt, die sie liebte, auf eine heftige, unromantische Art, und die nun bedroht war, von einer unvorstellbar grausigen Gefahr. Und die Sekunden vertickten, vertickten, und Chat und der Sommer und die Ernte der Grymmenöck rückten näher, und ihr Kopf war leer.

Vor ihrem inneren Auge sah Bellis Kreaturen mit Leibern wie aufgeblähte Aale, Zähnen wie Krummdolche, die in Scharen durch schwarze Wasser ihrer Heimat zustrebten.

»O gütige Götter, gütiger Jabber«, hörte sie sich jammern. Sie begegnete Silas' besorgtem Blick. »Gütige Götter, was sollen wir tun?«

14

Träge wie eine riesengroße, monströs aufgeblähte Kreatur schwamm Armada in wärmere Gewässer.

Die Bürger wie die Ordnungshüter legten die dickere Kleidung ab. Die Neubürger von der *Terpsichoria* waren konsterniert. Die Vorstellung, dass man Jahreszeiten entfliehen konnte, ihnen davonlaufen wie einem Verfolger aus Fleisch und Blut, war in höchstem Maße befremdlich.

Doch Jahreszeiten waren Ansichtssache, eine Frage der Perspektive. Herrschte Winter in New Crobuzon, war in Bered Kai Nev Sommer (angeblich), obwohl sie die Tage und Nächte gemeinsam hatten, die länger wurden und kürzer. Der Morgen dämmerte überall auf der Welt. Auf dem östlichen Kontinent waren die Sommertage kurz.

Die Zahl der Vögel in Armadas Mikroklima wuchs. Die kleine, von Inzucht bestimmte Gemeinschaft der Finken und Spatzen und Tauben, die Armada zu ihrer Heimat erkoren hatten, erfuhr Verstärkung durch Zugvogelschwärme, die der Wärme folgend das Vielwassermeer überquerten. Ein paar der Durchreisenden ließen sich von Armada zur Rast verlocken, kamen, ruhten aus, tranken und blieben.

Auf der Suche nach Quartier kreisten sie über den Rädertürmen von Köterhaus, wo das Demokratische Konzil eine Krisensitzung nach der anderen abhielt und ebenso hitzig wie ergebnislos über Armadas Zukunft debattierte. Man stimmte überein, dass die geheimen

Pläne der Liebenden nicht gut waren für die Stadt, dass man etwas unternehmen müsse, doch über das Was und Wie geriet man aneinander, und umso drastischer, je deutlicher den Räten ihre Ohnmacht zu Bewusstsein kam.

Hechtwasser war von jeher der mächtigste Bezirk gewesen, und nun hatte Hechtwasser sich auch noch die *Sorghum* gesichert, und das Demokratische Konzil hatte nichts Gleichwertiges in die Waagschale zu werfen.

(Nichtsdestotrotz streckte Köterhaus behutsam diplomatische Fühler in Richtung des Brucolac aus.)

*

Gerber musste sich sehr beherrschen, nicht durch die Kiemen zu atmen, nicht mit Armen und Beinen zu rudern wie ein Frosch oder Vodyanoi, sondern ruhig der ungeheuren Masse schwarzen Wassers ins Antlitz zu schauen. Offenen Auges hinunterzuschauen und sich nicht zu fürchten.

In seinem Taucheranzug war er ein Eindringling gewesen. Er hatte die See herausgefordert, in einer Rüstung versteckt. Festgeklinkt an Leitern und Tauen, sich anklammernd und wissend, dass der bodenlose Abgrund, der wie ein Rachen unter ihm gähnte, genau das war. Ein Maul von der Größe der Welt, aufgesperrt, um ihn zu verschlingen.

Nun bewegte er sich ohne Hilfsmittel, schwamm einer Dunkelheit entgegen, die nicht mehr nach ihm zu hungern schien. Gerber schwamm tiefer und tiefer hinab. Erst glaubte er, wenn er die Hand ausstreckte, könnte er die Zehen der Schwimmer über ihm berühren. Von unten die hektisch paddelnden kleinen Gestalten zu beobachten bereitete ihm ein voyeuristisches Vergnügen, doch wenn er sich umkehrte zu der sonnenlosen Tiefe, wurde ihm bang angesichts dieser unerbittlichen Unermesslichkeit, und er drehte sich rasch herum und schwamm zurück zum Licht.

Doch jeden Tag wagte er sich tiefer hinab.

Tauchte unter die Ebene von Armadas Kielen und Rudern und Rohrleitungen. Die langen Algenfransen, die die tiefsten Punkte der Stadt betressten, griffen spielerisch nach ihm, doch er entschlüpfte ihnen wie ein Dieb und richtete den Blick voraus in den Abyssus.

Pflügte durch einen Schwarm Köderfische, die sich an den Brosamen der Stadt gütlich taten, dann nur noch Weite um ihn herum, nichts mehr von Armada. Er befand sich unter der Stadt, ganz und gar unter der Stadt.

Bewegungslos hing er im Wasser. Es war ganz einfach.

Der Druck umfing ihn, fest, ein Gefühl wie in strammen Wickeltüchern.

Armadas Schiffe bedeckten fast eine Meile weit die Meeresoberfläche und sperrten das Licht aus. Über ihm flitzte Bastard John unter den Docks herum wie eine Hornisse. In dem dämmrigen Wasser fand Gerber sich in einer dicken Teilchensuppe schwimmen, winzigste Lebensformen in unübersehbarer Masse. Und durch Plankton und Krill sah er schemenhaft Armadas Seewyrmen und die Tauchboote, eine Hand voll dunkler Schatten um die Basis der Stadt gruppiert.

Er bemühte sich, das Schwindelgefühl zu überwinden, machte etwas anderes daraus. Nicht weniger Ehrfurcht, aber weniger Furcht. Er nahm, was sich in ihm wie Angst anfühlte, und wandelte es um in Demut.

Ich bin verdammt klein, dachte er und hing im Wasserblau wie ein Staubkorn in stiller Luft, *in einem verdammt großen Ozean. Aber ist schon in Ordnung. Das kann ich ab.*

*

Angevine gegenüber war er schüchtern und befangen durch den leichten Groll, den er trotz allem gegen sie hegte. Doch er gab sich große Mühe, Schekel zuliebe.

Sie kam zum Essen, und Gerber versuchte, eine Unterhaltung in Gang zu bringen, aber sie gab sich verschlossen und unzugänglich. Eine Zeit lang saßen sie am Tisch und kauten stumm ihre Tangfladen. Nach einer halben Stunde gab Angevine Schekel ein Zeichen, und er sprang auf und schaufelte flink wie einer, der es schon oft getan hat, Koks aus einem Vorratsbehälter in ihren Ofen.

Angevine begegnete ohne Verlegenheit Gerbers Blick.

»Die Maschine in Gang halten?«, fragte er endlich.

»Sie bringt nicht die Leistung, die sie sollte«, antwortete sie gedehnt (in Salt, ostentativ nicht in Ragamoll, dessen er sich bedient hatte, obwohl es ihre Muttersprache war).

Gerber nickte. Er erinnerte sich an den zur Bewegungslosigkeit verurteilten Greis im Laderaum der *Terpsichoria*. Erst nach einigem Herumdrucksen wagte er einen zweiten Vorstoß, er fühlte sich eingeschüchtert von dieser strengen Remade.

»Was für ein Modell ist deine Maschine?«, erkundigte

er sich, in Salt. Sie schaute ihn verdutzt an, und er begriff, dass sie keine Ahnung von der mechanischen Komponente ihres eigenen vergewaltigten Körpers hatte.

»Vermutlich ein altes Voraustauschmodell«, meinte er bedächtig. »Mit nur einem Satz Kolben und ohne Rekombinationskammer. Die Dinger haben nie was getaugt.« Wieder schwieg er eine Weile. *Red weiter,* ermunterte er sich. *Vielleicht sagt sie Ja, und den Jungen wird's freuen.* »Wenn es dir recht ist, könnte ich einen Blick drauf werfen. Ich hab mein ganzes Leben mit Maschinen zu tun gehabt. Ich könnte – ich könnte dich sogar ...« Er zögerte vor einem Wort, das irgendwie obszön klang in Verbindung mit einer Person. »Ich könnte dich sogar generalüberholen.«

Er nahm seinen Teller, stand auf und ging zum Herd, vorgeblich, um sich einen Nachschlag zu holen, in Wirklichkeit, um nicht Schekels peinlichen Monolog mit anhören zu müssen: Überredung der zweifelnden Angevine vermischt mit Dankbarkeitsbekundungen gegenüber dem Freund. Abseits des Refrains von *Komm schon, Ange bester Kumpel Gerber du bist mein bester Kumpel,* sah Gerber, dass Angevine ratlos war. Sie war nicht an Anerbieten wie dieses gewöhnt, außer es ging darum, sich jemanden zu verpflichten.

Es ist nicht für dich, dachte Gerber leidenschaftlich und wünschte, er könnte es ihr sagen. *Es ist für den Jungen.*

Er trat in den Hintergrund des Zimmers, während sie und Schekel miteinander flüsterten, wandte ihnen höflich den Rücken zu, entkleidete sich bis auf die lange Unterhose und stieg in eine mit Meerwasser gefüllte Wanne. Wohltuend. Er räkelte sich darin ebenso wonnevoll wie früher in einem heißen Bad und hoffte, dass Angevine von selbst seine Beweggründe verstand.

Sie war keine Närrin. Es dauerte nicht lange, und sie sagte würdevoll etwas wie: *Dann vielen Dank, Gerber, das wäre vielleicht ganz praktisch.* Sie sagte *ja,* und Gerber merkte zu seiner eigenen Überraschung, dass es ihn freute.

*

Schekel ließ sich nach wie vor von dem Spektakel stummer Laute begeistern, für welches das Lesen ihn empfänglich machte, aber mit der Gewohnheit kam eine gewisse Souveränität. Inzwischen ertappte er sich nicht mehr dabei, dass er mitten in einem Korridor stehen blieb, staunend, mit offenem Mund, weil ihm irgendein Schild das Wort *Niedergang* oder *Gemach* entgegenschleuderte.

In den ersten Tagen waren Graffiti eine Droge gewesen. Er hatte vor Mauern und Bordwänden gestanden, und seine Augen krochen durch den Morast aus Botschaften, die geritzt, geschrieben oder gemalt die Flanken der Stadt überzogen. In so vielen Variationen: Die nämlichen Lettern konnten auf zehnerlei verschiedene Arten dargestellt werden und sagten doch immer dasselbe. Dieses Wunder wurde niemals schal.

Das meiste von dem, was dort prangte, war unflätig oder politisch oder beschäftigte sich mit Details des Verdauungsprozesses. *Trümmerfall Verpiss Dich*, entzifferte er. Namen im Dutzend. Jemand liebt jemanden, wieder und wieder verkündet. Verunglimpfungen, Anschuldigungen, sexueller und allgemeiner Natur. *Barsum* oder

Peter oder *Oliver ist eine Fotze* oder *ein Stricher* oder *ein Perverser* oder was immer. Die Art der Schrift verlieh jeder Aussage eine individuelle Stimme.

In der Bibliothek plünderte er nicht mehr wie im Rausch die Regale, aber immer noch zog er Bücher heraus und stapelte sie und las sie konzentriert und schrieb die Worte auf, die er nicht verstand.

Manchmal schlug er ein Buch auf und entdeckte Worte, die ihm beim ersten Lesen rätselhaft geblieben waren, die er aufgeschrieben hatte und gelernt. Solche Funde bereiteten ihm Freude. Er fühlte sich wie ein Fuchs, der ein heimliches Wild aufgespürt und geschlagen hatte. *Gründlich* und *Kletterer* und *Khepri*, waren Beispiele dafür. Wenn er ihnen nun wieder begegnete, ergaben sie sich ihm, und er las sie ohne zu stocken.

Zwischen den Regalen mit fremdsprachigen Büchern fand Schekel Entspannung. Er war fasziniert von ihren kryptischen Alphabeten und Orthographien, ihren merkwürdigen Bildern für Kinder anderer Völker. Dort ging er hin und stöberte, wenn er Ruhe in seinem Kopf haben wollte. Er konnte sicher sein, dass sie stumm blieben.

Bis zu dem Tag, als er eines herauszog und in den Händen drehte, und es sprach zu ihm.

*

In der Abenddämmerung stieg etwas behäbig aus der Tiefsee empor und schwamm auf Armada zu.

Es näherte sich den Tauchern der letzten Tagschicht, die Feierabend machten und auf dem Weg nach oben waren. Sie hangelten sich Hand über Hand an den Strickleitern hinauf, atmeten schnaufend in ihren

Helm und schauten nicht nach unten, sahen nicht, was kam.

*

Gerber Walk saß mit Hedrigall am Rand der Basilio Docks. Sie ließen wie Kinder die Beine über die Bordwand einer kleinen Schaluppe baumeln und schauten den Kränen zu, die Fracht umschlugen.

Hedrigall wollte auf etwas Bestimmtes hinaus. Er sprach zu Gerber in Andeutungen. Er verschleierte, ließ bedeutungsvolle Pausen eintreten und Gerber begriff, dass es um das geheime Projekt ging, diese unausgesprochene große Sache, an der so viele seiner Kollegen mitarbeiteten. Ohne wenigstens ein Quäntchen Vorwissen konnte Gerber aus dem, was Hedrigall sagte, nicht klug werden. Er merkte nur, dass sein Freund unglücklich war und sich vor etwas fürchtete.

Ein Stück weiter weg sah man die Mechaniker triefend den Fluten entsteigen, die Leitern zu Flößen oder verwitterten Dampfern erklimmen, von wo ratternde Maschinen und Kameraden und Konstrukte sie pumpend mit Atemluft versorgten.

Urplötzlich fing in genau dieser Ecke des Hafens das Wasser an zu brodeln, als ob es kochte. Gerber bedeutete Hedrigall zu schweigen, indem er ihm die Hand auf den Arm legte. Dann stand er auf und reckte den Hals.

An den Piers entstand Unruhe. Mehrere Arbeiter liefen hinzu und halfen, die Männer in ihren ungeschlachten Anzügen aufs Trockene zu ziehen. Weitere Taucher schnellten an die Oberfläche wie Korken, krallten nach ihren Helmen, den Leitersprossen, wollten auf festen

Boden, frei atmen. Im Wasser erschien eine Furche, schwoll an und barst, als Bastard John, der Delfin, senkrecht emporschoss. Er stand, von der wild schlagenden Schwanzflosse gestützt, auf dem Wasser und schnatterte wie ein Affe.

Ein Mann, an einer Leiter festgekrallt, halb im, halb aus dem Wasser, konnte sich endlich den Helm herunterreißen und schrie um Hilfe.

»Panzerfisch!«, heulte er. »Ein paar von uns sind noch unten!«

Überall ringsum steckten Leute erschrocken den Kopf aus dem Fenster, ließen die Arbeit liegen und liefen zum Wasser, beugten sich über die Reling der kleinen Fischerboote, die in der Mitte des Hafens schaukelten, zeigten ins Wasser und riefen zu denen auf den Pier hinüber.

Gerbers Herz wurde zu Eis, als rote Wolken an die Oberfläche blühten.

»Dein Messer!«, schrie er Hedrigall an. »Gib mir dein verdammtes Messer!« Er warf das Hemd ab und stürmte ohne Zögern los.

Im Laufen entringelten sich seine um den Leib geschlungenen Tentakel. Hedrigall brüllte Unverständliches hinter ihm her, doch schon schlug Kälte über ihm zusammen, Geräusche verklangen, und er atmete Wasser.

Gerber blinzelte heftig, die Nickhäute schnappten über die Augen, und er schaute hinab. In mittlerer Entfernung, durch das Wasser verzerrte Silhouetten, zogen Tauchboote unter der Stadt ihre Kreise.

Er sah die Nachzügler in Todesangst dem Licht entgegensteigen, erbärmlich langsam und unbeholfen in ihrer klobigen Montur. Hier und da trübten Blutschwaden das Wasser. Dort trudelte ein Stück Knorpelskelett, umschleiert von Fleischfetzen – Überreste eines von Armadas Wächterhaien.

Mit kräftigen Beinstößen katapultierte Gerber sich tiefer hinab. Ein Stück unter sich sah er einen Mann, am Ende einer dicken, senkrechten Röhre festgeklammert, offenbar vor Angst gelähmt. Und unter diesem, im Zwielicht über dem Schwarz des Abyssus, hin und her flackernd wie eine Flamme, schwamm eine schwarze Masse.

Gerber prallte zurück, entsetzt. Das Etwas war riesig.

Über sich hörte er dumpf das Geräusch von Körpern, die ins Wasser plumpsten. Retter kamen, in Riemengeschirren von Kränen abgefiert, schwer bewaffnet mit Harpunen und Lanzen. Aber das Tempo diktierten die Maschinen, und so ging es nur quälend langsam voran, Zentimeter um Zentimeter.

Bastard John schoss an Gerber vorbei, der zusammenzuckte, und aus verborgenen Nischen zwischen den Rümpfen sah man die schweigsamen Menschenfische aus Sonnenschläfer auf den Räuber aus der Tiefe zuhalten.

Ermutigt setzte er seinen Weg fort.

Seine Gedanken überschlugen sich. Er wusste, dass Angriffe großer Räuber vorkamen – Haie, Seewölfe, Hakenoktopusse und andere zerstörten Fischreusen und attackierten die Arbeiter –, doch miterlebt hatte er noch keinen. Er hatte noch nie einen Dinichthys, einen Panzerfisch gesehen.

Er packte Hedrigalls Messer fester.

Angeekelt merkte er, dass er durch einen Bereich blutigen Wassers tauchte, er schmeckte es im Mund und an den Kiemen. Sein Magen revoltierte, als er bei einem Blick zur Seite einen gemächlich abwärts gaukelnden aufgerissen Taucheranzug sah, in dessen Innern undefinierbare rote Fetzen wogten.

Dann hatte er das Ende der Röhre erreicht, ein paar Körperlängen entfernt von dem blutenden, regungslosen Taucher, und die Kreatur unten gab ihre Lauerstellung auf.

Gerber hörte das Wummern, spürte eine Druckwelle und richtete den Blick in die Tiefe. Er öffnete den Mund zu einem lautlosen Schrei.

Ein Albtraum schoss ihm entgegen, ein Ungeheuer: der von einem knöchernen Helm umschlossene Schädel rund und glatt wie eine Kanonenkugel, quer gespalten von einem riesigen Maul, darin nicht Zähne, sondern rasiermesserscharfe, schartige Knochenplatten, zwischen denen Fleischfetzen wehten. Der Leib war lang gestreckt, spitz zulaufend, schuppenlos, mit einem niedrigen Flossensaum an Rücken und Bauch, wie bei einem fetten, überdimensionalen Aal.

Das Vieh, mindestens acht Meter lang, kam auf ihn zu mit seinem aufgesperrten Maul, das groß genug war, ihn einfach so mittendurch zu beißen, und stupiden, bösartigen Augen unter den schützenden Knochenwülsten.

Gerber heulte auf, gepackt von tollkühnem Wahnwitz, und zückte sein kümmerliches Messer.

Bastard John schoss quer durch Gerbers Blickfeld, tauchte hinter dem Dinichthys wieder auf und rammte ihm den Schnabel ins Auge. Entsetzlich flink schnellte der gewaltige Räuber herum und schnappte nach dem Delfin. Die gezackten Knochengrate in seinem Maul schlugen knirschend aufeinander.

Erzürnt über den Angriff, vergaß er die Beute und verfolgte Bastard John. Kleine Elfenbeinlanzen zogen Bahnen aus Luftblasen durchs Wasser, als die Molchmenschen ihre fremdartigen Waffen auf den Dinichthys abschossen. Er schenkte ihnen keine Beachtung.

Gerber stieß sich ab, schwamm mit schlegelnden Beinen zu dem Taucher hin; dabei hielt er angstvoll Umschau und sah zu seinem Entsetzen, dass der mächtige, gepanzerte Fisch kehrtgemacht hatte, ungeachtet Bastard Johns Bemühungen, ihn abzulenken. Er peitschte sich aus der Tiefe senkrecht nach oben, geradewegs auf Gerber zu.

Nach einem letzten Beinstoß konnte Gerber das raue Metall der Röhre greifen. Er reckte sich nach dem Taucher, ohne den heranpflügenden Dinichthys aus den Augen zu lassen. Sein Herz schlug wild. Mit den Tentakeln am Rohr verankert, schwenkte er in der rechten Hand das Messer und betete, dass Bastard John oder die Molchmenschen oder die bewaffneten Taucher ihn vor der Bestie erreichen mochten. Mit der linken Hand griff er nach dem Mann, der bisher keine Anstalten gemacht hatte, sich zu retten. Tastend berührte er etwas Warmes und Weiches, etwas, das auf grausige Art unter seinen Fingern nachgab. Gerber riss die Hand zurück. Für eine Sekunde irrte sein Blick von dem Dinichthys zu dem Mann neben ihm.

Er schaute durch das Visier in einen mit Wasser voll gelaufenen Helm und in ein kreideweißes Gesicht mit weit aufgerissenen, aus den Höhlen quellenden Augen und offen hängendem, stummen Mund. Der Anzug war in der Mitte aufgerissen und man sah die klaffende Bauchhöhle. Gedärme wiegten sich im Wasser wie die Arme von Seeanemonen.

In namenlosem Entsetzen zuckte Gerber zurück, ahnte ganz in der Nähe den Dinichthys, trat mit den Füßen aus, stach blindlings mit dem Messer um sich, während, eine tückische Bugwelle vor sich herschiebend, Höcker und Wülste und schuppenlose Haut an ihm vorbeirauschten, tonnenschwere Muskelmasse. Das Knirschen aneinander reibender Knochenplatten sägte durchs Wasser und das Rohr erbebte, als der Tote losgerissen wurde. Der gepanzerte Meeresräuber glitt im Zickzack davon, durch den kopfstehenden Wald von Armadas Kielen; der tote Mann schlenkernd zwischen den Kiefern.

Bastard John und die Molchmenschen verfolgten ihn, doch er war bei weitem zu schnell für sie. Gerber, völlig verstört, schwamm hinterdrein, ohne Vorstellung wozu. Bei dem Gedanken an die hautnahe Begegnung mit der monströsen Kreatur wurden ihm die Glieder schwer, und er begann zu frieren. Unterschwellig war er sich bewusst, dass es klüger wäre aufzutauchen, sich oben in eine Decke zu wickeln und gegen den Schock gezuckerten Tee zu trinken.

Der Dinichthys kehrte zurück in die Tiefsee, in die Regionen zermalmenden Drucks, wohin seine Verfolger sich nicht wagen durften. Gerber hörte auf zu schwimmen und schaute ihm nach, bemüht, nichts von dem zerfasernden Blutschweif einzuatmen. Er war allein.

Er schaufelte sich durch Wasser wie Teer, nach oben, vorbei an ihm fremden Schiffsbäuchen, richtungslos, verirrt. Immer noch hatte er das Gesicht des Toten vor Augen, die heraushängenden Eingeweide. Und als er die Orientierung wiedergefunden hatte, als er, im Wasser stehend, sich langsam drehte und die schwojenden Schiffe im Basiliohafen sah und die Boote des Winterstroh Markts wie aufs Wasser gestreute Krumen, hob er den Blick und entdeckte in dem kalten, scharfen Schatten des Schiffes über sich einen der riesengroßen, rätselhaften Gegenstände, die unter der Stadt hingen, verschleiert durch Blendzauber und streng bewacht, die man nicht sehen durfte.

Jetzt aber sah er, dass dieses Teil mit anderen verbunden war, und er ließ sich in die Höhe tragen, von niemandem gehindert, denn der Hai, der hier gewacht hatte, war dem Dinichthys zum Opfer gefallen. Die Umrisse wurden schärfer und plötzlich hatte er es ganz dicht vor sich, nur wenige Meter entfernt, hatte die thaumaturgischen Trübungen und die störenden Kadabras überwunden und konnte es jetzt deutlich sehen, und er wusste, was es war.

*

Am folgenden Tag musste Bellis sich von mehreren ihrer Kollegen drastische Schilderungen vom Angriff des Ungeheuers anhören.

»Gottschiet und dammich«, sagte Carianne und verzog angewidert das Gesicht. »Kannst du dir das vorstellen, in Stücke gerissen von dieser Bestie?« Und ging genüsslich ins Detail.

Bellis hörte nur mit einem Ohr zu. Ihre Gedanken waren mit dem beschäftigt, was Silas gesagt hatte. Sie ging an das Problem heran, nahm es in Angriff wie die meisten anderen Dinge in ihrem Leben – nüchtern, mit dem Verstand. Sie suchte nach Literatur über die Gengris und die Grymmenöck, fand aber nur wenig Brauchbares. Das meiste waren Kindermärchen oder absurde Phantastereien. Es fiel ihr schwer, unglaublich schwer, sich das Ausmaß der Gefahr für New Crobuzon zu vergegenwärtigen. Ihr ganzes Leben lang hatte die Stadt sie umgeben, massiv und bunt und dauerhaft. Dass sie bedroht sein könnte – unvorstellbar.

Andererseits, die Grymmenöck waren ebenfalls ziemlich unvorstellbar.

Bellis fühlte sich ernsthaft erschreckt von Silas' Schilderungen und seiner offensichtlichen Angst. In einer Anwandlung morbider Extravaganz hatte sie versucht, sich New Crobuzon nach einer Invasion auszumalen. Ruinen und rauchende Trümmer. Anfangs war es eine Art gedankliche Mutprobe, die schrecklichsten Bilder heraufzubeschwören, dann aber flackerten sie unaufhörlich an ihrem inneren Auge vorbei wie Projektionen einer Laterna magica, und bescherten ihr Albdrücken. Flüsse voller Leichen, im trüben Wasser ein Schimmern, wenn Grymmenöck unter der Oberfläche entlangschwammen. Blütenasche flog aus dem verbrannten Fuchsienhaus, der Maskaronpark ein Trümmerfeld, das Glashaus geköpft wie ein Ei und von toten Kaktusleuten überquellend. Sie malte sich die Perdido Street Station aus, vergewaltigt, die Gleise verdreht und auseinander gerissen, die Fassade abgesprengt, die verschlungenen architektonischen Pfade dem Licht preisgegeben.

Und die prähistorischen gewaltigen Rippen, die sich über die Stadt wölbten – ihre Bögen zerspellt in einer Kaskade Knochenstaub.

Sie fror. Aber sie konnte nichts tun. Niemand hier, niemand, der in Armada etwas zu sagen hatte, würde auch nur einen Finger krumm machen, um New Crobuzon vor dem Untergang zu bewahren. Sie und Silas waren auf sich allein gestellt, und solange sie nicht durchschauten, welche Pläne man in Armada schmiedete, solange sie nicht wussten, zu welchem Punkt der Erde sie unterwegs waren, sah Bellis keine Möglichkeit zur Flucht.

*

Bellis hörte die Tür gehen und hob den Blick von ihrem Bücherturm. Schekel stand auf der Schwelle, er hielt etwas in den Händen. Sie wollte ihn begrüßen, aber beim Anblick seines Gesichts blieb sie stumm.

Seine Miene drückte tiefen Ernst aus und Unsicherheit, als wäre er im Zweifel, ob er vielleicht etwas falsch gemacht hatte.

»Ich muss dir was zeigen«, sagte er langsam. »Du weißt, dass ich alle Worte aufschreibe, wo ich nicht gleich von weiß, was sie bedeuten. Und dann, wenn ich sie in anderen Büchern wiederfinde, erkenne ich sie. Nun ...« Er schaute auf das Buch, das er krampfhaft festhielt. »Nun, eins davon ist mir gestern wiederbegegnet. Und das Buch ist nicht in Ragamoll und das Wort ist kein – kein Verb oder Substantiv oder was weiß ich.« Er betonte die Fachausdrücke, die er von ihr gelernt hatte, nicht um anzugeben, sondern um etwas deutlich zu machen.

Er reichte ihr ein dünnes Buch. »Es ist ein Name.«

Bellis betrachtete das Bändchen. Auf dem Deckel, eingeprägt und mit fleckig angelaufenem Blattmetall ausgelegt, stand der Name des Verfassers –

Krüach Aum.

Das Werk, nach dem Tintinnabulum suchte, eins von denen, die für das Projekt der Liebenden von entscheidender Bedeutung waren. Schekel hatte es gefunden.

Zwischen den Kinderbüchern. Als Bellis sich hinsetzte und es aufschlug, erkannte sie, weshalb jemand es seinerzeit falsch eingeordnet hatte. Es war voller primitiver Zeichnungen: dicke, kunstlose Striche, kindliche Perspektive, daher die Proportionen ungenau, sodass zum Beispiel eine Person ebenso groß war wie der Turm, neben dem sie stand. Jede rechte Seite war Text, jede linke Seite ein Bild, infolgedessen machte das Büchlein den Eindruck einer illustrierten Fabel.

Wer immer es eingeordnet hatte, hatte offenbar nur einen kurzen Blick darauf geworfen, ratlos die Schultern gezuckt und es zu den anderen Bilderbüchern gestellt – Kinderbüchern. Es war auch nicht in die Kartei übernommen worden. Es stand seit Jahren unberührt am selben Platz.

Schekel redete, aber das meiste ging an Bellis vorbei: *Weiß nicht, was ich tun soll,* sagte er schüchtern, *dachte, du könntest mir helfen ... das Buch, das Tintinnabulum sucht ... will alles richtig machen.* Innerlich vor Aufregung zitternd, studierte sie das Bändchen. Kein Titel. Sie klappte den Deckel auf, sah das Vorsatzblatt und fühlte das Herz bis zum Hals schlagen, als sie erkannte, dass sie mit Aums Namen Recht gehabt hatte. Das Buch war in Hoch-Kettai verfasst.

Hoch-Kettai, das arkane, klassische Idiom von Gnurr Kett, dem Tausende Meilen südlich von New Crobuzon am Rand des Vielwassermeers gelegenen Archipel, dort, wo es in das Schwarze Sandriegelmeer überging. Die eigentümliche, äußerst komplizierte Sprache bediente sich zur schriftlichen Darstellung des Ragamoll-Alphabets, entstammte jedoch einer gänzlich anderen Wurzel. Nieder-Kettai, die Alltagssprache, war viel einfacher, aber die Verwandtschaft zwischen ihnen war nur noch bei genauem Hinsehen zu erkennen und stammte aus uralter Zeit. Die Beherrschung der einen half nur zu einem sehr begrenzten Verständnis der anderen. Hoch-Kettai war, sogar in Gnurr Kett selbst, die Domäne der Kantoren und einiger weniger Intellektueller.

Bellis hatte es studiert. Fasziniert von den Strukturen eingebetteter Verben, machte sie Hoch-Kettai zum

Thema ihres ersten Buches. Die Veröffentlichung der *Grammatologie des Hoch-Kettai* lag mittlerweile 15 Jahre zurück, doch obwohl ihre Kenntnisse ein wenig eingerostet waren, gab der Text ihr seine Bedeutung preis, als sie auf das Anfangskapitel des Buches schaute.

Ich würde lügen, wenn ich behauptete, ich schriebe dies ohne Stolz, las Bellis stumm und hob den Blick, versuchte, ihrer Erregung Herr zu werden, hatte fast Angst weiterzulesen.

Sie wendete die Seiten um und betrachtete die Bilder. Ein Mann in einem Turm am Meer. Der Mann am Ufer, im Sand verstreut die Gerippe großer Maschinen. Der Mann bei Berechnungen mit Hilfe der Sonne und des Schattens fremdartiger Bäume. Sie blätterte zum nächsten Bild und hielt den Atem an. Eine Gänsehaut lief ihr über den Rücken.

Wieder stand der Mann am Ufer – sein Gesicht war ein leeres Oval bis auf die Augen, friedfertig-gelassene Kuhaugen –, und über dem Meer, einem sich nähernden Schiff entgegenschwärmend, hing eine Wolke schwarzer Silhouetten. Die Zeichnung war nicht sehr deutlich, doch Bellis konnte baumelnde Arme und Beine erkennen und angedeutete schwirrende Flügel.

Ein beunruhigendes Bild.

Sie überflog den Text, kramte ihre Kettai-Kenntnisse aus dem Gedächtnis. Etwas war merkwürdig an diesem Buch. Nach ihrem Gefühl war es anders als das, was sie sonst an Literatur in Hoch-Kettai studiert hatte. Der Stil war weit entfernt von der Poesie, die den alten Gnurr-Kett-Kanon kennzeichnete.

Er hätte Hilfe von außen gesucht, entzifferte sie widerstrebend, aber man meidet unsere Insel, aus Furcht vor unseren hungrigen Frauen.

Bellis hob den Kopf. *Jabber weiß*, dachte sie, *was mir da in den Schoß gefallen ist.*

Sie überlegte angestrengt: was als Nächstes tun? Während sie nachdachte, blätterten ihre Hände automatisch weiter und in der Mitte des Buchs sah sie den Mann in einem kleinen Boot auf dem offenen Meer schwimmen. Er und sein Schiffchen waren unverhältnismäßig winzig dargestellt. Er ließ eine Kette mit einem mächtigen Haken daran ins Wasser hinab.

Tief unten, inmitten der Spiralen, die das Meer symbolisierten, hatte der Künstler drei konzentrische Kreise gezeichnet, mit denen verglichen das Boot noch zwergenhafter wirkte.

Das Bild fesselte ihre Aufmerksamkeit.

Sie schaute es an, und tief in ihrem Innern regte sich etwas. Die Erkenntnis kam schlagartig, die Zeichnung enträtselte sich wie ein Vexierbild für Kinder, und sie sah, begriff, was sie vor sich sah, und ihr war, als fiele sie in einen bodenlosen Abgrund.

Jetzt wusste sie, worum es bei Hechtwassers geheimnisvollen Projekt ging. Sie wusste, wohin Armada unterwegs war. Sie wusste, worin Johannes' Tätigkeit bestand.

Schekel schwadronierte immer noch. Er war beim Angriff des Dinichthys angekommen.

»Gerber war da unten«, hörte sie ihn stolz berichten. »Gerber ist reingesprungen, um sie zu retten, nur, er hat es nicht mehr geschafft. Aber ich muss dir was Komisches sagen. Weißt du noch, wie ich dir erzählt habe, dass unter der Stadt so Dinger sind, wo er nicht von erkennen konnte, was es ist? Und die überhaupt keiner sehen darf? Tja, nachdem gestern der Mörderfisch verschwunden ist, will der gute alte Gerber auftauchen und gerät genau dahin, wo diese Dinger sind. Und jetzt rat mal, was er gesehen hat ...«

Er verstummte wirkungsvoll und wartete darauf, dass sie ihre Vermutung zum Besten gab.

»Zaumzeug«, sagte sie, fast unhörbar und ohne den Blick von dem Bild zu heben.

Schekels erwartungsvolle Miene wandelte sich zu Verblüffung.

Sie wiederholte es laut: »Ein Zaumzeug, Trense, Zügel, ein Zuggeschirr größer als ein Haus.

Ketten, Schekel, aus Gliedern groß wie Schiffe«, sagte sie. Er starrte sie an und nickte erstaunt, während sie schloss: »Gerber hat Ketten gesehen.«

*

Immer noch ruhte ihr Blick auf der Zeichnung in der Mitte des aufgeschlagenen Buchs: ein kleiner Mann in einem kleinen Boot auf einem Meer erstarrter Wellen, gleichmäßig überlappend wie Fischschuppen, die Tiefe darunter angedeutet mit Kreuzschraffuren und engen Spiralen, und ganz unten, die ganze Blattbreite einnehmend und groß genug, um den Schiffer samt Schiff mehrmals in sich zu bergen, ein Kreis in einem Kreis in einem Kreis, riesig, selbst in Anbetracht der informellen Perspektive gigantisch, in der Mitte Schwärze. Schaut auf, schaut empor zu dem Fischer, der seinen Köder auswirft.

Sklera, Iris und Pupille.

Ein Auge.

3. Intermezzo – Anderswo

Eindringlinge sind nach Salkrikaltor gekommen. Sie lauern verborgen, ihre Augen schlürfen die Stadt in sich ein und ihre Bewohner, Zug um Zug.

Ihren Weg bezeichnet eine Spur aus verschwundenen Bauern und Tauchbootvagabunden und Wanderern und kleineren Beamten. Sie haben Informationen entlockt, durch schmeichelndes Zureden und Thaumaturgie und perfide Marter.

Die Eindringlinge beobachten mit Augen wie aus Öl.

Sie haben rekognosziert. Sie haben die Tempel gesehen und die Haigruben und die Galerien und Arkaden und die Armenviertel, die Architektur der Seichten.

Als es dunkelt und Salkrikaltors Leuchtgloben angehen, belebt sich die Stadt. Junge Cray fechten und posieren auf den Wendelwegen über Wasser (ihr Tun spiegelt sich in den Augen der verborgenen Beobachter).

Stunden vergehen. Die Straßen leeren sich. Die Globen leuchten matter in den Stunden vor Tagesanbruch.

Und dann Stille. Und Dunkelheit. Und Kälte.

Und die Eindringlinge setzen sich in Bewegung.

Sie schwimmen durch leere Straßen, umwogt von Finsternis.

Die Eindringlinge gleiten einher wie Unratschlieren, als wären sie nichts, als würden sie von launischen Strömungen vorangezogen. Sie wehen durch Anemonenalleen.

Nichts Lebendes befindet sich in den tief eingeschnittenen Gassen, außer den nächtlichen Fischen, den Schnecken, den Krebsen, die beim Nahen der Eindringlinge angstvoll erstarren.

Vorbei an Bettlern in Skeletten von Häusern. Durch einen Riss in einem Warenhaus kurz vor dem Zusammenbruch. Hinweg über die unterste Stufe einer vom Wasser zernagten Dachlandschaft, in Schatten schmelzend, die zu klein für sie scheinen. Flink wie Muränen.

Ein Name wurde ihnen zugeraunt, artikuliert in Blut, ein Hinweis, den sie akzeptiert haben und gesucht und gefunden.

Sie lassen sich emportragen und äugen durch das Wasser auf die Dächerplateaus und -grate und -klüfte hinunter.

*

Er schlummert, die Beine unter den Leib gebogen, der Oberkörper von der Strömung gewiegt, die Augen geschlossen – der Cray, den sie gesucht haben. Die Eindringlinge kauern sich nieder. Sie streicheln ihn und berühren ihn und singen kehlige Laute, und seine Lider heben sich langsam, und er zuckt heftig in den Fesseln, mit denen sie ihn auf sein Lager gespreitet haben (lautlos und behutsam wie Kindermädchen, um ihn nicht zu wecken), und sein Mund klafft so weit auf, dass es aussieht, als würde er an den Winkeln aufreißen und bluten. Er würde schreien und schreien im Vibrato der Cray, hätten sie ihm nicht einen knöchernen Kragen umgelegt, der schmerzlos in bestimmte Nerven an Kehle und Nacken schneidet und ihn der Stimme beraubt.

Kleine Blutfahnen entschweben der Kehle des Cray. Die Eindringlinge beobachten ihn neugierig. Als er endlich erschöpft ist von seiner Angstgebärde, beugt sich ein Jäger mit fremdartiger Anmut zu ihm hinunter und spricht. – *Du weißt etwas*, sagt er, – *wir müssen es ebenfalls wissen.*

Sie beginnen mit ihrer Persuasion, wispern Fragen,

während sie ihn hier betasten und dort, den Craydolmetscher, mit unvorstellbarer Raffinesse, und er wirft den Kopf zurück und wieder schreit er.

Wieder lautlos.

Die Eindringlinge fahren fort ihn zu bedrängen.

*

Und später.

Der Meeresgrund mit seinen Wurmkothöckern und das Wasser breiten sich endlos, und die Gäste aus der Tiefe (weit weg von zu Hause) verharren schwebend und beratschlagen.

Die Fährte ist zerfasert.

Kleine Hörensagengespinste zwirbeln sich fort von ihnen, kehren auf verschlungen Wegen zurück und locken. Das Schiff aus dem Süden ist verschwunden. Von den Felswällen des Kontinents, wo das Land sich erhebt, um Salz- und Süßwasser zu scheiden, sind sie der Spur gefolgt, durch den Basilisk Channel, zu den himmelwärts deutenden Fingern von Salkrikapolis bis zu dem tuckernden Schiff zwischen dem Meer und New Crobuzon, der Flusshockerin. Aber dieses Schiff ist verschwunden, und in seinem Kielwasser quirlen Fabeln und Gerüchte.

Rachen aus der Tiefe. Geisterpiraten. Torques. Verborgene Stürme. Die schwimmende Stadt.

Wieder und wieder die schwimmende Stadt.

*

Die Jäger erforschen die Bohrtürme in Salkrikaltors südlichen Gewässern. Stützen wie übergroße Bäume, wie Elefantenbeine, morsche Betonpfeiler, im Meeresgrund verankert; Schlamm quillt um sie auf wie zwischen Zehen.

Bohrer drehen sich in das weiche Gestein, saugen die Säfte aus Hohlräumen. Die Förderanlagen äsen in den Untiefen wie Kreaturen der Sümpfe.

Männer in Hüllen aus Leder und Luft steigen an Ketten hinab, um die malmenden Giganten zu pflegen, und die Jäger pflücken sie mit raubtierhafter Nonchalance. Sie nehmen ihnen die Helme ab, und die Männer zappeln und heulen in lautlosen Blasenströmen ihre Todesangst hinaus. Ihre Entführer halten sie am Leben mit Kadabras, mit Atemküssen, mit Massagen, die den Herzschlag verlangsamen. In Höhlen unter dem lichten Wasser flehen die Männer um Gnade, und auf die beharrlichen Fragen ihrer Peiniger erzählen sie ihnen alle möglichen Geschichten.

Und die meisten Geschichten handeln von der schwimmenden Stadt, die die *Terpsichoria* gestohlen hat.

*

Die Nacht bricht an, und das Schattenspiel des Tages erlischt.

Die schemenhaften Kreaturen haben die Wahl unter sämtlichen Gewässern Bas-Lags, um zu finden, was sie suchen. Die Ozeane: Frost, Eschenahorn, Vassily und Tarribor und Teuchor, den Gelinden und das Vielwassermeer. Und das Gentilmeer und das Spiralmeer und den Uhr- und den Verborgenen Ozean und andere, und all die vielen Land- und Meerengen und Kanäle. Und die Buchten und die Busen.

Und all das durchsuchen? Wo beginnen?

*

Sie fragen das Meer.

*

Sie begeben sich in die tieferen Wasser.
— *Wo ist die schwimmende Stadt?*, fragen sie.

Der König der Koboldhaie weiß es weder noch kümmert's ihn. Der Corokanth will es nicht sagen. Die Jäger fragen anderswo. — W*o ist die schwimmende Stadt?*

Sie finden mönchische Intelligenzen getarnt als Dorsch und Seeaal, die Unwissenheit vorschützen und wegschwimmen, zu einem neuen Ort der Kontemplation. Die Jäger fragen die Salinae, die Elementargeister des Meeres, werden aber nicht klug aus dem perlenden Zwitschern, das ihnen Auskunft gibt.

Mit der Sonne an die Oberfläche steigend, schaukeln die Jäger auf den Wellen und erwägen neue Möglichkeiten.

Sie fragen die Wale.

— *Wo ist die schwimmende Stadt?*, fragen sie die großen, einfältigen Krillverschlinger, die grauen und die buckligen und die blauen. Sie erklimmen sie wie Bergsteiger und manipulieren die Lustzentren ihrer schwerfälligen Gehirne. Sie bestechen sie und lenken tonnenweise Plankton in panischem Schwall in das bartige Grinsen der Wale.

Die Jäger machen aus der Frage eine Forderung. — *Findet die schwimmende Stadt,* sagen sie langsam, in schlichten Bildern, die die Wale begreifen können.

Und sie verstehen. Die riesigen Tiere denken; ihre Synapsen funktionieren so träge, dass die Jäger ungeduldig werden (aber sie wissen, sie müssen warten). Endlich, nach Minuten, in denen das einzige Geräusch ein Schlürfen und Gurgeln ist, wenn die Wale das überschüssige Wasser durch die Barten pressen, zerreißt die Stille unter dem Donner ihrer Fluten.

Ihr Ächzen, Quarren und Quaken hallt Tausende Meilen weit durch das Meer, sie senden freundliche, simple Botschaften zu ihren Artgenossen, tun, was man ihnen aufgetragen hat, suchen nach Armada.

Dritter Teil

Die Kompassfabrik

15

»Sie rufen einen Avanc.«

Silas' Mienenspiel zeigte in rascher Folge Erstaunen, Verneinung, diverse Nuancen von Unglauben.

»Das kann nicht sein.« Er schüttelte den Kopf.

Bellis verzog den Mund. »Weil Avancs Fabeltiere sind?«, fragte sie scharf. »Ausgestorben? Kindermärchen?« Sie schüttelte Krüach Aums Buch. »Wer immer das eingeordnet hat, vor zwanzig Jahren, dachte jedenfalls, es wären Kindermärchen. Aber ich kann Hoch-Kettai.« Ihr Ton wurde beschwörend. »Das hier ist kein Kinderbuch.«

Es ging auf den Abend zu, draußen nahm das Gemurmel der Stadt seinen Fortgang. Bellis schaute aus dem Fenster, auf das spektakuläre Farbenspiel des sterbenden Tages. Während sie weitersprach, reichte sie Silas das Buch.

»Ich habe seit zwei Tage kaum etwas anderes getan. Ich spuke wie ein verdammtes Phantom durch die Bibliothek und lese Aums Buch.« Silas wendete eins nach dem anderen die Blätter um, seine Augen liefen über den Text, als könnte er ihn lesen und verstehen, was, soweit Bellis wusste, nicht der Fall war.

»Die Sprache ist Hoch-Kettai«, sagte sie, »aber es stammt nicht aus Gnurr Kett, und es ist nicht alt! Krüach Aum ist Anopheles.«

Silas hob verdutzt den Blick. Ein sehr langes Schweigen entstand.

»Glaub mir«, sagte Bellis. Sie fühlte sich ausgebrannt,

und man hörte es an ihrem Tonfall, ihrer Stimme. »Ich weiß, dass es fast unglaublich ist. Ich habe die beiden letzten Tage so viele Informationen zusammengetragen wie möglich.

Auch ich glaubte, sie wären alle tot, aber noch dauert ihr langsames Sterben an. Sie sterben seit mehr als zweitausend Jahren. Als das Malariale Matriarchat zusammenbrach, wurden sie in Shoteka ausgetilgt, in Rohagi, auf den meisten der Sherds. Doch es ist ihnen gelungen, als Volk zu überleben, auf einem kleinen Furz von einer Insel südlich von Gnurr Kett. Und ob du es glaubst oder nicht, selbst nach dem Matriarchat gibt es Leute, die mit ihnen Handel treiben.« Sie nickte grimmig. »Sie haben ein Abkommen mit Dreer Samher oder Gnurr Kett oder sonst wem. Ich hab's nicht herausfinden können.

Und sie betätigen sich literarisch, wie es scheint.« Sie zeigte auf das Buch. »Nur die Götter wissen, weshalb sie sich ausgerechnet des Hoch-Kettai bedienen. Vielleicht ist das heute ihre Sprache – dann wären sie das einzige Volk auf der Welt, bei dem sie noch lebendig ist. Ich weiß nicht ... Dammich, Silas, vielleicht ist das alles Hühnerkacke«, schnappte sie in plötzlicher Gereiztheit. »Vielleicht ist das verdammte Ding eine Fälschung oder eine Lüge oder, ja, ein Kindermärchen. Aber Tintinnabulum hat mich beauftragt, nach Veröffentlichungen von Krüach Aum zu suchen – soll man also glauben, das Thema dieses Buchs ist reiner Zufall?«

»Was steht drin?«, fragte er.

Bellis nahm ihm das Buch aus der Hand und las, übersetzend, langsam die ersten Zeilen.

»›Ich würde lügen, wenn ich dir sagte, dass ich dies schreibe ohne Stolz. Ich bin voll davon wie mit Speise, weil ich habe – ich habe zu künden von etwas, das nicht vollbracht wurde seit den Tagen des Geisterhaupt-Imperiums und noch einmal getan wurde vor eintausend Jahren. Von einem unserer Ahnen, nachdem unsere Königinnen stürzten und wir hierher kamen, um uns zu verbergen. – Mit – Maschinen und Thaumaturgie – fuhr er auf das Meer hinaus – zu einem dunklen Ort – und er lenkte Kadabras in den Schlund des Wassers und nach zwanzig und einem Tag der Hitze und des Durstes und des Hungers – brachte er ans Licht eine große und geheimnisvolle Kreatur.‹« Zu Silas aufblickend, schloss sie: »›Den Berg-der-schwimmt, den Gottwal, das gewaltigste Geschöpf, welches je unsere Welt besuchte, den Avanc.‹«

Sie klappte das Buch behutsam zu.

»Er hat einen Avanc aus der Tiefe gerufen, Silas.«

»Aber wie, Bellis? Du hast es gelesen, wie hat er es angestellt?«

»Da steht nicht, wie oder wo, aber Aum scheint ein Bündel alter Manuskripte entdeckt zu haben, eine alte Geschichte. Und er hat sie zusammengefügt, sodass sie einen Sinn ergab, und sie nacherzählt. Die Geschichte eines Anopheles, dessen Name nie genannt wird. Ein Jahrhunderte zurückliegendes Geschehen. Zehn Seiten beschreiben seine Vorbereitungen. Der Mann fastet, er forscht, er schaut oft und lange aufs Meer hinaus, er sammelt die Dinge, die er braucht, Fässer, gewisse Essenzen, alte Maschinen, die am Strand vor sich hinrosten. Er fährt aufs Meer hinaus. Allein. Muss ein Segelboot regieren, das zu groß ist für einen Mann, aber niemand wollte mit ihm kommen. Er sucht nach einer bestimmten Stelle, so etwas wie ein tiefer, tiefer Schacht, ein Loch im Grund des Ozeans. Dort will er angeln. Dort wirft er seinen Köder aus. Dort soll er heraufsteigen, der Avanc, von dort, wo sie normalerweise leben.

Dann folgen zwanzig sehr langweilige Seiten über die Prüfungen der See. Hungrig, durstig, müde, durchnässt, Sonne ... So was alles. Er weiß, er ist an der richtigen Stelle. Er ist überzeugt der Haken reicht bis – bis zu dieser anderen Ebene. Blutet durch die Poren der Welt. Aber er kann den Avanc nicht locken. Einen so großen Wurm gibt es nicht.

Dann, am dritten Tag, als er vollkommen erschöpft ist und sein Schiff ein Spielball seltsamer Strömungen, verfinstert sich der Himmel. Ein elyktrischer Sturm braut sich zusammen. Und dieser Anopheles kommt zu dem Schluss, dass es nicht genügt, am richtigen Ort zu sein. Er benötigt Energie, um die Kreatur zu fangen! Hagel und Regen prasseln hernieder und das Meer erhebt sich mit furchtbarer Wut. Das Schiff pflügt durch turmhohe Wellen und kracht, als wolle es in Stücke brechen.«

Silas lauschte andachtsvoll, und Bellis hatte ein plötzliches albernes Bild von sich vor Augen, als Frau Lehrerin, die den braven Kindlein ein Märchen erzählt.

»Als das Auge des Sturms näher und näher kommt, klettert er mit einer Rolle Draht zur Spitze des Hauptmasts, wickelt ihn um die Rahen und verbindet ihn mit einer Art Generator. Dann ...«

Bellis seufzte. »Aus dem, was dann kam, bin ich nicht ganz schlau geworden. Er fabriziert irgendein Kadabra. Ich nehme an, er hat versucht, Fulmen heraufzubeschwören, elyktrische Elementargeister, oder sie zu opfern oder irgendwas, aber was er genau wollte, bleibt verschwommen. Tja ...«, sie zuckte die Schultern, »ob er Erfolg hatte oder nicht, ob es seine Hermetiken waren oder der Lohn für seine Eingebung, mitten in einem Gewitter einen dreißig Meter hohen Mast mit Kupfergirlanden zu schmücken, jedenfalls schlägt der Blitz ein.«

Sie hielt die Seite mit der entsprechenden Illustration aufgeschlagen: das Schiff als Silhouette, grellweiß umrissen, und in der Mastspitze steckte aufrecht, wie eine Säge, der klassische Zickzackblitz.

»Eine gewaltige Energieentladung durchbraust die Maschinen. Die thaumaturgischen Kontrollen, die seinem Versuch dienen sollten, den Avanc zu ködern und zu bändigen, überladen und brennen aus. Und sein Boot stampft und die Kräne und Winden für seinen Haken verbiegen sich und in der Tiefe ist ein Tumult.

Er hat einen Avanc gefangen, sagt Aum. Und er stieg empor.«

Bellis verstummte. Sie blätterte um und las Aums Schilderung des Ereignisses halblaut vor sich hin.

Der Ozean ward durchbebt von einem Brüllen bis auf fünf Meilen tief, und das Wasser erhob sich und erschauerte und stürzte auseinander wie geteilt vom Gipfel eines neuen Berges, und die Wogen warfen das Boot umher wie ein Staubkorn und der Horizont verschwand, als er aus der Tiefe emporstieg, der Avanc.

Das war alles, keine Beschreibung der Kreatur. Die linke Seite, der Illustration vorbehalten, war leer.

»Er sieht ihn«, sagte Bellis leise. »Als er ihn erblickt in seiner gewaltigen Größe, wird ihm bewusst, dass er den Avanc nur geneckt hat, am äußersten Flossenzipfel erwischt mit seinen Haken und Kadabras. Er hatte geglaubt, er könnte ihn einholen wie eine Makrele ... Vermessen. Der Avanc zerbricht die Ketten mühelos und sinkt zurück in die Tiefe und das Meer ist wieder still. Und er ist ganz allein, und vor ihm liegt der weite Weg nach Hause.«

Bellis konnte sich in seine Lage hineinversetzen und empfand Mitleid. Sie stellte sich den einsamen Fischer vor mit seinen enttäuschten Erwartungen, durchnässt und gebeutelt von dem immer noch tobenden Sturm, wie er sich aufrafft und über das Deck seines unzulänglich ausgerüsteten Schiffchens stapft und die ersterbenden Motoren ankurbelt und über das Meer heimwärts hinkt, hungrig und erschöpft und, schlimmer als alles andere, allein.

*

»Glaubst du, die Geschichte ist wahr?«, fragte Silas.

Bellis blätterte weiter bis zum Anhang und hielt ihm das Buch aufgeschlagen hin. Die Seiten waren dicht an dicht bedeckt mit fremdartig aussehenden mathematischen Aufzeichnungen.

»Die letzten zwanzig Seiten sind Gleichungen gewidmet, thaumaturgischen Formeln, Querverweisen auf Werke seiner Kollegen. Aum nennt es einen Datenappendix. Er ist fast unmöglich zu übersetzen. Ich verstehe nichts von dem Stoff – gehobene Theorie, Kryptoalgebra und so weiter. Aber es handelt sich um eine mit größter Sorgfalt hergestellte Arbeit. Für eine Fälschung unnötig komplex. Was er getan hat ... Aum hat die Angaben nachgeprüft, die Daten, die Techniken, die Thaumaturgien und wissenschaftlichen Details – er hat herausgefunden, wie es gemacht wurde. Diese letzten Seiten, sie sind eine Exposition, ein wissenschaftliches Traktat, worin erklärt wird, wie man vorgehen muss. Was man tun muss, um einen Avanc zu fangen.

Silas, dieses Buch wurde im letzten Kettai-Vullfinch-Jahr geschrieben und gedruckt. Das war vor dreiundzwanzig Jahren unserer Zeitrechnung. Was übrigens bedeutet, dass Tintinnabulum und Konsorten sich irren – er dachte, Aum wäre ein Autor des letzten Jahrhunderts. Verlegt wurde es in Kohnid in Gnurr Kett, im Programm des Verlagshauses Shivering Wisdom. Es gibt nicht allzu viele Kettai-Bücher in dieser Bibliothek, wie du dir denken kannst, und von denen, die es gibt, sind die meisten in Nieder-Kettai. Doch ein paar in Hoch-Kettai habe ich finden können und sie mir alle angesehen. Shivering Wisdom publiziert ausschließlich Werke in Hoch-Kettai: Philosophie und Naturwissenschaft und alte Schriften, gnostische Mechonome und Ähnliches.

Bei Shivering Wisdom muss man überzeugt gewesen sein, dass dies hier ins Programm passt, Silas. Wenn es eine Fälschung ist, war sie gut genug, dass ein wissenschaftlicher Verlag darauf hereingefallen ist – sowie, dammich, einige der klügsten Köpfe von Armada.

Was lesen die Wissenschaftler der Liebenden sonst noch? Das Buch meines Freundes Johannes über Megafauna. Noch ein anderes von ihm über transplanares Leben. Radikale Theorien über die Natur des Wassers, Texte über maritime Ökologie. Und sie sind wie verrückt hinter diesem kleinen Büchlein her, wahrscheinlich weil Tintinnabulum und seine munteren Mannen anderswo Hinweise darauf gesehen haben, und sie können es verdammt nochmal nicht finden. 'flixt, Silas, was glaubst du, worum es geht?

Ich habe das Buch durchgelesen.« Sie suchte seinen Blick und hielt ihn fest. »Es ist echt. Dies ist ein Buch darüber, wie man einen Avanc herbeiruft. Und wie man ihn beherrscht. Der Anopheles, von dem Aum berichtet, er konnte den Avanc nicht bezwingen, aber er war allein, Armada ist eine Stadt. Er war mit schrottreifen Dampfmaschinen ausgerüstet, Armada besitzt ganze

Industriebezirke. Unter der Stadt hängen gigantische Ketten – hast du das gewusst? Was, glaubst du, haben sie damit vor? Und Armada hat die *Sorghum*.« Sie ließ ihre Worte wirken, sah, wie seine Pupillen sich eine Winzigkeit weiteten. »Die Stadt hat wer weiß wie viele Gallonen Steinmilch getankt, Silas, und verfügt über die Mittel, sich noch mehr zu beschaffen. Jabber weiß, was für thaumaturgische Tricks sie mit dem Zeug auf die Beine stellen können.

Die Liebenden glauben, ihnen könnte gelingen, was Aums Landsmann verwehrt blieb. Sie sind auf dem Weg zur Katavothre, um einen Avanc heraufzurufen. Sie werden ihn als Zugtier vor die Stadt spannen. Und sie werden ihn lenken, wohin sie wollen.«

»Wer weiß sonst noch von dem Buch?«, fragte Silas.

Bellis schüttelte den Kopf.

»Keiner. Nur der Junge, Schekel. Und er hat keine Ahnung, was es ist, was es bedeutet.«

Es war richtig, dass du es mir gebracht hast, hatte Bellis zu ihm gesagt. *Ich werde mir ansehen, was drinsteht, und es an Tintinnabulum weitergeben, sobald ich herausgefunden habe, ob er was damit anfangen kann.*

Sie erinnerte sich an Schekels Nervosität, seine Angst. Er ging oft zu Tintinnabulums *Castor*, um Angevine zu besuchen. Bellis wusste – und empfand einen Anflug von Mitleid –, dass er das Buch nicht selbst hingebracht hatte, weil er fürchtete, es könnte ihm ein Irrtum unterlaufen sein. Er war noch ein Leseanfänger, und angesichts einer Sache von solcher Wichtigkeit war sein Selbstvertrauen ins Wanken geraten, und er hatte auf das Buchstabentrio gestarrt, welches *Aum* ergab, und auf den Namen auf seinem alten Notizzettel, und erkannt, dass sie übereinstimmten, aber dennoch, aber dennoch...

Dennoch war er sich nicht hundertprozentig sicher. Er wollte sich nicht blamieren, nicht wichtiger Leute Zeit verschwenden. Er hatte Bellis das Buch gebracht, seiner Freundin und Lehrerin, damit sie prüfte, bestätigte. Und sie hatte es genommen, skrupellos, weil sie wusste, es gab ihr Macht.

*

Die Liebenden wollten zu einem Spalt im Meeresgrund, aus welchem, vermutete man, der Avanc, wenn gerufen, heraufstieg. Sie hatten beschafft, was für das Unternehmen nötig war – die Wissenschaftler, den Förderturm, der die Nahrung für die Kadabras lieferte – und nun waren sie unterwegs zu ihrem Fischgrund, während die Experten in konzentrierter und konzertierter Anstrengung an der Fertigstellung ihrer Berechnungen arbeiteten, mit rauchenden Köpfen versuchten, das Enigma der Anrufung zu lösen.

Und sofort als Silas und Bellis klar wurde, dass ihnen ihr Wunsch erfüllt worden war, dass sie nunmehr wussten, was die Liebenden vorhatten und herausfinden konnten, wo das Ziel der Reise lag, begannen sie leidenschaftlich zu diskutieren, wie dieses Wissen sich für ihre Fluchtpläne nutzen ließ.

*

Was soll das?, ging es Bellis in einer Phase des Schweigens durch den Kopf. *Die soundsovielte Nacht hocken wir in meiner albernen Schornsteinstube und ringen die Hände, weil wir eine Lage des Geheimnisses gelüftet haben und darunter ist noch mehr Schiet, noch mehr Widrigkeiten, an denen wir nichts ändern können.* Am liebsten hätte sie vor Erschöpfung laut aufgestöhnt. *Ich will mir nicht mehr den Kopf darüber zerbrechen, was ich tun soll. Ich will endlich handeln!*

Sie trommelte mit den Fingerspitzen auf die aufgeschlagene Buchseite, auf die Schrift, die sie und einige wenige andere lesen konnten.

Während sie auf die Zeilen dieser arkanen Sprache schaute, regte sich ein vager, unangenehmer Verdacht in ihr. Sie fühlte sich wie an dem bewussten Abend im Restaurant, als Johannes ihr erzählt hatte, dass die Liebenden für ihr Projekt seine Bücher brauchten.

*

Das unablässige Tuckern der Schlepper war zu einem Hintergrundgeräusch geworden, das man bewusst kaum noch wahrnahm. Nicht einen Augenblick am Tag oder in der Nacht lag Armada still. Die Anstrengung war immens, das Tempo glich dem Vorrücken eines Gletschers, langsamer als ein Mensch kriecht.

Aber die Zeit verging, wenn auch quälend langsam, und die Stadt schlich ihrem Ziel entgegen. Das Wetter erlaubte, auf Mäntel und wollene Hosen zu verzichten. Immer noch waren die Tage kurz, doch ohne Gewese oder Proklamation war Armada in eine gemäßigtere Klimazone gelangt und näherte sich kontinuierlich tropischen Gewässern.

Armadas Vegetation – Nutzpflanzen, Weizen und Gerste, Wiesen, Grasregimenter, die alten Stein sowie narbiges Metall eroberten – spürten die Veränderung. Immer hungrig nach Wärme, zogen sie Kraft aus dem Umschwung der Jahreszeit und begannen eilig zu keimen, Knospen zu bilden. In den Parks roch es satt nach Erde, nach steigenden Säften; wetterharte kleine Blumen sprossen aus den Grünflächen.

Täglich erschienen mehr Vögel am Himmel. Die Piratenschiffe segelten über neue und bunte Fische in den warmen Gewässern. In Armadas Vielzahl kleiner Andachtsstätten dankte man für den jüngsten der zufälligen Frühlinge.

*

Gerber hatte die Ketten gesehen und brauchte nicht lange, um zu begreifen, was man oben plante.

Selbstverständlich kannte er nicht die genauen Einzelheiten. Doch er erinnerte sich, was er gesehen hatte, trotz des Schocks und trotz der Kälte, die ihn auf dem Weg zur Oberfläche in den Krallen hielten. Er war unter eins der verbotenen Schiffe geraten, im Herzen eines verhüllenden Blendwerks. Die schiere Größe dessen, was er sah, hatte ihn vor ein Rätsel gestellt, aber dann offenbarte sich ihm die Form und er erkannte, es war das Glied einer Kette, fünfzehn Meter hoch.

Die *Grand Easterly* hing über ihm wie eine lang gestreckte, dräuende Wolke. Die Eisenplatten an ihrer Unterseite waren mit alten Bolzen festgenietet, größer als ein Mensch. Gerber sah, dass dieses Kettenglied an einem anderen hing, das wiederum flach am Rumpf des Dampfers anlag. Darüber hinaus hatten der Algenbewuchs und das kadabrisierte Wasser ihm die Sicht verwehrt.

Unter der Stadt gab es Ketten, um einen Riesen zu fesseln. Nachdem er das wusste, brauchte er nicht lange, bis er erriet, was man plante. Mit beinahe schuldbewusstem Erstaunen merkte Gerber, dass er nun das Geheimnis kannte, welches bei den Gesprächen mit den Kameraden im Hafen immer im Hintergrund zu schwären schien. Die Ursache für Nervosität und Augenzwinkern und verständnisinnige Blicke, das Unausgesprochene, das all ihren Anstrengungen zu Grunde lag.

Wir werden etwas aus dem Meer hieven, dachte er nüchtern. *Irgendein Viech? Fangen wir uns ein paar Seeschlangen oder Kraken oder Jabber weiß was – und dann? Könnten sie Armada ziehen? Wie ein Seewyrmen ein Jochschiff?*

Das wäre eine gute Sache, sinnierte er weiter, in Ehrfurcht vor dem Ehrgeiz des Unterfangens, aber nicht erschrocken, nicht ablehnend.

Und weshalb darf einer wie ich nichts davon wissen?, war sein nächster Gedanke. *Denkt man, ich sei nicht vertrauenswürdig?*

*

Gerber brauchte Tage, um sich von der Dinichthysattacke zu erholen. Er schlief schlecht, erwachte schweißgebadet. Die Erinnerung an die weichen Eingeweide des Tauchers in seiner Hand verfolgte ihn, und obwohl er schon Tote gesehen und im Arm gehalten hatte, ließ ihn das in den Augen des Mannes geronnene Entsetzen nicht los. Und die Bilder des Panzerfischs, der auf ihn zugeschossen kam, unaufhaltsam wie ein geologisches Ereignis ...

Seine Arbeitskollegen begegneten ihm mit Respekt. »Du hast es versucht, Gerber, Mann«, sagten sie zu ihm.

Nach zwei Tagen ging Gerber zu dem Badeteich zwischen Hechtwasser und Jhour, um zu schwimmen und seine rissige Haut zu heilen. Er schaute den Männern und Frauen im Wasser zu; bedingt durch die milderen Temperaturen waren es einige mehr als sonst. Weitere Einheimische verfolgten das Treiben vom Rand aus und staunten über die esoterische Kunst des Schwimmens.

Wasser spritzte unter eckigen Kraulbewegungen und schlagenden Beinen, und Gerber merkte, wie er aufschreckte, wenn Schwimmer untertauchten und er sie nicht mehr sehen konnte, nicht sehen konnte, was unter ihnen war. Er trat vor, wollte springen und fühlte, wie sein Magen sich zusammenkrampfte.

Er hatte Angst.

Zu spät, schalt er sich selbst, fast hysterisch. *Zu spät, Mann! Dafür hast du dich unters Messer gelegt! Du gehörst in das verdammte Wasser, und du kannst nicht mehr zurück.*

Er fürchtete sich doppelt, vor dem Meer und vor seiner Furcht, die ihn an Land festzuhalten drohte, als tragische Kuriosität mit Kiemen und Schwimmhäuten, aber wasserscheu, und trotz schilfernder Haut, austrocknenden Kiemen und absterbender Tentakel zu feige, um in seinem Element Heilung zu suchen. Also zwang er sich hineinzuspringen, und das Salzwasser tat ihm wohl und beruhigte ihn ein wenig.

Die zweite Mutprobe bestand darin, die Augen zu öffnen und den Blick in das diffuse, sonnengetränkte Blau sinken zu lassen, wissend, dass er wahrscheinlich nie wieder Grund sehen würde, sondern nur diese gähnende Tiefe, aus der mordende Kreaturen auftauchten und wohin sie mit einem beiläufigen Flossenschlag unerreichbar wieder verschwanden.

Es kostete ihn ungeheure Selbstüberwindung, doch er schwamm und fühlte sich besser deswegen.

*

Auf Schekels Drängen gestattete Angevine, dass Gerber an ihren stählernen Eingeweiden herumdokterte. Ihr war nicht wohl dabei. Damit er arbeiten konnte, musste sie ihren Ofen ausgehen lassen, sodass sie bewegungsunfähig war. Zum ersten Mal seit vielen Jahren hatte sie das geschehen lassen. Sie lebte in ständiger Angst davor, dass ihr Feuer erlöschen könnte.

Er werkelte herum wie an jeder anderen Maschine, klopfte gegen Rohre und handhabte mit Gusto die Zange, bis er aufblickend sah, wie sie mit weißen Knöcheln Schekels Hand umklammerte. Natürlich. Als man sich das letzte Mal auf diese Art an ihr zu schaffen gemacht hatte, war es der Tag ihres Remaking gewesen. Von da an ging er behutsamer mit ihr um.

Wie erwartet, wurde sie von einem veralteten, leistungsschwachen Motor angetrieben. Er musste ausgewechselt werden, und nach einer kurzen Warnung und begleitet von Angevines entsetztem Protest, machte er sich daran, ihn auseinander zu nehmen.

Schließlich beruhigte sie sich (ohnehin zu spät für einen Rückzieher, erklärte er mit brutaler Offenheit: Wenn er jetzt aufhörte, würde sie sich nie wieder von der Stelle rühren können). Und als er nach etlichen Stunden fertig war und unter ihr hervorrollte – schwitzend, ölverschmiert – und den Brennstoff in ihrem umgebauten Dampfkessel entzündete, sah man sofort, dass sie die Veränderung spürte.

Beide waren sie müde und verlegen. Als der Druck im Kessel groß genug war und sie sich in Bewegung setzte, um die Energiereserven zu prüfen, die er ihr verschafft hatte, ihren neuen Bewegungsspielraum, wurde ihr klar, wie sehr er ihr geholfen hatte. Aber Gerber war ebenso ungeschickt darin, Dank zu empfangen, wie es ihr schwer fiel, Danke zu sagen, und so gab es nur ein sich überschneidendes Gemurmel von beiden Seiten.

Später aalte Gerber sich in seiner Wanne voll Meerwasser und überdachte noch einmal die an Schekels

Freundin durchgeführte Operation. Nach seinem Ermessen war sie nun nicht mehr gezwungen, ständig Brennbares zu horten. Sie hatte den Kopf frei, musste nicht mehr andauernd an den Dampfdruck denken, nicht mehr nachts ihren Schlaf unterbrechen, um das Feuer zu schüren.

Er grinste.

Als er nach getaner Arbeit aufgestanden war, hatte er eine Blessur an ihrem Chassis entdeckt, ein Ausrutscher von Schraubendreher oder Ratsche. Er hatte eine Wunde in das brünierte Eisen gekratzt. Angevine verwandte große Mühe darauf, alles an ihr, was aus Metall war, blitzblank zu halten. Deshalb fiel die Beschädigung, die Gerber verursacht hatte, besonders ins Auge.

Natürlich bemerkte Angevine die Schramme und ihre Züge versteinerten, doch als die Minuten vergingen und ihr Gefährt unter dem Dampfdruck erbebte, löste sich ihre verkniffene Miene. Und beim Abschied, Schekel wartete an der Tür, war Angevine zu Gerber hingerollt.

»Keine Sorge wegen dem Kratzer«, hatte sie halblaut gesagt. »Das hast du großartig gemacht, Gerber. Und die Schmarre – nun ja, das gehört dazu. Veränderung hinterlässt Spuren. Für mich ist es ein Gütezeichen.« Sie lächelte ihn kurz an und rollte dann hinaus, ohne sich noch einmal umzusehen.

»Ach, gern geschehen, um Jabbers willen«, sagte Gerber bei der Erinnerung laut vor sich hin, erfreut und verlegen. Er räkelte sich in der Wanne. »Für den Jungen, eigentlich. Ich hab's für den Jungen getan.«

*

Das Spukviertel Armadas bestand aus nur zehn Schiffen unterschiedlicher Größe, versteckt an der vorderen Steuerbordseite, zwischen Trümmerfall und König Friedrichs Mein-&-Dein.

Die unter Friedrichs strengem, auf Profit ausgerichtetem Regime lebenden Bewohner des letzteren Bezirks ignorierten weitestgehend die unheimliche Nachbarschaft und konzentrierten sich auf ihre Basare und Gladiatorenkämpfe und Geldverleiher. In Trümmerfall allerdings wehte das Miasma über den schmalen trennenden Wasserstreifen hinweg und infizierte den Bezirk des Brucolac. Wo Trümmerfall an das Spukviertel grenzte, waren die Schiffe von Düsternis und Hoffnungslosigkeit umwittert.

Möglicherweise waren der Brucolac und seine Vampirleutnants der Grund, dass im Gegensatz zu den Nachbarn in Mein-&-Dein die Bürger von Trümmerfall sich der Atmosphäre des Unheimlichen weniger gut erwehren konnten.

Beunruhigende Geräusche drangen herüber: raunende, verwehte Stimmen, das leise Brummen von Motoren, knirschendes Reiben von diesem an jenem. Sachliche Gemüter behaupteten, die Geräusche wären Einbildung, ein Zusammenspiel vom Wind und der skurrilen Bauweise der altertümlichen Schiffe. Doch daran glaubten nur wenige. Gelegentlich begab sich eine Gruppe leichtsinniger Narren (unweigerlich zusammengesetzt aus Neubürgern), in den leer und leblos daliegenden Schiffsrümpfen auf Gespensterjagd – um Stunden später wieder aufzutauchen, bleich und schweigsam und auch späterhin nicht zu Auskünften über das Erlebte bereit. Und dann und wann kam es natürlich auch vor, dass ein derart wagemutiger Trupp gänzlich verschwand.

Versuche, die zehn Schiffe aus dem Gewebe der Stadt herauszuamputieren und wegzuschleppen, das Spukviertel aus Armadas Stadtplan zu tilgen, waren, hieß es, unternommen worden und in alarmierender Weise gescheitert. Die Mehrzahl der Bürger hegte eine abergläubische Furcht vor dem stillen Ort: Obwohl es sie gruselte, hätten sie sich entschieden gegen neue Versuche ausgesprochen, ihn auszumerzen.

Nicht einmal Vögel mochten sich dort niederlassen. Die Kulisse aus morschen Masten und Maststümpfen, die modernden, gepichten Rümpfe und zerlumpten Segel waren unbelebt.

Die Grenze zwischen Trümmerfall und dem Spukviertel war ein Ort, wo man hinging, wenn man unbelauscht sein wollte.

Zwei Männer standen im kalten, nächtlichen Nieselregen. Allein auf dem Deck eines Klippers.

Zehn Meter vor ihnen lag ein langes, schmales Schiff, eine Galeere aus fast schon historischer Zeit, vom Wind und Armadas Umklammerung knarrend gewiegt, leer und unbeleuchtet. Die Brücken, die sie mit dem Klipper verbanden, waren verrottet und mit Ketten versperrt. Es war das vorderste Schiff des Spukviertels.

Ein Stück hinter den Männern waberte der Lichterdunst der Stadt, der Ladenzeilen, die sich gestückt, versetzt über die Decks mehrerer Schiffe erstreckten, der Spielhallen und Tanzböden. Auf dem Klipper selbst war es ruhig. Eine Reihe Hauszelte auf dem Deck war größtenteils unbewohnt. Die wenigen, die dort lebten, hatten erkannt, wer an der Reling stand, und sich klüglich entfernt.

»Ich verstehe es nicht«, begann der Brucolac. Er schaute den anderen nicht an. Seine tiefe, heisere Stimme war nur eben hörbar. Wind und Regen wehten ihm das widerspenstige Haar aus dem Gesicht, während er über die Galeere hinweg auf das schwarze Meer voraus blickte. »Erklär's mir.« Er hob die Augenbrauen und wandte sich mit einer Miene gelinder Verwirrung zu Uther Doul um.

In der Abwesenheit von Leibwächtern, Büttteln oder sonstwelchen Zuschauern war von der schwelenden Animosität, die die öffentlichen Begegnungen der beiden Männer kennzeichnete, nichts zu merken. Einzig ihre Körpersprache wirkte ein wenig zurückhaltend, wie bei Leuten, die sich zum ersten Mal begegnen.

»Es ist nicht so, dass ich dich nicht kenne, Uther«, fuhr der Brucolac fort. »Es ist nicht, als hätten wir nie Schulter an Schulter gestanden. Ich vertraue dir, ernsthaft. Ich vertraue deinen Instinkten. Ich weiß, wie du denkst. Und wir wissen beide, es ist nur ein – ein beschissener Zufall, dass du auf ihrer Seite stehst und nicht auf meiner.« Sein Tonfall verriet leises Bedauern.

Die fahlen Augen des Brucolac musterten Uther Doul. Seine lange gegabelte Zunge schmeckte die Luft, dann sprach er weiter.

»Sag's mir, Mann, sag mir, was los ist. Lunas Titten, Mann, unmöglich kannst du diesen Schwachsinn unterstützen. Fühlst du dich schuldig, ist es das? Weil du es warst, der ihnen den Floh ins Ohr gesetzt hat? Weil sie nie auf die Idee gekommen wären, wenn du sie nicht darauf gebracht hättest?« Er beugte sich ein wenig vor.

»Es geht nicht um Macht, Uther. Du weißt das. Es schert mich keinen Furz, wer Armada regiert. Trümmerfall ist alles, was ich will. Hechtwasser hat immer den meisten Einfluss gehabt – soll mir recht sein. Und es geht auch nicht um den verfluchten Avanc. Scheiße, wenn ich glauben würde, dass es funktioniert, dann wäre ich auf eurer Seite. Ich bin keins von diesen Arschlöchern aus Köterhaus mit ihrem Gefasel von ›wider die Natur‹ und ›zerstörerische Kräfte herausfordern‹ und dergleichen Mist. 'zefix, Uther, wenn ich dächte, ein Pakt mit *Daemonen* wäre gut für die Stadt, glaubst du, ich würde zögern?«

Uther Doul schaute ihn an, und zum ersten Mal zeigte sich eine Regung in seinem Gesicht, ein Anflug stiller Belustigung.

»Du bist un-tot, Brucolac«, sagte er mit seiner melodischen Stimme. »Du weißt, es gibt viele, die denken, du hättest schon mehr als einen Pakt mit der Höllenbrut geschlossen.«

Der Brucolac tat, als hätte er die Anspielung nicht gehört.

»Ich bin gegen den Plan«, sprach er weiter, »weil wir beide wissen, es wird mit dem Avanc nicht sein Bewenden haben.« Seine Stimme war kalt. Doul richtete den Blick über des Brucolac Schulter hinweg. Die Nacht war ohne Stern und Horizont: Meer und Himmel verschmolzen in tintigem Schwarz. »Und es wird nicht lange dauern, bis auch den anderen ein Licht aufgeht. Alser pariert vielleicht ohne zu mucken, bis das verdammte Meer Blasen wirft, aber glaubst du, Jhour und Bücherhort würden den Liebenden die Stange halten, wenn sie erkennen, wie weit der Plan geht? Uther, ihr riskiert eine Meuterei.«

»Totmann...«, begann Doul und verstummte mit einem unhörbaren Seufzer. Doul war der Einzige in der Stadt, der den fremdländischen Ehrentitel gebrauchte. Die Bezeichnung stammte aus seiner Heimat. »Totmann Brucolac, ich bin ein Vasall der Liebenden. Du weißt es und du weißt warum. Und vielleicht hätte es anders sein können, aber es ist nicht so. Ich bin Soldat,

Brucolac. Ein guter Soldat. Wäre ich nicht überzeugt, dass es gelingen könnte – wenn ich nicht glaubte, dass wir Erfolg haben werden –, dann würde ich sie nicht unterstützen.«

»Gequirlte Schifferscheiße!« Der Brucolac stieß den Fluch schroff und kehlig hervor. »Bei Zebubs Eiern, Uther, das ist eine Lüge. Erinnerst du dich, erinnerst du dich überhaupt, wie ich herausgefunden habe, wozu sie den Avanc haben wollen?«

»Spitzel.« Doul schaute ihm in die Augen.

Der Brucolac winkte ab. »Spione können immer nur Andeutungen und Bruchstücke aufschnappen. Mach dir nichts vor. Ich weiß es, weil du es mir verraten hast.«

Douls Augen wurden kalt und scharf.

»Das ist Verleumdung, und ich dulde nicht, dass du es wiederholst...«, sagte er, aber der Brucolac fiel ihm auflachend ins Wort.

»Sieh dich an! Was glaubst du, mit wem du redest? Hör auf, den Kamm zu spreizen! Du weißt, was ich meine. Natürlich hast du es mir nicht auf die Nase gebunden, aber, Scheiße, Uther, ich bin zu dir gekommen und habe auf den Tisch gelegt, was ich mir zusammengereimt hatte, und du – gut, du bist zu ausgebufft, um etwas preiszugeben, woraus man dir später einmal einen Strick drehen könnte, aber wenn du mich auf eine falsche Fährte hättest locken wollen oder mich überzeugen, dass ich mich irre, dann wäre es dir ein Leichtes gewesen, das zu tun.

Du hast es nicht getan. Und ich weiß es zu schätzen. Und meiner Treu, wenn du weiter dieses alberne Spiel spielen willst, wobei du nicht zugibst, was wir beide wissen, und meine Vermutungen nicht bestätigst, aber auch nicht leugnest – dann von mir aus. Bleib bei deinem beredten Schweigen.

Die Tatsache bleibt bestehen, Uther.« Der Brucolac pflückte geistesabwesend Splitter von der Reling und ließ sie ins Dunkel hinuntersegeln. »Die Tatsache bleibt, dass du meine Vermutung bestätigt hast. Und du weißt, dass die übrigen Befehlshabenden mir nicht trauen werden, wenn ich ihnen davon erzähle. Du hast mir ein faules Ei gegeben, das ich allein ausbrüten muss. Und ich glaube, der Grund ist, dass du weißt, es ist ein hirnrissiger, gefährlicher Plan, und du weißt nicht, was du mit dieser Erkenntnis anfangen sollst, und du wolltest einen Verbündeten haben.«

Doul lächelte. »Bist du so dünkelhaft?«, meinte er leichthin. »Bist du so von dir selbst überzeugt, dass du jedes Gespräch, jedes Missverständnis zu deinen Gunsten wendest?«

»Weißt du noch, die Sichel-Golems?«, fragte der Brucolac plötzlich und Uther Doul verstummte. »Die Dampfsturmebene?«, fuhr der Brucolac fort. »Erinnerst du dich? Was wir *gesehen* haben? Diese Stadt schuldet uns etwas, Uther. Wir waren es, die sie gerettet haben, ob sie es zugeben, ob sie es *wissen* oder nicht. Wo waren damals die verdammten Liebenden? Da waren nur du – und ich.«

Die Schreie der Möwen. Die vielfältigen Stimmen des Windes zwischen den Schiffen. Das Raunen des Spukviertels.

»Ich habe damals einiges gelernt, Uther.« Der Brucolac sprach leise. »Ich habe gelernt, in dir zu lesen. Ich kenne dich.«

»Götter und dammich!« Uther Doul richtete sich hoch auf. »Wie kannst du es wagen, alte Kameraden mit mir zu spielen? Ich bin nicht auf deiner Seite, Brucolac! Ich bin nicht deiner Meinung! Begreifst du das? Wir haben einiges zusammen erlebt, das stimmt, und

Khyriad weiß, ich bin nicht erpicht darauf, dass wir uns in verschiedenen Lagern gegenüberstehen, aber – das ist alles. Ich bin ein Leutnant und du warst nie mein Hauptmann. Ich bin heute Abend gekommen, wie du mich gebeten hast, aus Höflichkeit dir gegenüber. Aus Höflichkeit, weiter nichts.«

Der Brucolac hob die Hand zum Mund und musterte Doul durchdringend. Die lange Zunge huschte über seine Finger. Als er die Hand sinken ließ, war seine Miene bekümmert.

*

»Der Schlund existiert nicht«, sagte er.

Schweigen.

»Der Schlund existiert nicht«, wiederholte er, »und falls durch Zufall die Astrolonomer sich irren und es gibt ihn doch, dann werden wir ihn nicht finden. Und finden wir ihn, durch irgendein verfluchtes Mirakel, dann weißt du, Uther, besser als jeder andere, dass es unser Ende bedeutet.«

Er wies kurz auf das Schwert an Douls linker Hüfte, dann auf dessen rechten Ärmel, den verzweigte Drähte gleich einem Aderngeflecht umwirkten.

»Du weißt das, Uther«, sagte der Brucolac. »Du weißt um die Gewalten, die aus so etwas hervorgehen. Du weißt, wir könnten es nicht mit ihnen aufnehmen. Du weißt das besser als jeder andere, auch wenn die Narren sich einbilden, sie hätten alles von dir gelernt was sie brauchen. Es wäre unser aller Tod.«

Uther Doul senkte den Blick auf sein Schwert.

»Nicht unseren Tod«, sagte er und lächelte unerwartet und versonnen. »Nichts derart – unsubtiles.«

Der Brucolac schüttelte den Kopf.

»Du bist der tapferste Mann, den ich je gekannt habe, Doul, in mehr Bedeutungen dieses Wortes, als ich aufzählen kann.« Sein Tonfall war sanft, bedauernd. »Weshalb es mich erstaunt, diese Seite an dir zu sehen. Diese feige, zaghafte, kleinmütige Seite.« Doul regte sich nicht, verzog keine Miene, und der Brucolac hörte sich nicht an, als wäre es seine Absicht, ihn beleidigen. »Hast du dir eingeredet, Uther, dass du den größten Mut beweist, indem du deine Pflicht tust, komme was wolle?«

Er schüttelte ungläubig den Kopf. »Bist du ein Masochist, Uther Doul? Ist es das? Macht es dich geil, wenn du dich selbst erniedrigst? Steht er dir, wenn die zerschlitzten Fotzen dir Befehle geben, von denen du weißt, dass sie idiotisch sind? Kommt es dir, wenn du ihnen dennoch gehorsam bist? Mann, dein Schwanz muss wund sein vom Reiben, weil dies die verrücktesten Befehle sind, die du je bekommen hast, und du weißt es.

Und ich werde nicht dulden, dass du sie ausführst.«

*

Doul schaute stumm und regungslos zu, als der Brucolac sich von ihm abkehrte und davonging.

Der Vampir rief die Schatten zu sich und ein Nebel aus Blendzauber hüllte ihn ein, aus dem verklingend seine Schritte hallten. In der Luft ein Rascheln, und hoch über dem Deck summten die Drähte der Takelage, als etwas darüber strich und wispernd entschwand.

Doul folgte den Geräuschen mit den Augen. Erst als alles still geworden war, wandte er sich wieder dem Meer zu und dem Spukviertel. Dabei hielt eine Hand das Heft seines Schwertes umfasst.

16

Unter Zuhilfenahme von Atlanten und den Berichten von Entdeckern zeichneten Bellis und Silas Karten von Gnurr Kett und dem Cymek und der Eisenbucht. Auf dieser Grundlage versuchten sie, eine Route nach Hause auszuarbeiten.

Die Anophelesinsel war nirgends eingezeichnet, aber nach den Angaben in Erzählungen von Kaktusleuten konnte man sie wohl mit einiger Berechtigung cirka eine Tagesfahrt vor der Südspitze von Gnurr Kett annehmen, etwa tausend Meilen weit entfernt von der zivilisierten Nordküste der Insel. Und von dort waren es noch einmal 2000 Meilen bis New Crobuzon.

Bellis wusste, wie selten man Kettai-Schiffe in den Häfen New Crobuzons zu sehen bekam. Sie forschte in Abhandlungen über politische Ökonomie und verfolgte die Routen des Warenverkehrs von Dreer Samher über Gnurr Kett nach Shankell, zu den Alrauneninseln, nach Parrick Nigh und Myrshock, und zu guter Letzt, vielleicht, auf dem einen oder anderen umständlichen Weg nach New Crobuzon.

»Von der Mückeninsel ist es fast so weit bis nach Hause, als säßen wir in den verdammten Kolonien«, meinte Bellis verbiestert. »Tausend Meilen unbekannte Gewässer und unkartierte Orte und Gerüchte und Mist. Wir befinden uns ganz am falschen Ende eines langen, langen Handelsweges.«

*

Ihre gesamte freie Zeit verbrachten sie auf diese Weise, hockten in Bellis zylindrischer Wohnung, ignorierten die Geräusche von draußen und ob es Tag oder Nacht war; sie rauchte Kette und fluchte über Armadas Tabak, während beide um die Wette Notizen machten und über alten Folianten brüteten. Versuchten, aus dem gestohlenen Wissen Nutzen zu ziehen. Versuchten, einen Fluchtweg zu finden.

Sie hatten verbissen nach dem Geheimnis der Stadt geforscht und es gefunden. Nun dämmerte ihnen die niederschmetternde Erkenntnis, dass dieses Wissen nicht automatisch all ihre Probleme löste.

Wenn wir nur herausfinden könnten, wo wir am Ende sein werden..., grübelte Bellis. Widerstrebend gestand sie sich ein, dass es dumm war anzunehmen, die ganze verfluchte Stadt würde in irgendeinem Hafen vor Anker gehen oder wenigstens in Sichtweite vorbeischwimmen, an Kohnid oder wo auch immer. Und selbst wenn, musste sie immer noch eine Möglichkeit finden, von der Stadt ans Ufer zu kommen, zum Kai, auf ein Schiff und wieder übers Meer und heimwärts. Unmöglich. Schlicht unmöglich.

Wenn ich erst an Land wäre, dachte sie, *wenn ich erst an Land wäre, dann könnte ich vielleicht jemanden überreden, mir zu helfen, oder ich könnte ein Boot stehlen oder könnte als blinder Passagier oder...*

Aber es gab keine Möglichkeit, an Land zu gelangen. Und wenn das eine Wunder geschah, das zweite, dritte und vierte gewiss nicht, dessen war sie sich schmerzlich genau bewusst.

*

»Schekel hat mich heute besucht«, sagte sie. »Es ist jetzt fast eine Woche her, seit er mir das Buch gebracht hat,

Silas. Er hat mich gefragt, was drin steht, ob es das Buch ist, nach dem Tintinnabulum sucht. Ich habe ihm gesagt, ich wüsste es noch nicht genau, aber bald.

Es wird nicht mehr lange dauern«, ihre Stimme bekam einen Unheil verkündenden Klang, »es wird nicht mehr lange dauern, bis er seine Schüchternheit überwindet und jemandem davon erzählt. Er ist mit einem Hafenarbeiter befreundet, der bei den Liebenden in Lohn und Brot steht. Er *vögelt* Tintinnabulums Assistentin, um Jabbers willen.

Wir müssen handeln, Silas. Wir müssen einen Entschluss fassen. Wir müssen uns darüber klar werden, was wir tun wollen. Wenn er seinen Freunden beichtet, dass er das Buch gefunden hat, werden im Handumdrehen die Büttel hier sein. Und dann haben sie nicht nur das Buch, sondern wissen auch, dass wir es ihnen vorenthalten haben. Und ich kann dir sagen, ich habe keine Lust, eins der hiesigen Gefängnisse von innen zu sehen.«

*

Aus ihrer Position konnten Bellis und Silas nicht beurteilen, ob die Liebenden alles wussten, was es über das Beschwören eines Avanc zu wissen gab. Sie mussten im Besitz einiger Informationen sein – die Koordinaten der Katavothre, die Menge der erforderlichen Apparaturen und Thaumaturgien, aber sie suchten dezidiert nach dem Buch von Krüach Aum.

Die einzige Beschreibung eines erfolgreichen Versuchs, einen Avanc herbeizurufen und zu fangen, dachte Bellis. *Sie wissen ungefähr, wo der Ort liegt, an dem sich das Ganze abgespielt hat, aber ich wette, darüber hinaus tappen sie noch sehr im Dunkeln. Wahrscheinlich gehen sie davon aus, dass sich nach und nach die zum Ganzen fehlenden Teile finden werden und sie rechtzeitig alles beisammen haben, aber 'flixt!, das Buch würde ihnen eine Menge Arbeit ersparen.*

Daraus ergaben sich hanebüchene Ideen, wie zum Beispiel, im Tausch für das Buch ihre Freiheit zu verlangen, aber natürlich war ihr klar, dass sie damit nicht durchkommen würde. Die Hoffnung wurde blass und fadenscheinig. Sie fror.

In einer Anwandlung verzweifelter Unvorsichtigkeit sprach sie mit Carianne über das Thema Flucht. In einem vollkommen unglaubwürdigem »Was wäre wenn«-Tonfall fragte sie Carianne, ob sie je den Wunsch gehabt hätte, von hier zu fliehen und nach Hause zurückzukehren.

Carianne grinste haifischähnlich. »Nicht im Traum!«

Sie saßen in einer Kneipe in Trümmerfall, und Carianne schaute sich ostentativ nach eventuellen Lauschern um, bevor sie sich wieder Bellis zuwandte und mit gedämpfter Stimme weitersprach. »Selbstverständlich habe ich mit dem Gedanken gespielt. Aber zu Hause wartet nichts auf mich, jedenfalls nichts, wofür es sich lohnen würde, ein solches Risiko einzugehen. Ein paar Unbelehrbare versuchen es jedes Jahr. Machen sich in einem kleinen Boot davon oder sonst wie. Sie werden immer, immer geschnappt.«

Nur die, von denen man erfährt, dachte Bellis trotzig und fragte laut: »Was passiert mit ihnen?«

Carianne starrte eine Weile in ihr Glas, dann hob sie mit einem weiteren harten Lächeln den Blick zu Bellis Gesicht.

»Das ist der einzige Punkt, in dem sämtliche Souveräne Armadas einig sind, die Liebenden, der Brucolac, König Friedrich und Braginod und das Konzil und so weiter. Armada darf nicht gefunden werden.

Natürlich gibt es Seefahrer, die wissen, dass wir irgendwo hier draußen sind, und es gibt Völker, wie die Dreer Samher, mit denen wir Handel treiben, aber von einer der großen Mächte entdeckt werden – wie New Crobuzon? Das nichts lieber täte, als uns vom Meer zu tilgen? Wer zu fliehen versucht, wird daran gehindert, Bellis. Nicht gefangen genommen, wohlgemerkt. Gehindert.«

Carianne schlug Bellis auf den Rücken. »Gottschiet, schau nicht so entsetzt«, sagte sie aufmunternd. »Du kannst mir nicht erzählen, dass du wirklich überrascht bist. Dir ist klar, was passieren würde, wenn einer sich bis nach Hause durchschlägt und alles herausposaunt und zum Beispiel deine Blase Armada unter die Fuchtel nimmt? Frag einen von den Remade aus den Sklaventransporten, wie lieb er New Crobuzon hat. Frag ein paar von denen, die in Nova Esperium gewesen sind und miterleben durften, wie man mit den Eingeborenen umgesprungen ist. Oder welche von den Seeleuten, die sich von New Crobuzons Freibeutern den offiziellen Kaperbrief unter die Nase halten lassen mussten. Du glaubst, *wir* sind Piraten, Bellis? Trink aus und vergiss es!«

*

Am selben Abend dachte Bellis zum ersten Mal laut darüber nach, was ihr und Silas übrig blieb, falls sich ihnen keine Möglichkeit bot, nach Hause zurückzukehren. Es sollte ihnen als Ansporn dienen.

Doch eine Art stilles Grauen senkte sich auf sie herab, als ihr zu Bewusstsein kam, dass ihre eigene Flucht nicht die einzige und nicht die größte Sorge war. *Was, wenn wir nicht fliehen können?*, dachte sie, innerlich zu Eis geworden. *Bedeutet das das Ende für New Crobuzon? Ist das das letzte Wort?*

Silas beobachtete sie, auf seinem Gesicht spiegelten sich Hoffnungslosigkeit und Erschöpfung. Wenn sie ihn anschaute, standen Bellis die Hochhäuser und Märkte und Wohnsilos ihrer Heimatstadt vor Augen, klar und deutlich. Im Frühling gesättigt vom Geruch der steigenden Säfte, ausgangs des Jahres kalt und geheimnisvoll, am Fest Jabbers Morgen ein Lichtermeer, geschmückt mit Flitter und Lampions, in den Straßen singende Prozessionen, die Züge mit frommen Schabracken verkleidet. Um Mitternacht an jedem Tag des Jahres, im Schein der Straßenlaternen.

Im Krieg, im blutigen Krieg mit den Grymmenöck.

»Wir müssen sie warnen«, sagte sie leise. »Das ist das Wichtigste. Ob wir es schaffen zu fliehen oder nicht, wir müssen sie warnen.«

Damit ließ sie fahren, was Illusion geworden war. Zwar fühlte sie sich todelend deswegen, aber eine Art Ruhe kehrte in sie ein. Die Pläne, die sie nun zaghaft unterbreitete, waren fundierter, logischer, Erfolg versprechender.

*

Bellis erkannte, dass Hedrigall der Schlüssel war.

Über den riesenhaften Kaktusmann, den Fabulanten aus Dreer Samher und Aeronauten waren zahllose Anekdoten und Gerüchte im Umlauf. Von den vielen, die Schekel ihr erzählt hatte, war ihr eine Geschichte im Gedächtnis geblieben: Hedrigall auf der Insel des Moskitovolks.

Durchaus wahrscheinlich. Er war ein Piratenkaufmann aus Dreer Samher gewesen, die einzigen Leute, von denen man wusste, dass sie regelmäßig mit den Anopheles Handel trieben. In ihren Adern floss kein Blut, sondern Pflanzensaft, ungeeignet zur Nahrung für die Moskitofrauen. Sie konnten ohne Angst feilschen.

Und vielleicht erinnerte er sich an dies und das.

Der Tag war bedeckt und schwül, und Bellis brach der Schweiß aus, sobald sie ihre Wohnung verließ, um zur Arbeit zu gehen. So dünn sie war, nach Feierabend fühlte sie sich beschwert von einer Last überflüssigen Fleisches. Der Qualm ihrer Zigarillos legte sich wabernd um ihren Kopf wie ein stinkender Hut, und selbst Armadas nimmermüde Winde konnten ihr den Mief nicht aus den Poren und Haaren blasen.

Vor ihrer Tür wartete Silas auf sie.

»Es stimmt«, verkündete er mit grimmiger Freude. »Hedrigall ist dort gewesen. Erinnert sich daran. Ich weiß, wie die Dreer Samher ihren Handel organisieren.«

*

Ein Silberstreif am Horizont: genauere Karten, bessere Kenntnis der Insel.

»Er ist loyal, dieser Hedrigall«, berichtete Silas weiter, »also muss ich vorsichtig sein. Ob ihm gefällt, was man ihm aufträgt oder nicht, er steht zu Hechtwasser. Aber ich kann ihn anzapfen. Das ist mein Beruf.«

Auch mit dem, was sie von Hedrigall erfuhren, hatten sie kaum mehr in der Hand als ein Bündel unzusammenhängender Fakten. Sie mischten sie und mischten sie wieder, ließen sie fallen wie Mikadostäbe und schauten sich an, wie sie lagen. Befreit von dem unrealistischen, verbissenen Wunsch nach Freiheit für sie selbst, erkannte Bellis allmählich ein Muster im Chaos der Informationen.

Und daraus reifte ein Plan.

*

Ein fadenscheiniger, unwägbarer Plan, mit dem sie notgedrungen zufrieden sein mussten, denn auf Besseres konnten sie nicht hoffen.

Sie saßen in stummem Unbehagen zusammen. Bellis lauschte auf das ewig gleiche Murmeln der Wellen, verfolgte, wie der Rauch von ihrem Zigarillo vor dem Fenster zerwaberte und als Schleier vor dem Nachthimmel hing. Die Zusammenstellung war ihr auf einmal zuwider: Sie fühlte sich gefangen. Ihr Leben war reduziert auf eine Folge von Nächten und Rauchen und sich den Kopf nach Ideen zermartern. Doch jetzt hatte sich etwas verändert.

Möglicherweise war es die letzte Nacht dieser Art.

»Es passt mir nicht«, sagte Silas endlich. »Es passt mir verdammt nicht, dass ich es nicht selbst ... Aber traust du es dir zu? Du hast dann beinahe die ganze Last der Verantwortung zu tragen.«

Sie zuckte die Schultern. »Es geht nicht anders. Du kannst kein Hoch-Kettai. Gibt es noch etwas anderes, womit du sie überzeugen könntest, dass sie dich unbedingt dabeihaben müssen?«

Silas schüttelte zähneknirschend den Kopf.

»Aber wie steht's mit dir?«, fragte er. »Dein Freund Johannes weiß, dass du nicht unbedingt eine glühende Befürworterin Armadas bist, oder?«

»Ich kann ihn überzeugen. Kaum anzunehmen, dass es in Armada von Leuten wimmelt, die des Kettai mächtig sind. Trotzdem hast du Recht, er ist das einzige ernst zu nehmende Hindernis.« Bellis schwieg eine Weile nachdenklich. »Ich glaube nicht, dass er mich bei ihnen angezeigt hat. Wenn er mir das Leben schwer machen wollte, wenn er glaubte, ich wäre gefährlich, wüsste ich es inzwischen. Ich vermute, sein Ehrgefühl oder Ähnliches hindert ihn daran, mich zu denunzieren.«

Das ist es nicht, flüsterte eine innere Stimme verstohlen. *Du weißt, weshalb er dich nicht verraten hat. Ob es dir passt oder nicht, trotz eurer Meinungsverschiedenheit, obwohl ihr im Streit auseinander gegangen seid, er betrachtet dich als Freund.*

»Wenn sie das Buch lesen«, meinte Silas, »und ihnen klar wird, dass Krüach Aum nicht aus Kohnid stammt und dass er möglicherweise noch am Leben ist, werden sie sich vermutlich ein Bein ausreißen, um ihn zu finden. Aber – wenn nicht?

Wir müssen ihnen diese Insel schmackhaft machen, Bellis. Wenn wir das nicht schaffen, dann haben wir ausgespielt. Es ist keine Kleinigkeit, zu der wir sie bewegen wollen. Du weißt, was das für ein Ort ist, an dem Krüach Aum lebt. Du weißt, worauf man gefasst sein muss. Den Rest kannst du getrost mir überlassen – ich beschaffe das Material, das wir brauchen. Ich habe das Siegel, also kann ich die Briefe schreiben lassen. Das alles kann ich tun. Aber dammich, das ist auch alles, was ich tun kann.« Es klang bitter. »Und wenn sie den Köder nicht schlucken, wenn sie keine Expedition organisieren, sind wir erledigt!«

Er griff nach dem Buch und wendete langsam die Seiten um. Bei dem Appendix angekommen, hielt er es Bellis hin.

»Du hast das übersetzt, nicht wahr?«

»Soweit ich konnte.«

»Sie rechnen nicht damit, dieses Buch je in die Hände zu bekommen, aber sie gehen davon aus, dass es ihnen trotzdem gelingt, den Avanc an den Haken zu kriegen. Wenn wir ihnen das hier geben...«, die Blätter flatterten wie aufgeregte Flügel, als er das Buch hin- und herschwenkte, »geben wir ihnen vielleicht alles, was ihnen noch gefehlt hat. Sie werden es sich anschauen und alles tun, um dem Buch seine Geheimnisse abzuringen, mit deiner Hilfe und der Hilfe sämtlicher Übersetzer und Professoren am Gymnasium und auf der *Grand Easterly* ... Vielleicht befindet sich alles, was sie noch wissen müssen, zwischen dieses Buchdeckeln. Möglicherweise geben wir ihnen hiermit das letzte Steinchen für ihr Mosaik.«

Er hatte Recht. Falls Aums Behauptungen der Wahrheit entsprachen, waren sämtliche relevanten Formeln, sämtliche Informationen und Konfigurationen in diesem Anhang zu finden.

»Doch ohne dieses Buch«, führte Silas weiter aus, »haben wir nichts. Nichts, womit du dich ihnen unentbehrlich machen kannst, nichts, um ihnen die Insel interessant erscheinen zu lassen. Sie werden ihren Weg fortsetzen wie geplant, mit dem arbeiten, was sie haben, und den Avanc trotz allem heraufbeschwören. Wo's fehlt, werden sie improvisieren. Doch geben wir ihnen nur ein Häppchen und einen Hinweis darauf, wo der Rest zu finden ist, werden sie alles haben wollen. Wir müssen dieses Buch verwandeln, von einem Geschenk in einen – Köder.«

Nach einem Moment begriff Bellis. Sie schürzte die Lippen und nickte. »Ja. Gib her.«

Sie blätterte durch den Appendix und zögerte. Wo anfangen?

Endlich zuckte sie die Achseln, fasste einen Batzen Seiten und riss sie heraus.

*

Nach diesem trotzig-euphorischen Beginn, ging sie bedachtsamer vor. Es musste glaubwürdig aussehen. Sie legte das Buch beim Appendix aufgeklappt mit dem Gesicht auf einen strategischen Nagel im Dielenboden, stellte den Fuß darauf und stieß ihn kräftig von sich weg. Der Nagel bohrte sich in die Formeln und Fußnoten und riss sie heraus.

Es gelang perfekt. Von dem Anhang geblieben waren die drei ersten Seiten mit den Definitionen der verwendeten Termini, danach waren die Blätter bis zur Bindung weggeratscht. Nur die gezackten Innenränder waren noch da, kleine Papierfetzen mit Wortresten. Das Ganze sah aus wie das Ergebnis eines zufälligen, dummen Malheurs.

Sie verbrannten den Appendix, flüsternd wie Kinder bei etwas Verbotenem.

Nicht lange, und sämtliche Blätter wirbelten als Rauch und Ascheflocken aus dem Schornstein, wurden vom Wind erfasst und davongeweht.

Morgen werden wir handeln, dachte Bellis. *Morgen geht es los.*

Der Wind wehte aus Süden. Die Rauchfinger aus Armadas Schloten wiesen dorthin zurück, woher sie gekommen waren.

*

Auf dem Deck der *Schattenhäuter* stehend, die Stadt im Rücken, konnte Bellis glauben, dass sie sich an Bord eines normalen Schiffes befand.

Der Klipper war Bestandteil von Hechtwassers Unterstadt: Die Leute hausten unter Deck in den ursprünglichen Kabinen. Oben keine Gebäude. Die *Schattenhäuter* war ein Holzschiff mit Bronzebeschlägen und Tauwerk und alter Leinwand. Auf dem Deck fanden sich keine Lokale oder Tavernen oder Bordelle, demzufolge hielten sich auch nur wenige Menschen dort auf. Bellis schaute aufs Meer hinaus, genau wie ein Passagier an Bord eines Klippers auf der Reise nach Übersee.

Lange stand sie dort.

Der Schein der Gaslaternen spiegelte sich im Wasser.

Endlich, kurz nach neun Uhr, hörte sie eilige Schritte.

Johannes Feinfliege stand vor ihr, ein wenig atemlos, aber eine Gemütsbewegung war ihm nicht anzusehen. Sie nickte und begrüßte ihn mit seinem Namen.

»Bellis, es tut mir unendlich Leid, dass ich mich verspätet habe«, sagte er. »Deine Nachricht – der Termin war ziemlich kurzfristig, und ich konnte nicht so schnell umdisponieren. Ich habe mich nach Kräften beeilt.«

Tatsächlich?, dachte Bellis nüchtern. *Oder kommst du fast eine Stunde zu spät, um mich zu bestrafen?*

Doch seine Stimme klang aufrichtig bekümmert; sein Lächeln war unsicher, aber nicht kalt.

Sie spazierten über das Deck, nach vorn, zum scharf zulaufenden Bug und wieder zurück. Die Unterhaltung verlief stockend, überschattet von der Erinnerung an ihren Streit.

»Wie stehen die Forschungen, Johannes?«, fragte Bellis schließlich. »Gibt es Fortschritte? Sind wir ungefähr – da, wo wir hinwollen?«

»Bellis ...« Er bewegte irritiert die Schultern. »Ich dachte, du hättest vielleicht ... Dammich, wenn du mich nur herbestellt hast, um zu ...« Sie schnitt ihm mit einer Handbewegung das Wort ab.

Ein langes Schweigen entstand, Bellis schloss die Augen. Als sie ihn wieder anschaute, waren ihr Gesicht und ihre Stimme weicher.

»Tut mir Leid«, sagte sie. »Entschuldige. Tatsache ist, Johannes, was du damals zu mir gesagt hast, hat mir wehgetan. Weil es stimmt.« Er lauschte mit ausdrucksloser Miene. »Versteh mich recht«, fügte sie schnell hinzu, »dieser Ort wird nie mein Zuhause sein. Man hat mich gegen meinen Willen hergebracht, Johannes. Man hat mich entführt.

Aber ... Aber du hattest Recht damit, dass – dass ich mich abgekapselt habe. Ich wusste nichts über die Stadt und habe mich deswegen geschämt.« Er machte Miene, sie zu unterbrechen, aber sie kam ihm zuvor. »Inzwischen habe ich die Möglichkeiten erkannt, die diese neue Situation bietet.« Ihre Stimme verriet einen inneren Aufruhr, es hörte sich an, als kostete es sie Überwindung, eine unangenehme Wahrheit auszusprechen. »Was ich hier gesehen habe, gelernt habe ... New Crobuzon ist meine Heimat und wird es bleiben, aber du hast Recht damit, dass nichts mich daran bindet als Zufall. Ich habe es aufgegeben, von Heimkehr zu träumen.« Ihr wurde eng ums Herz, weil die Lüge der Wahrheit so nahe kam. »Ich bin zu der Einsicht gelangt, dass es hier Dinge gibt, die es wert sind, getan zu werden.«

Eine innere Sperre schien sich in ihm zu lösen, etwas wie Freude dämmerte auf seinen Zügen. Bellis beeilte sich abzuwinken.

»Rechne nicht damit, dass ich mich in dieses verdammte Kaff verliebe, aber – aber für die meisten Leute auf der *Terpsichoria*, für die Remade, war der Piratenüberfall das Beste, was ihnen passieren konnte. Was uns übrige angeht – nun, es ist gerecht, dass wir damit leben müssen. Du hast mir geholfen, das zu erkennen. Dafür will ich mich bedanken.«

Bellis' Miene war ausdruckslos, die Worte schmeckten ihr sauer im Mund wie geronnene Milch (obwohl sie wusste, es war nicht alles gelogen).

*

Eine Zeit lang hatte Bellis mit dem Gedanken gespielt, Johannes von der Gefahr zu erzählen, die New Crobuzon drohte. Aber sie konnte immer noch nicht fassen, mit welcher Rasanz er sich Hechtwasser und Armada verschrieben hatte. Allem Anschein nach hegte er keine große Liebe für die Stadt seiner Geburt. Dennoch, dachte sie, diese Bedrohung durch die Gengris konnte ihn nicht ungerührt lassen? Bestimmt hatte er Freunde, Familie in New Crobuzon. Ihr Schicksal konnte ihm nicht gleichgültig sein. Oder?

Was aber, wenn er ihr keinen Glauben schenkte? Wenn er ihr nicht glaubte, wenn er dachte, dies sei ein Versuch, ihn zum Element eines besonders raffinierten Fluchtplans zu machen? Wenn er den Liebenden von ihr und ihren Aussagen berichtete, den Narbenfratzen, die sich nicht einen Deut um das Schicksal New Crobuzons scherten, dann hatte sie ihre einzige Chance vertan, der Stadt eine Warnung zukommen zu lassen.

Weshalb sollte es die Souveräne Armadas kümmern, was eine weit entfernte Nation der anderen antat? Vielleicht begrüßten sie die Pläne der Grymmenöck. New Crobuzon besaß eine starke Seestreitmacht. Bellis hatte keine Ahnung, wie weit Johannes' Loyalität für seine neuen Herren reichte. Auf jeden Fall war es klüger, ihm nicht die Wahrheit zu sagen.

Sie schaute Johannes an, merkte seine vorsichtige Freude.

»Glaubst du, dass es euch gelingt?«, fragte sie

Er runzelte die Stirn. »Was gelingt?«

»Glaubst du, es wird euch gelingen, den Avanc aus der Tiefe zu rufen?«

*

Er war sprachlos. Sie konnte sehen, wie sich hinter seiner Stirn die Gedanken jagten. Ungläubige Verblüffung, Zorn, Angst. Sie sah, wie er einen Moment lang erwog, alles abzustreiten: *Ich weiß nicht, wovon du redest*, aber dieser Impuls verging und nahm alle anderen Emotionen mit sich.

Innerhalb weniger Sekunden hatte er sich wieder gefasst.

»Vermutlich sollte ich nicht überrascht sein«, sagte er ruhig. »Es wäre absurd zu glauben, man könnte etwas Derartiges geheim halten.« Er trommelte mit den Fingern auf den Handlauf der Reling. »Um ehrlich zu sein, bin ich immer wieder erstaunt, wie wenige Leute Bescheid zu wissen scheinen. Fast, als hätten sich die, die nichts wissen, mit denen, die etwas wissen, verschworen, Stillschweigen zu bewahren. Wie hast du davon erfahren? Keine noch so große Umsicht, kein noch so großer Aufwand an Thaumaturgie kann Pläne dieser Dimension vor Entdeckung schützen. Bald werden sie an die Öffentlichkeit treten müssen. Zu viele Leute haben bereits etwas munkeln hören.«

»Weshalb hilfst du ihnen?«

»Weil es der Stadt nützt«, antwortete er. »Das ist der

Grund, weshalb die Liebenden es tun.« Er trat geringschätzig mit dem Fuß gegen die Reling und zeigte mit dem Daumen auf die Flotte der Dampfer und Schlepper, die am Ende der straff gespannten Ketten südwärts hechelten. »Sieh dir an, in was für einem Schneckentempo wir vorwärts kommen. Eine Meile die Stunde? Zwei, mit starkem Rückenwind? Lächerlich! Und die Aktion verschlingt solche Mengen an Treibstoff, dass man nur selten darauf zurückgreift. Die meiste Zeit dümpelt dieses Kaff nur vor sich hin und bummelt mit den Strömungen über die Meere. Stell dir vor, wie sich das alles ändern kann, wenn es gelingt, diese Kreatur zu fangen! Dann bestimmen sie den Kurs und die Geschwindigkeit! Stell dir vor, welche *Macht* sie damit gewinnen. Sie werden die Meere beherrschen.

Man hat es früher schon einmal versucht.« Den Blick in die Ferne gerichtet, rieb er sich das Kinn. »Glauben sie. Unter der Stadt existieren Beweise für diese Annahme. Ketten. Verborgen von jahrhundertealten Kadabras. Die Liebenden – sie sind anders als alle Herrscher, die es zuvor hier gegeben hat. Besonders die Frau. Und Veränderungen bahnten sich an, als vor ungefähr zehn Jahren Uther Doul auftauchte und ihr Leibwächter wurde. Seit damals arbeiten sie auf dieses Vorhaben hin. Sie haben Tintinnabulum und seinen Leuten eine Einladung geschickt. Die besten Jäger der Welt. Nicht nur flink mit der Harpune: Sie sind Wissenschaftler, Meeresbiologen, Koordinatoren. Sie leiten seit Jahren die Jagd auf den Avanc. Es gibt nichts, was sie über die Kunst des Fallenstellens nicht wissen. Wenn irgendjemand irgendwo diese Sache schon einmal versucht hätte, hätten sie davon gehört.

Natürlich, auf sich allein gestellt, könnten sie nie und nimmer einen Avanc fangen. Aber sie wissen inzwischen mehr über diese Geschöpfe als sonst jemand auf der Welt. Kannst du dir vorstellen, was es für jemanden, der mit Leib und Seele Jäger ist, bedeutet, eine solche Großtat zu vollbringen? So, da hast du den Grund, weshalb die Liebenden dieses Projekt betreiben und weshalb Tintinnabulums Mannschaft erpicht ist, dabei zu sein.« Er fing Bellis' Blick auf und ein Lächeln brach durch seine nüchterne Miene.

»Und ich?«, kam er ihrer Frage zuvor. »Ich bin dabei, Bellis, weil – es ist ein *Avanc*!«

Seine Begeisterung war ebenso spontan, irritierend und ansteckend wie die eines Kindes. Er hing mit echter Leidenschaft an seiner Arbeit.

»Ich will ehrlich sein«, sagte sie vorsichtig. »Ich hätte nicht geglaubt, dass ich es je aussprechen oder denken könnte, aber – aber ich verstehe.« Sie schaute zu ihm auf. »Um die Wahrheit zu sagen, es ist Teil dessen, was mich mit diesem Ort versöhnt hat. Im ersten Moment, als ich herausfand, was im Gange war, was man mit dem Avanc vorhatte, machte es mir Angst.« Kopfschüttelnd suchte sie nach Worten. »Aber jetzt fühle ich anders. Es ist ein – es ist ein phantastisches Projekt, Johannes. Und ich wünsche mir, dass es gelingt.«

Bellis fand, dass sie ihre Sache gut machte.

»Wirklich, Johannes. Ich hätte nie für möglich gehalten, dass ich mich für irgendetwas hier begeistern könnte, aber das Gigantische, die Hybris – und die Vorstellung, dass ich etwas dazu beitragen könnte ...«

Sie griff in ihre Tasche und reichte ihm das Buch.

*

Der arme Johannes musste heute Abend wahrhaftig einiges verkraften, dachte Bellis, eine Erschütterung nach der anderen. Die Verblüffung, als sie sich bei ihm meldete, das Treffen, ihr offensichtlicher Sinneswandel in Bezug auf die Stadt, die Erkenntnis, dass sie über den Avanc Bescheid wusste, und nun dies.

Sie schwieg während seiner abgerissenen Ahs und Ohs und Gebärden sprachloser Überwältigung.

Endlich hob er den Blick.

»Wo hast du das her?«

Sie erzählte ihm von Schekel und seiner begeisterten Stöberei in der Kinderbuchabteilung. Behutsam nahm sie Johannes das Buch aus der Hand und blätterte zum Anfang.

»Sieh dir die Bilder an«, sagte sie. »Du kannst sehen, weshalb es ins falsche Regal geraten ist. Ich bin überzeugt, es gibt nicht viele Leute an Bord, die Hoch-Kettai lesen können. Das hier war es, wobei mir ein Licht aufgegangen ist. *Das.*« Sie zeigte auf das Bild mit dem riesigen Auge unter dem Boot. Sogar jetzt, wo sie nur schauspielerte, selbst nachdem sie die einfache Zeichnung schon ein Dutzend Mal betrachtet hatte, durchrieselte sie ein staunendes Erschrecken.

»Und es waren nicht nur die Bilder, die mir verraten haben, worum es geht«, fuhr sie fort und zog aus der Tasche ein Bündel eng beschriebener Blätter. »Ich kann Hoch-Kettai. Ich habe ein gottverdammtes Buch darüber geschrieben.« Wieder empfand sie dabei ein vages Unbehagen, doch es war nicht der Moment, dessen Ursprung zu ergründen. Sie schwenkte die Blätter vor Johannes' Nase.

»Ich habe Aum übersetzt.«

Und noch ein Schock für Johannes, der mit den gleichen Lauten und Gebärden der Fassungslosigkeit reagierte wie zuvor.

Das ist der letzte für heute, dachte Bellis kalt. Sie schaute zu, wie er vor Entzücken auf dem menschenleeren Deck herumtanzte. *Jetzt können wir zum gemütlichen Teil übergehen.* Als er mit seinem kindischen Hopsasa fertig war, bugsierte sie ihn unauffällig in die Richtung des Kneipenviertels. *Setzen wir uns nett hin,* dachte sie, *und kommen langsam zur Besinnung. Stoßen wir an auf die großartige Entdeckung. Sieh dich an, wie du strahlst, weil ich wieder auf deiner Seite bin. Wie froh du bist, wieder in Freundschaft mit mir verbunden zu sein. Beraten wir, was nun zu tun ist, du und ich.*

Helfen wir dir, auf meinen Plan zu kommen.

17

Der nächtliche Lampenschein und das Branden der Wellen wirkten weicher in diesem milden Klima, als wäre die See von Luft durchatmet und das Licht diesig: Wogen und Sonne fehlte das unerbittlich Elementare. Armada wiegte sich in der langen balsamischen Dunkelheit eines nun nicht mehr zu bezweifelnden Sommers.

In Gartenlokalen, die an Armadas Parkanlagen grenzten, seinen Bosketten, den ungemähten Wiesen auf Vorderkastellen und Hauptdecks übertönten des Nachts Zikaden das Wellenrauschen und die tuckernden Schleppermotoren. Bienen und Hornissen und Fliegen waren aufgetaucht. Sie ballten sich vor Bellis' Fenster und stießen hartnäckig gegen die Scheibe, bis sie tot herunterfielen.

Armadaner waren kein Volk der Kälte oder der Hitze oder des gemäßigten Klimas, wie zum Beispiel in New Crobuzon. Anderswo hätte Bellis auf entsprechende Klischees zurückgreifen können (die stoischen Bewohner der nördlichen Breiten, der gefühlvolle Südländer), doch in Armada passte diese Schablone nicht. In dieser nomadisierenden Stadt waren derlei Faktoren zufällig, der Verallgemeinerung entzogen. Man konnte nur sagen, dass für die Dauer dieses Sommers, an der günstigen Konjunktion von Ort und Zeit, Armada auftaute.

Die Straßen waren länger belebt, die Flickenteppichphoneme lebhafter Unterhaltungen in Salt durchtönten die Gassen bis spät in die Nacht. Es sah nach einer lauten Saison aus.

Der Raum war nicht groß. Er hatte Mühe, alle Anwesenden in sich zu bergen. Sie saßen steif auf unbequemen Stühlen um einen schrundigen Tisch. Tintinnabulum und seine Mannen, Johannes und seine Collegae, Biomathematiker und Thaumaturgen und Experten aus anderen Disziplinen, überwiegend Menschen, aber nicht ausnahmslos.

Und die Liebenden. Hinter ihnen stand, die Arme vor der Brust verschränkt, Uther Doul.

Johannes hatte längere Zeit gesprochen, stockend und aufgeregt. Auf dem Höhepunkt seines Vortrags machte er eine wohl berechnete Pause und warf Krüach Aums Buch auf den Tisch. Und nachdem der erste Schwall der Überraschung, der ungläubigen Begeisterung abgeebbt war, präsentierte er Bellis' Transskript.

»Jetzt begreift ihr«, verkündete er mit bebender Stimme, »aus welchem Grund ich diese außerordentliche Versammlung einberufen habe.«

Die Liebende hob die beiden Dokumente auf und verglich sie sorgfältig miteinander. Johannes beobachtete sie schweigend. Sie spitzte konzentriert die Lippen, die Narben in ihrem Gesicht kräuselten sich, rahmten ihr Mienenspiel ein. An der rechten Kinnseite bemerkte er die Schwellung und den Schorf einer frischen Wunde. Er warf einen kurzen Blick auf den Liebenden und sah das Pendant unter seinem Mund, links.

Wie immer bei diesem Anblick überkam ihn eine leichte Übelkeit. Ganz gleich wo er den Liebenden begegnete, ihre Nähe bewirkte bei ihm eine Nervosität, die der Gewöhnung widerstand. Sie besaßen eine bemerkenswerte Präsenz.

Vielleicht ist das Autorität, überlegte Johannes. *Das ist vielleicht, was man unter Autorität versteht.*

»Wer hier spricht Kettai?«, fragte die Liebende in die Runde.

Ihr gegenüber hob ein llorgiss den Arm.

»Ja, Turgan?«

»Ein wenig«, sagte er mit seiner hauchenden Stimme. »Hauptsächlich Nieder-Kettai, etwas Hoch. Aber die Kenntnisse dieser Frau sind den meinen bei weitem überlegen. Ich habe das Transskript angesehen und ein großer Teil des Originals war mir unverständlich.«

»Nicht zu vergessen«, Johannes hob die Hand, »Schneeweins *Grammatik des Hoch-Kettai* ist ein Standardwerk. Lehrbücher für Hoch-Kettai sind absolute Mangelware...« Er schüttelte den Kopf. »Eine ungewöhnliche, komplizierte Sprache und von den Promptuarien, die es gibt, ist Schneeweins eines der besten. Wäre sie nicht an Bord und Turgan oder sonst wer müsste Aum übersetzen, dann müsste der Betreffende vermutlich ohnehin dauernd in dem verdammten Buch nachschlagen.«

Er gestikulierte heftig. »Sie hat natürlich in Ragamoll übersetzt«, erklärte er, »aber es dürfte keine Schwierigkeit sein, das in Salt zu übertragen. Aber – die Übersetzung ist nicht das Wichtigste hier. Vielleicht habe ich mich nicht klar genug ausgedrückt... *Aum ist kein Kettai.* Einen Kettai-Wissenschaftler könnten wir nicht aufsuchen, Kohnid liegt weitab von unserem Kurs, und Armada wäre in den Gewässern dort nicht sicher – aber Krüach Aum lebt nicht in Kohnid. *Er ist Anopheles.* Ihre Insel liegt tausend Meilen südlich von hier. Und die Chancen stehen gut, dass er noch lebt.«

Damit besaß Johannes die ungeteilte Aufmerksamkeit der Runde. Er nickte bekräftigend. »Was wir hier haben, ist von unschätzbarem Wert. Wir haben eine Beschreibung des Prozesses, der Auswirkungen, eine Verifizierung des vermuteten Areals. Doch unglücklicherweise fehlen Aums Notabenen und Berechnungen – wie gesagt, das Buch ist beschädigt. Komplett erhalten ist lediglich die fast romanhafte Erzählung. Der wissenschaftliche Anhang fehlt.

Wir sind auf dem Weg zu einer Katavothre vor der Südküste von Gnurr Kett. Nach der Aussage von ein paar Kaktusleuten, ehemals Dreer Samher, die früher mit den Anopheles Handel getrieben haben, ist unser Ziel nur wenige hundert Meilen von der Anophelesinsel entfernt.« Er verstummte, weil er merkte, dass er in seiner Erregung zu schnell sprach.

»Selbstverständlich«, fuhr er langsamer fort, »könnten wir weitermachen wie geplant. Wir kennen ungefähr die Koordinaten, wissen mehr oder weniger Bescheid über die Art der Energie, die für die Beschwörung gebraucht wird, haben eine vage Vorstellung von der erforderlichen Thaumaturgie. Wir könnten es riskieren.

Andererseits *könnten* wir unser Glück auf der Insel versuchen. Ein Landungstrupp. Tintinnabulum, einige unserer Wissenschaftler, den einen oder die andere von euch oder alle beide.« Er schaute die Liebenden an.

»Wir würden Bellis brauchen, als Dolmetscherin«, führte er weiter aus. »Die Kakti, die schon einmal dort gewesen sind, können uns nicht helfen, sie haben sich bei ihren Verkaufsverhandlungen anscheinend mit Handzeichen und Kopfschütteln verständigt, aber wie dieses Buch beweist, beherrschen einige Anopheles Hoch-Kettai. Wir brauchen Soldaten – und Techniker, weil wir darüber nachdenken müssen, wie wir den

Avanc bändigen und gefügig machen, sobald wir ihn denn haben. Und – wir suchen Aum.«

Er lehnte sich zurück, und auch wenn er wusste, es war bei weitem nicht so simpel, wie er es darstellte, summte in seinen Adern freudige Erregung.

»Das Schlimmste, was uns passieren kann, ist«, sprach er weiter, »dass sich herausstellt, dass Aum tot ist. In welchem Falle wir nichts verloren haben. Vielleicht treffen wir dort andere, die wissen, was er wusste.«

Uther Doul meldete sich zu Wort. »Das ist nicht das Schlimmste, was uns passieren kann«, sagte er. Schlagartig veränderte sich die Atmosphäre im Raum: Alles Flüstern verstummte und aller Augen richteten sich auf ihn, nur die Liebenden lauschten, ohne sich nach ihm umzudrehen.

»Du redest« – Douls leise, melodische Stimme verlieh seinen Worten größte Eindringlichkeit –, »als wäre diese Insel nur ein Ort wie andere Orte. So ist es nicht. Du hast keine Ahnung, wovon du sprichst. Begreifst du, was du entdeckt hast? Was es mit Aums Rasse auf sich hat? Das ist das Exil des Mückenvolks. Das Schlimmste, was uns passieren kann, sieht so aus, dass die weiblichen Anopheles sich am Strand auf uns stürzen und uns aussaugen, bis nur noch die leere Hülle übrig ist. Das Schlimmste, was uns passieren kann, ist, dass wir in kürzester Zeit eines scheußlichen Todes sterben.«

Nach seinen Worten herrschte Schweigen.

»Ich nicht«, warf jemand ein. Johannes lächelte schief. Es war Breyall, ein Mathematiker der Kaktusleute. *Gut gemacht*, dachte er. *Punkt für uns.*

Die Liebenden nickten.

»Wir haben deinen Einwand zur Kenntnis genommen, Uther«, sagte der Liebende. Er streichelte seinen kleinen Schnurrbart. »Aber wir wollen nicht – übertreiben. Für das Problem lässt sich eine Lösung finden, wie dieses ehrenwerte Mitglied der Versammlung angedeutet hat...«

»Das ehrenwerte Mitglied der Versammlung ist Kaktus«, stellte Doul fest. »Für uns mit Blut in den Adern ändert sich nichts.«

»Nichtsdestoweniger...« Der Liebende sprach in bestimmtem Ton: »Ich denke, es wäre unüberlegt zu behaupten, dass es keinen Weg gibt, das vorgeschlagene Unternehmen durchzuführen. Wir lassen uns nicht so leicht entmutigen. Beginnen wir damit, dass wir ausarbeiten, wo unser Vorteil liegt, welche Vorgehensweise Erfolg verspricht – dann suchen wir einen Weg, das Problem zu umgehen. Wenn es aussieht, als machte der Gewinn den Aufwand wett, dann werden wir eine entsprechend zusammengesetzte Abordnung zu der Anophelesinsel entsenden.«

Doul rührte sich nicht. Weder in seiner Miene noch in seiner Haltung ließ etwas vermuten, dass er überstimmt worden war.

»Gottschiet!«, entfuhr es Johannes, und alle schauten zu ihm hin. Er war selbst erschrocken über seinen Ausbruch, fuhr aber mit gleicher Leidenschaft fort: »Selbstverständlich gibt es Probleme und Stolpersteine. Selbstverständlich muss das Unternehmen sorgfältig organisiert werden. Ohne Arbeit und Anstrengung geht es nicht, und – möglicherweise brauchen wir Schutz, und warum nehmen wir dafür nicht Kaktussoldaten mit oder Konstrukte oder – ach, ich weiß auch nicht... Aber was ficht euch denn an? Seid ihr im selben Zimmer wie ich?«

Er nahm Aums Buch und hielt es ehrfürchtig in den Händen wie eine heilige Reliquie.

»Wir haben das Buch. Wir haben einen Übersetzer.

Dies ist das Zeugnis von einem, der *weiß, wie man einen Avanc heraufruft*. Das ändert alles ... Kommt es darauf an, wo er wohnt? Nun gut, seine Heimat ist ungastlich.« Er richtete den Blick auf die Liebenden. »Gibt es einen Ort auf der Welt, wo wir nicht hingehen würden für unser großes Vorhaben? Wie ist es möglich, dass wir auch nur daran denken können, dieses Geschenk zu verschmähen?«

*

Als man auseinander ging, sprachen die Liebenden abschließend ein paar Worte, aber der Wind hatte sich gedreht und Johannes wusste, dass nicht nur er es merkte.

»Es könnte an der Zeit sein, dass wir unsere Pläne öffentlich bekannt geben«, äußerte die Liebende, während man rings um den Tisch die Notizen ordnete und zusammenschob.

Die Versammlung bestand aus Leuten, die zu einer Kultur der Verschwiegenheit erzogen waren. Für sie stellte diese Aufforderung zur Offenheit ein schockierendes Ansinnen dar, aber Johannes erkannte die Klugheit des Vorschlags.

»Wir wussten von Anfang an, dass wir irgendwann die Bevölkerung würden unterrichten müssen«, sagte sie. Ihr Liebhaber nickte.

Wissenschaftler aus Jhour und Alser und dem Federhaus Huk arbeiteten an dem Avanc-Projekt mit, und aus Höflichkeit hatte man die Souveräne dieser Bezirke von dem Vorhaben in Kenntnis gesetzt. Der innere Kreis jedoch war ausschließlich Hechtwasser vorbehalten: Die Liebenden hatten wertvolle Kräfte, die nicht ohnehin dort ansässig gewesen waren, gegen jede Tradition zur Umsiedlung bewogen. Alles, was mit dem Projekt zu tun hatte, unterlag strengster Geheimhaltung.

Doch ein Plan dieses Kalibers konnte nicht auf Dauer unter Ausschluss der Öffentlichkeit vorangetrieben werden.

»Wir haben die *Sorghum*«, sagte die Liebende, »deshalb entscheiden wir, in welche Richtung die Reise geht. Aber was wird der Rest der Bevölkerung denken, während Armada still irgendwo auf dem Meer liegt und wir darauf warten, dass der Landungstrupp zurückkommt? Was wird man denken, wenn wir die Katavothre erreichen und unseren Avanc heraufrufen? Ihre Souveräne werden sie nicht aufklären: Wer mit uns verbündet ist, wahrt unsere Interessen, und unsere Feinde wollen nicht, dass diese Sache ans Licht kommt. Sie sind besorgt, welcher Seite ihre Untertanen sich zuwenden werden.

Vielleicht«, sie schaute in die Runde, »ist es an der Zeit, die Bürger für unser Unternehmen zu begeistern. Sie zu Helfern zu machen...«

Sie schaute ihren Gefährten an. Wie immer schien es, dass sie sich stumm ins Einvernehmen setzten.

»Wir müssen eine Liste zusammenstellen«, befand der Liebende, »der Personen, die bei der Expedition dabei sein sollten. Ein Blick auf die Gruppe der Neubürger wäre angebracht – dort könnte Fachwissen zu finden sein, das uns entgangen ist. Sämtliche Kandidaten müssen auf ihre Vertrauenswürdigkeit hin überprüft werden. Und sämtliche Bezirke sollten mit einem oder mehreren Teilnehmern vertreten sein.« Er lächelte, die Narben unterstrichen seine Mimik, und nahm Bellis' Manuskript an sich.

Als Johannes an der Tür war, riefen die Liebenden seinen Namen.

»Begleite uns«, forderte der Liebende ihn auf, und Johannes musste schlucken.

O Jabber, dachte er. *Was nun? Ich habe die Nase voll von eurer Gesellschaft.*

»Komm und sprich mit uns«, wiederholte der Liebende seine Aufforderung, und seine Gefährtin schloss für ihn:

»Wir wollen mit dir über diese Frau reden, Schneewein.«

*

Nach Mitternacht erwachte Bellis von einem lauten Klopfen an der Tür. Sie fuhr hoch, dachte, es müsse Silas sein, bis sie diesen regungslos und mit offenen Augen neben sich liegen sah.

Der späte Besucher war Johannes. Sie schob sich die Haare aus dem Gesicht und schaute ihn blinzelnd an.

»Ich glaube, sie tun's«, sagte er. Bellis hörte sich selbst einen merkwürdigen, erstickten Laut ausstoßen.

»Hör zu, Bellis. Sie zeigten sich – nun, interessiert an dir. Was sie hörten, hat sie zu der Auffassung gebracht, dass, wie soll ich sagen, du nicht unbedingt als Mitarbeiterin für sie geeignet bist. Nichts Schlimmes, weißt du«, er hatte es eilig, sie zu beschwichtigen, »nichts, hm, Gefährliches – aber auch nicht unbedingt geeignet, um sie für dich einzunehmen. Was für Gepresste allgemein gilt: führe sie nicht in Versuchung, wenn du verstehst, was ich meine. Normalerweise dauert es Jahre, bevor Neubürger einen Pass erhalten.«

Mehr war das nicht?, dachte Bellis betäubt. Die Schwermut und die Einsamkeit, das Heimweh, das sich anfühlte, als hätte man ihr ein Stück aus dem lebendigen Fleisch herausgerissen – alles nur ein alltägliches Symptom, das sie mit Tausenden gemeinsam hatte? War es so banal?

»Aber – nun ja, ich habe weitergegeben, was du mir gesagt hattest.« Johannes lächelte. »Ich kann dir nichts versprechen, aber – ich halte dich für die geeignetste Kandidatin und habe sie das wissen lassen.«

Silas schien zu schlafen, als sie wieder unter die Decke schlüpfte, aber etwas an seinem flachen Atem verriet ihr, dass er nur so tat als ob. Sie beugte sich über ihn, als wollte sie ihn küssen, ihre Lippen streiften sein Ohr und sie flüsterte: »Es funktioniert.«

*

Am Morgen wurde sie abgeholt.

Nachdem Silas gegangen war, zu seinen undurchsichtigen, illegalen Geschäften in Armadas Unterwelt. Zu seiner Arbeit unter der Haut der Stadt, die ihn zu einem gefährlichen Element machte, dem man nie und nimmer erlaubt hätte, an der Expedition zur Anophelesinsel teilzunehmen.

Zwei Büttel aus Hechtwasser, Faustrohre lässig am Gürtel schaukelnd, geleiteten Bellis zu einem Aerotaxi. Luftlinie war es nicht weit von der *Chromolith* zur *Grand Easterly*. Der Schiffskoloss ragte erdrückend über dem Rest der Stadt auf, mit seinen sechs hoch emporschießenden Masten, den Schornsteinen, den leeren Decks.

Der Himmel war voller Aerostate. Scharen kleiner Taxis wimmelten in der Luft wie Bienen um den Stock, machten Platz für fremdländische Cargos, die den schweren Frachtverkehr über die Bezirksgrenzen hinweg bewältigten, dazwischen die kuriosen kleinen Einzelfahrerballons mit ihren darunter pendelnden Piloten. Jenseits der Stadtgrenzen die himmlische Kriegsflotte, spindelförmige fliegende Kanonen. Und über ihnen allen die mächtige flugunfähige *Arrogance*.

Sie lavierten über den höchsten Auswüchsen von Armadas städtischem Relief, jedoch in geringerer Höhe, als Bellis gewöhnt war, folgten steigend und sinkend der Topographie von Dächern und Rahen. Heruntergekommene Ziegelbauten dicht an dicht, wie in den Slums von New Crobuzon, zogen unten vorbei. Auf die beschränkte Fläche der Decks gepflanzt, machten sie keinen sicheren Eindruck: die Außenmauern zu dicht am Wasser, die Gassen eng wie Nadelöhre.

Hinter der Dunstglocke über der *Gigue*, die einen Industriebezirk mit Gießereien und Chemiefabriken beherbergte, wuchs die *Grand Easterly* herauf.

Ihr Entwurf war von düsterer Strenge: Schwarzholztäfelung, Lithographien und Heliotypien, Buntglas. Ein wenig vom Zahn der Zeit benagt, aber mit großem Aufwand instand gehalten, war das Innere ein Labyrinth aus Korridoren und Salons. Bellis wurde in eine kleine Kammer geführt. Die Tür wurde abgeschlossen.

Sie trat an das eisengerahmte Fenster und schaute auf Armada. In der Ferne zog sich das Grün von Croom Park wie ein Ausschlag über die Decks mehrerer Holke. Der Raum, in dem sie sich befand, lag bei weitem höher als jedes der benachbarten Schiffe, die Bordwand stürzte jäh wie eine Klippe in die Tiefe.

Auf Augenhöhe sah sie Lenkballons und eine Vielzahl dünner Masten.

»Das ist übrigens ein Schiff New Crobuzons, falls es Sie interessiert.«

Noch bevor sie sich umdrehte, hatte Bellis die Stimme erkannt. Es war der Narbenmann, der Liebende, der in der Tür stand, allein.

Im ersten Moment wurde ihr bang. Sie hatte damit gerechnet, einer Befragung, einem Verhör unterzogen zu werden, aber nicht das: *ihm* Rede und Antwort stehen zu müssen.

Ich habe das Buch übersetzt, dachte sie. *Ich bekomme eine Sonderbehandlung.*

Der Liebende schloss die Tür hinter sich.

»Auf Kiel gelegt vor mehr als zweihundertfünfzig Jahren, am Ende der Fetten Jahre«, erklärte er. Er sprach ein fast akzentfreies Ragamoll. Bevor er sich setzte, forderte er sie mit einer Handbewegung auf, ebenfalls Platz zu nehmen.

»Tatsächlich wurde behauptet, der Bau der *Grand Easterly* hätte das Ende der Fetten Jahre herbeigeführt. Natürlich«, sagte er, ohne eine Miene zu verziehen, »ist das kompletter Unsinn. Aber ein symbolkräftiges Zusammentreffen zweier historischer Ereignisse. Ende 1400 zeichnete sich der Niedergang ab, und welch eindrucksvolleres Symbol für das Scheitern von Wissenschaft und Technik könnte es geben als dieses Schiff? In ihrem verzweifelten Bemühen zu beweisen, dass New Crobuzons goldenes Zeitalter noch nicht vorüber sei, gebaren sie dieses Monstrum.

Schon die Ausgangsidee war schlecht. Der Versuch, die Kraft dieser albernen, gigantischen Schaufelräder an den Seiten mit einem Schraubenpropeller zu kombinieren.« Er schüttelte den Kopf, ohne den Blick von Bellis zu nehmen. »Man kann ein Schiff dieser Tonnage nicht mit Schaufelrädern antreiben. Also kleben sie da wie Tumore, ruinieren die Stromlinienform des Rumpfes, wirken wie Bremsen. Infolgedessen brachte auch die Schraube nicht die erwartete Leistung, und segeln konnte man die *Grand Easterly* nicht. Ist das nicht ein Witz?

Eins aber ist ihnen gelungen. Sie waren daran gegangen, das größte Schiff zu bauen, das die Welt je gesehen hatte. Beim Stapellauf mussten sie das Ungetüm seitwärts zu Wasser lassen, in der Flussmündung an der Eisenbucht. Anschließend zuckelte es ein paar Jahre lang über die Meere, Ehrfurcht gebietend, aber – ungeschlacht. Während der Zweiten Piratenkriege versuchte man sie einzusetzen, aber sie trampelte herum wie ein gepanzertes Rhinozeros, während die Schiffe aus Suroch und Jheshull sie umtanzten.

Dann, so die offizielle Version, ist sie gesunken. Natürlich eine Propagandalüge. Wir haben sie gekapert.

Das waren wundervolle Jahre für Armada, die Piratenkriege. All die Seegefechte, tagtäglich verschwanden Schiffe, verlorene Fracht, Matrosen und Soldaten, die die Nase voll hatten vom Kämpfen und Sterben und desertieren wollten. Wir heimsten Schiffe ein und Wissen und Leute. Wir wuchsen und wuchsen.

Wir nahmen die *Grand Easterly*, weil wir die Macht dazu hatten. Das war zu der Zeit, als Hechtwasser die Kontrolle übernahm, um sie nie wieder abzugeben. Dieses Schiff ist unser Herz. Unsere Fabrik, unser Palast. Als Dampfer war es eine Katastrophe, aber als Festung ist es unvergleichlich. Das war die letzte – große Zeit für Armada.«

Ein langes Schweigen folgte.

»Bis jetzt«, sagte er und lächelte sie an. Und das Verhör nahm seinen Anfang.

*

Als es vorbei war und sie mit verquollenen Augen blinzelnd in den Nachmittag hinaustrat, hatte sie Mühe, sich genau an die Fragen zu erinnern.

Er hatte sie ausführlich nach der Übersetzung befragt. War es schwer gewesen? War sie auf irgendetwas gestoßen, das keinen Sinn ergab? Konnte sie Hoch-Kettai auch sprechen oder nur lesen? Und so weiter und so weiter.

Andere Fragen zielten darauf ab, ihre Gemütsverfassung zu ergründen, ihr Verhältnis zu Armada. Sie hatte überlegt geantwortet – ein prekärer Balanceakt zwischen Wahrheit und Lüge. Sie versuchte nicht, ihr Misstrauen zu leugnen, ihre Empörung über das, was man ihr angetan hatte, ihre Ressentiments. Aber sie wiegelte ab, ließ Einsicht anklingen.

Sie gab sich Mühe, nicht merken zu lassen, dass sie sich Mühe gab.

Natürlich wartete draußen niemand, um sie abzuholen, und das war eine Erleichterung. Sie ging die steile Gangway hinunter zu den kleineren Schiffen daneben und nahm ihren Heimweg durch verwinkelte Gassen und Fußpfade. Unter gemauerten Bögen hindurch, von denen Armadas salziger Schweiß tropfte, vorbei an Trüppchen von Kindern, die Abwandlungen von Prellgroschen und Räuber und Gendarm spielten, wie in New Crobuzons Straßen, als gäbe es eine grundlegende Grammatik der Straßenspiele auf der ganzen Welt. Daneben kleine Kaffeestuben im Schatten ragender Vorderkastelle, wo die Eltern ihren Erwachsenenspielen frönten, Backgammon und Chatrang.

Möwen kreisten und kackten. Die Straßen krängten und gierten mit den Bewegungen des Meeres.

Bellis genoss ihr Alleinsein. Wenn Silas bei ihr gewesen wäre, wäre das Gefühl der Komplizenschaft erdrückend gewesen.

Sie hatten schon lange nicht mehr miteinander geschlafen. Überhaupt war es nur zweimal dazu gekommen.

Danach hatten sie das Bett geteilt und sich ohne Scham vor den Augen des anderen entkleidet, aber keiner, schien es, hatte Lust zu vögeln, fast, als hätte der sexuelle Akt nur dazu gedient, eine Bindung herzustellen, es leichter zu machen, sich zu öffnen, und das erreicht, war er überflüssig. Nicht, dass sie keine Bedürfnisse gehabt hätte. In den letzten zwei oder drei gemeinsamen Nächten hatte sie gewartet, bis er schlief, und dann verstohlen masturbiert. Oft sagte sie ihm nicht, was sie dachte, gab nur preis, was nötig war, um den Plan weiterzuentwickeln.

Nein, sie hegte keine sonderliche Sympathie für Silas, erkannte sie mit gelinder Verwunderung.

Sie war ihm dankbar, sie fand ihn interessant und beeindruckend, wenn auch nicht ganz so charmant wie er sich selbst. Sie hatten einiges gemeinsam: gefährliche Geheimnisse, Pläne, die nicht fehlschlagen durften. Sie waren Schicksalsgefährten in einer bestimmten Sache. Bellis hatte nichts dagegen, dass er ihr Bett teilte, vielleicht überkam sie irgendwann sogar noch einmal die Lust, ihn zu besteigen, dachte sie mit einem unwillkürlichen Grinsen. Aber sie waren nicht vertraut.

In Anbetracht dessen, was sie gemeinsam getan hatten, schien diese Gefühlslage ein wenig bizarr, aber sie nahm es hin.

*

Am nächsten Morgen, vor sechs Uhr, der Himmel war noch schwarz, landete eine Flotte von Lenkballons auf dem Deck der *Grand Easterly*. Männer und Frauen schleppten Pakete grob bedruckter Flugblätter heran, packten sie in die Gondeln, diskutierten über Routen und studierten Stadtpläne. Armada wurde in Quadranten aufgeteilt.

Erstes Tageslicht strömte in die Stadt, als sie gravitätisch in die Luft stiegen.

Markthändler, Fabrikarbeiter, Büttel und tausend andere überall in Wohn- und Gewerbegebieten rings um das Wahrzeichen Hechtwassers, hoben die Köpfe: von den kompliziert verschachtelten Kähnen des Winterstroh Markts bis zu den Mietskasernen in Bücherhort und Jhour und Mein-&-Dein, die über die Takelage der Stadt hinausragten. Sie sahen die erste Welle der Ballons aufsteigen und ausschwärmen. Und an strategisch günstigen Punkten der Luftströmungen begann man, gegen den Wind ankreuzend, Blätter abzuwerfen.

Wie Konfetti, wie die Blüten, die an Armadas wetterharten Bäumen schon aufsprangen, plusterten die Flugblätter sich niedersinkend zu Wolken. Die Luft war erfüllt von papiernem Gewisper, dem Geflatter und Geschimpfe der Möwen und städtischen Spatzen, die irritiert ausweichen mussten. Armadaner schauten auf, beschatteten mit der Hand die Augen gegen die aufgehende Sonne und sahen die seltsamen Kumuli, den klaren blauen Himmel und darunter das sich vereinzelnde Blättergestöber.

Manche Zettel fielen in Schornsteine, viele hundert ins Wasser. Sie schwappten in die Lücken zwischen Rümpfen, legten sich aufs Meer. Sie ritten auf den Wellen, das schlechte Papier saugte sich voll, die Tinte verlief, Fische zupften an den Rändern. Endlich versanken sie, salzwassergetränkt, und unter der Oberfläche gab es einen besinnlichen Schneefall sich auflösender Makulatur. Tausende aber landeten auf den Decks von Armadas Schiffen.

Wieder und wieder zogen die Ballons ihre Bahn durch Armadas Luftraum, flottierten über jeden Bezirk hinweg, fanden Durchschlupfe zwischen den höchsten Wohnsilos und Masten, verstreuten ihre Zettelsaat. Neugierig und entzückt griffen die Leute sie aus der Luft. In einer Stadt, in der Papier notgedrungen als kostbare Rarität galt, war diese Aktion ein bemerkenswerter Luxus.

In Windeseile hatte es sich herumgesprochen. Als Bellis beim Verlassen ihrer Behausung auf eine Blätterschicht trat, die unter ihrem Fuß wie tote Haut raschelte, waren ringsumher lebhafte Gespräche im Gange. Leute standen in Ladentüren, Hauseingängen, unterhielten sich über die Straße hinweg oder flüsterten oder lachten, schwenkten die Zettel in tintenfleckigen Händen.

Bellis schaute zum Himmel und sah an Backbord eines der letzten Aerostate, das von ihr weg in Richtung Jhour steuerte und eine weitere zerflatternde Wolke hinterließ.

Sie hob eins der Blätter auf.

Bürger Armadas, las sie, *nach langen und sorgfältigen Forschungen sehen wir uns nunmehr in der Lage, etwas zu bewerkstelligen, das unsere Großeltern in Erstaunen versetzen würde. In Bälde wird ein neuer Tag heraufziehen. Wir werden künftig nicht mehr von Wind und Wellen abhängig sein, sondern den Kurs unserer Stadt selbst bestimmen.*

Sie überflog den Rest, langatmiges Propagandagefasel, und ihre Augen blieben an dem Schlüsselwort hängen, fett hervorgehoben.

Avanc...

Sie verspürte ein Quirlen verschiedener Empfindungen. *Ich habe das veranlasst*, dachte sie mit eigenartigem Stolz. *Ich habe das in Gang gesetzt.*

*

»Das ist erstklassige Arbeit«, sagte Tintinnabulum nachdenklich.

Er kniete vor Angevine, Gesicht und Hände in ihrem metallenen Chassis. Sie beugte ihren menschlichen Oberkörper zurück, passiv und geduldig.

Seit einigen Tagen hatte Tintinnabulum eine Veränderung bei seiner Assistentin bemerkt, einen Unterschied, gegenüber früher, im Motorengeräusch. Sie bewegte sich rascher und präziser, vollführte scharfe Wendungen und stoppte ohne ächzendes Ausschnaufen der Hydraulik. Armadas schwankende Brücken bereiteten ihr weniger Schwierigkeiten. Eine stets merkbare Anspannung in ihr hatte sich gelöst – ihr ständiges Horten von Brennbarem, Ausspähen nach Koks- und Holzabfällen hatte aufgehört.

»Was ist mit deinem Motor passiert, Angevine?«, hatte er gefragt, und mit stolzem Lächeln hatte sie es ihm gezeigt.

Er kramte im Gewirr der Leitungen, verbrannte sich die Hände an ihrem Boiler, erforschte ihr rekonfiguriertes metallenes Gedärm.

Armadas Wissenschaft war Stückwerk; was das anging, machte Tintinnabulum sich keine Illusionen. Sie war eben ein Produkt der Piraterie, zusammengestohlen wie die Ökonomie und Politik der Stadt, ein Ergebnis von Raub und Zufall – ebenso vielfältig wie zusammenhanglos. Die Mechaniker und Thaumaturgen lernten ihr Gewerbe an einer Ausstattung, die verrottet war und überholt, sowie an gestohlenen Artefakten von derart fortgeschrittener Komplexität, dass sie zu 90 Prozent rätselhaft blieben. Armadas Technologie war ein Puzzlespiel.

»Dieser Mann«, brummte er, bis zu den Ellenbogen in Angevines Motor, einen Drei-Wege-Schalter ganz hinten betastend, »dieser Mann mag nur ein Hilfsmechaniker sein, aber – aber dies ist eines Meisters würdig. Nicht viele von unseren Leuten besitzen vergleichbare Fähigkeiten. Weshalb hat er es getan?«

Sie konnte nur ungenau darüber Auskunft geben.

»Ist er vertrauenswürdig?«, fragte Tintinnabulum.

Tintinnabulum und seine Mannen stammten nicht aus Armada, doch ihre Loyalität zu Hechtwasser stand außer Zweifel. Man erzählte sich Geschichten darüber, wie sie nach Armada gekommen waren – die Liebenden hatten sie mittels esoterischer Maßnahmen aufgespürt und für eine Entlohnung unbekannter Art und Höhe bewogen, in ihre Dienste zu treten. Für sie hatten sich die Ketten und Schlösser, die Hechtwasser umgrenzten, aufgetan. Der Bezirk hatte sich geöffnet und sie eintreten lassen, erlaubte ihnen, Wohnung zu nehmen in Armadas Herz, das sich hinter ihnen wieder hermetisch verschloss.

Auch Angevine hatte an diesem Morgen aus dem Gestöber der Flugblätter eines herausgegriffen und erfahren, worum es sich bei dem geheimen Projekt Hechtwassers handelte. Eine aufregende Sache, aber sonderlich überrascht hatte es sie nicht.

Sie war seit langem bei offiziellen Besprechungen dabei gewesen, im Hintergrund, hatte die Schriften gesehen, die auf Tintinnabulums Schreibtisch lagen, hatte manchen Blick auf Diagramme und halbfertige Berechnungen erhascht. Als sie nun schwarz auf weiß las, was Hechtwasser plante, war ihr, als hätte sie es die ganze Zeit gewusst. Schließlich, arbeitete sie nicht für Tintinnabulum? Und was war er, wenn nicht ein Jäger?

Sein Zimmer legte beredt Zeugnis davon ab. Bücher (die einzigen, ihres Wissens, außerhalb der Bibliothek),

Xylographien, geschnitzte Stoßzähne, zerspellte Harpunen. Knochen und Gehörne und Bälge. In den Jahren, die sie für ihn arbeitete, hatten Tintinnabulum und seine Mannen ihr Können in den Dienst Hechtwassers gestellt. Gestromte Haie und Wale, Panzerfische, Shellarc: Alle hatte er geködert, harpuniert, gefangen; zur Nahrung, zum Schutz, zum Zeitvertreib.

Manchmal, wenn die acht sich versammelten, legte Angevine das Ohr an die Tür und lauschte gespannt, doch aus dem Gewirr der Stimmen schälte sich nur hie und da ein verständliches Wort. Genug immerhin für interessante Spekulationen.

Den Verrückten aus der Truppe, Argentarius, den niemand je zu Gesicht bekam, hörte sie schreien und toben und wie er heulte, er habe Angst, *Angst.* Irgendeine Kreatur, der sie einst nachgestellt hatten, war verantwortlich für den Zustand, in dem er sich heute befand, folgerte Angevine. Was ihn gebrochen hatte, hatte seine Gefährten aufgerüttelt. Sie zwangen der Tiefsee ihren Willen auf, sie drehten diesem schaurigen Reich eine lange Nase.

Wenn sie sie von der Jagd erzählen hörte, war es stets das größte Wild, welches ihren Ehrgeiz weckte: der Leviathan und der Lahamiu und der Sepiakönig.

Weshalb nicht der Avanc?

Nein, es war keine Überraschung, dachte Angevine.

»Ist er vertrauenswürdig?«, wiederholte Tintinnabulum.

»Das ist er«, bestätigte Angevine. »Er ist ein ehrenhafter Mann. Er ist dankbar, dass ihm die Kolonien erspart wurden, und er hegt einen Groll gegen New Crobuzon. Er hat sich einem Remaking unterzogen, um besser tauchen zu können, um besser arbeiten zu können, und ist nun ein Geschöpf des Meeres. Er ist so loyal wie jeder, der in Hechtwasser geboren wurde.«

Tintinnabulum stand auf und schloss die Tür von Angevines Kessel. Er schürzte nachdenklich die Lippen. Aus den Papieren auf seinem Schreibtisch suchte er eine lange, handgeschriebene Namensliste heraus.

»Wie heißt er?«, fragte er und nickte und schrieb bedächtig ans Ende der Liste *Gerber Walk*.

18

Klatsch und Tratsch waren in Armada noch stärkere Kräfte als in New Crobuzon, doch fehlte es der schwimmenden Stadt auch nicht an einer organisierteren Form der Nachrichtenverbreitung. Es existierten Ausrufer, die zumeist die halb offizielle Linie ihres Heimatbezirks verkündeten. An Schriftlichem gab es ein paar Tageszeitungen und Periodika zu kaufen, gedruckt auf faserigem, von Druckerschwärze durchtränktem Papier, das in einem dauernden Kreislauf eingestampft und wiederverwendet wurde.

Die meisten Blätter erschienen unregelmäßig und nur dann, wenn Journalisten und Drucker Lust hatten oder die erforderlichen Materialien beschafft werden konnten. Viele gab es kostenlos, die meisten waren dünn: ein oder zwei Bögen, gefaltet und eng bedruckt.

Auf Armadas Bühnen blühten Burleske und Vaudeville, von der Bevölkerung begeistert frequentiert. Folglich waren die Publikationen voll mit Theaterkritiken. Manche kokettierten mit Anzüglichkeiten und Skandalen, aber Bellis, der Großstädterin, kamen sie zum Einschlafen spießig vor. Zankereien über die Aufteilung erbeuteter Güter oder welcher Bezirk sich wie vieler Prisen rühmen konnte, waren generell die provokantesten Themen. Und das nur in den Blättern, denen Bellis einen Sinn abringen konnte.

In der hybriden Kultur Armadas waren ebenso viele verschiedene Versionen des Zeitungswesens vertreten, wie man sie in der Welt draußen fand, neben einzigartigen, der Piratenstadt eigenen Auswüchsen. *Eher Als Man Denkt* war ein Wochenblatt, welches ausschließlich die aktuellen Todesfälle der Stadt meldete, in gereimter Form. *Juhangirrs Anliegen*, ein Organ aus Mein-&-Dein, kam ohne Worte aus, erzählte, was es erzählenswert fand (auf Grund von Kriterien, die Bellis schleierhaft blieben), in Sequenzen schlichter Zeichnungen.

Gelegentlich las Bellis *Die Flagge* oder den *Ratsruf*, beide aus Köterhaus. *Die Flagge* betrieb vermutlich die sorgfältigste Recherche, der *Ratsruf* war eine politische Publikation, die sich den Debatten zwischen Proponenten der unterschiedlichen Verwaltungssysteme in den Bezirken widmete – Köterhaus' Demokratie, Jhours Sonnenköniginnentum, dem als Bürgerfürsorge kaschierten Absolutismus Hechtwassers, dem Protektorat des Brucolac und so weiter.

Obwohl beide Blätter eine Toleranz gegenüber abweichenden Meinungen zur Schau trugen, dienerten sie doch mehr oder weniger vor dem Demokratischen Konzil von Köterhaus. Infolgedessen kam es für Bellis nicht überraschend, als *Flagge* und *Ratsruf* anfingen, Zweifel bezüglich des Projekts »Avanc« anzumelden.

Anfangs äußerte man sich noch zurückhaltend.

»Die Köderung wäre ein Triumph der Wissenschaft«, konnte man im Leitartikel der *Flagge* lesen, »dennoch muss es erlaubt sein, das Projekt in Frage zu stellen. Mehr Antriebskraft für die Stadt ist prinzipiell zu begrüßen, doch um welchen Preis?«

Nicht lange, und die Kritik wurde schärfer.

Doch in der allgemeinen Hochstimmung nach der Flugblattaktion der Liebenden waren Mahner und anders Denkende eine kleine Minderheit. In den Kneipen – selbst in Köterhaus und Trümmerfall – herrschte brodelnde Erregung. Der Wahnwitz des Vorhabens, der versprochene Fang eines *Avanc*, bei Zebubs Eiern, wirkte berauschender als jeder Trunk!

Dennoch, durch ein paar Journale, durch Pamphlete und Plakate, machte die ignorierte Partei der Skeptiker sich bemerkbar.

*

Die Phase der Rekrutierung begann.

In den Basilio Docks wurde eine Belegschaftsversammlung einberufen. Gerber Walk massierte seine Tentakel und wartete. Endlich trat der Sergeant vor. »Ich habe hier eine Liste«, verkündete er mit lauter Stimme, »von Mechanikern und anderen Arbeitern, die für einen besonderen Auftrag von den Liebenden angefordert wurden.« Das Flüstern und Murmeln schwoll kurz an, dann herrschte gespannte Stille. Alle wussten, worum es sich bei diesem Auftrag handelte.

Auf jeden Namen, der genannt wurde, folgte hörbare Begeisterung des Genannten und der in seiner Nähe Stehenden. Für Gerber barg die Auswahl keine Überraschung. Er erkannte die fähigsten seiner Kollegen, die schnellsten Arbeiter, die tüchtigsten Mechaniker, alle in den neusten Technologien beschlagen. Einige waren erst kürzlich eingebürgert worden – eine unverhältnismäßig große Anzahl stammte aus New Crobuzon und mehr als eine Hand voll waren Remade von der *Terpsichoria*.

Er begriff erst, dass auch sein Name gefallen war, als sein enthusiastischer Nebenmann ihm auf den Rücken schlug. Eine Spannung, die ihm erst jetzt zu Bewusstsein kam, löste sich, und er wurde innerlich ruhig. Er merkte, dass er darauf gewartet hatte. Sie stand ihm zu, diese Aufnahme in den Kreis der Eingeweihten.

*

Auf der *Grand Easterly* warteten bereits andere, Arbeiter aus den Industriedistrikten, aus Gießereien und Laboratorien. Man unterzog sie Befragungen. Man trennte Metallurgen von Mechanikern und Chymiearbeitern. Sie wurden geprüft, ihr Können bewertet. Man versuchte, sie zu gewinnen, aber nicht gegen den entschiedenen Widerstand des Betreffenden. Bei der ersten verschleierten Erwähnung der Anopheles, der ersten Andeutung, welche Insel das Ziel der Reise war, verweigerten etliche Männer und Frauen eine Teilnahme an dem Projekt. Auch Gerber war beunruhigt. *Aber du wirst keinen Rückzieher machen*, sagte er zu sich selbst, *komme was da wolle.*

Nach Einbruch der Dunkelheit, als das Auswahlverfahren abgeschlossen war, führte man Gerber und die anderen in einen der Prunksäle der *Grand Easterly*. Der Raum war groß und vornehm, bei der Innenausstattung hatte man Messing und Ebenholz verarbeitet. Die Gruppe bestand aus ungefähr 30 Personen. *Wir sind fein verlesen worden*, dachte Gerber.

Auch das letzte Flüstern erstarb beim Eintritt der Liebenden. Wie damals, am allerersten Tag, wurden sie flankiert von Tintinnabulum und Uther Doul.

Was werdet ihr mir diesmal erzählen?, dachte Gerber abwartend. *Neue Wunder? Neue Veränderungen?*

Als die Liebenden zu sprechen anhuben, erzählten sie die ganze Geschichte der Anophelesinsel und von ihren Plänen, und alle im Raum wurden angesteckt von ihrem Unternehmungsgeist.

Gerber lehnte an der Wand und lauschte. Er bemühte sich, skeptisch zu sein – das Vorhaben war absurd, jede Menge Möglichkeiten, dass etwas schief gehen konnte –, doch es wollte ihm nicht gelingen. Er hörte zu, und sein Herz schlug schneller, während die Liebenden und Tintinnabulum ihm und seinen Kameraden schilderten, wie sie zur Insel des Moskitovolkes reisen würden und dort nach einem Wissenschaftler forschen, der möglicherweise nicht mehr lebte, und sich beraten und Vorrichtungen bauen zum Fang der phantastischsten Kreatur, die je in den Meeren Bas-Lags geschwommen war.

*

Anderenorts versammelte sich die Opposition.

Im Herzen des Bezirks Trümmerfall lag die *Uroc*. Sie war ein mächtiger alter Seelenverkäufer, breithüftig, düster, an die 170 Meter lang und über die Mitte 30 Meter breit. Ihre Dimensionen, Silhouette und Charakteristika waren unverwechselbar. Niemand in Armada hätte mit Gewissheit sagen können, wie alt sie war und woher gekommen, damals, vor langer, langer Zeit.

Tatsächlich existierten Gerüchte, dass die *Uroc* ebenso eine Fälschung war wie ein Tombakring. Sie war weder ein Klipper, noch eine Barke, noch ein Jochschiff noch irgendein anderer bekannter Schiffstyp: Nie und nimmer hätte diese kuriose Konstruktion schwimmen können, behauptete man. Die *Uroc* wäre in Armada gebaut worden, behaupteten die Zyniker, gleich an Ort und Stelle im Kreis der anderen Schiffe. Eine Vorspiegelung falscher Tatsachen, Form ohne Funktion.

Manche wussten es besser. Noch lebten einige wenige in Armada, die sich an die Ankunft der *Uroc* erinnerten.

Zu diesen zählte der Brucolac, der sie gesegelt hatte, allein.

Allnächtlich, wenn die Sonne unterging, erhob er sich. Ungefährdet durch das Gift des Tageslichts, erklomm er die barocken Turmmasten der Uroc. Er streckte die Hand aus den Fensterscharten und streichelte die Zinken und Schuppen, die an den unsymmetrischen Querbalken hingen. Mit Fingerspitzen von übermenschlicher Empfindsamkeit ertastete er den schwach pulsierenden Energiestrom, der unter der Oberfläche der Lamellen aus dünnem Metall und Keramik und Holz floss, wie Blut durch Kapillaren. Er wusste, die *Uroc* konnte immer noch segeln, wenn die Umstände es erforderten.

Sie war vor seinem Un-Tod oder seiner ersten Geburt gebaut worden, viele tausend Meilen entfernt an einem Ort, den kein Lebender in Armada je gesehen hatte. Generationen waren gekommen und gegangen, seit die schwimmende Stadt in jener Weltengegend gewesen war, und der Brucolac hoffte inbrünstig, dass kein hämisches Schicksal sie je wieder dorthin verschlug.

Die *Uroc* war ein Mondschiff. Ihr Antrieb waren Böen lunaren Lichts.

Decks kragten arbiträr. Die komplizierten Segmente der vielschichtigen Brücke, die Gruft in der Mitte des Rumpfs, die Verzerrungen der Fenster und Räume machten sie unverwechselbar. Spieren brachen aus dem ausladenden Körper, einige dienten als Masten, andere ragten spitz zulaufend ohne erkennbaren Zweck ins Nichts. Wie die *Grand Easterly* war auch die *Uroc* von jeder Art untypischer Bebauung verschont geblieben, ungeachtet der übervölkerten Wohnschachteln auf den benachbarten Schiffen. Doch wo man aus politischen Gründen die Keuschheit der *Grand Easterly* bewahrte, war nie jemand auch nur auf den Gedanken gekommen, sich auf dem Mondschiff anzusiedeln. Allein die Topographie stand dem entgegen.

Bei Tage sah sie bleich und kränklich aus. Kein schöner Anblick. Doch sobald das Licht schwand, spielte über die Oberflächen ein subtiler Perlmuttschimmer, als würde sie von Geisterfarben umwabert. Dann war sie von gespenstischer Majestät. Dann schritt der Brucolac über die Decks.

Manchmal hielt er in ihren unheimlichen Räumen Versammlungen ab. Zum Beispiel rief er seine un-toten Leutnants zusammen, um Verwaltungsangelegenheiten mit ihnen zu besprechen, wie den Blutzoll, Trümmerfalls Zehent. *Das ist, was uns einzigartig macht*, sagte er ihnen. *Ihm verdanken wir unsere Macht, er sichert uns die Ergebenheit unserer Bürger.*

In dieser Nacht, während Gerber Walk und die anderen Rekrutierten schliefen oder darüber nachdachten, worin ihre Arbeit bestehen mochte, begrüßte der Brucolac Gäste an Bord der *Uroc*. Abgeordnete des Konzils von Köterhaus, die in ihrer Einfalt glaubten, dies Treffen und ihre Teilnahme daran seien geheim (der Brucolac hegte keine derartigen Illusionen; er pickte ein bestimmtes Muster aus dem Palimpsest der Schritte auf den Nachbarschiffen und ordnete es einem Spion aus Hechtwasser zu).

Die Räte aus Köterhaus fühlten sich im höchsten Maße unwohl an Bord des Mondschiffs. Sie blieben dicht zusammen und versuchten, sich nichts von ihrem Unbehagen anmerken zu lassen, während sie hinter dem vorausgehenden Brucolac hereilten.

Dieser hatte bedacht, dass seine Gäste Licht brauchten, und in den Gängen Fackeln angezündet. Nicht die Gaslampen – er bezog ein kleines, boshaftes Vergnügen aus dem ostentativen Kokettieren mit dem Klischee und dem Wissen, dass die von den Fackeln geworfenen Schatten unberechenbar und fahrig durch die langen Korridore huschten, ganz wie Fledermäuse.

Der kreisrunde Versammlungsraum befand sich im dicksten Mastturm des Schiffes, annähernd 20 Meter über dem Deck. Das Interieur war prunkvoll, kaum anheimelnd, dominiert von Einlegearbeiten aus Gagat und Zinn und exquisit verarbeitetem Blei. Hier gab es keine offene Flamme, ein kaltes Licht umriss die Formen mit klinischer Präzision: Mond- und Sternenschein wurden von den Schiffsmasten gesammelt, verstärkt und durch Schächte gespiegelt, die es aderngleich in das Gemach bluteten, ein Gift, das alle Farben fand und tötete.

»Meine Herren, meine Damen«, sagte der Brucolac mit seiner gutturalen Flüsterstimme. Er lächelte, strich seine Haarmähne zurück, schmeckte die Luft mit seiner langen Schlangenzunge und bedeutete seinen Gästen, sich rings um den runden Ebenholztisch niederzulassen. Es amüsierte ihn zu beobachten, wie sie sich ihre Plätze suchten, Menschen, Hotchi, llorgiss und andere, und dabei bemüht waren, ihn ihrerseits wachsam im Auge zu behalten.

»Wir sind ausmanövriert worden«, fuhr er fort, nachdem alle saßen und Ruhe eingekehrt war. »Ich schlage vor, wir überlegen gemeinsam, was nun zu tun ist.«

*

In Trümmerfall sah es nicht viel anders aus als in Hechtwasser. Auf den Decks von hundert Skiffs und Barken und Holken stritten Laternen wider die Dunkelheit und mischte sich der Lärm aus Kneipen und Theatern.

Doch alles überragte stumm die phantastische Silhouette der *Uroc*.

Ohne Kommentar oder Kritik oder Begeisterung wachte sie über die Konvivialitäten Trümmerfalls, und ihre Schützlinge erwiderten die Aufmerksamkeit, schauten ab und an zu ihr auf, mit einer Art von wachsamem, beklommenem Stolz. Sie genossen mehr Freiheit und Mitspracherecht als die Bewohner Hechtwassers, sagten sie sich, besseren Schutz als Mein-&-Dein, mehr Autonomie als Alser.

Trümmerfall wusste, dass viele Bürger anderer Bezirke den Blutzoll als einen zu hohen Preis betrachteten, aber das war zimperliche Engstirnigkeit. Die Neubürger waren es gewöhnlich, die sich am heftigsten ereiferten, pflegte man zu betonen – abergläubische Außenseiter, die sich noch nicht mit den Sitten und Gebräuchen Armadas auskannten.

In Trümmerfall gab es keine Auspeitschungen, hielt man den Kritikern entgegen. Güter und Vergnügungseinrichtungen standen allen Bürgern zur Verfügung, die ein Siegel Trümmerfalls trugen. Standen wichtige Entscheidungen an, berief der Brucolac eine Bürgerversammlung ein, in der jeder sein Votum abgeben durfte. Er zeigte sich als wahrer Schirmherr. Kein Vergleich mit den anarchistischen oder diktatorischen Zuständen andernorts in der Stadt. Der Blutzoll war eine akzeptable Gegenleistung. Trümmerfall bot seinen Bürgern Sicherheit, zivilisierte Lebensumstände und ausgebaute Straßen.

Die Trümmerfaller waren immer auf dem Sprung,

ihren Bezirk gegen Kritik zu verteidigen, nicht zuletzt aus einem Gefühl der Unsicherheit heraus. Die *Uroc* war ihr Talisman, und mochte der Abend noch so fröhlich und ausgelassen sein, immer wieder flog ein Blick zu ihr hin, wie zur Beruhigung.

In dieser Nacht, wie in jeder anderen, erblühten die Masttürme in dem unirdischen Leuchten, das man als Heiligenfeuer kannte. Dieses Phänomen ließ sich zu gewissen Zeiten an allen Schiffen beobachten – während eines elyktrischen Sturms oder bei extremer Lufttrockenheit –, doch an dem Mondschiff erschien es mit der Zuverlässigkeit von Ebbe und Flut.

Nachtvögel, Fledermäuse und Motten wurden in Schwärmen davon angezogen und tanzten im wabernden Silberglanz. Sie kamen sich ins Gehege und schnappten nacheinander, manche wichen nach unten aus und gerieten in den Bann der anderen, schwächeren Helligkeit der Fenster. Im Versammlungsraum des Brucolac hoben die Räte aus Köterhaus den Kopf, aufgestört vom ständigen Prasseln kleiner Flügel gegen die Scheiben.

Die Zusammenkunft nahm keinen guten Verlauf.

Der Brucolac gab sich Mühe. Er war darauf angewiesen, sich mit den Räten ins Einvernehmen zu setzen, und er versuchte, mit ihnen zusammen Vorgehensweisen zu entwickeln, Möglichkeiten zu diskutieren. Doch es fiel ihm schwer, seine spezielle Gabe im Zaum zu halten: Angst und Schrecken zu verbreiten. Ausgerechnet das war die Grundlage seiner Macht und seine Überlebensstrategie. Er stammte nicht aus Armada: Der Brucolac hatte Dutzende von Städten und Nationen kennen gelernt, im Leben und Un-tod, und seine Lehren daraus gezogen. Fürchteten ihn die Blutvollen nicht, musste der Vampir auf der Hut sein.

Sie umgaben sich mit dem abschreckenden Mythos des gnadenlosen Nachtjägers, wo sie verborgen und insgeheim in Städten hausten und nachts hervorkamen, um den Durst zu stillen, aber sie schliefen und tranken in Angst.

Die Blutvollen duldeten ihre Gegenwart nicht – Entdeckung bedeutete den sicheren, unwiderruflichen Tod. Er hatte es nicht mehr ertragen können. Als er vor zwei Jahrhunderten die Hämophagie nach Armada brachte, fand er sich in einer Gesellschaft ohne das reflexhafte, mordlüsterne Grauen vor seiner Art – ein Ort, an dem er leben konnte, ohne sich zu verstecken.

Die Erfahrung sagte ihm, dass etwas getan werden musste, um diesen segensreichen Zustand zu erhalten. Er fürchtete die Blutvollen nicht, also mussten sie ihn fürchten. Was sich mit den ihm zu Gebote stehenden Mitteln leicht bewerkstelligen ließ.

Nur, in der jetzigen Situation, wo er der Intrigen überdrüssig war, wo er sich nach Verbündeten sehnte, wo er Hilfe brauchte und dieses Bürokraten-Panoptikum alles war, worauf er zurückgreifen konnte, erwies sich die Dynamik der Angst als unüberwindliches Hindernis. Das Köterhaus-Konzil war zu sehr eingeschüchtert, um ein brauchbarer Mitstreiter zu sein. Mit jedem Blick, jedem Blecken der Zähne, jedem Ausatmen, jedem langsamen Ballen der Fäuste rief er ihnen ins Bewusstsein, was er war.

Vielleicht, überlegte er ingrimmig, war es nicht von Bedeutung. Was konnten sie ihm an Hilfe bieten? Von dem Riss durfte er ihnen nicht erzählen. Dann würden sie fragen, woher sein Wissen stammte, und er musste sich weigern, seine Quelle preiszugeben, und folglich würden sie ihm keinen Glauben schenken. Falls er versuchte, ihnen die Sache mit Doul zu erklären, betrachteten sie ihn natürlich als Verräter, der mit der rechten Hand der Liebenden aus Hechtwasser Geheimnisse austauschte. Was seiner Glaubwürdigkeit in ihren Augen nicht förderlich sein konnte.

Uther, dachte er langsam, *du bist ein gerissener, mit allen Salben geschmierter Manipulant.*

In diesem Raum sitzend, im Kreise seiner notgedrungenen Verbündeten, konnte er nur denken, um wie viel näher er sich Doul fühlte, wie viel mehr er und Doul gemeinsam hatten. Ihm war – auch wenn es völlig unsinnig schien –, als ob sie beide Hand in Hand arbeiteten.

Der Brucolac saß auf seinem Stuhl und lauschte den Mahnungen zur Vorsicht und der unlogischen Argumentation der Räte mit ihrem Zurückbeben vor Veränderungen, ihrer Sorge um das Gleichgewicht der Macht, all diesen absurden und belanglosen Abstraktionen meilenweit jenseits des wahren Problems. Spitzfindig wurde darüber gestritten, worin genau die Eigenmächtigkeit der Liebenden bestand. Einer schlug vor, von den anderen weise benickt, sich an ihren Souveränen vorbei an die Behörden Hechtwassers zu wenden – fleischlose, undurchführbare Ideen ohne jeden praktischen Nutzen.

An irgendeinem Punkt der Diskussion erwähnte jemand am Tisch den Namen Simon Fench. Keiner wusste, wer das war, aber sein Name fiel immer öfter in diesem kleinen Kreis der Gegner der Köderung des Avanc. Der Brucolac wurde hellhörig, wartete auf konkrete Angaben über den Mann, aber schon bald verkam die Debatte wieder einmal zu nichts mehr als heißer Luft. Er wartete und wartete, aber nichts Verwertbares wurde gesagt.

Er spürte die Wanderung der Sonne über die Unterseite der Welt. Etwas mehr als eine Stunde vor Anbruch der Morgendämmerung war er mit seiner Geduld am Ende.

»Beim zwiefachgeschwänzten Seibeiuns«, knurrte er mit seiner raunenden Grabesstimme. Die Räte schwiegen augenblicklich, verstört. Er erhob sich und breitete die Arme aus. »Stundenlang«, zischte er, »habe ich mir euer blödsinniges Gequatsche angehört. Hohle Phrasen und Angstscheißerei. Ihr seid *ineffektiv*.« Er spie das Wort aus wie eine Verurteilung zu ewiger Verdammnis. »Versager. Nutzlos. Runter von meinem Schiff!«

Ein Augenblick völliger Erstarrung folgte, dann sprangen die Räte auf, vergebens bemüht, einen Rest Würde zu bewahren. Eine Frau, Vordakine, für die der Brucolac als Einzige ein Quäntchen Respekt hegte, weil sie mehr Rückgrat hatte als die Übrigen, machte ein Gesicht, als wollte sie aufbegehren. Sie war bleich, aber sie schlug nicht die Augen nieder.

Der Brucolac bog die Arme über den Kopf wie Flügel, öffnete den Mund und ließ die Zunge hervorschnellen, schnappte mit den giftigen Fängen. Seine Finger waren zu Krallen gekrümmt.

Vordakine presste die Lippen zusammen und mit einer Miene halb Unmut, halb Erschrecken, folgte sie raschen Schrittes den Vorausgeeilten.

Nachdem alle gegangen waren und er sich allein wusste, sank der Brucolac auf seinen Stuhl. *Lauft nach Hause, ihr kleinen schlappschwänzigen Durstlöscher*, dachte er, und ein friedhofkaltes Grinsen zog über sein Gesicht, als er sich ausmalte, wie seine absurde Pantomime am Schluss auf sie gewirkt haben musste. *Mondins Titten*, dachte er sarkastisch, *wahrscheinlich glauben sie tatsächlich, ich könnte mich in eine Fledermaus verwandeln.*

Das Bild ihrer von Todesangst entstellten Züge rief

ihm den einzigen anderen Ort in Erinnerung, an dem er offen als un-tot gelebt hatte, und nun war es an ihm zu schaudern. Die Ausnahme von seiner Regel, der einzige Ort, an welchem das Gesetz von der Ausgewogenheit der Furcht zwischen Blutvollen und Vampir nicht galt.

Dank sei dem Blutfürsten, dem Geläuterten, Dank den Göttern von Salz und Feuer, ich werde nie wieder dorthin zurückkehren müssen. An jenen Ort, der frei war – gezwungenermaßen frei – von allen Vorspiegelungen, jeder Illusion. Wo die wahre Natur der Blutvollen, der Toten und der Un-toten offenbar war.

Uther Douls Heimatland. In den Bergen. Er erinnerte sich an die kalten Berge, das erbarmungslose Geröll, weniger grausam, bei weitem, als Douls verfluchte Stadt.

19

In den großen Werkstätten von Jhour war ein außergewöhnlicher Auftrag eingegangen.

Eine der stärksten Säulen der Wirtschaft dieses Bezirks war der Bau von Luftschiffen. Was starre und halbstarre Aerostate anging und Prallschiffe und Motoren, waren die Werften dieses Bezirks ein Garant für Qualität.

Die *Arrogance* war das größte Luftschiff im Himmel über Armada. Sie war vor etlichen Dekaden erbeutet worden, Havarist irgendeines vergessenen Krieges, und diente seither als Prestigeobjekt und Krähennest. Die mobilen Aerostate der Stadt waren nur etwa halb so groß, das stattlichste maß etwa 70 Meter über alles; geschmückt mit wohl klingenden Namen wie zum Beispiel *Barrakuda,* zogen sie gravitätisch brummend ihre Bahnen über und um die Stadt. Die Ingenieure unterlagen räumlichen Einschränkungen – nirgendwo in Armada gab es Platz für Hangars, in denen ehrgeizigere Entwürfe sich hätten verwirklichen lassen: Giganten der Lüfte, die sich mit den größten der Himmelsfahrer New Crobuzons messen konnten, mit den Forschungsschiffen und Myrshock-Pendlern, 200 Meter Metall und Leder. Davon abgesehen, Armada hatte keinen Bedarf an einem solchen Koloss.

Bis jetzt, wie es schien.

Am Morgen nach dem Tag der Flugblätter wurde die gesamte Belegschaft von Jhours *Obligo Himmelsfahrer* – Näher, Mechaniker, Gestalter, Metallurgen und zahllose andere – von einem sichtlich um Fassung ringenden Vorarbeiter zusammengerufen. Während überall in den Werkshallen auf dem umgebauten Dampfer die Skelette von Aerostaten in diversen Stadien der Fertigstellung warten mussten, berichtete er den Arbeitern staunend von ihrem Auftrag.

Man gab ihnen zwei Wochen Zeit.

*

Silas hatte Recht gehabt, dachte Bellis. Unmöglich hätte er sich unter die Auserwählten für diese Expedition schmuggeln können. Sogar sie, abgeschnitten wie sie war von den Intrigen und Skandalen in der Stadt, hörte mit zunehmender Regelmäßigkeit von Simon Fench.

Bis jetzt handelte es sich noch um vages Gemunkel. Carianne hatte jemanden erwähnt, der keinen Hehl aus seinen Zweifeln wegen der Köderung machte und der ein Pamphlet gelesen hatte von einem, der Fink hieß oder Fitch oder Fench. Schekel meinte zu Bellis, er fände, die Köderung wäre eine tolle Idee, aber er hätte gehört, jemand namens Fench würde behaupten, dass die Liebenden die Stadt ins Unglück stürzten.

Bellis staunte immer wieder über Silas' Fähigkeit, sich unter der Haut der Stadt einzunisten. War er nicht in Gefahr?, fragte sie sich. Ließen die Liebenden nicht nach ihm suchen?

Bei dem Gedanken an Schekel musste sie lächeln. Sie hatte nicht mehr die Zeit gefunden, mit dem Unterricht fortzufahren, doch bei seinem letzten Besuch hatte er sich ein paar Minuten genommen und ihr stolz gezeigt, dass er ihrer Hilfe nicht mehr bedurfte.

Eigentlich war er gekommen, um zu fragen, was denn in Krüach Aums Buch stand. Schekel war nicht dumm.

Ihm war klar, dass sein Fund etwas mit den sich überstürzenden Ereignissen der letzten Woche zu tun hatte – dem Flugblätterregen, dem außergewöhnlichen Plan, Gerbers geheimnisvollem Auftrag.

»Du hast Recht gehabt«, hatte sie ihm gesagt. »Ich brauchte eine Weile für die Übersetzung, doch als ich merkte, was es war, der Bericht über ein Experiment...«

»Sie haben einen Avanc beschworen«, war Schekel ihr ins Wort gefallen und sie hatte genickt.

»Als ich merkte, wovon das Buch handelt«, fuhr sie fort, »habe ich dafür gesorgt, dass Tintinnabulum und die Liebenden es bekommen. Sie brauchten es, für die Ausführung ihres Plans...«

»Das Buch, das ich gefunden habe«, hatte Schekel gesagt und gegrinst bis zu den Ohren.

*

Bei den *Obligo* Aerowerken nahm aus Stahldraht und gebogenen Trägern ein Gerüst kolossalen Ausmaßes Gestalt an.

In einer Ecke der Halle ballte sich eine schwere Wolke rehbraunen Leders. An ihrem Saum saßen hundert Männer und Frauen und nähten, beidhändig, mit dicken, fingerlangen Pfriemen. Bottiche, gefüllt mit Chymikalien, Harz und Guttapercha, standen bereit, um die enormen Gasbälge, die Elefanten, luftdicht zu versiegeln. Holzrahmen und glühendes Metall nahmen nach und nach die Umrisse von Piloten- und Panoramagondel an.

Die Werkshalle von *Obligo*, obschon riesig, konnte diesen Auftrag in seiner Endphase nicht beherbergen. Stattdessen sollten die fertigen Teile auf das leere Deck der *Grand Easterly* geschafft werden, um dort die einzelnen Gaszellen einzupassen, die Segmente des Skeletts zusammenzuschweißen und die lederne Außenhülle zu verschließen.

Einzig die *Grand Easterly*, von allen Schiffen Armadas, bot dafür genügend Raum.

*

Es war Kettentag, der 20ste, oder der 7te Skydi, Hawkbill – Bellis kümmerte es nicht mehr. Silas hatte sich seit vier Tagen nicht mehr blicken lassen.

Die Luft war warm und erfüllt von Vogelstimmen. Bellis fühlte sich eingesperrt in ihrer Wohnung, doch als sie hinausging, um einen Spaziergang zu machen, wurde es auch nicht besser. Die Häuser und die Flanken der Schiffe schwitzten in der feuchten Salzhitze. Bellis' Abneigung gegen das Meer war nicht geringer geworden: Seine Größe und Gleichförmigkeit stießen sie ab, doch an diesem Morgen verspürte sie plötzlich das dringende Bedürfnis, der Enge der Stadt zu entkommen.

Vielleicht, weil sie böse war auf sich selbst, wegen der Stunden, die sie damit zugebracht hatte, auf Silas zu warten. Sie hatte keine Ahnung, was ihm zugestoßen sein könnte, aber das Gefühl, wieder allein zu sein – dass er vielleicht für immer verschwunden blieb! –, war für sie ein Anlass gewesen, sich auf sich selbst zu besinnen. Ihr wurde bewusst, wie verwundbar sie geworden war, und ärgerlich schloss sie die Bresche in der Mauer, die sie vor langer Zeit um sich herumgebaut hatte. Rumsitzen und warten wie ein dummes kleines Mädchen, schalt sie sich zornig.

Jeden Tag kamen die Büttel und brachten sie zu den

Liebenden und Tintinnabulum und den Jägern der *Castor*, und zu Komitees, deren Rolle bei der Köderung ihr verborgen blieb. Ihre Übersetzung wurde akribisch überprüft und zerpflückt, in ihrem Beisein, von einem Mann, der Hoch-Kettai in schriftlicher Form beherrschte, wenn auch nicht so gut wie sie: Weshalb hatte sie diese Zeitform gewählt, diese Syntax, weshalb hatte sie dieses Wort ausgerechnet so übersetzt. Er gebärdete sich streitlustig, und Bellis bereitete es eine innere Genugtuung, ihn widerlegen zu können.

»Und auf dieser Seite hier«, raunzte er zum Beispiel, »weshalb wird hier das Wort ›morghol‹ mit ›willens‹ übersetzt? Es bedeutet das Gegenteil!«

»Das ergibt sich aus Tempus und Redeweise«, entgegnete sie, scheinbar ohne Gemütsbewegung, »Kontinuum ironicum.« Beinahe hätte sie hinzugefügt: *Wird häufig mit dem Plusquamperfekt verwechselt,* doch sie beherrschte sich.

Bellis hatte keine Ahnung, was diese Befragung im dritten Grad bedeuten sollte. Sie fühlte sich, als würde sie ausgesaugt. Was ihre schauspielerische Leistung anging, glaubte sie sich einen zaghaften Stolz erlauben zu dürfen. Sie markierte naive Begeisterung über das Projekt und die Insel, um sich dann zu zügeln, als wäre in ihrem Innern ein Kampf im Gange zwischen einem sich entwickelnden Verlangen nach Zugehörigkeit und der trotzigen Verweigerungshaltung des gepressten Neubürgers.

Doch kein Wort bisher darüber, dass man sie mitnehmen wollte auf die Insel, die Crux ihres ganzen Plans. Sie fragte sich, ob irgendwo irgendetwas schief gegangen sein könnte. Und Silas war verschwunden. Vielleicht ganz gut so, dachte sie nüchtern. Wenn ihre Hoffnung sich nicht erfüllte, wenn man statt ihrer einen anderen Dolmetscher mit auf die Reise nahm, dann wollte sie ihnen die Wahrheit beichten. Um Gnade für New Crobuzon bitten, ihnen von dem geplanten Angriff der Grymmenöck berichten, damit sie die Gefahr begriffen und sich bereit fanden – vielleicht! –, die Botschaft mit der Warnung abzuschicken.

Doch mit einem unangenehmen Frösteln erinnerte sie sich an Uther Douls Worte, kurz bevor er Kapitän Myzovic erschoss: *Die Macht, die ich repräsentiere, schert sich keinen Deut um New Crobuzons Befindlichkeiten*, hatte er gesagt. *Keinen Deut*.

*

Sie ging auf der Whiskey-Brücke von der *Menetekel*, einer Barke am äußeren Rand von Hechtwasser, hinüber zu dem breiten Klipper *Dariochs Belang*.

Die Straßen in Alser kamen ihr nüchterner vor als die Hechtwassers, bar jedes überflüssigen Firlefanzes. Fassaden, soweit vorhanden, waren schlicht – Holz, glatt geschliffen und mit Schnitzereien versehen, sparsamen, sich wiederholenden Ornamenten. Der Korso war eine Marktstraße auf der Grenze zwischen Hechtwasser und Federhaus Huk und sehr belebt: Khepri, Menschen und andere im wogenden Gedränge mit den Kustkürass, die die Hälfte der Bevölkerung Alsers ausmachten.

Mittlerweile hatte auch Bellis ein Auge für die Kustkürass entwickelt und kannte sie aus der Menge heraus, an ihrer typischen, groben Physiognomie und dem aschgrauen Teint. Sie kam an einem Tempel vorbei; seine Bluthörner schwiegen, die Wächter trugen den Schorfharnisch. Dahinter lag ein Herbarium, Garben trocknender Adstringentien verbreiteten in der Wärme einen herben Geruch.

Säckeweise brühte man aus dem unverkennbaren gelben Blutfried den Antikoagulanstee. Männer und Frauen tranken ihn aus einem Kessel, prophylaktisch, um Anfälle von Totalgerinnung zu verhindern: Die Kustkürass waren anfällig für eine blitzartige und komplette Erstarrung des Blutes in den Adern, die einen qualvollen Tod zur Folge hatte und den Betroffenen in eine verkrümmte Statue verwandelte.

Vor einem Warenhaus musste Bellis einem Gespann ausweichen, ein rasseloses Zwergpferdchen mit einem holpernden Karren im Schlepp, und trat auf den Verbindungssteg zu einem ruhigeren Stadtviertel. Zwischen zwei Schiffen stehend, schaute sie über das Wasser. Sie sah den gedrungenen Rumpf eines Jochschiffs, die ausladende Rundung einer Kogge, einen feisten Raddampfer. Und noch mehr Schiffe und noch mehr, jedes eingebettet in ein Netz aus Brücken, verbunden und doch auf Abstand gehalten von sacht schwankenden Stegen.

Ein reges Hin und Her von Passanten herrschte darauf. Bellis fühlte sich einsam.

*

Der Skulpturengarten nahm die Front einer 70 Meter langen Korvette ein. Ihre Kanonen waren längst verschwunden, Schornsteine und Masten abgebaut.

Ein kleiner Platz mit Cafés und Restaurants ging fließend in den Park über, wie der Strand ins Meer. Bellis spürte die Veränderung unter den Füßen, als sie von den Planken- und Schotterwegen auf den federnden Erdboden der Grünanlage trat.

Dieser Garten hatte nur den Bruchteil der Größe von Croom Park, ein Fleckchen mit jungen Bäumen und akribisch gepflegtem Rasen, besetzt mit über Jahrzehnte hinweg zusammengestohlenen Skulpturen unterschiedlicher Stile und aus verschiedenen Materialien. Unter den Bäumen und den Statuen standen verschnörkelte, schmiedeeiserne Ruhebänke. Und am Rand des kleinen Parks, hinter einer kleinen, niedrigen Brüstung, war das Meer.

Sein Anblick verschlug Bellis den Atem. Jedes Mal.

Männer und Frauen saßen an Tischen vor ihrem Tee oder Likör. Oder lustwandelten im Grünen. Grell und bunt leuchteten sie in der Sonne. Bellis, die sie beobachtete, wie sie geruhsam flanierten und an ihren Getränken nippten, musste sich mit Nachdruck daran erinnern, dass diese Leute Piraten waren: verroht, narbig, bewaffnet, von Raub und Plünderung lebend. Allesamt Piraten.

Im Vorbeigehen schaute sie zu ihren Lieblingsskulpturen auf: *Der erdrohliche Rossignol, Puppe und Zähne.*

Sie setzte sich hin und schaute an *Der Heiratsantrag* – ein Block polierter Jade, einem Grabstein ähnlicher als allem anderen – vorbei aufs Meer, auf die Dampfer und Schlepper, die unverdrossen die Stadt hinter sich herzogen. Zwei Kanonenboote, dazu am Himmel ein bewaffnetes Luftschiff, patrouillierten wachsam die Stadtgrenze.

Eine Piratenbrigg segelte nach Norden, verschwand hinter einem Kap Armadas. Sie schaute ihr nach, wie sie hinausfuhr, um monatelang fortzubleiben. Auf einem Kurs, den ihr Kapitän bestimmte? Oder im Dienst eines großen Plans, ausgeheckt von den Souveränen des Bezirks?

Zur anderen Seite hin und noch meilenweit entfernt erspähte Bellis einen Dampfer, der unverkennbar auf die Stadt zuhielt. Eindeutig ein Schiff Armadas oder ein befreundeter Kauffahrer. Andernfalls hätte man ihn nicht so nah herankommen lassen. Möglicherweise hatte er eine Reise von tausend Meilen hinter sich. Als er auslief, schwamm Armada vielleicht noch auf einem anderen Ozean. Und dennoch, nachdem seine Arbeit getan war – Raub, Plünderung –, nahm er zielstrebig Kurs nach Hause. Das war eins von Armadas ungelösten Rätseln.

Hinter ihr begann ein Vogel zu konzertieren. Sie wusste nicht und wollte auch nicht wissen, was es für einer war, sondern lauschte mit gedankenloser Freude. Und dann, als wäre die Vogelstimme seine Fanfare gewesen, trat Silas langsam in ihr Blickfeld.

Sie stutzte und wollte aufstehen, doch er ging, ohne den Schritt zu verlangsamen, an ihr vorbei.

»Bleib sitzen«, befahl er knapp, trat an die Reling, stützte die Arme auf und schien die Aussicht zu genießen. Sie gehorchte und wartete.

»Deine Wohnung wird observiert«, sagte er endlich. »Deshalb bin ich nicht gekommen.«

»Die bespitzeln mich?« Bellis verabscheute den Klang von Hilflosigkeit in ihrer Stimme.

»Das ist mein Geschäft, Bellis. Ich weiß, wie man das macht. Befragungen geben nur bis zu einem gewissen Punkt Auskunft über eine Person. Sie wollen dich überprüfen. Das kann dich nicht wirklich überraschen.«

»Und – beobachtet man mich auch jetzt? In diesem Moment?«

Silas deutete ein Schulterzucken an. »Ich glaube nicht.« Er drehte sich langsam zu ihr herum. »Sie stehen seit vier Tagen vor deiner Wohnung. Bis zur Grenze nach Alser sind sie dir gefolgt. Ich glaube, dort haben sie das Interesse verloren, aber ich will kein Risiko eingehen.

»Wenn sie uns miteinander in Verbindung bringen, wenn sie merken, dass ihre Dolmetscherin mit Simon Fench unter einer Decke steckt – dann sind wir geliefert!«

»Silas.« Bellis sagte es im Ton kalter Resignation. »Ich bin nicht ihr Dolmetscher. Man hat mich nicht aufgefordert, zur Anophelesinsel mitzukommen. Wahrscheinlich haben sie jemand anders ...«

»Morgen«, fiel er ihr ins Wort. »Morgen werden sie dich fragen.«

»Tatsächlich?« Bellis ließ sich nicht anmerken, dass sie innerlich bebte, vor Erregung, Vorahnung oder etwas Namenlosem. Sie beherrschte sich und fragte nicht: *Wovon redest du?* oder *Woher weißt du das?*

»Morgen«, wiederholte er. »Glaub mir.«

Sie glaubte ihm. Und fast bereitete es ihr Übelkeit zu erleben, wie er scheinbar mühelos Intrigengeflechte durchdrang. Wie weit und wie tief hatte er seine Fühler ausgestreckt? Er war ein Parasit, der sich von Informationen nährte, die er aus dem lebenden Fleisch der Stadt saugte. Bellis musterte ihn mit vorsichtigem Respekt.

»Morgen werden sie kommen und dich abholen«, fuhr er fort. »Du wirst bei der Gruppe sein, die an Land geht. Der Plan wird ausgeführt wie besprochen. Sie rechnen mit zwei Wochen auf der Insel, du hast also vierzehn Tage Zeit, ein Dreer-Samher-Schiff zu finden, das unsere Warnung nach New Crobuzon bringt. Du bekommst alles, was du brauchst, um ihnen die Sache schmackhaft zu machen. Ich beschaffe es dir.«

»Denkst du wirklich, du kannst sie überreden?«, fragte Bellis. »Sie segeln nicht oft weiter als bis Shankell – New Crobuzon liegt tausend Meilen abseits ihrer Routen.«

»Jabber, Bellis ...« Silas hielt die Stimme gesenkt.

»Nein, ich kann sie nicht überreden. Ich werde nicht da sein. *Du* musst es tun.«

Bellis schnalzte ärgerlich mit der Zunge, sagte aber nichts.

»Ich bringe dir, was du brauchst«, kündigte er an. »Einen Brief in Salt und Ragamoll. Siegel, Dokumente und Legitimation. Genug, um die Kaktushändler dazu zu bringen, dass sie für uns nach Norden segeln. Genug, um New Crobuzon begreiflich zu machen, was geschehen wird. Genug, um es zu beschützen.«

Der Park bewegte sich mit den Wellen. Die Skulpturen passten sich knirschend den Schwankungen des Bodens an. Beide, Bellis und Silas, schwiegen. Eine Weile gab es nur die Laute von Wasser und Vögeln.

Sie werden erfahren, dass wir am Leben sind, ging es Bellis durch den Kopf. *Wenigstens werden sie erfahren, dass er am Leben ist.*

Sie gebot diesem Gedankengang Einhalt, rigoros. »Sie werden die Nachricht bekommen«, sagte sie entschieden.

»Du musst einen Weg finden.« Silas nickte kaum merklich. »Dir ist bewusst, was hier auf dem Spiel steht?«

Behandle mich nicht wie eine verdammte Idiotin, dachte sie wütend, doch er hielt für eine Sekunde ihren Blick fest und sah nicht im Geringsten aus, als hätte er ein schlechtes Gewissen.

»Ist dir klar«, wiederholte er betont, »was für eine Aufgabe vor dir liegt? Da werden Wachen sein, armadanische Wachen. An denen musst du vorbei. Dann an den Anophelesweibchen, um Jabbers willen. Traust du dir das zu?«

»Ich schaffe es«, sagte Bellis hart, und er nickte langsam.

Eigentlich gab es nichts mehr zu bereden, doch er schien noch etwas auf dem Herzen zu haben, suchte nach Worten. »Ich werde – ich werde dich nicht besuchen können«, erklärte er schließlich. »Es ist klüger, wenn ich mich von dir fern halte.«

»Selbstverständlich«, stimmte Bellis zu, vernünftig. »Wir dürfen jetzt kein Risiko eingehen.«

Auf seinem Gesicht spiegelten sich Traurigkeit, Entsagung.

»Es tut mir Leid, das, und . . .« Er zuckte die Schultern und richtete den Blick über sie hinweg in die Ferne. »Wenn du zurückkommst und alles getan ist, dann können wir vielleicht . . .« Er verstummte.

Bellis entdeckte in sich eine gelinde Verwunderung über seine Gemütslage. Sie selbst fühlte nichts Vergleichbares. Sie war nicht einmal enttäuscht. Sie hatten einer beim anderen etwas gesucht und gefunden, und sie hatten gemeinsam etwas zu erledigen (eine kolossal untertreibende Formulierung für ihr Vorhaben), aber nur das und weiter nichts. Sie hegte keinen Groll gegen ihn, empfand sogar einen Rest von Zuneigung und Dankbarkeit, auch dieser war im Schwinden begriffen. Sie war überrascht von seiner Rührung verratenden Redeweise, seinem Bedauern und der Andeutung tieferer Gefühle.

Interessiert stellte sie fest, dass sie seine Darbietung nicht hundertprozentig überzeugend fand. Ob er sie bewusst zu täuschen versuchte oder selbst von seiner Aufrichtigkeit überzeugt war, konnte sie nicht beurteilen, aber sie glaubte ihm nicht.

Diese Erkenntnis wirkte beruhigend. Nachdem er gegangen war, blieb sie noch eine Zeit lang sitzen, die Hände im Schoß gefaltet, das blasse Gesicht unbewegt, vom Wind umfächelt.

*

Wahrhaftig kamen sie und sagten ihr, ihre Sprachkenntnisse würden gebraucht, sie wäre ausersehen, an einer wissenschaftliche Expedition teilzunehmen.

Auf der *Grand Easterly*, in einer von mehreren zusammenliegenden Kabinen nur ein oder zwei Stockwerke über dem Hauptdeck, bot sich Bellis die Aussicht auf die umliegenden Schiffe und den sie überschattenden Bugspriet des Flaggschiffs der Liebenden. Die Schornsteine waren sauber wie nie gebraucht, die Masten ragten 70, 100 Meter in den Himmel, kahl wie tote Bäume, unter Deck verwurzelt in Schichten aus Speisesälen und Kohlebunkern.

Auf dem Deck hingestreckt wie Einzelteile eines Fossils, lagen die Innereien eines riesigen Luftschiffs. Stählerne Rippen, Propeller und ihre Motoren, mächtige, wanstige Gasballons. Letztere bauschten sich hunderte Meter lang über das Deck der *Grand Easterly*, in Schlangenlinien um die Masten herumgelegt. Mechanikertrupps schweißten und nieteten, setzten das Monstrum Stück für Stück zusammen. Der Lärm und die Hitze des glühenden Stahls erreichten Bellis durch das geschlossene Fenster.

Dann erschienen die Liebenden, und die Lagebesprechung nahm ihren Anfang.

*

In den Nächten litt Bellis unter Schlaflosigkeit. Statt sich ruhelos im Bett herumzuwälzen, schrieb sie an ihrem Brief weiter.

Ihr war zumute, als geschähe alles eine Ebene entfernt von ihr. Jeden Tag wurde sie zur *Grand Easterly* eskortiert und traf sich dort mit 35 weiteren Männern und Frauen im Konferenzraum. Ihre Gefährten bei dieser Expedition entstammten verschiedenen Rassen. Einige waren Remade. Ein oder zwei kamen, Bellis war sicher, von der *Terpsichoria*. Sie erkannte Gerber Walk und merkte, dass auch er sich an sie erinnerte.

Ganz plötzlich schnellten die Temperaturen in die Höhe. Die Stadt war, langsam aber sicher, auf ihrer Reise in tropische Breiten gelangt. Es wehte ein trockener Wind, und jeden Tag war es so warm wie nur in seltenen Momenten eines Sommers in New Crobuzon. Bellis hatte keine Freude daran. Sie starrte in einen neuen, gleißenden Himmel und fühlte sich schrumpfen unter seinem Gluthauch. Sie schwitzte und rauchte weniger und wechselte zu leichterer Kleidung.

Die Armadaner bewegten sich draußen mit entblößtem Oberkörper und in der Höhe tummelten sich Sommervögel. Das Wasser um die Stadt war durchsichtig klar, und man sah große Schulen bunter Fische dicht unter der Oberfläche dahinziehen. Den Seitengassen Hechtwassers entstieg ein reifer Hautgout.

Sie erfuhren, was sie wissen mussten, von Hedrigall und seinesgleichen – gepresste Kaktusleute, ehemals Händlerpiraten aus Dreer Samher. Hedrigall war ein brillanter Redner, seine Ausbildung zum Fabulanten verklärte die Berichte und Erläuterungen zu aufregenden Abenteuergeschichten. Es war eine gefährliche Gabe.

Er erzählte Bellis und der Schar der übrigen Auserwählten von der Insel der Anopheles. Während sie lauschte, regten sich in Bellis Zweifel, ob sie vielleicht etwas angefangen hatte, das sie nicht zu Ende bringen konnte.

Manchmal kam Tintinnabulum zu den Veranstaltungen. Einer der Liebenden war immer anwesend, oder alle beide. Hin und wieder, zu Bellis' Unbehagen, beehrte Uther Doul ein Seminar mit seiner Anwesenheit, lehnte an der Wand und hielt die Hand auf den Schwertknauf gestützt.

Sie konnte den Blick nicht von ihm abwenden.

*

Draußen nahm das Luftschiff Gestalt an und bekam vage Ähnlichkeit mit dem ersten Entwurf der Schöpfung für einen Wal. Bellis schaute zu, wie in seinem Bauch Leitungen verlegt wurden, wenig stabil aussehende Kabinen eingebaut. Mit Teer und Harz imprägniertes Leder wurde über das Gerüst gezogen.

Erst war es ein Gewirr von Teilen gewesen, dann ein klaffender Torso und dann etwas im Werden Begriffenes, und jetzt entwickelte es sich zu einem erkennbaren Luftschiff, das sich auf dem Deck wälzte. Man dachte an ein eben aus der Puppe geschlüpftes Insekt: noch zu schwach zum Fliegen, aber deutlich erkennbar als das, was es zu sein bestimmt war.

In den heißen Nächten saß Bellis im Bett, schwitzte und rauchte, fürchtete sich vor dem, was ihr bevorstand, und zitterte gleichzeitig vor Erwartung. Manchmal stand sie auf und wanderte hin und her, nur um das Patschen ihrer bloßen Füße auf dem Eisenboden zu hören und sich an dem Wissen zu freuen, dass sie die Einzige in ihrer Wohnung war, die ein Geräusch verursachte.

20

Kurze, brütend heiße Tage, lange, klebrige Nächte. Als die Wochen vergingen, blieb es länger hell, doch immer noch brach früh am Abend die Dämmerung herein und die nicht enden wollenden dampfenden Sommernächte raubten der Stadt die Energie.

Die traditionellen Revierkämpfe an den Grenzen der Bezirke blieben halbherzig. Schläger aus Hechtwasser auf Zechtour tranken den ersten von vielen letzten Humpen vielleicht in derselben Spelunke wie ein paar Brüder im Geiste aus Trümmerfall. Das Ritual begann mit Sticheleien: Die Burschen aus Hechtwasser erzählten sich untereinander etwas von Blutegelliebhabern und Lustknaben von Dämonen. Die Gegenpartei aus Trümmerfall riss ihrerseits ein paar im ganzen Lokal hörbare Witze über Perverse am Steuerruder und lachten prustend über kümmerliche Wortspiele mit »Messer« und »schneiden«.

Ein paar Gläser oder Nasen oder Tüten später kam es dann zum obligaten Schlagabtausch, aber man war nicht mit dem Herzen dabei. Man tat, was man sich schuldig zu sein glaubte, und nicht mehr.

Gegen Mitternacht wurden die Straßen leer, und um zwei oder drei Uhr war kaum noch jemand unterwegs.

Die Stimmen der Schiffe wurden niemals leiser. In verschiedenen Industriedistrikten gab es Fabriken und Werkstätten, stinkend und qualmend auf den Hinterdecks alter Seelenverkäufer hockend, die keinen Feierabend kannten. Nachtwächter gingen ihre Runde, jeweils in den Farben des betreffenden Bezirks.

Armada war nicht wie New Crobuzon. Hier fehlte die komplette alternative Ökonomie aus Müll und Armut und Überleben: keine Horden von Bettlern und Obdachlosen in den Kellern leer stehender Häuser; keine Müllhalden zu plündern: Was man in der Stadt ausrangierte, wurde gründlich ausgeschlachtet und dann ins Meer geworfen, wo es versank wie die Toten der Stadt, auf Nimmerwiedersehen.

Auf Schaluppen und Fregatten wucherten Elendsviertel, Mietshäuser moderten in der Salzluft und Hitze, schwitzten Gipsputz auf die Bewohner. In Jhour standen die Kaktusarbeiter dicht gedrängt in billigen Absteigen. Doch für die Gepressten aus New Crobuzon war der Unterschied augenfällig. Man starb hier nicht unbedingt an Armut. Handgreiflichkeiten entstanden hier eher aus Trunkenheit, denn aus Verzweiflung. Ein Dach über dem Kopf ließ sich finden, auch wenn der Verputz herunterrieselte. In Hauseingängen und Nischen hockten keine Penner, um die Nachtschwärmer zu beobachten.

Als deshalb in der dunkelsten Stunde ein Mann sich auf den Weg zur *Grand Easterly* machte, blieb er ungesehen.

Er spazierte ohne Eile durch Hechtwassers weniger präsentable Seitengassen: Nadel- und Blutmetweg und Fachwerkwinkel auf der *Initiator*, hinüber zur *Kardeel*, einer Barkantine in algenfleckiger Camouflage, und von da auf das Tauchboot *Resonanz*. Er schlich an den Luken vorbei, hielt sich im Schatten des rostigen Kommandoturms.

Wenn er zurückschaute, konnte er den Bohrturm der

Sorghum sehen, das schwarze Gittergerüst zwischen Rahen und Masten.

Die Flanke der *Grand Easterly* fuhr neben der *Resonanz* in die Höhe wie eine lotrechte Schluchtwand. Tief aus ihrem Bauch drang das Vibrieren unablässiger Geschäftigkeit. Bäume auf dem Submersibel krallten sich mit Wurzeln gleich knorrigen Zehen in das Eisen. Der Mann nutzte sie als Deckung und hörte über sich das Flattern von Fledermausschwingen.

Zehn bis fünfzehn Meter Wasser lagen zwischen dem Tauchboot und der Bordwand des majestätischen Dampfers. Der Mann sah die Positionslaternen nächtlich kreisender Luftschiffe am Himmel, die wandernden Lichtkegel der Büttel, die über das Deck patrouillierten

Ihm gegenüber befand sich die mächtige Wölbung des Steuerbordradkastens der *Grand Easterly*. Unter dem Rand der glockenförmigen Haube lugten die Schaufeln des gewaltigen Rades hervor wie Fußspitzen unter einem Reifrock.

Der Mann trat aus dem Schatten der kränklichen Bäume. Er zog die Schuhe aus, band sie am Gürtel fest. Als niemand kam und alles still blieb, ließ er sich an der gewölbten Bordwand der *Resonanz* hinunter ins Wasser gleiten, nahezu geräuschlos. Mit wenigen Schwimmzügen war er an der Flanke der *Grand Easterly* und im tiefen Schatten unter dem Radkasten.

Wo, triefend nass und beharrlich, der Mann an den Speichen des 20 Meter hohen Rades hinaufkletterte. Obwohl er kaum die Hand vor Augen sehen konnte, verursachte er nicht mehr Geräusche als eine Maus, ein Kunststück unter der von zahllosen Echos durchhallten eisernen Haube. Er hangelte sich zum hinteren Ende der mächtigen Welle und zu einer Wartungsluke, längst vergessen, aber nicht von ihm.

Es dauerte ein paar Minuten, das Siegel des Alters zu brechen, aber dem Mann gelang es schließlich, sie zu öffnen und durch den Kriechgang in einen riesigen, friedhofsstillen Maschinenraum zu gelangen, vor langer, langer Zeit dem Staub überlassen.

Er schlich an den 30-Tonnen-Zylindern und schlummernden, zyklopischen Maschinen vorbei. Der Raum war ein Labyrinth aus Laufstegen und monolithischen Kolben, Getriebe- und Räderwerkdickichten von urwaldhafter Undurchdringlichkeit.

Kein Staubkorn oder Lichtpartikel rührte sich. Es herrschte eine Atmosphäre, als wäre die Zeit selbst hier drin vertrocknet und zu Staub zerfallen. Der Mann öffnete die Tür mit einem Diebshaken, dann blieb er, die Hand auf der Klinke, regungslos stehen. Er rief sich den Plan des Schiffes ins Gedächtnis. Um dorthin zu gelangen, wo er hin wollte, musste er an den Wachen vorbei.

Es lag in der Natur seines Gewerbes, dass der Mann ein paar Kadabras kannte: Gesten, um Hunde schläfrig zu machen, Formeln, damit Schatten an ihm haften blieben, Heckenmagie und Blendwerkerei. Doch hier konnten ihm diese Spielereien nicht weiterhelfen.

Seufzend griff der Mann nach dem in Stoff eingewickelten Bündel an seinem Gürtel. Er empfand eine beklemmende Vorahnung. Und prickelnde Erwartung.

Er dachte, während er den schweren Gegenstand auswickelte, wenn er nur verstünde, ihn richtig zu gebrauchen, hätte er keine Zeit mit dem störrischen Riegel der Wartungsluke verlieren müssen und sich die unangenehme nächtliche Schwimmpartie sparen können. Doch er war immer noch ein blind herumtastender Ignoramus.

Er schlug die letzte Lage des steifen Tuchs auseinander und hielt eine Skulptur in der Hand.

Sie war größer als seine Faust, aus glänzendem Stein, schwarz irisierend, oder grau oder grün. Sie war hässlich. Zusammengerollt wie ein Fötus, eingeritzte Linien und Wirbel, die Flossen andeuteten oder Tentakel oder Hautfalten. Die Arbeit war künstlerisch, aber abstoßend, offenbar eigens so gestaltet, dass der Blick zurückschauderte. Die Figur beobachtete den Mann mit einem offenen Auge, ein perfekter schwarzer Halbkreis über einem runden Mund voller spitzer Zähne, an ein Neunauge gemahnend. Dahinter ein von Finsternis erfüllter Schlund.

Den Rücken der Skulptur entlang zog sich ein plissierter Saum hauchdünnen schwarzen Gewebes. Eine Litze aus Haut. Eine Rückenflosse.

Eingebettet in das Material des Steins; der Mann strich mit dem Finger darüber. Sein Gesicht verzog sich zu einer Grimasse des Ekels, als er daran dachte, was er tun musste.

Er brachte seinen Mund dicht an den Kopf der Skulptur und flüsterte in einer zischelnden Sprache. Die scharfen Laute hallten gespenstisch durch den großen Raum, geisterten um die toten Maschinen.

Der Mann rezitierte zauberkräftiges Kauderwelsch und streichelte die Skulptur nach einem vorgeschriebenen Muster. Seine Finger wurden taub, als ginge etwas von ihnen in den Stein über.

Endlich schluckte er und drehte die Figur so, dass sie ihn anschaute. Er hob sie hoch, zögerte kurz und dann, den Kopf in einer schaurigen Parodie von Leidenschaft zur Seite geneigt, küsste er sie auf den Mund.

Er öffnete die eigenen Lippen und schob die Zunge in den Hals der Skulptur. Er spürte die kalten Dornen ihrer Zähne und tastete sich weiter vor. Der Schlund war eine Höhle, die kein Ende nahm, schon glaubte er, seine Zunge müsse bis ins Herz der kleinen Figur vorgedrungen sein. Sie war sehr kalt an seinem Mund. Er musste sich beherrschen, dass ihm bei dem Geschmack nicht übel wurde: modrig und salzig und nach Fisch.

Und dann, ersehnt und grässlich zugleich, küsste etwas ihn wieder.

*

Er hatte es erwartet – gehofft, darauf gebaut. Dennoch überfiel ihn ein würgender Brechreiz. Ein winziges, flackerndes Etwas begegnete seiner Zunge. Kalt und feucht und ekelhaft organisch, als ob ein fetter Wurm im Innern der Figurine hauste.

Der Geschmack wurde intensiver. Der Mann fühlte, wie ihm Galle heiß und sauer in die Kehle stieg und sein Magen sich hob, doch er schluckte tapfer dagegen an. Die Skulptur bezüngelte ihn mit stupider Laszivität, und er ertrug ihren Liebesbeweis. Er hatte einen Gefallen von ihr erbeten, und sie gewährte ihn mit einem Kuss.

Er merkte, wie sein Speichel in die Statue floss und, schauderhaft, von ihr wieder in ihn zurück. Seine Zunge wurde taub von ihrer schlüpfrigen Schleckerei und die Kälte breitete sich aus bis zu seinen Zähnen. Sekunden vergingen, und er fühlte seinen Mund kaum noch, dafür aber ein Kribbeln, wie von einer Droge, durch seinen Körper rieseln, vom Rachen an abwärts.

Die Skulptur hörte auf, ihn zu küssen, die kleine Zunge entschlüpfte wer weiß wohin.

Er konnte seine eigene Zunge nicht schnell genug zurückziehen und verletzte sie dabei an den Obsidianzähnen, fühlte es nicht, merkte es nicht, bis er Blut auf seine Hand tropfen sah.

Behutsam wickelte er die Skulptur wieder ein, wartete dann regungslos, dass die Wirkung des Kusses sich in ihm ausbreitete. Ein Wabern lief durch des Mannes Wahrnehmung seiner Umgebung. Er lächelte schief und öffnete die Tür.

Er sah Ölgemälde mit Alterspatina im Wechsel mit Heliotypien links und rechts einem Fluchtpunkt zustreben. Sein Gefühl sagte ihm, dass eine Patrouille mit Hunden sich seiner Position näherte.

Er grinste. Mit über den Kopf gehobenen Armen neigte er sich langsam nach vorn, fiel, als hätte man ihm die Knie zerschossen. Er schmeckte sein eigenes Blut und die Salzfischfäulnis der Skulptur, und seine Zunge füllte seinen ganzen Mund, und er berührte nie den Boden.

Er bewegte sich auf eine neue Weise.

Er sah mit der Sicht der Skulptur, die sie ihm mit einem Kuss verliehen hatte, und sickerte und quoll durch Poren, wie die Skulptur es träumte.

Man konnte es nicht Gehen nennen und nicht Schwimmen. Er strömte durch Nischen in möglichen Räumen, manchmal ging es leicht, manchmal schwer, durch Kanäle, die er nun wahrnehmen konnte. Als er zwei Büttel und ihre Mastiffs kommen sah, wusste er, was zu tun war.

Weder war er unsichtbar, noch wechselte er auf eine andere Ebene. Stattdessen trat er dicht an die Wand heran und betrachtete ihre Textur, sah Dimensionen neu, sah Staubkörnchen so nah, dass sie sein Gesichtsfeld ausfüllten, glitt dahinter und war verborgen, und die Patrouille ging vorbei, ohne ihn zu bemerken.

Am Ende des Korridors konnte man nur nach rechts abbiegen. Sobald die Wache verschwunden war, fixierte er diese Ecke und konnte sie, unter Auferbietung aller Konzentration, benutzen, um nach links weiterzukommen.

Mit dieser Methode bewegte er sich durch die *Grand Easterly*, stets die Pläne des Schiffs vor Augen. Wenn Patrouillen kamen, wendete er mittels seiner geborgten Fähigkeiten die Architektur gegen sie und huschte geschwind an ihnen vorbei. Geschah es, dass er am falschen Ende eines langen Flurs hinter ihnen gefangen war, mogelte er sich zum Beispiel aus der Falle, indem er aus den Augenwinkeln an der Wand entlangschielte und lang den Arm ausstreckte und sich rasch um die Ecke zog. Er drehte sich so, dass Türen unter ihm waren, stürzte mit der Schwerkraft die Flure hinunter, um schneller voranzukommen.

Schwindelig und benommen von einer Art Seekrankheit durch diese ungewohnte Art der Bewegung, arbeitete der Mann sich schnell und unaufhaltsam nach achtern vor, zum Heck und Kielraum des Dampfers.

Zur Kompassfabrik.

*

Die Sicherheitsvorkehrungen waren strikt. Posten mit Steinschlossflinten bewachten sie. Der Mann musste sich vorsichtig durch Schichten von Neigung und Perspektive zwängen, um die Tür zu erreichen. Unmittelbar vor den Wachen stehend, wurde er dennoch nicht gesehen, zu groß und zu nah für ihre Augen, und er beugte sich über sie und spähte in das Schlüsselloch, auf das komplizierte Eingerichte, dessen Details ihn zwergenhaft erscheinen ließen. Er überwand die Zuhaltungen und war am Ziel.

Der Raum war verlassen. Tische und Bänke in Reihen. Maschinen und Treibriemen und Motoren in Ruhe.

Auf manchen Arbeitsplätzen lagen Kapseln aus Kupfer und Messing, ähnlich den Gehäusen großer Taschenuhren. An anderen waren es Glasstücke und Gerätschaften, um sie zu zermahlen. Da gab es reich verschnörkelte Uhrzeiger, Ketten und Gravurnadeln, fest aufgerollte Federn. Und Zahnräder zu Hunderttausenden, von klein bis zu mikroskopisch, zwerghafte Verwandte der Zahnräder im Maschinenraum. Sie lagen überall verstreut, wie geriffelte Münzen oder Fischschuppen oder Staub.

Es war eine Kunsthandwerkstatt. An jeder Station arbeitete ein Experte, ein Meister seines Fachs, der das Werkstück nach der Bearbeitung an den nächsten weiterreichte. Der Eindringling wusste, wie hoch spezialisiert jede Tätigkeit war, was für rare Mineralien Verwendung fanden, welch ausgeklügelte Thaumaturgien. Jedes der fertigen Stücke war ein Vielfaches seines Gewichts in Gold wert.

Da lagen sie aufgereiht in einer verschlossenen Vitrine wie die eines Juweliers, hinter einem Tisch ganz am Ende des langen Raums. Die Kompasse.

Es kostete den Mann etliche Minuten konzentrierter Arbeit mit viel Fingerspitzengefühl, bis die Vitrine geöffnet war. Noch spürte er die Wirkung des Geschenks der Skulptur, aber dessenungeachtet, er verlor zu viel Zeit.

Kein Exemplar glich dem anderen. Mit zitternder Hand nahm er einen der kleinsten heraus, schlicht und schmucklos bis auf eine Randverzierung aus poliertem

Edelholz. Er klappte den Deckel auf. Das elfenbeinerne Zifferblatt war mit mehreren konzentrischen Skalen ausgestattet, einige mit Zahleneinteilung, andere mit eingravierten obskuren Glyphen. Um die Mitte kreiste ziellos ein einzelner schwarzer Zeiger. Auf der Rückseite des Gehäuses stand eine Produktionsnummer, die der Mann sorgsam notierte, bevor er den wichtigsten Teil seiner Mission in Angriff nahm. Er suchte nach allen Belegen für die Existenz dieses Kompasses. In dem Register hinter der Ausstellungsvitrine, in den Erledigungsvermerken des Metalleurs, der die Kapsel angefertigt hatte. In den Listen der mangelhaften – und Austauschelemente.

Der Mann war gründlich, und nach einer halben Stunde hatte er jeden Beleg gefunden. Er legte sie vor sich hin und prüfte, ob die Termine passten.

Das Stück war vor anderthalb Jahren fertig gestellt worden und bis jetzt noch keinem Schiff zugeteilt. Der Mann gestattete sich ein Lächeln vorsichtiger Genugtuung.

Er fand Tinte und Feder und studierte das Hauptregister genauer. Fälschung war ihm ein Leichtes. Er fügte, äußerst sorgfältig neue Daten zum Signalement seines Kompasses hinzu. In der Spalte »Zugeordnet« trug er ein Datum ein, ein Jahr zurück (er berechnete schnell die armadanischen Quartos) und den Namen, *Nagdas Drohung*.

Für den Fall, dass jemand – aus welchem Grund auch immer – Informationen zu Kompass CTM4E suchte, konnte er sie jetzt finden und würde feststellen, dass dieser Kompass vor einem Jahr auf der unglücklichen *Nagdas Drohung* installiert worden war, vor Monaten mit Mann und Maus gesunken, tausend Meilen weit entfernt.

Nachdem er alles, bis auf den ausgewählten Kompass, an seinen Platz zurückgelegt hatte, blieb nurmehr eins zu tun.

Er klappte den Deckel auf und brütete über den Vertracktheiten seiner Metauhrwerksinnereien, vor Jahrhunderten von einem Khepri-Vorbild plagiiert und modifiziert. Über dem winzigen, wie er wusste in das Herz eingebetteten Steinsplitter, integriert mittels homöotropischer Thaumaturgie, kreiselte die Nadel unbestimmt um ihre Achse.

Mit zehn energischen Drehungen zog der Mann den Kompass auf.

Er hielt ihn ans Ohr und lauschte auf das schwache, kaum hörbare Ticken. Er betrachtete das Zifferblatt. Die Skalen schnurrten und schnappten in neue Positionen.

Die Nadel rotierte wild, blieb dann mit einem Ruck stehen und wies nach vorn, zurück zur Mitte der *Grand Easterly*.

Selbstverständlich handelte es sich nicht um einen üblichen Kompass, und die Spitze der Nadel wies nicht nach Norden.

Diese Nadel orientierte sich an einem Stein, umsponnen von Thaumaturgie, gefangen unter Glas, in ehernem Gewahrsam hinter Schloss und Riegel, je nachdem, welche Geschichte man sich entschloss zu glauben. Er war vom Himmel gefallen, er stammte aus dem Herzen der Sonne, die Hölle hatte ihn ausgespien.

Während der Jahre, in denen sein Federwerk ablief, würde der Kompass unbeirrt auf den Magneten der Stadt zeigen, den irgendwo im Herzen der Grand Easterly begrabenen Gottfels.

*

Der Mann wickelte den Kompass sehr fest in Öltuch und dann in Leder und verstaute ihn in der Gürteltasche, die er anschließend zuknöpfte.

Die Morgendämmerung konnte nicht mehr fern sein. Der Mann war erschöpft. Es fiel ihm schwer, den Raum und seine Winkel und Ebenen, seine Wände und Materialien und Dimensionalität anders zu sehen als gewöhnlich. Er seufzte, und der Mut wollte ihn verlassen. Die ihm von der Skulptur verliehenen Kräfte schwanden, doch er hatte noch den Rückweg zu bewältigen.

Und so leckte er sich über die Lippen, machte seine Zunge geschmeidig und begann, umgeben von Wächtern, die nicht zögern würden, ihn zu töten, allein weil er von der Existenz der Fabrik wusste, die Skulptur aus dem Tuch zu schlagen.

4. Intermezzo – Anderswo

Weiter und weiter.
 Das Wasser ist wie Schweiß, und unseren Walen behagt es nicht.
 Dennoch
 Südwärts.
 Die Fährte ist deutlich.

*

In gemäßigte und dann in warme Gewässer.

Die unterseeische Landschaft war von dramatischer Wildheit hier, Zinnen und Klüfte in der Kruste der Welt. Atolle und Klippen stiegen in einem Mêlée greller Buntheit aus der Tiefe. Das Wasser war befruchtet von faulenden Palmenblättern und Lotusblüten und den toten Leibern nirgends sonst vorkommender Lebewesen. Amphibische Kreaturen, die im Modder paddelten, und Luft atmende Fische und durch das Wasser fliegende Fledermäuse.

Auf jeder Insel gab es Dutzende von ökologischen Nischen, und für jede einzigartige Gegebenheit existierte ein Tier. Manchmal waren es zwei oder drei, die miteinander um die Vorherrschaft konkurrierten.

Die Jäger drangen in die Seichten vor, in Salzwasserlagunen und Höhlen, und aßen, was sie dort fanden.

Die Wale stöhnten und ächzten und flehten darum, in die kälteren Gewässer zurückkehren zu dürfen, und ihre Herren hörten nicht darauf oder straften sie und prägten ihnen wieder ein, was es war, wonach sie suchten.

Die Jäger äußerten sich untereinander über die Wassertemperatur und das andersartige Licht und die schillernden Farben der Fische, aber sie klagten nicht. Undenkbar für sie, irgendwelche Widrigkeiten zur Kenntnis zu nehmen, solange das Wild nicht gestellt war.

Südwärts, befahlen sie, und selbst, als ihre Wale zu sterben begannen, einer nach dem anderen, die mächtigen Leiber fremden Warmwasserviren zum Opfer fielen und zusammensanken, ihre Haut sich in Fetzen ablöste, grau und schrundig, und die gigantischen Leichname aufgedunsen und stinkend und aufgeplatzt an die Oberfläche stiegen, um dort von Aasvögeln in Stücke gehackt zu werden, bis ihre Knochen mit den Resten von Fleisch hinabsanken in die dunkelnde Tiefe, wurden ihre Herren nicht wankend in ihrem Entschluss.

Südwärts, sagten sie und folgten der Spur in die tropischen Gewässer.

Vierter Teil

Blut

21

Schontag, 29. Luminary 1780 – bzw. der 8. Bookdi, Hawkbill Quarto 6/317, ganz nach Belieben. An Bord der *Trident*.

Ein weiterer Nachtrag zu diesem Brief. Es ist einige Zeit her, seit ich etwas geschrieben habe. Ich würde mich entschuldigen, wenn es einen Sinn hätte. Mir ist, als ob ich es sollte – absurderweise. Als würdest du mitlesen, während ich schreibe und ungeduldig warten, dass es weitergeht. Dabei, wenn du schließlich diesen Brief erhältst, wird das Schweigen eines Tages oder einer Woche oder eines Jahres für dich gleich aussehen – eine frei gelassene Zeile, drei Sternchen. Meine Monate komprimiert. Ich jedoch bin verwirrt von Zeit.

Ach, ich schweife ab, gerate ins Schwafeln, verzeih mir.

Ich bin aufgeregt und habe Angst.

Ich sitze auf dem Abort und schreibe dies. Ich hocke neben einem Fenster und die Morgensonne scheint herein. Ich befinde mich tausend Meter über dem Meer.

Anfangs war es atemberaubend, zugegeben. Unerträglich schön. Mittlerweile empfinde ich die Monotonie von geriffelter Wasserfläche und blauem Himmel und gelegentlicher Wolke als betäubend.

Die See in dieser Gegend ist leer. Man sieht sechzig, siebzig, neunzig Meilen bis zum Horizont, aber da ist nicht ein Segel, kein Skiff, kein Fischkutter. Die Farbe des

Wassers wechselt zwischen Grün und Blau und Grau wegen ich weiß nicht was unter der Oberfläche.

Unsere Fahrt durch die Luft macht sich den Sinnen kaum bemerkbar. Natürlich spürt man die Vibration der Motoren achtern und von den riesigen Propellern, aber man hat keinen Eindruck von Beschleunigung, von Bewegung oder Richtung.

Diese *Trident* ist ein erstaunliches Gefährt. Hechtwasser lässt sich diese Expedition etwas kosten, daran gibt es nichts zu deuteln.

Es muss ein denkwürdiger Anblick gewesen sein, als die *Trident* vom Deck der *Grand Easterly* aufstieg. Lange genug hatte sie sich dort geflätz, auf einem Gerüst, um Beschädigungen durch die Gangspills und Decksaufbauten zu vermeiden. Ich bin überzeugt, man hat gewettet, dass sie ins Meer plumpsen würde oder auf die Stadt.

Aber wir stiegen empor. Es war später Nachmittag, und am Rand des Himmels wölkte wie Rauch die Dämmerung. Ich kann mir vorstellen, die *Trident* hing vor dieser Kulisse wie – mögen die Götter wissen was, an Majestät den größten Schiffen Armadas ebenbürtig und neu und jungfräulich.

Du wirst nicht glauben, welche Fracht wir mitführen. Zwischen unseren Motoren hängt ein Pferch voller Schafe und Schweine.

Die Tiere sind mit Futter und Wasser für unsere auf zwei Tage geschätzte Reise versorgt. Sie müssen zwischen den Bodenbrettern den luftigen Abgrund sehen können. Ich hatte erwartet, dass sie in Panik geraten würden, aber nein, sie starren bar jeden Interesses auf die Wolken unter ihren Hufen. Sie sind zu dumm, um sich zu fürchten. Höhenangst ist zu kompliziert für sie.

Ich sitze hier in diesem kleinen Gemach, wie es auf Schiffen euphemisierend heißt, zwischen dem Vieh und der Pilotenkanzel, wo der Kapitän und Steuermann uns auf Kurs halten.

Seit dem Start bin ich schon einige Male hier gewesen, um zu schreiben.

Die anderen verbringen ihre Zeit damit, herumzusitzen und die Köpfe zusammenzustecken oder Karten zu spielen. Manche halten sich auch in ihren Kabinen auf, ein Deck über mir, unmittelbar unter den Gasballons. Vielleicht erklärt man ihnen nochmals, was sie zu tun haben. Oder sie proben.

Was meine Rolle angeht, sie ist bescheiden und man hat mir meine Pflichten sehr deutlich umrissen. Nach all den Wochen und den Tausenden von Meilen bin ich wieder an dem Punkt, wo man mir sagt, dass ich ein Kanal bin, dass ich mich darauf beschränken werde, Sprache und Informationen durch mich hindurchgehen zu lassen, dass ich nicht hören werde, was gesprochen wird.

Mir recht. Und bis dahin habe ich nichts zu tun, als dir zu schreiben.

Soweit machbar, hat man Kaktusleute für diese Mission ausgewählt. Wenigstens fünf von denen an Bord sind in ihrem früheren Dasein einmal auf der Anophelesinsel gewesen. Hedrigall natürlich und andere, die ich nicht kenne.

Bei der Auswahl der Teilnehmer war das Problem der Desertion zu bedenken gewesen: Nur äußerst selten ergibt sich für einen Gepressten die Gelegenheit, noch einmal mit seinen ehemaligen Landsleuten in Berührung zu kommen, doch es gilt als sicher, dass sich auf der Insel Samheri befinden. Was ich dort zu erledigen habe, hängt von ihrer Anwesenheit ab. Sämtliche Kaktusleute haben, soweit ich weiß, Gründe, nicht in ihr Vaterland zurückkehren zu wollen. Sie sind – wie Johannes oder Schekels Freund Gerber – ihrer adoptierten Heimat treu ergeben.

Bei Hedrigall hingegen bin ich mir, was das angeht, nicht ganz im Klaren. Er kennt Silas – oder vielmehr kennt er jemanden mit dem Namen Simon Fench.

Ich weiß nun besser als alle anderen, dass die Autoritäten fehlbar sind, wenn es darum geht zu beurteilen, wem man vertrauen kann.

Dreer Samher denkt pragmatisch. Auf dem Meer bedeutet eine Begegnung von Samherischiffen und solchen aus Parrick Nigh oder von den Alrauneninseln Krieg, in den Beziehungen zu Armada jedoch setzt man auf höflichen Respekt, aus Gründen der Selbsterhaltung. Überdies werden sie dort im Hafen liegen. Der Hafenfriede gilt dort wie der Handelsfriede an Land, und es ist ein strenger Kodex, gegen den zu verstoßen niemand wagen würde.

Gerber Walk ist auf dem Luftschiff, und ich merke, dass er weiß, wer ich bin. Sein Gesichtsausdruck, wenn er mich ansieht, ist schwer zu deuten: Es könnte Abneigung sein oder Schüchternheit oder auch fast jede andere Emotion. Tintinnabulum ist an Bord, mit einigen seiner Mannen. Johannes nicht – zu meiner Erleichterung.

Die wissenschaftlichen Teilnehmer der Expedition sind eine krause Mischung. Die Gepressten sehen aus, wie man es von Gelehrten erwartet. Ihre armadanischen Kollegen sehen aus wie Piraten. Man sagt mir, dieser wäre Mathematiker, jener ein Biologe, der da drüben Thalassologe, aber für mich sehen sie alle aus wie Freibeuter, narbig und frech in zerlumptem Habit.

Unsere Schutztruppe setzt sich zusammen aus Kaktusleuten und Kustkürass. Ich habe einen Blick in ihre Rüstkammer geworfen und Köpfer und Flinten und Stangenwaffen gesehen. Sie haben Schwarzpulver und Geräte, die für mich aussehen wie Kriegsmaschinen. Für den Fall, dass die Anopheles nicht kooperieren mögen, sind wir, glaube ich, mit allem Notwendigen versehen, um sie zu überreden.

Hauptmann der Sauvegarde ist Uther Doul. Seine Befehle erhält er von der weiblichen Hälfte von Hechtwassers Herrscherpaar, der Liebenden.

Doul wandert von einer Kabine zur nächsten. Von allen spricht er mit Hedrigall am häufigsten. Er scheint von einer gewissen Unruhe ergriffen zu sein. Ich vermeide es, seinem Blick zu begegnen.

Andererseits beschäftigt er meine Phantasie: seine Ausstrahlung, seine ungewöhnliche Stimme. Er trägt das graue Lederzeug, das er sich zur Uniform erkoren zu haben scheint, über und über voller Schrammen und Schmisse, aber makellos sauber. Der rechte Ärmel des Kollers ist von Drähten umstrickt, die bis zu seinem Gürtel reichen. Sein Schwert trägt er an der linken Hüfte und seine Gestalt ist mit Pistolen gespickt.

Er schaut kampfeslustig aus Fenstern, dann stolziert er zurück ins Innere der Gondel, gewöhnlich dorthin, wo Hedrigall steht.

Das narbige Gesicht der Liebenden wirkt abstoßend auf mich. Ich kenne solche, die Befriedigung im Schmerz suchen, habe mit welchen zusammengewohnt, und auch wenn ich diese Vorliebe ein wenig kurios finde, stört oder beunruhigt sie mich nicht. Ihre sexuelle Extravaganz ist es also nicht, die mir an der Liebenden zuwider ist. Mein Gefühl sagt mir, dass ihre Messerspiele die eher zufällige Äußerung von etwas Tieferem sind, das zwischen ihnen vorgeht.

Ich bemühe mich, auch dem Blick der Liebenden auszuweichen, doch immer wieder ertappe ich mich dabei, dass meine Augen zu ihren Malen zurückkehren. Als ergäben sie ein mesmerisierendes Muster. Aber, während ich wiederholt hinter meinen Fingern hervor zu ihr hinschaue, sehe ich nichts Romantisches oder Geheimnisvolles oder Aufschlussreiches, nichts als die Spuren alter Wunden. Nichts Aufregenderes als Narben.

Später, am selben Tag.

Silas lieferte das Erforderliche, im allerletzten Moment. Wie um des dramatischen Effekts willen.

Ich muss seine Chuzpe bewundern.

Die ganze Zeit, seit unserer konspirativen Unterhaltung im Park in Alser, hatte ich mich gefragt, wie er mir die Unterlagen für unsere Botschaft zuspielen wollte. *Meine Wohnung wird bewacht, ich stehe unter Beobachtung, was soll ich tun?*

Am Morgen des 26. Lunuary fand ich beim Aufwachen ein Päckchen von ihm auf dem Boden meines Schlafzimmers.

Es war ein dreistes kleines Bravourstück. Unwillkürlich musste ich lachen, als ich den Blick hob und einen blechernen Flicken in meinem Dach sah, säuberlich über ein jüngst entstandenes, 15 Zentimeter großes Loch genietet.

Silas hatte meinen Schornstein erklommen, das Blechdach, das dröhnt wie eine Trommel, wenn der Regen darauf prasselt, und hatte ein Loch hineingeschnitten. Nach der Zustellung des Päckchens hatte er den Schaden sorgsam ausgebessert. Alles, ohne das leiseste Geräusch zu verursachen: Ich war nicht aufgewacht, und auch Hechtwassers Spione auf ihrem Beobachtungsposten hatten nichts von der Aktion bemerkt.

Jemand, der solche Tricks auf Lager hat, in brenzligen Situationen, muss für jede Regierung unbezahlbar sein. Ich nehme an, ich kann froh sein, ihn auf meiner Seite zu haben, und New Crobuzon ebenfalls.

Gut, dass ich seinen Besuch verschlafen habe. Ich fühle mich ihm sehr fern. Nicht, dass ich einen Groll gegen ihn hegte: Ich habe mir von ihm etwas genommen, das ich brauchte, und hoffe, er bekam dafür etwas zurück, aber damit endet unsere Beziehung. Wir sind zufällige Verbündete, weiter nichts.

Der kleine Lederbeutel enthielt diverse Gegenstände.

Er hatte einen Brief für mich beigelegt, in dem alles erklärt war. Ich las ihn sorgfältig durch, bevor ich nachschaute, was es sonst noch gab.

Unter anderem waren es weitere Briefschaften. Er hatte an den Piratenkapitän geschrieben, den wir zu finden hoffen, zwei Fassungen desselben Inhalts, einmal in Ragamoll, einmal in Salt. *An ihn, der bereit ist, dieses Missiv nach New Crobuzon zu bringen*, beginnt er.

Das Schreiben ist formell und präzise. Es verspricht dem, der es liest, eine Provision bei sicherer, unbeschädigter Ablieferung der Sendung an ihrem Bestimmungsort. Kraft der dem Prokurator Silas Fennek (Lizenznummer soundso) von Bürgermeister Bentham Rudgutter und dem amtierenden Magistrat verliehenen Vollmacht wird verfügt, dass der Inhaber dieses Dokuments als geehrter Gast New Crobuzons zu gelten hat, wie auch seine Begleiter; sein Schiff soll seinen Wünschen entsprechend ausgerüstet werden, und er erhält eine Vergütung in Höhe von dreitausend Guineen. Dazu – das Wichtigste von allem – ist ihm ein Freibrief auszustellen, welcher ihm für die Dauer eines Jahres erlaubt, auf den Meeren Piraterie zu betreiben, unbehelligt von Verfolgung oder Angriff nach den Maßgaben von New Crobuzons eigenmächtig erklärtem Seerechtsgesetz, es sei denn im Falle einer von ihm ausgehenden Bedrohung für ein New-Crobuzon-Schiff.

Die Geldsumme ist außerordentlich verlockend, doch in erster Linie hoffen wir mit dem Freibrief, unseren Kapitän zu gewinnen. Silas offeriert ihm den Status eines lizenzierten Kapers: Sie können plündern nach Belieben, ohne einen Stüver abgeben zu müssen, und die Marine New Crobuzons wird sie nicht stören, sie sogar schützen, für die Dauer des Vertrags.

Ein machtvolles Lockmittel.

Silas hat mit seinem Namen unterzeichnet und quer über eine Reihe schwach erkennbarer Kennwörter hat er in Wachs das Siegel des Parlaments von New Crobuzon angebracht.

Ich hatte nicht gewusst, dass er ein solches Siegel besaß. Komisch, es hier zu sehen, so weit weg von zu Hause. Es ist erstaunlich akkurat gearbeitet: die stilisierte Mauer, der Stuhl und die Insignien des Amtes und darunter, in winzigen Ziffern, eine Zahl, die ihn identifiziert. Das Siegel ist ein enorm mächtiges Symbol.

Was mehr ist, er hat es mir gegeben.

Aber ich schweife ab. Auf den Ring komme ich noch zu sprechen.

Der nächste Brief ist erheblich länger. Vier Seiten in verschnörkelter, enger Schrift. Ich habe ihn von Anfang bis Ende durchgelesen, und mir ist kalt geworden dabei.

Gerichtet ist er an Bürgermeister Rudgutter und beschreibt in groben Zügen den Invasionsplan der Grymmenöck.

Vieles bleibt mir unverständlich. Silas hat sich einer knappen Kurzschrift bedient, fast schon kryptographisch – es gibt Abkürzungen, die ich nicht entschlüsseln kann, und Verweise auf Dinge, von denen ich nie gehört habe – , aber die Aussage ist vollkommen klar.

Status Sieben, lese ich oben auf dem Blatt, *Kennwort: Speerspitze,* und auch wenn ich nicht weiß, was die Worte bedeuten, läuft mir ein kalter Schauer über den Rücken.

Silas hat mir bei unserem Gespräch Einzelheiten erspart, merke ich (übrigens der zweifelhafteste Gefallen, den man jemandem erweisen kann). Er kennt den Invasionsplan genau, hat ihn in kalten, präzisen Formulierungen dargelegt. Er warnt in genauen Zahlen vor solchen und solchen Truppen, ausgerüstet mit obskuren Waffen – obskur, weil abgekürzt auf einen Buchstaben, eine Silbe, aber deswegen nicht weniger beunruhigend.

Halbregiment Elfenbeinmagi/Groac'h aus Marschrichtung Süd, den Canker entlang, ausgestattet mit E.Y.D. und P-T Kapazitäten, Drittes Mondviertel, lese ich und das Ausmaß der Bedrohung erfüllt mich mit Grauen. Unser verzweifelter Wunsch zu fliehen, all die Arbeit und Mühe, um einen Weg zu finden – so armselig kommt mir das jetzt vor, so bestürzend klein.

Das Schreiben enthält genügend Informationen, um die Stadt zu verteidigen. Silas hat seine Pflicht getan.

Auch hier am Ende des Briefs das Stadtsiegel, beglaubigt ihn, macht ihn, ungeachtet seiner seelenlosen, banalen Sprache, entsetzlich real.

Zu den Briefen gehört ein Kasten.

Eine Schmuckschatulle, schlicht, solide, aus sehr schwerem Ebenholz. Im Innern, eingeschmiegt in das dick gebauschte Futter, liegen eine Halskette und ein Ring.

Der Ring ist für mich. Die große Platte aus Silber und Jade trägt eingraviert das Siegel, ein meisterhaftes Negativrelief. In den Reif hat Silas ein Klümpchen Siegelwachs eingefügt. Wenn ich dem Kapitän den Brief und die Kette gezeigt habe, werde ich alles in die Schatulle einschließen, sie in den Lederbeutel tun und diesen versiegeln, mit dem Ring, den ich anschließend mitnehme. So weiß der

Kapitän, was sich in der Schatulle befindet und dass wir ihn nicht hintergehen, aber auch, dass er sich nicht an dem Inhalt zu schaffen machen kann, wenn er will, dass die Empfänger ihm glauben und ihn belohnen.

(Während ich diesen Ablauf von Ereignissen durchgehe, möchte ich verzagen, das gebe ich zu. Ich seufze, während ich schreibe. Denken wir an etwas anderes.)

Die Halskette soll den Ozean überqueren. Anders als der Ring ist sie ein primitives, klobiges Stück, ohne ein Spur ästhetischen Ehrgeizes. Eine dünne, pragmatische Eisenkette. An ihrem Ende ein hässliches kleines Anhängsel aus Metall, das nur eine Seriennummer ziert, ein graviertes Symbol (zwei Eulen unter einer Mondsichel) und drei Worte: SILAS FENNEK, PROKURATOR.

Das ist meine Identifikation, erklärt mir Silas in seinem Brief. *Der ultimative Beweis, dass die Briefe authentisch sind. Dass ich New Crobuzon nie wiedersehen werde und dies mein Abschiedsgeschenk ist.*

Noch später.

Ich bin aufgewühlt.
Doul hat mich angesprochen.

Ich befand mich auf dem Kabinendeck über der Kanzel und kam gerade vom Abort. Der Gedanke, wie unsere gesammelten Fäkalien vom Himmel regneten, amüsierte mich.

Ein paar Schritte den Korridor hinunter hörte ich leises Rascheln, und aus einem Türspalt fiel Licht. Ich lugte in die Kabine.

Die Liebende kleidete sich um. Ich hielt den Atem an.

Ihr Rücken war ebenso von Narben gezeichnet wie ihr Gesicht. Die meisten waren älter, mehr oder weniger verblasst, ein, zwei jedoch leuchteten in frischem Rot. Die Male zogen sich den Rücken hinunter bis über ihre Hinterbacken. Sie war gezeichnet wie ein Zugtier von der Geißel.

Unwillkürlich muss ich aufgestöhnt haben. Die Liebende drehte sich herum, ohne Eile. Ich sah ihre Brüste und den Bauch, auch hier Schnitte, verheilte und frische. Den Blick unverwandt auf mich gerichtet, schlüpfte sie in eine Bluse. Ihr Gesicht mit dem Narbengezack war ausdruckslos.

Ich stammelte eine Entschuldigung, machte auf dem Absatz kehrt und wollte zur Treppe gehen, doch entsetzt sah ich Uther Doul aus der Tür treten, von der ich zurückgewichen war, die Hand auf dem Knauf seines verdammten Schwertes.

Dieser Brief, den ich schreibe, brannte in meiner Tasche. Was ich an Beweisen bei mir trug, reichte aus, um mich und Silas wegen Hochverrats hinrichten zu lassen – und den Untergang New Crobuzons zu besiegeln. Ich hatte große Angst.

Als hätte ich ihn nicht gesehen, stieg ich in den großen Salon hinunter, bezog Posten am Panoramafenster und beobachtete angelegentlich die Zirruswolken. Ich hoffte, Doul würde mich verschonen.

Vergebens. Er trat zu mir.

Ich fühlte, wie er neben meinem Tisch stand, und ich wartete lange Zeit darauf, dass er ging, sich entfernte, ohne mich angesprochen zu haben, doch er blieb. Endlich, gegen meinen Willen, kam es mir vor, wandte ich den Kopf und sah ihn an.

Er erwiderte meinen Blick eine Zeit lang stumm. Ich wurde von Minute zu Minute unruhiger, auch wenn ich mir nichts anmerken ließ. Dann begann er zu sprechen. Ich hatte vergessen, wie schön seine Stimme klingt.

»Sie heißen Freggios«, sagte er. »Die Narben, sie heißen Freggios.« Er wies auf den Stuhl mir gegenüber und neigte leicht den Kopf. »Darf ich mich setzen?«

Was sollte ich antworten? Konnte ich sagen, *Nein, ich möchte lieber allein sein*, zur rechten Hand der Liebenden, ihrem Leibwächter und Auftragsmörder, dem gefährlichsten Mann in Armada? Ich presste die Lippen zusammen und zuckte höflich die Schultern: *Es geht mich nichts an, wo Sie sich hinsetzen, Verehrtester.*

Er faltete die Hände auf der Tischplatte. Er dozierte (exquisit), und weder unterbrach ich ihn, noch stand ich auf und ging weg oder entmutigte ihn durch unverhohlene Zeichen der Langeweile. Teils, natürlich, fürchtete ich um mein Leben und meine Sicherheit – mein Herz schlug wie ein Hammer.

Doch es lag auch an seiner Rhetorik: Er spricht wie jemand, der aus einem Buch vorliest, jeder Satz mit Überlegung formuliert, der Stil eines Poeten. Ich habe nie etwas Vergleichbares gehört. Er hielt meinen Blick fest, und ich könnte schwören, er tat die ganze Zeit nicht einen Lidschlag.

Ich war fasziniert von dem, was er erzählte.

»Sie sind beide Gepresste«, begann er. »Die Liebenden.« Ich muss ihn maßlos verdutzt angegafft haben. »Fünfundzwanzig, dreißig Jahre ist das her.

Er kam zuerst. Er war ein Fischer. Ein Meersasse vom Nordende der Shards. Lebte sein ganzes Leben auf einem dieser kleinen Felsenbuckel, legte seine Netze und Angeln aus, schlitzte und schuppte und flenste. Unwissend und dumpf.« Seine Augen waren von einem dunkleren Grau als sein Lederharnisch.

»Eines Tages ruderte er zu weit hinaus, und der Wind packte ihn. Ein Baldower Hechtwassers entdeckte ihn und stahl seinen Fang, und man debattierte, ob man ihn töten sollte oder nicht, den angstschlotternden, mageren kleinen Fischerburschen. Zu guter Letzt nahmen sie ihn mit sich zurück in die Stadt.«

Er löste die verschränkten Finger und massierte fast zärtlich seine Hände.

»Menschen werden geformt und zerbrochen und neu geformt von ihrem Schicksal«, fuhr er fort. »Innerhalb von drei Jahren brachte der Junge es zum Souverän von Hechtwasser.« Er lächelte. »Weniger als drei Quartos danach bringt eines unserer Orlogs ein Schiff auf, eine prunkvolle Schaluppe mit Schwanenbug, auf dem Weg von Parrick Nigh nach Myrshock. An Bord vermutlich eine Familie aus Figh Vadisos Aristokratie, ein Mann, seine Frau und ihre Tochter, samt Gefolge, auf der Rückreise zum Mutterland. Ihre Ladung wurde enteignet. Die Passagiere waren für niemanden von Nutzen und ich habe keine Ahnung, was aus ihnen geworden ist. Wahrscheinlich hat man sie getötet, aber ich weiß es nicht. Was man weiß, ist, als die Dienstboten herausgeführt und willkommen geheißen wurden, war unter ihnen eine Magd, die den Blick des neuen Herrschers auf sich zog.«

Er schaute aus dem Fenster.

»Es gibt einige, die dabei waren, an jenem Tag an Bord der *Grand Easterly*. Sie erzählen, dass sie aufrecht dastand und den Herrscher viel sagend anlächelte – nicht wie eine, die sich wohlgefällig machen möchte, oder wie jemand, der Angst hat, sondern als gefiele ihr, was sie sah.« Er nickte leicht, wie selbst in der Erinnerung zu jenem Moment zurückgekehrt.

»Auf den nördlichen Shards haben Frauen nichts zu lachen«, erklärte er nüchtern. »Jedes Eiland hat seine eigenen Gesetze und Gepflogenheiten, und manche davon erscheinen wenig zivilisiert.« Er faltete wieder die Hände.

»An manchen Orten werden Frauen zugenäht.« Er ließ mich nicht aus den Augen, während er das sagte. Ich hielt seinem Blick stand: Ich lasse mich nicht einschüchtern. »Oder man beschneidet sie, trennt heraus, womit sie geboren wurden. Oder hält sie angekettet in Häusern, wo sie den Männern zu Diensten sind. Die Insel, auf der unser Souverän geboren wurde, pflegte weniger barbarische Sitten, aber man – überhöhte gewisse Strömungen, die man auch in anderen Kulturen findet. In New Crobuzon, zum Beispiel. Eine gewisse Sakralisation der Frau. Verachtung im Gewand von Verehrung. Sie verstehen, was ich meine, ganz gewiss. Sie haben Ihre Bücher unter B. Schneewein veröffentlicht. Ich bin überzeugt, dass Sie verstehen.«

Das war ein Schock, ich gebe es zu. Dass er so gut über mich Bescheid wusste, dass er meine Gründe für diese harmlose kleine Verschleierung durchschaute.

»Auf der Insel unseres Souveräns fahren die Männer aufs Meer hinaus, während ihre Frauen und Liebsten an Land zurückbleiben, und kein noch so strenges Gesetz, kein Tabu kann Schenkel geschlossen halten. Ein Mann, der eine Frau mit verzehrender Leidenschaft liebt – oder behauptet, dass er es tut, oder glaubt, dass er es tut – leidet Qualen, wenn er sie allein lässt, weiß er doch am besten, wie unwiderstehlich ihre Reize sind – ist er selbst nicht ihnen verfallen? Daher muss er sie mindern.

Dort, wo unser Souverän geboren wurde und aufwuchs, wird ein Mann, der heiß genug liebt, mit dem Messer das Gesicht seiner Frau zerschneiden ...« Wir fixierten uns gegenseitig unverwandt. »Er wird sie zeichnen, als sein Eigentum, seinen Besitz markieren, Kerben hineinschnitzen wie in Holz. Ihre Schönheit beschädigen, eben so viel, dass kein anderer sie haben will.

Diese Narben nennt man Freggios.

Liebe oder Lust oder eine Mischung aus beidem ergriff von dem jungen Herrscher Hechtwassers Besitz. Er umwarb die Neubürgerin und hatte sie bald gewonnen, unter Einsatz all der maskulinen Bestimmtheit, zu der er erzogen worden war. Und allen Berichten zufolge begrüßte sie seine Aufmerksamkeit und erwiderte sie, und sie war seine Konkubine. Bis zu dem Tag, als er beschloss, dass sie ganz und gar ihm gehören sollte. Berauscht von seiner Männlichkeit zog er nach dem Koitus sein Messer und schnitt ihr ins Gesicht.« Doul verstummte, dann sprengte ein Lächeln seine ernsten Züge.

»Sie hielt still, sie ließ ihn gewähren – und dann nahm sie das Messer und tat ihm ein Gleiches.

Das war der Augenblick ihrer beider Erschaffung.«

Er beugte sich ein wenig vor. »Sie erkennen die Heuchelei. Er war ein bemerkenswerter Junge, dass er so schnell so hoch steigen konnte, doch tief innen war er immer noch ein Fischer, der die alten Spiele spielte. Bestimmt hat er es geglaubt, als er ihr sagte, es geschähe aus Liebe, dass er sie verletzte, dass er anderen Männern nicht zutraute, ihr zu widerstehen. Doch ob er es glaubte oder nicht, es war eine Lüge. Er markierte sein Revier, wie ein Hund, der das Bein hebt. Zeigte anderen, wo sein Territorium beginnt. Und doch hat sie ihm Gleiches mit Gleichem vergolten.«

Wieder lächelte Doul mich an. »Das war eine Überraschung. Besitz kennzeichnet nicht seinen Eigentümer. Sie wehrte sich nicht gegen ihn, sie nahm ihn beim Wort. Das Blut, die klaffende Wunde, der Schmerz, der Schorf und die Narbe waren *Liebe*, deshalb hatte sie das gute Recht, auch ihm ihre Liebe ins Fleisch zu schneiden.

Indem sie Freggios als das nahm, was er behauptete, dass sie seien, verwandelte sie sie, gab ihnen einen anderen, höheren Wert. Verwandelte dadurch auch ihn. Schnitt in seine Kultur wie in sein Gesicht. Danach fanden sie einer im anderen Trost und Kraft. Sie fanden eine nie erlebte Gefühlstiefe und Zusammengehörigkeit in diesen Wunden; Wunden, die plötzlich sublim waren.

Ich weiß nicht, wie er reagierte, bei jenem ersten Mal, aber damals hörte sie auf, seine Konkubine zu sein und wurde seine Gefährtin. Sie verloren ihre Namen und wurden die Liebenden. Und wir hatten zwei Herrscher in Hechtwasser – zwei, die mehr Zielstrebigkeit an den Tag legten als einer allein. Und alles ist möglich für sie. Sie lehrte ihn in jener Nacht, wie man Regeln neu definiert, wie man immer einen Schritt weiter geht. Sie brachte ihn dazu, dass er sie liebte. Sie gierte nach Veränderungen.

Und so ist sie geblieben. Ich weiß das besser als die meisten: Die Begeisterung, mit der sie mich begrüßte und mein Können, als ich herkam, seinerzeit.« Seine Stimme war leise geworden, nachdenklich. »Sie vereinnahmt das Wissen, welches Neuankömmlinge mitbringen, und macht es – verändert es mit einer Verve, einem Ehrgeiz, dem man unmöglich widerstehen kann. So sehr man es vielleicht möchte.

Sie bekräftigen ihren Bund täglich neu, die beiden. Ständig gibt es neue Freggios. Ihre Leiber und Gesichter sind Landkarten ihrer Liebe. Eine Geographie, die sich verändert, präziser wird, je mehr Jahre vergehen. Schnitt um Schnitt: Symbole des Respekts und der Gleichberechtigung.«

Ich schwieg, schwieg, seit er begonnen hatte zu reden, aber nun war sein Monolog zu Ende, und er wartete auf meinen Kommentar.

»Dann waren Sie nicht dabei, am Anfang?«, fragte ich endlich.

»Ich kam später.«

»Verschleppt?« Zu meinem Erstaunen schüttelte er den Kopf.

»Ich kam aus freien Stücken. Ich habe Armada gesucht, vor etwas mehr als zehn Jahren.«

»Warum«, fragte ich gedehnt, »erzählen Sie mir das alles?«

Er deutete ein Schulterzucken an. »Ich finde es wichtig«, meinte er, »dass Sie Bescheid wissen. Ich konnte es Ihnen ansehen – die Narben sind Ihnen unheimlich. Sie sollten wissen, was es damit auf sich hat. Wer die sind, die uns regieren, ihre Motivation und Leidenschaft. Antrieb. Energie. Es sind die Narben«, sagte er, »die Hechtwasser stark machen.«

Er nickte und verließ mich dann, grußlos. Ich wartete einige Minuten, doch er kam nicht wieder.

Ich bin zutiefst beunruhigt. Was hat das zu bedeuten? Weshalb hat er mich angesprochen? Auf Geheiß der Liebenden? Hat sie ihn angewiesen, mir ihre Geschichte zu erzählen, oder verfolgt er eigene Ziele?

Glaubt er alles, was er mir erzählt hat?

Die Narben machen Hechtwasser stark, sagt er mir, und ich frage mich, ist er blind für die andere Möglichkeit? Ist es ihm nicht bewusst, frage ich mich? Ist es Zufall, dass die drei mächtigsten Personen Hechtwassers, also Armadas, also auf den Weltmeeren, von außen gekommen sind? Keine Hiesigen? Zu Erkenntnis und Weitsicht herangewachsen außerhalb der engen Grenzen dieses – und etwas anderes ist es nicht, kann es niemals sein – Flickenteppichs alter Schiffe, eines Dorfes, wenn auch ungewöhnlicher Art. Menschen, die nur deshalb fähig sind, eine Welt jenseits ihres schäbigen Seeräubertreibens und klaustrophobischen Stolzes zu sehen.

Sie sind nicht Armadas Triebkräften unterworfen. Wo liegen ihre Prioritäten?

Die Namen der Liebenden. Ich will sie erfahren.

Außer wenn er kämpft (ich erinnere mich, und es macht mir Angst), ist Uther Douls Miene eine Maske unerschütterlichen Gleichmuts mit einem Hauch von Melancholie. Sie gibt nicht preis, was er denkt oder glaubt. Er kann mir erzählen, was er will, ich habe die Narben der Liebenden gesehen, und sie sind hässlich und widerwärtig. Und die Tatsache, dass sie Zeugnis ablegen für irgendein perverses Ritual, irgendein Spiel der Verklemmten, Gehemmten, ändert nichts daran.

Sie bleiben hässlich und widerwärtig.

22

Sechsunddreißig Stunden nachdem der Aerostat von Armada aufgestiegen und mit Kurs Südwest davongefahren war, kam Land in Sicht.

Bellis hatte kaum ein Auge zugetan, trotzdem war sie nicht müde und stand am zweiten Morgen vor fünf Uhr früh auf, um vom Salon aus den Sonnenaufgang zu beobachten.

Beim Eintritt fand sie bereits etliche ihrer Reisegefährten vor, die an den Fenstern standen und hinausschauten: einige Mitglieder der Besatzung, Tintinnabulum und seine Mannen und Uther Doul. Ihr Herz sank ein wenig bei seinem Anblick. Sie fand sein Auftreten – noch reservierter und steifer als das ihre – beunruhigend, und sein Interesse an ihrer Person war ihr nicht geheuer.

Er bemerkte sie und zeigte wortlos aus dem Fenster.

In der den baldigen Sonnenaufgang verkündenden Helligkeit sah man Felsbuckel aus dem Wasser ragen. Die Entfernung ließ sich nur schwer schätzen. Steinerne Walrücken, keiner mehr als eine Meile breit, die meisten kleiner als Armada. Keine Tiere, keine Vögel, nichts als kahler brauner Stein und grüne Flecken Vegetation.

»Wir erreichen die Insel innerhalb der nächsten Stunde«, gab jemand bekannt.

Emsige Geschäftigkeit breitete sich aus, Vorbereitungen zur Landung, für die Bellis kein Interesse aufzubringen vermochte. Sie kehrte in ihre Koje zurück und packte rasch zusammen, dann saß sie im Salon in ihren schwarzen Kleidern, die dicke Reisetasche zu ihren Füßen. Tief darinnen vergraben, schmiegte sich der kleine, inhaltsschwere Lederbeutel, den Silas ihr gebracht hatte, in die Falten ihrer Röcke zum Wechseln, nebst dem Brief, an dem sie in Abständen weiterschrieb.

Die Angehörigen der Mannschaft eilten hin und her und bellten sich gegenseitig unverständliche Anweisungen zu. Diejenigen, die nicht zu arbeiten hatten, versammelten sich vor den Fenstern.

Das Luftschiff war ein gutes Stück gesunken. Sie schwebten nur mehr 300 Meter über dem Wasserspiegel und das Antlitz der See bekam deutlichere Züge. Ihre Runzeln wurden zu Wellenkämmen und Gischt und Strömungen, darunter erkannte man das Schatten- und Farbenspiel von Riffen und Seegraswäldern – und war das ein Wrack?

Die Insel lag vor ihnen, scharf umrissen in dem heißen Meer. Bellis schätzte sie auf 30 Meilen in die Länge und 20 querüber. Sie war gespickt mit staubgrauen Gipfeln und runden Hügeln.

»Sonnenschiet, ich hätte nicht geglaubt, diesen Ort noch einmal wiederzusehen«, polterte Hedrigall in Salt mit Sunglariakzent. Er wies auf die jenseitige Küste. »Zwischen hier und Gnurr Kett liegen mehr als einhundertfünfzig Meilen. Sie sind keine ausdauernden Flieger, die Anopheles. Sie schaffen nicht mehr als vielleicht sechzig Meilen am Stück. Das ist der Grund, weshalb die Kettai sie leben ließen und Handel mit ihnen treiben, über Vermittler wie mich und meine alten Kameraden, eben weil man wusste, dass sie es nie und nimmer zum Festland schaffen konnten. Das da«, er stieß einen dicken grünen Daumen in die gemeinte Richtung, »ist ein Ghetto.«

Das Luftschiff richtete die Nase schräg nach unten, folgte sinkend der Küstenlinie. Bellis musterte die Insel gespannt. Viel gab es nicht zu sehen, kein Leben außer dem pflanzlichen. Ihr wurde bewusst – und es machte sie frösteln – dass der Himmel leer war. Keine Vögel. Jede andere Insel, auf die sie hinuntergeschaut hatten, war eine wimmelnde Masse gefiederter Leiber gewesen, die Klippen weiß von Guano. Möwen umspielten jedes bisschen Land als eine luftige Korona, hinabstürzend, um einen Fisch aus dem Wasser zu schnappen, in Aufwinden zankend.

Die Luft über den vulkanischen Klippen der Anophelesinsel war tot.

Der Aerostat schwebte über stillen, ockerfarbenen Hügeln. Das Landesinnere lag verborgen hinter einer Felsbarriere, einem parallel zur Küste verlaufenden Höhenzug. An Bord herrschte ein ausdauerndes Schweigen, durchbrochen nur vom Geräusch der Motoren und dem Wind, und als endlich jemand etwas sagte – ausrief: »Seht doch!« – wirkte der Klang der Stimme aufdringlich und beinahe trotzig.

Gerber Walk war es, der auf eine kleine, zwischen Felsen wellengeschützt eingebettete Blutfennichwiese deutete. Weiße Tupfen bewegten sich im Grün.

»Schafe«, sagte Hedrigall nach einem Moment. »Wir nähern uns der Bucht. Es muss kürzlich ein Versorgungsschiff da gewesen sein. Ein paar kleinere Herden werden noch eine Zeit lang umherstreifen.«

Form und Gepräge der Küste änderten sich. Die felsigen Grate und Zacken wichen einer flacheren, weniger ungastlichen Geographie. Der Schatten des Luftschiffs wanderte über schwarze Schotterstrände, farnbewachsene Hänge, geduckte, ausgeblichene Bäume. Ein- oder zweimal entdeckte Bellis Hausvieh, das frei umherwanderte: Schweine, Schafe, Ziegen, Rinder. Alles in allem sehr wenige und weit verstreut.

Landeinwärts, eine Meile oder zwei, glitzerten graue Wasserbänder, träge Flüsse, die von den Bergen herabkamen und kreuz und quer die Insel durchschnitten. Auf Plateaus stagnierten die Wasserläufe, traten aus ihren Betten, breiteten sich aus zu Teichen, versickerten zu Sumpfland, nährten weiße Mangobäume und Schlingpflanzen, einen Dschungel so dick und klebrig wie Erbrochenes. In der Ferne, auf der anderen Seite der Insel, sah Bellis schwarze Formen, von denen sie dachte, es könnten Ruinen sein.

Unter ihr eine Bewegung.

Sie versuchte, ihr mit den Augen zu folgen, die Ursache zu erfassen. Doch was immer es war, es war zu schnell, nur ein Huschen quer durch ihr Gesichtsfeld und im Nu verschwunden. Etwas war durch die Luft geschwirrt, von einem schwarzen Loch im Felsen ins nächste.

»Womit handeln sie?«, erkundigte sich Gerber Walk, ohne den Blick von der unten vorüberziehenden Landschaft abzuwenden. »Die Schafe und Schweine und anderes Zeug bringt ihr Leute von Dreer Samher, im Auftrag der Kettai. Was kriegen die dafür? Was haben die Anopheles im Tausch zu bieten?«

Hedrigall trat vom Fenster zurück und stieß ein bellendes Lachen aus. »Bücher und Wissen, Gerber, Mann«, sagte er. »Und Strandgut, Treibholz, dies und das, was sie am Ufer finden.«

Immer wieder diese huschenden Bewegungen in der Luft unter dem Aerostat, aber Bellis war unfähig, den Blick darauf zu konzentrieren. Sie biss sich auf die

Lippen, unentschlossen, innerlich in Aufruhr. Sie wusste, es war keine Einbildung. Diese Dinger, die ihre Augen sich zu erkennen weigerten, konnten eigentlich nur eines sein. Was sie beunruhigte, war, dass niemand ein Wort darüber verlor. *Sehen sie sie nicht?*, dachte sie. *Warum sagte keiner etwas? Warum sage ich nichts?*

Der Aerostat verlor an Fahrt, gebremst von leichtem Gegenwind.

Über den Kamm einer Hügelkette steigend, wurde es von Böen gepackt. In der Kabine laute Atemzüge und erregtes, staunendes Geflüster. Unter ihnen, im Schatten von erdbraun und laubgrün gescheckten Hügeln, öffnete sich eine felsige Bucht. In der Bucht ankerten drei Schiffe.

»Wir sind da«, verkündete Hedrigall mit gedämpfter Stimme. »Das sind Schiffe aus Dreer Samher. Das ist der Maschinenstrand.«

Die reich vergoldeten Galeonen wiegten sich in den schützenden Armen felsiger Molen, die ins Meer hinausragten und, sich einwärts biegend, den natürlichen Hafen gegen jegliche Unbilden abschirmten. Bellis wurde bewusst, dass sie den Atem anhielt.

Der Strand in seiner gesamten Länge und Breite, Sand, Kies, Geröll, hatte eine dunkelrote Färbung, schmutzigrot, wie geronnenes Blut. Er war übersät mit seltsam geformten Klötzen in der Größe von Torsi und Häusern. Bellis' Blick schlitterte über die triste Fläche, und sie sah Spuren, in das Material des Strandes eingeprägte Fußpfade. Hinter der Begrenzung aus kümmerlichem Gesträuch, zum Land hin, konnte man die Pfade deutlicher erkennen. Sie führten zwischen felsige Erhebungen, die mählich aus der Erde wuchsen und auf das Meer hinausschauten. Die Luft waberte glasig, wo nacktes Gestein in der Sonne buk; Bäume, die aussahen wie Oliven und zwergwüchsige Urwaldspezies sprenkelten die Hänge.

Bellis folgte mit dem Blick den Pfaden die in der Sonne brütenden Hügelflanken hinauf, bis (wieder stockte ihr der Atem) ihre Augen an einer Ansammlung sonnengebleichter Hütten hängen blieb, Behausungen, die aus dem Gestein schwärten wie organische Wucherungen – das Dorf der Anopheles.

*

In der Bucht herrschte absolute Windstille. Eine kleine Wolkenfamilie scharte sich um die Sonne, doch deren Hitze stieß um nichts gemindert durch die schwachen Schleier und fing sich zwischen den ragenden Felsmauern.

Nirgends Geräusche, die Leben vermuten ließen. Das monotone Rauschen der Brandung betonte die Stille, anstatt sie zu durchbrechen. Der Aerostat hing schweigend in der Luft, Motoren im Leerlauf. Die Schiffe der Samheri schaukelten knarrend vor Anker. Niemand war an Bord. Keine Seele hatte sich gezeigt, um das Luftschiff zu begrüßen.

Kustkürass in ihren Schorfpanzern und Kaktusleute hielten Wache, während die Passagiere ausstiegen. Am Fuß der Leiter angekommen, ging Bellis in die Hocke und grub die Finger in den Sand. Sie hörte sich schnell und laut atmen.

Zuerst war sie voll und ganz ausgefüllt von dem Erlebnis, dass der Boden unter ihr nicht schwankte, um nach der ersten Begeisterung zu merken, dass sie vergessen hatte, wie man sich auf festem Grund bewegte. Erst dann hatte sie Augen für ihre Umgebung und fühlte den Sand und stutzte.

Die naiven Holzschnitte in Aums Buch fielen ihr ein. Das stilisierte Monochrom des Mannes am Strand, im Profil, umgeben von kaputten Maschinen.

Maschinenstrand, dachte sie und schaute über den schmutzigroten Sand und Schotter. Ein Stück weit weg lag, was sie erst für Felsen gehalten hatte, riesige Klötze, groß wie Bauernkaten. Es waren Maschinen. Klobig und zyklopisch und bewuchert mit Rost und Grünspan, längst vergessene Geräte für unbekannte Zwecke, die mächtigen Kolben gelähmt von Alter und Salz.

Daneben gab es auch kleineres Geröll und Bellis sah, es waren Teile der größeren Maschinen, Bolzen und Rohrkupplungen, oder auch feinere, kompliziertere und unbeschädigte Stücke, Skalen und Glasdinge und kompakte Dampfmaschinen. Die Kieselsteine entpuppten sich als Schrauben, Muttern, Bolzen, Schwungräder.

Bellis senkte den Blick auf ihre schalenförmig zusammengelegten Hände. Sie waren gehäuft voll mit minutiösen Ratschen und Ritzeln und verknöcherten Federn, an die Innereien unglaublich winziger Uhren gemahnend. Jedes Teilchen Schrott einem Sandkorn gleich, hart und sonnenwarm, kleiner als ein Brotkrümel. Bellis ließ sie aus den Händen rinnen, und an ihren Fingern blieb das dunkle Blutrot des Strandes haften – ein Überzug aus Rost.

Der Strand war eine Imitation, eine Metallskulptur, die Natur nachahmend mit dem Material des Schrottplatzes. Jeder Partikel beigesteuert von irgendeinem ausgemusterten technischen Gerät.

Aus welchem Zeitalter stammt das alles? Wo liegen die Anfänge dieses Strandes? Was ist hier passiert?, dachte Bellis. Sie war zu betäubt, um etwas anderes zu empfinden als eine Regung müder Ehrfurcht. *Was für eine Katastrophe hat das geschaffen, welcher Akt der Gewalt?* Sie stellte sich den Meeresgrund in der Bucht vor, zurückerobertes Terrain, abgewirtschaftetes Industriegelände, das Inventar der Fabriken dem Verfall überlassen, benagt von Sonne und Salz, oxidierend, Rost blutend, zerlegt, geschrotet, von Wellen zurückgeworfen an den Rand der Insel, bis im Lauf der Zeit dieser wundersame Strand entstanden war.

Bellis hob eine zweite Hand voll Maschinensand auf, ließ ihn durch die Finger rieseln. Man konnte das Metall riechen.

Das hat Hedrigall mit Strandgut gemeint, überlegte sie. *Dies ist ein Friedhof toter Technik, Millionen Geheimnisse zerfallen hier zu Roststaub. Sie sieben ihn durch und säubern, was sie finden, und bieten die viel versprechendsten Artikel zum Kauf an, zwei oder drei zufällig aus einem Haufen Mosaiksteinchen herausgeklaubte Teile. Rätselhaft, undeutbar, aber wenn man es zusammensetzen könnte, dieses Mosaik, wenn man es entschlüsseln könnte, was käme dabei heraus?*

Sie entfernte sich von der Strickleiter und lauschte auf das Knirschen uralter Maschinen unter ihren Schritten.

Während die letzten Passagiere auf festen Boden hinunterstiegen, behielten die Wächter den Horizont im Auge und tauschten gelegentlich halblaut unbehagliche Bemerkungen. Nicht weit von Bellis entfernt hatte man den Pferch abgefiert. Satte Landluft machte sich breit, und die Insassen veranstalteten ein misstönendes, stumpfsinniges Konzert.

»Alle herkommen und zuhören«, befahl die Liebende, und man scharte sich um sie. Die Techniker und Wissenschaftler hatten sich verstreut, wühlten sprachlos in dem Metallgrus. Ein paar, wie Gerber Walk, waren zum Wasser hinuntergegangen (er hatte sich den Luxus gegönnt, einmal kurz unterzutauchen, mit einem wonnevollen Seufzer). Einen Moment lang hörte man kein anderes Geräusch als das Rauschen der kleinen Brecher, die gegen den Roststrand schäumten.

»Hören Sie gut zu, wenn Ihnen Ihr Leben lieb ist«, fuhr die Liebende fort. Ihre Worte verursachten Unruhe unter den Versammelten. »Ein, zwei Meilen Fußmarsch bis zum Dorf liegen vor uns, dort hinauf.« Man schaute in die gewiesene Richtung, auf dem Berghang rührte sich nichts. »Es ist wichtig, dass wir dicht zusammenbleiben. Gleich werden Waffen ausgegeben. Nehmen Sie sie, aber benutzen Sie sie nicht, außer in unmittelbarer Lebensgefahr. Wir sind zu viele und zu viele ohne Kampferfahrung, und wir wollen uns doch nicht gegenseitig in Panik erschießen. Die Kakti und Kustkürass schützen uns, und sie wissen mit ihrem Gerät umzugehen, also halten Sie sich zurück.«

Sie schaute in die ihr zugewandten Gesichter. »Die Anopheles sind flink. Ausgehungert und gefährlich«, sprach sie weiter. »Sie erinnern sich an unsere Seminare, hoffe ich, und sind gewarnt. Die Männer wohnen in dem Dorf, das unser Ziel ist. Etwas weiter dort hinüber befinden sich die Sümpfe. Wo ihre Frauen leben. Und wenn sie uns hören oder wittern, kommen sie her. Deshalb ist Eile geboten. Sind alle bereit?«

Sie gab Zeichen, und Kaktussoldaten nahmen die Passagiere in die Mitte. Der Pferch, noch durch seine Ketten mit der *Trident* verbunden wie ein Anker, wurde geöffnet. Bellis hob die Augenbrauen, als sie sah, dass die Schweine und Schafe Halsbänder trugen und an

Leinen zerrten. Die muskulösen Kaktusleute hielten sie im Zaum.

»Dann Abmarsch!«

*

Es war ein Albtraummarsch vom Maschinenstrand zu der Siedlung auf dem Berg. Als es vorbei war und sie daran zurückdachte, Tage oder Wochen später, fand Bellis es unmöglich, die Ereignisse in eine geordnete Reihenfolge zu bringen. In ihrer Erinnerung fand sie nur Schnipsel von Bildern, ohne das Element der Zeit zusammengefügt zu etwas wie einem Traum.

Zum Beispiel die Hitze, die die Luft gerinnen lässt und die Poren verklebt, Augen und Ohren, und der schwere Geruch von Fäulnis und Pflanzensaft; Insekten in endlosen Schwärmen, stechend und saugend. Man hat ihr eine Pistole in die Hand gedrückt (*sie erinnerte sich*), und sie hält sie von sich weg wie etwas Übelriechendes.

Sie wird getrieben, setzt Schritt vor Schritt wie die anderen links und rechts, hinter und vor ihr (die Stacheln des einzigen Hotchi sträuben sich in Abständen nervös, die Kopfbeine der Khepri gestikulieren), eingekreist von jenen, die auf Grund ihrer Physiognomie nichts zu befürchten haben: den Kaktussoldaten und den Kustkürass (die das Vieh hinter sich herzerren); die einen blutlos, die anderen prallvoll mit Blut, welches ihnen durch seine spezielle Konsistenz auch hier Schutz bietet. Bewaffnet sind sie mit Flinten und Köpfern. Uther Doul ist der einzige Mensch bei den Wachen. Er hält in beiden Händen Waffen, und Bellis könnte schwören, jedes Mal wenn sie hinschaut, haben sie gewechselt: Dolch und Dolch, Faustrohr und Dolch, Faustrohr und Faustrohr.

Der Blick schweift über die von Ranken ummantelten Felsen und Lichtungen landeinwärts zu bewaldeten Hängen und Tümpeln, die aussehen, als wären sie mit Rotz gefüllt. Geräusche. Plötzliche, heftige Bewegung in Baumkronen, nicht beunruhigend, eigentlich, aber dann hebt ein grausiges, fistelndes Heulen an, scheinbar ohne Ursprung, als litte die gesamte Natur unerträgliche Qualen.

Anschwellend, von überallher.

Bellis und ihre Nachbarn fahren zusammen und rempeln sich gegenseitig, stolpernd in ihrer Angst und Erschöpfung und der drückenden, feuchten Hitze. Verrenken sich den Hals, um nach allen Richtungen gleichzeitig ausschauen zu können, und sehen die ersten Anzeichen von etwas Lebendigem, das sich nähert. Schatten huschen zwischen den Bäumen, erst denkt man an vom Wind geschütteltes Laub, aber nein, sie kommen heran, ein Wechsel zwischen planlosem Zickzack und boshafter Zielstrebigkeit.

Und dann bricht die erste weibliche Anopheles aus der Deckung der Bäume, in schnellem Lauf.

Einem buckligen alten Weib ähnlich, aus der Hüfte bis fast zur Erde gebeugt und dann wieder scharf nach oben geknickt, gegen den Wuchs der Knochen, verkrümmt und verdreht zu einer krüppelig anmutenden Haltung. Der Hals reckt sich lang und schief, ausladende, fleischlose Schultern nach hinten gebogen, die Haut madenweiß, die weit offenen Augen tellergroß. Der ganze Leib vollkommen ausgezehrt, die Brüste leere Hautschläuche, die ausgestreckten Arme wie gezwirnte Drahtbündel. Sie läuft mit irrwitzig schnellen Trippelschritten, bis sie nach vorn kippt, aber nicht fällt, sondern weiter auf die wie angenagelt verharrenden Armadaner zukommt, dicht über dem Boden schwebend, mit ungelenk und beutegierig baumelnden Armen und Beinen, während (Götter und Jabber und Dammich) Flügel an ihrem Rücken sich entfalten und den Körper tragen, riesige Mückenflügel, opalisierende Paddel, die flirrend verschwimmen, sodass es scheint, das schreckliche Weib würde, umtönt von dem charakteristischen grellen Summen, unter einem Flecken trüber Luft auf sie zugetragen.

Was dann geschah, suchte Bellis wieder und wieder heim, in der Erinnerung und in Träumen.

Gierig auf die unerwartete Atzung schauend, sperrt die Moskitofrau den Mund auf, sabbernd, die Lippen entblößen den zahnlosen Gaumen. Mit einem würgenden Hustenstoß fährt ein Stachel aus ihrem Schlund, ein speichelglänzender Stechrüssel, der 30 Zentimeter lang zwischen ihren Lippen hervorragt.

Er wächst aus ihr heraus in einer organischen Bewegung, ein wenig wie Erbrechen, aber unverkennbar und beunruhigend sexuell. Man fragt sich, woher er kommt: Hals und Kopf sehen nicht aus, als könnte ein solches Organ darin beherbergt sein. Mit schrillenden Flügeln nähert sie sich dem Trupp der Armadaner, und aus dem Dickicht kommen ihre Schwestern.

Unklare Erinnerungen. Bellis spürte noch immer die Hitze und wusste, was sie gesehen hatte, aber die Bilder überfielen sie grell und drastisch, wann immer sie zurückdachte. Der Landungstrupp spritzt auseinander, in heller Panik, und es wird blindlings geschossen, irgendwohin (Doul brüllt zornig: *Nicht feuern!*). Bellis sieht die vordersten der Mückenfrauen um die Kaktussoldaten herumkurven, ohne ihnen einen Blick zu gönnen. Mehr Interesse zeigen sie an den Kustkürass, lassen sich auf ihnen nieder (die muskulösen Männer scheinen das Gewicht der ausgemergelten geflügelten

Frauen kaum zu spüren), versuchen sie mit den lanzenähnlichen Mundwerkzeugen zu stechen, können aber den Schorfpanzer nicht durchdringen. Bellis hört das Schnappen durchtrennter, straff gespannter Leinen, und die entsetzten Schweine und Schafe stieben davon, eingehüllt in eine Wolke aus Kot und Staub.

Mittlerweile sind es zehn oder zwölf Moskitofrauen (so viele, so schnell), und sofort stürzen sie sich auf die leichtere Beute.

Mit ihren durchsichtigen Flügeln fächeln sie sich in die Höhe, schlenkern, den Kopf zwischen die Schultern gezogen, Hüften und Gliedmaßen baumelnd, durch die Luft wie an den überlangen Schulterblättern aufgehängte Marionetten.

Mühelos überholen sie die verstörten Tiere, lassen sich in ihrem halb schlingernden Flug herabsinken und verlegen ihnen den Weg mit ausgestreckten Armen, gespreizten Fingern, krallen sich fest in Fell und Schwarte. Bellis beobachtet (sie erinnerte sich, wie sie unbeholfen hinterrücks ging, über die Füße der anderen stolperte, aber von der reinen Macht des Grauens aufrecht gehalten wurde) fassungslos, gebannt, wie die erste Anopheles sich anschickt, ihren Hunger zu stillen.

Sie – Insekt, Frau, Kreatur – besteigt eine große Sau, umschlingt sie, als wäre sie ein geliebtes Schoßtier. Ihr Kopf ruckt nach hinten und der lange Stachel wird noch ein paar Zentimeter länger, glatt wie ein Armbrustbolzen. Dann beugt sie sich vor und rammt den Stechrüssel in den Körper des Tieres.

Das Schwein schreit gellend, ohrenbetäubend. Bellis kann den Blick nicht losreißen (ihre Beine tragen sie fort von dem Schauspiel, ihre Augen jedoch halten eisern daran fest). Das Schwein bricht in die Knie, vom

Schock gefällt, als 15, 20, 30 Zentimeter Chitin sich durch den Widerstand von Schwarte und Muskulatur bohren und zu den tiefsten Bereichen des Blutstroms vordringen. Die Mückenfrau schmiegt sich an das gestürzte Tier und presst ihren Mund auf die Einstichstelle und stößt den Rüssel so tief hinein, wie es nur geht, und ihr Körper spannt sich (jeder Muskel, jede Sehne und Ader messerscharf sichtbar unter der schrumpligen Haut), und sie beginnt zu saugen.

Das Schwein schreit noch immer, bis ihm nach ein paar Sekunden die Stimme versagt.

Es schrumpft.

Bellis kann zusehen, wie es dünner wird.

Die Haut wabbelt haltlos und wird runzlig. Haarfeine Blutrinnsale zeigen sich, wo der Ring der Lippen die Einstichstelle nicht vollkommen versiegelt. Bellis starrt ungläubig, doch es ist keine Sinnestäuschung – das Schwein schrumpft. Die kurzen, stämmigen Beine strampeln in krampfhaftem Entsetzen, dann ist es ein Flattern ersterbender Nerven, als die Extremitäten leer gesaugt werden. Die feisten Schenkel sinken ein, während die Flüssigkeit aus den Eingeweiden schwindet. Die Haut ist von tiefen Furchen durchzogen, liegt in schlaffen Falten über dem weniger werdenden Leib. Sie entfärbt sich.

So, wie Blut und Leben die Sau verlassen, gehen sie in die Mückenfrau über.

Ihr Bauch schwillt. Als sie sich über das Schwein hermachte, war sie ein dürrer Stecken. Maß für Maß, wie das Schwein weniger wird, wird sie mehr, wird zusehends fetter, rosiger. Sie windet sich ölig auf dem sterbenden Tier, träge und satt gegen Ende der Mahlzeit.

Bellis verfolgt mit fasziniertem Ekel, wie die vielen

Liter Schweineblut sich in dieser knochigen Hippe verteilen, von einem Körper in den anderen strömen.

Inzwischen ist das Schwein tot, die verschrumpelte Haut in neu entstandene Täler zwischen verdorrten Muskeln und Knochen gesunken. Die Anopheles ist rund und glatt. Arme und Beine haben nahezu den doppelten Umfang gegenüber vorher, und die Haut sitzt stramm. Grotesk aufgebläht sind die Brüste, der Bauch und Steiß, aber nicht weich, wie von menschlichem Fett gepolstert. Sie sehen aus wie Tumore: steinharte, blutfeiste, pendelnde Geschwulste.

Auf der ganzen Lichtung verteilt, erleiden die anderen Tiere das gleiche Schicksal. Auf einigen hockt ein Sukkubus, auf anderen zwei. Alle schrumpfen wie Dörrobst in der Sonne, und die Anopheles werden drall und prall von ihren Säften.

Die erste Mückenfrau hat anderthalb Minuten gebraucht, um das Schwein bis auf den letzten Tropfen leer zu schlürfen (Bellis gelang es nie, die Erinnerung an diesen Anblick loszuwerden, auch nicht an die zufriedenen kleinen Schmatzer der Kreatur). Sie rollt sich schläfrig von dem mumiengleichen Kadaver herab, ein wenig mit Speichel vermischtes Blut tröpfelt über ihr Kinn, als der Stechrüssel zurückgleitet. Schwerfällig hebt sie sich in die Luft, hinterlässt ihr Opfer als einen Sack voller Schläuche und Knochen.

Viele Armadaner haben beim Anblick der sich labenden Anopheles die Kontrolle über ihre Eingeweide verloren, und die heiße Luft über der Lichtung ist geschwängert vom sauren Gestank des Erbrochenen. Bellis übergibt sich nicht, aber ihr Mund verzerrt sich wie im Krampf, und sie merkt, wie sie ihre Pistole hebt, nicht aus einem Impuls wie Zorn oder Furcht, sondern übermannt von Ekel.

Doch sie drückt nicht ab (*und was wohl geschehen wäre, wenn jemand, unerfahren wie sie, den Abzug betätigt hätte, fragte Bellis sich später, zurückblickend*). Die Gefahr scheint vorüber zu sein. Die Armadaner setzen ihren Weg hangaufwärts fort, überqueren unter der Glocke des Schlachthausbrodems die Lichtung und stapfen vorbei an Findlingen und fauligen Tümpeln in die Richtung der Siedlung, die sie aus der Luft gesehen haben.

Die Abfolge der Ereignisse wurde deutlicher, schälte sich aus dem Brei von Hitze und Angst und Unglauben. Doch an diesem Punkt, in diesem Moment, als Bellis glaubte, die Stätte des Gemetzels hinter sich zu lassen, die widerlich ekstatische Mahlzeit der Anopheles und (schlimmer) ihre lethargische Sattheit, hob eine Moskitofrau den Blick von dem Schaf, an dem sich bereits eine ihrer Schwestern gütlich getan hatte und bemerkte den Rückzug. Sie zog die Schultern hoch und kam surrend auf sie zu, mit offenem Mund und triefendem Stechrüssel, den Bauch nur wenig geschwellt von den Resten und begierig auf einen frischen Trunk. An den Kaktusleuten und Kustkürass flog sie achtlos vorbei, ihr Ziel waren die entsetzten Menschen, und Bellis fühlte sich von Angst zurückgeschleudert in den Strudel zusammenhangloser Bilder, und sie sah Uther Doul vortreten, in die Bahn der Moskitofrau, und die Hände heben (jetzt in jeder eine Pistole) und warten, bis sie ihn fast erreicht hatte, bis ihr Rüssel sich nach seinem Gesicht reckte, und dann feuern.

Hitze und Krach und schwarzes Blei explodierten aus seinen Waffen und zerschmetterten Bauch und Kopf der Anopheles.

Obgleich halb leer, platzte ihr Leib geräuschvoll und entließ einen erheblichen Blutschwall. Sie fiel aus der

Luft wie ein Stein, das zerstörte Gesicht mit dem noch ausgestreckten Stachel pflügte den Boden; eine Spur aus blutigem Schleim wurde von der durstigen Erde aufgesogen. Vor Douls Füßen lag sie still.

Bellis kehrte mit einem Ruck zurück in die Gegenwart. Sie fühlte sich benommen, aber entrückt von dem, was sie sah. Die voll gefressenen Anopheles, nur einen Steinwurf entfernt, bemerkten den Tod ihrer Schwester nicht. Während der Trupp der Armadaner den steilen Bergpfad in Angriff nahm, hievten die Moskitofrauen ihre nun plumpen Leiber fort von den blutleeren Kadavern, die der Verwesung überlassen blieben. Prall wie Weinbeeren hingen sie unter ihren bösartig surrenden Flügeln und kehrten behäbig zurück in ihren Dschungel.

23

Sie warteten, stumm: die Liebende, Doul, Tintinnabulum, Hedrigall und Bellis. Und vor ihren Besuchern standen, den Kopf in höflicher Ratlosigkeit leicht zur Seite geneigt, zwei männliche Anopheles.

Bellis war überrascht von ihrem Aussehen. Sie hatte etwas Dramatisches erwartet: Chitinpanzer, starre, gläserne Flügel wie bei den Frauen.

Jedoch sahen sie mehr oder weniger aus wie zu klein geratene Menschenmänner, vom Alter ein wenig gebeugt. Ihre ockerfarbenen Kaftane waren staubig und hie und da befleckt mit Pflanzensaft. Der Ältere der beiden wurde kahl, beider Arme, die unter dem Stoff hervorkamen, waren unglaublich dünn. Sie hatten keine Lippen, keine Kieferknochen, keine Zähne. Die Münder waren Sphinktere, enge, kleine Muskelringe, die genauso aussahen wie Ani. Die Haut zog sich von allen Seiten kranzförmig in dieses Loch hinein.

»Bellis«, sagte die Liebende, in einem Ton, der kein Aber duldete, »versuchen Sie es noch einmal.«

*

Unter den erstaunten Blicken der Moskitomänner hatten sie das Dorf betreten.

Derangiert und nassgeschwitzt und staubblind waren die Armadaner die letzten Meter bergan gestolpert und in den plötzlichen Schatten von Behausungen, die in die Wände der engen Schlucht hineingebaut waren.

Eine Planmäßigkeit in der Anlage war auf den ersten Blick nicht zu erkennen: Kleine würfelförmige Katen zogen sich die in der Sonne liegenden Haupthänge hinauf und besäten, wie über den Rand gefegt, die schroffen Innenseiten der Kluft, verbunden durch ein Netz in den Fels geschlagener Stufenpfade. Die Schornsteine unterirdischer Gelasse spitzten wie Pilze ringsum aus der Erde.

Maschinen waren eine reichlich vorhandene Sehenswürdigkeit. Manche arbeiteten, manche standen still. Vom Strand herbeigeschafft, penibel von Rost befreit. Eine Vielfalt kurioser und rätselhafter Formen. Bei denen, die in der Sonne standen, blinkten kleine Lampen. Als Antrieb dienten nicht die lärmenden Dampfkolben New Crobuzons und Armadas, kein öliger Qualm hing in der Luft. Dies waren heliotrope Maschinen, vermutete Bellis, ihre Flügel und Rotoren drehten sich im grellen Sonnenschein, welchen die von Sprüngen durchzogenen gläsernen Gehäuse aufsaugten und als arkane Energieströme durch die Drähte zwischen beliebigen Häusern schickten. Längere Drähte waren aus kürzeren Stücken zusammengeflickt.

Auf den flachen Dächern, an den Hängen, im tiefen Schatten der Schlucht und aus den Kronen knorriger Bäume am Ortseingang, aus Türen und Fenstern, bestaunten die Moskitomänner die Ankömmlinge. Dabei blieb es gespenstisch still, kein verblüfftes Stimmengewirr, Rufen, Fragen. Nichts als die großen Blicke der vielen Augen.

Einmal glaubte Bellis (durchzuckt von eisigem Schreck) den erratischen Flug einer weiblichen Anopheles über den Dächern zu sehen, aber die in der Nähe stehenden Männer wandten sich dorthin und warfen Steine auf die Gestalt, vertrieben sie, bevor sie die

Armadaner entdecken oder in eins der Häuser eindringen konnte.

Sie gelangten zu einer Art Marktplatz, umgeben von den gleichen lehmgelben Hütten und staksigen Sonnenmaschinen, wo die Felswände auseinander traten und Licht vom hitzebleichen blauen Himmel bis auf den Boden der Schlucht drang. Am entfernten Ende sah Bellis einen Einschnitt in den Felsen und eine schroffe Klippe und einen halsbrecherischen Pfad hinunter zum Meer.

Hier nun kam endlich jemand, um sie zu begrüßen, eine kleine Delegation nervöser Anophelesmänner, die ihre unerwarteten Besucher unter zahlreichen Bücklingen in einen großen Saal tief im Berg geleiteten.

Sie gelangten in ein inneres Gemach, das durch lange Schächte zur Oberfläche sein Licht erhielt, mittels Spiegeln, die den Tag zersplitterten und im Berg verteilten. Hier endlich waren ihnen zwei Anopheles entgegengetreten und hatten sich höflich verneigt, und Bellis (sie erinnerte sich an den Tag in Salkrikapolis – andere Sprache, gleiches Amt) war vorgetreten und hatte sie in ihrem gewähltesten Hoch-Kettai begrüßt.

Die Anopheles, statt zu antworten, schauten ratlos und verstanden offenbar kein Wort.

Bellis versuchte wieder und wieder, indem sie auf die einfachsten Phrasen des hoch komplizierten Idioms zurückgriff, sich verständlich zu machen. Die Anopheles tauschten Blicke und stießen zischende Laute aus, die sich anhörten wie Fürze.

Zu guter Letzt, während sie beobachtete, wie die Anusmünder auf- und zugingen, begriff Bellis die Wahrheit, und sie ließ sich Stift und Papier reichen.

Mein Name ist Bellis, schrieb sie. *Wir sind von sehr weit hergekommen, um mit euch zu sprechen. Könnt ihr mich verstehen?*

Als sie den Anopheles das Blatt gab, wurden ihre Augen groß, und sie schauten sich an und gurrten enthusiastisch. Der Ältere nahm Bellis' Stift.

Ich bin Mauril Crahn, schrieb er. *Es ist viele Dezennien her, seit wir Gäste hatten wie euch.* Er blickte in ihr Gesicht, in seinen Augenwinkeln bildeten sich Fältchen. *Willkommen in unserer Heimat.*

Die flötende Sprache der Anopheles besaß keine geschriebene Form. Für sie war Hoch-Kettai eine Schriftsprache, sie hatten sie nie aus jemandes Mund gehört. Während sie sich schriftlich elegant und geschmeidig auszudrücken verstanden, hatten sie keine Vorstellung davon, wie es gesprochen klingen könnte. Allein der Gedanke, Hoch-Kettai könnte »klingen«, erschien ihnen absurd. Es existierte für sie ausschließlich als Schrift.

Im Lauf von Dutzenden oder Hunderten Jahren hatte sich zwischen den Samheri-Seefahrern und Gnurr Ketts Autoritäten in Kohnid eine Symbiose entwickelt. Die Kakti aus Dreer Samher brachten Vieh zur Insel und andere Güter und ließen sich von den Anopheles mit Tauschwaren bezahlen. Diese wiederum kaufte Kohnid ihnen ab.

Gemeinsam kontrollierten sie, was dem Moskitovolk an Informationen zugänglich gemacht wurde. Über lange Zeit hatten sie Sorge getragen, dass keine andere Sprache als Hoch-Kettai je die Insel erreichte und dass kein Anopheles je Gelegenheit fand, sie zu verlassen.

Die bösen Erinnerungen an das Malariale Matriarchat wollten nicht verblassen. Kohnid spielte ein Spiel, hielt sich die brillanten Anopheles als wohlfeile Lieferanten von Wissen, enthielt ihnen alles vor, was sie womöglich in den Stand versetzte, wieder Macht zu erlangen oder aus ihrem Ghetto zu entkommen – Kohnid würde nicht riskieren, die noch einmal die Plage der Anophelesfrauen auf die Welt loszulassen –, sondern nur eben genug Material, um damit zu denken. Die Kettai erlaubten den Anopheles keine Informationen außerhalb ihrer Kontrolle: die Aufoktroyierung von Hoch-Kettai als einziger Schriftsprache war unter anderem Garant dafür, gleichzeitig blieben auf diese Weise Wissenschaft und Philosophie der Anopheles in den Händen von Kohnids Intelligentsija, die – bis auf wenige Ausnahmen – als Einzige in der Lage waren, die Epitome zu lesen.

Die Mosaiksteinchen altertümlicher Technologie im Besitz der Anopheles und die Werke ihrer Philosophen mussten erstaunlich sein, dachte Bellis, um dieses verschlungene System über einen so langen Zeitraum hinweg zu speisen. Jede Ankunft der Samherischiffe bescherte ihnen einige kritisch ausgewählte Bücher und gelegentliche Aufträge.

Unter diesen gegebenen Umständen, fragte etwa ein Theoretiker aus Kohnid, *und unter Berücksichtigung des in deinem früheren Aufsatz dargelegten Paradoxons, was ist die Antwort auf das folgende Problem?* Und handschriftliche Anophelestraktate traten die Rückreise an, in Erwiderung derartiger Anfragen, oder auch von den Anopheles selbst ausgearbeitete Thesen, die von Verlegern in Kohnid gedruckt werden sollten, ohne Honorar, selbstverständlich. Zweifellos kam es vor, dass sie von irgendeinem Kettai-Scholaren als eigener Geistesblitz ausgegeben wurden, alles zum vermehrten Prestige des Hoch-Kettai-Kanons.

Man hatte das Moskitovolk zu intellektuellem Nutzvieh degradiert.

Die Ruinen der Insel bargen alte Texte in Hoch-Kettai, das die Anopheles beherrschten, oder in toten Kryptographien, die sie geduldig entschlüsselten. Auf der langsam wachsenden Sammlung von Büchern aus Kohnid fußend sowie den schriftlichen Chroniken ihrer Vorfahren, verfolgten die Anopheles auch ihre eigenen Forschungen. Hin und wieder wurde ein daraus resultierendes Werk nach Übersee geschickt, zu den Wohltätern in Kohnid. Mit Glück wurde es sogar veröffentlicht.

Das war der Weg von Krüach Aums Buch gewesen.

Zweitausend Jahre zuvor hatte das Moskitovolk in einer kurzlebigen Tyrannis, einem Albtraum aus Blut und Pest und unstillbarem Durst, die südlichen Länder beherrscht. Bellis wusste nicht, wie gut die Anophelesmänner ihre eigene Vergangenheit kannten, aber sie machten sich keine Illusionen, was ihre Frauen anging.

Wie viele habt ihr getötet?, schrieb Crahn. *Wie viele von den Frauen?*

Und als, nach kurzem Zögern, Bellis schrieb *Eine*, nickte er und antwortete: *Das ist nur wenig.*

*

In dem Dorf gab es keine Hierarchie. Crahn war kein Herrscher. Doch er war gern bereit, zu helfen und den Gästen alles zu erzählen, was er glaubte, das sie interessieren könnte. Die Anopheles begegneten den Armadanern mit einer höflichen, gemessenen Faszination, einer kontemplativen, beinahe abstrakten Neugierde. Bellis entdeckte eine fremdartige Psychologie in diesem phlegmatischen Verhalten.

Sie schrieb die Fragen der Liebenden und Tintinnabulums so schnell mit, wie sie konnte. Noch waren sie nicht zum wichtigsten Punkt gekommen, dem Grund für ihre Anwesenheit auf dieser Insel, als sie Lärm aus dem Nebenraum hörten, wo ihre Gefährten warteten. Lautes Zetern in Sunglari und ebenso aufgebrachtes Paroli in Salt.

Die auf der Insel stationierten Händlerpiraten aus Dreer Samher waren zu ihren Schiffen zurückgekehrt und hatten die Neuankömmlinge entdeckt. Ein farbenfroh ausstaffierter Kaktushüne kam hereinstolziert, gefolgt von zweien seiner ehemaligen Landsleute, nun Armadaner, die zornig in Sunglari auf ihn einredeten.

»Sonnenscheiß!«, brüllte er in Salt, mit starkem Akzent. »Wer zum Henker seid ihr?« Er fuchtelte mit seinem schweren Entermesser in die Luft herum. »Diese Insel ist Kohnid-Territorium und für alle anderen Sperrgebiet. Wir fungieren hier als ihre Agenten und sind befugt, ihre verdammte Dependance zu schützen. Sag mir einer, weshalb ich euch nicht hier und jetzt einen Kopf kürzer machen lassen soll.«

»Madam«, sagte einer der Kakti aus Armada und stellte mit einer resignierten Handbewegung vor, »dies ist Nurjhitt Sengka, Kapitän der *Tethnegi Staubherz*.«

»Kapitän«, sagte die Liebende und trat vor, Uther Doul schräg hinter sich wie ihren Schatten. »Wie schön, Ihre Bekanntschaft zu machen. Wir haben miteinander zu reden.«

Sengka war kein Freibeuter, sondern ein verbriefter Samheripirat. Die Tage der Stationierung auf der Insel vergingen zäh, ereignislos und langweilig: nichts geschah, niemand kam, niemand ging. Alle Monate oder zwei oder sechs, kam Entsatz mit Lebendnahrung für die weiblichen Anopheles und eventuell einem Posten ausgesuchter Miscellanea für die Männer. Die Neuankömmlinge lösten ihre Landsleute ab, die überglücklich davonsegelten, an Bord ihre Kollektion an brillanten Abhandlungen und aufgearbeitetem, wissenschaftlich wertvollem Schrott.

Wer nun gerade gezwungen war, auf der Insel auszuharren, bis er abgelöst wurde, vertrieb sich die Zeit mit Zanken und Prügeleien und Wetten, strafte die Moskitofrauen mit Nichtachtung, besuchte die Männer nur, um abzuholen, was man an Proviant oder Maschinen benötigte. Offiziell bestand die Aufgabe der Samheri darin, den Zustrom an Informationen auf die Insel zu überwachen, die sprachliche Reinheit zu gewährleisten, die Kohnids Monopol erst möglich machte – und jeden Fluchtversuch eines Anopheles zu unterbinden.

Diese Vorsicht war lächerlich. Niemand kam je zu dieser Insel, nur wenige Seefahrer wussten überhaupt von ihrer Existenz. Sehr selten geschah es, dass ein vom Kurs abgekommenes Schiff vor der Küste auftauchte, jedoch die ahnungslose Besatzung fiel unfehlbar und sehr schnell dem Hunger der weiblichen Inselbewohner zum Opfer.

Und niemand verließ sie je.

Formell gesehen war die Anwesenheit der Armadaner kein Verstoß gegen das Abkommen zwischen Dreer Samher und Kohnid. Die Verständigung erfolgte ausschließlich in Hoch-Kettai, es war keine Konterbande mitgebracht worden. Andererseits, die Anwesenheit von Fremden, die sich mit den Eingeborenen verständigen konnten, war etwas nie Dagewesenes.

Sengka schaute sich wild nach allen Seiten um. Als ihm klar wurde, dass diese merkwürdigen Eindringlinge aus der geheimnisumwitterten schwimmenden Stadt Armada kamen, machte er große Augen. Immerhin, sie gaben sich höflich und schienen erpicht darauf, den Grund für ihre Anwesenheit zu erklären, und auch wenn er den Kakti, die früher seine Kameraden gewesen waren, gehässige Blicke zuwarf und Schmähungen zischte, sie Verräter schimpfte und Verachtung für die Liebende vortäuschte, lieh er ihr sein Ohr und ließ sich in den Raum zurückführen, wo die übrigen Armadaner standen.

Während die Liebende und die Kaktussoldaten und Uther Doul sich entfernten, trat Tintinnabulum neben Bellis. Er fasste sein langes schlohweißes Haar am Hinterkopf zu einem Pferdeschwanz zusammen und schirmte sie dabei mit seinen muskulösen Schultern und Armen gegen die Blicke der anderen ab.

»Nicht aufhören«, raunte er. »Fragen Sie ihn.«

Crahn, schrieb sie.

Streiflichtartig kam ihr die Absurdität der Situation zu Bewusstsein, und sie verspürte einen leichten Anflug von Hysterie. Nur ein Schritt ins Freie und sie konnte eines baldigen und unangenehmen Ablebens gewiss sein. Die Moskitofrauen würden sie wittern, diesen Schlauch voll Blut, und sie bis auf den letzten Tropfen aussaugen, so leicht, wie man einen Zapfhahn aufdreht.

Doch im Schutz dieser Höhlen, kaum eine Stunde nach dem Gemetzel auf dem Bergpfad, dem grausigen Bild der zerplatzten Anopheles neben den in der Sonne dörrenden Kadavern der ausgesaugten Tiere, stellte sie einem aufmerksamen Gastgeber höfliche Fragen in einer toten Sprache. Sie schüttelte den Kopf.

Wir suchen nach einem von deinem Volk, schrieb sie. *Wir*

wollen mit ihm reden. Es ist von allergrößter Wichtigkeit. Kennst du jemanden, der Krüach Aum heißt?

Aum, erwiderte er nicht langsamer, nicht schneller als zuvor, ohne einen Deut mehr oder weniger Interesse, *der in Ruinen nach alten Scharteken gräbt. Wir alle kennen Aum.*

Ich kann ihn zu euch bringen.

24

Gerber Walk vermisste das Meer.

Seine Haut warf in der Hitze Blasen und seine Tentakel fühlten sich wund an.

Er hatte den größten Teil des Tages wie die anderen herumgesessen und gewartet, während die Liebende und Tintinnabulum und Bellis Schneewein und die übrigen Sommitäten mit den stummen Anophelesmännern konferierten. Er und seine Gefährten unterhielten sich halblaut, kauten ihr Biltong und bemühten sich ohne Erfolg, von ihren neugierigen, reservierten Gastgebern etwas frische Kost zu erhalten.

»Dämliche arschgesichtige Wichser«, hörte Gerber von einigen hungrigen Männern.

Die Armadaner hatten die Begegnung mit den mörderischen Anophelesfrauen noch nicht verkraftet. Sie konnten nicht vergessen, dass das andere Geschlecht des Moskitovolkes gleich außerhalb der schützenden Felswände lauerte, dass die schläfrige Ruhe der Siedlung da draußen trog – sie saßen in der Falle.

Einige von Gerbers Kameraden rissen nervöse Witze über die Anophelesfrauen. »Weiber«, sagten sie und lachten zittrig über den alten Spruch, dass Frauen doch, gleich welcher Spezies, allesamt Blutsauger waren. Gerber gab sich Mühe, kein Miesmacher zu sein, aber er brachte es nicht fertig mitzulachen.

In dem großen, düsteren Felsensaal hatten sich zwei Lager gebildet. Auf einer Seite die Armadaner, auf der anderen die Dreer-Samher-Kakti. Man behielt sich gegenseitig scharf im Auge. Kapitän Sengka führte eine hitzige Diskussion in Sunglari, mit Hedrigall und zwei weiteren Kaktusleuten; seine Mannschaft verfolgte das Geschehen ratlos. Als Sengka und seine Leute endlich hinausmarschierten, entspannten sich die Armadaner. Hedrigall kam herübergeschlendert und setzte sich neben Gerber.

»Tja, er ist nicht begeistert von mir«, meinte er mit einem schiefen Grinsen. »Hat kein Hehl daraus gemacht, dass ich für ihn ein Verräter bin.« Er verdrehte die Augen. »Aber er wird sich benehmen. Er fürchtet Armada. Ich habe ihm gesagt, dass wir nicht lange bleiben, dass wir nichts Verbotenes mitgebracht haben und nichts von hier mitnehmen werden, doch er dürfte dazwischen herausgehört haben, dass Aggression von seiner Seite Krieg mit Armada bedeutet. Er wird sich zurückhalten.«

Nach einer Weile bemerkte Hedrigall, dass Gerber immer wieder die Finger beleckte und über seine Haut strich, um sie zu befeuchten. Er ging hinaus, und Gerber war tief gerührt, als der Kaktusmann eine Viertelstunde später wiederkam und drei Lederschläuche mit Salzwasser anschleppte, das Gerber über seinen Körper laufen ließ und durch seine Kiemen presste.

Anophelesmänner kamen herein und beobachteten die Armadaner. Sie nickten sich zu, pfiffen und tuteten. Gerber seinerseits beobachtete die Männer, die Vegetarier waren, beim Essen, wie sie Hände voll bunter Blüten in ihren winzigen Mund stopften und saugten, mit der gleichen Kraft, vermutete Gerber, mit der die Weibchen lebendes Fleisch aussaugten. Dann pusteten sie mit einem kleinen Luftstoß die verbrauchten Blätter aus, knittrig, dünn wie Seidenpapier, trocken und farblos.

*

Das armadanische Fußvolk ließ man stundenlang dürsten und schwitzen, während die Liebende und Tintinnabulum Pläne schmiedeten. Endlich verließen, geführt von einem Anopheles, Hedrigall und einige andere Kakti den Felsensaal.

Das Licht, welches durch die Schächte hereindrang, verblasste bereits. Die Sonne sank schnell. Durch die kleinen Schlitze und mittels der Spiegel konnte Gerber sehen, wie der Himmel sich violett färbte.

Sie richteten sich für die Nacht ein, unbequem, wo sie saßen und lagen. Die Anopheles hatten den Boden dick mit Binsen bestreut. Die Nacht war heiß. Gerber zog sein stinkendes Hemd aus und faltete es zu einem Kissen. Er spülte sich noch einmal mit Salzwasser ab und sah, dass überall im Raum seine Gefährten ebenfalls durch die Umstände bedingte notdürftige Waschungen vornahmen.

Nie zuvor in seinem ganzen Leben war er derartig müde gewesen. Ihm war, als hätte man ihm jedes Fünkchen Energie ausgesaugt und durch die Nachtschwüle ersetzt. Er bettete den Kopf auf das von seinem eigenen Schweiß feuchte, behelfsmäßige Kissen, und trotz der harten Bettstatt fiel er sofort in tiefen Schlummer.

Als er aufwachte, glaubte er, es seien nur Minuten vergangen, dann sah er das Tageslicht und stöhnte. Sein Kopf tat weh, und er trank gierig aus den Wasserkrügen, die man ihnen hingestellt hatte.

Während einer nach dem anderen auch die übrigen Armadaner erwachten, traten die Liebende und Doul und Schneewein aus dem kleinen Nebengelass, begleitet von den Kakti, die am Abend zuvor ausgeschickt worden waren. Sie sahen müde und staubig aus, aber sie grinsten. Ein sehr alter Anopheles war bei ihnen. Er trug den gleichen Kittel wie seine Landsleute und sein Gesicht zeigte den gleichen Ausdruck verhaltenen Interesses.

Die Liebende wandte sich an die versammelten Armadaner. »Dies«, verkündete sie, »ist Krüach Aum.«

*

Krüach Aum verneigte sich, seine Greisenaugen musterten die Fremden.

»Ich weiß, dass viele von Ihnen über den Zweck dieser Reise gerätselt haben«, fuhr die Liebende fort. »Man hat Ihnen nur gesagt, es gäbe auf dieser Insel etwas, das wir brauchen, das für die Köderung des Avanc von entscheidender Bedeutung ist. Nun, dies ist«, sie zeigte auf Aum, »das oder vielmehr der Gesuchte. Krüach Aum weiß, wie man einen Avanc aus der Tiefe herbeiruft.« Sie wartete einen Moment, damit ihre Zuhörer das Gesagte verarbeiten konnten.

»Wir sind hergekommen, um von ihm zu lernen. Unser Vorhaben umfasst viele verschiedene Teilgebiete. Der Komplex des Einschirrens des Avanc und seiner Lenkung verlangen den Einsatz einer Technik, die ebenso kompliziert ist wie unsere Maßnahmen im Bereich Thaumaturgie und Thalassographie. Werte Schneewein wird für uns dolmetschen. Es ist ein zeitaufwendiger Prozess, deshalb muss ich alle ersuchen, sich in Geduld zu fassen.

Wir hoffen, in ein, zwei Wochen dieses Eiland wieder verlassen zu können, aber um diesen Termin einzuhalten, heißt es hart und unverdrossen arbeiten.« Sie schwieg, dann löste sich plötzlich ihre strenge Miene, und ein unerwartetes Lächeln breitete sich über ihr Gesicht. »Gratulation Ihnen allen. Uns allen. Dies ist ein großer, großer Tag für Armada.«

Und obwohl die meisten Anwesenden nur eine schemenhafte Vorstellung davon hatten, was sie meinte, zeigten ihre Worte die beabsichtigte Wirkung, und auch Gerber stimmte in die Hochrufe ein.

*

Die Kakti schlugen rings um die Siedlung ihr Lager auf. Sie fanden leer stehende Räume, die den Armadanern Schutz vor den weiblichen Anopheles boten und etwas mehr Bequemlichkeit. In kleinen Gruppen zogen sie ein.

Die Anophelesmänner legten eine stets gleich bleibende leidenschaftslose Neugier an den Tag, wollten reden, wollten dabei sein. Schnell wurde klar, dass Aum sich einer zweifelhaften Reputation erfreute: Er lebte und arbeitete allein. Aber, beflügelt vom Auftauchen der Fremden, wetteiferten die klügsten Köpfe der Siedlung darum, helfen zu dürfen. Die auf der *Trident* versteckt mitgeführten Waffen hätten nicht überflüssiger sein können. Aus Höflichkeit gestattete die Liebende ihnen, an den Konsultationen teilzunehmen, obwohl sie ausschließlich Aum zuhörte, und sie wies Bellis an, alle anderen Beiträge nur in Stichworten wiederzugeben.

Während der ersten fünf Stunden des Tages saß Aum mit den Wissenschaftlern Armadas zusammen. Sie diskutierten über sein Buch und zeigten ihm den beschädigten Appendix. Zwar besaß er, zu ihrem Erstaunen, selbst kein Exemplar, doch er hatte den Inhalt im Kopf, und mit Hilfe eines Abakus und einiger der omnipräsenten geheimnisvollen Maschinen war er in der Lage, die Lücken zu schließen.

Nach dem Essen – und die Kakti hatten für ihre Kameraden essbare Pflanzen und frischen Fisch beschafft, um die getrockneten Rationen zu bereichern – gingen die Ingenieure und Mechaniker mit Krüach Aum in Konklave. Gerber und seine Kameraden diskutierten vormittags über Belastungsgrenzen und Maschinenkapazitäten, fertigten grobe Skizzen an und stellten Listen mit Fragen zusammen, die sie Aum am Nachmittag schüchtern vorlegten.

Die Liebende und Tintinnabulum waren bei allen Zusammenkünften anwesend; sie hatten ihren Platz neben Bellis Schneewein. Die Frau musste am Ende ihrer Kräfte sein, dachte Gerber mitfühlend. Ihre Schreibhand war verkrampft und voller Tinte, aber weder beklagte sie sich, noch bat sie um eine Pause. Sie ließ in endlosem Hin und Her die Fragen und Antworten durch sich hindurchgehen und schrieb, schrieb unzählige Blätter voll mit der Übersetzung von Salt in Hoch-Kettai und übersetzte Hoch-Kettai in Salt.

*

Den Abschluss eines jeden Tages bildete eine kurze Phase der Angst, wenn die Menschen, der Hotchi und die Khepri in kleinen Trupps zu ihren Quartieren hasteten. Kein Weg dauerte länger als eine halbe Minute, trotzdem wurden sie von bewaffneten Kakti bewacht und männlichen Anopheles, die bereit waren, ihre Gäste mit Stöcken und Wurfgeschossen und Hupen vor ihren todbringenden Frauen zu beschützen.

Gerber teilte sich die aus zwei Kammern bestehende Unterkunft mit einer Kollegin. Sie hatte sich zu Bett begeben. Er lag noch eine Zeit lang wach.

»Es kommt noch jemand«, sagte eine Kaktusstimme draußen vor dem Fenster, und beide zuckten zusammen. »Nicht den Riegel vorschieben.«

Gerber blies die Kerze aus und schlief ein. Doch als viel später Bellis Schneewein von einem Kaktus zur Tür eskortiert wurde, auf Zehenspitzen hereinkam, den Riegel vorlegte und halb tot vor Erschöpfung durch Gerbers Kammer in ihren Schlafraum wankte, wachte er auf und sah sie.

*

Selbst an einem heißen und exotischen Ort wie diesem und ungeachtet der lauernden Gefahr, entfaltete die Routine ihre Macht.

Einen Tag dauerte es, nicht länger, bis die Armadaner in ihr Gleis eingefahren waren. Die Kaktussoldaten furagierten und angelten und versahen ihren Dienst als Schutzwache, und transportierten den Abfall der Armadaner, wie es die Anopheles taten, zu dem Einschnitt am Ende des Dorfes und warfen ihn von der Felskanzel dort ins Meer.

Jeden Vormittag arbeiteten Aum und seine täglich wechselnden Anophelesbegleiter mit Armadas Wissenschaftlern, nachmittags folgten die Sitzungen mit den Praktikern. Es war eine auslaugende, in Schweiß getränkte, endlose Maloche. Bellis verfiel in einen Zustand halber Trance. Sie wurde zu einem schreibenden Roboter, der nur existierte, um grammatisch zu analysieren und zu übersetzen und aufzuschreiben und Antworten vorzulesen.

Die Bedeutung des meisten blieb ihr verborgen. Einige Male, selten, musste sie das Glossar ihrer selbst verfassten Monographie des Hoch-Kettai zu Rate ziehen. Sie hielt sie vor den Anopheles verborgen. Sie wollte nicht dafür verantwortlich sein, dass sie eine andere Sprache lernten, aus ihrem Gefängnis ausbrachen.

Die auf der Insel vorhandene Büchersammlung war ein thematisches Ambigu, meistenteils theoretisierende Werke von höchster Abstraktheit. Die Autoritäten in Kohnid und Dreer Samher enthielten ihren Subjekten an Literatur alles vor, wovon sie glaubten, es könne sie verlocken, den Blick über den Rand ihrer Insel hinauszurichten. So gut wie nichts drang aus der Welt draußen zu den Anopheles vor; um sich ein Bild davon machen zu können, mussten sie die Ruinen ihrer Vorfahren auf der entgegengesetzten Seite der Insel durchforsten.

Hin und wieder gruben sie Fabeln aus, wie die Geschichten von dem Mann, der den Avanc aus der Tiefe heraufbeschwor.

Geschichten entwickelten sich aus sich selbst. Kleine Referenzen in abstrusen philosophischen Texten, Fußnoten, vage im Volksgedächtnis verankerte Erinnerungen: Das Moskitovolk besaß seine eigenen verblassten Legenden.

Bellis bemerkte keine unbeherrschbare Neugierde auf die große weite Welt, wie sie erwartet hätte; die Anopheles schienen einzig vom Abstrakten fasziniert zu sein. In Krüach Aum jedoch glomm der Funke eines realeren, pragmatischeren Wissensdurstes.

Im Meer gibt es Strömungen, schrieb er, *die wir messen können, die nicht geboren sein können in unseren Wassern.*

Aum hatte auf der höchsten konzeptuellen Ebene

begonnen und sich selbst die Existenz des Avanc bewiesen. Die Wissenschaftler aus Armada lauschten gebannt, während Bellis stockend seine Geschichte übersetzte. Von drei oder vier gekritzelten Gleichungen zu einer ganzen Seite logischer Theoreme, alles durchforstend, was er an Sachbüchern über Biologie, Ozeanologie, Dimensionsphilosophie auftreiben konnte. Eine Hypothese. Resultate überprüfen, abgleichen mit den Details des Berichts von der ersten Köderung.

Die Wissenschaftler seufzten und nickten aufgeregt zu den Gleichungen und Formeln, die sie in Salt transkribierte.

Und nach dem Mittagessen sammelte Bellis ihre Kräfte für die Sitzung mit den Technikern.

Gerber Walk war einer der Ersten, der den Mund aufmachte. »Mit was für einer Art von Kreatur haben wir es zu tun?«, fragte er. »Was werden wir brauchen, um sie zu lenken?«

Viele der Techniker waren Gepresste, einige davon waren Remade. Sie war umgeben von Kriminellen, merkte Bellis, die meisten davon aus New Crobuzon. Sie sprachen Salt mit dem Akzent aus Dog Fenn und Badside, gepfeffert mit Ghettoargot, den sie seit Monaten nicht mehr gehört hatte, und im ersten Moment stutzte sie. Die Spezifika dieser Facette des großen Projekts waren ihr ebenso ein Buch mit sieben Siegeln wie die Formeln der Wissenschaftler. Man fragte nach der Dicke von Stahl und Eisen und diversen Legierungen und der Wabenstruktur der Ketten unter Armada und der Kraft des Avanc. Bald diskutierte man über Dampfmaschinen und Gasturbinen und Steinmilch und die Verbindungselemente des Geschirrs, und Trense und Zügel mit den Ausmaßen von Schiffen.

Sie wusste, es konnte ihr nützen, aus all dem klug zu werden, doch es ging über ihren Horizont, und sie ließ es bleiben.

*

An diesem Abend, als einer der Menschen in sein Quartier gebracht wurde, drang eine weibliche Anopheles auf ihn ein und streckte, sinnloses Kauderwelsch brabbelnd, die Hände nach ihm aus, und einer der Kaktussoldaten tötete sie mit seinem Köpfer.

Bellis hörte das Schwirren und den dumpfen Schlag und schaute durch den Fensterschlitz. Die Anophelesmänner stießen klagende Laute aus ihren Sphinktermündern, knieten neben der Toten nieder und betasteten sie. Ihr Mund stand offen, der Rüssel hing heraus wie eine dicke, steife Zunge. Sie hatte kürzlich Nahrung zu sich genommen. Das rasiermesserscharfe Tschakra hatte den aufgedunsenen Körper fast in zwei Hälfte geschnitten, und große Mengen Blut sickerten in die Erde, sammelten sich zu staubigen Pfützen.

Die Männer schüttelten den Kopf. Einer, der neben ihr stand, zupfte an Bellis' Arm und schrieb etwas auf ihren Block.

Unnötig. Sie war nicht hungrig.

Und dann erklärte er ihr den Sachverhalt und Bellis schwindelte vor der Monstrosität des Ganzen.

*

Bellis gierte nach einem Moment Alleinsein. Sie hatte jede Minute des Tages in Gesellschaft verbracht, und die ständige Nähe anderer laugte sie aus. Daher, nachdem am Abend die Arbeit getan war und die Wissenschaftler untereinander debattierten, sich auf einen Bereich für die Befragung des nächsten Tages zu einigen versuchten, entschlüpfte sie in das kleine Seitengemach, in dem Glauben, es sei leer.

War es nicht.

Mit einer gemurmelten Entschuldigung wollte sie sich zurückziehen, doch Uther Doul kam ihr zuvor.

»Bitte bleiben Sie«, sagte er.

Sie drehte sich wieder um, spürte doppelt schwer das Gewicht des Kastens, den Silas ihr gegeben hatte, in ihrem Ranzen.

Doul hatte trainiert. Er stand in der Mitte des Raums, entspannt, das blanke Schwert in der Faust. Es war eine gerade Waffe, zweischneidig, etwas weniger als einen Meter lang und weder imposant noch ziseliert noch mit magischen Symbolen versehen.

Die Klinge schimmerte weiß. Plötzlich bewegte sie sich, flimmernd wie Wasser, geräuschlos. Zu schnell für das Auge, war sie in der Scheide verschwunden.

»Ich bin fertig hier, werte Schneewein«, sagte er. »Der Raum gehört Ihnen.« Doch er ging nicht.

Bellis nickte dankend, setzte sich hin und wartete.

»Hoffen wir, dass dieser unglückliche Todesfall nicht unsere Beziehungen zu den Anophelesmännern beeinträchtigt«, bemerkte er.

»Das steht nicht zu befürchten«, antwortete Bellis. »Sie hegen keine Rachegelüste, wenn ihre Frauen zu Tode kommen. Es ist ihr Schicksal.« *Er weiß das alles*, schoss es ihr durch den Kopf. *Er macht Konversation mit mir, wie schon auf der Fahrt.*

Doch trotz ihres erwachten Misstrauens: Die Fakten, in die man sie soeben eingeweiht hatte, waren derart tragisch und faszinierend, dass sie sie teilen wollte; sie wollte, dass noch ein anderer sie kannte.

»Die Anopheles besitzen keine umfassende Kenntnis ihrer eigenen Geschichte, aber sie wissen, dass die Kakti – die mit Pflanzensaft in den Adern – nicht das einzige Volk jenseits des Meeres sind. Sie wissen von uns, denen mit rotem Blut, und sie wissen, weshalb normalerweise keiner von uns den Fuß auf ihre Insel setzt. Sie haben die genauen Begebenheiten im Zusammenhang mit dem Malarialen Matriarchat vergessen, aber sie bewahren eine Ahnung, dass ihre Frauen Unrecht begangen haben, vor langer, langer Zeit.« Sie machte eine Pause, damit diese Untertreibung wirken konnte. »Ihr Verhältnis zu ihnen ist weder von Zuneigung noch von Abscheu geprägt.«

Eher von einem melancholischen Pragmatismus. Sie wünschten ihren Frauen nichts Böses, sie kopulierten eifrig mit ihnen, einmal im Jahr, ignorierten sie die übrige Zeit wo möglich und töteten sie, wenn notwendig.

»Sie hatte es nicht auf sein Blut abgesehen«, fuhr Bellis fort. Sie achtete darauf, dass ihre Stimme nichts von ihren Empfindungen verriet. »Sie war satt. Die weiblichen Anopheles sind – sie denken. Auch wenn man es nicht glauben mag, sie haben Verstand. Es ist der Hunger, hat er mir erklärt. Sie brauchen lange, lange, bis sie in Gefahr kommen zu verhungern. Sie können ein ganzes Jahr ohne Nahrung existieren, schreien in Hungerqualen während all der Wochen: Sie können an nichts anderes denken. Aber wenn sie getrunken haben, wenn sie satt sind – wirklich gesättigt – gibt es einen Tag oder zwei, vielleicht eine Woche, wo der Hunger sie nicht quält. Und das ist die Zeit, in der sie versuchen, sich zu verständigen.

Er schilderte, wie sie in Schwärmen aus den Sümpfen kommen, auf dem Marktplatz landen und die Männer ankreischen, sich bemühen, Worte zu bilden. Aber sie konnten nie sprechen lernen. Sie waren immer zu hungrig. Sie wissen, was sie sind.«

Bellis fing Uther Douls Blick auf. Sie erkannte Respekt darin. »Sie wissen es. Ab und zu ist es ihnen möglich, sich zu beherrschen, wenn der Bauch voll ist und der Verstand klar für ein paar Tage oder Stunden, und sie begreifen, was sie tun, wie sie leben. Sie sind genauso intelligent wie Sie oder ich, aber von Geburt an ist der Hunger eine zu große Ablenkung und nur alle paar Monate, für wenige Tage, können sie sich konzentrieren und versuchen zu lernen.

Nun ist leicht zu sehen, dass sie nicht den gleichen Mund haben wie die Männer, deshalb können sie nicht die gleichen Laute hervorbringen. Nur die unerfahrenen, die jüngsten, versuchen, die Anophelesmänner nachzuahmen. Wenn der Rüssel eingezogen ist, haben ihre Sprechwerkzeuge mehr Ähnlichkeit mit unseren.« In seinen Augen blitzte Begreifen.

»Ihre Stimmen klingen wie unsere«, sprach sie leise weiter. »Sie haben nie Sprache gehört, die sie hätten nachahmen können. Voll und satt wie sie war, gepeinigt von dem Bewusstsein, sich nicht verständigen zu können, muss es für sie wie ein Rausch gewesen sein, uns alle plappern zu hören, in Lauten, die auch ihr möglich waren. Deshalb hat sie sich diesem Mann genähert. Sie wollte mit ihm reden.«

*

»Das ist ein ungewöhnliches Schwert«, äußerte sie wenig später.

Er zögerte für einen winzigen Moment (die erste Unsicherheit, die Bellis an ihm bemerkte), dann zog er es mit der rechten Hand heraus und streckte es ihr hin, zur Betrachtung.

In den Ballen seiner rechten Hand waren drei kleine Metallknöpfe – so sah es aus – eingebettet und verbunden mit dem aderngleichen Drähtegewirr, das unter seinem Ärmel zur Achsel führte und von da hinunter zu einem kleinen Paket an seinem Gürtel. Das Heft des Schwertes war mit Leder oder Haut überzogen, nur an einer Stelle schaute das blanke Metall hervor, genau dort, wo die Kontakte an seiner Hand zu liegen kamen, wenn er den Griff umfasste.

Die Klinge bestand nicht, wie Bellis vermutet hatte, aus gefärbtem Stahl.

»Darf ich es anfassen?«

Doul nickte. Sie tippte mit dem Fingernagel auf die flache Seite. Das Material hatte einen stumpfen, toten Klang.

»Keramik«, erläuterte er. »Porzellan ähnlicher als Eisen.«

Die Klingenflächen besaßen nicht den matten Schein von geschliffenem Stahl, sie waren weiß mit einem Gelbstich, wie Zähne oder Elfenbein.

»Sie schneidet durch Fleisch und Bein«, erklärte Doul mit seiner melodischen Stimme. »Dies ist nicht Keramik, wie man sie kennt, aus der man seinen Tee trinkt. Sie ist nicht biegsam, federt nicht – ihr fehlt die Elastizität von Stahl –, aber sie ist auch nicht spröde. Und sie ist hart.«

»Wie hart?«

Uther schaute sie an und wieder fühlte sie seinen Respekt. Etwas in ihrem Innern antwortete darauf.

»Diamant.« Er warf das Schwert zurück in die Scheide, wieder mit einer fließenden, kaum mit dem Auge zu fassenden Bewegung.

»Wo stammt die Waffe her?«, forschte sie, doch er blieb die Antwort schuldig. »Aus demselben Land wie Sie?« Bellis war erstaunt über ihre Beharrlichkeit und – was? Ihren Mut?

Sie hatte nicht das Gefühl, mutig zu sein, vielmehr kam es ihr vor, als sei zwischen ihr und Uther Doul der Funke eines Einverständnisses übergesprungen. An der Tür drehte er sich halb zu ihr herum und neigte zum Abschied den Kopf.

»Nein«, sagte er, »man könnte kaum weiter neben das Ziel treffen.« Zum ersten Mal sah sie ein Lächeln über sein Gesicht huschen, ein lidschlagkurzes Aufleuchten. »Gute Nacht.«

Damit ging er hinaus und Bellis genoss die Augenblicke des Alleinseins, nach denen sie sich gesehnt hatte, versenkte sich in ihre eigene Gesellschaft. Sie atmete tief ein. Und endlich erlaubte sie sich, über Uther Doul nachzudenken. Weshalb er sich mit ihr unterhielt, ihre Gesellschaft duldete, sie achtete – scheinbar.

Sie konnte nicht klug aus ihm werden, aber sie entdeckte in sich eine Art Verbundenheit mit ihm, gewoben aus Eigenschaften, die sie gemeinsam hatten, wie Zynismus, Eigenbrötelei, Stärke und Verständnis, und dazu kam – ja – Anziehungskraft. Schwer zu sagen, wann sie aufgehört hatte, ihn zu fürchten. Schwer zu sagen auch, was er in Bezug auf sie dachte und fühlte.

25

Aus zwei Tagen wurden drei und vier und dann war eine Woche vergangen, jede wache Stunde in dem schrägen Licht der kleinen Kammer im Berg. Bellis kam es vor, als ob ihr die Augen im Kopf verdorrten, nur noch die unterirdischen Braun- und Grautöne wahrnehmen konnten und am Rande halbherzige, konturlose Schatten.

Abends jedes Mal der gleiche kurze Trab durchs Freie, dabei riss sie die Augen weit auf, um lebendiges Licht zu sehen und Farben, und sei es nur das fahle Pastell dieses Himmels. Manchmal tönte das Mückengesurr der Frauen durch die Luft, zu ihrem namenlosen Entsetzen, manchmal blieb alles still. Doch immer hielt sie sich dicht an der Seite des Kaktussoldaten oder Kustküras', der sie begleitete.

Es kam vor, dass man die weiblichen Anopheles oben an den Öffnungen der langen Fensterschächte murmeln und kratzen hörte. Die Moskitofrauen waren abstoßend und stark, und ihr Hunger war ein Drang von elementarer Macht. Sie schreckten nicht davor zurück, jeden Blutsack zu töten, der sich auf ihre Insel verirrte, verleibten sich an einem einzigen Tag eine ganze Schiffsbesatzung ein und lagen dann dick und satt am Strand. Trotz allem umgab eine unauslöschliche Tragik die Frauen dieses Inselghettos.

Bellis wusste nicht, welcher Kette von Umständen das Malariale Matriarchat seine Entstehung verdankte, aber es musste eine groteske Irrung des Schicksals gewesen sein. Unvorstellbar, diese kreischenden Vetteln an zivilisierten Gestaden, wo ihr stupides Schreckensregime einen halben Kontinent entvölkerte.

Das Essen gab der Umgebung an Eintönigkeit nichts nach. Bellis Zunge nahm den Fisch- und Grasgeschmack nicht mehr wahr; mit Todesverachtung kaute sie alles herunter, was die Kakti an mit Rost gemästeten Meeresbewohnern in der Bucht fangen konnten, was sie an essbaren Pflanzen ausgruben.

Die Samheri tolerierten die Anwesenheit der Armadaner, ließen aber merken, dass sie den ungebetenen Besuchern nicht über den Weg trauten. Kapitän Sengka machte es sich zur Gepflogenheit, die armadanischen Kakti in schnarrendem Sunglari als wetterwendisch und Vaterlandsverräter zu beschimpfen.

Jeder Vormittag eifriger Berechnungen steigerte die Erregung der Wissenschaftler. Notizblätter, -blöcke, -kladden stapelten sich zu Bergen. Der Funke, der Krüach Aum von seinen Landsleuten unterschied – Bellis definierte ihn für sich als echte Neugier – glomm heller.

Bellis musste all ihre Kräfte mobilisieren, aber sie tat eisern ihre Pflicht. Inzwischen übersetzte sie, ohne auch nur zu begreifen, was sie hin und her vermittelte, als wäre sie eine Rechenmaschine, die Formeln zerlegte und neu zusammensetzte. Dabei vergaß sie nie, dass sie für die Männer und Frauen, die über den Tisch gebeugt mit Aum theoretisierten, mehr oder weniger unsichtbar war.

Sie konzentrierte sich auf Stimmen, als wären sie Musik: der feierliche Bass Tintinnabulums, das exaltierte Stakkato Fabers, die an- und abschwellenden Oboentöne des Biophilosophen, dessen Namen Bellis sich partout nicht merken konnte.

Aum schien keine Müdigkeit zu kennen. Nachmittags, während der Sitzungen mit Gerber Walk und den anderen Technikern, musste Bellis gegen die einsetzende Erschöpfung ankämpfen, Aum jedoch war munter wie am Morgen, wechselte mühelos von den konzeptuellen und philosophischen Problemen im Zusammenhang mit dem Avanc zu den handfesten Belangen der Köderung und Bändigung einer Kreatur von der Größe einer Insel, und wenn schwindende Helligkeit und allgemeine Erschlaffung dem Tagwerk ein Ende machten, war es nie Aum, der darum bat, entlassen zu werden.

Natürlich blieb Bellis nicht verborgen, dass die Fragen, mit denen man angereist war, beantwortet wurden, eine nach der anderen. Aum hatte nicht lange gebraucht, um seinen Datenappendix neu zu schreiben, und die Armadaner nutzten die Gelegenheit, fleißig Irrtümer, Kalkulationsfehler und Lücken in seinen Angaben aufzuzeigen. Ihre Begeisterung konnte man fühlen, sie waren trunken davon. Dies Projekt, dem sie dienten, grenzte an Größenwahn, und doch, nach und nach, wurden die Probleme, die Einwände, die Hindernisse aus dem Weg geräumt. Sie standen dicht vor der Verwirklichung einer Sensation. Die Erkenntnis, dass es möglich sein könnte zu vollbringen, was bisher nur gedacht war, versetzte sie in Euphorie.

*

Auch wenn Bellis nicht daran dachte, mit den Armadanern zu fraternisieren, konnte sie nicht vermeiden, während ihrer gemeinsamen Tage auf der Insel mit dem ein oder anderen ein paar Worte zu wechseln. »Da bitte und wohl bekomm's«, sagte vielleicht einer, der ihr eine Schüssel mit fadem Eintopf gebracht hatte, und ihm ein Dankeschön zu verwehren, hätte geheißen, ihn ganz ungerechtfertigt vor den Kopf zu stoßen.

Manchmal, abends, bei Würfelspiel und Gesang (letzteres faszinierte die Anopheles mit ihren hauchenden Stimmen), ergab sich fast eine Unterhaltung.

Der Einzige, den sie mit Namen kannte, war Gerber Walk. Die Tatsache, dass sie mit ihm auf der *Terpsichoria* gewesen war – sie auf dem Passagierdeck, er im Kielraum hinter Gittern –, hatte den Boden für eine unbefangene Bekanntschaft zwischen ihnen vergiftet, obwohl sie ihn für einen im Grunde toleranten Menschen hielt. Er gehörte zu denen, die ab und zu den Versuch machten, sie ins Gespräch einzubeziehen. Bellis kam der armadanischen Bevölkerung näher als je zuvor in Armada. Man erlaubte ihr, sitzen zu bleiben, wenn Geschichten erzählt wurden. Die meisten handelten von Geheimnissen. Sie erfuhr von den Ketten, die unter Armada hingen. Uralt, seit Jahrhunderten hinter Blendwerken versteckt, die Arbeit vieler Jahre und der Gegenwert vieler Schiffe an Eisen. »Lange bevor die Liebenden sich entschlossen, von ihnen nach ihrer Bestimmung Gebrauch zu machen«, meinte der Erzähler einer Aventiure, »wurde das Gleiche schon einmal versucht.«

Auch Uther Doul war Thema der Fabulanten.

»Er kommt aus dem Land der Toten«, sagte irgendwann einer, verschwörerisch. »Freund Doul wurde vor mehr als dreitausend Jahren geboren. Er war's, der das Aufbegehren in Gang gebracht hat. Er wurde als Sklave geboren, im Geisterhaupt-Imperium, und er stahl das Zauberschwert und erkämpfte sich die Freiheit und zerstörte das Reich. Er starb. Doch ein Krieger gleich ihm, der größte Kämpfer, den die Welt je hervorgebracht hat – er war der einzige Mensch, dem es gelingen konnte, den Weg aus der Schattenwelt zu finden, zurück zu den Lebenden.«

Die Zuhörer kommentierten sein Garn mit Äußerungen gutmütigen Spotts. Sie glaubten ihm kein Wort, andererseits – wusste man, was man glauben sollte, wenn es um Uther Doul ging?

Doul selbst verbrachte seine Tage ruhevoll. Die Person, deren Gesellschaft er hauptsächlich suchte, der Einzige, den man so etwas wie einen Freund nennen konnte, war Hedrigall. Der Kaktusaeronaut und der Menschenkrieger unterhielten sich oft halblaut in einer Ecke des Raums. Ihr steifes Verhalten wirkte, als hielten sie Freundschaft für eine Schwäche, deren man sich schämen musste.

Nur noch eine weitere Person gab es, mit der Uther Doul gelegentlich Umgang pflegte, und das war Bellis.

Sie hatte nicht lange gebraucht, um zu durchschauen, dass die scheinbar unabsichtlichen Zusammentreffen, die knappen Nettigkeiten, nicht zufällig waren. Auf eine umständliche, schüchterne Weise versuchte er, Freundschaft mit ihr zu schließen.

Bellis hatte keine Ahnung, was ihn dazu bewog. Was auch immer, sie traute sich zu, damit fertig zu werden. Auch wenn ein Hauch von Gefahr dabei war, ein Teil von ihr genoss den Kitzel dieser Begegnungen – die förmliche Atmosphäre, das leichte Knistern in der Luft. Koketterie war nicht im Spiel; sie machte sich nicht durch billige Tändelei zum Narren, oder indem sie durchblicken ließ, sie sei zu haben. Jedoch, sie spürte eine gewisse Anziehung und war ärgerlich auf sich selbst.

Bellis dachte an Silas. Nicht mit schlechtem Gewissen, allein die Vorstellung war lachhaft. Nein, sie musste daran denken, wie Silas sie damals zu dem Assault mitgenommen hatte, eigens, damit sie Uther Doul kämpfen sah. *Das ist, was uns daran hindert zu fliehen,* hatte er gesagt, und sie konnte sich nicht leisten, die Warnung zu vergessen. *Weshalb,* fragte sie sich jetzt, *solltest du die Dummheit begehen, dich mit Uther Doul einzulassen?*

Sie spürte, tief in ihrem Ranzen vergraben, das Gewicht des Kastens, den Silas ihr gebracht hatte. Nicht für eine Minute hatte sie vergessen, dass sie auf dieser Insel eine Aufgabe zu erfüllen hatte (und allmählich darüber nachdenken sollte, wie). Das machte sie und Doul zu Gegnern.

Bellis wusste, weshalb sie die Gespräche nicht verweigerte. Nur selten konnte sie die Gesellschaft von jemandem genießen, der ebenso gut oder besser darin geübt war, sich die Welt vom Leib zu halten, ihr nichts von seiner Seele zu zeigen. Daher rührte die gegenseitige Achtung. Schnörkellos mit jemandem reden können, ohne das ritualisierte verbindliche Mienenspiel; zu wissen, was an ihrer Person und Wesensart auf die meisten Leute einschüchternd wirkte, erschreckte ihn nicht, und vice versa, das war selten und eine Freude.

*

Eigentlich erforderte die Situation, fand Bellis, dass sie auf eine Stadt hinunterschauten, bei Nacht. Von einem Balkon. Oder dass sie, die Hände in den Taschen, durch romantische Gässchen schlenderten.

Stattdessen befanden sie sich in einem kleinen Raum, der vom Hauptsaal abzweigte, standen dicht unter einem der Fensterschlitze und Bellis, der Gesteinsfarben herzlich überdrüssig, starrte begierig auf den kleinen Ausschnitt nachtheller Schwärze.

»Verstehen Sie das alles?«, fragte sie.

Doul wiegte unentschlossen den Kopf. »Genug«, meinte er bedächtig, »um zu wissen, dass sie fast alles haben, was sie brauchen. Mein Fachgebiet ist ein gänzlich anderes. Meine Forschungen beginnen – hiernach. Übrigens wird man Ihnen bald eine neue Tätigkeit zuweisen. Man wird Sie auffordern, ihn in Salt zu unterrichten.«

Bellis machte große Augen, Doul nickte.

»Ein Verstoß gegen die von Dreer Samher und Kohnid aufgestellten Regeln, aber es findet keine Kontamination der Insel mit neuem Wissen statt. Aum wird mit uns kommen.«

Natürlich, dachte Bellis.

»Also«, fuhr Doul fort, »kehren wir zurück. Mit unserer Trophäe. Es ist ein monumentales Unterfangen, das wir planen. Armada hat seit unserem Aufbruch auf einem Lager von Öl und Steinmilch gesessen – Vorräte anlegen für die Köderung. Sobald wir wieder da sind, geht die Reise weiter zum Schluckloch, und dort machen wir Gebrauch von unserem Treibstoff und unserer Kirrung und den Ketten, die wir schmieden, und so weiter, und wir – angeln uns einen Avanc.« Es klang sehr undramatisch.

Beide schwiegen lange.

»Und dann«, sagte Doul schließlich, sehr leise, »beginnt unsere Arbeit.«

Bellis sagte nichts.

Ich wusste, dass du mit mir spielst, dachte sie kalt.

Was für eine Arbeit beginnt?

Überrascht war sie nicht. Es erschütterte sie nicht besonders zu erfahren, dass der Avanc nur der Anfang einer großen Vision der Liebenden war, dass mehr dahinter steckte, eine Zukunft für Armada, von der noch so gut wie niemand etwas wusste – und ganz bestimmt nicht sie.

Nur, dass sie jetzt eingeweiht war, indirekt.

Sie verstand nicht, weshalb Doul ihr davon erzählte. Seine Motive waren undurchschaubar. Bellis hatte jedoch keine Zweifel, dass sie benutzt wurde. Sie nahm es nicht einmal übel, sie erwartete nichts anderes.

*

Am folgenden Morgen erhob sich die Sonne über der Leiche eines Menschen, eines der Techniker. Das verdorrte Gerippe war eingeschnürt in das Korsett der eng zusammengeschnurrten Haut, die ihm die Arme gekreuzt dicht an die Brust drückte, die Hände zu Krallen bog; der Rücken war gekrümmt wie von der Last hohen Alters.

In der tiefen Grube unterhalb des Rippenbogens sah man abgezeichnet die verknäuelten Schläuche seiner eingetrockneten Gedärme. Die Augäpfel waren zu Dörrobst verschrumpelt. In seinem weit aufgerissenen Mund schimmerte das Zahnfleisch fast ebenso weiß wie die Zähne.

Im Kreis gurrender Moskitomänner drehte Hedrigall ihn herum *(wippend auf seinem Sichelrücken wie ein Schaukelpferd)* und fand das riesige Loch zwischen seinen Rippen, wo die Anophelesfrau ihren Rüssel in ihn hineingedolcht hatte.

Die Armadaner waren lax geworden. Der Todesfall rüttelte sie auf.

»Dämlicher Idiot«, hörte Bellis Gerber Walk murmeln. »Was hat er da draußen zu schaffen gehabt?« Er wandte dem Fenster den Rücken zu, um nicht sehen zu müssen, wie Hedrigall sich bückte und mit grimmiger

Zärtlichkeit die traurigen Überreste aufhob und davonging, den Haut-und-Knochen-Mann auf den Armen, um ihn vor dem Dorf zu begraben.

Doch nicht einmal dieser betrübliche Zwischenfall konnte die Atmosphäre freudiger Erregung dämpfen. Selbst Freunde des Toten spürten, dass ihre Trauer mit einem gänzlich entgegengesetzten Gefühl im Widerstreit lag.

»Seht euch das an!«, zischelte Théobal, ein Pirat und Theoretiker der Thalassographie. Er schwenkte ein dickes Konvolut am oberen Rand zusammengehefteter Blätter. »Wir haben alles beisammen! Das sind die Diagramme, die wir brauchen, die Thaumaturgie, die Biologie.«

Bellis betrachtete das beschriebene Papier mit vagem Erstaunen. *All das ist durch mich hindurchgegangen*, dachte sie.

Als Aum hereinkam, hieß man Bellis schreiben: *Wir brauchen deine Unterstützung. Wärst du gewillt, diesen Ort zu verlassen und unsere Sprache zu lernen und uns zu helfen, den Avanc aus der Tiefe zu rufen? Würdest du mit uns kommen?*

Und obwohl es fast unmöglich war, in diesem Gesicht mit dem Sphinktermund zu lesen, hätte Bellis schwören können, dass sie in Aums Augen Furcht und Freude aufleuchten sah.

Er sagte ja, was sonst.

*

Die Neuigkeit verbreitete sich in Windeseile durch das Dorf, und die Anophelesmänner kamen in großer Anzahl herbei, um ihrem scheidenden Bruder säuselnd und zischelnd mitzuteilen, was sie empfanden. Freude?, fragte sich Bellis. Neid? Kummer?

Einige von ihnen musterten die Gruppe der Armadaner mit einem hungrigen Ausdruck, fand sie. Ihre Herausnahme aus der Welt war nicht Naturgesetz und konnte überwunden werden, wie Aums Beispiel zeigte.

»In zwei Tagen brechen wir auf«, gab die Liebende bekannt, und Bellis war, als würde ihr der Boden unter den Füßen weggezogen. Ihre Mission! New Crobuzons Schicksal lag in ihren Händen, und sie hatte ihre Mission sträflich vernachlässigt. Sie drohte in einem Abgrund der Mutlosigkeit zu versinken. *Noch ist nichts verloren*, hämmerte sie sich ein. *Noch ist es nicht zu spät.*

Die Mannschaft war hoch erfreut über den baldigen Aufbruch, die Aussicht, dieser schweren Luft und den Blut saugenden Weibern zu entkommen. Nur Bellis wünschte sich verzweifelt mehr Zeit, ein paar Tage zusätzlich. Flüchtig tauchte das Bild des vertrockneten Leichnams vor ihrem inneren Auge auf, aber sie verbannte es sofort wieder aus ihren Gedanken. Sie hatte Angst, im entscheidenden Moment könnte ihr der Schneid fehlen, den Auftrag auszuführen.

Am selben Abend, nachdem die Kustkürass und Kakti ihre verwundbaren Gefährten zu deren Quartieren geleitet hatten, saß sie allein auf der Pritsche, massierte ihre Schreibhand und zermarterte sich den Kopf nach einem Plan, einer Möglichkeit, zu den Dreer-Samher-Schiffen zu gelangen. Einen kurzen Moment spielte sie mit dem Gedanken an Desertion. Sich Kapitän Sengkas Gnade ausliefern und um Asyl bitten. Oder sich als blinder Passagier an Bord schmuggeln. Alles, um New Crobuzon wiederzusehen. Gleichzeitig wusste sie, das waren Hirngespinste. Sobald man ihr Verschwinden bemerkte, würde die Liebende Befehl geben, die

Schiffe zu durchsuchen, und die Samheri würden sich nicht widersetzen. Und dann würde man sie ergreifen und ihr das Päckchen wegnehmen, und New Crobuzon bliebe ungewarnt.

Davon abgesehen, kommentierte ungebeten die Stimme der Vernunft, wusste sie immer noch keinen gefahrlosen Weg zu den Schiffen hinunter.

Aus einer der angrenzenden Kammern hörte sie ein leises Geräusch. Sie trat näher an die geschlossene Tür.

Die Liebende sprach. Sie konnte die Worte nicht verstehen, aber die feste, harte Stimme war unverwechselbar. Es hörte sich an, als sänge sie leise, wie eine Mutter für ihr Kind. Gedämpft, eindringlich, schwang in diesen Tönen etwas mit, das Bellis einen kalten Schauer über den Rücken jagte, und unwillkürlich schloss sie die Augen. Die Inbrunst der Gefühle machte sie schwindelig. An die Wand gelehnt, belauschte sie Emotionen, die nicht die ihren waren. Sie konnte nicht beurteilen, ob sie Liebe bestätigten oder die verzehrendste Form von Besessenheit. Trotzdem verharrte sie, die Augen auf die Tür geheftet, ein Parasit wie die Moskitofrauen, und suhlte sich in gestohlener Leidenschaft.

Einige Minuten später, der Gesang war verstummt und Bellis weitergegangen, kam die Liebende heraus. Ihre groben Züge verrieten keine Gemütsbewegung. Sie spürte Bellis' Blick und erwiderte ihn ohne Scham oder Angriffslust. Blut quoll zäh wie Sirup aus einer frischen Wunde, einem langen Schnitt vom rechten Mundwinkel über das Kinn bis hinunter zur Kehlgrube.

Die Liebende hatte die schlimmste Blutung gestillt und nur wenige, dicke Tropfen drängten heraus wie

Schweiß, lösten sich und zeichneten im Herabrollen eine rote Spur auf ihre Haut.

Die Frauen musterten sich gegenseitig sekundenlang. Bellis kam es vor, als hätten sie keine gemeinsame Sprache. Über die Kluft zwischen ihnen führte kein Steg.

26

In dieser Nacht erhob Bellis sich viele Stunden, nachdem alle anderen eingeschlafen waren.

Sie schlug die verschwitzte Decke zurück und stand auf. Es war immer noch warm, die Nacht hatte kaum Abkühlung gebracht. Sie holte Silas' Päckchen unter dem Kopfkissen hervor, zog den Vorhang zur Seite und schlich auf Zehenspitzen durch den Raum, in dem Gerber im tiefen Schatten auf seiner Pritsche schlief. Bei der Tür angekommen, legte sie den Kopf dagegen und fühlte das raue Holz an der Stirn.

Bellis hatte Angst.

Ein verstohlener Blick durch das Fenster zeigte ihr einen Kaktusmann, der über den leeren Platz wanderte, von Tür zu Tür. Jede prüfte er beiläufig, ob sie verschlossen war, dann ging er weiter. Noch war er ein Stück entfernt, sie schätzte, dass sie hinauszuschlüpfen und eine Deckung erreichen konnte, ohne dass er sie sah oder hörte.

Und dann?

Der Himmel war leer. Kein bedrohliches Surren, kein hungriges Zwitterwesen halb Frau, halb Insekt, mit Klauenhänden und Stechrüssel, das nach ihrem Blut lechzte. Sie legte die Hand an den Riegel und wartete, wartete, ob eine der Monstrositäten auftauchte, damit sie ihr ausweichen konnte (leichter, sich zu verstecken, wenn man weiß, wo der Feind ist), und währenddessen dachte sie an den Leder- und Knochensack dieses Morgens, der einst ein Mensch gewesen war. Sie konnte sich nicht rühren. Ihre Hand hockte auf der Tür wie eine bleiche Spinne.

»Was tun Sie?«

Ein scharfes Flüstern hinter ihr. Bellis fuhr herum, raffte unwillkürlich das Hemd am Hals zusammen. Gerber hatte sich aufgesetzt und schaute aus seiner dunklen Nische zu ihr hin.

Sie machte eine kleine Bewegung, und er stand auf. Der befremdliche Ballast seiner Tentakel entrollte sich schlängelnd. In angespannter, argwöhnischer Haltung stand er ihr gegenüber, fast sah es aus, als wollte er sie angreifen. Und doch, er hatte geflüstert, und diese Kleinigkeit machte ihr Mut.

»Entschuldigung«, entgegnete sie ebenso leise. Er kam näher, um sie verstehen zu können, seine Miene war grimmiger und abweisender, als sie es je bei ihm gesehen hatte. »Ich wollte Sie nicht wecken. Es ist nur ... Ich muss ...« Doch ihre Phantasie ließ sie im Stich, und ihr fiel nichts ein, was sie denn angeblich so dringend gemusst hatte. Sie verstummte.

»Was haben Sie vor?«, fragte er gedehnt. Gedehnt und unwirsch und neugierig in Ragamoll.

»Entschuldigung«, wiederholte sie und schüttelte den Kopf. »Mir war ...« Mit angehaltenem Atem schaute sie ihm fest ins Gesicht.

»Sie dürfen den Riegel nicht zurückschieben«, sagte er.

Sein Blick wanderte zum Päckchen in ihrer Hand. Bellis kämpfte gegen den Impuls an, es hinter dem Rücken zu verstecken.

»Na, was war's? Der Ruf der Natur? Deshalb geistern Sie hier herum? Sie werden sich auf den Topf bequemen müssen, Gnädige. Genieren dürfen wir uns hier nicht. Sie haben gesehen, was William passiert ist.«

Sie richtete sich auf und nickte und ging zurück in ihre Kammer. »Schlafen Sie jetzt, tun Sie mir den Gefallen«, sagte Gerber Walk hinter ihr her, während er sich langsam wieder hinlegte und zudeckte. An dem Vorhang zwischen den Kammern warf Bellis einen kurzen Blick zurück. Auf einen Ellenbogen gestützt, wartete er und lauschte auf das, was sie tat. Zähneknirschend zog sie den Vorhang zu.

Ein paar Augenblicke Stille, dann hörte Gerber das Spraddeln eines kümmerlichen Strahls, ein paar widerwillig hervorgepresste Tropfen. Er grinste freudlos in seine Decke.

Es war gut, dass er Bellis' Gesicht nicht sehen konnte, die sich nur wenige Schritte neben ihm, auf der anderen Seite der Portiere, vom Nachtgeschirr erhob, gedemütigt, wütend und verzweifelt.

Doch abseits dieser Gefühle regte sich etwas in ihr, nahm Gestalt an. Eine Hoffnung. Eine Idee.

*

Der nächste Tag war der letzte vor dem des Aufbruchs.

Die Wissenschaftler packten ihre gebündelten Adversarien zusammen und ihre Skizzen, dabei schwatzten und lachten sie wie Kinder. Sogar der ernste Tintinnabulum und seine Mannen wirkten übermütig. Um Bellis herum war die Rede von Arbeitsabläufen und Zeitplänen, sodass man glauben konnte, der Avanc wäre bereits so gut wie gefangen.

Ab und an warf die Liebende ein Wort in die Diskussion; ein träges Lächeln lag um ihren Mund, die neue Wunde leuchtete rot. Einzig Uther Doul schien nicht angesteckt von der allgemeinen Begeisterung, Uther

Doul und Bellis selbst. Ihre Augen trafen sich über den Saal hinweg.

Regungslos, die einzigen Ruhepole in dem wimmelnden Raum, teilten sie für einen kurzen Moment ein Gefühl der Überlegenheit, fast schon Verachtung.

Den ganzen Tag über herrschte ein Kommen und Gehen von Anopheles, ihr philosophischer Gleichmut war sichtlich erschüttert. Es tat ihnen Leid, die Besucher gehen zu sehen, weil sie nun bald wieder des unerwarteten Einflusses von Theorien und Eindrücken beraubt sein würden, den diese mitgebracht hatten.

Bellis beobachtete Krüach Aum und erkannte, wie ähnlich er einem Kind war. Er sah zu, wie seine neuen Freunde ihre Kleider und Bücher und übrigen Habseligkeiten in Taschen packten, und wollte es ihnen gleichtun, obwohl er nichts zu packen hatte. Er eilte hinaus, und als er wenig später wiederkam, brachte er ein Bündel Lumpen und zerknülltes Papier mit, das er zusammenraffte und oben zusammenschnürte, als primitive Imitation eines Reisesacks. Bellis fröstelte.

Tief vergraben in ihrem eigenen Ranzen wusste sie Silas' Päckchen: die Briefe, das Halsband, die Schatulle, das Wachs, den Ring. *Heute Nacht*, sagte sie sich und spürte Panik. *Heute Nacht, komme was wolle.*

Für den Rest des kurzen Tages verfolgte sie die Bahn der Sonne. Am späten Nachmittag, als das Licht dick und träge war, und jede Form Schatten blutete, überkam sie eine immer größer werdende Bangigkeit. Weil sie erkennen musste, dass sie nie und nimmer hoffen konnte, lebendig die Sümpfe zu durchqueren, das Territorium der Moskitofrauen. Zwischen ihr und der Erfüllung ihres Auftrags lag der sichere Tod.

*

Als plötzlich die Tür aufflog, hob Bellis erschreckt den Kopf.

Kapitän Sengka trat herein, flankiert von zwei Männern seiner Besatzung.

Mit vor der Brust verschränkten Armen blieben die drei Samheri am Eingang stehen, hünenhafte Gestalten, sogar für ihre Rasse. Ihre vegetabilen Muskeln ballten sich um Schärpen und Lendenschurze. Juwelen und Waffen funkelten.

Sengka deutete mit einem riesigen Finger auf Krüach Aum. »Dieser Anopheles«, verkündete er, »geht nirgendwo hin.«

Keiner rührte sich. Nach einigen Sekunden der Erstarrung trat die Liebende vor.

Sengka ergriff das Wort, ehe sie etwas sagen konnte. »Was hast du dir gedacht, *Kapitän*?«, schnarrte er verachtungsvoll. »Kapitän? Soll ich dich so anreden, Frau? Was hast du dir gedacht? Ich habe so getan, als bemerke ich eure Anwesenheit hier nicht, was ihr mir verdammt hoch anrechnen könnt. Ich habe euren Umgang mit den Eingeborenen geduldet, und das war eine verdammt kitzlige Sache, wenn man die Gefahr der möglichen Entfesselung eines zweiten Malarialen Zeitalters bedenkt...« Die Liebende kommentierte diese maßlose Übertreibung mit einem ungeduldigen Kopfschütteln, aber Sengka schnob darüber hinweg. »Ich habe geduldig darauf gewartet, dass ihr euch wieder verpisst, und was ist der Dank? Ihr bildet euch ein, ihr könntet eins von diesen Strichmännchen von der Insel schmuggeln, ohne dass ich es merke? Ihr bildet euch ein, ich würde euch davonkommen lassen?«

Er schlug geringschätzig mit der Hand durch die Luft. »Man wird euer Schiff durchsuchen. Was sich an

Konterbande findet, vom Maschinenstrand, an Schriften der Anopheles, Heliotypien der Insel, wird konfisziert.« Wieder zeigte er auf Aum, dabei schüttelte er ungläubig den Kopf. »Kennst du die Geschichte, Weib? Du willst einen *Anopheles* auf die Welt loslassen?«

Krüach Aum verfolgte den Auftritt mit großen Augen.

»Kapitän Sengka«, sagte die Liebende. Die Macht ihrer Persönlichkeit umgab sie wie eine Aura. »Nie würde es jemandem einfallen, Ihr Bemühen um Sicherheit zu kritisieren oder Ihre Sorgfalt in der Erfüllung Ihres Auftrags. Doch Sie wissen so gut wie ich, dass der männliche Anopheles ein harmloser Herbivore ist. Und wir werden nur diesen einen mitnehmen, sonst nichts und niemanden.«

»Ich werde es nicht dulden!«, schnappte Sengka. »Sonnenschiet, dieses System ist wasserdicht, weil wir schlau genug waren, aus der Vergangenheit zu lernen. Kein Anopheles verlässt diese Insel. Nur unter dieser Bedingung hat man ihnen erlaubt weiterzuleben. Ausnahmen gibt es nicht!«

»Ich bin der Debatte müde.« Bellis konnte sich nicht helfen, sie musste die Ruhe der Liebenden bewundern, hart und kalt wie Eisen. »Krüach Aum geht mit uns. Wir haben nicht den Wunsch, uns Dreer Samher zum Feind zu machen, aber dieser Anopheles wird uns begleiten.« Damit wandte sie sich ab und ließ ihn stehen.

»Meine Männer sind am Maschinenstrand aufmarschiert«, sagte er hinter ihr her und sie drehte sich wieder zu ihm herum. Er zog ein riesiges Pistol und hielt es locker in der herabhängenden Hand. Die Armadaner blieben ruhig. »Ausgebildete Kaktussoldaten. Weigert euch, meinen Anordnungen Folge zu leisten, und ihr werdet diese Insel nicht lebend verlassen.« So langsam, dass es nicht bedrohlich wirkte, hob er den Lauf der Waffe und zielte auf die Liebende. »Dieser Anopheles – Aum haben Sie ihn genannt – er kommt mit mir.«

Die im Raum verteilten Soldaten verharrten in höchster Spannung, auf dem Punkt unmittelbar vor einem jähen Ausbruch von Bewegung. Hände schwebten über Schwertern und Köpfern und Pistolen. Kustkürass in schrundiger Rüstung und riesenhafte Kakti – ihre Augen huschten von Sengka zu der Liebenden und wieder zurück.

Die Liebende beachtete keinen von ihnen. Bellis sah, wie sie mit Uther Doul einen Blick tauschte. Doul trat vor, stellte sich zwischen die Liebende und die Pistolenmündung.

»Kapitän Sengka«, sagte er mit seiner wundervollen Stimme. Er stand still vor dem Lauf, der nun auf seine Stirn zeigte, und schaute auf zu dem Kaktusmann, mehr als einen Fuß größer als er und ihm an Masse weit überlegen. Beim Weitersprechen blickte er in den Pistolenlauf, als wäre er Sengkas Auge. »Mir fällt es zu, Ihnen Adieu zu sagen.«

Einen Moment lang wirkte Sengka verunsichert, dann zog er die rechte Hand zurück – sein Bizeps wölbte sich kolossal –, zur dornenstarrenden Faust geballt. Er vollführte die Bewegung langsam, offenbar wollte er Doul nicht schlagen, sondern hoffte, ihn einzuschüchtern.

Doul streckte beide Hände aus, in einer bittenden Gebärde. Er hielt inne und dann ein plötzliches Vorschnellen, derart unvermittelt, dass Bellis (die damit gerechnet, gewusst hatte, dass so etwas geschehen würde) nicht mit den Augen folgen konnte. Sengka taumelte nach hinten, die Hand an der Kehle, wo

Doul ihm mit steifen Fingern, zwischen den Stacheln hindurch, einen Stoß versetzt hatte, mit halber Kraft nur, eine Warnung, aber dennoch musste er nach Luft ringen. Doul hatte nun das Pistol, nach wie vor auf seinen Kopf gerichtet, zwischen den Handflächen, wie ein im Gebet zuteil gewordenes Geschenk. Er schaute Sengka mit einem zwingenden Blick an und redete halblaut auf ihn ein, Worte, die Bellis nicht hören konnte.

(*Bellis' Herz schlägt wie eine Trommel. Douls Aktionen wirken auf sie erschreckend. Ob eine konsequente Attacke oder zurückhaltend, wie jetzt, der Bewegungsablauf an sich, die übernatürliche Schnelligkeit und Perfektion, machen sie zu einem Angriff gegen die Ordnung der Dinge, als wären auch Zeit und Schwerkraft machtlos gegen Uther Doul.*)

Die beiden Kakti hinter Sengka drängten nach vorn, massig und ergrimmt. Sie griffen an den Leibgurt, zückten Waffen, und das Pistol in Douls erstarrtem Gebet flackerte und zielte auf sie und flackerte wieder und war in seiner ausgestreckten rechten Hand, zeigte erst auf den einen, dann (*kaum einen Lidschlag später*) den anderen Seemann.

(*Tableau. Die drei Kakti sind verstört, überwältigt von dieser Schnelligkeit und Körperbeherrschung, die an Thaumaturgie grenzt.*)

Doul verlagerte sein Gewicht, das Pistol verschwand, flog kreiselnd und landete irgendwo, außer Reichweite. Das weiße Schwert erschien in seiner Faust. Zwei klatschende Schläge so schnell hintereinander, dass sie fast zu einem verschmolzen, und Sengkas Männer schrien schmerzvoll auf, ließen die Waffen fahren, bargen die Hand an der Brust. Aus der aufgeplatzten Haut über den Gelenken quoll Blut.

Die Schwertspitze saß an Sengkas Kehle, und der Kaktusmann starrte mit einem Blick voll Angst und Hass daran entlang auf Doul.

»Ihre Männer haben meine flache Klinge gespürt, Kapitän«, sagte Doul. »Zwingen Sie mich nicht, sie mit der Schärfe zu schlagen.«

Sengka und seine Männer traten den Rückzug an, durch die Tür und in das schwindende Tageslicht hinaus. Doul blieb am Eingang stehen, nur die Schwertklinge ragte ins Freie.

Im Saal hinter ihm begann ein Raunen, wuchs zu einem rhythmischen Gemurmel, einem stolzen, ehrfürchtigen Chor, dumpf wie der gemessene Schlag einer großen Trommel. Bellis erinnerte sich, sie hatte das schon einmal gehört.

»Doul!«, skandierten die Männer und Frauen aus Armada. »Doul! Doul! Doul!«

Wie in der Arena, als wäre er ein Gott, als könnte er ihnen Wünsche erfüllen, als wäre es eine Litanei in der Kirche. Ihre Lobpreisung war nicht laut, aber inbrünstig und voll ingrimmiger Freude und unermüdlich. Sie brachte Sengka in Rage, der sich verspottet glaubte.

Er richtete den zornfunkelnden Blick auf Doul.

»Sieh dich an!«, brüllte er, außer sich. »Memme, Laus, Falott! Von welchem Dämon hast du dich ficken lassen für deine widernatürlichen Künste? Du kommst nicht lebend weg von hier!«

Dann verstummte er, und ihm versagte die Stimme, als Uther Doul über die Schwelle trat, ins Freie, wo die Samheri geglaubt hatten, in Sicherheit zu sein. Die Armadaner stutzten, aber die meisten trugen den Sprechgesang weiter.

Bellis war im Nu bei der Tür, um sie zu schließen, sobald eine weibliche Anopheles sich blicken ließ. Sie sah, wie Doul ohne Zögern auf Nurjhitt Sengka zuging. Sie konnte hören, was gesprochen wurde.

»Verständlicherweise sind Sie ungehalten, Kapitän«, sagte Doul halblaut. »Doch beherrschen Sie sich. Dass Aum uns begleitet, ist in keiner Weise gefährlich, und Sie wissen es. Er wird diese Insel nie wieder betreten. Sie sind gekommen, um Einspruch zu erheben, weil Sie das Gefühl haben, dass Sie Ihrer Autorität verlustig gehen. Ihre Handlung war unüberlegt, aber bisher sind nur zwei Ihrer Männer Zeuge dessen gewesen.«

Die drei Samheri standen zu einem Halbkreis auseinander gefächert vor ihm, Blicke flogen hin und her, fragten, ob sie es wagen sollten, sich vereint auf ihn zu stürzen. Bellis wurde grob beiseite gestoßen, von Hedrigall und anderen Armada-Kakti und Kustkürass, die durch die Tür drängten. Alle blieben stehen und verfolgten die Konfrontation aus respektvollem Abstand.

»Sie werden uns nicht daran hindern, die Insel zu verlassen, Kapitän«, fuhr Doul fort. »Sie werden keinen Krieg mit Armada riskieren. Überdies wissen Sie ebenso gut wie ich, dass es nicht meine Leute sind, nicht einmal meine Befehlshaberin, an denen es Sie juckt, Ihr Mütchen zu kühlen, sondern ich bin es. Aber dazu«, schloss er, »wird es nicht kommen.«

Noch bevor er ausgesprochen hatte, hörte Bellis das Geräusch: das durchdringende Surren sich nähernder Anophelesfrauen. Sie stöhnte auf, im Chor mit anderen links und rechts. Eine Chance witternd, spähten Sengka und seine Männer immer wieder zum Himmel, verstohlen, als hofften sie, sonst hätte noch keiner etwas bemerkt.

Uther Douls Augen lösten sich keine Sekunde von Kapitän Sengkas Gesicht. Ein Schatten huschte, wie vom Wind getrieben, über den Himmel und Bellis kniff die Lippen zusammen. Die »Doul«-Rufe waren leiser geworden, aber nicht verstummt, begleiteten das Geschehen als eine Art basso continuo. Niemand fühlte sich veranlasst, ihm eine Warnung zuzurufen. Sie alle wussten, wenn sie die Anopheles gehört hatten, dann *er* schon längst.

Während das Surren lauter wurde, trat Doul an den Samheri heran und schaute ihm aus nächster Nähe zwingend in die Augen.

»Verstehen wir einander, Kapitän?«, fragte er. Und Sengka brüllte auf und wollte Doul greifen, in einer dornigen Umarmung zerquetschen, aber Douls Hände zuckten in Sengkas Gesicht, schwangen nach unten, um seinen Arm zu blockieren, dann stand Doul eine Manneslänge von ihm entfernt, und der Kaktusmann krümmte sich und fluchte, während grüner Saft aus seiner Nase tropfte. Sengkas Offiziere schauten mit einer Miene erschrockener Unschlüssigkeit zu.

Doul wandte sich ab und hob das Schwert, um die erste Anopheles in Empfang zu nehmen, die sich eben auf ihn stürzen wollte. Bellis hielt den Atem an. Aus heiterem Himmel tauchte sie auf, steckendürr in einem Kokon aus schrillender Luft. Der Saugstachel fuhr hungrig aus ihrem aufgesperrten Mund. Sie flog im Zickzack dicht über dem Boden, sehr schnell, mit begehrlich ausgestreckten Armen, sabbernd, nach Atzung gierend.

Lange Momente war sie das Einzige, was sich bewegte.

Uther Doul stand still, wartete auf sie, das Schwert hielt er mit der Spitze nach oben in der rechten Hand. Dann, als die Anopheles so nahe war, dass Bellis glaubte, sie riechen zu können, als ihr Saugstachel Doul fast schon berührte, lag sein Arm plötzlich quer vor seiner Brust. Wie durch Zauberei befand sich das Schwert, statt rechts, an seiner linken Seite, wo es wie vorher senkrecht zum Himmel wies, als hätte es sich nicht bewegt, doch Kopf und linker Unterarm der Moskitofrau sprangen und rollten jeder für sich über die ausgedörrte Erde, während ihr Körper wie ein Stein aus der Luft fiel. Dickes, zähes Blut rann über Douls Klinge und den Leichnam und den Staub.

Doul hatte sich wieder bewegt, sprang hoch, streckte die Hände aus, als wollte er eine Frucht vom Ast pflücken, und durchbohrte die zweite Anopheles (*die Bellis nicht einmal gesehen hatte*), während sie über seinen Kopf hinwegschwirrte. Er zog sie, mit einer Drehung, auf der Spitze seiner Klinge aus der Luft, schnippte sie zu Boden, wo sie schreiend lag und geiferte und sterbend noch versuchte, ihn zu erreichen.

Er tötete sie rasch, zu Bellis' mit Ekel getränkter Erleichterung.

Danach war der Himmel still. Doul, bereits wieder Sengka zugewandt, wischte seine Klinge ab.

»Sobald wir fort sind, werden Sie nie wieder von uns hören, Kapitän«, versicherte er dem Samheri, der ihn jetzt mit mehr Furcht als Hass anschaute, und dann den Blick auf die beiden toten Moskitofrauen richtete, jede um einiges stärker als ein gewöhnlicher Mann. »Gehen Sie jetzt, und alles ist gut.«

Und erneut das widerwärtige Summen der weiblichen Anopheles, und fast hätte Bellis aufgeschrien bei der Vorstellung von noch mehr Tod und Blutvergießen. Das Summen schwoll an und auf Sengkas Zügen malten sich widerstreitende Empfindungen. Noch zögerte er, hielt aus den Augenwinkeln Ausschau nach den heißhungrigen Blutsaugerinnen, mochte nicht von der

Hoffnung lassen, dass sie Doul töten könnten, obgleich er wusste, es war Wunschdenken.

Doul wartete geduldig, ohne sich zu rühren, ungeachtet des lauter werdenden Surrens.

»Sonnenschiet!«, brüllte Sengka und wandte sich ab, besiegt, winkte seinen Männern barsch, ihm zu folgen. Alle drei entfernten sich, mit zornigen, großen Schritten.

Bellis dachte bei sich, dass sie nicht mehr hier sein wollten, wenn weitere Anophelesfrauen angriffen und massakriert wurden. Nicht aus Mitleid mit den abscheulichen Kreaturen, sondern weil die Demonstration von Douls Meisterschaft sie anwiderte.

Uther Doul wartete, bis die Samheri verschwunden waren. Erst dann gab er seine abwartende Haltung auf, steckte sein Schwert ein und kehrte in den Saal zurück.

Mittlerweile klang es, als müssten die Anopheles jeden Moment auftauchen, doch gnädigerweise kamen sie ein wenig zu spät und erreichten ihn nicht mehr. Bellis hörte die schwirrenden Flügelpaare sich einzeln hierhin und dorthin entfernen, als die Moskitofrauen sich trennten, um anderwärts ihr Glück zu versuchen.

Doul betrat den Saal, und der Chor seines Namens schwoll ihm entgegen, stolz und beharrlich wie ein Schlachtruf. Und diesmal bedankte er sich, neigte den Kopf und hob die Hände, die Innenflächen nach vorn gekehrt, bis zur Schulter. So stand er unbeweglich da, schlug die Augen nieder, von den Wogen der Verehrung getragen.

*

Und wieder war es Nacht, die letzte Nacht, und Bellis lag in ihrer Kammer auf ihrem Bett aus staubigem Stroh und hielt Silas' Päckchen umklammert.

*

Auch Gerber Walk schlief nicht. Er war aufgewühlt von den Ereignissen des Tages, den Kämpfen, und der Kopf schwirrte ihm von seinem neu gewonnenen Wissen von dem, was er alles von Krüach Aum erfahren hatte. Nur winzige Bruchstücke einer viel größeren Wahrheit, aber diese phantastische Erweiterung des Horizonts, die Größe der ihm zugedachten Aufgabe, war erregend. Zu erregend, um schlafen zu können.

Davon abgesehen, er wartete auf etwas.

Zwischen ein und zwei Uhr früh war es so weit. Der Vorhang zur Kammer der Frauen wurde zur Seite gehoben, sehr behutsam, und Bellis Schneewein schlich auf Zehenspitzen zur Tür.

Gerber verzog den Mund zu einem harten Lächeln. Er wusste nicht, was sie in der vergangenen Nacht vorgehabt hatte, aber Pinkeln war es nicht gewesen. Ein wenig zwickte ihn das Gewissen, als er an seine kleine Gemeinheit dachte, sie zu dieser peinlichen Komödie zu zwingen, auch wenn der Gedanke an die spröde, steife Madam Schneewein, die sich um seinetwillen ein paar Tropfen abpresste, ihm noch den ganzen nächsten Tag ein Quell stiller Heiterkeit gewesen war.

Jedenfalls gab es keinen Zweifel daran, dass ihr Vorhaben, welcher Art auch immer, unerledigt geblieben war und sie es noch einmal versuchen würde.

Gerber beobachtete sie. Sie ahnte nicht, dass er wach war. Er konnte sie in ihrem weißen Unterkleid an der Tür stehen sehen, wie sie aus dem Fensterchen lugte.

Sie hielt mit beiden Händen etwas an die Brust gedrückt, aller Wahrscheinlichkeit nach das in Leder gewickelte Päckchen, das sie in der vergangenen Nacht so krampfhaft unauffällig versucht hatte, *nicht* vor seinen Blicken zu verbergen.

Er empfand Neugierde und einen Funken Grausamkeit, ein stellvertretend auf Bellis gerichtetes Rachegelüst für seine Leidenszeit auf der *Terpsichoria*. Dieses Gefühl hatte ihn davon abgehalten, Doul oder die Liebende zu informieren.

Bellis stand da und schaute, dann hockte sie sich hin und kramte verstohlen in dem Päckchen und stand auf und schaute wieder aus dem Fenster und bückte sich und kramte und richtete sich auf und so weiter. Ihre Hand schwebte unentschlossen über der Klinke.

Gerber Walk stand auf und ging lautlos zu ihr hin; sie war zu sehr von ihrem Dilemma in Anspruch genommen, um ihn zu bemerken. Ein paar Schritte hinter ihr blieb er stehen, voller Vorfreude darauf, ihr eins auszuwischen, und grimmig belustigt von ihrer Unfähigkeit, einen Entschluss zu fassen, bis er genug hatte und sie ansprach.

»Wieder mal Druck auf der Blase?«, flüsterte er sardonisch, und Bellis fuhr zu ihm herum, und er sah bestürzt und beschämt, dass sie weinte.

Das hämische kleine Lächeln fiel ihm aus dem Gesicht.

Tränen strömten aus Bellis Schneeweins Augen, aber es war ein stummes Weinen. Sie rang schwer nach Luft und mit jedem Ausatmen drohte das Schluchzen aus ihr herauszubrechen, doch sie gab keinen Laut von sich. Ihre Miene war grimmig verschlossen, aus blutunterlaufenen Augen starrte sie ihn durchdringend an. Sie wirkte wie ein in die Enge getriebenes Tier.

Wütend wischte sie sich über Augen und Nase.

Gerber versuchte zu sprechen, aber verstört von ihrem feindseligen Blick, musste er zweimal ansetzen, bevor die Stimme ihm gehorchte. »Nun, nun, immer mit der Ruhe«, wisperte er. »Ich hab's nicht böse gemeint...«

»Was – was *willst* du?«, fuhr sie ihn zischend an.

Ernüchtert, aber nicht eingeschüchtert, richtete Gerber den Blick auf das Päckchen in ihren Händen.

»Was ist denn los mit dir?«, fragte er. »Was hast du vor? Heimlich verduften? Bei den Samheri anklopfen, ob sie dich nach Hause schippern?« Wieder kam ihm die Galle hoch. »Und dann Bürgermeister Rudgutter vorjammern, wie schlecht man behandelt wurde auf dem Piratenschiff, ja, Gnädigste? Denen alles über Armada erzählen, damit sie Jagd auf uns machen können und mich und andere wie mich einkassieren und wieder in die Scheiße im Unterdeck zurückstoßen? Sklaven für die Kolonien?«

Bellis fixierte ihn mit würdevoller, tränennasse Rage. Eine lange Pause entstand und hinter ihrer stillen, gespannten Miene sah Gerber einen Entschluss reifen.

»Lies das.« Damit drückte sie ihm einen langen Brief in die Hand und ließ sich kraftlos gegen die Tür sinken.

*

»Status Sieben?«, brummte er. »Was, dammich, ist ein Kennwort Speerspitze?« Bellis hüllte sich in Schweigen. Ihr Tränenstrom war versiegt. Sie starrte ihn an, verstockt wie ein Kind (*aber man erkennt etwas im Hintergrund ihrer Augen, einen Funken Hoffnung*).

Gerber las weiter, arbeitete sich durch das Gestrüpp der Verschlüsselungen, entdeckte Spuren von Sinn, Passagen, wo die Bedeutung plötzlich und bestürzend klar hervortrat.

»›Eintreffen der Küssenden Magi‹?«, raunte er perplex. »›Canker mit Wurmtruppen blockieren‹? ›Algenbomben‹? Was, bei Zebubs Eiern, soll das heißen? Das sind Pläne für eine verfluchte Invasion! Was zum Henker hat das zu bedeuten?« Bellis musterte ihn kühl.

»Das«, schleuderte sie ihm seine eigenen Worte entgegen, »sind Pläne für eine verfluchte Invasion.«

Sie ließ ihn ein paar Minuten lang zappeln, dann erklärte sie, was es bedeutete.

*

Nach hinten geneigt, befühlte er das Papier. Starrte blicklos auf das Siegel, ließ die Kette mit Silas' Anhänger durch die Finger gleiten.

»Du hast Recht mit deinem Argwohn gegen mich«, sagte Bellis. Sie sprachen beide im Flüsterton, um die Frau nebenan nicht zu wecken. Bellis' Stimme klang erstorben. »Du hast Recht«, wiederholte sie, »Armada ist nicht der Ort, an dem ich leben will. Ich seh's dir an. Du denkst: ›Ich traue dieser eingebildeten Ziege nicht!‹«

Gerber schüttelte den Kopf, wollte widersprechen, aber sie ließ ihn nicht zu Wort kommen.

»Du hast Recht. Ich bin nicht vertrauenswürdig. Ich will nach Hause, Gerber Walk. Und wenn ich eine Tür öffnen könnte und wäre in Brock Marsh oder Salacus Fields oder Mafaton oder Ludmead oder sonstwo in New Crobuzon, dann, bei *Jabber*, würde ich hindurchgehen.«

Die Leidenschaft, mit der sie die Worte hervorstieß, ließ ihn zusammenzucken.

»Aber ich kann es nicht«, fuhr sie fort. »Und ja, es gab eine Zeit, als ich von Rettung spintisiert habe. Ich malte mir aus, wie New Crobuzons Kriegsflotte angesegelt käme, um mich im Triumph in die Heimat zu führen. Doch zwei Dinge stehen dem entgegen.

Ich will heim, Gerber Walk, aber ...« Sie stockte und ihre Schultern sanken ein wenig herab. »Andere auf der *Terpsichoria* wünschten sich nichts weniger als das. Und ich wusste, was das Wahrwerden meines Traums bedeuten würde – für dich und für die anderen, für all die Crobuzoner Remade auf der *Terpsichoria*.«

Sie schaute ihm frei ins Gesicht. »Du kannst es glauben oder bleiben lassen, aber das wollte ich nicht auf meinem Gewissen haben. Ich mache mir keine Illusionen über New Crobuzon, über die Deportationen. Du weißt nichts über mein Leben, Gerber Walk. Du weißt nichts von den Gründen, die mich gezwungen haben, an Bord jenes verachtungswürdigen Schiffes zu gehen.

Mag mein Heimweh noch so stark sein«, sie ballte die Faust, »mir ist klar, was mir frommt, ist nicht gut für euch. Und ich will nicht schuld sein an eurem Unglück. Das ist wahrhaftig wahr«, fügte sie hinzu, und in einem Ton, als wäre sie selbst überrascht und müsste sich ihre Behauptung bestätigen. »Ich habe das Tauziehen der zwei Seelen, ach, in meiner Brust verloren. Ich verzichte. Schwer zu glauben, aber wahr.«

Nach kurzem Zögern schaute sie zu ihm auf.

»Und selbst wenn du denkst, ich erzähle weiter nichts als Bockmist, Gerber Walk, ist da immer noch der zweite Faktor. *Ich kann nichts tun.* Ich kann mich nicht mit den Samheri davonmachen, ich kann der Kriegsmarine von

New Crobuzon keine Informationen zuspielen. Ich sitze fest in Armada. Ich sitze verdammt noch mal fest.«

»Meinetwegen, aber wer ist dieser Silas Fennek?«, fragte er. »Und was ist das hier?« Er schwenkte den Brief.

»Fennek ist ein Agent New Crobuzons und wie ich dort gestrandet. Allerdings im Besitz von Informationen«, schloss sie kalt, »Informationen über eine verfluchte Invasion.«

*

»Du willst, dass es untergeht?«, fragte sie. »Gottschiet, ich kann begreifen, dass du für New Crobuzon keine Liebe empfindest. Weshalb auch, in Jabbers Namen. Aber wünschst du dir wirklich, dass deine Heimatstadt ausradiert wird?« Auf einmal klang ihre Stimme metallisch. »Hast du keine Freunde dort gelassen? Familie? In der ganzen riesigen Metropole gibt es nichts, das du bewahren möchtest? Es wäre dir egal, wenn sie von den Gengris erobert wird?«

*

Ein Stück südlich des Wynion Way, in Pelorus Fields, fand man Schon- und Staubtags in einem aus Remisen und kleinen Wohnhäusern gebildeten Hof hinter einem Warenhaus einen winzigen Markt, zu unbedeutend für einen Namen.

Es war ein Schuhmarkt. Gebraucht neu, geklemmt, schief, krumm, perfekt. Pantoffeln, Halbschuhe, Stiefel und was es sonst noch gibt.

Einige Jahre war es Gerbers liebster Platz in New Crobuzon gewesen. Zwar kaufte er nicht mehr Schuhe als jeder andere Mensch, doch er genoss es, die Straße entlangzuschlendern, vorbei an den Tischen aus Leder und Leinwand, und den Händlern zuzuhören, wie sie ihre Ware anpriesen.

Mehrere kleine Kaffeestuben lagen an dem Kehrwieder, und er kannte die Besitzer und Stammkunden mit Namen. Wenn er keine Arbeit hatte und ein wenig Geld auf der Hand, saß er Stunden in Bolands Kaffeespezial, diskutierte mit dem Cafetier oder Yvan Curlough und Sluchnedsher, dem Vodyanoi, oder schaute einfach zu, wie die Zeit verging, erbarmte sich des irren Spiralo Jakobs und spendierte ihm einen Schnaps.

Viele Tage hatte Gerber dort verbracht, umwogt von Qualm-, Kaffee- und Teeschwaden, beobachtete durch Bolands Fenster aus verschwiemeltem Glas, wie die Schuhe und die Stunden dahinschwanden. Er konnte ohne diese Tage leben, um Jabbers willen. Sie waren keine Droge, die er brauchte. Es war nicht so, dass er nachts wach lag und ihnen nachtrauerte.

Doch sie waren ihm eingefallen, sofort als Bellis fragte, ob es ihm einerlei wäre, wenn die Stadt vernichtet würde.

Selbstverständlich, die Erinnerung an New Crobuzon und die Leute, die er kannte (*lange nicht an sie gedacht*), und die Orte, die in seinem Leben dort eine Rolle gespielt hatten, alle tot, alles zerstört und überflutet von den Grymmenöck (Gestalten, die nur verschwommen, als Schreckensbild, in seinem Kopf existierten) – selbstverständlich machte ihn das betroffen. Selbstverständlich wollte er das nicht.

Dennoch, dass so spontan etwas wie ein Heimatgefühl in ihm aufsprudelte, erstaunte ihn. Er schaute durch das Fenster in die schwülheiße Inselnacht hinaus und erinnerte sich an den Blick durch jenes andere

Fenster aus dickem Flaschenbodenglas auf den kleinen Schuhmarkt.

»Weshalb hast du den Liebenden nicht davon berichtet? Weshalb hast du geglaubt, dass sie uns nicht dabei helfen würden, der Stadt eine Warnung zukommen zu lassen?«

Bellis schüttelte in einem falschen, stummen Gelächter die Schultern.

»Glaubst du wirklich«, sagte sie langsam, »dass sie das interessieren würde? Glaubst du, sie würden sich deshalb in Mühen und Unkosten stürzen? Ein Boot aussenden, vielleicht? Proviant und Botenlohn bezahlen? Glaubst du, sie würden das Risiko eingehen, infolgedessen womöglich entdeckt zu werden? Glaubst du, sie würden sich verrenken, um eine Stadt zu retten, die ihrerseits nichts lieber täte, als Armada mit Mann und Maus zu versenken, wenn sie nur die geringste Chance hätte?

»Du irrst dich.« Sein Widerspruch erfolgte ohne rechte Überzeugung. »Bei den Gepressten sind viele Crobuzoner, die würden die Stimme erheben.«

»Keiner weiß davon«, zischte sie. »Nur Fennek und ich wissen Bescheid, und wenn wir anfangen wollten, es bekannt zu machen, würde man uns verunglimpfen, als Unruhestifter abstempeln, uns irgendwo aussetzen, die Nachricht verbrennen. Stell dir vor, wenn du dich irrst!« Sie starrte ihn an, bis er unter ihrem Blick unruhig wurde. »Wenn es ihnen egal ist? Wenn sie keinen Finger krumm machen würden, um New Crobuzon vor dem Untergang zu bewahren? Stell dir vor, wir sagen es ihnen und du hast dich geirrt, dann wäre es vorbei, unsere einzige Chance vertan. Du weißt, was auf dem Spiel steht. Willst du das Risiko eingehen. Willst du?«

Mit einem hohlen Gefühl in der Kehle musste Gerber sich eingestehen, dass ihre Argumente nicht von der Hand zu weisen waren.

»Und deshalb stehe ich hier und heule wie ein Idiot«, fauchte sie. »Weil unsere einzige Chance, New Crobuzon zu retten, darin besteht, diese Nachricht und diese Legitimation und diesen Botenlohn zu den Samheri zu bringen. Verstehst du? New Crobuzon zu *retten*, und ich habe hier gestanden wie angenagelt, weil ich nicht weiß, wie ich zum Strand hinunterkommen soll. Weil ich schreckliche Angst habe vor diesen grauslichen Weibern da draußen. Ich will nicht sterben, und bald wird es hell, und ich kann mich nicht überwinden, diese Tür aufzumachen und hinauszugehen und ich muss aber doch. Dammich, bis zum Strand ist es mehr als eine Meile.« Sie schaute ihn an, forschend, dann zur Seite. »Ich weiß nicht, was ich tun soll.«

Sie hörten die Kaktuswache durch das mondhelle Dorf wandern, von Haus zu Haus. Gerber und Bellis saßen sich gegenüber, an die Mauer gelehnt, die Blicke ineinander verkrallt.

Gerber schaute wieder auf den Brief. Da war das Siegel. Er streckte die Hand aus und Bellis gab ihm den Rest des kleinen Bündels. Ihre Miene verriet nichts. Er las den an die Samheri gerichteten Brief. Die Belohnung war generös, fand er, aber nicht übertrieben, wenn man bedachte, dass es darum ging, eine riesige, bevölkerungsreiche Stadt zu retten.

Zu retten, vor dem blutigen Untergang zu bewahren.

Noch einmal las er alle drei Briefe sorgfältig von Anfang bis Ende. Armada wurde nicht erwähnt.

Er betrachtete die Halskette mit ihrem Anhänger, den Namen und das Symbol. Auch hier kein Hinweis auf Armada. Nichts, um den Behörden New Crobuzons zu verraten, wo sie ihn, Gerber Walk, Remade, finden konnten. Bellis beobachtete ihn aus der Hülle ihres Schweigens. Sie wusste, was er war. Er konnte ihre Hoffnung spüren. Er nahm den schweren Ring, studierte das Siegelnegativ, Kerben für Grate und umgekehrt. Es übte eine hypnotische Wirkung auf ihn aus. Es hatte mehr als nur eine Bedeutung für ihn, genau wie die Stadt, die es repräsentierte.

Das Schweigen dauerte an, während er das Päckchen in den Händen um und um wendete, mit den Fingern über das Klümpchen Siegelwachs strich und den Ring, und den langen Brief mit seiner schrecklichen Warnung.

Sein Remaking lag schwer in der Waagschale, doch es gab mehr. Es gab Orte und Leute. New Crobuzon hatte mehr als ein Gesicht.

Gerber Walk sah sich als loyalen Bürger Hechtwassers, und er empfand diese Loyalität heiß und leidenschaftlich bis ins Mark, daneben eine blässliche, müde Zuneigung für New Crobuzon, eine melancholische, bedauernde Anhänglichkeit. Wegen des Schuhmarkts und wegen anderer Dinge. Die beiden Emotionen flackerten in ihm und umkreisten einander wie Fische.

Er stellte sich seine alte Stadt in Trümmern vor, in Schutt und Asche gelegt.

»Es stimmt«, sagte er leise, gedehnt, »bis zum Maschinenstrand ist es eine Meile oder mehr, den Hang hinunter, vorbei an den Sümpfen und so weiter, wo die Weiber hausen.«

Er ruckte den Kopf zur Seite, in die Richtung des Ortsausgangs, des Einschnitts in den Felsen mit den öligen Wellen tief unten. »Doch es sind nur ein paar Meter von hier bis zum Meer.«

5. Intermezzo – Gerber Walk

Es braucht nicht viel.

Schaue aus dem Fenster. (Bellis Schneewein hockt wartend hinter mir. Muffensausen, nehme ich an, dass ich sie bloß nasführen will, aber trotzdem voller Hoffnung.) Wir warten darauf, dass die Wache um eine Ecke biegt und verschwindet.

Dass du dich nicht wegrührst, und sie schüttelt den Kopf, dass die Haare fliegen.

Rühr dich nicht von der Stelle (jetzt versuch ich's rauszuschieben, weil mir doch verdammt mulmig ist). Keinen Schritt, bis du mich klopfen hörst.

Sie soll mir die Tür aufmachen. Sie soll aufpassen, dass keine Anopheles eindringen, während die Tür nicht verriegelt ist. Sie soll hier warten, bis ich wiederkomme.

Und dann nicke ich. Ihr Lederbeutel ist verschnürt und dick mit Wachs eingerieben, damit kein Wasser eindringt, und ich drücke ihn fest an den Leib, als ob ich eine blutende Wunde halte, und sie hat die Tür zugezogen, und ich stehe draußen im Sternenschein, unter freiem Himmel in der heißen Nacht, ein Festmahl für die hungrigen Mückenweiber.

*

Gerber Walk fackelt nicht. Er galoppiert auf den Einschnitt zu, der das hintere Ende der Ortschaft spaltet wie ihr Anus, aus dem sie ihren Abfall ins Meer abprotzt.

Er läuft mit gesenktem Kopf, blind und Furcht im Nacken. Seine Nervenfasern gellen, und sein Körper reckt und windet sich, weil jeder Teil von ihm der nächste am Wasser sein will.

Er ist überzeugt, er hört das Geräusch der Moskitoflügel.

Es sind vielleicht fünf Sekunden, die er unter freiem Himmel ist und auf den Wind lauscht und die Nachtinsekten, bis seine Füße die flache Felsplatte betreten, die wie eine Kanzel über das Wasser ragt. Der Wind erstirbt und die Dunkelheit schmiegt sich noch enger um ihn, als er in das Chiaroscuro der Felsspalte stürmt. Er schlittert, als er einen Herzschlag lang den mühevolleren, weniger waghalsigen Abstieg auf dem schmalen Pfad erwägt, der sich in engen Serpentinen die Klippe hinunterwindet, doch es ist zu spät, seine Beine haben ihn den einen entscheidenden Schritt zu weit getragen, wie aus Schreck über das vermeintliche Summen einer Anopheles, und er tritt ins Leere, und er fällt.

Nichts als Luft ist unter ihm, mehr als 20 Meter Luft und dann das ölig wogende Wasser mit dem Glanz von Eisen. Er hat das Atmen der See unten beobachtet, und als Geschöpf des Meeres, das er nun ist, kann er es deuten. Er weiß, das Wasser ist tief an dieser Stelle, und so erweist es sich.

Er macht sich kerzengrade und steif und das Wasser öffnet sich ihm mit einem dumpf berstenden Geräusch und prellt ihm den Atem aus der Brust, und er reißt den Mund auf und japst es als heilendes Elixier über seine armen, ausgedörrten Kiemen, während über ihm die See sich wieder schließt und ihn in ihren Schoß aufnimmt. Sie heißt ihn willkommen, kleine Mikrobe, die er ist.

Es folgt eine Minute Glückseligkeit, in der er regungslos im Wasser hängt. Die Weite um ihn ist Schwindel erregend, das Versprechen der Geborgenheit. Keine Moskitofrauen kommen hierher (dann denkt er an andere Räuber und fühlt sich für einen Moment etwas weniger beschützt).

Gerber spürt das Gewicht des Päckchens in dem gewachsten Beutel. Er drückt es an seinen Bauch und stößt mit den Schwimmfüßen. Eine Ewigkeit scheint ihm vergangen zu sein, seit er Gelegenheit hatte zu schwimmen; es kommt ihm vor, als ob seine Haut im Wasser aufblüht, die Poren sich öffnen wie Blumen.

Die Schwärze ist nicht absolut. Als seine Pupillen sich weiten, kann er verschiedene Abstufungen von Dunkelheit unterscheiden, versunkene Klippen, die Müllhalde des Dorfes, das V zum offenen Meer und die gnadenlose Lichtlosigkeit der Tiefe. Er schwimmt durch den Einschnitt in den Felsen und spürt, wie die Strömung sich verändert. Über ihm nagen die Wellen greisenhaft zahnlos an der Küste.

Er kennt die Richtung. Kleine Lebewesen gleiten an ihm vorbei, kleine Nachtfische. Gerber tastet mit den Greifarmen seine Umgebung ab, schwimmt dicht über dem Grund, bis sie die Ränder von Felsen berühren und er um den Küstenvorsprung biegt. Seine Tentakel sind mutiger als er. Er schiebt sie neugierig wie ein Oktopus in Löcher im Stein, in die er mit seinen Händen niemals hineingreifen würde. Sie sind der aquatischste Teil an ihm, diese Anhängsel, und er fügt sich ihrem Instinkt.

Gerber schwimmt um den Huk der Anophelesinsel herum. Er fühlt Anemonen und Seeigel, und ihn überfällt die Erkenntnis (mit ihr Bedauern), dass er zum ersten und so gut wie sicher letzten Mal dem Meeresgrund so nahe ist, dass er das Leben dort wahrnehmen kann, und ausgerechnet ist es zu dunkel, um etwas zu erkennen. Nur ausmalen kann er sich die Verwerfungen, über die er hinweggleitet, die Sporen pelzig mit Algen bewachsenen Gesteins und toten Holzes, die reichen Farben, die das Tageslicht zum Leben erwecken würde.

Minuten angestrengten Schwimmens verstreichen. Diese Küstengewässer schmecken anders als der offene Ozean rings um Armada. Hier sind sie dicker als Eintopf. Das Aroma kleinen Lebens und Sterbens durchströmt ihn.

Und dann, ganz plötzlich, der Geschmack von Rost.

Maschinenstrand, denkt Gerber. Er ist um eine Biegung im Umriss der Insel geschwommen, in die Bucht hinein. Seine Saugnäpfe liebkosen neue Formen, Oberflächen: Eisen in diversen Stadien des Zerfalls, vom Meer zerfressene Maschinen. Das Wasser über diesem Mortuarium der Technik ist gesättigt mit Metallsalzen und schmeckt für ihn nach Blut.

Wenn er den Blick nach oben richtet, sieht er auf der mondbeglänzten Oberfläche die Samherischiffe sitzen, die die wenige Helligkeit ausschließen. Starke Ketten führen straff gespannt zu ihren in den Gebeinen viel älterer metallener Artefakte begrabenen Ankern.

Gerber steigt auf, fühlt das Wasser leichter werden. Er hebt die Hände, zwischen denen er das Päckchen hält. Der Schatten des größten der drei Schiffe befindet sich genau in seinem Weg.

*

Die Kakti aus Dreer Samher bedrohen ihn mit lautem Gebrüll, gebärden sich zornig, bedrängen ihn mit Fäusten und stachelbewehrten Unterarmen, aber insgeheim sind sie erstaunt über diesen dem nächtlichem Meer entstiegenen Remade, der triefend auf ihrem Deck steht, mit einem Auge ängstlich den Himmel mustert und darauf wartet, dass man ihn nach unten führt.

»Lasst mich mit dem Käpt'n reden, Jungs«, sagte er wieder und wieder in Salt zu ihnen, geduldig, aber entschlossen. Und nachdem ihre Drohungen ihn nicht einschüchtern können, steigen sie mit ihm den Niedergang hinunter in die von Kerzen erhellte Dunkelheit unter Deck.

Sie führen ihn an der Schatzkammer vorbei, wo die Erträge ihrer Geschäfte und ihrer Beutezüge verstaut sind, der Kombüse, aus der es stark nach faulem Gemüse und Eintopf riecht. Es geht durch einen Korridor zwischen Käfigen, in denen übellaunige Schimpansen kreischen und an den Stäben rütteln. Die Kakti sind zu schwer, ihre Finger zu plump, als dass sie selbst in die Takelage steigen und dort die notwendigen Arbeiten verrichten könnten. Die Primaten sind von Geburt an dazu abgerichtet, Pfiffen und Rufen zu gehorchen, sie entrollen und beschlagen und hissen Segel wie erfahrene Seeleute, ohne je zu begreifen, was sie da tun. Solange die Schiffe in der Bucht der Moskitoinsel vor Anker liegen, versteckt man die Tiere vor dem Hunger der Anophelesfrauen.

Sengka sitzt gelassen in seiner Kajüte und lässt Gerber Walk stehen, der sich – befangen – mit einem Lappen Gesicht und Hände abtrocknet. Die kolossalen grünen Arme mit gefalteten Händen auf der Schreibtischplatte ruhend, gemahnt Sengka beunruhigend an einen menschlichen Bürokraten. Die gleiche argwöhnische Geduld.

Er ist ein Politiker. Im selben Moment, als er seines wunderlichen späten Gastes ansichtig wird, weiß er, dass etwas im Busch ist, etwas außerhalb der Zuständigkeit der armadanischen Autoritäten, und für den Fall, dass es sich um etwas handelt, das er zu seinem ganz privaten Vorteil ausnutzen kann, schickt er die Wachen hinaus (sie entfernen sich verdrossen, Neugier ungestillt).

Einige Sekunden beiderseitigen Schweigens folgen.

»Dann heraus damit«, fordert Sengka endlich. Er spart sich die Vorrede und Gerber Walk (von dessen Haut Salzwasser auf die Binsenmatten tropft, der das Päckchen fest umklammert hält und der sich bang und schuldig fühlt, angefüllt mit einem Verrat, den er nicht begehen möchte) respektiert das.

Geschützt von dem mit Wachs behandelten Leder, ist der Inhalt der Schatulle trocken geblieben.

Wortlos reicht er den kurzen Brief hinüber, das Versprechen des Botenlohns.

Sengka liest langsam, äußerst sorgfältig, einmal und noch einmal. Gerber wartet.

Als Sengka schließlich den Blick hebt, verrät sein Gesicht nichts. (*doch er legt den Brief sehr behutsam zur Seite*)

»Was«, sagt er, »ist es, das ich befördern soll?«

Wieder ohne Worte zieht Gerber den schweren Kasten aus der Lederhülle und präsentiert ihn. Er nimmt den Ring und das Wachs heraus und neigt den Behälter mit geöffnetem Deckel zu Sengka hin, zeigt ihm den Brief und die Kette darin.

Der Kapitän betrachtet die derbe Kette, stülpt die Lippen vor, als wäre er nicht beeindruckt. Seine Hand schwebt über dem längeren Brief.

»Ich überbringe nichts, das ich nicht lesen durfte«, sagt er. »Möglicherweise hebt der eine Brief den anderen auf. Du wirst das verstehen. Ich lasse dich den Kasten erst versiegeln, nachdem ich gesehen habe, was drinsteht.«

Gerber nickte.

Der Piratenkapitän braucht eine geraume Weile, um den eng beschriebenen, verschlüsselten Brief von Silas an seine Stadt zu prüfen. Nicht, dass er ihn liest – das kann er nicht, sein Ragamoll ist nicht gut genug. Er sucht nach Worten, die ihn betreffen: Kaktus, Dreer Samher, Pirat. Keins davon erscheint im Text. Offenbar hat man nicht vor, ein doppeltes Spiel mit ihm zu treiben. Als er zu Ende ist, hebt er fragend den Blick.

»Was steckt dahinter?«, fragt er.

Gerber hebt die Achseln, lässt sie fallen.

»Ich weiß es nicht, Kapitän«, antwortet er, aufrichtig. »Ich werde ebenso wenig schlau daraus wie Sie. Ich weiß nur, es sind Informationen, die New Crobuzon braucht.«

Sengka nickt verstehend, während er die Möglichkeiten abwägt, die er hat. Den Mann wegschicken und nichts tun. Ihn töten (*Kinderspiel*) und ihm das Siegel abnehmen. Das Päckchen abliefern, nicht abliefern. Den Mann der armadanischen Frau übergeben, die bei der Expedition das Sagen hat und die er ganz offensichtlich hintergeht (nur wie oder weshalb ist ihm noch schleierhaft). Andererseits findet Nurjhitt Sengka die ganze Angelegenheit überaus spannend, und der kühne kleine Eindringling macht ihm Spaß. Er hat nichts gegen ihn. Und er rätselt, in wessen Auftrag der Mann gekommen ist, unter wessen Schild er steht.

Kapitän Sengka will keinen Krieg mit Armada riskieren, erst recht nicht mit New Crobuzon. *In dem Brief steht nichts, das uns kompromittieren könnte*, denkt er, und ihm fällt kein Grund ein, sosehr er grübelt, diesen Botengang nicht zu tun.

Das Schlimmste, was geschehen kann, ist, dass man sich weigert, die in dem Brief gegebenen Versprechen einzulösen, nachdem er sehr weit von seiner gewöhnlichen Route abgewichen ist. Doch wäre das eine Katastrophe? Er befindet sich dann in der reichsten Metropole Bas-Lags, und schließlich ist er ebenso sehr Kaufmann wie Pirat. Es wäre kein erfreulicher Ausgang, denkt er, und es ist sowohl eine lange Reise wie eine schwere, aber unter Umständen lohnenswert? Wegen der Möglichkeit, dass doch ...?

Der Möglichkeit, dass der Brief (*versehen mit dem Siegel der Stadt, mit der Legitimation ihres Prokurators*) doch akzeptiert werden wird.

Und so wird der geheime Handel zum Abschluss gebracht. Gerber siegelt den langen Brief mit dem Abdruck des Rings. Er bettet Silas Fenneks Kette (*Und wer ist das?, kommt wieder die Frage*) in die gepolsterte Schatulle und legt darüber beide Briefe, gefaltet. Er verschließt den Kasten und tröpfelt Siegelwachs über die Fuge ringsherum und drückt den Ring hinein, und als er ihn wegnimmt, schaut ihn das Stadtwappen en miniature an, in fettig glänzendem Basrelief.

Er verschnürt die Schatulle in den abgewetzten Lederbeutel, und Sengka nimmt ihn und schließt ihn in seine Seekiste ein.

Beide mustern sich eine Weile.

»Ich werde mich nicht darüber auslassen, was ich zu tun gedenke, sollte ich herausfinden, dass du mich aufs Kreuz gelegt hast«, bemerkt Sengka. Eine absurde Drohung: Beide wissen, dass sie einander nie wieder begegnen werden.

Gerber neigt den Kopf.

»Kapitän«, sagt er bedächtig, »*sie* darf es nicht erfahren.« Die Worte gehen ihm nur schwer über die Lippen, und er muss sich explizit den Inhalt des Briefes ins Gedächtnis rufen, den guten Grund für die Geheimhaltung. Er begegnet Kapitän Sengkas Blick ohne mit der Wimper zu zucken, sein Gesicht verrät nichts. Der Samheri belästigt ihn nicht mit verständsinnigem Augenzwinkern oder Grinsen, sondern zeigt mit einem Kopfnicken, dass er verstanden hat.

*

»Willst du wirklich?«, fragt Sengka.
Gerber Walk nickt. Am Bug des Schiffes stehend, schaut er unruhig um sich, lauscht auf das verräterische Mückensurren. Der Kapitän verwundert sich abermals über Gerbers Weigerung, etwas zu essen anzunehmen oder Wein oder Geld. Ihn quält die Neugier betreffs der geheimnisvoll gebliebenen Mission dieses Mannes.

»Nochmals meinen Dank, Kapitän«, sagt Gerber und schüttelt die rasierte Hand des Kaktusmannes.

Kapitän Sengka beugt sich vor, um zuzuschauen, wie Gerber sich von der Reling abstößt. Um seinen Mund spielt ein versonnenes kleines Lächeln der Sympathie für den verbissenen kleinen Menschen, der sich in die Höhle des Löwen gewagt hat. Er harrt noch eine Weile an Deck aus und beobachtet die Wellenkreise, die sich um die Stelle ausbreiten, wo Gerber eingetaucht ist. Nachdem sie in der Dünung vergangen sind, hebt Sengka den Blick in den Nachthimmel, unbeeindruckt von dem Summen der weiblichen Anopheles, von denen ihm nichts Schlimmeres droht, als dass sie ihn umkreisen und beschnüffeln und sich wieder entfernen, weil sie kein Blut riechen.

Er überlegt, was er zu seinen Offizieren sagen wird, und welche neuen Befehle er morgen geben will, sobald die Armadaner außer Sicht sind. Halb besorgt, halb belustigt malt er sich aus, wie ihnen die Kinnlade herunterfallen wird.

*

Gerber Walk schwimmt aus Leibeskräften zurück zu dem Einschnitt in den Klippen. Er denkt an den halsbrecherischen Serpentinenpfad nach oben, übt die Bewegung, mit der er sich, sollten die Moskitofrauen auftauchen, von der Wand abstoßen und ins Meer retten will.

Er ist unglücklich. Es hilft auch nicht, dass er sich sagt, er musste es tun.

So, wie die Dinge stehen, wünscht er sich, das Meer hätte die Macht, die Poeten und Maler ihm zuschreiben, ihn reinzuwaschen, sodass er neu anfangen könnte, ein unbeschriebenes Blatt. Das Wasser strömt durch ihn hindurch, als wäre er hohl; er schließt beim Schwimmen die Augen und stellt sich vor, dass es ihn von innen reinigt.

Gerber trägt den hässlichen Siegelring in der geballten Faust. Er wünscht sich, seine Erinnerungen würden aus ihm herausgespült, aber sie sind mit ihm so zäh verwachsen wie seine Eingeweide.

Mitten im Meer hält er inne, 15 Meter unter der Oberfläche hängt er wie ein Gerichteter im schwarzen Wasser. *Dies ist mein Zuhause*, sagt er sich, aber auch das bringt ihm keinen Trost. Gerber fühlt einen Aufruhr in sich, einen Aufruhr, den er unterdrückt, Trauer neben Zorn und Einsamkeit. Er denkt an Schekel und Angevine, wie schon unzählige Male.

Er streckt den Arm aus und öffnet die Hand, und der schwere Crobuzoner Ring sinkt wie ein Stein.

In der tiefen Finsternis ist die Ahnung seiner eigenen weißen Haut mehr Erinnerung als Sehen. Nur mit dem inneren Auge kann er verfolgen, wie der Ring von seiner Handfläche rollt. Fällt. Und fällt, lange Zeit. Endlich in einem Nest aus Steinen oder verrotteten Maschinenteilen zu liegen kommt. Sich, mag sein, auf einen Algenwedel fädelt, einen Korallenfinger – ein zufälliges als ob.

Und dann. Und dann. Abgeschliffen von der unaufhörlichen Bewegung des Wassers. Nicht verschluckt, wie er es sich ausmalt, nicht verloren für alle Ewigkeit. Umgeformt. Bis eines Tages, Jahre oder Jahrhunderte von heute an, er wieder auftaucht, ans Licht geschleudert von unterseeischen Umwälzungen. Weniger geworden vielleicht durch das dauernde Befingern der Strömungen. Und sogar, falls das salzige Bad ganze Arbeit geleistet hat und die Auflösung des Ringes vollkommen ist, werden nurmehr seine Atome emporsteigen und den Maschinenstrand bereichern.

Das Meer vergisst nichts, vergibt nichts, egal, was man uns weismachen will, denkt Gerber.

Die Zeit drängt. Er sollte weiterschwimmen und wird es auch gleich tun, er wird zurückkehren und triefend zu der Siedlung des Moskitovolkes hinaufklimmen, zu der Tür laufen (*Tentakel schlenkern wie Fliegenwedel*), hinter der Bellis Schneewein wartet, um ihn einzulassen (*sie wird da sein und warten, er weiß es*), im Bewusstsein erfüllter Pflicht. Dass die Stadt (*die alte Stadt, seine erste Stadt*) gerettet ist, wenn alles gut geht. Doch jetzt, in diesem Moment, kann er sich nicht bewegen.

Gerber denkt an all die Dinge, die er noch nicht gesehen hat. All die Wunder, von denen man ihm geschworen hat, sie seien dort draußen zu finden. Die Geisterschiffe, die geschmolzenen Schiffe, die Basaltinseln. Die

Wüstenei versteinerter Wellen, wo das Wasser grau und fest ist, die See gestorben. Orte, wo das Wasser kocht. Die Gessin-Lande. Dampfstürme. Der Schlund. Er denkt an den Ring, unter ihm, verborgen im Seegras.

Er ist immer noch da, denkt er.

Das Meer wäscht nicht rein von Schuld.

6. Intermezzo – Anderswo

Die Wale sind tot. Ohne diese mächtigen, wenn auch einfältigen Führer geht es ungleich langsamer voran.

Brüder, haben wir die Fährte verloren?

Der Verzweigungen sind zu viele.

Wieder einmal sind sie nur eine Kabale schwarzer Leiber über dem Meeresgrund. Sie gleiten durch blutwarmes Wasser.

*

Die Salinae sind beunruhigt. Weit, weit weg und Tausende Fuß unter den Wellen reißt und beißt etwas an der Kruste der Welt.

Schmeckst du es?

Unter den Millionen Partikeln, die im Meer schwimmen, machen einige sich in ungewohnter Konzentration bemerkbar: Gesteinstrümmer (Splitter, Staub), Ölschlürfer und das intensive, unirdische Aroma von Steinmilch.

Was tun sie?

Was tun sie?

Der Geschmack des Meeres hier weckt Erinnerungen. Dies sind Absonderungen, die die Jäger einordnen können, dies ist der Speichel des Erdinnern. Er tröpfelt (sie erinnern sich) aus gezackten Mündern, die von den Plattformen gestanzt werden, die dann aufsaugen, was hervorquillt, wo neben Betonstelzen Männer in albernen Hüllen aus Leder und Glas die Augen aufreißen und sich ganz leicht pflücken lassen und befragen und töten.

Die schwimmende Stadt bohrt Löcher in die Haut der Erde.

*

Die Strömungen in den hiesigen Gewässern sind labyrinthisch, eine aufgeregte Melange aus den verschiedenen Unreinheiten, die sich kompliziert verflechten, entwirren, Geschmacksschlieren, die wenig aussagen, kleine Taschen aus Dreck.

Sie sind schwer zu verfolgen.

Die Wale sind tot.

Und was ist mit anderen möglichen Helfern? Delfinen (launisch) oder Seekühen (schwer von Begriff) oder?

Da sind keine, die brauchbar wären. Wir sind allein.

Natürlich sind da andere, die man aus der Tiefe herausrufen könnte, doch sie sind keine Fährtenleser. Ihre Stärken sind anderer Art.

Allein, aber die Jäger können dessen ungeachtet jagen. Mit einer Geduld, die unerschöpflich ist (und ein Fremdkörper an diesem heißen, quicken Ort), suchen sie weiter, wittern sich durch die Stränge aus Aroma und Verschmutzung und Hörensagen, finden den Pfad und folgen ihm.

Sie sind ihrem Wild näher als je zuvor bisher.

Dennoch, diese lauen Gewässer sind hart und klebrig und kribbelnd und verwirrend. Die Jäger schwimmen im Kreis, abgelenkt von Lug und Illusion, von einem flüchtigen Hauch auf Irrwege gelockt.

Suchen, suchen weiter, beharrlich, auf gut Glück.

NEIL ASHER
Der Drache von Samarkand
Roman

Abwechslungsreich und farbenfroh:
für alle Leser von *Peter Hamilton*.

Samarkand ist eine lebensfeindliche Welt, die terrageformt werden soll. Erste Erfolge stellen sich ein, doch dann geschieht ein katastrophaler Unfall, der jedes menschliche Wesen auf Samarkand tötet.
Ian Cormac, seit dreißig Jahren dauerhaft mit einem galaxisweiten Computersystem vernetzt, wird nach Samarkand geschickt. Dort findet er zwei menschenähnliche Kreaturen, ein Dienerwesen und den sogenannten DRACHEN, eine monströse außerirdische Lebensform – die sich bald als künstliche Intelligenz erweist. Doch wer hat den Drachen erbaut, und zu welchem Zweck?

3-404-23242-9

BASTEI LÜBBE

Elizabeth Moon
Heldin wider Willen
Roman

Für alle Freunde von
David Webers HONOR-HARRINGTON-Reihe

Esmay Suiza hat keine großen Ambitionen: Alles, was sie in der Sternenflotte sucht, ist ein ruhiger Hafen, in dem sie sich geborgen fühlen kann. Die Chancen, dass sie Karriere machen und zur Admiralin aufsteigen wird, sind mehr als gering. Doch eines Tages findet sich Esmay mitten in einer Raumschlacht wieder – und als dienstälteste Offizierin in einer Gruppe Meuterer, die sich gegen ihren verräterischen Captain auflehnt ...

ISBN 3–404–24297–1

BASTEI
LÜBBE